I0782130

LE *Noble* SATYRE

DE LA MÊME AUTEURE

— Saga de la fondation des Roxton —
LE NOBLE SATYRE
SA DUCHESSE
SON DUC
LEURS GRÂCES

— La saga de la famille Roxton —
NOCES DE MINUIT
DUCHESSE D'AUTOMNE
DAIR LE DIABOLIQUE
LA FIÈRE MARY
LE FILS DU SATYRE
ÉTERNELLEMENT VÔTRE
POUR TOUJOURS ET À JAMAIS

— Série Salt Hendon —
L'ÉPOUSE DE SALT
RETOUR À SALT HENDON

« Avec mon lorgnon et ma plume, je pars dans ma chaise à porteurs – le 18ᵉ siècle est vraiment génial ! »

QUAND JE NE me balade pas dans le Londres du 18ᵉ siècle dans ma chaise à porteurs où que je ne suis pas en train d'échanger des ragots avec des nobles parfumés et bien mis dans les salons dorés de Versailles, j'écris des romances historiques georgiennes primées et des romans à suspense (avec une bonne dose de romance).

Mes livres se déroulent dans l'Angleterre georgienne des années 1700, avec quelques voyages éventuels sur le continent européen. Je m'arrête à la Révolution française durant laquelle je suis morte dans une vie antérieure, guillotinée pour mon mode de vie terriblement hédoniste en tant qu'aristocrate oisive !

lucindabrant@gmail.com	lucindabrant.com
pinterest.com/lucindabrant	twitter.com/lucindabrant
facebook.com/lucindabrantbooks	youtube.com/lucindabrantauthor

MARION GABILLARD

J'ai adoré découvrir, en travaillant sur ces livres,
le monde de l'aristocratie du XVIIIe siècle, ses codes,
ses coutumes et ses personnages hauts en couleur.
J'espère que vous prendrez autant de plaisir que
moi à vous plonger dans cette histoire.

marion.gabillard@gmail.com

LE *Noble* SATYRE

UNE ROMANCE HISTORIQUE GEORGIENNE

SAGA DE LA FONDATION DES ROXTON, LIVRE 1

Lucinda Brant

TRADUIT PAR MARION GABILLARD

Un livre des éditions Sprigleaf
Publié par Sprigleaf Pty Ltd

Le Noble satyre, une romance historique georgienne.

Traduction : Marion Gabillard.
Édition : Gaelle Ty R So.
Visuel et conception : Sprigleaf.
Dessin de la couverture à partir d'une photographie réalisée par GM Studio pour Sprigleaf.
Modèles de couverture : Nicole Russack et Andy Peeke.
Le fleuron des whippets Gray et Tan a été conçu par Sprigleaf.
Le visuel à trois feuilles de Sprigleaf est une marque déposée appartenant à Sprigleaf Pty Ltd. La silhouette d'un couple georgien est une marque déposée appartenant à Lucinda Brant.

Mis en page avec Adobe Garamond Pro.

Également disponible en livres numériques et autres langues.

ISBN 978-1-922985-58-3

10 9 8 7 6 5 4 3 2 1
Édition à couverture cartonnée et reliure rigide   (i) I

Pour mon mari

BJB

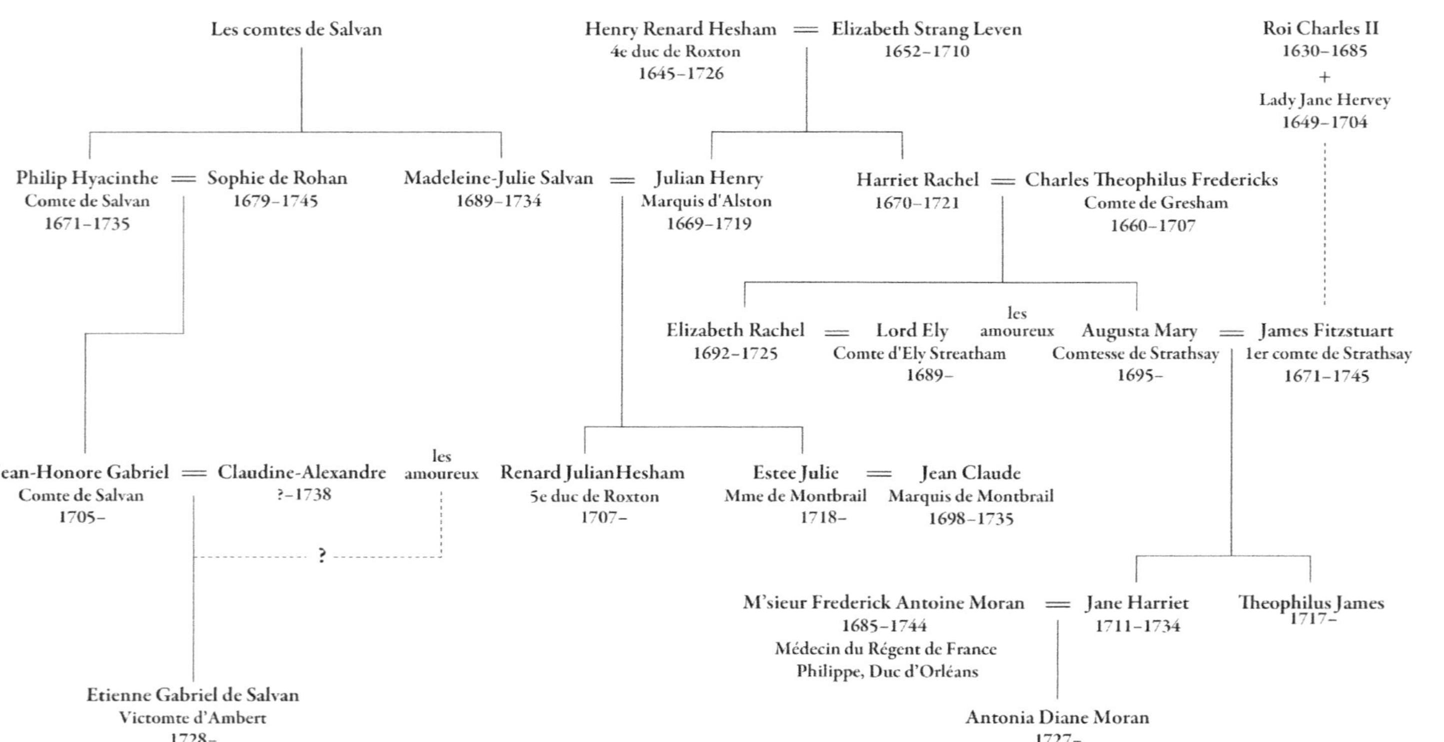

Les comtes de Salvan
Henry Renard Hesham
4e duc de Roxton
1645–1726
Elizabeth Strang Leven
1652–1710
Roi Charles II
1630–1685
+
Lady Jane Hervey
1649–1704
Philip Hyacinthe
Comte de Salvan
1671–1735
Sophie de Rohan
1679–1745
Madeleine-Julie Salvan
1689–1734
Julian Henry
Marquis d'Alston
1669–1719
Harriet Rachel
1670–1721
Charles Theophilus Fredericks
Comte de Gresham
1660–1707
Elizabeth Rachel
1692–1725
Lord Ely
Comte d'Ely Streatham
1689–
les amoureux
Augusta Mary
Comtesse de Strathsay
1695–
James Fitzstuart
1er comte de Strathsay
1671–1745
Jean-Honore Gabriel
Comte de Salvan
1705–
Claudine-Alexandre
?–1738
les amoureux
?
Renard Julian Hesham
5e duc de Roxton
1707–
Estee Julie
Mme de Montbrail
1718–
Jean Claude
Marquis de Montbrail
1698–1735
M'sieur Frederick Antoine Moran
1685–1744
Médecin du Régent de France
Philippe, Duc d'Orléans
Jane Harriet
1711–1734
Theophilus James
1717–
Etienne Gabriel de Salvan
Victomte d'Ambert
1728–
Antonia Diane Moran
1727–

PARTIE I

LA FRANCE DE LOUIS XV

UN

Le comte de Salvan, dans ses talons rouges, monta en titubant l'escalier des Ambassadeurs du château de Versailles pour rejoindre le premier étage et s'avança vers le salon d'Hercule, répondant à tous ceux qui le saluaient en s'inclinant et en agitant son mouchoir. L'opulence de cette grande pièce ornementée où le marbre abondait le réconfortait ; il oublia la mise en garde du chevalier et respira plus aisément. Il s'arrêta pour prendre du tabac à priser avec deux amis qui flânaient près d'une colonne en marbre de Sarrancolin et chercha son fils dans la foule de nobles poudrés et enrubannés qui s'avançaient dans le Grand Appartement. Ne le trouvant pas, il chassa ce garçon lunatique de ses pensées, espérant apercevoir le joli visage de celle, parmi des centaines, qu'il désirait faire sienne. Hélas, elle n'était pas encore apparue.

Il fut l'un des derniers à entrer dans le Grand Appartement plein à craquer. Il entendait l'orchestre, mais il lui était impossible d'en voir les musiciens du fond de la pièce. Il repéra le duc de Richelieu qui revenait tout juste d'exil dans le Languedoc et, près de lui, la marquise de La Tournelle qui s'éventait d'un geste alangui. Elle resplendissait dans ses jupons en damas bleu brodés de larges gerbes de fleurs et affichait son joli poignet entouré de rangées de perles laiteuses. Pendant un long moment, il ne remarqua pas que le duc de Roxton se tenait à côté de lui.

— Vous ne trouverez pas ce que vous cherchez, lui dit le duc de Roxton d'une voix traînante, son lorgnon tourné vers madame de La Tournelle. L'objet de vos désirs n'est pas là.

Salvan fit volte-face et leva les yeux vers son profil aquilin impassible.

— Si c'est pour que vous restiez bouche bée devant moi, je préfère aller ailleurs, murmura le duc. Mademoiselle Claude me fait signe d'approcher de son éventail depuis une demi-heure. Je préfère m'asseoir à côté de ce glaçon plutôt que de rester sous votre regard examinateur, très cher cousin.

Salvan ouvrit d'un geste sec un éventail en peau de poulet peinte et l'agita telle une femme, ses yeux inquisiteurs se tournant de nouveau vers la marée de soie et de dentelle.

— Être abandonné pour cette vieille chouette serait une insulte que je ne saurais supporter, mon cousin. Vous m'avez surpris, c'est tout.

— Je répète, votre recherche est vaine.

— Ah ! Vous me voyez seulement étudier des visages, c'est ce que je fais toujours. Ce n'est rien, dit Salvan d'un ton léger. Vous pensiez que je cherchais quelqu'un en particulier ? Pas du tout ! Qui... qui pensiez-vous que je cherchais ?

— Mon cher Salvan, répondit le duc de sa voix traînante, votre fils, le plus dévoué de tous.

— D'Ambert ? Ou-oui, bien sûr, mon fils ! s'exclama Salvan, soulagé.

Il reporta son attention sur la performance juste à temps pour la dernière salve d'applaudissements polis. Quand le roi eut pris congé, Salvan glissa son bras sous celui de son cousin. Ils s'éloignèrent un peu, rejoignant un coin de la pièce qui était moins bondé afin de mieux observer la foule qui se dispersait.

— C'est la fin de cette cacophonie, Dieu soit loué, reprit Salvan. Vous êtes-vous autant ennuyé que moi ? Ne répondez pas. Je sais que la réponse est oui ! Où étiez-vous passé, mon cousin ? Vous croiser dans les couloirs du palais m'a manqué, cette dernière semaine. Ne me dites pas que vous en avez assez de nous, que vous séjournez à Paris ? Vous êtes-vous lassé de ce qu'on vous propose ici ?

Ils s'inclinèrent devant une beauté qui passait devant eux, ses cheveux coiffés en une création tape-à-l'œil de plumes et de perles et ses lèvres peintes d'un rouge délicieux.

— Elle essaye d'attirer votre attention, Roxton. En voilà une qui pourrait tromper votre ennui.

— Madame n'en vaut pas la peine.

— Parbleu ! Chanceux sont ceux qui peuvent se permettre de faire la fine bouche.

Roxton prit du tabac à priser et enleva d'une chiquenaude un grain de ce mélange raffiné tombé sur sa large manchette en velours. Il haussa les épaules.

— À l'évidence, monsieur le comte n'a pas eu le… hum… *privilège* de voir madame sans ses peintures soignées et son corset gainant. N'hésitez pas, si ce sont vos goûts.

— Non. Pas du tout !

— Non. Vous avez une préférence pour les… hum… *non-initiées*, pas vrai, mon cher cousin ?

Après la plus courte des pauses, le comte laissa échapper un petit rire nerveux et forcé. Il tapota les branches en argent de son éventail sur la manche en velours du duc.

— C'est aussi bien ainsi, sinon nos chemins se croiseraient et cela ne m'amuserait pas du tout !

— Ne vous inquiétez pas, mon cher, dit le duc avec légèreté, laissant son lorgnon pendre au bout de son ruban en soie. Je n'ai encore jamais ressenti l'envie de jouer les nurses.

Salvan s'empourpra malgré lui et changea immédiatement de sujet :

— Avez-vous vu Richelieu ? Il est revenu à la cour la semaine dernière. On dit que lui et La Tournelle prévoient d'évincer la sœur insipide de cette dernière dès que possible. La comtesse de Mailly ne se doute de rien ! Elle sera bannie avant même de comprendre ce qui lui arrive et…

— Mon cher, c'est de l'histoire ancienne, l'interrompit le duc. Mais peut-être pas pour vous ? Il faut que vous passiez moins de temps à rôder dans les couloirs et bien plus de temps sous les draps.

— Comme vous ? lança brusquement Salvan avant de pouvoir s'en empêcher.

Roxton s'inclina devant lui en une superbe révérence.

— Comme moi, confirma-t-il.

— Ha ! Une approche novatrice. Ne me dites pas que vous faites le moindre effort de conversation.

— Je ne comptais pas vous dire quoi que ce soit de la sorte, mon cher, répondit le duc d'un ton insolent.

Le duc, de ses yeux noirs, observa le visage grêlé de son cousin s'assombrir de colère. Il partit d'un petit rire avant de changer de sujet pour évoquer sa sœur :

— Vous avez le bonjour de madame, dit-il poliment. Elle se demandait quand aurait lieu votre prochain séjour à Paris. Elle est impatiente que vous lui racontiez les derniers commérages de la cour, que je ne puis me résoudre à répéter. Je lui ai dit que je vous transmettrai sa requête et que je vous supplierai d'aller la voir. Je vous en supplie. Mon devoir est accompli. C'est entre vos mains, à présent.

En entendant parler de la charmante sœur du duc, le comte de Salvan se transforma, comme l'avait prévu Roxton, frappant dans ses mains avec délectation.

— Estée a demandé à me voir ? Vous ne plaisantez pas ? demanda-t-il, plein d'espoir, accompagnant le duc quand il quitta le Grand Appartement pour traverser le salon d'Hercule et descendre l'escalier. Se porte-t-elle bien ? N'est-elle pas en train de dépérir dans votre lugubre hôtel ? Vous êtes vraiment cruel avec elle, Roxton ! Une telle beauté mérite d'être admirée, flattée, choyée. Cela fait maintenant plus de sept ans qu'elle n'est pas venue à la cour. Elle qui est la veuve de Jean-Claude de Montbrail, le plus décoré des généraux de Louis. S'il n'avait pas été fauché dans la fleur de l'âge, Estée serait à la cour en ce moment même.

— Oui, je l'interdis de cour. C'est mon droit.

— Même si cela déplaît à Louis ? chuchota le comte de Salvan en regardant furtivement et nerveusement par-dessus son épaulette. Je ne peux oublier votre audience particulière avec le roi, continua-t-il avec un frisson. Moi, j'en ai défailli. Je m'attendais, au minimum, à une lettre de cachet. Je remercie le Seigneur de m'être trompé. Vous êtes toujours à peine toléré par Sa Majesté. Il ne pardonne et n'oublie jamais un tel affront, mon cousin. Il se radoucirait peut-être un peu si vous laissiez votre sœur revenir à la cour…

— Je me moque pas mal de ce que Louis pense de moi.

— Monsieur le duc ! Je vous en prie ! s'exclama Salvan d'une voix cassée. Pas si fort. Pitié !

Le duc s'arrêta dans le vestibule qui donnait sur la cour de Marbre et laissa un laquais l'aider à enfiler sa roquelaure aux nombreuses épaisseurs.

— Je répète : ce que votre roi pense de moi ou de mes agissements me laisse prodigieusement indifférent. Vous oubliez que mes origines sont mixtes. Je ne suis qu'à moitié français, et du côté de ma mère. Je dois mon allégeance à un roi né allemand, qui est assis sur le trône anglais. Ces circonstances ont beau être regrettables pour beaucoup, elles ont une utilité. Et comme je suis un pair de cet autre royaume, et pas de celui-ci, je n'ai pas à justifier mes agissements auprès de votre seigneur et maître. Si ma présence à cette cour vous trouble, mon cher cousin, vous pouvez vous dissocier de ma famille. J'en serais ravi. (Il s'inclina poliment.) Versailles n'est pas un endroit convenable pour les personnes au caractère noble, comme ma sœur.

Le comte de Salvan le suivit à l'extérieur en titubant, un domestique se dépêchant de le suivre de près avec un flambeau à la main.

— Et nous autres ?

— Ceux parmi nous qui sont nobles de naissance, mais pas de caractère, se divertissent comme ils le peuvent. Je vous souhaite une agréable soirée.

De l'autre côté de la cour, dans l'ombre, deux silhouettes en mouvement attirèrent le regard de Salvan ; il prit une soudaine inspiration. Immédiatement, il essaya de distraire le duc en lui racontant une histoire sans intérêt à propos d'une femme tristement célèbre et de son amant du moment, tout en restant conscient des éclats de voix qui traversaient l'étendue de terrain ouvert depuis les recoins sombres de la cour royale. Mais le duc de Roxton ne fut pas distrait. Il écouta les bavardages de son cousin en enfilant une paire de gants noirs en cuir de chevreau, puis il changea abruptement de direction et se dirigea d'un pas nonchalant vers les voix. Son cousin émit un bruit guttural de protestation et fit de son mieux pour le suivre dans ses hauts talons rouges.

Un jeune homme mince, vêtu de somptueux habits en satin puce sous un lourd manteau jeté négligemment sur ses épaules, et une fille dont la robe était dissimulée sous une cape en laine élimée, trop grande pour son petit corps et qui traînait dans la boue, se tenaient côte à côte sous une arche en briques rouges. Dans la lumière projetée par la flamme vacillante d'un flambeau, ils semblaient être en pleine conversation houleuse. Le jeune homme avait un bras tendu appuyé sur le mur en face de lui pour empêcher la fille de partir.

Le duc ne s'approcha pas assez pour les déranger, mais il fut suffisamment intrigué pour lever son lorgnon. Il fut rapidement rejoint par le comte de Salvan, qui s'était avancé sur le gravier en clopinant dans ses talons hauts. Le comte était transi de froid, car il avait laissé sa cape à l'intérieur, et accablait mentalement d'injures la mémoire de son père, qui avait permis que son nom soit à jamais associé à une famille d'Anglais hérétiques qu'il tenait pour responsable de tous ses malheurs passés et présents.

— Laissez-moi vous expliquer, dit Salvan d'une voix éraillée en reprenant son souffle.

— Expliquer ? susurra le duc. C'est inutile. Votre fils si dévoué est assez vieux pour défendre ses propres actions.

Le vicomte d'Ambert désespérait de faire entendre raison à Antonia. Il poussa un grognement impatient et détourna le regard vers la nuit noire.

— Je vous dis que c'est impossible ! déclara-t-il. Qu'est-ce que vous ne comprenez pas ? À l'instant où vous quitterez le palais, je ne pourrai plus vous protéger. Vous êtes parvenue à l'éviter jusque-là. Je propose que nous attendions d'avoir des nouvelles de votre grand-père à Saint-Germain. Quand nous saurons comment il se porte, nous pourrons planifier quelque chose. Je vous le promets.

— C'est vous qui ne comprenez pas, Étienne !

— Antonia, je…

— Mon grand-père va mourir, déclara Antonia d'une voix monotone. Il est parti à Saint-Germain pour mourir, pas pour chasser ou mener une vie dissolue, mais pour mourir. Il est vieux, infirme, et son heure est venue. Qu'il en soit ainsi. Vous me pensez insensible parce que je dis la vérité ? Honnêtement, je préfère savoir ce qu'il en est et ne pas me remplir la tête d'attentes absurdes. Et ne me contredisez pas ! Ne me dites pas que je dois garder espoir, car je sais que vous dites cela uniquement parce que je suis une femme et que vous pensez devoir me protéger de la vérité. Les galanteries de ce genre ne marchent pas avec moi, Étienne.

Il resta silencieux et refusa de la regarder, elle essaya donc de le pousser à se reprendre :

— Ne boudez pas. Vous savez que je dis la vé…

— La vérité ? répéta-t-il d'un ton furibond. Oui, c'est la vérité. Et j'aimerais qu'il en soit autrement !

— Si vous me conduisiez jusqu'à Paris, je pourrais ensuite me débrouiller pour aller jusqu'à Londres. Votre père ne me retrouvera pas à Paris, cette ville est trop grande, et j'ai l'argent que grand-père m'a donné…

— Pour quoi faire ? demanda le vicomte en levant une main au ciel d'un geste désespéré. C'est de la folie, Antonia. Vous, une jolie fille, seule dans Paris sans même une bonne pour vous chaperonner ? Que Dieu me donne la patience ! Vous ne survivriez pas un seul jour.

— C'est ce que vous pensez ? La grande ville ne m'effraie pas. Père et moi avons vécu dans de nombreuses villes étranges et nous avons pris beaucoup de bon temps.

D'Ambert éclata de rire.

— Seule une enfant ignorante répondrait ce genre de choses.

— Vous avez dix-huit ans, n'êtes-vous donc pas un enfant, vous aussi ? rétorqua Antonia.

Il ignora la véracité de cette déclaration.

— Êtes-vous déjà allée à Paris ?

— Que voulez-vous dire ?

— Avez-vous déjà voyagé seule en diligence ?

— Non. Mais je suis assez déterminée pour me résoudre à utiliser les transports en commun.

— Admettons que vous preniez une diligence jusqu'à Calais et que, par miracle, vous embarquiez sur un paquebot vous menant à Douvres. Que ferez-vous ensuite ? En supposant qu'aucun de ces trajets ne vous ait mise face au moindre danger – encore un miracle –, que se passera-t-il après ? Vous n'êtes jamais allée en Angleterre. Je doute que vous sachiez parler la langue barbare des Anglais.

— Faux ! Je sais parler anglais, annonça fièrement Antonia avant de rougir quand le vicomte ricana. Je n'ai pas pratiqué cette langue avec mère depuis bien longtemps, mais… mais… je peux lire les journaux anglais de grand-père. Et ce n'est pas comme si je ne comprenais pas ce qu'ils disent. C'est le moindre de mes problèmes.

— Vous avez tout à fait raison. À peine auriez-vous posé un pied dans une rue parisienne que vous seriez enlevée par l'un des milliers de vauriens qui y traînent. La nuit ne serait pas encore tombée que vous seriez emprisonnée dans un bordel et vos faveurs seraient vendues au plus offrant par une grosse maquerelle. C'est ce que vous voulez ?

— Ce sort n'est pas pire que celui qui m'attend si je reste ici.

Le vicomte se décrocha la mâchoire en entendant cette déclaration, mais il ne trouva rien à répondre. Il était parfaitement au courant des manigances de son père et il en était écœuré. Il considérait que le comte de Strathsay était responsable de tout ce qui le troublait actuellement. Le vieil homme aurait dû laisser Antonia à Rome avec une gouvernante stricte jusqu'à son retour. Un couvent était ce qui convenait le mieux aux filles comme elle, elles y étaient protégées des débauchés comme le père d'Étienne. Mais quelle institution religieuse voudrait bien d'elle alors qu'elle refusait obstinément, en dépit de la colère de son grand-père, d'adopter la seule vraie foi ?

Si seulement ses mains voulaient bien arrêter de trembler. Il avait chaud et il transpirait dans son manteau, malgré un vent glacial qui s'engouffrait sous l'arche en sifflant. Son domestique rapprocha une chandelle pour éclairer ses poches tandis qu'il les fouillait à la recherche de sa tabatière. Il suffirait de deux pincées de son mélange et rapidement, ses tremblements se calmeraient, il se sentirait plus calme et il aurait les idées plus claires pour réfléchir à ce qu'il pouvait faire ensuite. Mais que pouvait-il faire ? Que devait-il faire ? Peu importe qu'Antonia soit belle et jeune ; de nombreuses filles correspondaient à ces critères à la cour. Pourquoi son père ne pouvait-il pas trouver une autre distraction pour s'occuper ? Mais le vicomte connaissait la réponse à cette question. La grande beauté d'Antonia n'était égalée que par sa volonté de fer et son exubérance naïve pour la vie. Par ailleurs, elle était vierge, une denrée rare à Versailles. Tant de qualités ô combien séduisantes pour un roué désabusé comme son père. Et il n'était pas le seul à regarder Antonia d'un œil pervers, se dit d'Ambert, de plus en plus déprimé.

Antonia lui toucha le bras.

— Alors, me conduirez-vous à Paris ?

— Vous savez pourquoi je ne peux pas. Mon père m'a menacé d'une lettre de cachet.

— Je refuse d'y croire. C'est votre père, pas votre geôlier. Pourquoi ferait-il une telle chose ? Vous êtes son seul fils. C'est invraisemblable.

— Vous mentirais-je ? demanda-t-il.

Antonia le regarda droit dans les yeux, puis elle examina son visage humide de ses yeux vert clair avant de secouer la tête.

— Non. Vous ne me mentiriez pas, Étienne. C'est vraiment abominable de sa part de faire peser une telle menace sur vous. Finiriez-vous à la Bastille ?

— Ou dans n'importe quelle autre forteresse désignée dans l'ordre d'emprisonnement. Je pourrais être envoyé dans les cachots souterrains et nauséabonds de Bicêtre s'il le voulait. Là-bas, tout n'est qu'obscurité. Je serais comme mort ! Et tout ceci serait autorisé par le roi. Je ne saurais le supporter.

— Il ne vous enverrait jamais là-bas, lui dit Antonia avec assurance, même si la seule idée de ces endroits de torture suffisait à la faire frissonner intérieurement.

— Rien n'arrêtera Salvan tant qu'il n'aura pas ce qu'il veut, dit le vicomte, découragé. C'est vous qu'il veut, et il affirme que je dois vous épouser. Peut-être…

Antonia battit des paupières.

— Mais, je n'ai pas du tout envie de vous épouser.

— Il y a pire qu'intégrer ma famille par le mariage ! s'emporta Étienne.

Antonia gloussa.

— Oh, ne prenez pas cet air offensé. Quand vous faites cette tête, vous me rappelez l'archevêque de Paris.

Il s'empourpra et esquissa un sourire.

— Je suis désolé. Seulement… sans les complots de mon père, peut-être que vous l'auriez envisagé ?

— Non, déclara-t-elle. Je ne vous aime pas, Étienne. Je suis désolée. Quand je me marierai, ce sera par amour. Mes parents se sont mariés par amour et je ne me contenterai de rien de moins.

Le vicomte fit une révérence moqueuse.

— Monsieur d'Ambert remercie mademoiselle pour sa franchise. Mademoiselle a une vision tout à fait novatrice du mariage. Est-ce ma personne qui vous déplaît ? Ne suis-je pas assez grand ? Suis-je trop jeune ? Préférez-vous les yeux marron aux yeux bleus ? À moins que mademoiselle ne vise plus haut ? Mon nom et ma lignée sont impeccables, mais j'hériterai seulement du titre de comte. C'est peut-être un escabeau qu'il vous faut ? Oui ! C'est un duc que vous voulez ! Hein ?

— Vous agissez de façon puérile, répondit Antonia sans animosité. C'est quand vous vous comportez ainsi que vous me déplaisez. (Elle voulut s'éloigner, mais il l'empêcha de partir.) Laissez-moi passer, Étienne. Il est tard et Maria me réprimandera si je ne suis pas rentrée avant qu'elle n'aille à la messe.

— Vous me trouvez puéril, moi ? demanda-t-il en l'attrapant par le bras sous sa cape. Vous, qui obéissez au doigt et à l'œil à une catin… ?

— Maria n'est pas une catin !

— Ah non ? C'est la maîtresse de votre grand-père ?

— Oui…

— Oui ?

— Elle l'aime, Étienne.

— Vous êtes une enfant. Une catin est une catin. Et Maria Casparti est une catin ! Une catin vénitienne !

— Lâchez-moi ! Vous me faites mal !

— Peut-être que la petite Antonia a des vues sur un aristocrate en particulier ? railla le vicomte avec un sourire narquois en lui tordant le bras. Est-ce la raison pour laquelle elle me rejette aussi aisément ? Laissez-moi deviner qui pourrait bien vous attirer…

— Vous ne tenez même pas à moi, dit Antonia, exaspérée. Il y a trois semaines à peine, vous étiez fou amoureux de Pauline Alexandre de Rohan. C'est une fille très belle et très accomplie et si vous l'aviez courtisée, votre père n'aurait pas pu s'opposer à cette union. Et puis, elle était très attachée à vous…

— Mademoiselle préfère peut-être les hommes aux garçons ? Est-ce mon âge qui vous fait chicaner ? la provoqua le vicomte. Quelqu'un de la cuvée et de la réputation de mon cousin anglais vous intrigue, n'est-ce pas ? Une fois, vous m'avez posé trop de questions à son propos, et je sais que vous allez en douce le regarder s'entraîner à l'escrime dans la cour des Princes. Je vous ai fait suivre. Mon cousin anglais manie très bien son épée. Il a l'un des meilleurs poignets de France. Il est aussi passé dans le lit de toutes les femmes de ce palais !

— Et alors ? C'est le cas des trois quarts des gentilshommes de la cour !

— Je n'en fais pas partie, déclara le vicomte d'un ton hautain.

Antonia lui sourit.

— Vous êtes sot, Étienne. C'est ce que j'ai le plus admiré chez vous dès le départ. Maintenant, je vous en prie, lâchez-moi. Je suis certaine que vous m'avez fait un bleu sur le poignet.

Il partit d'un rire embarrassé et serra son poignet avant de la relâcher.

— J'ai très mauvais caractère, dit-il en haussant les épaules. C'est vous qui êtes sotte, Antonia. Ne me mettez pas en colère et je ne vous ferai pas de mal. Si vous avez un bleu, j'en suis désolé. Peut-être que demain, nous recevrons des nouvelles de Saint-Germain. Contrairement à vous, je ne désespère pas de recevoir une bonne nouvelle… Qu'y a-t-il ?

Antonia avait entendu des talons résonner dans la cour déserte et vu le domestique du vicomte sursauter. Elle ramassa sa cape qui avait glissé de ses épaules quand d'Ambert l'avait bousculée sans ménagement. Elle la remit rapidement par-dessus sa robe sans s'inquiéter du fait que la boue et la crasse des pavés éclaboussaient ses jupons.

— Écoutez, Étienne, murmura-t-elle. Si on nous surprend…

— Trop tard, répondit-il en s'avançant dans la pâle lumière orangée.

Le vicomte observa la lueur d'un flambeau qui traversait la cour, brillant de plus en plus fort. Puis trois silhouettes sortirent de l'obscurité. Il sentit tout son corps se raidir et attira Antonia derrière lui tandis qu'il s'inclinait pour saluer les intrus d'un geste crispé. Il n'osait pas regarder son père, qui se tenait près du duc de Roxton.

— Bonsoir, monsieur le duc, dit-il poliment.

Le comte de Salvan sauta sur son fils avant que Roxton ne puisse répondre.

— Que faites-vous ici ? demanda-t-il dans un murmure aigu. Ne vous ai-je pas mis en garde ? Ne vous mêlez pas de mes affaires ! Vous allez tout gâcher ! Tout !

— Monsieur, laissez-moi vous expliquer…

— Taisez-vous ! lança le comte d'une voix rageuse avant de se transformer instantanément en courtisan enjoué pour Antonia. Mademoiselle Moran, permettez-moi de vous présenter des excuses pour le comportement irréfléchi de mon fils. Vous emmener à l'extérieur par une soirée aussi froide est impardonnable. C'est un lourdaud ! Un abruti inconsidéré ! Je souffrirais de mille martyres si j'apprenais que ce morceau insignifiant de ma chair vous avait causé le moindre désagrément.

Il fit un pas vers l'avant, mais Antonia eut un mouvement de recul, poussant le fils du comte à se grandir un peu plus. Ce geste révolta le petit homme, mais son visage peint resta figé en un sourire flatteur.

— Allons, n'ayez pas peur de Salvan. Il n'a en tête que votre bien-être, ne veut que vous servir au mieux. (Il jeta un regard noir au visage imperturbable de son fils.) Que vous a dit mon fils pour que vous ayez peur du pauvre Salvan ?

— Pardonnez-moi, monsieur le comte, mais ce dont je discute avec monsieur d'Ambert ne vous regarde pas.

Le sourire de Salvan se crispa.

— Pardonnez-moi, mademoiselle, mais quand mon fils se met en tête d'avoir des entretiens clandestins avec de très jolies femmes qui ne sont pas chaperonnées, cela me regarde totalement, répondit-il en s'inclinant d'un geste cérémonieux.

Antonia se sentait quelque peu troublée par le duc de Roxton, qui continuait à la fixer nonchalamment à travers son lorgnon, mais elle ne laissa pas sa présence l'empêcher de répondre au comte :

— Pardonnez-moi, monsieur le comte, je n'avais pas réalisé que la vie de monsieur le comte était ennuyeuse au point qu'il doive espionner son fils.

Loin d'être offensé, le comte de Salvan joignit les mains de délectation.

— N'est-elle pas rafraîchissante, Roxton ? Quelle énergie ! Elle qui est si jeune ! Mademoiselle est divine. N'êtes-vous pas de mon avis, mon cousin ? Que dira-t-elle ensuite ?

Le duc ignora l'exubérance de son cousin et laissa retomber son lorgnon. Il était agacé de voir cette fille relever le menton d'un air hautain, une étincelle insolente dans ses yeux verts.

— Vous manquez de manières, dit-il à Antonia avant de se tourner vers l'obscurité. Accompagnez-moi à mon carrosse, Salvan, ordonna-t-il. Le garçon peut ramener la jeune fille à la nursery.

Le visage de Salvan se décomposa et ses épaules s'affaissèrent.

— Mais, mon cousin…

— Excusez-moi, monsieur le duc, rétorqua Antonia, mais puisque vous refusez de reconnaître notre lien de parenté, vous n'avez aucun droit de commenter mes manières.

— Antonia, *non*, murmura le vicomte, sentant ses genoux se dérober de nervosité quand le duc de Roxton, qui n'avait pas fait plus de deux grands pas, fit demi-tour et vint se placer devant Antonia.

Le vicomte tira sur sa manche pour qu'elle revienne derrière lui, mais elle ne bougea pas. Elle resta courageusement à côté de lui, la pointe de couleur sur ses joues froides et pâles étant le seul signe visible de sa nervosité.

— Monsieur le duc, je vous en supplie, pardonnez mademoiselle, elle…

— Taisez-vous, d'Ambert ! siffla le comte de Salvan. Si quelqu'un doit supplier au nom de mademoiselle, c'est moi, espèce d'abruti !

Le père et le fils furent ignorés.

— Contrairement à mon cher cousin, je ne trouve pas mademoiselle amusante, articula le duc d'un ton glacial, sa colère réprimée se reflétant dans ses yeux noirs impassibles et baissés sur elle. Vous confondez la présence d'esprit et l'insolence. Quelques années de plus dans une salle de classe pourront peut-être corriger ce défaut.

Antonia prit un faux air timide et baissa les yeux avec un soupir de résignation.

— Malheureusement, je n'aurai peut-être pas l'opportunité de profiter d'une telle correction, monsieur le duc, répondit-elle d'un air abattu en lançant un bref coup d'œil au comte de Salvan. Enfin… à moins que monsieur le duc ne reconnaisse que je suis l'une de ses parentes…

Le duc comprit la signification de ce regard, mais il ne fut pas dupé par son apparente humilité. Il voyait la fossette dans sa joue gauche et savait ce qu'elle essayait de faire, ce qui l'agaçait plus que de raison. Il refusait que qui que ce soit lui force la main, en particulier une gamine impertinente dont les cheveux décoiffés et les vêtements mal taillés conviendraient plus à une polissonne des rues qu'à la petite-fille d'un comte, un général aux nombreuses décorations. Il serra les dents.

— Vous n'êtes pas sous ma responsabilité.

— Évidemment qu'elle n'est pas sous votre responsabilité, proclama le comte de Salvan avec un rire léger forcé, son mouchoir parfumé appuyé contre ses fines narines, mais en gardant un œil méfiant sur les traits implacables du duc. Mademoiselle a un grand-père qui ne veut que son bien. Bien. Cela étant dit, laissez-moi vous raccompagner à votre carrosse, mon cousin, avant que nous n'attrapions tous froid dans cet air nocturne.

— Ce que veut mon grand-père n'est pas en accord avec les dernières volontés de mon père, déclara Antonia au duc, sans prêter attention au comte. Mon père, depuis Florence, a envoyé une copie de son testament à monsieur le duc avant son ultime maladie.

Si Frederick Moran lui avait envoyé une copie de son testament, le duc l'apprenait. Ses yeux noirs exprimaient sa surprise. Néanmoins, la jeune fille continuait à le regarder de ses yeux vert clair, d'un air accusateur, comme s'il avait lu et délibérément ignoré les dernières volontés de son père, devant à présent se justifier devant elle. Insolente créature. Il refusait de lui donner la satisfaction d'une réponse ; il adressa un hochement de tête au vicomte d'Ambert, tourna les talons et fit signe au comte de se joindre à lui.

Un petit sourire entendu aux lèvres, Antonia observa le duc s'éloigner à grandes enjambées dans l'obscurité. Elle n'écoutait pas le monologue du vicomte, qui lui assurait que ses mauvaises manières leur attireraient des ennuis à tous les deux. Le duc était peut-être en colère contre elle – son expression laissait assurément penser qu'il se lavait les mains d'elle une bonne fois pour toutes –, mais Antonia était satisfaite de cette rencontre tardive avec le duc, car contrairement à la demi-douzaine de lettres qu'elle lui avait écrites pour lui expliquer la situation délicate dans laquelle elle se trouvait, elle avait enfin éveillé sa conscience.

Confiante quant au fait qu'elle quitterait bientôt Versailles, elle n'avait pas de temps à perdre. Elle devait s'assurer que ses bagages seraient prêts pour sa fuite du palais et de l'orbite menaçante du comte de Salvan. Elle forcerait la main du duc de Roxton lors du bal masqué dans la galerie des Glaces, deux jours plus tard. Sa propre ingéniosité la fit sourire. Resserrant la large cape autour de son corps gracile, elle s'élança en courant vers le palais, à travers la cour de Marbre, criant au vicomte qu'elle était très bonne coureuse et qu'elle arriverait aux appartements de Maria Casparti avant lui.

DEUX

Une heure plus tard, la voiture de ville du duc de Roxton passa le portail en fer noir de son hôtel de la rue Saint-Honoré. Les quatre alezans luisaient de sueur et agitaient la tête, leur souffle chaud sortant en volutes de leurs larges narines et disparaissant dans la nuit noire. Les palefreniers se précipitèrent au-devant des chevaux. Les valets de pied en livrée s'éparpillèrent dans la cour. Le portier ouvrit en grand l'imposante porte d'entrée cloutée et s'inclina bien bas.

Il régnait un chaos ordonné.

Le cocher sauta de son siège avec un grognement et enleva ses gants en cuir. Quand un laquais se dépêcha de le rejoindre avec l'air d'attendre quelque chose, il indiqua le véhicule du pouce en haussant ses épais sourcils.

— Il est d'une sacrée humeur, marmonna Baptiste, le cocher. Prévenez Duvalier. Deux chariots renversés sur le pont de Sèvres et une collision évitée de justesse avec un coucou sur le quai de Passy. Le diable s'en est mêlé, ce soir !

— Qu'y a-t-il d'inhabituel ? ricana son collègue. C'est toujours pareil avec lui.

Deux whippets, l'un gris et l'autre tacheté blanc et fauve, portant tous les deux un collier endiamanté, accueillirent leur maître dans le vestibule en marbre en donnant de petits coups de museau contre sa main gantée et en remuant frénétiquement leur queue semblable à un fouet. Duvalier, le majordome du duc, s'avança en prenant garde de ne pas s'interposer entre le maître et ses animaux dévoués et récupéra la roquelaure, les gants et l'épée du duc en l'informant que madame de Montbrail et Lord Vallentine l'attendaient dans le salon. Il monta au deuxième étage, ses whippets trottant joyeusement derrière lui.

Le duc entra en silence dans la pièce et y trouva sa sœur assise près du feu, où elle était en pleine confection d'une tapisserie pour un écran de cheminée. Lord Vallentine, les jambes étendues devant lui, sa redingote déboutonnée, sa perruque légèrement de travers et son menton carré posé sur sa cravate en dentelle, était confortablement installé dans un fauteuil haut. Il lisait posément, à voix haute, un journal anglais ; les interruptions constantes de madame rendaient sa traduction d'autant plus laborieuse.

— Je ne comprends pas du tout, le coupa-t-elle alors que sa tête encadrée de boucles noires et brillantes était penchée, rapprochée de sa couture. Pourquoi votre roi écoute-t-il ce ministre ? Moi, je ne signerais jamais une proposition de loi qui ne me plaît pas. Pourquoi devrait-il s'y résoudre ? N'est-il pas roi ?

— Écoutez, Estée, dit patiemment Lord Vallentine. L'Angleterre, c'est pas la France. Je n'arrête pas de vous le dire. Je vous l'ai expliqué une centaine de fois : la Chambre des communes vote une proposition de loi, qui passe ensuite par la Chambre des Lords. Si elle y reçoit un vote majoritaire, elle est présentée au roi pour qu'il la signe. Le cas échéant, elle est adoptée et devient une loi. Mais si la proposition ne lui plaît pas, il peut la renvoyer à la Chambre et...

— Tout ceci est très fastidieux, soupira-t-elle. Mais je vous en prie, continuez à me lire l'article sur cette proposition de loi concernant l'importation de la batiste.

— Eh bien, je suis assoiffé, dit Sa Seigneurie en tendant une main vers une petite cloche en argent. Reprendrez-vous du café, Estée ?

— Il en faut pour trois, mon cher, dit le duc en s'avançant un peu plus dans la pièce chauffée.

— Hé, hé ! Regardez ce que la soirée nous apporte ! C'est Roxton ! déclara Vallentine avec un immense sourire en se relevant d'un bond pour serrer la main tendue de son ami le plus proche.

— Toujours aussi omniscient, mon cher Vallentine, dit Roxton avec un rare sourire.

Il claqua des doigts et les chiens s'approchèrent de lui, dans l'expectative. Ils restèrent immobiles quand madame, faisant bruisser ses volumineux jupons en soie, traversa la pièce pour aller embrasser son frère.

— Ne vous ai-je pas dit ce matin que Vallentine arriverait à Paris pour le souper ? le réprimanda-t-elle d'un ton taquin tandis qu'il l'embrassait sur les deux joues. Vous n'étiez pas là pour l'accueillir !

— Comment s'est passée votre traversée ? s'enquit le duc en s'asseyant sur le fauteuil en face de celui de son ami, les whippets se roulant rapidement en boule à ses pieds. J'espère que tout s'est bien passé ?

— Si seulement. Nom d'une pipe ! J'ai été malade comme un chien ! répondit Sa Seigneurie en riant et en s'étendant de nouveau. Mais après un bon souper à votre table, me revoilà en pleine forme. Comme vous, ajouta-t-il en examinant son ami d'un œil critique. Vous ne vieillissez pas. J'affirme avoir le visage plus ridé que le vôtre. Et vous avez toujours l'air d'un ecclésiastique, dit-il en commentant la redingote droite en velours noir du duc et ses cheveux de jais, sévèrement tirés vers l'arrière, dégageant son visage austère et attachés en une tresse qui descendait jusqu'au milieu de son large dos. Je ne comprends pas. Un homme de votre statut pourrait faire bien mieux. Votre garde-robe pourrait être remplie de somptueuses redingotes de toutes les couleurs, confectionnées avec tous les tissus et ornements que vous pourriez désirer. Et je ne dis pas que le noir et le blanc ne vous siéent pas. Loin de là. Ces couleurs vous vont même sacrément bien !

— Je m'efforce de ne pas vous décevoir, Vallentine, dit le duc. Mais je constate que je suis tombé dans votre estime. Lors de votre dernière visite, vous m'aviez qualifié de… hum… *pie.*

— Par Jupiter, vraiment ? Eh bien, oui, aussi ! déclara son ami, nullement décontenancé.

— Inutile de vous en prendre à lui, se plaignit Estée. Je lui dis toujours la même chose et il reste sourd à toutes mes demandes. Oh, Duvalier, apportez du café et des tasses propres. Je pensais que vous rentreriez bien plus tôt, dit-elle à son frère quand le majordome eut refermé la porte. Êtes-vous resté pour le récital ?

— Le récital ? répéta le duc d'un air absent, les yeux posés sur son seul bijou, une grosse émeraude carrée qu'il portait sur un doigt de sa longue main blanche. Le récital ? Oui. Je ne me souviens pas des morceaux joués, seulement que le tout était insipide.

— Le duc de Richelieu est-il réellement revenu ? demanda-t-elle.

— Armand est revenu, oui, répondit-il. Madame de Charolais l'a instantanément attiré contre son sein et mademoiselle de Vintimille dans son lit, dès sa sortie de celui de madame de Flavacourt. Comme toujours, on le sent avant de le voir. Ses habitudes et son parfum restent inchangés.

— Était-il content de vous voir ? s'enquit-elle.

— Armand est toujours content de me voir, répondit le duc avec un sourire pincé. Il m'a fait remarquer que la compétition lui manquait dans le Languedoc. Je lui ai promis de le tenir en haleine.

Estée rit.

— Et est-il au courant pour Marie-Anne de La Tournelle ? demanda-t-elle, fronçant les sourcils quand le duc la regarda avec une expression neutre.

Lord Vallentine comprit immédiatement et poussa un long soupir pour lequel il reçut le même traitement que madame.

— N'insistez pas, Estée, l'avertit-il.

— Pourquoi devrais-je ne rien dire à propos de Marie-Anne ? demanda-t-elle, irritée. La plupart des hommes se vanteraient d'une telle conquête. Après tout, même ici à Paris, on chuchote qu'elle évincera bientôt madame de Mailly – sa sœur si laide – pour devenir la prochaine maîtresse de Louis. C'est pour cette raison que je m'y intéresse. Le jeu auquel vous jouez est dangereux, très cher frère. Il ne me plaît pas.

— Peu importe qu'il vous plaise ou non, cela ne vous regarde en rien.

Le beau visage d'Estée de Montbrail tressaillit et elle retourna d'un pas décidé à sa tapisserie ; elle s'assit devant en silence, sans reprendre son fil et son aiguille. Lord Vallentine détestait la voir ainsi bouleversée, mais il savait que son ami avait raison, il n'ajouta donc rien. Le silence fut interrompu seulement quand Duvalier revint avec un valet de pied et le nécessaire pour le café. Estée s'occupa de le servir et son frère l'observa, lui disant en acceptant une tasse :

— J'ai transmis vos hommages à Salvan. Il a promis de venir à

Paris dès que ses obligations à la cour le lui permettraient. Bientôt, vous serez à jour dans tous les commérages de Versailles. Il a toujours une dose de scandale sous la main.

— Il est toujours là, lui ? grommela Lord Vallentine.

— Pourquoi faites-vous la grimace ? demanda Estée. Salvan est notre cousin et il nous rend souvent visite, quand il le peut.

— Je n'aime pas ce type. Ses peintures et ses poudres m'agacent autant que ses amabilités. Il est d'une lourdeur !

— En voulez-vous personnellement à monsieur le comte de Salvan ? s'enquit le duc en reposant sa tasse sur sa soucoupe. Je vous assure, mon cher, qu'il ne cherche jamais à s'immiscer dans les galanteries d'un autre. Contrairement au duc de Richelieu… à moins, bien sûr, que la dame ne le permette.

— N'agit-il pas comme un vrai gentleman ? dit Estée pour taquiner Lord Vallentine.

— Il ne m'a fait aucun mal… pour l'instant, répondit Sa Seigneurie d'un air sombre et en anglais.

Le duc lui proposa du tabac à priser.

— Et il y a peu de chances pour que cela arrive un jour, mon cher Vallentine, répondit-il dans sa langue maternelle. Soit il vous manque l'assurance nécessaire, soit vous… hum… *calomniez* la vertu d'une dame. Dans le premier cas, je ne peux rien y faire. Dans le deuxième, il s'agit alors d'une insulte à laquelle je suis tout à fait capable de faire face.

— Vous avez un joli sens de la formule.

Roxton inclina la tête.

— Je cherche à plaire.

— Acceptez mes excuses.

— Toujours.

Lord Vallentine sourit à madame et reprit en français :

— Pardonnez-nous, Estée. Il y a certaines choses que je trouve trop compliquées à expliquer en français.

— Non, dit-elle en sirotant son café. Vous parlez anglais avec mon frère quand vous ne voulez surtout pas que je comprenne votre discussion. Moi, je trouve que c'est vraiment injuste ! Vous aurez tout le temps du monde pour cela quand je me serai retirée. Mais si vous parliez de la cour, je vous en prie, dites-le-moi. Si vous parliez politique, je me moque de savoir ce que vous avez dit.

— C'est la même chose, hein, Roxton ? Cela dit, je préfère les couloirs de Westminster aux complots réprimés de Versailles. Cet endroit à quelque chose de bien plus sinistre. Trop de scandales cachés sous toutes ces paillettes. Je ne sais pas pourquoi vous prenez la peine de vous y mêler, Roxton. Il y a largement de quoi faire à Paris, inutile de tremper dans ce qu'il se passe là-bas.

Le duc, qui admirait l'émeraude de sa bague, releva les yeux.

— C'est inévitable. C'est dans mon sang.

— Une piètre excuse ! se moqua Sa Seigneurie. Vous êtes anglais jusqu'à la moelle. Vous avez été éduqué à Eton, puis à Oxford, grâce à l'influence de votre grand-père. Dommage que votre sœur n'ait pas été envoyée en Angleterre avec vous.

— Et quitter mère ? dit Estée, alarmée. C'était déjà assez horrible que mon frère soit arraché des bras de mère à la mort de père. Il aurait dû rester ici avec nous. C'est ici qu'il est né et qu'il a grandi. C'est ce que père voulait pour nous. Il n'aimait pas l'Angleterre. Il voulait que nous soyons français, comme mère. Je suis française. Mon frère aussi.

Vallentine se redressa brusquement, renversant du café dans sa soucoupe.

— Roxton n'est pas français ! Il n'est même pas papiste ! Et son père ne l'était pas non plus, quoi que vous en disiez.

— Et c'est bien dommage, soupira madame, un éclat dans les yeux alors qu'elle regardait son frère.

— Dommage ? Écoutez-moi bien, Estée…

— Quelque chose vous trouble, Roxton, dit madame en ignorant l'emportement houleux de Sa Seigneurie. Vous ne quittez pas la bague ducale du regard. Qu'y a-t-il ?

— Dites-moi, Vallentine. De quelle couleur sont les yeux de Lady Strathsay ?

Lord Vallentine eut l'air perplexe. Il haussa les épaules.

— Aucune idée.

— Lady Strathsay ? s'enquit Estée. Je n'en ai pas la moindre idée. Je ne l'ai pas vue depuis de très nombreuses années. Le vieux comte, son mari, approche enfin de la mort. Malheur ! C'est une grande occasion.

A-t-il été déplacé à Saint-Germain ? Tante Victoire dit qu'il est allé mourir là-bas.

— C'est possible, admit le duc en haussant les épaules.

— Notre tante dit qu'il refuse de se confesser tant qu'il n'a pas de nouvelles du vrai roi anglais et qu'il a renvoyé la femme qui a été sa maîtresse pendant quinze ans. J'ai de la peine pour elle. Notre tante dit qu'elle lui était plus dévouée que n'importe quelle épouse. Non pas que Lady Strathsay puisse être qualifiée d'épouse, elle ne vit plus avec lui depuis trente ans. (Madame poussa un long soupir.) Pauvre homme, avoir une femme pareille. Et c'est notre cousine ! Je me réjouis qu'elle ne nous rende pas visite. Je n'aimerais pas jouer les hôtesses avec quelqu'un comme elle.

— Le vieil homme doit approcher des quatre-vingts ans, intervint Vallentine. Voulez-vous arrêter de tripoter cette maudite bague, Roxton ! Vous m'aveuglez. Strathsay est mourant ? Bien, bien ! Un nouveau coup fatal pour les Stuart. C'est le dernier des bâtards de Charles et le dernier général du prétendant. Il doit approcher des quatre-vingts ans.

— Vous l'avez déjà dit. Il a soixante-quatorze ans et il n'est pas en train de mourir de vieillesse, mais de la vérole, leur dit le duc. Une fin appropriée pour le bâtard du *Merry Monarch* et de cette mégère Jane Hervey. Dites-moi, Estée, de quelle couleur sont les yeux d'Augusta Strathsay ?

Sa sœur lança un regard méfiant à Lord Vallentine, mais quand il se contenta de hausser les épaules, elle se tourna derechef vers son frère.

— Je crois qu'ils sont verts, dit-elle, perdant patience. Oui, ils sont verts.

— Et pourquoi vous ont-ils marquée ?

— J'aimerais savoir où vous voulez en venir ! dit-elle. Ils ne m'ont pas marquée. Ils sont verts, c'est tout.

— C'est tout ?

— Oui ! C'est tout ! s'exclama Estée avec une moue avant de leur verser chacun une deuxième tasse de café. Ils sont verts. Vallentine doit mieux les connaître que moi.

— Vert sapin ? Vert d'eau ? Un vert jade, peut-être ? insista le duc.

— Je me demande comment Lady Strathsay réagira à la mort du

comte ? se demanda Lord Vallentine, espérant détourner la conversation de la nouvelle obsession de son ami pour la couleur verte.

— Augusta va détester porter le deuil. Le noir et le blanc ne lui vont pas, répondit Roxton en tendant la main pour que l'émeraude reflète la lumière du lustre. Un vert pomme, peut-être ?

Estée se releva d'un geste théâtral.

— Vous êtes insupportable ! Parfois je ne vous comprends vraiment pas du tout ! Vous étiez à Londres il y a à peine quatre mois, vous pouvez nous la dire, vous, la teinte de vert des yeux de notre cousine Augusta !

— J'aimerais que vous me le disiez, dit-il doucement.

Madame retourna à sa tapisserie.

— Augusta est – ou était, mais j'imagine qu'elle l'est encore – une très belle femme. Donc. Ses yeux sont très beaux aussi. Si mes souvenirs sont un tant soit peu corrects, elle a des yeux inhabituels – légèrement obliques, comme ceux d'un chat. Très inhabituels. Et elle a de longs cils foncés, ce qui est également inhabituel pour quelqu'un qui a des boucles flamboyantes.

— Moi-même, je ne m'en souviens pas, grommela un Lord Vallentine dépassé et agité qui se leva pour se dégourdir les jambes. Je préfère les yeux bleus, moi. Qu'est-ce qu'ils ont, ses yeux ? Elle n'est pas en train de devenir aveugle, si ?

— Bien sûr que non, répondit Estée, ses joues se teintant de couleur après le compliment caché de Lord Vallentine.

— C'est moi qui vais devenir aveugle si vous n'arrêtez pas de tourner cette émeraude sous la lumière ! s'exclama Sa Seigneurie en plissant les yeux. Hé ! Émeraude ! Vert émeraude !

Le duc soupira.

— Enfin, les rouages du cerveau de Vallentine se remettent en marche. Je suis atterré.

Le visage de Sa Seigneurie s'assombrit.

— J'ai raison, hein ?

— Vous pourrez demander une sucrerie à Duvalier pour vous récompenser de vos efforts, mon cher Vallentine, dit Roxton en donnant une chiquenaude désinvolte à l'oreille du whippet gris, avant d'embrasser sa sœur sur le front pour lui souhaiter une bonne nuit.

Venez, mes enfants, ordonna-t-il aux chiens. Vous aussi, très cher, dit-il à son ami. Je vais chez Rossard. Voulez-vous vous joindre à moi ?

— Bien entendu. Mais seulement si vous arrêtez de parler d'yeux et d'émeraudes !

— Je ne mettrai plus votre cerveau à l'épreuve, seulement vos compétences à la table de jeu.

On gratta à la porte avant que les gentilshommes ne prennent congé. Le majordome, d'un air sincèrement contrit, déclara que le vicomte d'Ambert souhaitait s'entretenir avec monseigneur à propos d'une affaire urgente qui ne pouvait pas attendre le lendemain matin.

— Dans la bibliothèque, Duvalier. Vallentine, m'attendrez-vous ?

— Je vais rester ici avec Estée un peu plus longtemps.

— Qu'y a-t-il ? demanda madame au duc. Ce n'est pas à propos de Salvan, si ? Ou de tante Victoire ?

— Je ne crois pas, répondit Roxton, arborant une expression qu'Estée trouvait toujours difficile à lire, ce qui l'exaspérait. Mais j'aurais dû me douter qu'il se dépêcherait de me suivre depuis Versailles. Il est sûrement venu à la demande de la gamine des rues.

Il quitta la pièce avant que sa sœur et Lord Vallentine n'aient le temps de lui poser plus de questions.

On avait allumé un feu dans la bibliothèque, mais il y avait peu de lumière. Un seul lustre projetait sa lueur dans la longue pièce emplie de livres à la reliure en cuir et de meubles imposants. Les épais rideaux en velours bordeaux étaient tirés sur les fenêtres qui donnaient sur la cour intérieure, avec son petit jardin et ses écuries. Un seul rideau restait ouvert sur une fenêtre, et c'était devant celle-ci que se trouvait le vicomte d'Ambert, botté et éperonné, quand un valet de pied ouvrit la porte pour laisser entrer le duc.

— Vous vouliez me parler d'une affaire… hum… *urgente* ? demanda le duc de sa voix suave caractéristique.

Le jeune homme sursauta et s'éloigna de la fenêtre pour venir à la rencontre du duc au milieu de la pièce. Il s'inclina d'un geste guindé et cérémonieux qui trahissait une nervosité que son visage pâle essayait au mieux de dissimuler.

— Je suis désolé de vous importuner, monsieur le duc, mais je considère que je vous dois une explication à propos de ce qu'il s'est passé ce soir. Je suis venu le plus rapidement possible, avant, avant... Le plus rapidement possible.

Roxton se jucha sur un coin de son immense secrétaire, balançant nonchalamment une jambe dans le vide. Il dévisagea le jeune homme sans ciller.

— Avant que votre père ne me raconte sa version de l'histoire ? s'enquit-il.

La couleur envahit les joues minces du vicomte, qui perdit contenance.

— Je ne m'attends pas à ce qu'on me croie plus que mon père. Je dois vous parler de mademoiselle Moran et...

— Excusez-moi, d'Ambert, l'interrompit le duc. Je me moque complètement de mademoiselle Moran – et de l'intérêt que vous ou votre père lui portez.

— M-mais, monsieur le duc, bégaya d'Ambert. C'est important que vous soyez au courant !

— Pourquoi ?

— P-pourquoi ? Parce que... parce que vous nous avez vus ensemble, mademoiselle Moran et moi. Et vous êtes le cousin le plus proche de mon père. Il doit se confier à vous de temps à autre et...

— Si Salvan voulait me confier quoi que ce soit, je m'y opposerais avec force, répondit le duc d'une voix mesurée en lui tendant sa tabatière.

— N-non, je vous remercie. J-je préfère mon propre mélange.

Roxton prit du tabac à priser.

— Comme vous voulez.

Après quelques instants de silence, le vicomte perdit le contrôle :

— Vous devez m'écouter, monsieur le duc ! C'est important. Mon père, c'est votre cousin. Je suis votre cousin. Il n'y a personne d'autre à qui je peux en parler. Personne ne va penser que mon père a tort et que j'ai raison. Impossible de le raisonner. C'est un homme possédé. Un fou ! Il me menace d'une lettre de cachet. Moi, son fils ! N'est-ce pas un affreux abus ? Hein ?

Il s'interrompit pour prendre une profonde inspiration et se rendit compte qu'il venait de hurler sur son hôte.

— Vous ne me croyez pas, si ? Qui penserait un père capable de faire une telle chose à son fils ?

— Ce n'est pas une façon novatrice de régler un problème, mon garçon. Certains pères ont fait emprisonner leur fils pour moins que cela.

Les épaules du jeune homme s'affaissèrent. Il devait bien admettre que c'était la vérité. Il pouvait citer au moins une douzaine d'anciennes familles nobles qui, à un moment ou un autre, avaient fait emprisonner un membre de leur famille – souvent un fils dévoyé – à la Bastille pour une raison restée secrète. Même le duc de Richelieu, ce libertin jovial, avait passé du temps là-bas après avoir refusé d'épouser la femme choisie par sa famille. D'Ambert, de ses yeux bleus, examinait le visage de son interlocuteur plus âgé. Il était toujours aussi insondable.

— Et qu'en est-il d'un père qui souhaite marier son fils à une jeune femme innocente pour faire d'elle sa maîtresse ? Sa maîtresse honorable. Ah ! Tout ceci me dégoûte ! cracha le vicomte. C'est ce qu'il compte faire avec mademoiselle Moran. Savez-vous que son grand-père est trop souffrant pour s'opposer aux souhaits de mon père ? Je vous dis qu'elle doit quitter Versailles, immédiatement ! Je dois l'éloigner de lui. Voulez-vous bien m'aider ?

— Vous aider à faire quoi ? demanda calmement le duc.

Le vicomte était incrédule.

— À faire en sorte que mon père abandonne ses putrides projets ! Il doit oublier cette idée saugrenue de nous marier, puis de… Si seulement vous vouliez bien lui parler, lui faire entendre raison. Il vous écoute, vous. Je crois qu'il vous craint aussi un peu.

— Ne voulez-vous pas l'épouser ?

— J-je suis un Salvan, dit-il d'un air hautain. C'est une protestante. Son père n'avait qu'une génération d'écart avec les marchands de soie huguenots.

— Salvan aurait-il besoin d'argent ?

Le vicomte se raidit.

— Oui, c'est impoli de poser la question, dit le duc d'une voix traînante. S'attend-il à ce que Strathsay lègue sa fortune à cette fille ?

— Oui, monsieur le duc. Les domaines des Salvan ont fortement besoin de réparations. Mon grand-père était un grand joueur de jeux de hasard, comme mon père, admit le jeune. Il n'a ni la grande chance ni la bonne fortune de monsieur le duc.

— Ma richesse – pour le dire vulgairement – *excessive* est un sujet qui fâche constamment votre père. Tout comme ma chance… hum… *remarquable* aux jeux. Il n'y a rien que je puisse y faire, dans un cas comme dans l'autre.

— Aiderez-vous mademoiselle Moran ?

Roxton secoua ses ruches en dentelle en se levant. Il observa le visage enthousiaste du jeune homme d'un air indifférent.

— Non.

— N-non ? répéta le vicomte, qui ne comprenait pas. P-pourquoi pas, monsieur le duc ?

— J'essaye de n'aider personne.

— M-mais, je suis votre cousin ! Et-et elle, c'est votre cousine !

— J'ai beaucoup de cousins. Tout ceci m'ennuie beaucoup.

Le vicomte d'Ambert était sidéré. Il était incapable de trouver les bons mots face à une réponse aussi catégorique. Il observa le duc donner de petits coups de tisonnier au feu dans la cheminée, son profil aquilin et proéminent se détachant dans la lueur orangée, et se demanda pourquoi il avait cru que ce libertin accompli proposerait de l'aider. La réputation de cet homme était aussi sinistre qu'elle était notoire.

— Pardonnez cette intrusion, monsieur le duc, dit-il enfin avec une morosité qui ne passa pas inaperçu. Il est aisé d'oublier que même si monsieur le duc est notre cousin et sa mère une Salvan, lui n'en est pas un et il n'est pas non plus français. S'il l'était, il comprendrait.

Roxton reposa le tisonnier sur son serviteur.

— En effet, il ne faut pas l'oublier.

— Après tout, pourquoi vous soucieriez-vous de mon sort ? Ou de celui d'une fille d'à peine vingt ans !

— Vingt ans ? répéta le duc en s'arrêtant au niveau de la porte. En êtes-vous certain ?

— Oui, monsieur le duc.

— Et votre âge à vous ? Rappelez-le-moi, d'Ambert.

— J'ai eu dix-huit ans il y a deux mois, monsieur le duc.

Pendant un bref instant, le duc eut l'air surpris.

— Vous, vous avez eu dix-huit ans ?

— Ou-oui, monsieur le duc.

— Voulez-vous d'elle ? demanda le duc, esquissant un sourire en coin quand le vicomte hésita. Salvan aurait déjà pu la mettre dans son lit s'il l'avait voulu.

— Ce serait un viol. Elle le déteste.

— Et vous ? N'avez-vous pas de… hum… *désir* pour elle ?

— Faut-il que tous les hommes veuillent séduire les jolies filles ? demanda le vicomte avec dédain.

Quand le duc se contenta de hausser un sourcil pour seule réponse, il s'empourpra péniblement.

— Toutes mes excuses, monseigneur, dit-il à voix basse en quittant la pièce, son hôte ouvrant grand la porte.

Lord Vallentine les rejoignit dans le vestibule. Il salua le jeune homme avec un sourire chaleureux en lui serrant la main. Le vicomte fit preuve de politesse, mais il ne témoigna d'aucune envie de s'attarder pour discuter avec Sa Seigneurie, bien qu'il l'apprécie plutôt. On fit venir son cheval et il prit rapidement congé.

— Il est d'un naturel sérieux, lui, dit Vallentine en fronçant les sourcils tandis qu'un valet de pied l'aidait à enfiler un pardessus en laine. Il ne ressemble pas au vieux Salvan, n'est-ce pas ?

Le duc récupéra une paire de gants noirs en daim sur la table du vestibule, puis son épée et son écharpe des mains du majordome. Il déclina son carrosse ; il marcherait.

— Il est bien le fils de sa mère, dit-il pour seul commentaire quand ils sortirent dans la cour.

— Un beau garçon, fit remarquer Lord Vallentine. Je crois me rappeler que sa mère était une belle femme. Une petite blonde aux yeux bleus. Mais elle était agitée. C'est elle qui s'est pendue, non ?

— Empoisonnée, déclara Roxton.

Lord Vallentine n'entendit pas la tension dans la voix de son ami.

— C'est vrai, dit-il tandis qu'ils s'élançaient à bonne allure pour remonter la rue Saint-Honoré. Peu importe comment elle s'y est prise, il me semblait bien qu'elle avait mis fin à ses jours. Ce qui a causé un scandale, non ? D'Ambert ne devait être qu'un enfant.

— Il avait douze ans.

— Vous avez une mémoire exceptionnelle, Roxton.

— Aussi exceptionnelle que la vôtre est déplorable.

Lord Vallentine contourna un balayeur de rue.

— J'ai parlé de pendaison et pas de poison. Et alors ? Un suicide reste un suicide, non ? Pourquoi l'a-t-elle fait ?

— Je n'en ai pas la moindre idée, dit le duc en tournant dans une petite rue mal éclairée.

Son compagnon resta silencieux, les mains profondément plongées dans les poches de son pardessus et son menton carré blotti dans les plis d'un jabot en soie. La soirée était exceptionnellement froide en ces premiers jours d'automne, ce qu'il fit remarquer, mais le duc ne l'entendit pas, ou ne voulait pas l'entendre. Rossard, la maison de jeux à la mode dans la noblesse parisienne, se trouvait au bout de la rue, des flambeaux éclairant son entrée élégante.

— Je sais pourquoi, déclara Sa Seigneurie.

— Pourquoi quoi, mon cher ? demanda le duc en chassant un porte-flambeau insistant.

— Pourquoi elle s'est tuée, dit son ami. À l'époque, la rumeur disait qu'elle était morte d'un surdosage. Elle était dépendante, après tout. On a supposé que c'était de l'opium, ou un dérivé concocté par un apothicaire. Même dans ses meilleurs jours, ce n'était pas une créature très stable. Je me souviens d'une fois où j'étais à l'ambassade et... enfin, cela n'a plus d'importance à présent. À l'époque, je ne croyais pas qu'elle avait fait un surdosage sans raison, peu de gens y croyaient.

— Ah oui ?

— Je vous l'assure ! Elle avait un amant.

— Quelle grande dame n'en a pas ?

Ils montèrent les marches qui menaient à la porte d'entrée et deux valets de pied en livrée les laissèrent entrer.

Dans le petit vestibule doré, où la lumière était éblouissante et où il y avait beaucoup d'agitation, deux autres valets de pied vinrent à leur rencontre. Lord Vallentine, après leur avoir donné son pardessus, sa canne et ses gants, jugea qu'il était plus prudent de continuer en anglais ; ainsi, il était sûr qu'aucune personne présente ne pourrait comprendre leur conversation. Il suivit le duc quand il monta un étroit escalier qui menait à une série de salles de jeux au deuxième étage. Leur progrès fut sans cesse interrompu par des amis et des connaissances qui les saluaient.

— Je sais que toutes les grandes dames prennent un amant,

chuchota Sa Seigneurie d'un ton agacé en observant son ami balayer la pièce bondée et bruyante du regard derrière son lorgnon. Mais elle n'était pas très discrète, si ?

— Faut-il que vous tourmentiez Claudine-Alexandre même dans le trépas, mon cher Vallentine ? s'enquit le duc d'une voix grave teintée d'une légère raideur.

Il fit une magnifique révérence à un gentilhomme affublé d'un postiche poudré de bleu qui l'avait hélé en agitant un mouchoir parfumé, appuyé paresseusement sur le dossier d'une chaise à barreaux à l'autre bout de la pièce.

— Elle n'en vaut pas la peine, rajouta le duc.

— Le fait est, confia Sa Seigneurie près de l'oreille du duc, que je crois me rappeler que son amant était quelqu'un que nous connaissons intimement. Nom d'une pipe, je ne me souviens pas de son nom ! Il a dû me sortir de la tête. Je ne sais pas pourquoi. Ce serait impardonnable si par hasard, en discutant avec Salvan, je mentionnais le nom de ce misérable. Je veux dire, cela pourrait lui rappeler des souvenirs désagréables. Ce n'est pas arrivé il y a assez longtemps pour qu'il ait complètement oublié. Et s'il aimait sa femme... L'aimait-il ? demanda Vallentine.

Il accepta le verre de bourgogne qu'un serveur au visage impassible lui proposait et but à la santé de son ami.

— C'est la raison pour laquelle je vous accompagne dans cet établissement hors de prix, Roxton. Le vin est toujours excellent ! J'ai pas à me plaindre. Je pense qu'il ne l'aimait pas tant que ça. Salvan est aussi froid qu'un serpent. Mais c'était quand même un sacré scandale. Elle a vu ses lettres éparpillées partout. Et elle a laissé une note quand elle est morte, accusant ce pauvre type d'être responsable de son suicide parce qu'il avait mis fin à leur histoire. Elle avait dressé la liste des nombreuses conquêtes passées et présentes de ce type, liste qui s'est répandue dans les salons plus rapidement que n'importe quel tract politique. Eh bien, je ne lui reproche pas de s'être débarrassé d'elle, ça je peux vous le dire, déclara Vallentine en secouant la tête. Une affaire vraiment affreuse.

Il s'interrompit en voyant que le duc était absorbé par le jeu en cours à la table la plus proche d'eux.

— Qui était-il ? ajouta Vallentine.

Roxton ne détacha pas son regard des joueurs.

— Qui donc, mon cher ?

Lord Vallentine fronça les sourcils.

— Vous ne m'écoutez pas, hein ?

À la fin de la partie, la banque récupéra les cartes. Les gentils-hommes commencèrent à s'agiter sur leur chaise et on fit resservir du vin avant la prochaine distribution.

— L'amant. Vous devez bien connaître son nom.

Le duc tourna son lorgnon vers Sa Seigneurie, son grand sourire dévoilant ses impeccables dents blanches.

Lord Vallentine battit des paupières, prit une inspiration et avala une gorgée de vin tout en même temps. Il lui fallut plusieurs secondes pour contrôler sa quinte de toux. Un serveur et l'un de ses collègues vinrent rapidement aider Sa Seigneurie, se confondant en excuses et épongeant à l'aide d'un tissu son gilet aux exquises broderies en fil doré. Le bourdonnement des conversations se réduisit à un murmure, reprenant presque immédiatement. Les jeux se poursuivirent. Le duc ne cilla pas. Il continua à observer la partie en cours à la table proche de lui, ne prêtant attention à rien d'autre.

LE VICOMTE D'AMBERT passa une nuit agitée dans la résidence de sa grand-mère, madame de Salvan, sur la place Royale, ne quittant Paris pour retourner à Versailles que le lendemain après-midi. S'il n'avait pas eu l'air pâle, troublé et plus nerveux que d'habitude quand il vint prendre congé auprès d'elle, elle aurait très bien pu ne se douter de rien. Son père la craignait tout autant qu'il craignait le duc de Roxton, ce qui donna donc de l'espoir à d'Ambert ; il lui raconta toute sa visite au duc anglais. Il lui révéla aussi quelques éléments des projets fous de son père. La vieille comtesse douairière aimait son petit-fils plus qu'elle aimait son fils et détestait le voir aussi boule-versé, elle lui assura donc qu'elle ferait tout son possible pour arranger les choses.

Il ne savait pas du tout ce que pouvait faire une vieille dame infirme de soixante ans pour l'aider à sortir de cette situation fâcheuse, mais il ne laissa pas cette interrogation le troubler. Ses paroles rassurantes suffirent à lui redonner un pas sautillant et dès qu'il fut de retour dans l'enceinte du palais, il partit à la recherche d'Antonia.

Quand il gratta à la porte, la femme de chambre de Maria Casparti, une grosse dame enjouée franco-italienne, lui ouvrit la porte. Elle l'invita à entrer dans la petite pièce encombrée avec un large sourire et lui demanda de patienter pendant qu'elle allait vérifier si mademoiselle pouvait le recevoir.

D'Ambert regarda autour de lui avec répugnance. Il aperçut des grosses valises, des cartons à chapeaux et des malles renversées, le tout débordant de divers habits. Un souper à moitié mangé recouvrait la table et sur les chaises s'empilaient des chapeaux, des chaussures et des boîtes à bijoux. On avait jeté des paniers de robes et du papier de soie dans un coin sombre avec des plumes teintées, des capes froissées et une pile de rubans en soie. La pièce n'était pas aérée et empestait le parfum entêtant et l'urine de chien. Il priait pour que *Signora* Casparti soit absente.

La grosse femme de chambre lui fit signe de s'avancer dans la deuxième pièce, qui était plus étroite que la première et servait de chambre à coucher. Le même désordre y régnait, mais l'odeur nauséabonde n'y était pas présente, peut-être parce qu'il y avait une petite fenêtre et qu'elle était ouverte. Le feu s'était éteint dans la cheminée, il faisait donc froid entre ces murs, même si dehors, la température était plus clémente qu'elle ne l'avait été ces dernières semaines. Le vicomte frissonna malgré sa cape en laine et voulut fermer la fenêtre.

La femme de chambre s'y opposa, ce qui poussa Antonia à sortir sa tête de derrière un paravent orné.

— Si vous fermez la fenêtre, cette pièce sera aussi irrespirable que celle d'à côté, dit-elle avant de disparaître derechef.

Le vicomte abaissa le châssis de la fenêtre, ne le fermant néanmoins pas totalement.

— C'est un miracle que vous ne soyez pas devenue toute bleue, s'exclama-t-il. Et que vous ne soyez pas complètement engourdie ! Que faites-vous derrière ce paravent ?

— Ne soyez pas impertinent, Étienne. Je ne peux décemment pas m'habiller devant vous ! Dans quelques minutes, j'aurai fini. Il ne me reste plus qu'à être lacée. Ensuite, je vous préparerai l'un des cafés spéciaux de Maria et vous oublierez le froid.

D'Ambert chercha de quoi s'asseoir autour de lui. Il trouva une chaise près du lit à baldaquin sur laquelle s'empilaient des bas sales et des jarretières. Il s'en débarrassa, s'assit au milieu de la pièce et sortit sa tabatière.

— Comment pouvez-vous supporter cette porcherie ? demanda-t-il avec une grimace. C'est dégoûtant. Pourquoi cette grosse dame ne nettoie-t-elle pas ?

— Elle nettoie. Mais à quoi bon ? Maria ne fait que gâcher son travail dès qu'elle cherche quelque chose de spécifique. Je ne pense pas qu'elle puisse fonctionner sans ce chaos, cette crasse. Au moins, son tempérament n'est pas si terrible quand ses appartements sont dans cet état. Par ailleurs, je ne suis que trop reconnaissante d'avoir un endroit où dormir. Savez-vous que le cousin au troisième degré de la marquise de Durfort a récupéré les appartements de grand-père ?

— Non. Je suis désolé de l'apprendre, dit le vicomte à voix basse, car il savait que le roi, dont l'affection pour le général jacobite était connue de tous, n'aurait pas pris une telle décision à moins que tout espoir de guérison ne se soit envolé. Où est Casparti ?

— À votre avis ? À la chapelle, comme chaque jour cette semaine.

— Pourquoi vous habillez-vous à cette heure-ci ? s'enquit-il, devenant méfiant quand Antonia, en guise de réponse, se mit à rire. Pourquoi cette femme est-elle revenue derrière le paravent avec une pèlerine et un masque à poudrer ? Que manigancez-vous, Antonia ?

— Monsieur le vicomte est bien curieux tout à coup, le réprimanda-t-elle d'un ton taquin. Soyez patient. Vous verrez. Où étiez-vous passé ? J'ai envoyé une note à vos appartements ce matin. Si vous aviez été présent pour la recevoir, vous sauriez ce que je prépare.

Il prit une nouvelle pincée de tabac à priser et observa un nuage de fine poudre s'élever au-dessus du paravent. Il y en eut un deuxième, puis la femme de chambre apparut pour aller chercher un miroir et un pot de quelque chose sur la coiffeuse encombrée. Elle disparut de nouveau derrière le paravent. Il s'agita nerveusement sur la chaise tapissée et tira sur le bas de son gilet damassé. Il y eut encore du mouvement derrière le paravent, puis la femme de chambre quitta la pièce pour aller préparer le café.

— Je suis allé à Paris, avoua-t-il. J'ai passé la nuit chez ma grand-mère. Je suis revenu aujourd'hui uniquement parce que je dois assister à ce maudit bal masqué. Je sais qu'il sera d'un ennui sans nom. J'aimerais ne pas avoir à m'y rendre, mais Salvan remarquerait mon absence, dit-il d'un air sombre. Pourquoi se préoccuper de moi alors que la galerie des Glaces sera envahie de toute la populace vêtue de dominos, masques et tout le reste ? Il sera trop occupé à attirer l'attention de quelque catin pour se demander si je suis présent ou non.

— Avez-vous envisagé de vous retirer dans un monastère, Étienne ? s'enquit Antonia en sortant de derrière le paravent, agitant un éventail en peau de poulet peinte à la gouache vers sa poitrine dénudée. La plupart des jeunes de votre âge s'enthousiasmeraient à l'idée d'assister à l'un des bals masqués du roi. Imaginez comme ce sera amusant ! Aucune femme ne pourra être reconnue avant que nous n'enlevions nos masques à minuit. Nous devrons tous deviner l'identité des autres. Tout le monde pourra s'exprimer aussi librement qu'il le souhaite, sans craindre d'être découvert. Je vais passer un excellent moment !

Elle fit sortir une petite chaussure en soie de sous ses larges jupons à cerceaux en soie rose saumon et en tissu argenté chatoyant.

— Aimez-vous les boucles de mes chaussures ? reprit-elle. Elles sont à Maria. Ce sont de vrais diamants. Grand-père les lui a données il y a de nombreuses années. Il m'a fallu deux jours pour la convaincre de me laisser les porter. Elles vont bien avec mes boucles d'oreilles, vous ne trouvez pas ?

Tout en bavardant, elle se déplaça dans la petite pièce, récupérant un miroir à main pour inspecter ses boucles poudrées et relevées. Puis, pour s'assurer que son ourlet était bien droit et que le minuscule nœud sur son corsage n'était pas de travers, elle jeta un coup d'œil dans le long miroir derrière la porte. Le vicomte l'observa, la bouche grande ouverte, incapable de croire qu'il s'agissait réellement d'Antonia. Son visage était peint. Ses belles boucles couleur miel étaient poudrées à tel point qu'on ne les reconnaissait plus et on avait placé une mouche au coin de son œil et une autre au-dessus de la courbe extérieure de sa bouche rouge cerise. Quand il osa laisser son regard s'égarer sur son décolleté, il ne put trouver les mots pour exprimer sa profonde stupeur. Sa charmante poitrine était presque nue. Malgré lui, il s'empourpra jusqu'aux oreilles.

— Oh, parfait ! dit-elle avec un rire nerveux. Apparemment, vous trouvez bel et bien que j'ai l'air d'une catin. (Elle s'observa dans le miroir à main et soupira.) J'avoue que je ne me suis moi-même pas reconnue. Quand j'ai enfilé cette robe, avant d'appliquer les cosmétiques de Maria et de poudrer mes boucles, j'avais honte de moi. Je ne pensais pas que le corsage serait à ce point décolleté qu'il révélerait presque tout de moi ! Si cela peut vous consoler, c'est très inconfortable.

Étienne leva les yeux au ciel et en le voyant faire dans le reflet du miroir, Antonia se mit à rire. En entendant cela, il bondit de sa chaise, l'attrapa par le poignet et l'attira vers lui.

— Était-ce l'idée de cette catin ? demanda-t-il.

— Maria ? Non ! Lâchez-moi ! Elle n'est au courant de rien. Je ne veux pas qu'elle le soit. Je veux que vous soyez le seul à me reconnaître.

Il la lâcha, restant néanmoins en colère. Il chercha sa tabatière dans sa poche.

— Vous devez vraiment me prendre pour un crétin si vous pensez que je vais vous laissez quitter cette pièce vêtue… vêtue de telle sorte que tous les hommes pourront lorgner sur vos… sur vous !

— J'ai un domino, expliqua-t-elle. Quand je l'aurai mis par-dessus ma robe, quelle importance aura-t-elle ? Je me suis seulement habillée ainsi dans l'éventualité où mon domino serait accidentellement enlevé, si…

— Vous devez être la femme la plus naïve de la cour !

— … s'il se coinçait sous un talon ou dans une poignée de porte et tombait, répliqua Antonia. Au moins, je ferais illusion dans le rôle que je veux jouer.

— Et s'il était enlevé par un pervers, avec ou sans votre permission ? rétorqua-t-il. À votre avis, que se passe-t-il pendant les bals masqués, dans cette cohue de festoyeurs, après qu'une considérable quantité de vin ait été sifflée, dans ces pièces chauffées et avec une telle proximité ? Pensez-vous qu'un aristocrate se contentera de vous dire bonsoir, puis « pardonnez-moi, madame, j'ai beaucoup apprécié cette soirée, puis-je baiser votre main ? » ? Il sera ivre mort et vous emmènera dans une alcôve et derrière l'un des rideaux. Avant même que vous ne compreniez ce qui vous arrive, que vous soyez troublée ou non, votre domino sera tombé à vos chevilles et vos jupons seront remontés jusqu'à vos oreilles !

— Étienne ! s'exclama Antonia.

— Si vous avez l'insolence de vous habiller comme une *bona roba*, vous ne pouvez pas être scandalisée par la vérité. Allez vous changer. Vous n'irez pas là-bas.

La colère fit étinceler les yeux d'Antonia, mais elle resta silencieuse, car la grosse femme de chambre entra dans la pièce avec un plateau sur lequel étaient posées deux tasses de café sucré. Elle le posa sur la chaise inoccupée et se glissa derrière le paravent pour récupérer les vêtements laissés par Antonia. Elle ne semblait pas avoir envie de se dépêcher dans ses tâches, Antonia et le vicomte burent donc leur café dans un silence tendu, évitant chacun de regarder l'autre.

— Ce n'est pas votre genre d'assister à un bal masqué habillée en catin juste pour le plaisir, dit enfin d'Ambert. Vous avez eu d'autres occasions, d'autres bals masqués auxquels vous n'avez pas assisté.

— Grand-père ne m'y autorisait pas.

— Pourquoi avez-vous soudain envie d'y aller ? C'est loin d'être le bon moment pour festoyer.

— C'est injuste ! murmura Antonia, en colère.

— Casparti est une catin, mais au moins elle montre au vieux général le respect qu'il mérite. Vous devriez vous rendre à la chapelle pour prier de temps à autre.

— Je ne suis pas une papiste, Étienne. Je n'entrerai pas dans cette chapelle. Mon père m'en voudrait énormément, dit-elle. Par ailleurs, pourquoi devrais-je m'inquiéter pour ce soir, alors que vous serez là et que vous connaissez mon costume ?

Il ne la laisserait pas détourner son attention.

— Pourquoi voulez-vous assister à cette occasion en particulier ? Dites-le-moi ! ordonna-t-il. Dites-le-moi, sinon je vous enfermerai dans cette pièce jusqu'à ce que vous me le disiez !

— Quel mal y a-t-il à s'amuser ? répondit-elle joyeusement en récupérant le domino noir doublé d'un tissu écarlate sur le lit avant de le passer sur ses épaules. M'inviterez-vous à danser ?

— Oui… Non ! Vous n'irez pas !

— Beaucoup de personnes viennent-elles de Paris pour assister au bal de ce soir ?

— De Paris ? Oui, beaucoup. Pourquoi ? demanda-t-il en la suivant dans la pièce voisine.

Il l'observa attentivement tandis qu'elle fouillait dans un carton à chapeaux dans lequel elle trouva un demi-masque orné de plumes blanches de colombe.

— Vous avez un projet fou, dit-il en lui arrachant le masque pour le lancer de l'autre côté de la pièce. Je ne vous laisserai pas sortir dans cette tenue !

Elle ignora sa colère et ramassa calmement le masque.

— Si vous n'allez pas vous changer, vous serez en retard, dit-elle en le guidant vers la porte. Vous devez partir avant moi, sinon nous pourrions être vus ensemble et mon identité serait révélée. Quand vous m'inviterez à danser, faites comme si je vous étais étrangère. Oh, Étienne, nous allons énormément nous amuser ce soir !

TROIS

E VICOMTE n'était pas de cet avis. Tandis qu'il errait en bas des marches en observant la horde de festoyeurs dans leurs tenues à plumes et à rubans, ornées de bijoux et constellées de pierres précieuses, le visage de chaque femme caché derrière un masque, il s'en voulait d'avoir été faible au point d'autoriser Antonia à venir. Non pas qu'il se soit pensé capable de l'arrêter, même s'il l'avait enfermée. Elle aurait trouvé un moyen de sortir ou d'amadouer un domestique pour qu'il force la porte. Il l'avait immédiatement repérée, dans la galerie des Glaces, où le bruit de l'orchestre rivalisait avec celui produit par les invités. Il n'avait pas eu le temps de s'approcher d'elle avant qu'une douairière vieillissante, suivie de près par sa fille, ne lui mette le grappin dessus ; il l'avait perdue de vue pendant la conversation.

Les somptueuses pièces en enfilade qui encadraient la galerie des Glaces étaient ouvertes aux noceurs ; on avait poussé les meubles peints et dorés contre les murs, bien fermé les fenêtres sur cette soirée automnale, et chaque lustre flamboyait. Les gentilshommes et les nobles se mélangeaient indifféremment et tous essayaient de deviner l'identité des belles masquées. D'Ambert se retrouva emporté par la foule qui traversait les pièces en un flot régulier et tandis qu'il était bousculé par quelques hommes quelconques, il chercha un petit domino noir et un masque avec des plumes de colombe.

Il ne comptait pas sur Antonia pour garder la cape sur ses épaules. Il faisait une chaleur suffocante et de nombreuses dames s'étaient déjà débarrassées de la leur. Et si un gentilhomme l'invitait à danser, elle l'enlèverait de toute façon, car le domino était deux fois trop grand et traînait par terre. Ne la trouvant pas dans le salon de Diane, il tourna les talons et revint sur ses pas. Il monterait la garde près de la piste de danse, en espérant qu'elle le trouverait. Il était tout juste revenu dans la galerie des Glaces quand un bras apparut en travers de son chemin. Il fit volte-face et se retrouva nez à nez avec son père.

— Il faut que nous parlions, d'Ambert, ordonna le comte de Salvan.

Il indiqua à son fils de le suivre dans le renfoncement d'une longue fenêtre. Un gentilhomme qui observait les danseurs se retira à l'approche du comte après leur avoir adressé une révérence appuyée. Le visage du comte se transforma radicalement quand il se tourna vers son fils.

— Où étiez-vous passé hier soir ? demanda-t-il. Votre valet pleurnicheur a juré qu'il n'en savait rien ! Vous n'avez pas dormi dans votre lit et on a aperçu votre palefrenier rentrer votre cheval après le dîner. Ne vous ai-je pas assez mis en garde ? Ne quittez jamais le palais sans me l'avoir dit d'abord. Où êtes-vous allé ?

— P-père… j-je…

— Peu importe ! Argh ! Êtes-vous incapable de me dire quoi que ce soit sans bégayer comme un péquenaud des champs ?

Le comte s'interrompit pour échanger des politesses avec deux femmes masquées qui passaient par là en agitant leur éventail vers leur poitrine, un sourire engageant aux lèvres. Il rit du trait d'esprit de l'une d'elles et s'inclina face à l'invitation silencieuse de l'autre, puis il reporta son attention sur son fils, qui attendait près de lui avec raideur.

— Étienne, ne me mentez pas. Vous êtes allé à Paris.

— J'ai dormi chez grand-mère Salvan.

— Vous pensez que je ne le sais pas ? Me prenez-vous pour un imbécile ? C'est vous, l'imbécile ! siffla Salvan. Je m'évertue à vous arranger une union convenable…

— Je ne veux pas…

— Ce que vous voulez n'a aucune importance. Vous êtes mon fils. Un Salvan. Vous ferez ce qu'il y a de mieux pour notre nom.

— Épouser cette bourgeoise hérétique est ce qu'il y a de mieux pour notre nom, père ? s'enquit le vicomte d'une voix traînante et hautaine.

— C'est une bonne opportunité, répondit le comte d'un ton définitif.

— Pourquoi dois-je me marier pour… pour mettre un terme à nos difficultés financières, si cela me coûte d'être la risée de nos amis ? Écoutez-moi, père…

— J'en ai assez de me disputer avec vous. Vous ferez ce que je vous demande de faire, sinon vous savez ce qu'il se passera.

— Je ne crains pas la Bastille.

Le comte observa son fils de la tête aux pieds et se mit à rire.

— Ah non ? Nous verrons, mon fils. Coupé du monde et de votre confort, vous changeriez rapidement d'avis. Un peu de tabac, d'Ambert ?

Le vicomte écarquilla les yeux et devint tout pâle.

— N-non je… je préfère mon propre mélange, merci.

— Précisément, ricana Salvan en refermant sa tabatière d'un coup sec.

Il dirigea son attention vers les couples qui dansaient. Son fils regardait toujours par la fenêtre.

— Partez, Étienne. Vous êtes morbide, c'en est agaçant. Attendez ! Dites-moi, qui est la petite colombe qui séduit Richelieu ? Parbleu ! Elle a de jolies chevilles.

Le duc de Richelieu et sa partenaire rejoignirent les autres danseurs d'une pirouette et reculèrent pour s'intégrer à la ligne d'un pas léger. Ils dansèrent tout le long de la piste, vers une foule de curieux qui bavardaient et riaient au bord du cercle. La bouche du comte frémit tandis qu'il observait le couple se rapprocher de lui en dansant.

— Oh, oh ! Richelieu est bien chanceux ! Elle n'a pas seulement de jolies chevilles, mais aussi une poitrine magnifique !

Salvan secoua le bras de son fils sans détacher son regard de la piste de danse.

— Étienne, regardez ! N'est-elle pas délicieuse ? Il faut que je trouve Charmond. Il saura me dire si elle vient de Paris. Ah ! Que se passe-t-il maintenant ? Un corbeau fond sur la colombe ! Étienne, voulez-vous bien écouter ce que je vous dis ? exigea-t-il.

Le vicomte se détacha de la fenêtre et suivit le regard de son père vers cet océan scintillant de soieries.

— Voyez ! continua le comte. La danse est terminée, il est obligé de la laisser à son prochain partenaire. Oh, oh ! Elle lui fait une jolie révérence, mais il s'éloigne d'un pas nonchalant, très mécontent. Je suis d'avis que Richelieu se trahit. (Il ricana dans son mouchoir parfumé, les yeux brillants face au petit drame qui se déroulait devant lui.) Pauvre duc de Richelieu ! Il espérait trouver mieux et voilà qu'il se console auprès de madame Duras-Valfons. Je la reconnais. Son masque ne peut dissimuler une posture aussi gracieuse. Quel intérêt Roxton accordera-t-il aux avances mesquines de Richelieu à sa maîtresse ? C'est lui qui a le dessus dans leur jeu. Et s'il y accorde le moindre intérêt ? (Salvan haussa les épaules.) Mon cousin est un très bon acteur. Il feindra l'indifférence, ne serait-ce que pour vexer Richelieu. Il a un bon jeu de jambes, n'est-ce pas, Étienne ?

Le vicomte ne répondit pas. Il fixait, comme subjugué, un point quelconque sur le mur de miroirs en face d'eux. Le comte se demanda s'il avait entendu le moindre élément de son monologue. Il soupira, irrité d'avoir engendré un fils qui se moquait des intrigues de la cour et qui avait une disposition à la mélancolie. Il ignora sa présence en grognant et en lui tournant le dos pour observer le duc de Roxton et sa partenaire portant un masque orné de plumes de colombe.

Un des compères de Salvan, qui portait un haut-de-chausses en soie jaune poussin et une redingote violette à fleurs, en velours rigide, s'approcha de lui à petits pas et s'inclina d'un grand geste.

— Salvan ! Voyez-vous ce que je vois ? demanda-t-il dans un murmure accentué à l'oreille du comte. Cette petite se donne en spectacle. Selon la rumeur, elle viendrait de la maison Clermont. C'est vraiment choquant ! U-une banale catin qui danse à la cour derrière un masque ! Nous le saurons à minuit. Charmond parie que c'est l'audacieux duc anglais qui l'a persuadée de venir. Y croyez-vous ?

— Non, répondit Salvan avec une moue. Ce serait trop vulgaire, même pour lui. Mon cousin a mauvaise réputation, mais il sait jouer le jeu. Il se rend chez Clermont pour goûter aux talents proposés, pas pour recruter des danseuses pour un bal masqué de la cour. Et en ce qui concerne cette danseuse-ci, quelque chose me dit qu'elle n'est pas si accomplie que cela dans ses pas.

— Peut-être, Salvan, mais votre cousin était chez Clermont hier soir avec une nouvelle femme, une Orientale de talent.

— Et alors ? Il est curieux, dit le comte en haussant les épaules. Vous ne me ferez pas croire que c'est elle, l'Orientale. René, vous êtes aviné ! Au pire, c'est une actrice. Roxton danserait-il à la vue de tous avec une banale catin ? C'est grotesque !

— Hélas, il fait chaud ici, murmura René.

Il fit une révérence et rejoignit en se trémoussant une dame qui lui faisait signe d'approcher d'un mouvement subtil de son éventail. Salvan remarqua que son fils se tenait toujours près de lui telle une statue d'albâtre.

— Tout ceci vous intéresse, hein, Étienne ? Vous prétendez être choqué, mais je vois clair dans votre jeu ! Les faits et gestes de monsieur le duc de Roxton vous intriguent, vous aussi ?

— Oui, père, répondit d'Ambert en faisant monter une pincée de tabac à priser vers sa narine d'une main tremblante avant d'inspirer profondément.

— Pourquoi prenez-vous de haut les jeux de séduction de Roxton ? C'est ce que veulent ces femmes. Elles en jouissent. Et tout le monde sait que mon cousin est très talentueux au lit. Il les satisfait plus qu'assez. Sur ce point, nous sommes pareils, lui et moi, fanfaronna Salvan. Si vous étiez vraiment mon fils, vous comprendriez mieux comment fonctionnent les femmes.

Le vicomte partit d'un rire hystérique.

Le comte de Salvan gonfla la poitrine.

— Je vous offre mes conseils et vous osez rire de moi ?

— Non, père, non ! gloussa le vicomte. Pendant que vous et moi, nous restons plantés là, il-il… Roxton est le grand vainqueur ! Il gagne, juste sous notre nez ! Vous êtes impuissant… impuissant, car vous ne pouvez pas l'arrêter !

— Taisez-vous ! Je vous dis de vous taire ! Les gens nous regardent ! Vous êtes dérangé !

— Peut-être, et alors ? dit d'Ambert en essayant de se contrôler, mais sa bouche tressaillit et il partit d'un nouvel éclat de rire incontrôlable. La petite… la petite colombe… elle-elle s'est envolée de sa cage ! Elle s'est envolée avec le corbeau !

Salvan tourna les talons et examina les danseurs et les spectateurs de ses petits yeux. Roxton avait disparu, sa partenaire de danse aussi.

— Est-ce vraiment incroyable ? Y a-t-il vraiment de quoi rire ? demanda-t-il. Notre cousin a une ou deux choses à nous apprendre, hein ? Si vous ne m'aviez pas tenu la jambe, si vous n'aviez pas détourné mon attention de ces réjouissances, ce serait moi, et pas lui, qui serais en train de me précipiter derrière un rideau pour goûter aux délices de la petite colombe ! Est-ce la raison pour laquelle vous riez tel un immense bouffon ? Vous pensez que votre père s'est fait damer le pion ? Ah ! Elle ne doit pas être si séduisante que cela, elle a cédé bien trop rapidement. Il n'y a aucun plaisir là-dedans ! Mais la prochaine fois que je verrai mon cousin, je lui demanderai si elle en valait la peine.

Le vicomte essuya ses yeux humides du revers de ses larges manchettes retournées. Ce fut de façon étrangement mécanique qu'il s'inclina et adressa un sourire à son père.

— Faites donc cela, père. Roxton vient de partir avec mademoiselle Moran.

LE DUC DE ROXTON avait décidé d'assister au bal masqué donné au palais dans l'espoir de tromper son ennui. Si Lord Vallentine avait accepté de l'accompagner, observer les tournoiements de son ami au milieu de la noblesse française et de ses flagorneurs lui aurait sans doute assuré un minimum de divertissement. Mais Lord Vallentine avait préféré rester à la maison et passer une soirée paisible avec la sœur du duc. Il disait exécrer Versailles et tous ses excès. Roxton l'avait traité de vieillard. Il l'avait taquiné à propos de ses aptitudes déclinantes dans l'art de la séduction, ce à quoi Sa Seigneurie avait bafouillé une réponse sous le regard perçant d'Estée de Montbrail.

Le duc n'était pas sot, il savait que son ami n'avait pas traversé la Manche, un voyage éprouvant pour lui, pour le plaisir de sa compagnie. Il n'avait pas non plus été dupé par l'air indifférent que sa sœur avait affiché en apprenant que Lucian Vallentine venait leur rendre visite. Il se demandait combien de temps il faudrait pour que l'un ou l'autre vienne se confier à lui à propos de leurs vrais sentiments. Les observer jouer au chat et à la souris était divertissant, mais ne suffisait pas à chasser son ennui.

Il était au palais depuis à peine une heure quand il se dit qu'il en avait assez de la foule, de la chaleur parfumée et du vacarme incessant des voix aiguës. Il ignora plusieurs invitations à disparaître derrière un rideau avec une femme masquée et consentante. Le vin servi était insipide pour son palais développé. Observer les rotations frustrées des jeunes femmes et de leurs compagnons enivrés ne l'amusait point. Par ailleurs, sa dernière maîtresse était bien décidée à se donner en spectacle avec le jeune prince de Bouvallies, sans doute pour le rendre jaloux et le faire réagir. Il détestait ce genre de comportement vulgaire et il ne tenait pas assez à elle pour faire le moindre effort.

Tandis qu'il se tenait d'un côté d'une arcade ornée d'un miroir dans la galerie des Glaces, observant les danseurs à travers son lorgnon, il se demanda si c'était lui, et non son ami, qui était dans le déclin, se dirigeant droit vers la sénilité. Il scruta la multitude avec un soupir et s'apprêtait à tourner les talons pour prendre congé quand il aperçut le comte de Salvan et son fils. Ce furent la posture du vicomte et son visage de marbre tandis qu'il observait les danseurs qui retinrent particulièrement son attention. Il suivit son regard jusqu'au duc de Richelieu et sa partenaire de danse, une petite femme qui portait un masque à plumes grotesque placé de travers sur son visage hilare.

Il voulait bien admettre qu'elle dansait bien et possédait des mains et des pieds délicats. Mais elle semblait mal à l'aise dans sa robe, qui devait ne plus lui aller depuis déjà plusieurs saisons. Le corsage était trop tendu sur sa poitrine, rendant l'ensemble peu attrayant, alors qu'une coupe différente aurait pu mettre pleinement en valeur une silhouette aussi plantureuse. Cette femme devait avoir le pire habilleur du pays. Ou alors, c'était une pauvre qu'on avait laissé venir par charité et qui était à la recherche d'un amant à la bourse généreuse, éventuellement d'un mari si elle pouvait s'en dénicher un. Quelle que soit son identité, elle était entièrement à côté de la plaque…

Il ne lui fallut que quelques minutes pour libérer Antonia de l'étreinte visqueuse du duc de Richelieu. Elle n'était d'ailleurs que trop enthousiaste à l'idée de changer de partenaire, ce qui blessa l'ego fragile de Richelieu ; il partit se consoler avec Thérèse Duras-Valfons. Roxton rit pour lui-même de cette manœuvre rancunière, mais se dit que c'était typique d'Armand.

Il dansa un quadrille avec Antonia ; si elle était consciente qu'il avait deviné son identité, elle fut assez maligne pour maintenir le simulacre de son déguisement. Elle discuta coquettement de sujets sans importance et réussit à sourire quand il lui répondit par monosyllabes. Il ne la regardait pas, examinant la foule éblouissante à la recherche de la sortie la plus proche et la plus pratique.

L'orchestre pinça la dernière corde. Il fit mine de la ramener dans la foule, mais quand ils furent engloutis dans la multitude, il continua à avancer. Il serra un peu plus sa main autour de son bras et elle leva rapidement les yeux vers lui.

— Ne pensez pas que vos facéties m'amusent, siffla-t-il, traversant à grands pas un salon, puis un autre, et encore un autre. Je saurais vous reconnaître sous toute la peinture et toutes les plumes du monde.

— Oui, monseigneur, répondit-elle respectueusement tout en baissant la tête pour qu'il ne voie pas son sourire s'élargir.

Il ne dit rien de plus jusqu'à ce qu'ils arrivent dans la cour pour attendre son carrosse. L'un de ses laquais passa au milieu des véhicules et des chevaux en courant, une roquelaure et des gants noirs à la main. Un deuxième se précipita entre deux autres véhicules et attendit qu'on lui donne des instructions. Un instant plus tard, une élégante voiture tirée par quatre chevaux s'arrêta devant eux et deux valets de pied en livrée sautèrent de leur plateforme pour déplier les marches.

— Indiquez au garçon comment se rendre à vos appartements, ordonna le duc. J'imagine que vous avez… hum… des affaires ?

— Rien de grande importance, répondit Antonia avec entrain.

Elle indiqua néanmoins docilement au domestique comment se rendre dans les appartements de Maria Casparti et ce qu'il devait y récupérer : elle n'avait qu'une seule petite valise qui se trouvait près de la porte. Il ne devait pas alarmer la grosse femme de chambre qui lui ouvrirait. Quand il partit en courant dans la nuit, elle se tourna vers le duc avec un regard plein d'espoir.

Il l'observa en tirant sur ses gants et quand elle frissonna d'impatience, il crut qu'elle avait froid et la fit monter dans le véhicule à suspensions.

— Il y a un châle dans le coin. Mettez-le sur vos épaules.

— Puis-je enlever ce masque grotesque, maintenant ?

— Je vous en prie, dit-il en claquant des doigts pour qu'un laquais vienne le servir. N'êtes-vous pas du tout bouleversée ? demanda-t-il avec de petits yeux.

— Pourquoi serais-je bouleversée, monseigneur ? dit-elle à la fenêtre. Vous m'emmenez à Paris !

— Vous ne devriez pas m'accorder votre confiance. C'est dans mon propre intérêt que je le fais, pas dans le vôtre.

— Oui, bien sûr. Mais nous allons à Paris, non ?

— Oui, dit-il avec un soupir exaspéré. Et maintenant, mettez ce châle autour de vous avant d'attraper froid et restez tranquille jusqu'à mon retour.

Antonia s'exécuta, mais revint immédiatement à la fenêtre.

— Vous n'allez pas me laisser ici, hein ? demanda-t-elle d'une petite voix. Et si… et si quelqu'un venait pendant votre absence ?

— Ne vous inquiétez pas inutilement, dit-il d'un ton caustique. Maintenant que vous êtes sous ma… hum… *protection*, votre réputation est en lambeaux. Aucun gentilhomme n'oserait prendre le risque de m'offenser en essayant de vous secourir.

— Dans ce cas, je ne m'inquiéterai pas, monseigneur, dit-elle gaiement avant de disparaître pour se blottir, sous le châle en cachemire, dans un coin de l'intérieur tapissé de velours.

Roxton s'attendait à une réponse très différente à son trait d'esprit. La confiance aveugle qu'elle lui accordait le déstabilisait, au même titre que son utilisation de son titre de courtoisie, « monseigneur », au lieu de l'appeler « monsieur le duc », qui était plus d'usage. Son titre avait quelque chose d'intime quand c'était elle qui le prononçait, ce qui ne lui plaisait pas, le troublait et le rendait nerveux. Il se demandait si elle se montrait facétieuse. Ainsi, quand son valet, qui se tenait à côté de lui et avait écouté cet échange étrange entre son maître et la petite femme maquillée, lui demanda ses instructions, le duc mit du temps à répondre. Il continua à regarder, d'un air absent, la fenêtre ouverte de son véhicule, comme s'il attendait qu'Antonia réapparaisse, jusqu'à ce que son valet tousse dans son poing ganté.

Enfin, il demanda qu'on lui apporte de quoi écrire et après avoir griffonné une note sur laquelle il apposa son sceau grâce à la cire et la flamme d'un porte-flambeau, il ordonna à son valet de prendre l'un des chevaux et de rejoindre en toute hâte l'Hôtel Roxton pour faire parvenir cette missive à madame de Montbrail. Si madame était au lit, il devait l'en sortir, une éventualité que le valet appréhendait, car il ne connaissait que trop bien le tempérament de madame. Mais il resta de marbre face à son maître et fit partir un cheval au galop à peine dix minutes plus tard, la missive bien calée dans la doublure intérieure de son manteau en laine peignée.

Le duc ne monta dans la voiture que quand son domestique revint avec les bagages d'Antonia ; les chevaux se mirent en route quand il en donna l'ordre. Le véhicule remonta le boulevard bordé d'arbres, dépassa un cortège de diligences et carrosses et s'engagea sur la route de Versailles, direction Paris. Le duc s'installa en diagonale vis-à-vis d'Antonia, qui se penchait par la fenêtre, le visage dans l'air frais de la nuit, jetant un dernier coup d'œil au palais.

— Remontez la fenêtre, ordonna-t-il de sa voix suave et traînante.

Antonia obéit et recula dans son coin. Ses cheveux poudrés, ébouriffés et décoiffés par le vent, retombaient en une masse emmêlée sur ses épaules dénudées. Les cosmétiques appliqués avec soin avaient bavé et sa robe était tellement froissée qu'aucune presse à repasser ne saurait en lisser les plis. Elle s'en moquait et ne s'inquiétait pas de savoir que le duc restait silencieux et sur ses gardes. Elle était libérée de Versailles et du comte de Salvan et un peu plus proche de Londres et de sa grand-mère, qu'elle n'avait pas encore rencontrée.

— N'êtes-vous pas curieuse de savoir où je vous emmène ? demanda-t-il.

— Je le sais. L'Hôtel Roxton de la rue Saint-Honoré, dit-elle avec assurance, souriant quand les yeux noirs du duc reflétèrent sa surprise. C'est le plus grand hôtel particulier de tout Paris, vous avez une véritable armée de domestiques et il y a une belle bibliothèque au deuxième…

— Je connais ma propre résidence ! dit-il d'un ton sec. Et si je vous disais que ce n'est pas dans celle-ci que je vous emmène ?

— Monseigneur en a-t-il une autre ? demanda-t-elle, sa curiosité piquée, avant de resserrer le châle autour d'elle, une bosse sur la route l'ayant fait glisser de l'une de ses épaules. Je préférerais celle de la rue Saint-Honoré, car j'aimerais bien voir la bibliothèque, mais si vous voulez m'emmener ailleurs… Y a-t-il une bibliothèque dans cette autre maison ?

— Vous êtes soit une actrice excessivement douée, soit une petite sotte…

— Je ne suis pas sotte ! rétorqua Antonia. Père m'a donné une excellente éducation en lettres classiques et en histoire et m'a appris à parler…

— Il ne vous a pas appris la politesse envers vos aînés, dit froidement le duc. Pour que la situation reste tolérable, vous devez savoir qu'il y a trois choses que j'exècre : le manque de manières, le laisser-aller et la stupidité.

— Bien, monsieur le duc, répondit-elle docilement, sans pour autant pouvoir dissimuler ses fossettes, avant de baisser les yeux quand elle vit qu'il serrait les dents. Je vous présente mes excuses. J'essaye de me comporter comme je le devrais, mais c'est très difficile pour quelqu'un à qui on a appris à dire ce qu'elle pensait de soudain s'en empêcher.

— Votre père a été bien sot de vous élever comme un garçon. Oui, je sais tout cela. De la même manière que vous savez tout de ma maison et de mes domestiques, de ma bibliothèque et, sans aucun doute, de mes… hum… *habitudes*. À partir de maintenant, nous allons donc arrêter de jouer la comédie. Je vais vous poser quelques questions et je veux que vous soyez honnête…

— Je ne mens pas !

— Je veux que vous soyez honnête dans vos réponses, articula-t-il.

— Bien, monsieur le duc, répondit-elle à voix basse.

Elle dégagea ses cheveux de son visage et s'installa plus confortablement sur les coussins, puis elle tourna vers lui un visage docile en attendant sa première question.

— Je suis prête, maintenant, lui dit-elle.

— Merci, dit-il patiemment en sortant sa tabatière. Pourquoi Strathsay vous a-t-il abandonnée au palais ?

— Je ne sais pas. Il était très malade. Il n'y a peut-être pas réfléchi ? Il n'a pas non plus laissé Maria venir avec lui.

— Maria ?

— Sa catin.

— Sa maîtresse ?

— C'est ce que j'ai dit. Sa catin.

— Il est plus poli de parler de maîtresse.

— Je suis de cet avis, mais Étienne insiste pour dire que c'est une catin, lui dit Antonia. Est-ce que cela ne revient pas au même ?

— Oui et non. Une femme entretenue par un gentilhomme qui lui assure un certain confort et répond à ses envies et besoins en échange de ses… hum… *faveurs*, c'est une maîtresse. Une catin, c'est quelque chose d'entièrement différent.

— Ah oui, monseigneur ? s'enquit Antonia en penchant la tête sur le côté.

Roxton, qui contemplait jusque-là la gravure de sa tabatière en or, releva la tête et ne fut pas dupé par son air interrogateur et poli. Ses yeux vert clair pétillaient de malice. Pour la première fois de sa vie, il se sentit mal à l'aise et décontenancé en présence d'une femme, ce qui l'agaçait – il s'agissait d'un étrange talent qu'elle s'était entièrement approprié. Ce fut elle qui brisa le silence entre eux, comme si elle lisait dans ses pensées.

— Je suis désolée. Je n'avais pas l'intention de vous mettre mal à l'aise, dit-elle franchement.

Dans le même souffle, elle se rapprocha de la fenêtre et écarta le rideau.

— Monseigneur, siffla-t-elle. Avez-vous entendu ? On aurait dit un coup de feu ! Et nous ralentissons ! Vous pensez qu'il y a des bandits sur cette route ? Mon Dieu, comme c'est excitant !

Elle appuya son petit nez contre la vitre, mais comme elle n'était pas entièrement satisfaite de cette vue, elle commença à baisser la fenêtre. Une main ferme la ramena contre son siège et un doigt ganté s'appuya sur ses lèvres.

— Silence, chuchota le duc, éloignant sa main quand elle hocha la tête, avant de sortir son pistolet à la monture en argent de sa poche et de l'armer.

Après une nouvelle détonation, plus puissante que la première et provenant d'un tromblon, le carrosse s'immobilisa au milieu de la route. Le cocher avait été touché au bras, il était certain que l'os était brisé. De douleur, il bascula vers l'avant. Il n'y avait aucun autre blessé immédiat. Les autres hommes du duc restèrent à leur place, n'osant pas bouger. Les chevaux, eux, tiraient sur leurs mors et piétinaient de peur.

De l'autre côté de la route se trouvaient trois hommes à cheval, leur chapeau descendu bien bas sur leur front pour cacher leur visage de la lumière de la lune. Un carrosse et un carabas qui voyageaient dans la direction opposée s'étaient arrêtés à peine cinquante mètres plus loin. On avait forcé les passagers à se rassembler en un petit groupe surveillé par deux hommes vêtus comme leurs collègues et qui pointaient leurs pistolets vers leurs prisonniers. Toute cette scène était baignée dans la lumière inquiétante de la lune. La campagne autour d'eux était boisée et sombre.

Le duc ne descendit que quand on le lui demanda grossièrement d'un coup de tromblon sur la porte du carrosse qui arborait ses armoiries. Ses gestes étaient décontractés au point que c'en était exaspérant et il s'arrêta pour prendre du tabac à priser. Il en profita pour évaluer la situation ; la position des deux cavaliers, l'imposant bandit à l'allure négligée qui se tenait à proximité et le ralentissement de la circulation sur la route. Son apparente nonchalance désarçonna la brute près de lui, qui se tourna vers ses complices pour qu'ils lui disent quoi faire.

— Fouillez le véhicule, lui ordonna-t-on.

— À votre place, je m'en abstiendrais, dit le duc d'un ton hautain en époussetant la manche de son manteau avec son mouchoir en dentelle.

L'imposant rustre hésita. Il était bien bâti, grand et doué de ses poings, mais cet aristocrate aux traits nobles et paré de ses plus beaux atours sous son manteau bien taillé était plus grand que lui. Mais il savait aussi reconnaître un ordre.

— Allez-y, Pierre, le somma-t-on.

Le rustre grogna, énervé par sa propre faiblesse. Que pouvait bien faire ce noble pour l'arrêter face à ses compagnons ? Il avait reçu ses ordres. On lui avait aussi dit de ne pas blesser cet aristocrate. Cela restait à voir ; il mourait d'envie de contusionner cette peau délicate. Il fit un pas en avant, mais le noble se tenait entre lui et la porte de la voiture.

— Si vous touchez à ce qui m'appartient, je n'aurai d'autre choix que de vous arrêter, dit calmement le duc.

— Nous voulons la fille, s'exclama le bandit qui avait aboyé ses ordres plus tôt. Quand nous aurons la fille, vous serez libre de repartir !

— Une fille ? Il y a erreur.

La voix du chef se fit sévère :

— Il n'y a aucune erreur ! Vous avez enlevé ce qui appartient à mon maître ! Il veut qu'on la lui rapporte.

Le duc eut l'air indigné. Ses doigts s'enroulèrent sur la détente. Son autre main leva un mouchoir parfumé devant ses fines narines et il prit une inspiration exubérante. Sans détourner son attention de l'imposante brute qui se tenait toujours devant lui, il s'adressa au chef qui était à cheval :

— Ce qui appartient à votre maître ? répondit-il d'un ton glacial. Diablesse ! Vous pouvez la récupérer. Elle m'a assuré qu'elle n'avait jamais eu d'autre amant.

Les trois hommes ricanèrent en entendant cela et les deux cavaliers échangèrent une blague obscène. Le chef, qui riait encore, reporta son attention sur le duc.

— Nous regrettons de mettre un terme à votre délicieux intermède, monsieur le duc, mais voyez-vous, vous n'iriez pas bien loin avec celle-là. Sa vertu est aussi bien gardée que la Bastille. Vous avez bel et bien été dupé !

Ses compagnons se mirent à ricaner et l'imposante brute armée d'un tromblon s'avança rapidement et bouscula le duc d'un coup d'épaule. L'homme attrapa la porte, l'ouvrit d'un coup sec et avait posé un pied botté sur la marche pliable quand une détonation assourdissante se fit entendre. Il perdit pied, recula en titubant, lâcha le tromblon et tomba dans la boue, inerte.

— Non, mes amis, dit le duc, c'est vous qui avez été dupés. Je viens de la posséder.

Le chef, qui resta momentanément immobile tant il était stupéfait par la mort de son complice, fusilla le duc du regard.

— Comment ? tempêta-t-il en faisant avancer sa monture.

Il ne savait pas quoi faire d'autre, mais du mouvement au niveau de la porte du carrosse balaya son hésitation.

— Descendez de là ! cria-t-il.

En entendant ce coup de feu qui avait retenti juste à côté du véhicule, Antonia s'était précipitée dans l'embrasure de la porte, craignant que le duc ait été touché. Quand elle le vit debout près d'elle, immobile, un pistolet fumant à la main, elle esquissa un sourire soulagé et sa peur se dissipa. Elle se tourna pour voir le résultat de son œuvre, ses yeux s'écarquillant quand elle aperçut l'homme mort, étendu sur le dos dans une flaque de boue.

Ainsi, quand le bandit à cheval chargea le véhicule en criant et en agitant son pistolet, elle mit du temps à réagir. Puis tout se passa très vite. Plus tard, elle ne se souviendrait pas avec certitude du déroulement précis des événements – elle se souviendrait seulement des mouvements confus autour d'elle, des cris, de l'odeur nauséabonde de la poudre à canon, de sa chute dans la boue, puis d'être traînée et relevée, de chercher le duc, de voir qu'il était en sécurité et qu'il lui criait quelque chose qu'elle n'entendait pas à cause d'une dernière détonation assourdissante, d'une douleur fulgurante qui ne partait pas et, enfin, de son évanouissement dans les bras du duc.

Tout n'était plus qu'obscurité.

LORD VALLENTINE REVINT d'un souper chez un ami et demanda à Duvalier si madame s'était retirée pour la nuit. Le majordome, un homme discret et extrêmement fier de sa vocation, qui était entré au service du duc lorsque ce dernier n'était qu'un jeune homme et qui se considérait donc supérieur à tous les autres, n'avait pas l'habitude d'être salué d'un « Hé là ! » et d'un sourire enjoué. Cette attitude le déconcertait. C'était celle que Lord Vallentine adoptait toujours et elle perturbait tellement Duvalier que ses traits se figeaient habituellement. Mais ce soir-là fut une exception. Le majordome était inquiet et cela se voyait sur son visage austère. Sa Seigneurie le remarqua et fronça les sourcils.

— Qu'y a-t-il ? demanda Lord Vallentine sans ménagement. Monsieur le duc est-il rentré de Versailles ?

— Non. Enfin, monseigneur n'est pas encore rentré de Versailles, monsieur.

— Il est en retard, hein ?

— Il l'est parfois, répondit sèchement le majordome.

— Très bien ! Très bien ! Je ne suis pas un nigaud ignare.

— Monsieur, je n'ai pas sous-entendu…

— Inutile. Je sais ce que vous sous-entendiez ! A-t-il précisé à quelle heure il rentrerait ?

— Oui, monsieur.

— Il est en retard, alors !

— De deux heures…

— Deux heures, hein ? murmura Vallentine avant de mener le majordome à l'écart, loin des oreilles du portier et d'un valet de pied qui s'attardait. Des nouvelles ?

— Le valet de monseigneur est revenu à cheval avec une note pour madame, lui avoua Duvalier.

— Il est avec elle en ce moment ? demanda-t-il, frottant son menton sur lequel était creusée une fossette quand le majordome secoua la tête. Je pense que je vais aller voir madame.

— Très bien, monsieur, répondit le majordome.

Il aurait voulu rajouter quelque chose, mais Lord Vallentine s'élança dans l'escalier sans plus de cérémonie. Duvalier l'observa s'éloigner avec un petit sourire, sachant ce qui l'attendait. Quand il remarqua que le portier le regardait bouche bée, ses traits se figèrent de nouveau et il se retira dans l'office en attendant des nouvelles.

La bonne d'Estée fit entrer Sa Seigneurie dans son boudoir on ne peut plus féminin et envahi par l'odeur du parfum de madame. Les meubles étaient dorés et tapissés de damas du plus pâle des bleus, décoré de fleurs. Estée était étendue sur une méridienne et portait une épaisse robe de chambre en soie par-dessus sa chemise de nuit et des mules en cuir de chevreau sur ses pieds chaussés de bas. Elle avait levé un bras sur son front et écrasé un bout de papier dans sa main. La lumière était faible et envoyait des ombres sur la tapisserie.

Lord Vallentine dut plisser les yeux pour y voir quelque chose.

— Qu'est-ce qui ne va pas ? demanda-t-il.

Estée l'aperçut et ses larmes repartirent de plus belle. Elle enfouit son visage dans un coussin en chintz. Vallentine se dépêcha d'avancer et s'agenouilla à côté d'elle. Il congédia la bonne d'un geste de la tête. Elle sortit en vitesse, mais resta de l'autre côté de la porte, qu'elle laissa légèrement entrouverte afin d'entendre clairement leur conversation.

— Regardez-moi, chérie, dit-il d'un ton apaisant en lui tapotant la main. N'essayez pas de parler dans ce coussin, je ne comprends rien. Et je ne pourrai pas comprendre si vous ne me regardez pas.

Madame renifla.

— Vous êtes méchant de venir ici alors que je dois avoir une mine

affreuse ! Mon maquillage a coulé et-et mes yeux sont rouges et… Oh !
Lucian ! s'exclama-t-elle en se jetant dans les bras de Sa Seigneurie.

Il était heureux de la tenir dans ses bras et d'ailleurs, si elle n'était
pas en train de pleurer, il l'aurait embrassée. Mais elle pleurait sur son
épaule, tachant son très beau gilet brodé de fils argentés, ce qu'il trouvait intolérable. Par ailleurs, il se sentait assez sot de ne pas savoir
comment juguler cet épanchement, il resta donc assis avec elle dans
cette position pendant plusieurs minutes, jusqu'à ce que sa crise de
nerfs prenne fin toute seule, puis il lui donna son mouchoir sec.

— Merci, dit-elle d'une petite voix. S'il vous plaît, appelez Hélène
pour qu'elle apporte du vin de Bourgogne.

Quand il revint, elle s'était redressée et éloignée du candélabre,
l'ombre étant plus clémente pour son visage tacheté.

— Lisez ceci, ordonna-t-elle en lui mettant d'un coup le papier
froissé dans la main. C'est de la part de Roxton. Je ne sais pas quel
diable s'est emparé de lui ! Il n'est pas lui-même depuis un mois, voire
plus, mais cette fois-ci c'est trop ! Je sais qu'il est impossible de jauger
ses humeurs et qu'il peut être imbuvable et méprisant, mais je sais aussi
que récemment, il a broyé du noir. Maintenant, je sais pourquoi !

Lord Vallentine lissa le bout de papier sur son genou vêtu de soie
tandis qu'elle parlait, puis il lut l'écriture familière. Franchement, il ne
comprenait pas pourquoi Estée en faisait toute une histoire.

— Qui est cette invitée ? demanda-t-il nonchalamment.

— Invitée ? *Invitée ?* Vous êtes aussi effronté que lui !

— Du calme, Estée, l'avertit Sa Seigneurie. Je refuse d'être rangé
dans la même catégorie que votre frère. C'est mon ami le plus proche,
mais cela ne veut pas dire que je cautionne son mode de vie. Mais je ne
le juge pas non plus. Quant au fait d'être effronté…

— Ne faites pas l'imbécile, Lucian ! Vous savez parfaitement ce que
je veux dire.

— Quoi qu'il en soit, déclara Sa Seigneurie, je ne vois pas à quoi
vous vous opposez. Il vous demande seulement de préparer une
chambre et de trouver une bonne qui pourra s'occuper d'elle jusqu'à ce
qu'un arrangement plus convenable soit trouvé.

— Un arrangement plus convenable ? ricana madame. Il a enfin
badiné avec le mauvais genre de femme, et maintenant il a des comptes
à rendre ! Cela lui apprendra à violer et piller…

— Estée ! s'exclama Sa Seigneurie. Que le vin arrive *subito* ! Vous en avez besoin ! Roxton ne s'amuse pas à violer et à piller, et vous le savez ! C'est tout bonnement un poisson trop fuyant qui ne se laisse pas attraper par l'hameçon que n'importe quelle femme agite devant lui, peu importe la tentation. Pourquoi êtes-vous aussi bouleversée ? Il dit que ce sera seulement pour un jour ou deux…

— Alors pourquoi, dans la phrase suivante, me demande-t-il d'engager Maurice ? *Maurice.* Le meilleur modiste de Paris, rien de moins.

Lord Vallentine haussa les épaules.

— Aucune idée. Mais cela ne doit pas être si dérangeant que cela, si ?

Madame était sur le point de lui expliquer exactement en quoi tout cela était dérangeant quand Duvalier arriva avec une bouteille de vin et deux verres qu'il déposa devant sa maîtresse. Il les servit, puis quitta la pièce avec une révérence et à peine un regard pour madame, qui ne lui prêtait pas attention.

— Je ne vais *pas* faire préparer une chambre et je ne vais *pas* demander à l'une des bonnes de lui servir de femme de chambre ! Et je refuse de faire venir Maurice pour qu'il soit aux petits soins d'une des catins de Roxton ! Ne restez pas bouche bée devant moi, Lucian ! Vous savez parfaitement que c'est ce qu'elle doit être, sinon elle ne serait pas en compagnie de mon frère sans chaperon, sans une tenue décente sur le dos ! Et ne pensez pas que vous pourrez raisonner son domestique. Ils sont tous pareils ! Des barbares sournois qui restent muets comme des carpes !

— Ellicott n'est pas un barbare. C'est un Anglais qui parle sacrément bien français.

— Précisément ! Un barbare !

Lord Vallentine tint sa langue, car il savait qu'il était inutile de débattre avec madame quand elle s'emportait de la sorte. Il but son vin à petites gorgées et se demanda ce qui pouvait bien retarder son ami. Il commençait à s'inquiéter, il fit donc appeler le valet du duc en espérant que le domestique pourrait le rassurer.

— Parlez-moi de cette femme qui a pris mon frère au piège, dit Estée d'un ton maussade.

— Écoutez, Estée, commença Sa Seigneurie d'un ton apaisant. Votre frère ramènerait-il l'une de ses-ses… l'une de ces femmes ici, dans la maison qu'il partage avec sa sœur ? Il a peut-être des mœurs légères, sacrément légères, mais il sait ce qu'il doit à son nom. Si elle était ce genre de femme, il l'emmènerait à… à…

Madame haussa ses sourcils parfaitement arqués.

— Oui ?

Vallentine soupira.

— Autant que vous le sachiez. Un détail sordide de plus à propos de la vie que mène votre frère ne pourra pas vous faire rougir. Il possède une petite maison sur la rive gauche de Paris qui lui sert à… hum… recevoir.

— Vraiment ! lâcha Estée. On se demande alors pourquoi il ressent également le besoin de se rendre à la maison Clermont !

Sa Seigneurie esquissa un sourire penaud.

— Vous connaissez Roxton. Il se lasse tellement facilement.

On gratta à la porte et Hélène fit entrer le valet du duc, Ellicott. Il s'inclina devant Sa Seigneurie, le visage dénué de toute expression, malgré la volée de bois vert qu'il avait reçue de madame une demi-heure plus tôt.

Vallentine le savait dévoué à Roxton, savait qu'il avait accompagné son maître lors de nombreuses aventures amoureuses et qu'il n'avait jamais chuchoté quoi que ce soit à un autre domestique ou un ami à propos des excès féminins de son maître. Il était donc peu probable qu'il divulgue le moindre soupçon d'information cette fois-ci. Vallentine pouvait seulement espérer qu'Ellicott lui révélerait ce que le duc ne manigançait pas. Il choisit de l'interroger dans sa propre langue, ce qui pousserait certainement madame à déverser sa colère sur lui, mais il espérait qu'ainsi, le valet serait plus à l'aise et plus enclin à la confidence.

— Vous semblez être au bord de l'épuisement, Ellicott. Qu'est-ce qui ne va pas ?

Le valet lança un regard furtif à madame de Montbrail, qui se redressa soudain en entendant Sa Seigneurie parler anglais, des pointes de couleur apparaissant sur ses deux joues.

— Je ne saurais dire, milord, dit-il prudemment.

— Qui est l'invitée de Sa Grâce ? Ou qu'est-elle ?

— Sa Grâce ne s'est pas confiée à moi, milord.

Lord Vallentine opta pour une approche plus audacieuse :

— Est-elle une catin qu'il aurait ramassée au bal masqué ?

— Comme je vous l'expliquais, milord, dit Ellicott d'un air impassible, je ne saurais vous le dire.

— Vous faites des mystères, hein ? Écoutez, Ellicott. Vous me connaissez. Je suis l'ami le plus proche du duc. Je suis inquiet. Sa sœur est inquiète.

— Vous êtes bien sot d'essayer de parler à ce barbare ! lança Estée à Vallentine. Il ne vous dira rien ! Tous les domestiques de Roxton sont pareils. D-des bouffons sournois et insolents, tous ! Il les a trop bien dressés. Je vais m'occuper de mon visage et de mes cheveux, mais à mon retour, vous aurez l'obligeance de me répéter tout ce que ce barbare vous aura dit.

Lord Vallentine l'observa quitter la pièce de sa démarche théâtrale, puis il se tourna vers le valet, impassible.

— Crachez le morceau. Que manigance le vieux renard ?

— Je ne sais pas précisément, milord, répondit sincèrement le valet. Si Sa Seigneurie me permet… je m'inquiète pour le bien-être de Sa Grâce. Le trajet depuis Versailles ne dure normalement pas plus d'une heure, et même moins d'une heure avec les chevaux de l'écurie de Sa Grâce.

— Vous ne pensez pas qu'il a fait un arrêt par sa petite maison de la rue Saint-Dominique, si ?

Ellicott soutint le regard interrogateur de Lord Vallentine sans ciller, sans laisser penser qu'il savait de quoi il parlait.

— J'ai préparé les appartements du duc ici, milord, comme il me l'a demandé.

— Et vous ne pouvez rien me dire à propos de cette femme qui l'accompagne, hein ? Hé ! Qu'est-ce que c'est ? s'enquit-il en s'approchant de la fenêtre.

Il avait entendu un véhicule s'avancer sur les pavés de la cour en contrebas. Il tira les lourds rideaux d'un coup sec. Il s'agissait du carrosse du duc, accompagné de l'agitation et du brouhaha habituels quand il rentrait. Vallentine se dit que rien ne sortait de l'ordinaire dans la scène qui se déroulait sous ses yeux, et il s'apprêtait à laisser retomber le rideau quand madame se précipita vers lui et exigea de savoir ce qu'il se passait. Ce fut à cet instant qu'il remarqua l'absence du cocher habituel du duc.

— Baptiste a-t-il conduit Roxton ce soir ? demanda Vallentine à Ellicott, en français.

— Comme toujours, monsieur.

Lord Vallentine fronça ses nobles sourcils.

— C'est étrange. Il n'est pas sur son siège.

Le valet eut un sursaut.

— Puis-je… ?

— Allez-y ! Allez-y ! dit Vallentine en agitant la main, le nez appuyé contre le carreau. Il n'est pas encore descendu, Estée. La porte est ouverte… Ah, voilà qui est étrange…

— Quoi ? *Quoi ?* demanda Estée en agrippant la manche de la chemise de Sa Seigneurie, n'osant pas regarder par-dessus son épaule.

— Je crois qu'il vaudrait mieux que je descende, dit Vallentine. L'un des valets de pied a sauté dans le carrosse et n'est pas redescendu. Un autre vient de le suivre et en voilà un qui court comme un lapin et qui demande un cheval à pleins poumons. Duvalier est sorti sur les marches…

— Mon Dieu ! gémit madame de Montbrail avant de sortir précipitamment de la pièce, suivie de près par Lord Vallentine.

QUATRE

L E DUC ENTRA dans le vestibule à l'instant où sa sœur et Lord Vallentine descendaient précipitamment l'escalier incurvé pour venir à sa rencontre. Il avait un teint cadavérique et tenait, contre sa poitrine, un paquet enveloppé dans sa roquelaure et duquel dépassaient deux petits pieds chaussés de bas pleins de boue ; ni sa sœur ni son ami n'eurent l'air de remarquer ce dernier point. Ils étaient simplement heureux de le voir vivant et indemne. Mais Estée s'aperçut que son frère était en manches de chemise et que les ruches en dentelle blanche autour de ses poignets étaient tachées de sang et de boue. Elle s'approcha de lui à toute vitesse en bavassant, lui bloquant le passage, à moitié en pleurs et à moitié hilare tant elle était soulagée.

— Où étiez-vous passé ? le houspilla-t-elle. Nous étions tellement inquiets. Ce n'est pas dans vos habitudes d'être en retard, et quand votre valet m'a apporté une note et qu'ensuite vous n'êtes toujours pas arrivé… Oh ! Vous avez du sang sur les mains ! Êtes-vous blessé ? Êtes-vous… ?

Vallentine éloigna la sœur du frère.

— Laissez-le passer, chérie, dit-il doucement en assimilant d'un coup tout ce qu'il avait sous les yeux. Le médecin a-t-il été appelé ? demanda-t-il au duc en le suivant dans un salon où un domestique s'occupait déjà de la cheminée et un autre venait d'arriver avec un coussin et une couverture.

— J'ai envoyé quelqu'un le chercher, dit le duc.

— Le médecin ? s'enquit Estée en levant les yeux vers Sa Seigneurie. Pourquoi mon frère aurait-il besoin d'un… ?

Elle pinça les lèvres quand le duc déposa délicatement son paquet sur un canapé et tendit la main pour récupérer le coussin et la couverture.

— Congédiez les domestiques, ordonna le duc. Êtes-vous confortablement installée ? demanda-t-il à Antonia.

Elle hocha la tête, ses yeux écarquillés regardant autour d'elle avec intérêt malgré l'insupportable douleur lancinante dans son épaule.

Il observa un spasme de douleur traverser son visage sale et dit sèchement :

— N'essayez pas de bouger. Restez tranquille jusqu'à l'arrivée du médecin.

— Votre maison est vraiment très élégante, monsieur le duc, fit-elle remarquer. Elle est exactement comme père me l'a décrite. Pourrais-je avoir un verre d'eau ?

— Estée. De l'eau, ordonna le duc par-dessus son épaule. Je me réjouis que mademoiselle me donne son approbation et ne soit pas déçue, dit-il en s'inclinant. Le docteur sera très bientôt là.

— Bien. J'ai vraiment très mal, dit Antonia en fermant les yeux.

Le duc se tourna vers sa sœur, qui n'avait pas bougé. Elle ne quittait pas la jeune femme enveloppée dans la cape de son frère du regard. Elle ne se réjouissait pas du tout de ce qu'elle voyait. Les cheveux de la jeune fille – car elle n'était pas encore une femme, malgré ce que proclamait le lourd maquillage sur ses joues et ses lèvres – formaient un amas emmêlé de poudre, de boue et de sang, et les mêmes substances étaient étalées sur son petit visage en forme de cœur. En dépit de son petit nez délicat, de son front haut et de la jolie courbe de ses lèvres pulpeuses, Estée partit du principe que cette jeune fille ne pouvait exercer qu'un seul métier. Révulsée, elle se tourna vers le duc, le visage empreint d'une indignation furieuse. Rien de tout ceci n'échappa à Lord Vallentine, qui marmonna quelque chose comme quoi il devait aller chercher un pichet d'eau et d'autres rafraîchissements, avant de quitter la pièce.

— Ce n'est pas ce que vous pensez, Estée, dit le duc avec lassitude.

— Vous n'auriez pas dû emmener cette créature ici, répondit sèchement sa sœur. Emmenez-la. Qu'elle aille… qu'elle aille dans cette petite maison que vous approvisionnez aussi bien qu'un vivier !

Les traits du duc se durcirent.

— Je rappelle à madame que nous sommes chez moi.

— Dans ce cas, je vais partir si *ceci*, dit-elle en pointant un long doigt soigneusement manucuré vers Antonia, ne part pas immédiatement. Je ne sais pas quel est son problème…

— Elle a été touchée par une balle.

Madame rit amèrement.

— Belles fréquentations ! s'exclama-t-elle, reculant néanmoins quand le duc fit un pas vers elle. Souhaitez-vous me frapper ? Ma parole, monsieur le duc ! À l'évidence, cette créature a plus d'importance à vos yeux que la chair de votre chair !

Lord Vallentine arriva sur ces entrefaites avec un plateau sur lequel étaient posés un pichet d'eau et une carafe de brandy ; il faillit tout lâcher quand il releva la tête.

— Roxton ! La fille !

Le duc fit volte-face, découvrant Antonia debout, chancelante. Elle s'était forcée à se lever avec un effort de volonté suprême. La douleur dans son épaule fut fulgurante quand elle essaya de recouvrir le bandage improvisé et sa poitrine exposée avec ce qu'il restait de son corsage serré, que le duc, dans sa précipitation pour arrêter le saignement, avait déchiré jusqu'à sa taille.

— Espèce de petite sotte ! siffla Roxton en la prenant dans ses bras pour la remettre sur le canapé sans ménagement et jeter la couverture sur elle. Si vous bougez encore, ce n'est pas seulement à l'épaule que vous aurez mal !

— Devrais-je ne pas m'asseoir pendant une semaine ? s'enquit Antonia avec un gloussement qui le déconcerta totalement.

Il se décala pour que Vallentine puisse lui donner un petit verre de brandy. Elle sentit le liquide brûlant lui réchauffer la gorge et l'estomac, puis elle remercia le beau gentleman.

— Monsieur essaye de m'enivrer, dit-elle en éloignant le verre. Ce n'est pas une si mauvaise idée, mais je préférerais du vin de Bourgogne. J'aime bien le vin de Bourgogne.

— Par Jupiter, vraiment ! s'exclama Vallentine avec un sourire. Je parie que vous êtes trop jeune pour boire de l'alcool, quel qu'il soit.

— C'est faux ! J'ai… D'ici un mois, j'aurai *vingt ans* !

— Oh, oh ! Quel grand âge ! rit Vallentine avant de lever les yeux vers son ami, qui regardait Antonia en fronçant les sourcils. Elle va s'en sortir. Il y a trop d'énergie en elle.

— Bien sûr que je vais m'en sortir, répliqua Antonia avec une grimace, car elle se sentait proche de l'évanouissement à cause de la douleur, avant de rouvrir les yeux au prix d'un grand effort. Ma blessure n'est pas aussi grave que celle de Baptiste. C'est le cocher de monsieur le duc, et nous pensons qu'il a le bras cassé. N'est-ce pas, monseigneur ?

— En effet, dit Roxton en souriant sans s'en rendre compte et en regardant sa sœur, immobile près de la cheminée.

Antonia suivit son regard et s'adressa à Lord Vallentine :

— C'est la sœur de monsieur le duc ? Je suis vraiment désolée de déranger.

— Ne vous inquiétez pas pour elle, chuchota Sa Seigneurie en tapotant sa petite main sale. Elle changera d'avis, vous verrez.

Estée entendit cet échange et se dirigea vers la porte, le nez relevé.

— Si c'est à cause de vous qu'on lui a tiré dessus, alors je suis sincèrement désolée pour elle, dit-elle froidement. Malgré tout, vous n'auriez jamais dû l'emmener dans cette résidence respectable.

Sur ce, elle sortit de la pièce en trombe, heurtant presque Duvalier, qui venait annoncer l'arrivée du médecin et de son assistant.

Le médecin, un homme petit et gros qui portait une courte perruque noire et qui était suivi de son assistant, un grand sac noir rempli d'instruments et de médicaments à la main, entra dans la pièce d'un pas vif et s'inclina devant tous ceux qui étaient présents. Il claqua des doigts et immédiatement, l'assistant ouvrit le sac et commença à disposer des instruments de chirurgie menaçants sur une table basse près du canapé. Puis il donna plusieurs ordres à Duvalier, vint se placer au chevet d'Antonia et lui sourit.

— Vous êtes la jeune fille du chevalier Frederick Moran, c'est bien cela ? roucoula-t-il sans ciller face à ses vêtements étranges et son lourd maquillage. Votre père était un grand homme de médecine. Mais vous n'avez rien à craindre avec moi, car je suis tout aussi talentueux que lui. Messieurs, si vous voulez bien… ?

Lord Vallentine et Roxton voulurent partir, mais Antonia attrapa la main du duc.

— Pouvez-vous rester ? demanda-t-elle d'une petite voix apeurée.

— Je ne ferais que gêner, murmura le duc en regardant les doigts qui s'agrippaient aux siens.

Le médecin releva les yeux de ses outils de travail étalés sur la table basse et d'un geste, indiqua au duc que la décision lui appartenait. Antonia sourit et ferma les yeux, sans pour autant relâcher sa poigne.

— Si ce que je vous donne à voir vous offense, monsieur le duc, alors je vous en prie, laissez-moi.

Le médecin tapota sa joue sale, puis il se concentra sur la tâche qui l'attendait : extraire la balle de la chair. Il ne quitta l'hôtel que quelque deux heures plus tard, alors que la demeure était plongée dans un silence total et qu'on avait bordé Antonia dans des draps propres. Son épaule avait été habilement bandée et on lui avait administré une bonne dose de laudanum afin d'apaiser ses souffrances et de lui assurer une nuit de sommeil convenable. Il informa le duc que sa patiente ne devait pas être déplacée pendant au moins trois semaines et qu'il viendrait tous les jours pour suivre son rétablissement. Sur ce, le médecin petit et gros prit congé, fatigué mais satisfait d'avoir accompli un nouveau miracle médical.

Lord Vallentine, qui portait une robe de chambre en soie chinoise par-dessus sa chemise de nuit et un bonnet en tissu similaire sur ses cheveux courts, se glissa dans la bibliothèque, où la cheminée et un lustre flamboyaient toujours. Le duc de Roxton était assis à son secrétaire, vêtu d'une nouvelle chemise blanche à ruches. Il écrivait une lettre.

— Il y a du café sur le buffet, dit le duc sans relever la tête.

Il trempa sa plume dans l'encre et commença une nouvelle feuille de papier.

— Je n'arrivais pas à dormir, avoua Sa Seigneurie avec un sourire en resservant le duc et en se servant également une tasse. J'ai essayé, mais je n'ai fait que me tourner et me retourner pendant presque une heure. Vraiment une sale histoire, grommela-t-il en s'installant dans un fauteuil haut près du manteau ornementé de la cheminée.

Il resta assis à observer les flammes pendant plusieurs minutes avant de dire :

— Comment va-t-elle, Roxton ? Ce médecin a mis le temps ! J'espère qu'il s'est montré à la hauteur de sa réputation et de ses tarifs. Je veux dire, elle est jeune et… Diantre ! Faut-il que vous continuiez à écrire !

— Oui, mon cher. Je n'ai plus qu'à apposer mon sceau et je suis à vous.

Vallentine reporta son regard sur les flammes et attendit. Le duc mit encore du temps et quand il s'approcha enfin du feu, Lord Vallentine se tourna brusquement vers lui.

— Alors ? N'allez-vous pas me dire ce qu'il s'est passé ? demanda-t-il. Comment va la jeune fille ? Ce fut une nuit vraiment choquante ! J'ai les nerfs en pelote, je peux vous l'assurer. Il m'a fallu un temps fou pour amadouer Estée jusqu'à ce que sa frénésie se calme…

— Lucian le martyr, le taquina le duc d'un ton glacial. Je ne sais pas pourquoi vous vous êtes donné cette peine. Elle mérite d'être laissée seule à sa mauvaise humeur.

Vallentine, mal à l'aise, ne savait plus où se mettre sous le regard inflexible du duc.

— Je sais qu'elle ne se comporte pas comme elle le devrait, mais elle était à bout de nerfs de ne pas vous voir rentrer à l'heure. Elle s'est mis tout un tas d'idées en tête. Ainsi, quand elle a vu que vous étiez sain et sauf, je pense que c'est le soulagement qui l'a poussée à agir de façon aussi sacrément ridicule. Vous savez comment elle est, Roxton.

— Ce que je sais, c'est que les sensibilités d'Estée ont été bien plus heurtées que tout sentiment de compassion qu'elle aurait pu manifester à mon égard.

Sa Seigneurie hocha la tête sans détacher son regard du liquide foncé dans sa tasse.

— J'admets que quand j'ai vu la fille pour la première fois, je me suis dit la même chose qu'Estée. Notre réaction était tout à fait naturelle ! Vous n'êtes pas vraiment un-un saint. Enfin, vous avez fait des choses assez sordides de votre temps et, eh bien, vous avez protégé

Estée de tout cela. Elle a entendu les rumeurs, mais elle n'a jamais été impliquée dans ces choses-là et se retrouver face à cette fille, vêtue comme une...

— Et si je vous disais qu'il s'agit bien de ma dernière catin ?

Lord Vallentine s'en décrocha la mâchoire.

— Cette fille ? Non ! Je ne vous crois pas.

Quand le duc arbora un sourire en coin, il se sentit encore plus gêné et ajouta :

— Vous me faites marcher, par Jupiter !

— Oui, répondit le duc, catégorique. Je pourrais presque être son père.

— N'exagérons rien ! ricana Vallentine. Elle a dit qu'elle allait avoir vingt ans. Vous avez trois ans de plus que moi et j'ai six ans de plus qu'Estée, mais vous avez deux ans de moins que votre pleurnicheur de cousin, Salvan. Vous avez donc...

Les réflexions mathématiques compliquées de son ami firent soupirer le duc.

— J'admets que sa tenue était atroce, se dit-il à voix haute. C'est l'idée qu'elle se fait de l'apparence des prostituées de la pire sorte... petite idiote. Cela ne lui a servi qu'à attirer l'attention indésirable de Richelieu et de tous les chiens lubriques de la cour. Je la soupçonne de l'avoir fait pour me forcer la main, et il est vrai que je me suis senti... hum... obligé d'agir, au vu des circonstances. Tout cela pour que mon carrosse soit attaqué par un troupeau de stupides bestiaux.

Lord Vallentine n'entendit qu'une petite partie des propos de son ami, mais en entendant parler d'une attaque, il redressa son dos et son bonnet de nuit.

— Comment ? Des bandits ont tenté leur chance sur la route de Versailles, hein ? Que s'est-il passé ?

— Vous voulez savoir ce qu'il s'est passé, Vallentine ? dit Roxton en relevant lentement les yeux de l'émeraude de sa bague. Deux manants gisent sans vie sur la route de Versailles. Je me suis moi-même chargé des deux. Leur chef n'a pas réussi à m'arracher la fille et s'est enfui. On nous a tiré dessus...

— Vous ? Qui oserait ?

— Un mystère, mon cher, répondit Roxton en haussant les épaules. Deux coups sont partis de la forêt. Le deuxième a atteint sa cible. Si mademoiselle Moran est vivante, c'est parce que la balle a heurté la porte du véhicule avant d'entrer dans sa chair, ce qui a réduit la force de l'impact. La balle s'est logée dans le haut de son épaule, en surface, manquant de peu sa clavicule et ses côtes. Elle a eu énormément de chance.

— Sacrée chance, oui ! déclara Sa Seigneurie. S'en remettra-t-elle rapidement ?

— Elle est hors de danger, dit calmement le duc. Mais elle a perdu beaucoup de sang, elle est très affaiblie. Elle doit rester alitée pendant au moins quatre semaines, puis nous aviserons. La cicatrice ne sera pas jolie à voir.

— Pauvre petite, murmura Vallentine. Que voulaient ces voyous, à l'exception des objets de valeur habituels ?

— Ils exigeaient que je leur remette la fille ; rien de plus. Une demande singulièrement stupide.

— C'est bigrement étrange.

— Oui. Mes amis n'étaient pas du tout des bandits de grand chemin, mais des hommes employés par quelqu'un… quelqu'un dont je dois encore déterminer l'identité. Néanmoins, j'ai mes soupçons.

— Ah oui ? s'enquit Vallentine, hautement intéressé.

Le duc but une petite gorgée de café froid.

— La partie est loin d'être assez avancée pour que je partage mes théories, Vallentine. Il va vous falloir être patient.

— Des témoins ?

— Un carrosse et un carabas qui se rendaient au palais et qui ont été arrêtés par les complices de notre ami. Leurs passagers étaient dehors et la scène s'est déroulée sous leurs yeux, sous la lumière argentée de la lune. Ils étaient au premier rang.

— Alors ils vous ont vu assass… tuer ces deux hommes ?

— Je m'attends à recevoir la visite de l'inspecteur de police dès demain.

— Benyer n'oserait pas s'en prendre à vous !

Roxton secoua le poignet pour faire remonter sa ruche et prit du tabac à priser.

— Que Dieu l'en garde, dit-il d'une voix traînante. Je suis loin d'être personne.

— Je ne voulais pas… Bien évidemment, dit Sa Seigneurie d'un air gêné. Mais ne vous attendez-vous pas à de nombreuses questions ?

— Si, probablement. Il peut me demander ce qu'il veut.

— Mais vous n'allez pas lui lâcher une seule miette, si ? demanda Vallentine en riant.

— Mon cher Vallentine, répondit le duc en haussant les sourcils, êtes-vous en train d'insinuer que moi, le très noble duc de Roxton, je ferais délibérément obstruction au cours de la justice française ?

Lord Vallentine lui adressa un immense sourire.

— Vous vous êtes déjà chargé de rendre votre justice ! Et ils le méritaient ! Ces sales assassins qui ont voulu enlever c-cette… mademoiselle… Moran… ?

— Votre visage ô combien charmant vous trahit, Vallentine, déclara le duc. Elle s'appelle Antonia Diane Moran, fille du célèbre médecin, un certain Frederick Moran, chevalier…

— Le type qui a tué l'héritier du prince de Parvelle en le mettant au monde ? demanda Sa Seigneurie en se redressant. Diantre !

— J'encense votre excellente mémoire, Vallentine. Il ne l'a pas exactement… hum… *tué*. Disons que l'accouchement s'est… hum… *mal passé*, répondit le duc à voix basse. Rien n'a jamais été prouvé, mais cet incident a certainement ruiné sa réputation à Paris. Il a cherché refuge en Angleterre et par la suite, il s'est enfui avec la jeune fille du comte de Strathsay pour l'épouser.

— Il est du genre téméraire, lui !

Roxton refusa de relever le sourire suffisant de Lord Vallentine et continua :

— Lady Jane est morte quand Antonia avait environ cinq ou six ans, et son père il y a moins d'un an, à Gênes. Elle n'a personne au monde à l'exception d'un grand-père mourant… Oui, Vallentine. Calmez-vous, je vous prie. Le comte de Strathsay et son épouse, dont il s'est séparé…

— Votre cousine Augusta est la grand-mère de cette fille ? laissa échapper son ami. Quelle lignée ! La petite-fille de la tristement célèbre Lady Strathsay. Bien, bien, bien ! Attendez qu'Estée en entende parler !

— À votre avis, cette information renforcera-t-elle son affection pour elle ? demanda le duc d'un ton sarcastique. Je continue. Elle a un oncle, Theophilus Fitzstuart, le fils du comte…

— Mais le vieil homme ne reconnaît pas ce lien de parenté.

— Faut-il que vous m'interrompiez constamment ?

— Pardon.

— Ce que le comte continue à proclamer publiquement et ce qui est vrai dans les faits ne sont pas nécessairement la même chose, répondit sévèrement le duc. Theophilus est son fils, même si Strathsay affirme le contraire. Les mœurs d'Augusta sont définitivement douteuses, mais on ne peut contester l'identité du géniteur de ce garçon. Je reste persuadé que le vieux comte retrouvera la raison sur ce point avec son dernier souffle. Après tout, c'est un papiste, il craint pour son âme. Il se rachètera, soyez-en sûr.

— Vous pensez que c'est Strathsay qui a tenté de la faire enlever ? s'enquit Vallentine en remplissant sa tasse au buffet, le duc ne voulant pas d'autre café. Il n'a pas dû se réjouir d'apprendre que vous l'aviez enlevée. L'avez-vous enlevée ?

— Laissez-moi m'inquiéter de ces spéculations. J'ai mes propres raisons. Mais non, je ne pense pas que ces hommes travaillaient pour ce cher vieux comte. (Roxton posa son regard résolu sur son ami et esquissa un petit sourire.) Et non, je ne l'ai pas enlevée. Ma réputation sordide a pris beaucoup d'ampleur, même dans votre minuscule esprit. Mon prestige est en plein déclin… dit-il avec un soupir las. J'imagine qu'il est inutile de vous dire qu'elle est bien consciente que je suis le cousin de sa grand-mère et qu'elle m'a écrit il y a quelques mois pour me demander de la tirer d'une situation déplaisante. Elle pense, à tort, que le testament de son père me rend responsable…

— Responsable d'elle ? Comment ? *Vous ?* Le tuteur d'une jeune fille d'à peine vingt ans ? se moqua Lord Vallentine. Cet homme devait avoir des cailloux dans la tête !

— La confiance que vous m'accordez est inébranlable, ricana le duc. J'allais dire, responsable de sa traversée pour qu'elle rejoigne l'Angleterre sans encombre et y retrouve sa grand-mère.

— Un vrai chevalier errant ! Bravo à vous, Roxton, s'exclama Sa Seigneurie. Mais est-il bien sage d'envoyer la jeune fille auprès d'une femme aux mœurs telles que celles de votre cousine ? Je veux dire, vous avez une réputation sordide, c'est certain, mais Augusta Strathsay ne possède pas le moindre soupçon de moralité !

Le duc s'était avancé vers la cheminée et tournait le dos à Lord

Vallentine, l'empêchant de voir les traits de son visage, mais Sa Seigneurie crut déceler une pointe d'émotion dans sa voix habituellement placide.

— Elle ne peut pas rester en France, dit-il. Son grand-père est en train d'arranger une union entre sa petite-fille et le vicomte d'Ambert, à moins que ce ne soit déjà fait. Nous attendons de voir s'il vit un peu plus longtemps. Attendez, Vallentine, avant de me dire qu'une telle union ne semble pas déraisonnable. En d'autres circonstances, je serais d'accord avec vous, mais deux détails m'en empêchent. Premièrement, le vicomte répugne à l'épouser, car il considère qu'elle n'est pas digne de lui. Je ne sais pas ce qu'elle, elle ressent pour lui. Et deuxièmement, à peine Salvan aura-t-il marié son fils qu'il prendra la jeune fille pour lui-même…

— Bonté divine. C'est dégoûtant ! déclara Sa Seigneurie avec une grimace. Salvan et cette fille ?

— Je suis plutôt d'accord avec vous, mon cher. Néanmoins, il s'agit bien de l'intention de Salvan, déclara le duc en appuyant ses larges épaules contre le manteau de la cheminée. J'admets avoir trouvé cette histoire assez fantaisiste, mais je n'ai d'autre choix que de lui accorder un minimum de crédibilité, connaissant le penchant de mon cousin pour les vierges à peine sorties du couvent.

— J'ai toujours considéré que votre cousin était un petit minable répugnant, grommela Sa Seigneurie avec une nouvelle grimace.

— Néanmoins, considéra le duc, après avoir observé le comportement de mon cousin récemment et l'aversion qu'Antonia lui manifeste, j'ai fini par y croire. Puis, lors d'un accident fortuit, j'ai appris qu'il existait une lettre de cachet au nom de d'Ambert. Et n'oublions pas l'état des finances de mon cousin. Il a besoin que son fils fasse un mariage avantageux. Antonia deviendra une héritière à la mort de son grand-père. Il lui léguera tout ce qu'il peut lui léguer. Quelle importance aura son nom de famille ? Elle sera une héritière innocente avec laquelle Salvan souhaite coucher et qu'il pourra marier à son fils. (Il observa le visage de son ami s'assombrir.) Allez dormir, Vallentine. Votre cerveau n'est plus capable de compréhension.

Cependant, quand le duc annonça son intention de se rendre chez Rossard, Vallentine rassembla toutes ses réserves d'énergie et partit se changer en vitesse, déclarant qu'il souhaitait accompagner le duc. Il lui assura qu'il serait descendu dans le vestibule dix minutes plus tard. Il prit bien plus de temps que cela pour se rendre présentable. Roxton, qui avait déjà enfilé son pardessus et ses gants, l'attendit patiemment en grattant derrière l'oreille de son whippet gris, le deuxième chien se contentant de rester étendu aux pieds de son maître.

— Pensez-vous qu'il soit sage de vous montrer chez Rossard ce soir ? s'enquit Vallentine, qu'on aidait à enfiler son manteau et ses gants. L'agitation est inévitable. À l'heure qu'il est, tout Paris doit savoir ce qu'il s'est passé sur la route de Versailles et, bon, comme vous le disiez, deux hommes sont morts et…

— … j'ai du sang sur les mains ? demanda Roxton avant de hausser les épaules. Débarrasser le monde de telles canailles ne me fait ni chaud ni froid, mon cher. Mais si vous êtes d'avis que…

— Non, surtout pas ! Je suis entièrement d'accord avec vous ! répondit rapidement Vallentine, qui attendait que le duc passe devant lui sous le portique de l'hôtel, les whippets sur leurs talons. Mais les gens vont forcément en parler. Ils seront nombreux à ne pas condamner vos actions, ne serait-ce parce que c'est vous qui avez tué ces ordures. Mais j'espère seulement qu'on ne nous réservera pas un accueil déplaisant.

— L'accueil ne sera pas déplaisant pour moi, mon cher, dit le duc, une main posée sur la garde parée de bijoux de son épée, mais pour mon ami qui a osé mutiler une belle jeune fille, il sera déplaisant, délicieusement déplaisant.

— Comment pouvez-vous être certain qu'il se montrera après ce qu'il s'est passé ? demanda le chevalier de Charmond en étudiant les cartes qu'on venait de lui distribuer. C'est à vous de commencer, Gustave, dit-il au gros aristocrate aux épaisses lèvres peintes en rouge qui tressautaient de façon agaçante.

— Tout Paris est ici ce soir. Bien sûr qu'il va venir, marmonna le comte de Salvan.

Il récupéra la pile de cartes devant lui, mais ne les regarda pas immédiatement, ses petits yeux noirs parcourant de nouveau les tables de jeu bondées et bruyantes avant de se diriger vers la porte. Il voyait plus de visages que d'habitude dans la pièce, mais aucun d'eux n'appartenait à son cousin anglais.

— Mon Dieu, on étouffe ici, ajouta-t-il.

Le chevalier ricana.

— Je compatis, monsieur le comte. Vraiment. C'est de très mauvais augure pour vous, j'ai l'impression. De quoi allez-vous vous défausser ?

— Je ne sais pas pourquoi vous êtes venu à Paris ! Et ce n'est pas de mauvais augure, pas du tout ! Vous verrez comment Salvan va tirer profit de la situation, dit le comte en se défaussant d'une carte sans réfléchir avant de ramener son regard sur la porte. J'admets qu'il a un avantage. Mais je vais m'assurer qu'il me rende la fille.

— Comment savez-vous qu'elle est encore avec lui ? demanda le chevalier. Peut-être qu'elle s'est enfuie dans la nuit parisienne après qu'il…

— Absurde ! déclara le comte en saisissant un verre de vin sur le plateau qu'un serveur lui présentait. Vous pensez qu'il a eu le temps de la séduire en plus de tuer trois hommes – ou étaient-ils quatre ? – qui attaquaient son carrosse ? Hein ? Certainement pas, je vous le dis !

Charmond disposa ses cartes en éventail et prit son temps pour en défausser une.

— Il est peut-être avec elle en ce moment même. Pensez-y, Salvan ! Pendant que nous sommes assis ici, votre cousin se tape la petite demoiselle pour la troisième fois !

— Il y avait deux hommes, dit le gros aristocrate, un certain Gustave, marquis de Chesnay. Je le sais. Marguerite m'a dit d'arrêter le cocher pour que nous puissions y jeter un coup d'œil. Et elle n'était pas la seule. Une vraie petite foule s'était formée. La police a interrogé tout le monde ! Ils ont même interrogé Marguerite. Imaginez un peu ! s'exclama-t-il en parcourant la table du regard, les yeux écarquillés et expressifs. Elle leur a menti, bien sûr. C'est ce qu'elle fait toujours. Un vrai petit ange ! Si seulement ma femme était à moitié aussi intelligente…

— … et à moitié aussi talentueuse, murmura un homme à droite de Chesnay avant de faire un geste vulgaire de la langue qui déclencha de gros rires incontrôlables chez tous les hommes.

Chesnay arbora un large sourire et attendit que les rires se calment.

— Marguerite a dit que ces deux corps étaient plus intéressants qu'une visite à la morgue. Avez-vous jamais entendu parler de quelqu'un comme elle ? Ah ! C'est vraiment un ange ! Fabrice, je crois que cette partie est à nous.

— L'un d'eux a pris une balle en plein cœur, dit un monsieur affublé d'une courte perruque poudrée de bleu et qui s'appuyait sur le dossier arrondi de la chaise du chevalier de Charmond. L'autre a été touché à la tempe. J'aurais fait la même chose. Sale vermine !

— Pourquoi s'en prendre à la voiture de Roxton et pas à une autre ? s'enquit le marquis de Chesnay. C'est la question que j'ai posée à Marguerite. Vous devez bien admettre, messieurs, que c'est très étrange. Elle m'a dit qu'il devait y avoir une histoire de femme là-dessous.

— Qui a dit cela ? demanda le comte de Salvan, trop empressé. Quelle femme ?

Le marquis haussa les épaules et passa sa langue sur ses grosses lèvres.

— Marguerite a dit qu'une femme devait être impliquée. C'est toujours le cas avec notre ami Roxton. Vous pouvez compter là-dessus ! S'il y a un problème avec une femme, on peut s'attendre à ce que Roxton soit impliqué. Qui peut oublier qu'il y a un mois seulement, cet acteur ridicule a provoqué monsieur le duc de Roxton en duel ? *Un acteur.* Tout cela à cause de cette actrice, Félice. Quelle audace il a eue, lui ! Cette Félice, eh bien, elle est d'une grande douceur, et on dit que ses talents avec…

— Inutile pour monsieur le marquis d'entrer dans les détails ! l'interrompit Charmond en jetant ses cartes sur la table avant de se lever en poussant l'homme à la courte perruque, lui faisant perdre l'équilibre. À moins, Gustave, que cette Félice ne vous ait fait profiter de sa compagnie ?

— Non, répondit le marquis en battant des paupières. Je n'aime pas les actrices.

Le chevalier s'inclina.

— Non. Monsieur le marquis préfère d'autres…

— Laissez-le tranquille ! gronda le comte de Salvan en poussant le gros aristocrate pour qu'il retombe sur sa chaise. Je vous présente mille excuses au nom de Fabrice. Il n'est pas lui-même. Il se languit de

Félice. Oh, comme il se languit ! Mais hélas, mes amis, c'est pour Roxton que la divine Félice se languit encore et encore !

Les hommes assis autour de la table et ceux qui se tenaient à proximité se mirent à rire bruyamment et à se donner des coups de coude en entendant cela ; même Chesnay sourit. Le comte de Salvan s'éloigna d'un pas nonchalant, ravi de son trait d'esprit. Il trouva le chevalier dans la pièce voisine, devant un buffet installé sur une longue table contre un mur, où il empilait une grande quantité de nourriture dans une assiette. Salvan prit une huître et la laissa glisser au fond de sa gorge. Il en mangea une autre, puis il attendit que l'assiette du chevalier soit pleine et qu'ils soient confortablement installés à une table près de la fenêtre avant de sortir sa tabatière et de revenir au sujet qui occupait toutes ses pensées :

— L'avez-vous apportée avec vous ? demanda-t-il à voix basse.

Le chevalier remplit sa bouche de tourte au pigeon et hocha la tête. Il posa sa serviette et plongea la main dans une poche profonde de sa redingote en velours puce. Il en vida le contenu sur la table : deux tabatières, un étui, une liasse de billets pliés, quelques papiers et une poignée de livres. Il tendit au comte ce qu'il voulait désespérément et se remit à manger.

— Ne la perdez pas, Salvan, dit-il entre deux bouchées. Il n'y en aura pas d'autre. Vous ne savez pas quel mal le pauvre Fabrice s'est donné pour…

— Je sais, je sais, répondit impatiemment le comte, ses doigts parés de bijoux caressant tendrement le sceau royal pendant un court instant avant de glisser rapidement la lettre de cachet dans une poche intérieure de son gilet à fleurs. Je n'oublierai pas les efforts que vous avez fournis pour moi, Fabrice, dit-il avant de lever son verre de vin pour porter un toast. Buvons à notre bonne fortune. J'ai entendu dire que la douce Félice n'était pas du tout satisfaite de son amant.

— Ah non ? chuchota le chevalier, osant à peine respirer.

Le comte but une grande gorgée de vin.

— Elle s'est rendu compte que monsieur le duc préfère se satisfaire de ce qu'on lui propose à la maison Clermont, d'une fleur en particulier, plutôt que de passer ses soirées dans les bras de Félice. Votre actrice, elle n'aime pas qu'on lui vole la vedette, surtout si c'est une Orientale qui s'en charge.

Les yeux larmoyants de Charmond devinrent éclatants. Il croqua voracement dans un oignon cuit.

— Une Orientale ? C'est vous qui l'avez dit à Félice ? Ah, monsieur le comte, vous avez enlevé un lourd fardeau des épaules du pauvre Fabrice ! J'irai la voir demain pour la couvrir de cadeaux et de compassion ! Oui, c'est ce que je vais faire ! Elle ne pourra pas me résister. Il me faut une nouvelle perruque et il faut que mon tailleur élargisse un de mes hauts-de-chausses en velours. Il me faudrait peut-être de nouvelles boucles de genoux en diamants…

— Je suis ravi que vous soyez heureux, mais fermez la bouche. Ce que j'y vois me dégoûte, dit le comte avec une grimace avant d'appeler un serveur pour qu'il apporte une nouvelle bouteille de vin. Vous mangez comme un porc ! Il fait trop chaud ici. Ouvrez la fenêtre. Où est ce vin ?

— Vous êtes inquiet, très inquiet. Moi, Charmond, je le vois bien, dit le chevalier d'un ton compatissant. Je ne vous le reproche pas. Je serais très inquiet si j'étais à votre place, mon cher comte. C'est de très mauvais augure pour vous, je pense. Cette situation ne me dit rien qui vaille. La petite demoiselle est entre les mains habiles du satyre et vous, vous êtes impuissant, vous ne pouvez pas aller la voir et la récupérer en douce ! Dame, même si vous êtes maintenant en possession d'une lettre de cachet, à quoi peut-elle vous servir ? Que pouvez-vous en faire ? Ce n'est plus votre fils, le problème. Vous pouvez la lui mettre sous le nez, mais à quoi bon ? Vos plans, ils sont tous tombés à l'eau. Tous vos efforts, ils n'ont servi à rien.

» Vous feriez mieux de vous trouver une autre femme. Il ne peut pas y avoir qu'elle. Pour tout vous dire, Salvan, je n'aimais pas ses yeux obliques – comme ceux d'un chat ! Et leur couleur, ce vert ! Il vaut mieux éviter de coucher avec les femmes aux yeux verts. Et maintenant ? Le vase est brisé. Roxton est probablement entre ses douces cuisses à l'heure où nous parlons. Mon ami, vous pouvez trouver mieux qu'elle.

— Je ne veux personne d'autre ! Je ne me contenterai de personne d'autre ! Je finirai par l'avoir ! Je vous le dis ! hurla le comte tel un vilain garçon pourri gâté.

Il s'était relevé et frappait la table de son poing serré ; l'argenterie et la vaisselle s'entrechoquèrent, des gouttes de vin débordèrent de son verre et la pièce devint silencieuse. Salvan ne se rendit compte de rien. Charmond n'osait regarder que le blanc de ses yeux.

— Imbécile ! s'exclama Salvan. Idiot ! Gros nigaud ! Vous pensez que c'est uniquement sa vertu que je convoite ? Ah ! À quoi bon essayer de vous expliquer cela, à vous ?

Il se rassit et but une nouvelle rasade de vin. Une minute de réflexion silencieuse l'aida à retrouver son calme. Le chevalier n'osait ni manger, ni boire, ni détacher son regard du visage grêlé du petit homme.

— Je suis à un poil de puce de faire signer un contrat de mariage à Strathsay, dit le comte à voix basse. Il est en train d'être rédigé à l'heure où nous parlons. Mes avocats travaillent nuit et jour pour s'en assurer. Le temps presse. Le vieil homme approche de la mort. Ses entrailles sont en train de pourrir, j'en suis sûr. Je vous le dis, Charmond, à chaque fois que je lui rends visite, je suis à deux doigts de lui vomir au visage. Cette puanteur, c'est inimaginable ! Mais à votre avis, que se passera-t-il si le moindre murmure à propos des événements de cette nuit lui revient aux oreilles, hein ? Que se passera-t-il ?

Le chevalier ne dit rien. Il ne haussa même pas les épaules.

— Tout sera ruiné ! Tout ! s'exclama Salvan d'un air dramatique. La vieille buse en mourrait ! Et il en entendra parler bien assez tôt, car même si j'ai mobilisé tout mon génie pour tenir cette putain italienne à l'écart de son chevet, elle va trouver le moyen de le rejoindre. Je suis à Paris et non à la cour, je ne peux donc pas guetter tous ses faits et gestes. Elle pense qu'il ne veut pas d'elle, mais c'est bien le cas – oh, comme il la veut ! C'est pathétique, Fabrice, réellement pathétique. Un si grand général, réduit à faire appeler une catin comme un enfant demanderait sa nounou !

Il rinça le dégoût dans sa bouche avec un peu plus de vin.

— Casparti lui dira tout si elle parvient à le rejoindre avant sa mort. Il pense que la jeune fille veut épouser mon fils. C'est ce que je lui ai laissé croire. Il souhaite s'assurer qu'on prenne bien soin d'elle avant de mourir. C'est ce qui le maintient en vie. Il l'aime l'idée de la marier à une noble famille française. Mais si la catin lui dit le contraire ? Ah ! Il hésitera, fera venir la fille à son chevet et lui posera directement la question ! Un désastre ! Je dois m'assurer que cela n'arrivera pas.

— Salvan, vous êtes un génie, murmura le chevalier, les yeux écarquillés.

— Oui, Fabrice, je suis un génie, répondit le comte avec un sourire suffisant.

— Un esprit comme le vôtre saura trouver une solution à ce problème difficile, mais, j'en suis certain, pas insoluble. Peut-être qu'il n'arrivera rien à la petite demoiselle ? Surtout si Roxton l'a emmenée dans son hôtel. Ne vit-il pas avec sa sœur veuve ? Estée de Montbrail est une créature on ne peut plus belle et respectable. Il lui suffira d'un seul coup d'œil à la petite demoiselle pour la prendre sous son aile.

— Vous n'êtes pas un aussi gros nigaud que ce que je pensais, admit Salvan en se penchant au-dessus de la table, le chevalier suivant son exemple jusqu'à ce que leurs longs nez se touchent presque. À propos de ce qu'il s'est passé sur la route de Versailles. Je vais vous dire quelque chose. Je suis arrivé sur les lieux au moment propice. Naturellement, je ne me suis pas montré. Je poursuivais la fille. Je la vois quitter le bal masqué en compagnie de mon cousin. Je les suis à toute vitesse. Mais je demande à mon cocher de garder ses distances. Et là ! Son carrosse est attaqué !

» J'arrête mon cocher et j'attends. Un autre carrosse s'arrête derrière le mien. Un avocat bourgeois que je ne connais pas et dont je ne tiens pas à me souvenir. Nous attendons ensemble. J'envoie un laquais voir de plus près, caché dans l'obscurité de la forêt. Quand il revient, il est tout blanc. Roxton a fait feu sans hésiter, dit-il. La confusion était trop grande pour démêler le reste. Nous attendons, cet avocat et moi, jusqu'à ce que le calme revienne et qu'un carrosse nous dépasse à toute vitesse dans la direction opposée. Nous savons que nous sommes en sécurité, à présent. Nous avançons. Cet avocat reprend sa route. Il est lâche et craint pour sa réputation s'il s'arrête.

» Mais moi, j'envoie un laquais inspecter le carnage avec un flambeau. L'un des vauriens est encore en vie ! Touché au poumon, il n'a plus beaucoup de temps ! Mais il jubile quand il dit à mon homme que l'un de ses collègues a atteint sa cible et touché la fille…

— Grand Dieu ! Mais c'est affreux ! s'exclama le chevalier. Tirer sur une innocente… c'est l'une des choses les plus choquantes au monde !

Salvan se réadossa à sa chaise, un bras retombant par-dessus son cadre ornementé.

— Je n'y crois pas, dit-il en agitant sa main entourée d'une ruche. Cette ordure a menti. S'il m'avait dit que Roxton avait été touché, je l'aurais peut-être cru. Mais pas la fille. C'est trop fantaisiste.

— Mais… Salvan, commença Charmond, confus, pourquoi est-ce qu'un homme mourant mentirait ? Voilà qui est également invraisemblable !

— Comment pourrais-je le savoir ? grogna Salvan. Suis-je son confesseur ? Je m'en moque si son âme finit en enfer. Maintenant, il faut attendre. Attendre mon cousin. Il détient la fille. J'admets que je m'inquiète un peu à l'idée de ne plus être le maître du jeu. Mais j'attends. Et quand le contrat de mariage sera signé, je récupérerai ce qui m'appartient. Il sera obligé de reconnaître ma victoire. Il le fera. Il n'aura pas le choix. C'est un homme d'honneur, mon cousin, je suis donc seulement un peu inquiet.

Les deux hommes furent distraits par le bourdonnement de plusieurs voix dans l'embrasure de la porte. La foule s'écarta en son milieu, révélant le duc de Roxton, vêtu de son habituelle tenue noire et blanche, une tabatière et un mouchoir en dentelle dans une main, l'autre appuyant son lorgnon contre son beau visage austère. Ne prêtant pas attention aux regards fixes et aux murmures, il regarda autour de lui de son œil agrandi. Près de lui se tenait Lord Vallentine, parfaitement conscient de l'agitation causée par l'arrivée de son ami et guettant quiconque oserait dire un mot de travers.

Roxton aperçut immédiatement son cousin et le chevalier et s'approcha de leur table près de la fenêtre d'un pas nonchalant. Il s'inclina devant chacun des deux hommes d'un superbe geste. Salvan et Charmont restèrent immobiles, debout, à le fixer tels deux écoliers surpris par leur maître en plein écart de conduite inavouable.

— Charmond, quel plaisir de vous voir, ronronna le duc. Nous vous pensions en train de dépérir au fond de votre lit à cause d'une affection terminale des poumons, ou alors, était-ce… hum… du cœur ? Peu importe. Vous êtes rétabli ! Si je puis me permettre de vous poser la question, qu'est-ce qui vous a ramené dans le monde des vivants ?

— Je vais bien, je vous remercie, monsieur le duc, dit Charmond avec raideur en s'inclinant à son tour devant lui d'un geste formel mais réticent. Mon rhume est guéri. Quant à vous, comme toujours, vous respirez la santé.

— Merci, Fabrice, répondit le duc avec un large sourire inhabituel que Vallentine jugea dangereux. J'ai la chance d'avoir une santé anormalement bonne. Je peux vous dire que je n'ai jamais… hum… *dépéri* dans un lit de toute ma vie.

Le comte rit de ce trait d'esprit et Charmond se hérissa. Mais le chevalier tint sa langue et fit preuve de politesse quand Roxton le présenta à Lord Vallentine. Le duc affichait toujours un sourire, peut-être un peu plus large qu'avant, et quand il accorda sa pleine attention à Salvan, une étincelle apparut dans ses yeux noirs, étincelle qui ne disait rien qui vaille à Vallentine.

— Je pensais que vous étiez encore au bal masqué, mon cousin, dit le duc. Nous avons laissé le terrain à notre cher ami Richelieu. Qu'est-ce qui a bien pu vous pousser à partir pour venir chez Rossard ?

— Comme vous, mon cousin, dit le comte d'un ton éloquent. Son comportement quand il cherchait à séduire Thérèse était plutôt choquant. Et ce juste sous votre nez ! Je ne vous reproche pas d'avoir subtilisé cette dame si charmante au masque de colombe pour vexer la belle Thérèse. Je me demande comment elle a pu préférer les charmes de Richelieu aux vôtres. C'est incroyable ! Ah, l'esprit des femmes, un vrai mystère. Elles sont tellement volages, et d'une jalousie incompréhensible.

Il accepta une pincée du tabac du duc et l'inhala d'un geste exubérant.

— Vous avez le mélange de tabac le plus exquis de toute la France, mais vous refusez toujours de me livrer son secret.

Roxton referma la petite boîte dorée d'un geste sec, mais son sourire resta toujours aussi large.

— Il y a certains… hum… *trésors* dans ce monde, mon cher, auxquels il vaut mieux ne pas toucher.

— Que voulez-vous dire ? s'enquit Salvan.

— Vous souhaitez connaître le secret de la composition de mon tabac. Une composition exquise, je suis d'accord. Mais serait-elle toujours aussi alléchante, aussi exquise, son attrait serait-il toujours aussi puissant si vous appreniez son secret ? Et une fois rassasié, que se passerait-il alors ?

— Je vois ce que vous voulez dire, mon cousin, dit le comte en hochant la tête d'un air pensif et en observant ses yeux noirs avec méfiance. Mais peut-on être repu de trésors exquis et attrayants ? Il me semble que l'issue la plus logique, une fois qu'on connaît le secret et qu'on est rassasié, serait de s'améliorer, de continuer à avancer, de mettre à profit toute son expérience pour concocter un mélange encore meilleur.

— Et pourtant, ce qu'on vous a donné était pur, intègre et exquis, le résultat d'années d'efforts et de soins, et vous voudriez corrompre ceci, car après vous être rassasié, vous n'en seriez plus satisfait ? demanda le duc d'un air faussement étonné. C'est la raison pour laquelle je ne vous révèle pas mon secret, mon très cher cousin. Entre vos mains, il ne deviendrait qu'une coquille vide, que l'ombre de lui-même. Vous n'arrivez pas à apprécier son essence principale. Et vous ne chéririez pas, comme je la chéris, sa pureté naturelle.

— Un peu de bordeaux ? proposa Vallentine, rompant un long silence entre les cousins.

Le comte pinçait les lèvres et semblait plus pâle que d'habitude et le chevalier passait d'un pied à l'autre, surveillant d'un œil les gentils-hommes qui traînaient dans les parages. Roxton souriait toujours, ce qui était troublant, rare, et mettait son ami sur ses gardes.

— Il vaut mieux que vous vous en teniez à votre propre mélange, monsieur le comte, lui conseilla Lord Vallentine. Roxton est assez intransigeant à propos de ce qu'il considère lui appartenir. Nous, nous ne sommes pas du genre à chicaner. Hein, Charmond ?

Le chevalier haussa les épaules.

— Je suis désolé, monsieur Vallentine. Je ne vous écoutais pas, dit-il avec un léger sourire, n'ayant aucune envie d'être traîné dans cette discussion entre cousins. Vous parliez de tabac à priser ?

Le comte lui lança un regard en coin dédaigneux, mais adressa un beau sourire au duc.

— Je trouverai peut-être le moyen de récupérer votre trésor, mon cousin.

— De force ? s'enquit le duc, intéressé.

— Oh, non, ce serait trop grossier, répondit le comte. Je ne suis pas le genre de sot qui croiserait le fer avec celui qu'on considère comme l'un des meilleurs épéistes de France.

— Vous me flattez. Mon ami ici présent est le meilleur épéiste de France et d'Angleterre. Je ne suis que son élève.

— Je vous remercie, Roxton, dit Lord Vallentine avec un sourire éclatant.

— Néanmoins, continua le duc en soutenant toujours le regard de son cousin, je pourrais facilement vous transpercer. Mais non, une telle méthode est trop grossière et nous offrirait peu de satisfaction, que ce soit à vous ou à moi. Ainsi, si vous voulez m'arracher ce que vous désirez désespérément, vous aurez besoin d'un plan plus soigné et intelligent. En avez-vous un ?

Le comte marqua une pause pendant qu'un serveur distribuait des verres de vin au petit groupe réuni autour de la table. Il semblait s'intéresser à ceux qui se servaient au buffet, mais son attention restait fixée sur le visage du duc.

— Si j'avais un plan, je ne vous le dirais pas ! déclara-t-il en riant. C'est un petit jeu auquel nous jouons vous et moi, hein, mon cousin ?

Lord Vallentine gonfla les joues et secoua la tête, sceptique.

— Pardonnez-moi, Salvan, mais vous n'avez aucune chance de vous montrer plus malin que Roxton. Suivez mon conseil.

Le comte eut soudain les oreilles rouges, mais il n'eut pas le temps de rétorquer quoi que ce soit, car le marquis de Chesnay s'était approché d'eux à petits pas et glissa son gros corps entre le chevalier et le duc de Roxton. Il tapota le bras du duc des branches de son éventail en ivoire.

— Mon Dieu ! C'est Roxton ! s'exclama-t-il. Indemne, qui plus est ! Dites-nous ce qu'il s'est passé, mon cher. Tout Paris attend de vous entendre raconter cette histoire.

— Il n'y a rien à dire, Gustave, répondit le duc, son sourire ayant disparu et son visage étant dénué de toute émotion. On a attaqué mon véhicule. Deux bestiaux qui valaient moins que rien sont morts. Je suis indemne. Voilà toute l'histoire.

— Ah ! Vous cherchez à amoindrir votre triomphe dans ce drame, dit Chesnay. Mais vous avez fait preuve de courage, de beaucoup de courage en vous en prenant à de tels assassins. On aurait pu vous tirer dessus. Cette seule éventualité me fait frémir ! Mais vous avez très habilement mis un terme à leur projet, sans une égratignure sur votre personne et sans aucun blessé de votre côté. Nous sommes assurément tous reconnaissants que vos actions aient rendu nos routes un peu plus sûres. Peut-être qu'à partir de maintenant, les vauriens y réfléchiront à deux fois avant d'essayer de voler à leurs supérieurs. N'applaudissons-nous pas monsieur le duc de Roxton, messieurs ? dit-il en parcourant la pièce du regard, recevant des hochements de tête et des exclamations d'approbation.

Il lécha ses grosses lèvres, sourit et écarta les mains d'un grand geste en concluant :

— Voyez ! Personne ici ne me contredira !

— Ai-je omis de dire qu'il y avait eu des blessés de mon côté ? dit Roxton d'un ton léger. Comme c'est négligent de ma part. Oui, il y a eu des blessés.

— Marguerite avait raison, s'exclama Chesnay. Il y a une femme ! Je vous l'avais dit, Salvan. Marguerite ne se trompe jamais.

— Ce n'est pas difficile à deviner en ce qui concerne Roxton, murmura Vallentine en évitant le regard du duc.

— Mon cocher, un excellent conducteur, a été touché au bras. La balle a brisé l'un de ses os, leur dit le duc. J'ai dû le laisser aux bons soins de l'aubergiste le plus proche. Il ne pourra plus jamais tenir les rênes.

Il étudia les visages du groupe qui l'entourait. Le comte était le seul qui ne semblait pas s'intéresser à son récit ; il buvait son verre de vin et regardait autour de lui d'un air distrait.

— Gustave, reprit Roxton, j'admire Marguerite. Une femme était bel et bien impliquée.

— Vraiment ? Vraiment ? dit le chevalier malgré lui.

— Je le savais ! déclara Gustave. Marguerite ne se trompe jamais.

— Cette fois-ci, j'aurais aimé qu'elle se trompe, bigre ! dit rageusement Vallentine. Il n'y a pas de quoi se réjouir, c'est une jeune fille – une innocente – qui a été brutalement blessée par une meute de moins que rien ! (Il lança un regard noir au comte, dont le visage peint frémit.) Pardonnez-moi, Roxton, c'était inévitable. Il me faut un autre verre, dit-il en s'éloignant, la foule à présent rassemblée autour du duc s'écartant pour le laisser accéder aux tables sur lesquelles était servi le buffet.

— Est-ce vrai ? murmura Chesnay. Une innocente jeune fille ? Cela semble invraisemblable !

— Qu'elle soit innocente ? ricana quelqu'un dans la foule.

Personne d'autre n'osa faire de commentaire sous le regard méprisant du duc.

— Dites-nous ce qu'il s'est passé, dit le comte d'une voix ferme en prenant du tabac à priser d'un geste du poignet à peine maîtrisé, une pincée de poudre retombant sur sa large manchette à revers. Une fille, vous dites ? C'est vraiment très intéressant.

— En effet, c'est plutôt intéressant, Salvan, dit froidement Roxton. Vous serez surpris d'apprendre que celle qui m'accompagnait était la fameuse demoiselle au masque de colombe.

— Non ! déclara le chevalier avec une surprise exagérée.

— Une jeune fille, une innocente, sur laquelle on a froidement et brutalement tiré…

— Non ! Non ! Ce n'est pas vrai !

Cette exclamation angoissée venait du fond de la pièce bondée et toutes les têtes poudrées se tournèrent d'un coup pour voir à qui appartenait cette voix. Son propriétaire se fraya un chemin pour s'approcher du duc.

— Elle ne peut pas être blessée ! Dites-moi qu'elle n'est pas blessée !

— Que faites-vous ici ? demanda le comte dans un murmure étouffé. Comment osez-vous venir chez Rossard dans cette tenue ? Vous me faites honte ! Vous faites honte à votre nom !

Le vicomte d'Ambert resta planté là, haletant. Il ignora son père, ne regardant que le duc. De la saleté était étalée sur son visage et ses bottes de jockey étaient couvertes de boue. Il n'avait pas pris la peine d'enlever son pardessus, son épée et ses gants. Il avait précipitamment monté l'escalier, sans un mot pour le portier ou les valets de pied dans le vestibule, et il avait cherché son père et le duc dans toutes les pièces, deux domestiques le suivant de près.

— Je viens tout juste de passer à votre hôtel, monsieur le duc, expliqua-t-il, à bout de souffle. On m'a éconduit sans même me dire si elle était là ou non. Parlez-moi de cette attaque ! Je n'en savais rien, rien jusqu'à maintenant ! Je vous le promets ! Dites-moi qu'elle n'est pas blessée ! Pitié, je vous en supplie !

Chesnay se tourna vers le chevalier.

— Un autre joueur dans la partie, murmura-t-il. Cette histoire se complique. Quelle est la relation entre ce garçon et la jeune fille ?

— J'aimerais pouvoir vous le dire, mon cher d'Ambert, dit doucement Roxton, mais ce serait vous mentir.

À peine le duc avait-il prononcé ces mots que le vicomte fit volte-face pour fusiller son père du regard, empli d'une colère incontrôlable.

— C'est votre faute ! lança-t-il d'un ton rageur. Vous et vos manigances insensées ! Elle ne serait pas atrocement blessée si vous l'aviez laissée tranquille ! Elle ne se serait pas enfuie si vous ne l'aviez pas poursuivie tel un chien de chasse courant après un cerf ! (Il partit d'un rire hystérique.) Quand je pense à ce que vous lui avez fait…

La gifle vive et cinglante fut soudaine, inattendue. Elle eut l'effet escompté. Le jeune homme eut instantanément l'air abattu. On poussa une chaise sous ses jambes et on appuya une main sur son épaule pour qu'il reste assis. Lord Vallentine lui mit un gobelet de bordeaux sous le nez et le fit boire. Quand le vicomte osa relever légèrement les yeux, il découvrit que la pièce était vide de spectateurs et qu'on avait fermé la porte. Deux valets de pied discrets gardaient l'entrée de chaque côté de la porte. Le comte tournait le dos à son fils et se tenait à la fenêtre, massant sa main qui lui faisait encore mal après le coup qu'il venait d'infliger.

— Père… pardonnez-moi, murmura Étienne, baissant la tête quand le comte ne lui répondit pas.

— Mon garçon, dit le duc en tendant une tabatière en argent au vicomte, vous avez fait tomber ceci.

— Merci, dit d'Ambert en empochant la petite boîte. Je vous demande pardon, monsieur le duc. J-j'étais à bout de nerfs. Je ne pensais pas ce que j'ai dit… Je… Est-elle… est-elle gravement blessée ?

— Oui.

Le vicomte prit sa tête dans ses mains.

— Il prend mal la nouvelle, chuchota Vallentine à l'oreille du duc. Il la connaissait, c'est cela ?

— Votre usage de ce temps me fait frissonner, Vallentine. Il la *connaît*. Je me rends compte que j'aimerais retrouver mon lit. Même moi je suis épuisé après cette journée et cette soirée. Elle restera alitée pendant un mois, peut-être plus, dit-il en posant une main sur l'épaule du vicomte. Quand elle sera assez remise pour recevoir de la visite, vous serez le bienvenu.

— Merci, monsieur le duc, dit le vicomte avec un sourire timide. J'ai très envie de la voir.

— Je vous interdis d'aller chez Roxton ! déclara le comte. Maintenant, rentrez à la maison et attendez-moi !

— C'est encore chez moi, mon cher, ce n'est pas à vous d'empêcher qui que ce soit d'y entrer ; même un balayeur de rue le pourrait si je le souhaitais, dit le duc d'une voix traînante.

— Laissez-moi m'occuper de mon fils comme je l'entends, dit le comte d'un ton glacial.

Quand son cousin s'inclina bien bas devant lui d'un geste qu'il pouvait uniquement interpréter comme insolent, il s'empêcha de perdre le contrôle et ajouta :

— Veuillez m'excuser, monsieur le duc.

— Je vous en prie, mon cher, inutile de vous justifier, dit Roxton avec un bref sourire antipathique qui poussa Lord Vallentine à ravaler un éclat de rire. Cet épisode vous a causé beaucoup d'angoisse. Le scélérat aura des comptes à rendre, soyez-en certain. Justice sera faite. Quant à la jeune fille, elle va s'en remettre, il lui faut seulement beaucoup de repos et toute l'attention possible.

— Vous déployez beaucoup d'efforts pour elle, mon cousin, dit Salvan. Je ne cherche pas à interférer dans sa convalescence, mais ne devrait-elle pas être avec ses proches à un tel moment ?

— Ce n'est pas un effort pour moi d'aider une jeune et très belle fille. Vous le savez mieux que n'importe quel homme, Salvan, répondit le duc. Et soyez tranquille, elle est avec ses… hum… *proches*. Bonne soirée, messieurs.

Il s'inclina devant tous, satisfait de constater que son cousin était sur le point de devenir fou de rage et que son fils était au bord de la dépression nerveuse. Il avait parcouru la moitié de la pièce quand il entendit le chevalier siffler à voix haute :

— Il sait ! Vos plans, ils sont tous ruinés ! Elle est trop divine pour être avec ce glaçon aux mèches de jais, mais c'est avec lui qu'elle va finir. Quel gâchis ! Écoutez bien ce que je vous dis, Salvan ! Il peut à peine attendre qu'elle soit guérie pour se la faire, je le vois bien ! Et quand il sera rassasié, elle ne vaudra plus rien…

— La ferme ! La ferme ! hurla le comte.

Il aurait bien continué, mais son cousin tourna les talons et revint vers eux. Lord Vallentine le suivit. Il avait une main posée sur la garde de son épée et cela le démangeait de s'en servir. Il ne tolérait pas qu'on insulte son ami. Mais le duc lui adressa un regard et il retourna docilement près de la porte.

— Je vais à Fontainebleau la semaine prochaine à l'invitation du roi et de madame de La Tournelle, indiqua Roxton au comte, un œil sur le visage impassible du chevalier. J'imagine que je ne vous y verrai pas, puisque vous avez votre propre petite distraction ici en ville.

— Pardon ? demanda Salvan avec un sursaut.

— Inutile de craindre mon intrusion, continua Roxton. Un homme sage sait quand il faut battre en retraite. Je vous félicite. Elle fait partie des plus accomplies de son genre.

— Qui donc ? demanda le chevalier au comte, mais ce dernier restait inflexible, il se tourna donc vers le duc avec un sourire espiègle. Notre ami a une nouvelle distraction ? Une belle cible de badinage ? Il est trop timide pour l'admettre ! (Il lança un coup d'œil au comte.) Allons, Salvan, dit-il en riant, révélez au pauvre Fabrice comment s'appelle ce dernier objet de votre désir. Ainsi, je pourrai vous féliciter à mon tour.

— Elle n'a aucune importance, grommela le comte en s'éloignant du chevalier, qui se tenait trop proche de lui et sentait l'oignon.

— Oh, oh ! Vous vous rabaissez, monsieur le comte. Celle-là, elle doit être remarquable, si monsieur le duc la mentionne.

Le comte lança un regard noir à son fils, toujours avachi sur une chaise, silencieux.

— Je vous ai dit de rentrer !

Le chevalier s'approcha de Roxton à petits pas maniérés.

— Dites-le-moi, monsieur le duc, déclara-t-il. Je vous en supplie ! Ne laissez pas le pauvre Fabrice en haleine. S'agit-il de cette Orientale dont j'ai tant entendu parler ? Hein ? Cette fleur venue d'Orient ?

— Pas du tout, Charmond, dit le duc à voix basse. Mon cousin n'est pas du genre à se laisser tenter par les fruits exotiques.

Les yeux du chevalier se mirent à danser.

— Parbleu ! Il n'est pas aussi audacieux que vous, monsieur le duc !

— Et il ne manie pas non plus les mots avec autant de talent, lança malicieusement Lord Vallentine, déclenchant un nouvel éclat de rire qu'il trouva irritant chez le chevalier. Je rentre, Roxton. Et vous ?

— Aussi. Mais je ne peux pas laisser Charmond en haleine. Cela dit, je devrais peut-être, dit le duc en lançant un coup d'œil à son cousin qui semblait paralysé, comme s'il lui demandait de ne rien dire. C'est à Salvan de vous le dire. Mais… finalement… non. Il ne dira rien, car il reste modeste dans sa petite victoire.

Il se pencha vers l'oreille du chevalier et murmura le nom « Félice ».

CINQ

ANTONIA ÉTAIT BLOTTIE sur le coussiège et regardait par la fenêtre partiellement recouverte de givre. Elle n'osait pas l'ouvrir. Il faisait un froid glacial et on prévoyait de la neige. Elle était censée être assise près de la chaleur de la cheminée, avec une couverture sur les genoux et un châle en cachemire sur les épaules, mais elle ne pouvait pas rester tranquille à attendre encore et encore que ses cheveux sèchent. Cela pouvait prendre des heures et depuis que des éclats de voix provenant de la cour avaient résonné entre les murs pendant qu'elle prenait son bain, elle avait eu envie de courir vers la fenêtre pour vérifier que c'était bien le duc de Roxton qui était rentré.

Madame de Montbrail lui avait demandé de se placer devant la cheminée, dans sa chemise et ses bas, pour qu'on l'habille. On l'avait lacée dans un corset ajusté en soie crème et on avait fait passer des jupons en fine soie par-dessus ses paniers, attachant les pattes au niveau de sa taille. Puis, d'un geste habile, on avait fait glisser par-dessus l'ensemble une robe à la française d'un rose nacré des plus pâles, brodée de minuscules fleurs et vignes. Enfin, on avait fixé sur sa robe une pièce d'estomac brodée de fils argentés. On avait séché ses longs cheveux avec une serviette avant de les démêler à l'aide d'un peigne, de les parfumer et de les laisser sécher le long de son dos ; on avait plié un châle en cachemire sur ses épaules pour éviter que sa robe ne prenne l'humidité. Satisfaite, madame était ensuite partie en donnant une consigne stricte à la bonne d'Antonia, Gabrielle : elle devait s'assurer que sa maîtresse ne s'éloigne pas de la cheminée.

À peine la porte s'était-elle refermée qu'Antonia s'était précipitée vers le coussiège. Elle ignora les exhortations de Gabrielle, bien décidée à découvrir ce qu'il se passait dans la cour en contrebas. Elle entendit des cris, des rires masculins et les raclements métalliques de deux lames qui s'entrechoquaient. Cependant, elle ne voyait que deux laquais, qui portaient chacun une redingote sur un bras et un gobelet de vin dans une main.

Sa patience fut bientôt récompensée ; les deux épéistes apparurent dans son champ de vision. Ils traversèrent la cour d'un coin à l'autre. Le poignet élégant, ils étaient puissants et rapides dans leur art. Elle entendait le sifflement et le chant des lames tandis qu'ils se battaient tous les deux pour reprendre le dessus sur l'autre. D'abord, le duc fut poussé en arrière par Lord Vallentine, puis il se révéla plus fort de poignet et força Sa Seigneurie à reculer contre un muret en pierre qui séparait le jardin des écuries. Ils ne portaient rien par-dessus leur chemise blanche, se moquant du froid qu'il faisait.

— Venez voir, Gabrielle ! insista Antonia, le front appuyé contre la vitre glacée. Monsieur le duc et monsieur Vallentine s'entraînent à l'escrime. C'est la première fois que je peux me lever pour les voir. Toujours je les entendais s'exercer et toujours j'étais coincée dans ce fichu lit ! N'est-ce pas excitant ? Je les trouve très doués. Vallentine est peut-être plus rapide, mais monsieur le duc est plus puissant. Il est très beau dans sa chemise blanche et son haut-de-chausses et coiffé ainsi. Pauvre Vallentine ! S'il ne fait pas attention, il va en perdre sa perruque ! Oh ! Il a glissé sur les pavés verglacés !

Elle rit et se détourna trop rapidement. Elle sentit une douleur aiguë descendre tout le long de son bras jusqu'au bout de ses doigts, un triste rappel qu'elle n'était pas tout à fait guérie, contrairement à ce qu'elle avait envie de croire. Gabrielle était partie chercher le petit déjeuner, Antonia regarda donc de nouveau par la fenêtre et découvrit que le combat était terminé. Les deux gentilshommes étaient appuyés contre le mur du jardin, où ils reprenaient leur souffle et buvaient du vin. Elle se demanda s'ils pouvaient la voir et sut que c'était le cas quand Lord Vallentine leva la tête et dit quelque chose au duc. Antonia leur adressa un signe de la main. Vallentine lui répondit. Le duc ne leva même pas les yeux vers elle, pas même quand ils passèrent sous la fenêtre pour rentrer quelque cinq minutes plus tard.

Elle se renfonça dans les coussins en fronçant les sourcils. Estée la trouva ainsi, très mécontente que sa patiente se soit éloignée de la chaleur du feu. Elle réprimanda Gabrielle, qui l'avait suivie dans la pièce avec le plateau du petit déjeuner. La jeune fille accepta ces reproches avec bonhomie et disparut pour aller accomplir ses autres tâches.

— Ne vous avais-je pas dit de rester assise près du feu ? demanda madame. Vous pensez que si ce gros médecin vous a autorisée à quitter vos appartements, cela signifie que vous êtes assez forte pour faire ce que vous voulez ? Vous voulez attraper froid par-dessus le marché ? Vous mettez ma patience à l'épreuve, Antoinette…

— Antonia. Je m'appelle An*tonia* ! Je n'aime pas la version française de mon prénom. Je vous prie de ne pas l'oublier, madame.

Madame de Montbrail soupira et poussa sa protégée vers le fauteuil près de la cheminée.

— Je tâcherai de m'en souvenir si vous faites ce que je vous dis de faire, dit-elle en prenant le châle en cachemire pour l'arranger sur les épaules d'Antonia. Je n'arrive pas à comprendre pourquoi le prénom Antoinette vous dérange. Il est bien plus joli, et français. Antonia n'en est qu'une altération latine…

— Antonia était le prénom de la mère du général romain Germanicus, un très bon soldat qui s'est battu contre les Germains. Quant à elle, elle était dévouée et pieuse…

— D'où sortez-vous de telles fadaises ? Ne dites rien, je le sais. Votre père.

Antonia accepta une grande tasse de chocolat chaud et but avec gratitude la boisson douce-amère.

— Ce ne sont pas des fadaises, dit-elle d'un air de défi. C'est de l'histoire, et père disait que…

— Assez ! Buvez votre chocolat, mangez ces petits pains et accordez-moi une minute de tranquillité, maudite enfant.

Antonia gloussa dans son chocolat et se tut, mais pendant un court instant seulement.

— Je vous en fais voir de toutes les couleurs, n'est-ce pas, madame ? Je suis désolée. Vraiment, ce n'est pas mon intention. Parfois, je ne peux pas m'en empêcher. Comme quand vous m'appelez Antoinette, un nom que j'exècre plus que n'importe quel autre nom. Vous comprenez, non ?

— Je comprends que vous vous êtes très bien remise, ma petite, sourit Estée. Il y a eu une période pendant laquelle vous n'aviez pas la force de me contredire.

— Depuis combien de temps suis-je ici ?

— Un mois et une semaine à ce jour, répondit-elle en récupérant une brosse à cheveux sur la coiffeuse, se mettant à brosser les longues boucles de la jeune fille. Ils ont assez séché, je peux les coiffer. Ah ! J'aime tellement vos cheveux et leur couleur. Je suis jalouse, mon enfant. Il aurait été vraiment dommage de les couper.

— Les couper ? demanda Antonia en renversant presque son chocolat chaud. Je ne compte pas les couper ! Je suis très vaniteuse à propos de mes cheveux, madame. C'est un défaut, je le sais… Pourquoi les couperait-on ?

— On croirait que c'est votre tête qui va finir sur le billot ! dit madame avec un claquement de langue. Restez tranquille. Je n'ai pas fini. Ils ne vont pas être coupés, ils ont seulement failli l'être ! Le médecin a suggéré de les couper, car ils étaient extrêmement emmêlés. Même moi, je les pensais irrattrapables. Mais mon frère a refusé d'en entendre parler. Il peut être très têtu. Et les hommes, ils n'aiment pas que les femmes aient les cheveux courts, même si on ne coupe que quelques centimètres. (Elle soupira tandis qu'elle fixait une mèche en hauteur à l'aide d'une pince, avant de faire passer des rubans entre ses lourdes et épaisses boucles.) Mon frère avait raison, finalement. Il aurait été vraiment dommage que ces cheveux dorés finissent par terre. C'est mieux ainsi, n'est-ce pas, ma chère ?

— Oui, madame, répondit Antonia, soulagée qu'Estée soit dans son dos et ne voie pas ses joues en feu.

Elle fit preuve de patience tandis que madame s'occupait de ses cheveux, mais après un long silence, elle dit d'une petite voix :

— Pourquoi monsieur le duc n'est-il pas venu me voir ? Monsieur Vallentine, il vient tous les jours pour jouer au backgammon et au reversi. Parfois, il me lit le journal. Mais monsieur le duc ne vient jamais, ce que je trouve étrange.

Estée trouvait cela étrange aussi, mais il était hors de question qu'elle le dise à Antonia.

— Les chambres de convalescence le dégoûtent peut-être ? C'est souvent le cas pour ceux qui ne sont jamais malades.

— Non, je ne pense pas que cette raison soit la bonne, répliqua Antonia. Quand j'ai été touchée, c'est lui qui s'est occupé de ma blessure et qui l'a pansée. Et il est resté avec moi pendant toute l'opération. Il n'a jamais affiché de dégoût et ne semblait pas répugné à la vue de ma blessure. Il a dit que j'étais très courageuse.

— Oui. Vous avez été très courageuse.

— Alors pourquoi ne vient-il pas ? insista Antonia. Je ne suis plus alitée depuis presque une semaine.

— Voilà, j'ai terminé, déclara gaiement Estée.

Elle tendit le miroir à main à Antonia, mais cette dernière ne regarda pas son ouvrage.

— Madame, pourquoi ne m'a-t-il pas rendu visite ?

— Il a été très occupé, répondit Estée d'un ton désinvolte qui était loin de refléter sa véritable humeur. Il est parti à Fontainebleau pendant deux semaines pour chasser avec le roi et ensuite, il a passé beaucoup de temps à la cour. Il est revenu il y a trois jours seulement après un séjour à Marly, ou peut-être était-ce Choisy ? Oh ! Je ne sais plus où il était ! Il s'est tellement absenté ces derniers temps, il m'est difficile de suivre toutes ses allées et venues. Vous voyez ce qu'il en est. Il n'était pas du tout à Paris pendant que vous étiez confinée dans vos appartements.

— Mais si, il était bel et bien à Paris, s'obstina Antonia, qui avait une tendance à l'entêtement qu'Estée avait beaucoup de mal à supporter. Je les ai entendus, Vallentine et lui, s'entraîner à l'escrime sous ma fenêtre presque tous les jours la semaine passée. Et Vallentine m'a dit pas plus tard qu'hier que lui et monseigneur étaient allés faire du cheval dans les forêts de Saint-Germain. Et je sais quand il est à la maison, car Gray et Tan viennent me voir et ils sont toujours avec lui quand il s'absente pour plus d'une journée.

Madame de Montbrail, exaspérée, leva les bras au ciel.

— Assez ! Il ne me tient pas informée de chacun de ses faits et gestes ! Je ne suis pas sa mère ! Il est à la maison aujourd'hui. C'est tout ce que je peux vous dire. Êtes-vous satisfaite ? Il viendra peut-être vous voir aujourd'hui.

— Je ne pense pas qu'il viendra.

— Eh bien ! Ne me faites pas les gros yeux ! Maintenant, regardez ce que j'ai fait de vos cheveux et dites-moi si votre coiffure vous convient.

Antonia s'avança vers le grand miroir et étudia consciencieusement son reflet.

— Je trouve que j'ai belle allure, madame. Merci. Oh ! Et vous avez utilisé une jolie pince pour relever mes boucles. S'agit-il de vrais diamants et émeraudes ? Ce ne sont pas des fausses pierres ?

— Parbleu ! Qu'allez-vous dire ensuite ? Il ne faut pas que mon frère vous entende vous demander si son cadeau est serti de fausses pierres !

— Cette pince ne vous appartient-elle pas ? Un cadeau, vous dites ? Pour… pour *moi* ?

— Bien sûr que cette pince à cheveux ne m'appartient pas. Les émeraudes ne me siéent pas. Les saphirs et les rubis, oui, mais je ne porte jamais d'émeraudes. Venez, j'ai quelque chose d'autre pour vous.

— Qu'est-ce que c'est, madame ? demanda Antonia quand Estée laissa tomber deux boucles de chaussures incrustées de diamants et d'émeraudes dans la paume de sa main, esquissant un sourire timide quand madame leva ses jolis yeux au ciel. Je sais ce que c'est. Mais… elles ne sont pas aussi pour moi, si ? Enfin, vous n'aviez pas à me les donner. J'ai celles de Maria et vous m'avez déjà donné tant de jolies choses.

— Elles sont à vous, Antonia. De la part de mon frère, elles aussi. Il m'a demandé de vous les donner seulement quand vous seriez assez remise pour sortir de vos appartements. Alors. Ses cadeaux vous plaisent-ils ?

— Beaucoup. Ils sont très beaux et il est très généreux, dit Antonia d'une petite voix, traçant du doigt le motif sur l'une des boucles de chaussure. Et à présent, je possède tant de jupons, de robes et de bonnets, oh, et de chaussures, aussi. Tout a été fabriqué sur mesure par ce Maurice, qui me répète constamment qu'il est le meilleur modiste de tout Paris. Monsieur le duc dépense trop d'argent pour moi. Je ne mérite pas…

— Ciel, ne vous inquiétez pas pour de telles broutilles, dit madame dédaigneusement en rapportant les brosses et le miroir sur la coiffeuse encombrée. Cette dépense ne représente rien pour mon frère. Il est très riche. Et il vaut mieux qu'il dépense sa fortune pour vous plutôt que pour l'une de ces vulgaires créatures pour lesquelles il en pince. Il dépense trois fois plus d'argent pour satisfaire leurs envies. Et tout cela en vain. Sortez donc ces inquiétudes de votre jolie petite tête. Tout cela ne représente rien, rien du tout à ses yeux.

Antonia reposa les boucles et s'approcha du coussiège, car elle sentait de chaudes larmes lui monter aux yeux. Elle savait qu'il était idiot d'être contrariée par les mots de madame, mais c'était pourtant le cas, et elle ne savait pas pourquoi.

— Bien, madame, dit-elle d'un ton neutre. Je ne m'inquiéterai pas. Où sont les boucles de Maria ?

— Mon frère les lui a renvoyées, bien sûr. C'est ce que vous lui aviez demandé.

— Ah oui ?

— Apparemment. Dans le carrosse qui vous a conduite ici, vous avez insisté pour que Maria ne soit pas privée de ses boucles.

— Je suis contente qu'il les lui ait renvoyées. Elle s'est montrée très bienveillante avec moi quand grand-père est tombé malade. Il… Est-il toujours… ?

— Son état ne s'est pas amélioré, mais n'a pas empiré non plus, dit Estée. Pourquoi pleurez-vous, mignonne ? Venez vous sécher les yeux. Votre grand-père est toujours en vie, ne pleurez pas pour lui. Et si Vallentine ou mon frère venaient vous rendre visite à l'instant ? Vous devez être heureuse. Aujourd'hui, vous pouvez descendre et manger vos repas avec nous, et plus tard, nous pourrons aller faire un tour de carrosse si nous faisons bien attention à vous et si le soleil pointe le bout de son nez. Tenez, mettez vos chaussures et allez vous placer près de la porte pour que je puisse voir l'ensemble. Voyez, les boucles sont parfaites ! Maintenant, tournez lentement sur vous-même. Hé ! Lentement, j'ai dit. Si vous tournez trop rapidement, vous allez vous rendre malade. Ah, cette fois, vous m'agacez ! Antonia ! Restez tranquille !

— Mais, madame, quand je tournoie ainsi, vous pouvez presque voir mes jarretières ! rit Antonia, mais elle fut prise de vertiges et s'arrêta rapidement en avisant les sourcils froncés de madame. Ne soyez pas fâchée contre moi. Parfois, je dis et fais des choses que les autres trouvent scandaleuses. Je suis désolée si je vous ai offensée.

On frappa à la porte et les deux femmes se tournèrent dans cette direction. Elles entendaient des voix dans la pièce extérieure et une étincelle d'espoir éclaira les yeux d'Antonia. Lord Vallentine entra d'un pas nonchalant, affublé d'une perruque fraîchement poudrée et bien fixée sur le dessus de sa tête, les mains plongées dans les poches d'une redingote vénitienne écarlate, ses poignets entourés de dentelle vaporeuse. Il souriait jusqu'aux oreilles. Quand Antonia vit de qui il s'agissait, ses épaules s'affaissèrent et l'étincelle s'éteignit.

— Ce n'est que Vallentine, déclara-t-elle avec un long soupir de résignation.

— Hé ! Est-ce là une façon de saluer un vieil ami ? demanda-t-il en embrassant la main d'Estée. Bonjour, madame. J'espère que notre patiente insolente se comporte correctement. Je ne sais pas si cela peut servir d'indication sur son état général, mais sa langue, elle, se porte très bien.

— Voyez par vous-même, Lucian, dit Estée en levant la tête pour lui sourire. Vous pourrez ensuite me dire ce que vous pensez du miracle que j'ai accompli.

— À vrai dire, je ne crois pas aux miracles, commença Sa Seigneurie en se tournant pour regarder Antonia, qui s'était cachée derrière la porte. Et si mademoiselle a… je veux dire… enfin, c'est que… la vache !

— Lucian ! Faites attention à ce que vous dites devant elle !

Antonia gloussa en découvrant l'expression sur le visage de Lord Vallentine.

— Vous ressemblez à un poisson !

— Antonia ! Est-ce une façon de s'adresser à monsieur Vallentine ? demanda Estée. Vous devez lui faire une révérence, pas vous moquer de lui !

— Je suis désolée, dit Antonia sans vraiment exprimer de regret, avant de faire une révérence convenable, mais avec toujours un immense sourire aux lèvres. Mais Vallentine ressemble quand même à un poisson !

— Par Jupiter, j'ai même l'impression d'en être un, avoua Vallentine, stupéfait par la transformation de la jeune fille.

Lors de sa dernière visite dans sa chambre de convalescence, les cheveux d'Antonia formaient encore une masse de boucles sales et elle n'avait pas été proprement habillée. Cette fois-ci, ses boucles couleur miel venaient d'être lavées, parfumées et relevées avec des rubans et elle était vêtue d'un nuage de jupons et d'un corsage décolleté qui mettait sa poitrine ronde et ferme en valeur. Il ne savait pas comment exprimer convenablement son admiration autrement que par un long sifflement.

— Roxton ne va pas s'en remettre !

Antonia fronça les sourcils.

— Pourquoi ? N'aimez-vous pas cette tenue ?

— Au contraire ! déclara Vallentine. Ma chère, vous êtes une vraie petite beauté. Estée, je vous félicite. Votre frère est-il déjà passé ?

— Il va venir ? demanda précipitamment Antonia.

— Je ne sais pas, gamine. Mais j'espère être dans le coin quand il posera les yeux sur vous ! Pas étonnant qu'il vous ait enlevée. Je n'aurais pas non plus pris le risque de vous laisser à la cour, où vous auriez pu être agressée par...

— Lucian ! murmura madame avec colère.

— Il ne m'a pas enlevée ! déclara Antonia avec véhémence. J'ai été très futée, j'ai moi-même fait en sorte qu'il me sauve lors du bal masqué.

— Oh, oh ! C'est ce que vous pensez ! ricana Sa Seigneurie. J'imagine qu'il n'a pas eu son mot à dire ? J'imagine qu'il vous aurait secourue même si vous aviez été une vieille chouette borgne et sans dents, hein ? Et j'imagine qu'il a assassiné ces ravisseurs par-dessus le marché uniquement pour vous faire plaisir ?

— Monsieur le duc n'a assassiné personne ! Ne dites pas des choses aussi horribles. Et vous prétendez être son ami. Il n'a fait que se défendre, il a été obligé de leur tirer dessus ! Il ne m'a pas enlevée et il n'est pas un assassin !

Face au désarroi et à la colère d'Antonia, Lord Vallentine ne rit que plus fort.

— Vous êtes une vraie furie !

— Êtes-vous obligé de la provoquer ? le sermonna Estée. Vous savez qu'elle défendra mon frère coûte que coûte. C'est ce qu'elle fait toujours.

Sa Seigneurie prit un air vexé.

— Je vous rends visite tous les jours, je vous laisse gagner au backgammon et je vous lis le journal, mais il suffit d'un seul mot de travers pour que vous vous en preniez aussitôt à moi ! Quelle merveilleuse façon de me remercier ! (Il s'affala dans un fauteuil et croisa ses longues jambes.) Et pas un seul mot pour souhaiter la bienvenue à Lucian Vallentine !

— Je vous présente mes excuses, dit Antonia d'un ton hautain, mais vous ne devez pas dire ce genre de choses à propos de monsieur le duc. Ces vilaines paroles me contrarient. Je n'y peux rien.

— Je le vois bien ! Je ne suis pas aveugle !

— Vous n'êtes pas mieux qu'elle, avec votre petite moue, le réprimanda Estée en indiquant à Antonia de s'approcher d'elle. Tenez-vous tranquille, mon enfant, pour que je puisse relever vos cheveux. Il ne faut pas que vous parliez à monsieur Vallentine sur un tel ton et en fronçant ainsi les sourcils. C'est impoli pour une dame.

— Bien, madame, mais il ne doit pas dire de telles choses concernant monsieur le duc. Ces propos me déplaisent.

— Que le Seigneur nous vienne en aide ! dit Lord Vallentine avec un long soupir en levant les bras au ciel. Vous n'abandonnez pas facilement. Attendez que Roxton apprenne qu'il s'est dégoté une gamine qui le défend contre vents et marées, qu'il ait raison ou tort ! Ne trouvez-vous pas cela amusant, Estée, qu'on protège votre frère avec tant de véhémence ? Lui qui a une telle réputation qu'il ne mérite pas d'être sauvé. Eh oh ! Qu'est-ce que… ? Qu'est-ce que vous faites avec ce coussin, morveuse ? Non ! Ne vous avisez pas de le jeter… !

Madame de Montbrail tapa du pied, les mains sur les hanches.

— Assez ! Assez ! Je vais vous laisser, tous les deux, si vous n'arrivez pas à vous tenir ! Voulez-vous me voir pleurer, Lucian ? Hein ? Je vais me mettre à pleurer ! C'est ce que je vais faire si tous les deux, vous n'arrêtez pas de vous comporter comme des bébés !

— Enfin, Estée, il n'y a pas de quoi s'énerver, dit sérieusement Vallentine, bien qu'à l'évidence, il s'amusait énormément, ayant reçu un coussin mou en pleine tête et redressant sa perruque qui était toute de travers. Antonia et moi, nous ne faisons que plaisanter. N'est-ce pas, furie ?

Antonia hocha la tête, les yeux empreints d'hilarité malgré la douleur dans son bras, à laquelle elle ne prêta pas attention.

— Un gros poisson Saint-pierre ! Voilà à quoi vous ressemblez, Vallentine.

— Je m'en vais ! déclara Estée en s'avançant vers la porte avec empressement. Je vais faire un tour aux Tuileries pour avoir un peu la paix, et je me moque de savoir à quel point il fait froid dehors !

— Attendez ! s'exclama Vallentine en se dépêchant de la suivre. Vous ne pouvez pas me laisser seul avec mademoiselle Furie. Attrapez votre manteau, murmura-t-il à Antonia avant de quitter la pièce à grandes enjambées.

Quand elle appela sa bonne, Antonia entendait encore sa voix s'élever du palier alors qu'il essayait d'apaiser Estée.

— Comment-ai-je pu vous laisser me convaincre de vous autoriser à venir avec moi ? se demanda Estée d'un ton maussade.

Elle observait les véhicules qui passaient et refusait de regarder ses deux compagnons de voyage, blottis sur la banquette d'en face. Elle sentit qu'ils étaient tournés vers elle, le sourire aux lèvres, et serra un peu plus les mains dans son gros manchon en renard.

— Si Antonia attrape froid, vous aurez des comptes à rendre à mon frère ! ajouta-t-elle.

— L'air frais lui fera du bien. Et elle a besoin de se dépenser. Rester cloîtré dans ce vieux mausolée pendant presque cinq semaines donnerait la nausée à n'importe qui.

— Ce n'est pas un vieux mausolée, répliqua Antonia. Monsieur le duc a un hôtel charmant.

— Ce vieux tas de briques ? ricana Sa Seigneurie, mordant à l'hameçon. Attendez de voir Treat. En voilà, une belle maison. Il s'agit plus d'un palais, en réalité. Face à ce bâtiment, vous aussi vous considéreriez que l'Hôtel Roxton est un vieux tas de briques !

— C'est quoi, Treat ? Un palais vous dites ? Il appartient à monsieur le duc ?

— Tout à fait. C'est son siège en Angleterre. Son grand-père a fait rénover la bâtisse et Roxton y apporte des modifications et des réparations depuis, lui dit Vallentine en l'aidant à descendre.

Ils attendirent que madame de Montbrail descende à son tour. Tous les trois, ils serrèrent leur cape autour de leur gorge et les dames couvrirent leurs cheveux de larges capuchons. Vallentine offrit un bras à chacune des deux et ils commencèrent leur promenade dans les jardins clos bordés d'arbres.

— Madame, pourquoi Vallentine qualifie-t-il la maison de monsieur le duc de vieux tas de briques alors que monseigneur a la gentillesse de l'accueillir sous son toit ? Vallentine vit à l'hôtel, non ?

Malgré son humeur belliqueuse, Estée ne put retenir un petit rire et elle serra le bras de Sa Seigneurie.

— Il vaut mieux que vous répondiez à cette question, Lucian.

— Je refuse ! Maintenant, taisez-vous toutes les deux et promenons-nous en silence.

Lorsqu'ils passèrent pour la troisième fois devant les colporteurs de ragots qui se prélassaient sous un bosquet ou jouaient aux échecs et se disputaient autour de plusieurs tables, Antonia tira soudain sur la large manchette de Lord Vallentine. Ils venaient d'atteindre un endroit où les chemins qui longeaient le boulevard se croisaient et un petit groupe de personnes se tenait là. Les trois promeneurs arrivaient en plein étalage exagéré de salutations agrémentées de courbettes, de révérences et de mouchoirs agités d'un geste affecté. Les mains gantées se tendaient vers les lèvres peintes, les mouches au coin des yeux et des bouches tressautaient délicieusement et des voix stridentes qui bavardaient de sujets sans intérêt venaient interrompre la sérénité d'une journée d'automne froide mais ensoleillée.

Face à cette scène, Antonia pensa à un rassemblement de paons. Mais l'un des aristocrates était d'un plumage entièrement différent. Par réflexe, elle voulut courir vers le duc, mais Vallentine l'en empêcha. Lui et Estée échangèrent un regard inquiet. À n'importe quelle autre occasion, ils auraient rejoint le groupe, car ils connaissaient tout le monde. Mais ils restèrent sur place, à quelques mètres seulement, et les observèrent.

— Thérèse reste donc sa dernière distraction, chuchota Estée en dévorant des yeux la grande femme qui agrippait de façon possessive le creux de la manche en velours de son frère. Elle a pris son temps pour bien agiter son hameçon dans sa direction.

— Comme vous dites, répondit Sa Seigneurie à voix basse.

— Je ne m'attendais à rien de moins de la part de mon frère. Elle doit être soit très amusante, soit très talentueuse sous les draps.

— Les deux, de l'avis général, confirma Sa Seigneurie.

— Oui, forcément, puisqu'il l'a gardée plus longtemps que la plupart des autres. Ah, elle semble bien trop fière d'elle-même. Je me demande si elle est consciente qu'elle le partage avec madame de La Tournelle et cette actrice. Comment s'appelle-t-elle ? Félice ? Oui, Félice !

— Il a renoncé à ces deux-là.

— Comment ? L'actrice ? demanda Estée à voix haute.

— Chut, chérie. Les deux. J'ai dit « ces deux-là ». La Tournelle et Félice.

Madame fit la grimace.

— Non ! Je n'y crois pas ! Si c'est bien vrai, alors ce n'est pas du tout étonnant que Thérèse soit tout sourire. Elle pense l'avoir pour elle toute seule. Elle sera insupportable quand je la verrai au prochain lever. Si seulement il pouvait tomber amoureux.

Vallentine renâcla.

— Du calme, Estée. Vous n'avez jamais été du genre à vous opposer aux intérêts variés de votre frère. Et maintenant, c'est l'amour que vous préconisez pour quelqu'un comme lui ?

Estée plissa les yeux jusqu'à ce qu'ils ne forment plus que des fentes tandis qu'elle continuait à dévisager madame Duras-Valfons, avec ses boucles blondes poudrées et son joli visage rieur.

— Je ne veux pas qu'il s'attache trop longtemps à cette femme. Elle ne lui apportera rien de bon. Elle est vaniteuse, stupide et ne se préoccupe de personne à l'exception d'elle-même. Elle n'est pas amoureuse de lui.

— Amoureuse ? Qu'est-ce que l'amour vient faire là-dedans ? Je parie qu'il n'est pas non plus amoureux d'elle.

— Pourquoi chuchotez-vous ? demanda Antonia en venant se placer devant eux, le menton relevé vers Sa Seigneurie. Est-ce de monsieur le duc et de la comtesse Duras-Valfons que vous parlez ? Elle porte autant de peinture qu'une poupée et à la cour, elle se pavane ainsi… dit-elle en imitant sa démarche flottante, madame, pour la peine, l'attrapant fermement par le poignet. Je vous en prie ! C-c'est mon bras blessé…

Quand son visage se contorsionna de douleur, elle fut immédiatement relâchée. Elle reporta son attention sur le groupe juste à temps pour voir le duc chuchoter à l'oreille de madame Duras-Valfons, qui rit et répéta ce qu'il venait de dire à ses dames de compagnie.

— Ils sont tous peints comme des clowns ! *Peuh !* Cette femme n'est qu'une putain !

— *Antonia !* Où avez-vous appris un tel mot ? s'indigna Estée.

La jeune fille arbora un sourire angélique.

— Eh bien, à la cour, bien sûr.

— Allons ! Il est temps que vous rentriez, dit madame de Montbrail en tournant le dos à son frère et sa maîtresse. Les moucherons sont toujours terribles à cette période de l'année…

— Vallentine, je vous prie de bien vouloir me répondre, commença Antonia en le rejoignant d'un pas sautillant. Thérèse Duras-Valfons est-elle la dernière putain de monsieur le duc ?

En réponse à cette question sans détour, Sa Seigneurie bégaya des propos incohérents et Estée écarquilla les yeux d'un air horrifié. Antonia répéta sa question, nullement décontenancée par leur réaction, mais aucun d'eux ne daigna lui répondre.

— Parbleu ! D'où sort-elle ces idées ?

— Votre frère n'est pas vraiment du genre discret. La gamine était à la cour. Elle n'est pas aveugle. Et vous savez comment c'est, à Versailles. Un vrai nid de vipères. Une compagnie peu recommandable pour une jeune fille, voilà qui est sûr.

— Je frissonne rien qu'à me demander à quels vices elle a été exposée depuis qu'on l'a laissée à la charge de cette catin de Maria Casparti.

— Monsieur le duc dit qu'il est plus poli d'appeler Maria Casparti la « maîtresse » de grand-père plutôt que sa catin, la sermonna Antonia avec une étincelle espiègle dans le regard qui fit sourire Vallentine de toutes ses dents. Il y a une différence, non ?

Madame de Montbrail entendit seulement ce qu'elle disait, sans voir son air espiègle. Elle partit en trombe, laissant les deux autres derrière elle, et resta silencieuse pendant le court trajet pour rentrer à l'hôtel. Vallentine et Antonia, eux, poursuivirent leur échange taquin jusqu'à ce qu'ils soient rentrés. L'humeur d'Estée ne s'améliora pas dans la chaleur relative du vestibule de l'hôtel ; elle annonça qu'elle avait la migraine et qu'elle allait se retirer dans ses appartements pendant une heure ou deux avant le dîner. Lord Vallentine proposa de l'accompagner, mais elle refusa sèchement et partit, Antonia et Sa Seigneurie la regardant s'éloigner dans un silence pensif.

Quand Vallentine suggéra qu'Antonia suive l'exemple de madame, elle déclara qu'elle n'était pas du tout fatiguée, et ce malgré la douleur lancinante dans son épaule qui l'agaçait quand elle faisait soudain un faux mouvement. Elle convainquit Sa Seigneurie de jouer au backgammon en l'amadouant. Non seulement Vallentine accepta, mais il la laissa le persuader qu'ils devraient passer le début de l'après-midi près du feu dans le sanctuaire privé du duc, sa bibliothèque.

Ils passèrent donc une heure agréable à jouer au backgammon sur l'épais tapis devant la cheminée. Quand Lord Vallentine déclara qu'il en avait marre de perdre, il fit venir du chocolat chaud et du café. Duvalier déposa un lourd plateau en argent devant eux sur le tapis et prit son temps pour partir, écoutant d'une oreille la discussion houleuse entre Antonia et Vallentine à propos de ce qu'ils avaient aimé ou non dans les États italiens qu'ils avaient visités. Quand il prit congé, il était plus que jamais convaincu que l'ami du duc, bien qu'étant d'un âge se rapprochant de celui de son maître, était doté d'un cerveau parfaitement adapté à la compagnie des enfants.

Après avoir bu son chocolat, Antonia se blottit dans le grand fauteuil en cuir le plus proche de la cheminée et s'installa confortablement sur les coussins en velours avec un livre peu épais qu'elle avait choisi sur les étagères remplies d'ouvrages. Vallentine lui fit rapidement remarquer qu'elle ne devait pas s'asseoir dans ce fauteuil-là, car c'était celui que le duc préférait, et que le livre qu'elle avait choisi ne convenait pas aux yeux d'une dame. Par ailleurs, il était écrit en latin et il ne croyait pas une seule seconde qu'une gamine à peine sortie de la salle de classe savait lire le latin – et si c'était le cas, c'était scandaleux. Ses demandes tombèrent dans l'oreille d'un sourd. Il n'eut d'autre choix que de s'avouer vaincu et de se retirer derrière les pages d'un journal anglais de la veille.

LE DUC ENTRA dans la bibliothèque à peine une heure plus tard. Il trouva la pièce déserte, même si son majordome lui avait assuré que Lord Vallentine et mademoiselle Moran se trouvaient à l'intérieur. Duvalier le suivit et déposa plusieurs dépêches sur le bureau. Il se mit à ramasser le plateau des boissons quand soudain, un bruissement et du mouvement attirèrent son attention ; il renversa presque le broc en argent et les tasses. Roxton releva les yeux de sa pile de correspondance, aperçut instantanément ce qui l'avait troublé et congédia son major-dome d'un geste de la main. Il attendit que la porte soit refermée sur son domestique pour oser approcher son fauteuil préféré.

Près du pied en spirale du fauteuil se trouvait une paire de chaussures recouvertes de soie et un livre à la reliure en cuir posé sur sa tranche, un ruban en soie glissé dans l'ouvrage servant de marque-page. Il ramassa une chaussure abandonnée, ornée d'une large boucle incrustée de diamants et d'émeraudes, et inspecta la qualité du travail. Avec toujours la chaussure à la main, il se pencha par-dessus le haut dossier du fauteuil tapissé pour jeter un coup d'œil à son occupante.

Antonia dormait profondément, le visage détourné du feu presque éteint, un bras pris dans une masse de boucles emmêlées et l'autre lâchement posé sur son corsage. Les couches de ses jupons en soie l'entouraient tel un doux nuage rose, révélant ses petits pieds vêtus de bas dirigés vers la chaleur du feu. Il ne savait pas depuis quand il n'avait pas eu la chance d'admirer les jolies chevilles d'une belle endormie. Cette sensation, nouvelle pour lui, le fit sourire.

Il se demandait quel serait son prochain coup, maintenant qu'il s'était emparé de la friandise dont son cousin avait si désespérément envie. Son sourire s'élargit. Pauvre Salvan, se dit-il sans aucune compassion, il devait devenir fou à l'idée que l'objet de tous ses désirs réprimés se rétablisse dans la maison de son noble cousin anglais, dont il enviait, au point de l'exécrer, la fortune et l'aisance avec les femmes.

Cependant, tandis qu'il continuait à regarder Antonia dormir, il se retrouva captivé par le rythme de sa respiration et son sourire satisfait et triomphant se transforma en une moue quand il se demanda ce qu'il était censé faire de cette jeune fille maintenant qu'il l'avait. La sortir rapidement du bal masqué avait été une réaction instinctive ; il s'était simplement emparé du prix convoité sous le nez de son cousin, sans penser aux conséquences.

Puis Antonia l'avait complètement déstabilisé en se montrant si peu méfiante envers lui et ses intentions. Elle semblait persuadée qu'il avait voulu la sauver de ce libertin accompli qu'était Richelieu et de tous les autres pervers de la cour. Elle le voyait comme un genre de preux chevalier, ne considérait pas qu'il sortait du même moule que son ami Richelieu, et cela le déconcertait totalement, tout comme le doute tenace que la jeune fille avait peut-être orchestré toute cette fuite, qu'il n'était qu'un pion dans ses plans à elle.

Après tout, elle l'avait importuné à coup de lettres et était restée en périphérie de son cercle social à la cour pendant de si nombreuses semaines que sa présence était devenue une intrusion indésirable dans sa liberté. Il n'était pas insensible à sa remarquable beauté. Il l'avait remarquée lors du tout premier jour qu'elle avait passé à la cour ; elle l'avait intrigué. Mais la beauté couplée à l'inexpérience de la jeunesse et à un manque de sophistication ne l'avait jamais attiré. Il avait toujours eu une préférence pour les beautés chevronnées aux propensions sexuelles égales aux siennes et qui avaient un époux compréhensif qui errait quelque part en arrière-plan et qui était prêt à offrir une épaule rembourrée sur laquelle pleurer quand l'ennui le poussait à passer à autre chose.

Après s'être renseigné discrètement, il avait découvert qu'Antonia était en réalité une parente distante dans le besoin qui cherchait à obtenir son aide, et il l'avait rapidement jetée aux oubliettes avec les autres responsabilités agaçantes qui accompagnaient son titre et sa richesse. Il avait fait tout son possible pour ne pas lui prêter attention. Mais pourquoi, dès qu'elle avait semblé dépassée par les événements – une jeune fille qui assistait à un bal masqué déguisée en putain devait être largement dépassée –, avait-il fourni autant d'efforts pour l'arracher à Salvan ? En faisant cela, il avait montré au monde entier qu'elle était sous sa responsabilité, quelque chose qu'il avait passé les trois derniers mois à essayer d'éviter.

À présent, alors qu'il observait toujours la faible lumière vacillante de la cheminée projeter des ombres sur son joli profil, il lui sembla très clair que la satisfaction qu'il avait ressentie en éloignant Antonia de Salvan s'était évaporée face à la responsabilité qui lui revenait maintenant ; il devait s'assurer que la jeune fille se remettrait totalement de ce qu'elle avait traversé et qu'elle serait bien confiée à la charge de sa grand-mère à Londres.

Il réfléchissait encore au fardeau que représentaient ces nouvelles responsabilités quand Lord Vallentine entra dans la pièce, une couverture passée sur un bras, et lui tapota légèrement l'épaule.

— Il était inévitable qu'elle s'endorme dans votre fauteuil, murmura-t-il d'un ton contrit. Je n'avais pas le cœur de la réveiller, j'ai donc préféré aller chercher ceci moi-même. Je ne veux pas qu'elle attrape froid.

Il positionna la couverture sur elle jusqu'à ce qu'il soit satisfait et releva les yeux vers le duc. Ce qu'il vit le fit sursauter.

— Roxton, qu'est-ce qui ne va pas ? Vous n'êtes pas souffrant, si ? Je vais demander à Duvalier de nous apporter une bouteille. Hé, Duvalier, siffla-t-il, une des meilleures bouteilles de monsieur le duc, et pressez-vous.

Le majordome sortit précipitamment et Vallentine suivit Roxton vers un ensemble de canapés au milieu de la pièce. Son ami tenait toujours l'une des chaussures d'Antonia dans une main, ce qui le fit sourire. Il fit un commentaire à ce sujet et son sourire s'élargit quand il observa le duc se débarrasser de la chaussure d'un air gêné.

— Vous vous êtes déniché une vraie petite friponne, dit Vallentine en anglais tandis qu'il s'affalait dans un fauteuil en face de celui du duc.

— Vraiment ? demanda Roxton, ses joues ayant repris des couleurs.

— Oui, vraiment ! rit Sa Seigneurie. Elle gagne toutes les parties de backgammon et de reversi. J'ai tout essayé. Aucune ruse n'a fonctionné ! Elle m'a dit que c'est son cher père qui lui avait appris à jouer. Rien que pour ça, je pourrais l'étrangler, lui ! Et depuis qu'elle est en voie de guérison, il est impossible de restreindre ses bavardages. Pensez-vous qu'elle s'empêcherait d'argumenter ? Oh, oh ! Elle débat avec moi jusqu'à ce que je sois à bout de souffle. Elle est plus calme avec Estée, mais c'est seulement parce qu'Estée se met en rogne et menace de faire une scène si la gamine ne se comporte pas correctement.

— Elle a des manières affreuses, dit le duc d'un air agacé.

— Oh, il n'y a rien de malveillant chez elle, lui assura Vallentine. C'est une petite maligne, c'est tout. C'est rafraîchissant. Parfois, Estée perd totalement patience. Si vous voulez mon avis, c'est seulement de la jalousie féminine.

— Vous me fascinez.

— Je ne suis pas aussi écervelé que ce que vous pensez. Je reconnais que parfois, je ne suis pas l'observateur le plus fin, mais en ce qui concerne les femmes, eh bien, j'ai une assez bonne idée de ce qui les rend irritables ou non. Votre sœur est une belle femme, elle est même sacrément belle, mais Antonia, eh bien, elle… elle est… inhabituelle.

— Mon cher, votre langue n'arrive plus à suivre. En quoi est-elle inhabituelle ?

Lord Vallentine sentit la chaleur lui monter au visage, ce qui le mit très mal à l'aise. Il fut soulagé quand Duvalier décida de les interrompre à ce moment-là. Un verre de bordeaux l'aida à retrouver une couleur normale, mais le duc lui indiqua qu'il attendait sa réponse en haussant ses sourcils noirs d'un geste que Sa Seigneurie trouva irritant.

— Inutile de me regarder ainsi ! Je ne suis pas amoureux de la gamine, si c'est ce que vous pensez, déclara-t-il. J'admets que je trouve sa compagnie délicieuse. Et je ne suis pas aveugle, vous pouvez donc arrêter de me regarder de votre air moqueur ! Je vois bien que c'est une petite beauté. Mais elle ne cherche pas à s'en servir sur les hommes, ce que feraient la plupart des femmes. Elle est… elle est elle-même, tout simplement. À vrai dire, continua-t-il d'un ton belliqueux, je la trouve adorable ! Mais cela ne veut pas dire que j'ai envie d'elle… pas de cette manière-là. Par ailleurs, elle ne voudrait pas de moi, et elle ne veut pas non plus du jeune chiot de Salvan.

— Ah non ?

— Elle n'est pas amoureuse du vicomte, voilà qui est certain. Il est venu lui rendre visite une ou deux fois, mais elle refuse de le voir. Elle a affirmé qu'elle n'était pas en assez bonne forme pour recevoir de la visite. Mais lui, je pense qu'il se ment à lui-même s'il pense ne pas être amoureux d'elle.

— C'est ce que vous pensez ?

— Oui, c'est ce que je pense. Et ce n'est pas tout. Dès qu'Estée ou moi-même essayons de dire un seul mot de travers à votre propos, l'adorable petite friponne se transforme en furie.

— Qu'ai-je fait pour mériter une telle adoration ? s'enquit le duc en fronçant les sourcils.

— Vous pouvez rester indifférent si vous préférez, dit Vallentine d'un ton sarcastique. J'imagine que vous n'avez rien fait qui sorte de l'ordinaire, mais une jeune fille de l'âge d'Antonia doit penser le contraire. Vous l'avez secourue des pattes visqueuses de Salvan, vous avez tué deux vauriens au pistolet sur la route de Versailles, et n'oublions pas que vous avez soigné ses blessures de vos propres mains ; un vrai héros.

— Mon cher Vallentine, si je ne vous connaissais pas mieux, je croirais avoir attisé votre jalousie.

— Un homme a le droit d'être un peu envieux, admit Sa Seigneurie. Après tout, c'est moi qui lui rends visite tous les jours dans sa chambre de convalescence, qui lui apporte des friandises et les journaux et qui perds au backgammon ! Et comment suis-je récompensé de tous ces efforts, toutes ces attentions ? J'entends sans arrêt parler de *monseigneur*. Satané monseigneur ! Dame, je n'ai même pas pu l'emmener en balade aux Tuileries sans tomber sur vous et la comtesse Duras-Valfons. Antonia a posé des questions sacrément embarrassantes. Comment suis-je censé lui répondre ? Elle n'est qu'une petite oie blanche par rapport aux féroces tigresses que vous fréquentez habituellement.

Les sourcils de Roxton se rejoignirent soudain au-dessus de son nez.

— J'espère que vous avez été raisonnable et que vous avez tenu votre langue.

— Je n'ai même pas eu à ouvrir la bouche, dit Vallentine d'un ton pincé. Elle connaissait la vocation de Thérèse sans que j'aie besoin de lui dire.

— Milord devient soudain paternel, railla le duc. Si la jeune fille a été scandalisée par mes fréquentations…

— Scandalisée ? ricana Sa Seigneurie. Antonia ? *Scandalisée ?* C'est mal la connaître ! Elle a appelé Thérèse votre « putain » et a eu l'audace de demander confirmation à Estée ! Hé ! Qu'est-ce que… ? demanda-t-il en se tournant au son de jupons qui bruissaient. J'ai comme l'impression que la friponne se réveille.

SIX

ANTONIA JETA UN COUP d'œil endormi par-dessus le dossier du fauteuil et en apercevant le duc, elle écarquilla les yeux et sourit. Elle se releva d'un bond sans prendre la peine de lisser ses jupons froissés, sans penser à couvrir ses pieds vêtus de bas et sans prêter attention au fait que la pince qui relevait ses boucles venait de tomber par terre. Elle courut jusqu'au canapé et se baissa en une révérence aux pieds du duc.

— Monsieur le duc, dit-elle gaiement, c'est vous ! Je croyais être en train de rêver, mais quand j'ai entendu la voix de Vallentine, j'ai su que je devais me tromper, car pourquoi apparaîtrait-il dans l'un de mes rêves ?

— Vous voyez ce que je veux dire, Roxton, grogna Sa Seigneurie. Je crois que je préfère ne pas relever, gamine.

Roxton sourit face à l'ego blessé de son ami, sans détacher son regard d'Antonia.

— Je trouve que mademoiselle n'est pas très gentille envers monsieur Vallentine. Il me dit qu'il a été très bon avec vous.

Antonia hocha la tête.

— C'est vrai, monseigneur. Mais il se laisse facilement taquiner, ajouta-t-elle avant de s'approcher du fauteuil de Sa Seigneurie et de prendre un air contrit. Je suis désolée si je vous ai offensé, monsieur.

— Friponne, grommela-t-il en lui donnant une chiquenaude sous le menton. Avez-vous bien dormi ?

— Oui, merci, répondit-elle joyeusement en s'autorisant à s'asseoir à côté du duc sur le canapé. Aimez-vous cette robe, monsieur le duc ? Merci pour la pince à cheveux, les boucles de chaussures, mes robes et la centaine d'autres choses que vous avez demandé à Maurice de me confectionner. Oh ? Que fait ma chaussure ici ? Je trouve que Maurice est un très bon modiste. Mais il parle trop et il fait des histoires comme une femme, ce qui ne me plaît pas du tout. Madame le trouve amusant, mais selon moi, un homme qui porte une perle à l'oreille et des fards sur les yeux ne peut être que ridicule, vous ne trouvez pas ? Pensez-vous qu'il s'agisse d'un de ces hommes dont j'ai entendu parler, qui a une préférence pour ses semblables ? Un-un spartiate ! Ou comme monsieur le duc de Gesvres, qui manie à la perfection les aiguilles à tricoter ?

Les deux gentilshommes riaient, mais quand elle mentionna ce nom, Vallentine la regarda bouche bée.

— Antonia ! Où... ? Où avez-vous appris... ? Je n'ai jamais entendu...

— À la cour, répondit-elle simplement en se tournant vers le duc. Peut-être devrais-je éviter de dire ce genre de choses ? Vous ai-je choqué ?

— Pas le moins du monde, répondit Roxton, le bras posé sur le dossier du canapé et sa main caressant distraitement une mèche soyeuse des cheveux d'Antonia. C'est avec ces préférences que je l'ai toujours connu. Vous avez peut-être choqué mon ami, néanmoins.

— Moi ? Je ne suis pas choqué, souffla Vallentine. Mais vous ne pouvez pas dire de telles choses à la gamine. Ce n'est pas convenable. Elle sort à peine de l'enfance, pour l'amour du Ciel.

— Vous avez raison, monsieur le duc, dit Antonia avec un soupir de résignation. J'ai choqué Vallentine. Hélas, il est très facile de le choquer. Et de le battre au backgammon.

— Roxton sait déjà que vous m'avez vaincu à toutes les parties. Inutile de remuer le couteau dans la plaie !

— Voudriez-vous bien m'affronter au backgammon, monseigneur ? Et puis, vous pourriez rester à la maison certains soirs pour que nous puissions jouer au whist et à des jeux de hasard tous les quatre. Et maintenant que je me sens bien mieux, nous pourrons dîner ensemble, n'est-ce pas ?

— Elle a planifié toutes vos journées ! rit Vallentine, mais les deux assis sur le canapé ne lui prêtaient pas attention.

— Si vous voulez, mignonne, répondit le duc. Mais je vous préviens, je suis un meilleur joueur que Vallentine et je ne ferai pas de concession.

— Dans ce cas, le tournoi sera intéressant, dit-elle, puis une idée soudaine lui fit froncer les sourcils. Vous n'allez pas repartir, hein ? Vous… vous n'êtes pas obligé d'aller à la cour ou à la campagne pendant que je suis là, si ?

Il secoua la tête.

— Non. Je ne vais pas repartir. Nous pouvons faire tout ce que vous voulez.

Antonia retrouva le sourire et elle lui toucha impulsivement le bras.

— Vous voyez, Vallentine, dit-elle à Sa Seigneurie avec une étincelle dans ses charmants yeux verts, nous allons tous beaucoup nous amuser maintenant que monsieur le duc va rester à Paris.

Lord Vallentine hocha la tête, mais il n'avait pas entendu un traître mot de ce qu'Antonia avait dit, car il venait de faire une découverte stupéfiante. Il aurait dû savoir à quoi s'en tenir depuis le début, mais il pensait que la jeune fille prenait vivement et constamment la défense de son ami uniquement pour le taquiner lui. Mais en observant Antonia en compagnie du duc, il comprit qu'elle était amoureuse de lui. Il se demanda si son ami avait la moindre idée de ses sentiments et se dit que ce ne devait pas être le cas. Il était impatient de partager cet intéressant coup de théâtre avec madame de Montbrail.

Estée de Montbrail ne partagea pas l'enthousiasme de Lord Vallentine. Selon elle, la jeune fille n'était pas tant amoureuse qu'amourachée de son frère, ce qui ne lui plaisait pas du tout. Elle considérait que cette toquade était liée au fait que son frère avait secouru Antonia face à des ravisseurs sur la route de Versailles et dépensé une petite fortune pour la vêtir. Quant aux boucles de chaussures et à la pince à cheveux qu'il lui avait offertes ? Bien qu'il s'agisse de cadeaux magnifiques et attentionnés, elle avait bien fait comprendre à Antonia que son frère avait couvert de nombreux jolis cous et poignets de bijoux et qu'elle ne devait donc pas se faire d'illusions à ce sujet.

Malgré tous ses efforts, Vallentine ne réussit pas à convaincre madame que la jeune fille était assez vieille pour savoir ce qu'elle voulait et que peut-être, c'était le duc lui-même qui était à l'origine des sentiments purs d'Antonia pour lui. Il était temps que Roxton se rende compte que toutes les belles femmes ne demandaient pas un trésor de pirate en échange de faveurs sexuelles. Le temps qu'il passait avec Antonia lui apprendrait peut-être une chose ou deux sur l'amour. Après tout, n'était-ce pas madame qui avait suggéré que son frère devait tomber amoureux ?

Mais madame répliqua que Vallentine ne prenait pas en considération l'effet dévastateur que tout ceci aurait sur Antonia qui, malgré toutes ses fanfaronnades, restait jeune et inexpérimentée dans le domaine de la politique sexuelle entre les hommes et les femmes. Selon elle, son frère était seulement en train de s'amuser avec Antonia, comme avec un nouveau jouet fascinant. Que se passerait-il quand la fascination se dissiperait et que la jeune fille finirait avec le cœur brisé ?

Estée lui rappela ce qu'il lui avait confié à propos des projets du comte de Salvan concernant Antonia et de l'intrusion de son frère dans ces projets. Estée ajouta que tout cela ne faisait que confirmer ses pires craintes : Antonia n'était qu'un pion dans un sale petit jeu entre son frère et son cousin. Son propre jugement erroné à propos de la réputation d'Antonia le soir de son arrivée renforçait également ces craintes. Elle avait supposé le pire concernant la réputation d'Antonia et elle sentait la culpabilité lui peser sur les épaules. Elle l'avait d'abord complètement rejetée, ce qui représentait à présent un lourd fardeau. Elle voulait se faire pardonner et avait l'impression qu'elle devait assumer la responsabilité de sa protection, non seulement vis-à-vis des gens comme le comte, mais aussi de son propre frère. Elle faisait à peine plus confiance aux motivations de son frère qu'à celles de Salvan.

Ainsi, elle et Lord Vallentine se retrouvèrent dans une impasse. Ils ne pouvaient pas discuter sans mentionner le nom d'Antonia et sans amplifier les craintes de madame que le cœur de la jeune fille soit voué à être brisé par le duc. Elle aimait son frère d'un amour inconditionnel, mais elle savait comment il était. Elle pouvait l'accepter, et même vivre avec, mais on ne pouvait pas la convaincre que des années de dépravation quotidienne pouvaient être réformées par une simple fille, peu importe qu'elle soit belle et qu'elle ait une personnalité inhabituelle.

Vallentine n'était pas d'accord, ce dont Estée s'était doutée. Ils se disputèrent, puis madame conclut d'un ton cinglant qu'il était lui-même amoureux d'Antonia. Sinon, pourquoi défendrait-il sa cause avec autant de véhémence ? En réaction à cela, Lord Vallentine partit en trombe, lança un juron et claqua la porte, et Estée se retrouva seule à essuyer ses larmes.

Ce soir-là, le dîner fut bien morose. Dans l'espoir de l'apaiser, Lord Vallentine avait invité Estée à une représentation de la Comédie-Française après le repas. Néanmoins, elle picora ce qui était dans son assiette et refusa de participer à la conversation, malgré les efforts d'Antonia. Vallentine se contenta de hausser les sourcils quand cette dernière l'interrogea silencieusement sur le mutisme maussade d'Estée. Le repas s'éternisa. Le duc, qui n'avait jamais été un adepte des bavardages anodins à table, mangea en silence et ne prit la parole que quand on s'adressait à lui.

— Estée et moi allons au théâtre, dit Vallentine au duc quand le couvert fut débarrassé et qu'on plaça le brandy sur la table. Serez-vous présent ?

— Non. Je ne pense pas, répondit le duc.

Il versa du brandy en quantités inégales dans trois verres et en poussa un vers son ami. Il proposa le plus petit fond à Antonia.

— C'est un excellent brandy, lui dit-il. Goûtez-le. Dites-moi ce que vous en pensez.

— Elle est trop jeune pour les spiritueux ! s'exclama sa sœur d'un ton sec.

— Ce n'est qu'une minuscule goutte, sourit Vallentine. Cela ne lui fera aucun mal. Goûtez, canaille.

— Est-ce meilleur que cette horrible boisson que vous m'avez fait boire quand on m'a tiré dessus ? demanda Antonia en reniflant le verre avec hésitation.

— Bien sûr que c'est meilleur ! Vous pensez tout de même pas que je vous aurais fait avaler du bon brandy ! Hé ! Buvez pas si vite ! Dégustez-le. Savourez-le. Vous allez finir toute confuse si vous le buvez ainsi.

Le frère et la sœur se regardèrent et madame retroussa son petit nez d'un air entendu et hautain. Vallentine comprit ce qu'elle insinuait et leva les yeux au ciel.

— La gamine va pas être ivre après avoir bu qu'une petite goutte, murmura-t-il. Ne faites pas des histoires pour rien, Estée. Laissez Roxton et la petite tranquilles, pour l'amour du Ciel.

Estée ne prêta pas attention à lui et dit à son frère d'une voix affectée :

— Tout Paris va au théâtre ce soir. C'est à se demander pourquoi vous, vous n'y allez pas. Après tout, la vedette principale est cette charmante actrice qui chante d'une voix absolument merveilleuse. Je crois qu'elle s'appelle Félice.

— Elle ne vaut pas la peine qu'on se déplace pour la voir une seconde fois.

— Voyons ! s'exclama Estée avec un rire nerveux. Elle est acclamée par tout Paris, mais vous lui accordez si peu de mérite ? Est-ce que cela signifie que vous nous conseillez de rester à la maison, Lucian et moi ?

— Non. Vous passerez une bien meilleure soirée que moi.

— Après la représentation, Thérèse Duras-Valfons reçoit pour une soirée triée sur le volet. Comptez-vous y aller ? demanda Estée.

— J'ai été invité, répondit le duc d'un ton égal.

Lord Vallentine se tortilla sur sa chaise et lança un coup d'œil à Antonia, qui ne semblait pas écouter et regardait dans son verre.

— Lucian et moi envisagions d'y passer, continua madame d'un ton léger et décontracté qui contrastait avec l'éclat sévère dans ses yeux bleus. Ne serait-ce que pour voir qui y sera. Richelieu et Salvan viendront peut-être. Je pense que je houspillerai Salvan, car il n'est pas venu me voir alors qu'il avait promis de me rendre visite. (Elle poussa un soupir affecté.) Enfin, je ne suis pas encore sûre d'assister à ce souper, car je n'apprécie pas vraiment Thérèse. Surtout ces derniers temps. Elle est trop satisfaite d'elle-même, elle pense être l'objet d'un dévouement singulier.

— C'est ce qu'elle pense ? s'enquit Roxton d'un air reflétant de l'intérêt teinté d'ennui.

Cependant, il semblait évident aux yeux d'Antonia que sous son masque impénétrable, le duc n'était pas satisfait du comportement de sa sœur. Elle se demanda comment une sœur pouvait aussi mal déceler les humeurs de son frère alors qu'elle-même, qui était à peine plus qu'une étrangère dans cette maison, pouvait lire si facilement son état d'esprit.

Peut-être était-elle plus sensible à sa véritable humeur grâce à une observation perspicace que son père avait faite à propos du duc, une observation qu'elle n'avait pas entièrement comprise à l'époque, mais dont elle se souvenait néanmoins. Son père avait dit ceci quand il lui avait confié qu'il avait fait de leur distant cousin, le duc de Roxton, son exécuteur testamentaire. Antonia devait se rappeler ceci, et le nom du duc, dans l'éventualité où elle se retrouverait en difficulté. Malgré la réputation du duc avec les femmes, réputation totalement avérée, son père jugeait que c'était un homme de principe et d'honneur. En tant que duc et chef de famille, Roxton prenait ses responsabilités auprès de sa famille et de ses domestiques très au sérieux. Son père avait ajouté, avec un rire plein de malice, que la coquille noircie de l'aristocrate dissimulait une multitude de bonnes manières.

Ainsi, quand le duc l'observa par-dessus le bord de son verre de brandy, Antonia soutint son regard, loin d'être embarrassée par l'allusion effrontée et directe de madame à sa maîtresse actuelle, et ce en plein dîner.

— Votre verdict à propos de mon brandy, mademoiselle ?

Antonia pencha la tête sur le côté, sa fossette espiègle faisant son apparition.

— Je trouve l'arôme *plaisant*. Mais malgré une certaine… *onctuosité* sur le palais, je ne pense pas prendre l'habitude de boire du brandy après dîner.

Roxton sourit et inclina la tête. Au même moment, Lord Vallentine fit voler en éclat l'ambiance glaciale en se mettant soudain à rire.

— Avez-vous déjà entendu une gamine dire une chose pareille ? s'exclama Sa Seigneurie. Vous avez entendu votre père dire ceci, n'est-ce pas, mademoiselle Furie ?

— Je n'ai pas eu besoin d'entendre quelqu'un d'autre prononcer ces mots pour les dire. Et j'aimerais que vous arrêtiez de m'appeler « mademoiselle Furie » ! Et je ne suis *pas* une gamine ! s'emporta Antonia. Demain, j'ai… Oh, peu importe ! Quoi qu'il arrive, vous ne devriez pas m'appeler par de tels surnoms. Si je ne vous appréciais pas, je serais très en colère contre vous !

— Parce que ce n'est pas déjà le cas ?

— Vous pensez tous que je suis trop naïve pour connaître… pour connaître certains… certains aspects de la vie. Mais père et moi avons vu beaucoup de choses pendant nos voyages et il ne m'a jamais protégée des atrocités de la vie. C'est parce que j'ai assisté à de nombreux malheurs que j'aime à croire qu'il y a du bon dans toutes les créatures, même les catins, les vauriens et les bandits !

Elle s'interrompit et baissa la tête, le silence suivant sa déclaration ne l'aidant pas du tout à retrouver son sang-froid.

— Je suis désolée, dit-elle mollement.

Estée voulut se lever et un valet de pied en livrée vint rapidement l'aider en tirant sa chaise. Elle secoua ses larges jupons.

— Il faut que j'aille me changer. Antonia, ne vous couchez pas trop tard ce soir. Vous avez besoin de sommeil, même si vous pensez le contraire. Alors, Roxton, nous croiserons-vous à la soirée ?

— Non. Je ne sors pas ce soir.

Antonia releva rapidement la tête, la lueur d'espoir dans ses yeux verts faisant apparaître un sourire indulgent sur les lèvres de Vallentine.

— Vous restez ici pour me tenir compagnie ? demanda-t-elle avec enthousiasme.

— Oui, pour vous tenir compagnie.

— Cela me fait très plaisir, répondit Antonia avec un sourire en reculant sa chaise. Pourrons-nous jouer au backgammon dans la bibliothèque ? Et ensuite, peut-être que je pourrais vous montrer ce livre très intéressant que j'ai trouvé sur vos étagères ? J'ai essayé d'en parler à Vallentine, mais ses connaissances en histoire sont déplorables. Et j'ai écrit une lettre à Maria. Elle ne sait pas lire le français, je dois donc lui écrire en italien. Je me disais que vous pourriez peut-être la relire pour moi ? Vous restez ici toute la soirée ? Vous le promettez ?

Le duc soupira.

— Promettre ? Cela ne suffit pas de vous le dire ? Très bien, je vous le promets. Maintenant, courez récupérer votre lettre.

Antonia avait quitté la pièce avant même qu'Estée n'ait le temps de la réprimander pour son manque de manières ; on ne quittait pas une pièce de cette façon, sans faire de révérence devant les gentilshommes. À peine était-elle sortie que madame provoqua encore un peu son frère :

— Ah ! Roxton, elle est aussi dévouée que l'un de vos satanés whippets. Vous devriez lui mettre le même collier en diamants autour du cou. N'est-ce pas amusant, Lucian ?

Lord Vallentine eut l'air mal à l'aise et tira sur la dentelle de sa cravate.

— Elle est seulement pleine d'entrain, Estée. Elle n'a pas de mauvaises intentions.

— Non, *elle* non, dit-elle en se tournant vers la porte avec un geste méprisant de son épaule dénudée.

Elle s'apprêtait à sortir de la pièce, mais son frère, à voix basse, lui ordonna de rester avant de congédier Lord Vallentine et les domestiques. En entendant le ton doucereux du duc, elle sentit ses jambes flageoler, mais elle était déterminée à faire bonne figure. Elle se tourna vers lui, le menton relevé d'un air de défi.

— Je suis offensé par votre récent comportement. Il faut que cela cesse, dit-il froidement. Si nous voulons continuer à entretenir des rapports tolérables, vous aurez l'obligeance de vous conduire comme l'hôtesse bien élevée qu'on vous a appris à être.

Il ignora son expression offensée et choquée, inspectant les ongles manucurés de l'une de ses longues mains blanches, et continua :

— Je suis surpris et quelque peu agacé que ma propre sœur ne me connaisse pas assez pour savoir que sous mon propre toit, mon mode de vie est irréprochable. Mais je vais vous expliquer clairement la situation si cela peut vous rassurer à propos du bien-être de la jeune fille. Je n'ai pas la moindre intention de séduire Antonia. C'est une invitée chez moi et c'est notre cousine, même si c'est une cousine éloignée. Votre manque flagrant de loyauté me déçoit, mais je sais qu'il est lié à votre préoccupation pour le bien-être d'Antonia et à une... hum... *jalousie* déraisonnable.

Quand Estée poussa une exclamation de surprise et ouvrit la bouche pour le contredire, il ajouta avec un sourire en coin :

— Garder votre jeu d'actrice pour Vallentine, ma chère. Il est plus patient que moi. (Il récupéra sa tabatière sur la table et la glissa dans sa poche.) Vous pourrez présenter mes excuses à la délicieuse Thérèse. Dites-lui ce que vous voulez – la vérité, si c'est ce qui vous arrange.

Pour seule réponse, madame sortit de la pièce de façon théâtrale et sans faire de révérence pour lui dire au revoir. Quand elle croisa Antonia dans l'escalier, elle ne put s'empêcher d'être sèche. Elle lui dit de redresser un nœud sur son corsage, de dégager les cheveux de son visage et de ne pas dévaler l'escalier tel un garçon. Antonia était trop heureuse pour se vexer ; elle lui présenta rapidement ses excuses pour son apparence et se dirigea vers la bibliothèque d'un pas sautillant. Madame l'observa s'éloigner avec un froncement de sourcils accentué, puis elle releva ses jupons et rejoignit son boudoir d'un pas lourd.

— Je ne pense pas que madame puisse apprécier la pièce de la Comédie-Française si Vallentine ne parvient pas à la mettre de meilleure humeur en l'amadouant, confia Antonia au duc.

Elle déposa sa lettre sur le secrétaire et s'assit sur le canapé à côté de lui ; un plateau de backgammon était prêt pour une partie. Le whippet blanc et fauve trotta vers elle et réclama qu'elle lui gratte la gorge.

— Je suis contente que vous ayez demandé du café, dit-elle en observant Duvalier disposer des tasses, des assiettes de friandises et un service en argent sur une table basse qu'il plaça devant eux. J'admets en avoir bien besoin après le brandy. Vous… Cela ne vous dérange pas que je dise ceci… à propos du brandy ?

Le duc lança son dé et fit un six.

— C'est moi qui commence, dit-il. Vous avez fait un quatre, et moi un six. Cela me dérangerait plus si vous ne me disiez pas la vérité.

Elle lança deux dés, fit un trois et un un et déplaça ses pions.

— Vous n'étiez pas obligé de rester à la maison si vous vouliez aller au théâtre et à la soirée de madame Duras-Valfons.

Observant jusque-là le cours de la partie à travers son lorgnon, il releva la tête. L'hésitation qu'il décela dans le regard d'Antonia le fit sourire.

— Si je reste à la maison, c'est parce que j'en ai envie. Maintenant, buvez votre café et concentrez-vous sur la partie, sinon vous aurez de grandes chances de perdre.

Ils jouèrent en silence pendant un long moment, puis à la fin de la cinquième partie, Antonia ramassa ses dés et les examina d'un œil critique.

— Vous venez de gagner une troisième partie, dit-elle, pas malheureuse pour autant. Pourquoi est-ce que je n'arrive pas à faire les combinaisons que je veux, monseigneur ?

— La chance n'est pas de votre côté, répondit-il. Vous cherchez trop à gagner. Si vous vous concentriez plus sur le jeu, plutôt que de chercher à me battre, votre chance tournerait. Allez, montrez-moi votre lettre et rapprochons-nous du feu, où il fait plus chaud. (Il s'installa dans son fauteuil préféré et Antonia se réjouit de se blottir sur son repose-pied tapissé.) Vous ne devriez pas leur donner de friandises, dit-il en l'observant donner un deuxième morceau de gâteau à Gray. Vous les gâtez trop.

— Ils aiment bien être gâtés. À votre avis, Maria comprendra-t-elle ma lettre ? demanda-t-elle quand il eut fini de lire la deuxième page.

— Votre lettre est très bien écrite, ma chère. J'ai l'impression que vous avez eu un bon professeur.

— Merci. J'ai eu un tuteur jusqu'à la mort de père, mais grand-père n'a pas voulu que je poursuive mon éducation. Il disait que l'on n'aurait pas dû me donner des leçons réservées aux garçons. Et il a confisqué mes livres, ce qui était absurde. Je ne peux pas désapprendre ce que je sais déjà !

— Votre père était plutôt excentrique, petite, dit Roxton avec sérieux, les coins de sa bouche se relevant néanmoins face à son air songeur étudié. C'est parce que c'était un médecin érudit et excentrique qu'il vous a autorisée à avoir un tuteur. Il n'avait pas de fils. Cela dit, je me demande si cela aurait fait une différence dans votre éducation. Je ne pense pas. Les jeunes femmes de votre statut social ne reçoivent pas de leçons en histoire et en lettres classiques et n'étudient pas les langues.

— Ces jeunes femmes doivent être bien insipides, dans ce cas.

— Écoutez, Antonia, dit-il, essayant de prendre un air très sérieux quand elle se tourna vers lui. On apprend aux jeunes filles à danser, à participer à des conversations polies et à broder. Elles apprennent à jouer au clavicorde, étudient quelques notions d'histoire et s'essayent à l'aquarelle. Elles ne donnent pas leur avis tant qu'on ne leur a pas demandé et elles ne ripostent jamais. C'est impoli. Comprenez-vous ?

Antonia secoua la tête.

— Je suis désolée, monsieur le duc, dit-elle. Ce mode de vie que vous décrivez est inconcevable pour moi. Je m'ennuierais si je ne pouvais pas lire ce que je veux, si je ne pouvais donc pas apprendre de nouvelles choses. Les filles de la bourgeoisie reçoivent une éducation différente. C'est père qui me l'a dit. Il disait que les parents de ces jeunes filles étaient plus avisés que leurs supérieurs. Je ne suis donc pas surprise que les aristocrates soient attirés dans les salons de ces femmes, car ils ne peuvent discuter que de mondanités et d'aquarelle avec leur épouse !

Quand elle se rendit compte qu'il riait doucement, elle s'empourpra et se détourna pour regarder le feu de cheminée.

— Je… reprit-elle. Vous devez me trouver bien naïve. Je… je sais bien que ce n'est pas avant tout pour discuter et pour tromper l'ennui que ces nobles sollicitent la compagnie de ces femmes.

Le duc la força à le regarder en levant son menton d'un doigt.

— Je ne rigolais pas parce que je vous trouve naïve. Je rigolais parce que je suis d'accord avec vous et que vous exprimez très bien les choses.

— Oh ? Mais vous pensez quand même que je devrais maîtriser ces choses futiles ?

— Laissez-moi vous expliquer les choses autrement, dit-il patiemment. Votre grand-père s'inquiète que vous ayez l'air trop différente des autres jeunes femmes de votre condition. Notre société ne voit pas d'un très bon œil les femmes qui proclament maîtriser des sujets qui appartiennent exclusivement au domaine masculin. C'est une chose d'*être* Lady Mary Wortley Montagu, c'en est une autre d'avoir seulement sa réputation. Les Anglais tolèrent mieux ces excentricités que leurs cousins français. En France, on accepte sans problème que les bourgeois éduquent leurs filles de cette nouvelle manière, car il y a peu de chances pour qu'elles épousent quelqu'un de notre cercle. La situation est très différente pour une jeune fille de votre condition.

— Mais, père est tombé en disgrâce à la cour et mère, en s'enfuyant avec lui, est tombée en disgrâce à son tour. Et je me moque de la cour ou de ce que la société à laquelle j'appartiens supposément pense de moi. Je n'ai jamais envisagé de me marier et je ne veux pas y penser. Être mariée de force alors que je n'en ai aucune envie serait épouvantable ! Madame m'assure qu'Étienne sera un bon époux, qu'il vient d'une bonne famille noble, mais… mais je ne l'aime pas. Si vous me confiez au comte de Salvan, ajouta-t-elle précipitamment, je m'enfuirai !

— Pensez-vous réellement que je vous confierais à Salvan ? demanda-t-il en caressant la joue empourprée d'Antonia.

Elle baissa la tête, ses cheveux dissimulant son visage, car elle sentait ses joues se réchauffer à son contact.

— Il y a un mois, vous vous moquiez de ce qui pouvait m'arriver. Vous n'avez jamais répondu à mes lettres, ne regardiez jamais dans ma direction quand j'essayais d'attirer votre regard à la cour…

— Trop de femmes essayent d'attirer mon regard, dit-il d'un ton désinvolte avec un soupir de résignation.

— Ces femmes sont aussi sottes qu'elles sont superficielles ! répliqua Antonia, se rétractant immédiatement après avoir exprimé ce qu'elle pensait : Je vous présente mes excuses, monseigneur. Je sais que les gentilshommes n'ont pas besoin que leurs sentiments *se manifestent* pour coucher avec l'une de ces femmes stupides.

Il la poussa à relever les yeux vers lui.

— Ne négligez pas d'inclure votre propre sexe dans cette équation, Antonia, dit-il sérieusement en regardant dans ses yeux vert clair. À Versailles, ce qui vaut pour le coq vaut pour la poule.

— Faire l'amour sans que les sentiments soient impliqués me semble inconcevable, déclara Antonia sans jamais détacher son regard du beau visage de Roxton. J'en serais incapable. C'est la raison pour laquelle je refuse d'épouser le vicomte d'Ambert ou n'importe quel autre homme auquel mon grand-père veut m'unir de force, même si madame pense que je devrais l'épouser.

Roxton détourna le regard, soudain mal à l'aise, jugeant que cette conversation entre un aristocrate de son âge et cette jeune fille dont il avait à présent la responsabilité avait pris une tournure inappropriée.

— Ma sœur a de bonnes intentions, mais elle est assez sotte. Cinq minutes passées en votre compagnie auraient dû suffire à lui faire comprendre que vous êtes assez déterminée pour savoir ce que vous voulez. Je vous dois donc des excuses…

Il fit tourner sa bague sertie d'une émeraude dans la lumière du feu de cheminée et croisa enfin le regard d'Antonia avant de reprendre :

— J'aurais dû prendre plus au sérieux la situation difficile dans laquelle vous vous êtes retrouvée à la cour et vous accorder cinq minutes de mon temps pour vous laisser plaider votre cause. Au final, vous m'avez forcé la main, n'est-ce pas ?

Une étincelle apparut dans les yeux d'Antonia et elle ne put contenir un petit sourire triomphant.

— En effet, monseigneur. N'était-ce pas malin de ma part ?

Mais Antonia fut complètement déstabilisée quand le duc lui attrapa le poignet et approcha son visage tout près du sien.

— Non, ce n'était pas malin ! Vous habiller en catin pour un bal masqué public était absolument stupide. Vous parlez de ne pas faire l'amour tant que vos sentiments ne sont pas impliqués, mais ce soir-là, vous, une jeune fille naïve qui n'a pas la moindre idée de ce que c'est de coucher avec quelqu'un, avez couru le danger très sérieux d'être violée. Petite sotte ! Et regardez où vous ont mené vos machinations ! On vous a tiré dessus sur la route de Versailles !

Il la libéra et se recula sur le canapé, s'en voulant d'avoir baissé sa garde parce qu'Antonia l'y avait poussé, ce qui était déjà arrivé bien trop de fois.

— Vous ne me forcerez plus la main, Antonia, c'est compris ?

— Oui, monseigneur, répondit-elle timidement en lançant un regard curieux aux marques laissées sur son poignet gauche par la pression des longs doigts du duc.

Il bougea ses jambes musclées pour qu'elle soit plus à l'aise sur le repose-pied et changea abruptement de sujet, tirant sur l'une de ses mèches bouclées en lui rendant sa lettre.

— Vous donnez une mauvaise impression à Maria, mignonne. Si elle se fie à votre récit, elle croira que j'ai affronté et tué toute la confrérie des bandits de grand chemin à moi tout seul.

Antonia gloussa.

— Oh, mais vous avez été très courageux ! Et je ne mens pas quand je dis que les chances étaient contre vous dès le début. Et n'oubliez pas que l'un d'eux se cachait dans la forêt pas loin. C'était un lâche, car il ne s'est pas montré et il a voulu vous tirer dessus. C'est moi qu'il a touché à la place, ce qui est une bonne chose, car cette balle, elle vous aurait touché bien plus près du cœur. Quand je pense à l'endroit où vous vous teniez et à l'angle de…

— Vous avez passé beaucoup de temps à reconstituer le… hum… *crime*.

— Que pouvais-je faire d'autre, coincée au lit pendant un mois ?

Il fronça les sourcils.

— Seriez-vous d'accord pour me montrer la cicatrice ?

Elle se demanda ce qu'elle avait bien pu dire pour qu'il se mette encore en colère si rapidement et, sans rien dire, elle fit glisser sa manche de son épaule blessée et dégagea ses cheveux qui retombaient sur sa poitrine. La blessure n'était pas belle à voir. La chair était froncée, rougie et encore très sensible au toucher. Il se pencha vers l'avant pour inspecter la cicatrice, une main délicatement posée sur son autre épaule. Du bout des longs doigts froids de son autre main, il effleura à peine la chair près de la blessure en pleine cicatrisation. Néanmoins, quand la gorge d'Antonia commença à rougir d'embarras, il se recula et lui dit de se couvrir.

— Elle s'estompera avec le temps, dit-il doucement. Votre bras est-il toujours raide ?

— Un peu, mais mon état s'améliore chaque jour, répondit-elle en recouvrant son épaule abîmée avec une grande quantité de ses cheveux.

— Cette cicatrice vous dérange-t-elle ?

— Vous dire non serait vous mentir. Je n'y pense que quand les gens la fixent. J'ai surpris l'une des femmes de chambre – une bécasse – en train de la regarder quand Gabrielle m'habillait et je me suis sentie très laide. Je voyais bien qu'elle la trouvait hideuse. (Elle releva les yeux vers lui.) La trouvez-vous hideuse ?

Il cessa immédiatement de froncer les sourcils et sourit, ses yeux noirs plongés dans ceux d'Antonia.

— Pas du tout, mignonne, dit-il doucement. Ce n'est qu'une minuscule cicatrice de guerre.

Elle posa les mains sur les genoux croisés du duc.

— Le fait que cette balle vous ait été destinée m'inquiète. C'est une préoccupation bien sotte, mais elle ne disparaît pas. Promettez-moi d'être prudent. Promettez-moi de faire attention.

Sa supplication le surprit et il la repoussa.

— Ma chère petite, j'ai parfaitement réussi à prendre soin de moi-même pendant toutes ces années…

— *Promettez-le-moi*, monseigneur !

— … et vous faire cette promesse ne changerait probablement rien, finit-il d'un ton désinvolte, remarquant cependant qu'il l'avait blessée à peine sa phrase terminée. Très bien, dit-il en lui donnant une chiquenaude taquine sous le menton. Je vais vous faire une promesse. Je vous promets d'être prudent, même si je ne connais pas encore l'identité de notre ami caché dans la forêt. Auriez-vous vu quelqu'un, par hasard ?

— Non, dit-elle à voix basse. Tout s'est passé tellement vite, je n'ai pas eu le temps de vraiment voir quoi que ce soit. Mais j'ai trouvé cela étrange que l'un d'eux reste dans la forêt. Les autres, ils avaient tous le visage couvert avec un foulard et le chapeau baissé, alors pourquoi leur ami est-il resté caché ?

— En effet, c'est un mystère, murmura-t-il. N'y pensons plus ce soir.

Antonia était disposée à obtempérer, car elle se sentait soudain très fatiguée. Elle appuya sa tête sur son bras, contre le fauteuil, et observa les bûches dans l'âtre qui crépitaient, sifflaient et, de temps à autre, éclataient en flammes jaunes. Des ombres dansaient sur les murs de la vaste pièce, lui donnant une impression d'intimité, de confort et de quiétude. Cette atmosphère décupla sa forte envie de sommeil. Elle n'aurait pas su dire si elle s'était endormie ou non. Elle eut l'impression de fermer les yeux pendant un instant seulement.

Pour la première fois depuis la mort de son père, quelque onze moins plus tôt, elle était satisfaite de sa vie, blottie ainsi sur ce repose-pied, les whippets étendus sur ses jupons fluides, Gray ayant posé son museau sur l'une des chaussures qu'elle avait enlevées. Elle referma les yeux et s'installa plus confortablement. Le duc avait posé une main sur ses boucles. La douce caresse de ses doigts entortillés dans ses cheveux provoquait en elle un mélange de sensations et elle sentit la chaleur remonter dans sa gorge. Elle ressentait un sentiment très étrange d'embarras, mais aussi de bonheur total, et quelque chose d'autre, au plus profond d'elle-même, qu'elle ne pouvait pas expliquer mais qui, elle le savait, était inexplicablement lié à cet homme et seulement à cet homme. Elle avait ressenti la même chose lorsqu'elle avait posé les yeux sur lui pour la toute première fois.

C'était à Versailles et il s'entraînait à l'escrime dans la cour des Princes, observé par au moins deux douzaines de curieux admiratifs. Il ne portait rien par-dessus sa chemise blanche qui était bouffante au niveau de ses larges épaules et rentrée à la taille dans un haut-de-chausses serré en velours noir qui mettait en valeur ses cuisses musclées se prolongeant en mollets puissants recouverts de bas noirs. Ses cheveux, dénués de poudre et dégagés de son visage d'une extrême beauté, retombaient en une tresse entre ses épaules. En le voyant donner des coups d'épée et parer ceux de son adversaire tandis qu'ils traversaient tous les deux la cour, elle avait été pleine d'admiration pour ces épéistes athlétiques et très doués dans leur art. Mais elle n'avait eu d'yeux que pour le duc, qu'elle avait considéré comme étant le plus magnifique spécimen de masculinité qu'elle avait jamais vu.

Le fait qu'elle était à présent pelotonnée sur son repose-pied et qu'il lui caressait les cheveux semblait sortir tout droit d'un rêve. Si elle ouvrait les yeux, elle se demandait si elle se retrouverait dans les appartements étriqués et sales de Maria Casparti. Mais les doigts du duc dans ses cheveux lui assuraient qu'il ne s'agissait pas d'un rêve, et elle fit le vœu que sa vie reste comme ceci, elle et le duc ensemble tous les deux, dans le calme de la bibliothèque et sans ingérence des autres, que ce soit le comte de Salvan, madame ou Lord Vallentine, et encore moins les nombreuses maîtresses du duc.

LA SÉRÉNITÉ DANS la bibliothèque toucha à son terme quand on gratta à la porte et que le duc pria la personne d'entrer à voix basse. Il ne bougea pas et n'essaya pas de se tourner pour voir qui faisait intrusion dans le temps qu'il passait avec Antonia, et comme elle restait immobile, il préféra la laisser tranquille. Le majordome lui annonça que madame était rentrée et avant que Duvalier n'ait l'occasion de débarrasser le café, Lord Vallentine et madame de Montbrail firent voler en éclat les derniers vestiges de l'une des soirées les plus paisibles qu'il avait vécue depuis bien longtemps.

— Apportez plus de café, Duvalier, ordonna Lord Vallentine. Et du porto. Et si vous avez un peu de nourriture à préparer rapidement au cellier, une collation froide apaiserait les grondements de mon estomac. (Il regarda autour de lui en plissant les yeux.) Diable, pourquoi fait-il si sombre ici ? Roxton n'essaye pas de faire des économies, Estée, si ? (Il lança sa redingote sur un canapé.) Je suis content que nous ne soyons pas restés à la petite fête de Duras-Valfons. Elle est bien jolie et j'admets qu'elle est assez fascinante à regarder, mais elle ne me conviendrait pas ! Et puis, vous aviez raison. Elle est fière de son coup, hein ? Je suis content que vous lui ayez remis les idées en place à ce sujet, même si votre frère n'en a pas tout à fait fini avec elle. Au moins, quelqu'un a allumé un feu. Hé, Roxton !

Il fit deux pas en arrière et sourit comme un idiot en découvrant le regard sévère du duc posé sur lui.

— On nous a dit que vous étiez là, mais on ne vous avait pas vu, pas vrai, Estée ?

Estée avait vu son frère et Antonia bien avant Lord Vallentine. Elle voyait aussi la tête de la jeune fille posée contre les jambes croisées de son frère, les chaussures qu'elle avait enlevées et les whippets pelotonnés sur ses jupons vaporeux. Elle lança un regard qui en disait long à Roxton, à ses doigts entortillés dans les boucles couleur miel de la jeune fille, et s'assit lourdement sur le canapé d'en face.

— Alors, le théâtre ? demanda Roxton d'un ton désinvolte.

— C'était tolérable, répondit-elle d'un ton sec sans le regarder, avant d'ajouter précipitamment, ne pouvant s'en empêcher : La petite devrait être au lit depuis des heures !

— Vos préoccupations maternelles n'ont aucun effet sur moi, ma chère, répondit le duc.

Lord Vallentine s'étendit à côté d'Estée et sortit sa tabatière.

— Il y avait Salvan à la soirée, dit-il à voix basse. Il se pavanait dans ses chaussures à talons en riant comme une greluche ! J'aime pas sa tête. Il semble bien trop fier de lui, ça me rend nerveux. (Il prit une pincée de tabac.) Le truc, Roxton, c'est qu'il a bien insisté pour me dire qu'il allait vous rendre visite demain.

— Ah oui ? Quel dommage, je ne serai pas à la maison.

Lord Vallentine regarda Antonia un instant.

— Il ne vient pas seulement vous faire profiter de sa compagnie, dit-il d'un air sombre. Il veut voir la petite. Argh, il m'agace ! Il jubile carrément dès qu'on la mentionne.

— Calmez-vous, mon cher. Je compte emmener Antonia avec moi. Nous irons faire un tour à la campagne. L'air frais lui fera du bien. Je laisse notre cousin entre vos bonnes mains, Estée.

— Comme vous voulez, dit madame. Avez-vous envie que nous vous racontions la soirée de Thérèse ?

— Pas particulièrement, répondit le duc. Richelieu était-il présent ?

— Non. Il va être envoyé dans les Flandres pour prendre la tête de son régiment, lui dit Estée. Et il semblerait que de La Tournelle ait pris

Louis au piège, car on murmure qu'elle va être faite duchesse !
Madame de Mailly va sûrement être bannie à Paris…

— Il y a pire comme destinée, lança malicieusement Sa Seigneurie.

— Mais pour elle, c'est horrible, Lucian, rétorqua madame. Elle
aime réellement le roi. Je ne pense pas que ce soit le cas de Marie-
Anne.

— Dans ce cas, elle durera plus longtemps que les autres, prédit
Lord Vallentine en se servant dans la collation froide disposée sur la
table devant lui. Vous savez quoi, Roxton, j'ai bien réfléchi…

— Épargnez-moi, je vous en supplie.

Vallentine ne releva pas cet affront.

— Je n'apprécie pas vraiment tout le clan Salvan, dit-il en désignant son ami de son petit pain à moitié mangé. Que ce soit la grand-
mère, le père ou le fils. Ce garçon…

— Étienne ? Enfin ! Ce n'est qu'un enfant. Que lui reprochez-
vous ? demanda madame. Tante Victoire et Salvan, je peux
comprendre, mais pas Étienne. Il n'est pas comme les deux autres.

— Il n'est peut-être pas comme eux, mais ce type a quelque chose
qui me dérange, dit Sa Seigneurie. Il reste plutôt agréable avec vous,
moi et Roxton, car il craint un peu votre frère ici présent. Mais je n'ai
pas aimé sa façon de traîner ici en attendant Antonia. Ce comportement m'a troublé. Et à l'évidence, la petite n'a pas très envie de le voir.

— Mangez donc ce petit pain, Vallentine. Je ne supporte pas que
vous me l'agitiez sous le nez, se plaignit le duc en acceptant une tasse
de café que lui tendait sa sœur de sa main libre, tout en veillant à ne
pas perturber le sommeil d'Antonia. Mais continuez. Vos troubles
m'intéressent.

— Comment pouvez-vous reprocher quoi que ce soit à ce garçon ?
demanda madame, incrédule, son regard passant de l'un à l'autre.
Comment… ?

— Laissez-moi finir, Estée, et ensuite vous pourrez me réprimander
si vous voulez, dit Lord Vallentine. J'étais dans le coin ces dernières
semaines quand ce type venait ici et j'admets qu'il peut être très
avenant. Il est un peu boudeur, mais passe encore. Il est l'exact opposé
de son père. Il prend trop de ce mélange, appelez-le tabac à priser si
vous voulez, mais j'ai une petite idée de ce qui se trouve dans la tabatière de monsieur d'Ambert. Vous souvenez-vous de l'état dans lequel il

était chez Rossard, Roxton ? Et à chaque fois qu'il passe, la pauvre petite refuse de le voir. Elle dit qu'elle a pas envie. Je vais vous dire pourquoi elle a pas envie…

— Je n'arrive pas à comprendre ce que vous essayez d'insinuer à propos d'Étienne, dit madame d'une voix agitée.

— Vous pouvez dire ce que vous voulez, mais je pense que ce garçon a une araignée au plafond, déclara Vallentine en tapotant un doigt contre sa tempe.

— Ce que vous dites est totalement absurde, Lucian, répondit madame. Il est d'un tempérament mélancolique parce que sa mère est morte quand il était jeune. Elle est morte dans des circonstances compliquées qui n'étaient pas faciles à gérer pour un enfant aussi sensible qu'Étienne. Son attachement à elle était anormal. Salvan n'a jamais accordé de temps à son fils. Vous parlez de lui comme s'il était un genre de monstre ! Il est jeune, c'est tout. Les jeunes hommes, parfois, ne savent pas comment exprimer leurs sentiments avec élégance. Et quel espoir a-t-il avec Antonia alors qu'elle n'a d'yeux que pour mon frère ? Les chances sont contre lui, est-ce étonnant que le garçon soit boudeur ? (Elle partit d'un petit rire gêné.) Vous êtes jaloux de lui, Lucian, c'est tout.

— Jaloux ? D'un jouvenceau ? ricana Vallentine.

— Vous voyez ! Vous êtes jaloux !

— Mais non, enfin ! cria Sa Seigneurie, debout, en lançant un regard noir à Estée.

— Très chers, si vous avez l'intention de vous disputer, faites-le ailleurs. Vous allez réveiller Antonia.

— V-vous êtes un vrai papa poule, s'exclama Estée, s'en prenant à son frère.

— Écoutez, Estée, intervint Sa Seigneurie, en colère. Laissez Roxton tranquille. Sa demande est tout à fait raisonnable et nous…

— Comme c'est prévisible ! Comme c'est prévisible de votre part de le défendre, se lamenta-t-elle avant de fondre en larmes et de fuir la pièce.

Lord Vallentine, qui s'en était décroché la mâchoire, la regarda partir. Il rougit, marmonna des propos inintelligibles pour le duc, donna un coup dans le pied d'une chaise pour évacuer sa frustration et partit à sa poursuite.

Roxton attendit quelques secondes, puis il baissa les yeux vers Antonia et fit délicatement glisser ses épaisses boucles de sa joue.

— Vous pouvez vous réveiller, maintenant. Je ne pense pas qu'ils reviendront.

— Oh, vous saviez que je ne dormais pas ? demanda-t-elle en gloussant et en se relevant avec difficulté avant de s'étirer les bras et de frotter ses jupons. Ai-je eu tort de faire semblant ? Je dormais réellement, au début, mais voyez-vous, je ne voulais pas interrompre une querelle amoureuse.

— C'est ainsi que vous voyez les choses ?

— Très certainement, monseigneur. Doutez-vous de leurs sentiments l'un pour l'autre ?

Il ne répondit pas immédiatement, elle releva donc les yeux vers lui alors qu'elle remettait ses chaussures et ajouta :

— Pourquoi madame réprimande-t-elle Vallentine alors qu'elle est amoureuse de lui, et pourquoi est-ce qu'il ne l'épouse pas alors que de toute évidence, il est amoureux d'elle ?

— Ah, ah ! Voilà deux questions aux réponses compliquées. Je ne pense pas pouvoir répondre à leur place.

— Peut-être que madame hésite parce que Vallentine a une maîtresse et qu'elle n'est pas d'accord ?

Le duc ramassa le ruban froissé d'Antonia, qui était tombé sur le tapis.

— Rares sont les gentilshommes qui n'ont pas de maîtresse, petite, répondit-il doucement. Ce n'est pas le genre de choses qui empêche un mariage.

Antonia fit lentement passer ses longs cheveux par-dessus l'une de ses épaules, cherchant à formuler au mieux sa réponse.

— Si j'étais à la place de madame, dit-elle à voix basse, je ne voudrais partager Vallentine avec aucune autre femme. Je voudrais être le seul objet de tout son dévouement. C'est peut-être une idée sotte, mais c'est ce que je ressentirais… si j'étais à la place de madame. (Elle l'observa avec les sourcils froncés ; il avait tourné son profil aquilin vers le feu.) Est-ce que cela vous dérangerait si Vallentine épousait votre sœur ?

— Pas du tout, répondit-il, catégorique.

— Je dois y aller avant le retour de Vallentine. Je pense qu'il va vous demander sa main ce soir. Bonne nuit, monseigneur.

— Bonne nuit, mignonne, répondit-il d'un air absent, une main tendue vers le manteau de la cheminée.

Il observa les flammes vaciller pendant un long moment, sans se rendre compte qu'elle s'était éclipsée jusqu'à ce que son flot de pensées soit interrompu par des bruits de pas.

— Antonia, je… commença-t-il.

Lord Vallentine sourit de façon avisée.

— Partie, dit-il en sortant de l'ombre.

Le duc le regarda attentivement et remarqua la petite marque de rouge à lèvres au coin de sa bouche. Il ferma brièvement les yeux et soupira.

— Vous êtes venu me demander quelque chose de la plus haute importance, n'est-ce pas, mon cher Vallentine ?

— Eh bien… oui, j'imagine que c'est le cas, murmura Sa Seigneurie, les épaules voûtées. C'est-à-dire que, je voulais vous demander… Vous n'avez peut-être pas deviné que je… que nous…

— La réponse est oui. Elle est toute à vous.

— Bigre, je savais pas que vous étiez déjà au courant ! dit-il en poussant un soupir de soulagement. Content que ce soit fait. J'ai jamais eu aussi peur de vous demander quelque chose.

— Compréhensible. Être amoureux doit être la chose la plus effrayante au monde. Bonne nuit et… hum… félicitations.

Lord Vallentine écarquilla les yeux, mais ne dit rien et sourit pour lui-même en regardant son ami sortir silencieusement de la bibliothèque, sans se rendre compte qu'un des rubans d'Antonia pendait entre deux de ses doigts.

ANTONIA ÉTAIT DANS la bibliothèque et cherchait sur les étagères un ouvrage qu'elle pourrait lire en attendant que le duc revienne de sa promenade matinale à cheval. Dès qu'il se serait changé, il l'emmènerait, comme promis, faire un tour en voiture à la campagne. Il lui semblait impossible de lire tranquillement tant elle était impatiente, mais elle était levée et habillée depuis une heure et l'attente était insoutenable.

La porte s'ouvrit et elle crut qu'il s'agissait du duc, mais Duvalier fit entrer le vicomte d'Ambert et partit quand le jeune homme le congédia d'un geste insolent de la main. Elle sursauta, puis elle sourit et tendit la main pour le saluer quand il traversa la pièce. Les sourcils froncés, il regarda Antonia, puis les whippets lovés devant la cheminée, qui avaient dressé l'oreille face à cette intrusion. Il n'aimait pas les chiens, et ces deux-là, il les aimait encore moins. Ils lui évoquaient le duc – le fait qu'il était chez lui et qu'Antonia était sous sa protection.

Il s'inclina sur sa main et recula pour la parcourir du regard.

— Je voulais venir hier, mais père m'a demandé d'attendre. Il va venir spécialement pour vous voir, madame de Montbrail et vous.

Elle n'aimait pas sa façon de la dévisager de la tête aux pieds, mais elle parvint néanmoins à sourire.

— Ne me saluez-vous pas, Étienne ? Nous ne nous sommes pas vus depuis longtemps, n'est-ce pas ?

— En effet, répondit-il mécaniquement.

Quelque chose en elle l'agaçait. Ce n'était pas son apparence, bien qu'il ne se souvienne pas l'avoir déjà vue si jolie. Sa robe de jour en velours rouge foncé épousait sa silhouette, et ses boucles couleur miel, attachées de manière lâche avec un ruban rouge, retombaient négligemment sur ses épaules blanches dénudées. Il était satisfait de constater qu'elle était enfin sortie de sa chambre de convalescence et qu'elle semblait parfaitement remise de sa blessure, mais il était agacé qu'elle semble aussi heureuse et en beauté dans la maison du cousin de son père. En vérité, elle resplendissait.

Elle se détourna et continua à parcourir les étagères.

— Pourriez-vous m'attraper le troisième livre, celui à la couverture bordeaux ? lui demanda-t-elle en désignant une étagère hors de sa portée. Non, celui d'à côté. Voilà, celui-ci. Ce sont des annales sur les empereurs julio-claudiens. Avez-vous lu Tacite ?

— Avez-vous entendu ce que je vous ai dit ? lui demanda-t-il.

— Oui, dit-elle en lui prenant le livre des mains. Votre père vient rendre visite à madame…

— Et à vous, déclara-t-il en prenant du tabac à priser.

— Vous inhalez trop de tabac, Étienne.

— Vous n'avez pas votre mot à dire là-dessus !

Elle esquissa un sourire hésitant.

— Inutile de vous mettre en colère. Je pensais que vous seriez content de me voir, mais j'ai dû me tromper, vous ne faites que froncer les sourcils. (Elle dégagea ses cheveux de son épaule.) Regardez. La cicatrice n'est pas si terrible et mon bras n'est presque plus raide. Alors si vous êtes inquiet que je sois encore souffrante…

— Couvrez votre épaule, dit-il en détournant les yeux. Je ne veux pas la voir. C'est un affreux rappel que… que vous avez failli mourir. Si j'avais mis ma menace à exécution, si je vous avais enfermée dans votre chambre et vous avais interdit d'aller au bal masqué…

— Chut. Ne culpabilisez pas, dit-elle. Dites-moi ce que vous avez fait pendant ma période de convalescence. Vous êtes-vous inscrit à l'académie ? Oh, Étienne, ne me regardez pas ainsi ! Je suis guérie, je vous l'assure. Et maintenant, je peux voir cet épisode comme une grande aventure ! Je n'avais jamais été attaquée par des bandits de grand chemin auparavant, pas même lorsque je voyageais avec père. Et monsieur le duc s'est montré très courageux, il en a tué deux par balle, et maintenant…

— … maintenant, vous êtes chez lui et vous profitez de son hospitalité alors que vous n'avez rien à faire ici ! lui lança-t-il.

Antonia le fixa et ravala sa riposte. Elle s'installa dans un fauteuil près du feu et fit mine de lire, mais elle resta bien consciente que le vicomte l'observait dans un silence révolté.

— Vous êtes bien contente de rester avec les personnes qui vivent sous ce toit, n'est-ce pas, Antonia ?

— Madame et monseigneur ont fait preuve d'une grande bonté envers moi, répondit-elle sans relever les yeux de la page imprimée.

— Pour quelle raison, à votre avis ? Pourquoi pensez-vous qu'ils font preuve d'une grande bonté envers vous, bébé Antonia ? Regardez-moi quand je vous parle !

Antonia ne releva toujours pas les yeux. Elle savait qu'il se tenait près d'elle et elle entendit le claquement familier de sa tabatière qui se refermait. Le whippet fauve vint s'asseoir à ses pieds et son partenaire se redressa devant la cheminée.

— Étienne, dit-elle calmement, si vous comptez me réprimander, essayer de me mettre en garde contre monsieur le duc de Roxton ou m'effrayer avec l'une de vos histoires absurdes sur votre père qui voudrait vous enfermer, je préférerais que vous vous absteniez. Je n'en croirai pas un mot. Non pas que je pense que vous me mentiez délibérément, mais plutôt que vos propres craintes à propos de votre père vous poussent à façonner des peurs irrationnelles pour ma sécurité. Je sais que c'est uniquement parce que vous vous inquiétez pour moi, mais…

Le vicomte éclata de rire et posa brusquement un pied sur l'accoudoir tapissé de son fauteuil.

— Je m'inquiète pour vous ? ricana-t-il avant de lui arracher le livre des mains et de le jeter derrière lui. Regardez-moi, ordonna-t-il. Oui, je m'inquiète pour vous. Mais j'ai plus de raisons de m'inquiéter que vous ne pourriez *jamais* l'imaginer ! Vous n'avez réellement aucune idée de ce qui se trame, hein ? Vous êtes vraiment un bébé !

— Quel est votre problème ? demanda Antonia. Pourquoi me

provoquez-vous ? Qu'ai-je fait pour mériter votre colère ? Si vous n'êtes pas capable de me parler en restant civilisé, je vous demanderai de partir. J'espère pour vous que vous n'avez pas abîmé ce livre, car c'est une édition rare et monsieur le duc sera très en colère contre vous.

— Mademoiselle se prend pour une grande dame ! se moqua le vicomte. Vous pensez que Roxton est un héros sous prétexte qu'il joue aux héros ? C'est faux ! Faux ! Faux ! Lui et mon père jouent à un petit jeu, c'est tout. Et savez-vous quelle récompense est à la clé ? Votre vertu ! Oui, vous pouvez être choquée, mademoiselle Moran. Ils jouent autant avec vous qu'avec moi. Plus tôt vous vous en rendrez compte, plus tôt vous apprendrez à me faire confiance et à faire ce que je vous dis de faire, sinon nous en ressortirons tous les deux perdants. Votre cher duc rit dans notre dos aussi certainement que vous êtes assise ici avec votre air indigné. Il déteste mon père et c'est réciproque. Ils se détestent tellement qu'ils se moquent de savoir qui sera blessé au cours de leur petite vengeance. Laissez-moi vous révéler un secret de famille ; un scandale impliquant Roxton et mon père. Peut-être qu'ainsi, je réussirai à vous convaincre qu'il n'est pas l'homme que vous croyez.

— Vous n'arriverez pas à me choquer, Étienne, répondit obstinément Antonia. Je sais précisément quel genre de vie il mène. Et alors ?

— Et alors ? Vous êtes-vous jamais demandé pourquoi mon père et Roxton se détestent, eux qui ont presque le même âge et qui ont été élevés comme des frères, eux qui sont cousins germains ? Ils étaient très proches quand ils étaient petits, et dans leur jeunesse, ils s'adonnaient souvent à la débauche ensemble. Grand-mère m'a tout dit de leurs aventures. Je n'aime pas mon père, mais j'ai de la peine pour lui. Il est très lâche. À sa place, j'aurais demandé des comptes à Roxton pour ce qu'il a fait à ma mère. Mais mon père, il tient plus à sa réputation qu'à son honneur. Il minaude donc et fait comme s'il s'entendait à merveille avec son cousin Roxton pour le bien de son nom de famille. Argh ! Je le méprise !

Il fit une grimace et prit du tabac pour la troisième fois.

— À m'entendre, vous devez penser que je délire, mais ce n'est pas le cas. Non. Vous vous dites que le vicomte d'Ambert est fou, dérangé, que c'est un garçon idiot, mais je ne vous dis que la vérité. Ce n'est pas un homme bien, Antonia. Mon père n'est pas un homme bien, mais

Roxton, il est bien pire. Mon père ne pourrait jamais être qualifié de sale meurtrier…

— Meurtrier ? Parce qu'il a osé tirer sur deux scélérats ? Ce n'est pas un meurtre, riposta Antonia.

Elle changea de position pour que le vicomte ne soit plus aussi proche d'elle, mais il vint se placer de l'autre côté du fauteuil, lui bloquant la vue sur la cheminée.

— Étienne, même s'il avait tué une douzaine de scélérats, je m'en moquerais.

— Vous en moqueriez-vous toujours si je vous disais qu'il a tué ma mère ? dit-il à voix basse, souriant pour lui-même quand elle releva rapidement les yeux vers lui. Mon père l'aimait beaucoup et elle l'a trahi. Il s'est isolé de la cour pendant six mois après sa mort. Il ne savait pas qu'elle avait eu un amant jusqu'à ce qu'on retrouve ses lettres, celles qu'elle avait écrites et celles de son amant ! Cet amant lui avait fait de belles promesses, et c'est pour celles-ci qu'elle a trahi mon père. Puis, quand cet amant l'a abandonnée pour une autre jolie babiole, elle n'a pas pu supporter sa trahison. Elle s'est empoisonnée. Son amant n'a même pas eu la décence de quitter Paris quand son infamie a été révélée au grand jour. Je suis au courant de tout. J'avais douze ans et je me souviens des visites de monsieur le duc à ma mère. Même aujourd'hui, y penser me dégoûte !

— Je suis vraiment désolée que vous ayez perdu votre mère dans des circonstances aussi… aussi terribles, lui dit gentiment Antonia. Le monde peut parfois être très cruel. Mais vous devez essayer de ne pas ressasser tout cela. Vous n'étiez qu'un petit garçon, vous ne pouvez donc pas connaître toute la vérité sur cette histoire. Comment… comment pouvez-vous être sûr que l'amant de votre mère était bien monsieur le duc ? Quant à votre père, c'est peut-être sa grande jalousie de monsieur le duc qui l'a poussé à l'accuser d'une chose aussi cruelle ?

— N'êtes-vous pas choquée ? Vous moquez-vous d'apprendre qu'il l'a tuée ? Il l'a poussée à sa mort. Elle ne se serait pas empoisonnée s'il ne l'avait pas séduite avec ses fausses promesses et ses mensonges, s'il ne l'avait pas forcée à être infidèle à mon père, qui l'aimait !

— C'est injuste ! Monsieur le duc n'est pas un violeur. Si votre mère avait été une femme chaste, elle n'aurait pas fait de monsieur le duc son amant. Je suis désolée si cela vous offense, mais c'est ainsi que les choses fonctionnent dans la vie, Étienne.

Le vicomte la regarda bouche bée et fut pris d'une colère incontrôlable.

— Espèce de *garce* sans cœur ! Je refuse que ma future femme parle ainsi de ma mère. Que savez-vous d'elle ? Vous n'avez pas le droit de parler d'elle ! Père avait raison. Plus tôt vous partirez d'ici, mieux ce sera pour moi.

— De quoi parlez-vous ? Votre femme ? Je ne vais pas vous épouser, je vous l'ai déjà dit. Arrêtez de dire n'importe quoi, dit-elle d'une voix mesurée, même si à présent, il lui faisait réellement peur.

Elle voulut se lever, mais il la poussa pour qu'elle retombe dans le fauteuil.

— Monsieur le vicomte oublie ses manières ! s'exclama-t-elle.

— C'est *vous* qui oubliez, cracha-t-il. Pendant un temps, vous étiez impatiente de fuir en Angleterre et maintenant, vous occupez cette maison comme si elle vous appartenait. Ce n'est pas le cas.

Antonia releva la tête d'un air de défi, mais le vicomte voyait bien que ses paroles avaient eu de l'effet, car elle tremblait.

— Quand je serai assez en forme, j'irai vivre à Londres avec ma grand-mère.

— C'est ce que vous pensez ? ricana d'Ambert. Votre grand-mère ne veut pas entendre parler de vous. Elle a donné son accord pour que ma grand-mère s'occupe de vous jusqu'à ce que notre mariage ait lieu.

Antonia bondit du fauteuil et se dirigeait vers le livre tombé par terre quand le vicomte l'attrapa par la taille et l'attira vers lui.

— Je ne vous crois pas ! Vous mentez ! dit-elle en se débattant pour se libérer. Lâchez-moi ! Comment osez-vous me toucher !

— Vous pensez que je mens ? Pas plus tard que cette semaine, Salvan a reçu une lettre de la comtesse de Strathsay. C'est la vérité, je vous l'assure ! Salvan va venir ici aujourd'hui pour la montrer à votre cher duc et à sa sœur. Votre grand-père va signer notre contrat de mariage et votre grand-mère a accepté ses souhaits. Arrêtez de vous débattre ! exigea-t-il en donnant un coup de pied au whippet gris qui lui grattait la jambe de sa patte. Éloignez ces stupides animaux !

Il donna un nouveau coup de pied dans la mâchoire inférieure du whippet fauve, qui retomba en arrière avec un jappement.

— Laissez-les tranquilles, Étienne, murmura Antonia avec crainte. Ils sont effrayés. Ils ne vous embêteront pas si vous me lâchez.

Il ne sembla pas l'entendre. Il la rapprocha encore un peu de lui et elle fit une grimace de douleur quand il tordit brusquement son bras blessé dans son dos.

— Pourquoi cette grand-mère qui vit à Londres voudrait-elle avoir quoi que ce soit à voir avec vous ? Elle ne vous a jamais vue de sa vie, argumenta-t-il. Pourquoi ne considérerait-elle pas qu'un mariage avec un membre de la famille Salvan est ce qu'il y a de mieux pour vous, hein ? (Il lui sourit et se mit à rire.) Vous voyez, je ne vais pas aller à la Bastille, puisque j'ai l'intention de vous épouser.

Antonia le dévisagea, muette d'incrédulité. Quand il se pencha et l'embrassa fougueusement, elle prit une teinte écarlate et détourna brusquement la tête, la penchant vers le creux de son bras.

— Pour conclure le marché, expliqua-t-il en essayant de l'embrasser une seconde fois.

Lord Vallentine s'avança dans la bibliothèque, suivi par le duc. Ils revenaient tout juste des écuries. De la poussière recouvrait leurs bottes de jockey et ils avaient lancé leur redingote d'équitation sur leur épaule.

— J'ai prévenu Chesnay que le dernier obstacle était bigrement difficile, dit Lord Vallentine par-dessus son épaule. Mais il a fallu que cet imbécile essaye quand même de le sauter. Un miracle qu'il n'ait rien de cassé à part la baleine dans son corset !

— Je crois me rappeler que vous n'avez prévenu ce… hum… cet *imbécile* que quand lui et l'animal étaient en plein saut. Ce n'était pas le moment le plus opportun pour lui crier une mise en garde.

Le sourire de Sa Seigneurie s'élargit.

— C'était sacrément inconsidéré de ma part, hein ?

Il se tourna derechef vers l'intérieur de la pièce et découvrit le vicomte, un bras autour de la taille d'Antonia. Il la tenait contre son torse et l'embrassait sur la bouche. Vallentine prit une inspiration entre ses dents serrées et fit mine de n'avoir rien vu quand le jeune couple s'écarta d'un bond et resta planté là, le visage rouge et l'air coupable, au milieu du tapis.

— Où est passé Duvalier avec cette bouteille de bordeaux ? demanda-t-il en élevant la voix. Vous êtes sûr qu'il devient pas un peu vieux pour vous servir, Roxton ?

Il s'adressa au vicomte comme s'il venait de le voir :

— Je ne savais pas que vous viendriez, d'Ambert. Tout se passe bien à l'académie ? J'ai entendu dire que vous excelliez en escrime…

Le vicomte marmonna une réponse et refusa d'en dire plus. Il était parfaitement conscient que le regard sévère de Roxton était posé sur lui et il se redressa de tout son haut malgré la nausée qu'il ressentait au plus profond de son estomac. Le whippet gris donnait encore des coups de patte contre sa jambe, il n'arrivait pas à s'en débarrasser.

— Je suis venu rendre visite à mademoiselle Moran, expliqua-t-il en regardant droit dans les yeux de Lord Vallentine, le visage brûlant d'une rougeur coupable. Cela faisait une éternité que nous n'avions pas discuté. Mon père doit également passer dans un petit moment. Il a une lettre de la plus haute importance pour monsieur le duc, de la part de la comtesse de Strathsay…

— Comment osez-vous prendre de telles libertés ? siffla le duc, déglutissant avec difficulté, car sa gorge était soudain serrée.

Il tourna son regard furieux vers Antonia, mais elle ne put se résoudre à relever les yeux, qu'elle avait posés sur le ruban dans ses mains. Il jeta sa redingote sur le dossier d'une chaise et s'avança à grandes enjambées vers le secrétaire pour trier plusieurs cartes et invitations qui attendaient qu'il leur accorde son attention.

— Partez, d'Ambert, ordonna-t-il en claquant des doigts pour que les deux whippets le rejoignent. Partez avant que je ne vous inculque les bonnes manières de force !

Roxton se détourna, une invitation au bord doré écrasée dans son poing.

Le vicomte fit un pas vers l'avant, puis il se ravisa, guettant d'un œil les chiens qui grognaient doucement au pied de leur maître. Il s'inclina devant Lord Vallentine, lança un coup d'œil à Antonia et partit.

Antonia regarda Sa Seigneurie sans savoir comment s'expliquer. Le duc lui tournait le dos. Il se tenait bien droit, raide, et semblait entièrement inabordable. Elle regarda rapidement la boule de papier qu'il avait jetée sur son bureau et déglutit.

— Je ne lui ai pas demandé de m'embrasser. Je l'ai mis en colère et il m'a attrapée, expliqua-t-elle à Sa Seigneurie, qui lui souriait d'un air encourageant. Quand il est en colère, il fait des choses étranges, et je pense qu'il m'a embrassée uniquement parce qu'il savait que je n'en avais pas du tout envie. Je n'aurais pas dû le mettre en colère, je le sais, mais il a dit des choses affreuses que je n'ai pas du tout appréciées. Je ne pouvais pas le laisser dire ces choses et s'en sortir en toute impunité, si ? Vous me croyez, non ? demanda-t-elle à Vallentine dans un murmure, avant d'ajouter naïvement : Je suis soulagée que vous nous ayez interrompus à ce moment-là.

— Je ne douterais jamais de vous, petite, dit-il gentiment en lui caressant la joue. Il était temps, Duvalier. Où êtes-vous allé chercher cette bouteille ? À Bordeaux même ? Je suis assoiffé, pas vous, Roxton ? Sur la table, là, et il faut un autre verre pour mademoiselle.

Le majordome fit une révérence, puis il surprit Sa Seigneurie en souriant à Antonia tel un grand-père sourirait à sa petite-fille.

— Je reviens dans un instant avec un verre pour mademoiselle.

— Alors ça par exemple ! s'exclama Vallentine alors que le majordome n'était pas tout à fait hors de portée de voix. Le vieux diable vient de sourire à Antonia, Roxton. Il lui a fait un *vrai sourire*, et vous ne l'avez pas vu ! Attendez qu'Estée entende ça. J'ai jamais vu ce rabat-joie sourire, jamais.

— Fermez-la, Vallentine ! déclara le duc en jetant de côté une carte qu'il inspectait jusque-là à travers son lorgnon avant de s'appuyer contre un coin du bureau. Dans une demi-heure, nous partons pour notre balade en voiture, dit-il à Antonia en croisant enfin son regard. Je vous suggère de vous occuper de vos… de vos cheveux. Attachez-les.

— Bien, monsieur le duc, murmura-t-elle en faisant précipitamment passer le ruban en velours froissé entre ses boucles.

Elle ne comprenait pas pourquoi il était en colère contre elle alors que c'était le vicomte qui avait pris des libertés non sollicitées. Il aurait dû sembler évident qu'elle n'avait pas été consentante. Par ailleurs, ce baiser avait été très maladroit.

— Monseigneur, vous ne pensez tout de même pas que je voulais qu'Étienne m'embrasse, si ?

— Nous en discuterons plus tard.

Antonia le regarda en battant des paupières. Il avait les joues rouges et la mâchoire serrée, ce qui la déroutait autant que sa colère qui se prolongeait.

— Non, monsieur le duc, nous allons en discuter maintenant, car à l'évidence, vous êtes en colère contre moi, mais je ne comprends pas pourquoi, car je vous ai expliqué que je…

— Plus tard, articula le duc à travers ses dents serrées en lançant un regard furtif à Lord Vallentine, qui s'était discrètement reculé pour examiner une rangée de livres à la reliure en cuir sur l'une des étagères de la bibliothèque.

Mais Antonia campa sur ses positions, ses yeux vert clair ne se détachant pas un instant de son visage tendu.

— Vous pensez que comme je suis une femme qui atteint à peine votre épaule, je suis incapable de me défendre ? Si vous ne nous aviez pas interrompus, son impertinence lui aurait valu une gifle ou un coup de genou dans ses organes masculins vulnérables, car c'est ainsi que Maria Casparti m'a appris à me défendre des assiduités non sollicitées. Comment monsieur le duc pense-t-il que j'ai réussi à défendre ma vertu dans un endroit comme Versailles ?

Roxton la fixa pendant ce qui sembla durer plusieurs minutes.

— Je n'y avais pas pensé, Antonia. Et j'en suis vraiment désolé, répondit-il doucement. Maintenant, je vous en prie, allez chercher votre cape et votre manchon, la brise est fraîche aujourd'hui.

— Bien, monseigneur.

Elle sourit et se baissa en une révérence rapide avant de s'échapper par la porte. En passant, elle jeta un coup d'œil à Lord Vallentine et se demanda pourquoi le gentleman s'était décroché la mâchoire.

Vallentine fixait son ami avec la bouche grande ouverte, car il ne l'avait jamais vu exprimer des remords. Il devait bien admettre que le duc avait des profondeurs dont il ne soupçonnait jusque-là pas l'existence, des profondeurs qui faisaient surface grâce à une jeune fille spontanée à peine sortie de la salle de classe.

À la porte, Antonia se risqua à se retourner vers l'intérieur de la pièce et surprit le duc qui la regardait sans ciller. Leurs regards se croisèrent. Il détourna les yeux en premier. Pour une fois, elle fut incapable d'interpréter l'émotion sur son visage, ce qui l'ennuya, au même titre que la déclaration du vicomte, qui avait affirmé que Salvan était en possession d'un contrat de mariage signé par son grand-père et que sa grand-mère ne se préoccupait pas de son bien-être. Elle s'efforça de repousser ces craintes dans un coin de sa tête. Elle voulait que cette journée soit spéciale. Après tout, c'était son anniversaire, et elle ne laisserait pas les Salvan lui gâcher cette journée particulière.

Le comte de Salvan s'inclina bien bas sur la main blanche et pulpeuse d'Estée, l'effleurant de ses lèvres humides. En se redressant, il regarda son beau visage, sourit et se maudit une énième fois de ne pas avoir suivi les conseils de sa mère. Il aurait dû la demander en mariage dès qu'elle était sortie de sa période de deuil. Au cours des quelques années écoulées depuis qu'elle avait perdu son mari, il avait laissé entendre que ce ne serait pas une si mauvaise chose pour leurs deux familles s'ils se mariaient. Elle l'avait rejeté en riant et il s'était joint à elle, mais il n'avait pas su dire si elle riait avec lui ou de lui. Il se demandait s'il devait quand même lui faire sa demande et si Roxton serait favorable à une telle union. Il n'en était pas convaincu, et il n'était pas près de tenter sa chance.

Estée fit sonner une petite cloche en argent et elle demanda à la bonne qui vint la servir de faire apporter le café de l'après-midi dans son salon. Le comte se jucha sur une délicate chaise décorée de dorures et de soie rayée en relevant ses basques raides en fils dorés pour ne pas les écraser. Il plaça sa canne au pommeau doré et poli entre ses chaussures en cuir à hauts talons et agrémentées d'énormes languettes, puis il se pencha dessus d'un geste affecté.

— Cela fait une éternité que je ne vous ai pas rendu visite, Estée, dit-il en parcourant rapidement de son regard satisfait la pièce d'une grande féminité. Il faut que j'essaye de venir vous voir plus souvent, mais vous savez comment sont les choses à la cour. Je vous le redis, il faut que vous y veniez, votre beauté y sera appréciée. Et puis, je suis égoïste. Je veux avoir quelqu'un avec qui commérer. Quelqu'un qui comprend Salvan. Qui mieux que vous, ma cousine ? Nous nous amuserions. Il suffirait que vous veniez à la cour une fois de temps en temps pour que je m'amuse.

Il haussa les épaules et poussa un soupir dramatique en ajoutant :

— Même mon cousin ne vient plus à Versailles ces jours-ci. Ses escapades sexuelles ont toujours amusé. Je me demande ce qui le retient à Paris. Thérèse m'assure sur son honneur – ce qui, en soi, est très amusant, non ? – qu'il la néglige ! Vous rendez-vous compte ? Je n'aurais pas cru cela possible si je n'avais pas vu de mes propres yeux qu'il ne s'est pas montré à la soirée qu'elle a organisée. Tout Paris s'interroge sur son absence. Pauvre Thérèse, elle était vraiment offensée, n'est-ce pas ?

Il ricana et voulut poursuivre, mais un valet de pied entra avec le nécessaire pour le café et une grande assiette avec le gâteau préféré du comte. Il mangeait des sucreries de façon compulsive, cela suffit donc à lui faire perdre le fil de sa conversation.

— Vous me désarçonnez, Salvan, dit madame avec un sourire. Je suis flattée que vous me pensiez indispensable à la cour, mais je l'ai quittée il y a tant d'années que mon intérêt pour ce monde se fane de plus en plus. À une certaine époque, je ne pouvais pas, moi non plus, passer une journée sans connaître les derniers cancans. J'ai passé de nombreuses nuits blanches à m'inquiéter de ce qu'on disait de moi dans mon dos et de qui disait ces choses. À présent, je m'en moque complètement. Tout cela n'a plus aucune importance à mes yeux. Je suis plus heureuse à Paris.

— J'aimerais que ce soit pareil pour Salvan, dit le comte en léchant la crème sur ses lèvres. Je m'inquiète constamment que vous ne vous remariiez pas. Vous avez besoin qu'un homme prenne soin de vous. Pas comme le fait Roxton – il prend soin de vous comme un frère, ce qui ne peut tout de même pas satisfaire une femme de votre beauté. Non, il vous faut un homme qui peut vous apprécier. Ce gâteau, il est délicieux. Il me faut la recette. Seriez-vous d'accord pour vous en séparer ?

— Je demanderai à Jacques de vous l'écrire, lui promit-elle. Mais je vous préviens, il n'aime pas révéler ses petits secrets. Une autre part, Salvan ?

Il tendit son assiette.

— Il y a quelque chose chez vous qui m'intrigue aujourd'hui, Estée. La dernière fois, il n'y avait pas cet éclat dans vos si jolis yeux. Ah, vous rougissez ! Dites tout à Salvan. Avez-vous un nouvel amant ?

— Ce n'est pas un secret, dit-elle. Je suis promise au vicomte Vallentine. Vous êtes le premier à le savoir à Paris. Êtes-vous heureux pour moi ? Allez-vous féliciter votre cousine ?

Il ne fallut qu'un instant pour que la profonde surprise du comte apparaisse sous la forme d'un froncement de sourcils prononcé, mais presque immédiatement, il reposa son assiette et leva les mains au ciel.

— C'est tellement soudain, dit-il avec une gaieté forcée. C'est une nouvelle très intéressante. Il faut l'annoncer à tout Paris. Il faut le crier sur tous les toits. Mon Dieu, je n'y crois pas ! Salvan, lui, a toujours été prêt à offrir son nom et son rang à nulle autre, et vous, vous choisissez quelqu'un d'autre à sa place ! (Il l'embrassa sur le bout des doigts.) Tout à fait ! Je suis dévasté. Mais je vais me réjouir pour vous. Il me semble que ce monsieur Vallentine est un chic type. Très beau, grand, une personnalité anglaise. Un épéiste vraiment exceptionnel. Je l'envie. Je le félicite également. Parlez-moi de vos projets. Quand allez-vous vous marier ? Inviterez-vous Salvan aux festivités ?

— Bientôt. C'est tout ce que je peux vous dire. Lucian en a parlé à mon frère hier soir seulement, il reste donc beaucoup de détails à régler. Nous n'avons pas encore discuté de l'endroit où nous nous installerons de façon permanente. Nous aurons bien sûr une maison ici, à Paris, mais nous passerons peut-être une grande partie de notre temps à Londres.

— Londres ? Parbleu, mais c'est à un monde d'ici ! Vous ne pouvez pas être sérieuse. Londres, ce n'est pas Paris ! Je dois persuader ce Vallentine de vous laisser rester ici. Qu'il retourne à Londres, lui, très bien, mais Estée, vous allez dépérir là-bas.

— Ce ne sera pas aussi terrible que ce que vous prévoyez, dit-elle, sur la défensive. Lucian est chez lui à Londres. C'est là-bas qu'habite sa famille.

Le comte n'était pas convaincu.

— Où ferez-vous vos achats ? Où mangerez-vous ? Où trouverez-vous un chef digne de ce nom ? Vous ne pouvez pas imaginer l'enfer que ce sera, Estée. L'amour vous a rendue aveugle. Vous ne parlez même pas la langue barbare des Anglais.

— Enfin ! Salvan ! Vous avez l'air de penser que je pars en exil. Vous oubliez que je suis à moitié anglaise. Mon père, c'était un Anglais. Lucian m'assure que tous les Anglais de bonne famille parlent notre langue. Vous voyez, ces problèmes se règlent d'eux-mêmes, dit madame en le resservant en café. Et je n'ai pas besoin de m'inquiéter à propos de ces vétilles dans l'immédiat, car Lucian m'emmène dans les

États italiens pour notre lune de miel. L'un de ses cousins possède une villa dans une petite ville pittoresque dont j'ai oublié le nom, mais ce sera merveilleux.

Salvan haussa une épaule d'un geste résigné. Il sourit.

— Je vous souhaite plein de bonheur. Ma mère sera ravie. Cela fait des années qu'elle se lamente que votre veuvage s'éternise. Et soudain ! Quelle surprise ce sera pour elle.

— Merci, mon cousin. Je ne pourrais pas annoncer moi-même cette nouvelle à tante Victoire pour l'instant. Elle-elle ne connaît pas Lucian et elle abhorre tout ce qui est anglais avec une véhémence que je trouve incompréhensible.

— Je comprends. Salvan, il va tout arranger. (Il se déplaça pour venir s'asseoir à côté d'elle sur le canapé damassé, son sourire toujours aussi large.) C'est une bonne chose que je sois passé vous voir aujourd'hui, dit-il à voix basse. Ainsi, nous pouvons prendre en toute hâte les dispositions nécessaires pour l'avenir de la petite demoiselle. J'applaudirai votre sensibilité à ce sujet. C'est pour le mieux. Je sais que vous ne pourrez qu'être d'accord avec moi. Tout se règle. La dernière chose dont vous avez besoin, c'est de veiller sur une jeune fille alors que vous avez tant de préparatifs auxquels vous devez penser pour vous. Elle ne saura qu'être dans vos pattes.

— N-nous nous sommes beaucoup attachés à elle, dit madame à voix basse. Elle ne représente pas du tout un fardeau pour nous. À vrai dire, elle me manquera beaucoup quand elle partira vivre chez sa grand-mère en Angleterre.

Le comte laissa tomber son masque enjoué.

— Mais elle ne part pas en Angleterre, déclara-t-il sans ménagement en sortant une lettre d'une poche de son gilet à fleurs. Lisez ceci. Vous trouverez cette lettre d'un intérêt immense. Elle vient de la grand-mère de la jeune fille.

Il sourit pour lui-même quand Estée lui arracha les feuilles de papier des mains. Il se recula dans le canapé et l'observa parcourir les lignes d'écriture. Avec un air de supériorité compatissante, il se réjouit de la voir de plus en plus scandalisée et mal à l'aise.

— Comme vous pouvez le constater, la comtesse est très heureuse que la jeune fille soit placée sous la responsabilité de ma mère jusqu'à son mariage avec mon fils, dit-il. Des noces doubles pour les Salvan !

Madame Strathsay, elle veut ce qu'il y a de mieux pour sa petite-fille. Et ce qu'il y a de mieux pour elle, c'est d'épouser mon fils sans plus attendre. N'êtes-vous pas heureuse pour nous ? Quant à la petite mademoiselle, c'est un grand honneur pour elle d'avoir été choisie comme épouse pour mon fils. Sa grand-mère le reconnaît et souhaite beaucoup de bonheur à cette union.

Estée avait perdu toute son allégresse habituelle. Elle ne savait pas pourquoi elle appréhendait soudain la perspective qu'Antonia épouse le vicomte d'Ambert, car depuis le début, elle avait été en faveur de cette union. C'étaient peut-être ses récentes fiançailles qui mettaient tout en perspective, l'aidant à mieux comprendre le point de vue de Vallentine. Par ailleurs, son instinct féminin de base lui disait de se méfier de son cousin le comte et de ses intentions. Elle se fierait à cet instinct avant tout.

— Je ne pense vraiment pas que la petite soit assez remise pour quitter l'hôtel aussi tôt, dit-elle, tentant le tout pour le tout. Dans quelques semaines, peut-être…

— Oh non, ma très chère cousine, déclara Salvan avec un doux sourire en empochant la lettre, une note de colère monocorde dans sa voix nasale mettant Estée aux aguets. Elle a eu largement le temps de guérir sous ce toit. Demain, je viendrai chercher ce qui m'est dû. (Il plaça une main sur celle d'Estée et la serra.) Réfléchissez, Estée. Elle ne peut tout de même pas rester ici une fois que vous serez mariée. On frissonne à l'idée qu'elle reste ici sans vous, sans un vrai chaperon, et avec mon cousin comme seul autre occupant de l'hôtel.

Madame retira sa main.

— Roxton voit Antonia comme on voit son propre enfant, comme un père voit sa fille. Je ne vous laisserai pas interpréter la situation de quelque autre façon que ce soit. C'est ridicule de votre part d'insinuer ceci auprès de moi, sa sœur.

— Ah bon ? Vous connaissez votre frère mieux que moi, dit le comte en prenant du tabac à priser. Ne pensez-vous pas que la dernière décennie, voire plus, attestent d'une réputation on ne peut moins honorable ? Quelle différence y a-t-il entre cette jolie femme et une autre ? Elles ne servent toutes qu'à satisfaire un immense appétit. N'est-il pas coutumier de ces choses ?

— Antonia est différente. Elle ne fait pas la coquette avec lui et il… il est devenu très protecteur avec elle.

— Je n'arrive pas à croire que vous soyez si facilement dupée par ses nombreuses techniques de séduction, dit le comte, incrédule. J'admire son ingéniosité dans son orchestration de ces petites affaires de cœur. Qu'il est débrouillard ! Même le duc de Richelieu, très doué pour de tels jeux, ne saurait élaborer un moyen aussi recherché de capturer le cœur d'une jeune fille impressionnable.

Estée se redressa sur le canapé et lança un regard furieux au comte de Salvan de ses grands yeux bleus empreints d'inquiétude.

— Qu'est-ce que vous insinuez, Salvan ?

— N'avez-vous pas entendu la dernière rumeur à propos de votre frère ? s'enquit le comte en feignant la surprise. Moi-même, je ne sais pas si je crois à toute cette histoire. Mais certains y croient, il y en a même beaucoup. Certains applaudissent la stratégie de monsieur le duc. Et les autres ? continua-t-il en haussant les épaules. Ils condamnent le fait qu'il se serve d'une innocente de façon aussi vulgaire. Je pense que la blessure de la jeune fille était accidentelle. Même lui, il n'oserait pas tomber aussi bas. Non. Même pour Salvan, c'est trop. Il a déjà embauché trop de vauriens. Peu importe que deux d'entre eux soient morts. Bon débarras. Celui qui a tiré sur le carrosse a disparu, peut-être craignait-il d'être le prochain ? Roxton le retrouvera, n'ayez crainte. Tuer ses complices, c'est très ingénieux. Ainsi, aucune rumeur ne peut être lancée. Qui pourrait dire que son carrosse n'a pas réellement été pris d'assaut sur la route de Versailles ?

— C'est exactement ce qu'il s'est passé, déclara madame d'un ton furibond. Ces bandits de grand chemin sont partout. Nous ne sommes pas en sécurité, nos véhicules courent constamment le risque d'être visés. Ces attaques ont lieu tous les jours. Je ne comprends vraiment pas ce que vous insinuez. Quelle est cette rumeur dont vous parlez ?

— Ne vous inquiétez pas, très chère cousine, l'apaisa le comte. Comme je vous le disais, moi, je n'y crois pas. Mais faisons comme si nous y croyions un instant. Dame ! Monsieur le duc, votre frère, c'est un génie. Il enlève la petite demoiselle à Versailles. Et ensuite ? Ils sont attaqués par ces hommes qui se font appeler bandits de grand chemin. Monsieur le duc, très courageux, assa… tue deux d'entre eux, qui ont osé offenser sa personne et ce qui lui appartient. La jeune fille est blessée. C'est fâcheux et il n'avait pas prévu cela, mais elle s'en remettra. Et donc ! Quel exploit mon cousin a-t-il accompli ? La jeune femme est toute à lui et il a aussi toute sa dévotion après avoir agi de façon aussi audacieuse. Il doit attendre qu'elle guérisse, mais quelle importance ? Il a gagné le gros lot ! Son plan a fonctionné et la vie de mon fils est gâchée ! Je vous le demande, Estée, que puis-je faire pour que m-mon fils retrouve… l-le bonheur ?

Estée était atterrée.

— Cette rumeur qui circule dans Paris, qui a osé la lancer ? C'est d'une bassesse sans nom. Je savais que Roxton était envié, qu'il n'était pas apprécié par ceux qui ne le connaissent pas bien, mais tout ceci, cette rumeur, elle me *dégoûte* ! Est-ce possible qu'il soit détesté au point qu'on murmure qu'il a orchestré l'attaque de son propre carrosse dans le seul but d'impressionner une jeune femme d'à peine vingt ans ? C'est tellement insensé que c'en est risible ! ricana-t-elle.

Plus elle y pensait, plus son sourire s'élargissait, jusqu'à ce qu'un éclat de rire lui remonte dans la gorge, la faisant glousser. Le comte la dévisagea sans savoir s'il devait se joindre à son hilarité ou garder l'air sérieux qui, selon lui, était adapté à la situation.

— Oh, Salvan, il faut que vous parliez de cette rumeur à Roxton, dit-elle en tamponnant ses yeux humides avec son petit mouchoir en dentelle. Si seulement il était à la maison maintenant. Elle l'amusera, je le sais. La personne qui a inventé cette histoire absurde devrait écrire pour la Comédie-Française. Cette personne, à l'évidence, est incroyablement jalouse de mon frère. Pense-t-elle qu'il a besoin d'en faire autant pour impressionner une femme ? Ridicule ! Seul monsieur le duc de Richelieu élabore des plans aussi saugrenus pour coucher avec une femme. Ne pensez-vous pas que tout ceci n'est qu'une vaste blague ?

— Une blague ? murmura le comte, se forçant à rire aussi quand il comprit que sa cousine était sincère. Une blague ! Oui, u-une *blague* ! Comme je vous le disais, je n'y crois pas une seule seconde. Cette histoire a été inventée par un-un idiot ! Un idiot jaloux !

Madame l'observa par-dessus le bord de sa tasse en porcelaine et esquissa un sourire malicieux. L'hilarité avait disparu de ses yeux, qui étaient à présent sévères et froids.

— Roxton sera amusé au début, mais ensuite, je pense qu'il voudra découvrir l'identité de cette personne qui ose salir sa réputation. Il cherchera à donner une bonne leçon à cet idiot jaloux. Vous en feriez autant en de telles circonstances, n'est-ce pas, Salvan ?

— P-provoquer cet homme en duel ? bégaya le comte. Oui, oui bien sûr que c'est ce que je ferais ! C'est la seule manière de réagir à une telle calomnie, je suis bien d'accord.

— Vous voulez peut-être une autre part de gâteau ? demanda madame avec douceur. Et laissez-moi remplir votre tasse. Vous avez bu tout votre café.

— Vous êtes trop bonne avec Salvan. Ce Vallentine – ce scélérat qui vous a arrachée à moi –, c'est lui qui devrait être provoqué en duel pour avoir ruiné le bonheur de votre cousin.

— Je ne m'oppose pas à cette idée, dit Sa Seigneurie, qui se prélassait dans l'embrasure de la porte en se curant les dents avec un cure-dents en or.

Le comte faillit bondir du canapé tant il avait eu peur. Lord Vallentine, lui, s'avança dans la pièce et embrassa le front de sa promise avant de dire d'un ton désinvolte :

— J'espère que le cher comte ne vous remplit pas la tête de commérages sans intérêt, mon amour ?

— Ces commérages ne sont jamais sans intérêt, monsieur, dit le comte en s'inclinant. Je vous félicite pour vos fiançailles. Vous êtes un homme chanceux, monsieur Vallentine. Je reste sans voix que vous me l'arrachiez ! Je ne saurais trouver les mots pour vous dire à quel point je vous envie. Je ne puis vous dire ce que cette nouvelle me fait. Maintenant, c'est trop tard pour Salvan. Ah ! Mais ainsi va la vie, n'est-ce pas, monsieur ?

— Pour un homme qui reste sans voix, vous en avez des choses à dire, fit remarquer Vallentine. Mais je vous remercie pour vos félicitations, si c'est là que vous vouliez en venir avec votre avalanche de platitudes.

Madame lui tendit une tasse de café.

— Salvan vient de me raconter la toute dernière rumeur qui circule dans les salons, et elle est très intéressante. Elle concerne Roxton, naturellement.

— Naturellement ! Quelle rumeur ne le concerne pas ? grogna Sa Seigneurie.

— Ce n'est rien, rien du tout, répondit le comte d'un ton exubérant. C'est uniquement pour l'amuser que j'en ai fait part à Estée. Ce n'est qu'une rumeur. Rien qu'une rumeur, lancée par un idiot – un idiot jaloux. Oublions-la, je vous en prie.

— Non, Salvan, il faut que vous la racontiez à Lucian. Elle est très divertissante. D'autant que Lucian va devenir un membre de notre famille. En tant que beau-frère de Roxton, il a le droit de savoir ce qui se dit.

Salvan émit un bruit guttural semblable à celui que ferait un faisan surpris et avala son café froid.

— Je suis prêt à entendre cette histoire intéressante, dit Lord Vallentine en se penchant vers l'avant. Les histoires à propos de Roxton me font toutes rire, car la vérité est toujours déformée. Et si vous dites que cette rumeur en particulier a été lancée par un idiot jaloux, alors je suis tout ouïe. D'ailleurs, toutes les rumeurs à propos de Roxton sont propagées par ce genre d'abruti, non ? (Sa Seigneurie se recula et sourit.) Mais je n'aimerais pas être celui qui perpétue des diffamations à son propos. Le duc est plutôt sensible à ce sujet, voyez-vous ? D'ailleurs, moi aussi, quand c'est moi qui suis concerné. Il est bigrement habile avec un pistolet, mais donnez-lui une rapière et il est tout aussi redoutable. Et puis, un coup d'estoc est bien plus sportif, n'est-ce pas, monsieur le comte ?

— Oui, en effet, approuva le comte avec un rire nerveux avant de regarder le cadran nacré de sa montre à gousset. Le portier m'a dit que monsieur le duc était sorti. Son absence me déçoit. Et la petite mademoiselle ?

— Partie faire un tour à la campagne avec Roxton, lui dit Sa Seigneurie. Je peux pas vous dire quand ils seront de retour. Je leur passerai le bonjour. J'imagine que vous avez d'autres personnes à qui rendre visite à Paris avant de retourner à Versailles.

— Pas du tout, dit le comte. Je retourne à la cour demain seulement, je peux donc vous tenir compagnie tout l'après-midi, à tous les deux.

— Le fils ce matin et le déluge cet après-midi, marmonna Vallentine, agacé. Écoutez, Salvan, Estée et moi, nous ne savons pas quand ils seront de retour. Vous pourriez attendre longtemps.

— Mais c'est bientôt l'heure du dîner. Il va rentrer pour dîner, non ? Ce serait vraiment dommage pour lui si ce n'était pas le cas.

— Que voulez-vous dire ? gronda Sa Seigneurie. Il sera là. Il doit…

— Lucian !

Salvan sourit et s'inclina devant le couple.

— Merci. Je dois parler à mon cousin au sujet d'une affaire de la plus haute importance. Immédiatement.

— Salvan a une lettre de la grand-mère de la petite, laissa échapper Estée. L-la comtesse ne veut pas d'elle. Elle a donné sa permission pour que la petite…

— Chut, chérie, lui ordonna Lord Vallentine avec un regard entendu. Ce n'est pas le moment de discuter de cela. Laissez Roxton s'en charger. Il saura quoi faire…

— Quoi faire ? répéta le comte. Mais ce qui doit être fait est évident ! Elle doit venir avec moi. Tout a été arrangé. Elle est promise à mon fils. Comme je le disais à Estée, il ne manque plus que la signature du vieux comte de Strathsay…

— Dans ce cas, nous attendrons sa signature, l'interrompit Sa Seigneurie. Tant que le vieil homme n'a pas apposé d'encre sur un parchemin, je ne pense pas que vous soyez en droit d'exiger quoi que ce soit.

— Pardonnez-moi, monsieur, dit le comte d'un ton mielleux, mais comme vous le disiez si bien, c'est une histoire entre mon cousin et moi.

— Lucian, je vous en prie, asseyez-vous, le supplia Estée en l'attrapant par la main.

Un vacarme soudain dans l'antichambre attenante détourna leur attention et Lord Vallentine s'assit comme le lui avait demandé Estée. Madame manipula la vaisselle en porcelaine et empila des assiettes sur un plateau, ne serait-ce que pour avoir quelque chose à faire et pour rompre le lourd silence dans le salon. Sa Seigneurie ne tenait pas en place à côté d'elle, fouillant ses poches à la recherche d'une tabatière, tandis que le comte se penchait vers l'avant, impatient, car il reconnaissait la voix douce et grave du duc et le tintement d'un rire féminin. Il ne serait pas déçu.

HUIT

L A PORTE DU salon s'ouvrit brusquement et Antonia entra, débarrassée de sa chaude cape, de son manchon et de son bonnet. Elle riait par-dessus son épaule, réagissant à quelque chose que le duc avait dit en la suivant dans la pièce. Elle manqua de percuter madame, qui avait bondi du canapé pour les accueillir. Mais le duc, dont le visage était empourpré et qui, contrairement à son habitude, était tout sourire, retint Antonia pour éviter une collision. Elle se tourna vers Estée, les yeux brillants et un sourire aux lèvres.

— Quelle journée nous avons passée, madame ! s'exclama Antonia, à bout de souffle, en embrassant Estée sur les deux joues. Il n'y avait aucun nuage en vue et avec le soleil, nous n'avions pas l'impression qu'il faisait trop froid. Nous avons vu plein de cerfs dans la forêt et Gray et Tan se sont beaucoup amusés à leur courir après. Je crois que maintenant, ils sont épuisés. (Elle enleva ses gants et les lança sur une petite table près du canapé.) Monseigneur m'a emmenée dans un petit village pittoresque avec une roue hydraulique. Nous avons déjeuné là-bas et nous nous sommes promenés dans une foire. Il y avait beaucoup, beaucoup de stands, et attendez que je vous raconte ce que...

Elle s'interrompit abruptement, consciente que madame de Montbrail était loin d'avoir l'air heureuse. Ses yeux bleus étaient baignés de larmes qu'elle sécha rapidement, mais elles n'échappèrent pas à Antonia, qui fronça les sourcils.

— Que se passe-t-il ? demanda-t-elle doucement en regardant par-dessus l'épaule de madame.

Elle aperçut Lord Vallentine et le comte et leva rapidement les yeux vers le duc pour qu'il lui indique quoi faire.

Roxton avait repéré le comte de Salvan dès qu'il était entré dans la pièce. Il entendit Antonia bégayer des excuses, mais quand elle recula vers lui, il la poussa vers l'avant en posant une main en bas de son dos.

— Mon cher Salvan, nous pensions que vous ne viendriez plus jamais chez moi, dit-il d'une voix traînante. J'espère que vous passez un après-midi agréable ?

— Très agréable, répondit le comte.

Il s'inclina devant les nouveaux venus d'un geste formidable, les longues ruches blanches de l'un de ses poignets balayant le tapis. Antonia était tellement distrayante qu'il ne pouvait se résoudre à regarder son cousin. Il la jaugea ouvertement de la tête aux pieds, laissant son monocle s'attarder plus longtemps que le voulait la politesse sur le corsage décolleté qui mettait en valeur le beau renflement de ses seins. Il arbora un sourire admiratif et laissa retomber son monocle.

— Très agréable, répéta-t-il. Je ne suis que joie pour votre sœur et monsieur Vallentine. Un sacré choc pour moi, cette annonce si soudaine ! Je suis venu ici en m'attendant à ce que vous soyez chez vous. Mon fils m'a dit que c'était le cas. Il était là ce matin, n'est-ce pas ? Pour vous rendre visite, mademoiselle. Il m'a dit que vous étiez guérie, mais je ne savais pas à quel point vous étiez… délicieusement guérie… (Il osa s'approcher d'elle, mais quand Antonia frissonna de dégoût, il lui adressa un sourire acerbe.) Voyons, ma chère, n'avez-vous rien de gentil à dire à quelqu'un qui était impatient que vous vous remettiez, que vous redeveniez entièrement vous-même ? Votre indisposition a privé Salvan de votre beauté et de votre esprit ô combien inhabituel.

Le duc lui donna un petit coup de coude et Antonia tendit la main à contrecœur.

— Je vais bien, merci, monsieur le comte, dit-elle en parvenant à lui faire une belle révérence, ne pouvant cependant se résoudre à sourire.

Quand le petit homme maquillé l'embrassa sur la main, ce fut Vallentine qui grogna de mécontentement face aux manières prétentieuses du comte. Et quand Salvan refusa de lâcher le poignet d'Antonia et la fit s'asseoir près de lui sur le canapé, ce fut Vallentine qui bondit de son fauteuil, mais il se rassit quand le duc lui lança un regard sombre et furtif.

— Maurice a su vous mettre en valeur, mademoiselle, disait Salvan. Et vous voir rire si joliment avec mon cousin le duc me remplit de joie. L'air de la cour ne doit pas vous convenir. Paris, en revanche ? À moins que ce ne soit autre chose qui illumine vos si jolis yeux ? J'étais justement en train de dire à Estée, Roxton, que l'air parisien ne convient pas du tout à Thérèse Duras-Valfons. Elle était prise d'une rage silencieuse hier soir, n'est-ce pas, Estée ? Tout cela parce que vous n'avez pas assisté à sa soirée. Votre absence l'a agacée au plus haut point. Je pense qu'elle va retourner à la cour et retrouver les bras de son amant pleurnicheur si vous ne faites pas attention. Vous savez, le baron anglais, Thesiger. Mais, ajouta-t-il en embrassant la main d'Antonia une seconde fois, Salvan, il comprend que votre attention ait momentanément été détournée de la talentueuse Thérèse…

— Du café ? s'enquit madame d'une voix éraillée en faisant signe d'approcher à la bonne qui restait près de la porte. Vos aventures ont dû vous donner soif, à tous les deux. Voulez-vous du café, Antonia ? Lucian, qu'en dites-vous ?

— Merveilleuse idée, déclara chaleureusement Vallentine avant de s'approcher nonchalamment de l'endroit où se tenait encore le duc pour lui murmurer à l'oreille : Duvalier a tout arrangé. Comme vous l'avez demandé. J'ai également mobilisé l'aide de votre valet.

Mais Roxton ne l'écoutait pas. Il regardait fixement son cousin. Il ne s'était jamais intéressé aux méthodes de séduction de ce dernier. Occasionnellement, elles l'amusaient. Mais le voir déshabiller Antonia du regard l'emplissait de dégoût tout comme, plus tôt dans la journée, il avait été dégoûté par le comportement scandaleux du vicomte. Il avait dû faire appel à tout son sang-froid pour ne pas s'en prendre violemment au jeune homme, et il devait à présent faire appel à tout son sang-froid pour dissimuler ce qu'il ressentait réellement derrière un masque d'indifférence. Il était rare qu'il ressente des émotions aussi intenses et il savait parfaitement identifier la source de ces émotions, source étonnante et plus qu'un peu troublante. Quand il entendit le comte demander à Antonia comment allait son épaule, il se dit qu'il était temps d'intervenir.

— Si vous n'êtes pas capable d'entretenir une conversation légère et divertissante, je vous suggère de fermer votre joli clapet, dit le duc. Estée, où sont les boissons promises ?

Lord Vallentine se pencha vers l'avant dans son fauteuil et sourit à Antonia.

— Alors, petite, avez-vous passé une bonne journée ?

Soulagée de pouvoir enfin se détourner du regard pénétrant du comte, Antonia hocha la tête avec enthousiasme.

— Nous avons passé une journée merveilleuse, Vallentine. N'est-ce pas, monsieur le duc ?

— Très plaisante, oui.

— Parlez-nous de cette foire où vous êtes allés et de votre déjeuner au village, l'encouragea madame.

Antonia ne fut que trop heureuse d'obtempérer. Tout pour oublier la présence du comte.

— Dans ce village très vieux – je dis qu'il est très vieux, car il y a une route qui a été construite par les Romains et une roue hydraulique qui date d'on ne sait quand, mais qui est très ancienne –, nous avons fait la rencontre d'un groupe de voyageurs qui ne parlaient pas très bien français, expliqua Antonia. Ils venaient de Venise, voyez-vous, que des vieux gentilshommes. Je ne sais pas ce qu'ils faisaient en France, ils ne l'ont pas précisé. Je pense qu'ils étaient peut-être curieux, tout simplement, et voulaient voir un peu de pays. Mais puisqu'ils ne parlaient pas tous couramment français, nous avons discuté dans leur propre langue. (Elle lança un regard réprobateur à Sa Seigneurie.) Vous devez retirer ce que vous avez dit, Vallentine. Monseigneur parle aussi bien italien que quiconque !

— Qu'ai-je dit ? bégaya Sa Seigneurie. Je ne lis pas dans les pensées, gamine. Ne me regardez pas ainsi, Roxton. Je ne me souviens pas, pour l'amour du Ciel ! Demandez à Antonia.

— Je ne vais pas répéter vos propos maintenant, dit Antonia d'un air arrogant, sa fossette faisant son apparition.

Madame sourit en voyant son promis ainsi traité.

— Poursuivez votre histoire, ma chère. Vous pourrez réprimander Lucian pendant le dîner.

— Oui, veuillez m'excuser. Vallentine m'a interrompue…

— Interrom… Oh ! Je me tais ! marmonna Sa Seigneurie.

— Ces gentilshommes étaient tellement heureux qu'on leur parle dans leur propre langue que nous avons discuté avec eux pendant presque une heure. L'un d'eux était un artiste et pendant que nous conversions, il a sorti son sous-main et ses encres et il a fait un portrait de moi très passable qu'il a offert à monsieur le duc.

Elle se tourna vers madame et murmura :

— Vous ne devinerez jamais ce que ce Vénitien a dit à monseigneur ! J'ai trouvé que c'était très amusant, mais lui, il était très contrarié et il s'est donné beaucoup de mal pour corriger ce mons…

— En voilà assez, Antonia, lui dit Roxton d'un ton réprobateur. Tout ceci n'intéresse absolument pas Estée.

— Si, cela m'intéresse.

— Et si ça l'intéresse pas, moi ça m'intéresse !

— Si cela a amusé mademoiselle, intervint Salvan, nous serons amusés également.

— Non, Antonia, dit le duc.

— Venez me chuchoter ce qu'a dit le Vénitien, lui suggéra Sa Seigneurie. Si j'estime que ses propos valent la peine d'être répétés, vous pourrez les dire à voix haute.

— Une solution très honnête, approuva le comte.

Antonia se releva d'un bond à l'invitation de Lord Vallentine, mais quand elle eut traversé la moitié de la pièce, elle se ravisa et s'approcha plutôt du fauteuil du duc. Elle tourna le dos au comte et à Estée.

— Je ne leur dirai pas si c'est ce que vous préférez, dit-elle à voix basse. Je trouvais que c'était amusant uniquement parce que vous étiez réellement choqué qu'il vous prenne pour mon père. Je crois que vous étiez vraiment très en colère contre lui. Mais est-ce une si mauvaise chose ? Au moins, il n'a pas eu l'indécence de suggérer que vous étiez mon amant et moi votre catin.

Le duc l'attira vers lui.

— Croyez-moi, Antonia, je ne peux assumer aucun de ces deux rôles avec vous. Est-ce que vous comprenez ?

Elle fronça les sourcils, la tête penchée sur le côté.

— Non, monseigneur. Dans mon cœur, ce n'est pas ce que je pense.

Cette scène intime fit craquer le comte. Il ne pouvait ni voir leurs visages ni entendre ce qu'ils se disaient, mais leur proximité suffit à le faire bondir du canapé et à abattre le bout de sa canne sur le tapis épais avec un bruit sourd.

— Roxton ! Écoutez-moi ! Il faut que nous parlions, vous et moi. Parbleu ! C'est urgent !

Lord Vallentine, qui observait jusque-là le duc et Antonia avec un sourire idiot et sentimental, s'était également relevé, mais ce fut madame qui intervint :

— Antonia, il est tard. Vous êtes encore en tenue de voyage, vous devez vous changer avant de dîner. J'ai demandé à votre bonne de préparer la soie gris perle qui, selon Maurice, vous va le mieux.

Antonia hésita. Sans lâcher la main du duc, elle se tourna vers madame, puis vers le duc, vers le comte et enfin vers Lord Vallentine, qui agitait légèrement les doigts là où se trouvait normalement la garde de son épée sur son flanc, avant de reposer son regard sur le duc.

— Il faut que nous parlions, Roxton, déclara Salvan d'une voix stridente en faisant un pas vers son cousin, Lord Vallentine en faisant autant.

— Vous ne le laisserez pas m'emmener, hein ? murmura Antonia, paniquée. Promettez-moi que vous ne me confierez pas à lui.

Madame passa un bras autour des épaules d'Antonia. Elle aurait aimé que son frère dise quelque chose, mais il resta assis là à regarder Antonia, gardant ses pensées pour lui.

— Venez, mon enfant, dit-elle à Antonia. Il est temps que vous alliez vous changer pour le dîner.

Antonia s'écarta d'elle.

— Non ! Je veux que monseigneur promette…

Roxton l'embrassa sur la main en lançant un regard furtif à son cousin, qui rôdait dans le dos de la jeune fille.

— Allez avec Estée, lui dit-il avant de se redresser pour s'occuper du comte. Mon cher, il faut vraiment que vous appreniez à contrôler vos sautes d'humeur. Je crains pour votre santé. Vous a-t-on fait une saignée récemment ? C'est là que se trouve votre problème, Salvan.

Une bonne saignée vous aiderait à retrouver votre bonne humeur habituelle. N'êtes-vous pas de cet avis, Vallentine ?

— Si, répondit Sa Seigneurie avec un sourire sinistre.

Le duc sentit que les dames n'avaient pas encore quitté la pièce et il se tourna vers elles, en colère.

— Allons ! Emmenez la petite, gronda-t-il avant de se tourner derechef vers le comte avec un sourire glacial. Assurément, ce que vous avez à me dire peut attendre que j'aie mangé mon dîner, non ?

— Non ! C'est… Je dois vous parler immédiatement, c'est très important. Vous savez pourquoi je suis venu.

— Ce n'est pas très poli, Salvan. La demande de Roxton est raisonnable.

— Oui, mais je…

— C'est le moins que vous puissiez faire, compte tenu du comportement de votre fils ce matin.

— Son comportement, monsieur ?

— Oui. Ce n'était pas très galant de sa part d'imposer ses maudites avances à la petite…

— Comment ? s'exclama le comte. Il ne m'a rien dit. Qu'a-t-il fait, Roxton ?

— Ce n'est pas la peine de vous le raconter, dit Lord Vallentine en menant le petit homme vers la porte. Mais estimez-vous heureux que Roxton ait eu la présence d'esprit de pardonner son audace au garçon. S'il avait fait cela chez moi, eh bien, je ne l'aurais pas laissé s'en tirer si facilement. Mais n'en parlons plus. Nous voulons dîner, et vous voulez sûrement aller dîner, vous aussi. Le nôtre risque de prendre du temps, inutile de revenir trop tôt frapper à la porte. Je suis sûr que vous comprenez que la situation…

— Que je comprends ? ricana le comte. C'est uniquement parce que Roxton est mon cousin que je cède. C'est une affaire de famille, je fais donc preuve de courtoisie. En tant qu'homme, je reconnais le pouvoir des attraits de la petite demoiselle. Je le laisse donc profiter de ce dernier repas avec sa disciple ! (Il rit de son propre trait d'esprit et se laissa guider jusqu'au vestibule par l'escalier incurvé.) Son dernier repas, hein, Vallentine ?

— J'ai entendu et ce n'est pas drôle.

Lord Vallentine tira le comte par sa large manchette jusqu'à ce qu'ils soient hors de portée de voix du portier et d'un valet de pied en service.

— Écoutez-moi bien, Salvan, dit-il à voix basse. Si tout cela ne dépendait que de moi, vous ne poseriez pas une seule patte graisseuse sur cette jeune fille. Le fait que vous vous en preniez à des innocentes comme elle mériterait que je tire mon épée pour vous donner une bonne leçon, mais je m'en empêche parce que cette histoire ne me regarde pas. Et il y a autre chose que je veux que vous gardiez en tête la prochaine fois que vous vous sentirez à votre aise et que vous raconterez n'importe quoi sur les intentions de mon ami ; vous vous trompez sur toute la ligne à propos de Roxton. Je vais vous dire quelque chose que vous garderez pour vous, car vous êtes un homme sensé – et parce que je vous transpercerai si j'entends le moindre murmure à ce propos ; le duc ne veut que ce qu'il y a de mieux pour la petite, rien de moins et rien de plus. Il ne compte pas la séduire, il ne cherche qu'à la protéger.

— Diantre ! Un homme comme mon cousin n'a pas l'intention de séduire une belle femme ? s'exclama le comte en fanfaronnant. Avec la réputation qu'il a ? Je n'y crois pas une seconde ! L'idée même me fait rire !

— N'oubliez pas, un seul mot et je vous transpercerai.

Le comte de Salvan prit un air faussement vexé. Il laissa un valet de pied lui mettre sa roquelaure et un autre ouvrir la porte de sa chaise à porteurs.

— Pourquoi est-ce que je répéterais ce que vous m'avez dit ? demanda-t-il. Personne ne me croirait si j'en disais un seul mot. Et je vais vous pardonner l'indécence dont vous avez fait preuve en me menaçant, car bien que vous soyez un barbare, vous allez épouser Estée. C'est pour son bien à elle que je ne vais pas me vexer. Savoir que vous allez l'épouser m'attriste énormément. C'est quelque chose qui me blesse, mais je m'en remettrai. Vous pensez que Salvan se moque de ce qu'il y a de mieux pour la jeune fille, mais vous vous trompez, mon ami. Mademoiselle sera très bien prise en charge quand elle sera ma belle-fille. Mon fils, et j'y veillerai, la rendra heureuse. Tout sera très respectable. Je vous en donne ma parole.

Lord Vallentine observa le comte monter dans sa chaise avec de l'aide et les porteurs l'éloigner. Il se traîna en haut des marches afin de se changer pour le dîner. Il ne faisait aucunement confiance aux garanties du comte.

QUAND LE DUC escorta Antonia jusqu'à la grande salle à manger, elle y trouva madame et Lord Vallentine, qui se tenaient déjà derrière leurs chaises respectives. On avait retiré deux rallonges à la table en acajou pour que le repas soit plus intime et on l'avait dressée avec la meilleure porcelaine de Dresden et des assiettes dorées. Les deux lustres en cristal avaient été polis au point que leur éclat était aveuglant et ils flamboyaient tous les deux. Sur la table lustrée, des bols en cristal débordant de fleurs fraîchement coupées se mélangeaient aux plats en argent de formes et de tailles variées et recouverts de cloches. Duvalier et quatre valets de pied en livrée se tenaient à côté du buffet, prêts à servir le duc.

Antonia hésita.

— Pourquoi madame n'est-elle pas à sa place habituelle en bout de table ? demanda-t-elle.

— Ce soir, c'est vous qui allez vous installer à cette place, répondit Estée avec un sourire éclatant.

Antonia se tourna vers le duc pour avoir sa confirmation et quand il hocha la tête, elle rejoignit sa place, un valet de pied venant rapidement lui tirer sa chaise.

— Vous avez sorti votre plus beau service ce soir, et il y a… Eh bien ! s'exclama-t-elle en voyant les paquets emballés et enrubannés, ses yeux s'écarquillant. Je pensais que vous… Je ne m'attendais pas à ce que vous sachiez… (Elle leva les yeux vers les deux autres, qui étaient maintenant assis, et partit d'un petit rire embarrassé.) Vous saviez que c'était mon anniversaire depuis le début !

— Allez, asseyez-vous et ouvrez vos cadeaux, lui dit Sa Seigneurie. Le mien, c'est celui avec le gros nœud rouge.

Antonia déploya sagement ses jupons et s'assit, son embarras s'évanouissant à la perspective d'ouvrir ses cadeaux. Elle prit une longue boîte plate fermée par un ruban rouge et la secoua.

— Celle-ci est vide.

— Hé ! s'exclama Vallentine. Faites attention !

Elle rit et reposa le paquet sur la table.

— J'ouvrirai peut-être celui-ci en dernier. (Quand Vallentine fronça les sourcils, elle tira sur le nœud rouge pour le défaire.) Non, je vais plutôt ouvrir les cadeaux de monsieur le duc en dernier et le vôtre en premier, Vallentine.

À l'intérieur du paquet, elle découvrit un délicat éventail en peau de poulet peinte, avec des branches en argent et une pampille en fils argentés décorés de perles.

— Il est très beau, Vallentine, merci, lui dit-elle. Je n'ai jamais eu d'éventail d'une telle… qualité et d'un tel… goût.

Elle l'ouvrit d'un petit geste expert du poignet et l'agita malicieusement, comme elle avait vu de nombreuses dames le faire à la cour.

— C'est ainsi que je me servirai de l'éventail de milord quand j'irai à l'opéra ou au bal. Je le tiens exactement comme une grande dame, n'est-ce pas, monseigneur ?

— Tout à fait, mignonne.

— Une grande dame, hein ? dit Vallentine en riant. Un jour, vous serez une grande dame et bien plus encore, gamine ! Ouvrez donc le cadeau d'Estée. Je suis nerveux.

Antonia reposa l'éventail et s'empara d'un paquet assez grand et mou. Elle le tâta avec précaution.

— Qu'est-ce que cela peut bien être ? Voulez-vous essayer de deviner, Vallentine ?

— Ce n'est pas nécessaire. Je sais ce qu'il y a dans celui-ci. Ouvrez-le.

— Vous êtes extrêmement nerveux, ne le trouvez-vous pas nerveux, monsieur le duc ? J'ouvrirai peut-être le reste de mes cadeaux après le dîner.

— Si vous voulez.

— Ne l'encouragez pas, Roxton, lui lança Vallentine. Vous cherchez à me provoquer, friponne ! Je veux que vous vous dépêchiez d'ouvrir le cadeau d'Estée pour que nous puissions voir ce que Roxton vous a offert. Il est resté bigrement mystérieux, je peux vous le dire. Impossible de lui faire cracher le morceau.

— Merci beaucoup, Lucian, grommela Estée, feignant d'être vexée.

— Dame ! Je ne voulais pas vous blesser, s'excusa Vallentine. C'est juste que… Eh bien, n'êtes-vous pas curieuse de savoir ce que votre frère a offert à la gamine ?

Les dames se moquèrent de lui et il marmonna quelque chose à propos d'un complot féminin avant de se taire.

Madame de Montbrail avait offert à Antonia une paire de gants en cuir de chevreau couleur lavande et un masque de bal masqué fait de plumes de paon. Elle essaya ses nouveaux gants et leva le masque par son manche peint. Elle s'extasia de plaisir.

— Voilà un masque digne de ce nom. Merci, madame. Pensez-vous que grand-mère Strathsay organisera un bal masqué en mon honneur, monsieur le duc ?

— Sans aucun doute, une fois qu'elle aura vu votre masque. Comment pourrait-elle vous le refuser ?

— Je n'ai jamais connu de plus bel anniversaire !

— Il vous reste deux paquets à ouvrir, lui rappela Vallentine aussi nonchalamment que possible.

Antonia reposa docilement son masque et ses nouveaux gants et accorda toute son attention aux cadeaux restants. Chacun était emballé dans du tissu argenté avec des rubans noirs. Elle choisit le plus gros des deux.

— C'est un livre.

— Comment le savez-vous ? s'enquit Vallentine. Vous ne l'avez pas encore ouvert.

Il s'agissait bien d'un livre, un fin recueil de poésie. Elle ouvrit la couverture et découvrit que le duc lui avait écrit une dédicace. Avant que madame ne puisse demander à la voir, elle remit le livre dans le papier de soie et le mit de côté.

— J'espère que c'est un ouvrage convenable pour une jeune fille, dit madame d'un ton pincé.

— Le lui aurais-je offert s'il n'était pas convenable, Estée ? répondit son frère en buvant une gorgée de bordeaux dans son verre en cristal.

Antonia prit bien son temps pour ouvrir le dernier paquet. Quand elle retira enfin l'emballage extérieur, elle se retrouva avec un long et fin boîtier recouvert de velours noir dans la main. Elle ne l'ouvrit pas immédiatement, le posant devant elle et le fixant en fronçant les sourcils.

— Pour l'amour du Ciel, Antonia ! supplia Lord Vallentine, qui avait complètement perdu son sang-froid. Arrêtez donc de tergiverser, je n'en peux plus. Cette maudite boîte ne va pas s'ouvrir toute seule !

Elle récupéra la boîte et l'ouvrit rapidement avec un éclat de rire. Ce qu'elle vit à l'intérieur la poussa à refermer instantanément le couvercle et à pousser le boîtier devant elle. Elle leva les yeux vers le duc et eut beaucoup de mal à parler.

— Monsieur le duc, êtes-vous… êtes-vous sûr que c'est pour moi ?

Roxton soutint son regard de ses yeux noirs et esquissa un petit sourire.

— Pour aller avec vos yeux, mignonne.

— J'en ai assez ! déclara Vallentine en bondissant de sa chaise pour attraper la boîte.

— Non ! s'écria Antonia en courant avec la boîte autour de la table avant de la tendre au duc avec un sourire timide. Voulez-vous bien me le mettre ?

Il posa son verre et lui fit signe d'approcher.

— Tournez-vous et restez tranquille, lui ordonna-t-il doucement. Et soyez gentille, relevez votre tignasse désordonnée de votre nuque.

Le duc sortit un ras-de-cou serti d'émeraudes et de diamants du boîtier en velours. Estée n'en avait jamais vu de plus beau ; les émeraudes faisaient la taille du plus petit ongle de son frère et des diamants étincelants les séparaient. Elle l'observa, bouche bée, glisser la lourde chaîne autour du cou d'Antonia et refermer avec dextérité le fermoir endiamanté. Les pierres précieuses étaient bel et bien de la même couleur que les yeux de la jeune fille.

Antonia tâtonna son décolleté jusqu'à trouver le collier orné de pierres précieuses et le palpa délicatement.

— Je ne peux pas le voir. Il faut… il faut que je trouve un miroir, murmura-t-elle en sortant précipitamment de la pièce.

Lord Vallentine était tout aussi ébahi qu'Estée ; ils se regardaient par-dessus la table, les yeux écarquillés et les lèvres entrouvertes.

Le duc indiqua à Duvalier qu'il pouvait commencer à servir le dîner, ajoutant par-dessus son épaule :

— Pas de bordeaux pour mademoiselle Moran. Le punch suffira.

— J'aurais dû m'en douter ! s'exclama sa sœur avec un rire nerveux, se remettant enfin de sa stupéfaction. Quand je vous ai suggéré d'offrir le même collier qu'à vos chiens à la petite, je ne pensais pas que vous le prendriez au pied de la lettre.

— Mais votre plaisanterie était tellement perspicace, ma chère, répondit Roxton en levant son lorgnon pour examiner le plat d'huîtres préparées qu'on lui présentait avant de les refuser d'un geste de la main. Si je me fie à votre mâchoire décrochée, Vallentine, je ne peux qu'en déduire que vous avez quelque chose à me dire.

— Je veux savoir ce que vous avez prévu concernant Antonia, dit-il. Cela m'inquiète depuis des semaines.

— Ce que j'ai prévu ?

— Ne faites pas semblant de ne pas comprendre ! C'est très sérieux. Salvan a reçu une lettre de Lady Strathsay dans laquelle elle dit se moquer comme d'une guigne que la petite soit mariée ou non à ce garçon dérangé !

— Je sais, mon cher, dit le duc. Calmez-vous. Je propose que nous n'évoquions pas ce sujet… hum… *désagréable* ce soir. Laissons au moins Antonia profiter d'une fête d'anniversaire plaisante.

— Je ne m'opposerai pas à cela, approuva Vallentine. Ce qui m'inquiète, ce sont ses futurs anniversaires.

— Roxton, dit Estée en reposant ses couverts en argent, vous devez bien savoir qu'elle compte énormément sur votre capacité à la protéger des Salvan et de leurs intentions. Si vous lui brisez le cœur, je ne vous le pardonnerai jamais !

Le duc regarda sa sœur d'un air inexpressif.

— Dans ce cas, laissez-moi apaiser quelques-unes de vos craintes ; notre cher cousin va être inopinément rappelé à la cour ce soir par Sa Majesté, et il n'aura d'autre choix que d'y rester pendant les sept prochains jours.

— Vous êtes à l'origine de cela ? s'enquit Vallentine, arborant un grand sourire quand son ami inclina la tête. Je ne sais pas comment vous vous y êtes pris, mais je suis bigrement content que vous vous en soyez occupé !

Le duc but une gorgée dans son verre, un petit sourire satisfait aux lèvres.

— En tant que Premier Gentilhomme de la Chambre, mon cher ami Richelieu est très proche de son royal maître. Je lui ai simplement demandé une faveur.

— J'en suis très heureuse, dit sa sœur avec un sourire soulagé, sans pour autant être satisfaite. Mais que ce soit dans sept jours ou dans sept semaines, Salvan reviendra chercher la petite dès qu'il le pourra. Il devait bien y avoir quelque chose d'autre que vous pouviez faire pour vous assurer que notre cousin ne puisse pas revenir du tout !

— Écoutez, mon amour, votre frère a au moins réussi cela, la sermonna Sa Seigneurie quand le duc se contenta de lever les yeux au plafond sans rien dire. Ayez un peu plus foi en lui, je suis sûr qu'il garde autre chose sous le coude, quelque chose qu'il ne nous dit pas encore.

Madame ouvrit sa bouche peinte, loin d'être satisfaite par cette réponse, mais elle la referma rapidement quand Sa Seigneurie la mit en garde d'un sifflement en désignant la porte d'un geste de la tête.

Antonia était revenue dans la salle à manger. Elle retourna discrètement à sa place et but dans son verre sans lever les yeux. Il semblait indéniable aux trois autres convives qu'elle avait pleuré, ils l'ignorèrent donc poliment et continuèrent à discuter comme s'il ne s'était rien passé de fâcheux. Sa Seigneurie encouragea le duc à raconter un incident amusant qui était arrivé un jour où il chassait dans les bois qui entouraient Fontainebleau. Lord Vallentine se vanta de ses remarquables talents de cavalier, ce qui poussa Antonia à relever les yeux de son assiette avec un sourire malicieux.

— Vous ne me croyez pas, hein ? s'enquit Sa Seigneurie en tenant sa fourchette en l'air.

— Lucian maîtrise cet art à la perfection, dit fièrement madame.

— Je saute aussi bien les obstacles que Roxton ici présent. Je suis encore jamais tombé sur un obstacle au-dessus duquel je pouvais pas faire passer un cheval.

Antonia avait toujours l'air sceptique, Vallentine ajouta donc d'un air indigné :

— Eh bien, pourquoi ne demandez-vous pas au duc si je dis la vérité ? Vous le croirez, lui, je le sais.

Pour le contrarier, Antonia adressa un regard interrogateur au duc.

Roxton sourit en la voyant traiter son ami de façon si impérieuse.

— Soyez gentille avec Vallentine, mignonne. Il mérite souvent ce dont vous l'accablez, mais pas cette fois-ci.

— Est-il vraiment aussi doué que vous à cheval ? demanda-t-elle, incrédule.

Estée rit et secoua ses boucles noires.

— Ma chère petite, pensez-vous que monsieur le duc est le meilleur dans tous les domaines ?

— Eh bien, oui, madame, c'est ce que je pense, répondit-elle simplement. Oh, sauf dans le maniement d'une lame, car tout le monde sait que Vallentine est le meilleur épéiste de France.

— Et ça mérite d'être mentionné ! s'exclama Sa Seigneurie. Ne me flattez pas, je vais y prendre goût !

— Mais monseigneur a une posture et un poignet plus élégants, ajouta sérieusement Antonia, poussant Vallentine à lever les yeux au ciel en grognant.

— Bonté divine ! dit-il d'un ton dramatique en se frappant le front d'une main. De toute votre vie, avez-vous jamais entendu quelqu'un comme elle ? Bigre, elle pense que Roxton est un modèle de qualités masculines.

Antonia le regarda en levant son petit nez.

— Vous êtes jaloux, c'est tout.

Estée et Sa Seigneurie se mirent à rire, puis Vallentine ajouta d'un ton paternel qui contrastait avec la lueur dans ses yeux bleus :

— Si ce n'était pas votre anniversaire, ma petite, j'en débattrais avec vous. Mais je vais vous laisser gagner, aujourd'hui seulement.

— Espérons que cela donne assez de temps à monsieur pour réfléchir à l'absurdité de ses propos, dit Antonia avec un soupir feint. Demain, vous verrez que j'ai raison.

— Vous ne pouvez pas gagner, Lucian ! gloussa madame.

Lord Vallentine chercha une réponse en fulminant, mais n'en trouvant pas qui lui convenait, il se pencha vers le duc et lui dit :

— Vous entendez ça, Roxton ? Mademoiselle Furie veut nous convaincre que vous êtes un modèle à suivre ! Vous avez été un tas de trucs dans votre vie, mon ami, mais s'il y a bien une chose que vous n'êtes pas, c'est un exemple à suivre.

Le duc avait les yeux rivés sur le contenu de son verre, ses minces joues ayant pris des couleurs. Il ne répondit pas et se remit à manger ce qu'il restait dans son assiette. Son ami lança un coup d'œil à Estée et se rendit compte qu'elle était tout aussi perplexe que lui. Le duc était peut-être tout simplement embarrassé. Un mois plus tôt, Vallentine ne l'aurait pas cru capable d'une telle modestie. Il se réadossa contre sa chaise et se cura les dents avec son cure-dents doré, un œil observateur posé sur le duc et avec un sourire intérieur aussi large que la Seine.

Estée suggéra qu'ils boivent le café et le brandy dans le salon attenant, mais Antonia voulait aller dans la bibliothèque. Cela allait à l'encontre de la tradition, mais le duc le lui accorda. Ils jouèrent au whist jusqu'à ce qu'Antonia attire le duc à l'écart pour une partie de reversi, puis une de backgammon. Lord Vallentine et sa promise s'installèrent sur un canapé près des joueurs, assez loin cependant pour ne pas être à portée de voix. Rapidement, leur conversation intime revint sur le couple assis en face d'eux.

— Regardez-les, Lucian, dit Estée en remuant son café noir d'un air absent, les yeux rivés sur le ras-de-cou en émeraudes et diamants. Je ne sais pas ce qu'on peut faire pour elle. Je suis très inquiète. Je pense qu'elle est tombée amoureuse de mon frère, mais qu'elle est trop jeune pour s'en rendre compte. Comment pourrait-elle le savoir, à son âge ? Et le duc ? Il passe trop de temps avec elle, à jouer à leurs jeux de société ridicules, à encourager sa dérive et à la couvrir de colifichets coûteux. Est-ce étonnant qu'elle se soit amourachée ? Il ne devrait pas l'encourager. Où est-ce que tout cela peut mener, à part au chagrin ? Il est trop vieux pour elle.

— Vous souvenez-vous de votre premier mariage, avec Jean-Claude ? s'enquit patiemment Lord Vallentine. Je jurerais que vous étiez plus jeune qu'Antonia quand vous l'avez épousé. Et il devait bien avoir deux fois votre âge ! Mais vous étiez heureuse, non ?

— C'était différent.

— En quoi était-ce différent ?

— C'était un mariage arrangé, riposta Estée. Arrangé par ma mère et mon oncle Salvan et approuvé par mon frère. Au début, cette idée ne me plaisait pas du tout. J'ai pleuré pendant toute la cérémonie. Mais ils savaient ce qui était dans mon intérêt et en effet, Jean-Claude m'a rendue très heureuse.

— Et il avait deux fois votre âge.

— C'est ridicule de comparer Jean-Claude à mon frère ! Jean-

Claude était un veuf qui savait comment traiter une femme à qui il était marié. Par ailleurs, il n'aurait jamais pu être qualifié de libertin. Pensez-vous que ma mère aurait bien voulu d'un homme de la réputation de mon frère pour sa fille ?

Lord Vallentine hocha la tête, abattu.

— Vous avez raison, bien sûr. Il n'y a pas une seule mère à Paris, ou même à Londres, qui accepterait que sa fille épouse un aristocrate avec la réputation de Roxton. Et pourtant, aucune loi n'interdit à un homme de vivre comme il l'entend.

Estée ne l'écoutait pas. Elle soupira et dit :

— Je suis inquiète, tellement inquiète, Lucian. Vous avez entendu Salvan. Il a une lettre de la grand-mère d'Antonia. Même elle, elle ne veut pas de la petite. Elle la jette en pâture aux loups. J'ai toujours méprisé Augusta, et voilà que maintenant, je la déteste encore plus. Et il y a ce contrat de mariage, qui n'attend plus que la signature de son grand-père…

— Je suis prêt à parier que votre frère a élaboré un plan ou un autre pour sortir la petite de ce pétrin. N'a-t-il pas dit, à table, qu'il était au courant pour la lettre d'Augusta Strathsay ? S'il est au courant de ça, c'est qu'il doit avoir trouvé une solution.

Estée détacha son regard de la gorge de la jeune fille et regarda Sa Seigneurie droit dans les yeux.

— Et si ce n'est pas le cas ?

Vallentine se réadossa contre les coussins en soie, poussa un long soupir et passa une main sur son long et beau visage.

— Écoutez-moi, Estée, dit-il. Je ne veux plus me quereller avec vous à ce sujet. Je suis prêt à avoir foi en la capacité de votre frère à protéger Antonia des Salvan. Je ne vois pas pourquoi vous ne pouvez pas faire la même chose.

Estée adressa un sourire hésitant à Sa Seigneurie et posa sa tête sur son épaule.

— Ne soyez pas naïf, Lucian. Je vous aime pour vos idées romantiques, mais ce ne sont pas les Salvan qui vont briser le cœur d'Antonia. Moi, je sais ce qu'il en est. Cette chère petite est vraiment mignonne, mon frère va lui faire du mal, beaucoup de mal, et je ne sais pas comment éviter une telle chose !

Lord Vallentine se gratta la tête à travers sa perruque.

— Moi non plus, diantre ! Mais nous ne pouvons pas rester moroses, pas ce soir, sinon la gamine devinera qu'il se trame quelque chose et elle me harcèlera jusqu'à ce que je crache le morceau. Je suis incapable de me défendre face à elle, vous savez !

Madame rit et lui pinça le menton, appuyant sur sa fossette.

— Monseigneur et moi, nous vous avons accordé assez de temps pour que vous vous courtisiez sur le canapé, annonça Antonia, debout près du plateau avec le café et le brandy. Maintenant, nous allons faire poliment la conversation, d'accord ?

Les gentilshommes étaient très amusés par cette déclaration, mais Estée sermonna sévèrement Antonia pour son audace – une jeune femme ne devait pas faire de déclaration aussi inacceptable devant des hommes.

— C-c'était indélicat de ma part, bégaya Antonia. Je ne me rendais pas compte… Je suis désolée…

— Oui, bien sûr, dit Estée en la serrant fort dans ses bras. Je suis fatiguée, c'est tout. (Elle regarda son frère par-dessus les cheveux clairs d'Antonia.) Faites en sorte qu'elle n'aille pas se coucher trop tard.

— Je vous accompagne à l'étage, dit Lord Vallentine en offrant son bras à sa promise tout en adressant un clin d'œil à Antonia. Restez là, polissonne. Je veux essayer une dernière fois de vous battre au backgammon, même si c'est votre anniversaire.

— Bonne nuit, madame, dit Antonia avec un sourire. Je suis très heureuse que vous épousiez monsieur Vallentine. Je pense qu'il fera un très bon mari, même si c'est un cas désespéré pour tous les jeux de société et qu'il ne peut pas se battre à l'épée contre…

— Sale gosse ! rit Sa Seigneurie en lui donnant une chiquenaude sous le menton.

Antonia attendit qu'ils aient quitté la bibliothèque avant de se tourner vers le duc, l'air perplexe.

— À votre avis, ai-je manqué de tact ?

— Plutôt, oui. Mais cela n'a aucune importance. Estée est trop susceptible, comme le sont souvent les femmes comme elle.

Elle s'assit près de lui sur le canapé et enleva ses chaussures.

— Peut-être devrais-je également éviter de taquiner autant Vallentine ?

— Il serait déçu.

Elle gloussa.

— Je continuerai peut-être à le taquiner, mais juste un peu. Est-ce que cela vous dérange que je garde seulement mes bas aux pieds, monseigneur ? demanda-t-elle en agitant ses orteils vers la chaleur du feu.

— Pas du tout. Mais n'oubliez pas que ce n'est pas poli, en compagnie… hum… *respectable*, pour une dame d'enlever ses chaussures. Par ailleurs, une dame ne devrait jamais montrer ses chevilles.

— Ah non ? Et pourtant, une dame peut exposer une grande partie de sa poitrine aux yeux du monde, et pas un sourcil réprobateur ne se hausse. Je trouve tout cela assez étrange.

— Les préceptes dictés par la société sont étranges, mignonne.

— Eh bien, je me moque complètement de savoir ce que la société pense de moi, tant que vous ne vous offusquez pas de ce que je fais.

— Mais je ne suis pas un gentilhomme respectable, Antonia, dit-il d'un ton catégorique en s'éloignant d'elle pour aller se servir un verre de brandy. Tâchez de ne pas l'oublier.

— Et si je n'étais pas une dame respectable ? demanda-t-elle d'un ton léger en observant son dos droit avec un petit sourire. Monseigneur embrasserait-il mes chevilles, dans ce cas ?

Le duc la regarda par-dessus son épaule.

— Je ne m'arrêterais pas à vos chevilles, petite malheureuse. Maintenant, tenez-vous bien, sinon je vous enverrai au lit.

Cette réponse était exactement ce qu'elle avait espéré, mais un doute tenace la poussa à froncer les sourcils et à retrouver son sérieux un instant.

— Étienne, il m'a dit que son père et vous, vous étiez en train de jouer à un jeu sordide et absurde pour remporter ma vertu.

Le duc reposa son verre de brandy, s'assit à côté d'elle et s'empara de ses mains.

— Antonia, regardez-moi dans les yeux et dites-moi si vous pensez honnêtement que je pourrais être complice de l'une des combines détestables de mon cousin.

— Je n'y crois pas, répondit-elle à voix basse en baissant les yeux vers les longs doigts du duc qui tenaient ses mains.

Elle se dit qu'il n'y avait pas de meilleur moment pour découvrir à quel point il tenait réellement à elle :

— À propos de cet affreux contrat de mariage entre les Salvan et mon grand-père, je ne suis pas naïve au point de ne pas savoir que quand monsieur le comte aura obtenu la signature de mon grand-père, je serai obligée d'épouser Étienne. Et puisque ma grand-mère est également favorable à cette union, je n'ai pas un seul allié au monde, à l'exception de vous, madame, et Vallentine bien sûr. Mais il y a quelque chose que vous pouvez faire…

— Croyez-moi, mignonne, s'il y avait un moyen…

— … pour m'aider, continua Antonia, s'accordant un instant pour se calmer avant de lui dire franchement : Je me demande si vous me feriez l'honneur de coucher avec moi avant que je ne sois mariée…

— Mademoiselle va trop loin, gronda le duc en lâchant ses mains.

— … car si vous ne le faites pas, Salvan sera le premier à coucher avec moi, et je ne pense pas pouvoir le supporter si cela devait arriver, ajouta précipitamment Antonia, l'air sombre sur le visage du duc lui faisant perdre un peu de son courage à chaque seconde qui passait. J'ai entendu dire que si… que si… la première fois d'une femme avec un homme n'était pas une expérience agréable pour elle, si l'homme ne pensait qu'à ses propres besoins et envies et nullement à elle, alors chaque fois après celle-ci serait tout aussi insupportable pour elle. Et c'est ce qu'il se passera, monseigneur, si Salvan obtient ce qu'il veut.

— Antonia, pour l'amour du Ciel…

La colère laissa place à l'angoisse, car il savait que ce qu'elle disait était véridique et il ne savait pas comment apaiser ses craintes tout à fait justifiées.

— Ce que vous demandez… Je ne suis pas en droit… Il faut que vous compreniez que je ne peux pas intervenir…

Antonia battit des paupières.

— Vous voulez que Salvan m'ait pour lui tout seul ?

— Non ! Bien sûr que non ! Mais même si je le voulais, je ne pourrais pas vous avoir non plus !

— Parce que vous n'avez pas envie de coucher avec moi ? demanda-t-elle d'une petite voix.

— Pas envie ? répéta-t-il, comme si la réponse était évidente.

Cependant, c'était la première fois depuis qu'il l'avait aidée à fuir Versailles qu'il s'autorisait à envisager une telle éventualité. Il se rendit compte qu'il avait très envie de faire l'amour avec elle, un fait tellement évident qu'il sentit la chaleur lui monter précipitamment au visage. Il baissa la tête vers ses mains pour dissimuler ses joues rouges de culpabilité.

— Mignonne, s'il n'y avait aucun mal à cela, si je pouvais modifier le cours du temps – suspendre le cours du temps juste pour nous deux –, je le ferais, ne serait-ce que pour avoir le privilège de coucher avec vous, avoua-t-il. Mais nous ne pouvons pas suspendre le cours du temps. Ce n'est pas que je n'ai pas envie de coucher avec vous, c'est que je refuse de le faire, car ce ne serait pas bien. Il serait malvenu, pour un homme de mon âge et de mon statut, d'abuser d'une jeune femme sous sa responsabilité. Ce serait un abus de confiance.

— Mais si c'est ce que je veux, demanda-t-elle simplement, alors comment pourrait-il s'agir d'un abus de confiance, comme vous dites ?

Il récupéra son verre de brandy sur le manteau de la cheminée et le but d'une traite, un œil sur Antonia, aussi immobile qu'une statue sur le canapé, ses jupons formant un nuage autour d'elle et ses pieds vêtus de bas dépassant à peine des couches de soie. Elle le regardait d'un air studieux et interrogateur, ses grands yeux émeraude et légèrement allongés remplis de l'espoir et de l'optimisme de la jeunesse. Elle avait des yeux vraiment magnifiques. Face à ce regard, il déglutit, sa gorge lui faisant mal, et baissa les yeux sur l'émeraude qu'il portait à sa main gauche.

— Je ne peux pas faire ce que vous me demandez, dit-il d'un ton rauque avant de déglutir une nouvelle fois et d'ajouter d'une voix plate : Ce serait... Je serais en dessous de tout... Mes mœurs seraient jugées plus épouvantables encore que celles de Salvan.

— Quand deux personnes *amoureuses* font *l'amour*, quelle importance a le jugement du reste du monde ? Assurément, tout le reste n'a aucune importance, non ?

Il esquissa un sourire en coin en entendant cette simple déclaration. Antonia, le cœur lourd, sut qu'il avait remis son masque cynique bien en place.

— Une vision du monde amusante mais excessivement naïve, ma chère, dit-il d'une voix traînante.

Il se retourna vers la cheminée, son sourire s'affaissant en une moue préoccupée tandis qu'il observait le feu brûler dans l'âtre.

— Il est temps que vous alliez vous coucher, dit-il d'un ton égal.

Demain, Vallentine escorte madame à Saint-Germain pour qu'elle rende visite à quelques vieilles tantes. Ils seront absents deux nuits tout au plus, vous ne serez donc pas seule très longtemps.

Antonia s'approcha de la cheminée et leva les yeux vers son profil impassible.

— Vous ne restez pas ici avec moi ?

— Non. Ce ne serait pas convenable, dit-il en regardant les flammes. À l'aube, je me joindrai à la partie de chasse du roi à Fontainebleau.

— Bonne nuit, monseigneur, répondit Antonia avec une révérence. Et merci pour aujourd'hui. J'ai passé une belle journée d'anniversaire. Quant à vos cadeaux… (Elle effleura le collier serti d'émeraudes et de diamants autour de son cou.) je les garderai précieusement, à jamais.

Sur ce, elle recula sans un bruit pour glisser ses chaussures à talons à ses pieds. Elle avait parcouru la moitié de la pièce quand il l'appela, faisant accélérer les battements de son cœur et ravivant l'étincelle d'espoir dans son regard.

— Antonia. Il vaut mieux que notre… hum… conversation de ce soir n'ait jamais eu lieu.

— Bien, monseigneur, répondit-elle docilement, ne s'attardant pas.

Cependant, elle avait le sourire aux lèvres en rejoignant ses appartements. Toujours optimiste, elle savait au moins, à présent, qu'il tenait assez à elle pour la désirer et pour, malgré tout, ne pas accepter sa proposition. Le lendemain, elle prouverait que son intuition était infaillible. Le lendemain, elle suspendrait le cours du temps.

NEUF

E STÉE FUT SURPRISE d'apprendre que le duc était parti à l'aube pour chasser avec le roi à Fontainebleau. Son frère n'avait nullement mentionné son intention d'y aller, mais cela signifiait qu'elle et Lord Vallentine pouvaient rendre visite à ses vieilles tantes à Saint-Germain sans s'inquiéter inutilement de la bienséance en laissant Antonia seule à l'hôtel avec le duc et sans aucune femme pour la chaperonner. Par ailleurs, exactement comme son frère l'avait prédit, le comte était retourné à la cour, et avec beaucoup de réticence, selon la note qu'il lui avait griffonnée. Il serait pris par ses devoirs à la cour pendant le reste de la semaine, il ne pourrait donc pas mettre sa menace à exécution et venir enlever Antonia à l'hôtel. Ce dernier point conforta encore un peu Estée dans sa détermination à faire le voyage jusqu'à Saint-Germain.

Néanmoins, elle n'était pas entièrement convaincue que sa décision était la bonne, elle hésitait donc encore alors qu'on avait chargé leurs bagages sur leur carrosse, que le cocher était en place et que Vallentine battait le pavé sous le portique, vêtu de son pardessus et de ses gants en affirmant que si l'amour de sa vie ne montait pas immédiatement dans le carrosse, ils n'arriveraient pas à Saint-Germain avant la tombée de la nuit. On alla finalement chercher Antonia, qui s'était levée tard et avait pris son petit déjeuner dans ses appartements, et les craintes de madame furent enfin apaisées.

Antonia assura à madame qu'elle n'appréhendait pas du tout le fait d'être toute seule, ajoutant qu'elle était heureuse de pouvoir passer tout son temps à lire dans la bibliothèque, où les whippets du duc lui tiendraient compagnie. Elle souhaita une bonne route au couple. Sur ce, madame la prit dans ses bras, Lord Vallentine lui envoya un baiser et Antonia agita la main en direction du carrosse jusqu'à ce qu'il sorte par le portail en fer noir et doré sur la rue Saint-Honoré. Puis elle rentra et dit immédiatement à Duvalier que les ressorts et rouages de toutes les horloges de l'hôtel devaient être nettoyés et qu'il devait s'assurer d'enlever en priorité toutes celles dans l'aile du duc. Il faudrait les descendre dans les pièces réservées aux domestiques, où l'horloger pourrait se consacrer à cette tâche sans déranger personne.

Quand l'heure du déjeuner arriva, on avait retiré toutes les horloges, petites et grandes, des appartements privés du duc. Elles se trouvaient à présent au sous-sol, où l'horloger et son assistant s'affairaient déjà à leur tâche. Duvalier présenta des excuses à la petite demoiselle, lui expliquant qu'il s'agissait d'un travail minutieux qui prendrait plusieurs jours. Antonia prit un air sérieux approprié et dissimula son sourire entre les pages de son livre de Tacite. Elle ne souriait plus quand le vicomte d'Ambert lui fit une visite surprise une heure plus tard.

Elle avait reposé son livre et était sortie dans la cour principale, avec ses chemins pavés, sa châtaigneraie et son grand carré de pelouse, pour jouer à la balle avec les whippets. Le valet du duc, qui l'avait dérangée dans la bibliothèque pour emmener les chiens en promenade, n'avait pas pu résister à ses demandes ; il s'était joint à elle pour jouer à la balle avec Gray et Tan. La capitulation de ce petit homme hautain provoqua une telle explosion d'hilarité dans l'armée de domestiques du duc que l'intendante et Duvalier durent leur ordonner de s'éloigner des fenêtres des étages de peur que le valet les surprenne le nez appuyé contre les vitres et, en guise de représailles, informe immédiatement le duc du comportement relâché de son personnel en son absence.

Antonia n'avait aucune envie de voir Étienne, Ellicott vint donc à son secours. Il dit au vicomte que mademoiselle Moran était absente. Le jeune homme s'attarda pendant trente minutes dans une antichambre dans laquelle aucun feu n'était allumé avant de partir enfin, avertissant le valet qu'il reviendrait le lendemain et qu'il *faudrait* que mademoiselle Moran soit là pour le recevoir, sinon le *laquais* du duc en paierait les conséquences. Le lendemain, il ne partirait pas tant qu'il ne l'aurait pas vue. Le valet s'inclina devant lui avec sollicitude, se demanda quelles conséquences le vicomte pouvait possiblement engendrer et retourna dans la cour sans rapporter les menaces du garçon à Antonia. Ils continuèrent à jouer à la balle sans autre interruption jusqu'au déjeuner.

La gaieté d'Antonia l'accompagna jusqu'à la tombée de la nuit. Ce fut seulement après s'être déshabillée et préparée à se coucher, quand elle s'installa devant sa coiffeuse encombrée dans sa fine chemise en coton, qu'elle eut ses premiers doutes. Son enthousiasme commença à retomber. Peut-être son intuition l'avait-elle déçue cette fois-ci ? Peut-être le duc comptait-il réellement rester à la partie de chasse du roi ? Mais combien de temps serait-il absent ? Et serait-il de retour avant madame et Vallentine ?

Antonia savait que les parties de chasse du roi duraient des semaines. Mais elle savait aussi que madame avait prévu de se marier d'ici la fin du mois et qu'elle voulait que le duc participe à tous ses choix et tous ses préparatifs. Ce qui était une raison suffisante pour qu'il ne revienne pas, se dit Antonia en gloussant, tout en sachant que son amitié avec Lord Vallentine était telle qu'il ne le laisserait pas subir ces préparations tout seul. S'étant remonté le moral, elle se dit qu'elle devait se fier à son instinct. Elle enfila donc négligemment une robe de chambre en soie à motif floral par-dessus sa chemise de nuit, puis elle se glissa hors de ses appartements avec une unique chandelle et, au grand désespoir de sa bonne, avec ses cheveux retombant dans son dos et sans bonnet de nuit.

Le calme régnait quand elle traversa les innombrables couloirs, pièces et escaliers qui l'emmenèrent aussi loin de ses appartements que le permettait cet hôtel particulier mansardé. Elle arriva au deuxième étage de l'aile sud, qui abritait les appartements privés du duc, en passant par l'escalier des domestiques. Elle se trouva très intelligente d'avoir repéré cet escalier privé qui n'était utilisé que par son valet et quelques hommes à son service. Personne ne s'introduisait dans ces pièces, pas même les domestiques, à l'exception de ceux qui avaient été gratifiés de la confiance implicite de leur maître. Antonia avait glané cette information intéressante et quelques autres auprès d'Ellicott, pendant qu'ils jouaient à la balle.

Après avoir réussi à accéder au deuxième étage, Antonia fut surprise de découvrir qu'aucune porte ne séparait les immenses pièces qui menaient les unes aux autres. Par ailleurs, chaque pièce était décorée de beaux meubles, d'épais tapis et de lourds rideaux et était étonnamment chauffée et bien éclairée. De larges tableaux dans des cadres dorés et peints par des artistes actuels comme Fragonard décoraient chaque mur et des vitrines laquées contenaient une myriade de bibelots et d'objets d'art. Elle voyait des bustes d'empereurs romains, des statues de nymphes nues et des fauteuils hauts dans lesquels se blottir avec un bon livre. Il y avait une abondance de livres dans des bibliothèques qui allaient du sol au plafond, ce qui faisait très plaisir à Antonia, et si sa nervosité n'avait pas un peu augmenté à mesure qu'elle avançait dans les différentes pièces, elle aurait été très tentée de s'accorder un instant pour lire le dos de ces ouvrages à la reliure en cuir.

Quand elle arriva dans l'avant-dernière pièce, elle entendit de l'agitation dans celle qui se trouvait devant elle, et ce fut seulement à ce moment-là qu'elle prit le temps d'analyser son environnement et qu'elle se rendit compte qu'elle se trouvait au milieu de la chambre à coucher du duc. Le lit à baldaquin en acajou sculpté et aux rideaux en velours bleus et dorés semblait petit dans une chambre aussi grande, et cette impression s'appliquait encore plus aux méridiennes, canapés, vitrines et quelques tables. Un bon feu flamboyait dans une imposante cheminée en marbre surplombée par une structure ornementée qui montait jusqu'au plafond doré agrémenté de moulures. Un long bureau aux fins pieds fuselés, sa surface marquetée recouverte de parchemins, se trouvait avec sa chaise assortie près d'une porte-fenêtre dont le rideau était ouvert et qui était juste à côté du lit. Par la fenêtre, Antonia distinguait tout juste les étoiles.

Son regard revint sur le lit à baldaquin – elle se demanda si le duc avait déjà partagé ce lit avec quelqu'un d'autre et se dit que ce ne devait pas être le cas. Il s'agissait de son domaine masculin privé, où il était libéré de son statut, de sa famille, de ses amis, de ses domestiques et autres personnes qui travaillaient pour lui et de tous ceux qui dépendaient de lui d'une façon ou d'une autre pour exister… Il y était aussi libéré de ses maîtresses.

Cette réflexion la découragea et pendant le plus court des instants, Antonia faillit tourner les talons et fuir, jusqu'à ce que la curiosité la pousse vers l'avant quand elle entendit de l'eau qu'on éclaboussait et qu'on versait ainsi qu'une conversation à voix basse dans la pièce suivante.

Elle resta dans l'embrasure de la porte ; elle hésitait à avancer, n'étant pas aussi courageuse qu'elle pensait l'être en découvrant que son intuition ne l'avait pas déçue. Le duc était bel et bien rentré à la maison, et elle avait envie de courir vers lui et de se jeter dans ses bras, mais un détail capital la retint sur le seuil.

Il était nu.

Il sortait tout juste de son bain et se tenait sur l'épais tapis d'Aubusson, devant la chaleur de la cheminée, où il se séchait avec une serviette de façon décomplexée.

Antonia considérait qu'il était splendide quand il portait sa tenue habituelle de velours noir et de dentelle blanche, avec toutes les parures associées à sa classe sociale et à sa richesse, mais nu, il était magnifique. Puisque c'était un homme grand et bien bâti, le velours et la dentelle avaient dissimulé les contours de tous ses muscles dessinés à l'exception de ceux de ses mollets épais et de ses épaules carrées. Son large dos se rétrécissait au niveau de ses minces hanches puis de ses petites fesses fermes, accentuant ses cuisses musclées qui élargissaient de nouveau les lignes de son corps. Quant à ses pieds, ils étaient longs et tout aussi élégants que ses longs doigts.

En l'observant se mouvoir, se pencher et s'étirer tandis qu'il faisait disparaître toute trace d'humidité de sa chair athlétique, Antonia sentit la chaleur du désir lui monter dans la gorge et sur le visage et elle laissa enfin son regard ardent suivre la fine ligne de poils foncés qui descendaient sous son nombril, sur son ventre plat, jusqu'à l'endroit où la source de sa masculinité était nichée entre ses cuisses. Elle comprit immédiatement pourquoi les dames de la cour gloussaient derrière leur éventail en affirmant que le duc anglais avait vraiment de quoi se vanter.

Son regard fasciné s'attarda sur cette partie on ne peut plus vulnérable et sensible de l'anatomie masculine, car elle n'avait encore jamais vu d'homme nu et elle n'aurait certainement jamais pensé que cela arriverait dans ces conditions. Elle fut choquée de sa propre réaction face à cette nouvelle expérience captivante ; elle ressentit un désir irrésistible de le caresser à cet endroit-là, de le voir prendre du plaisir sous ses doigts. Elle ne savait pas pourquoi, mais le simple fait de ressentir de telles choses fit flageoler ses jambes, bien qu'elle trouve également ces sensations étrangement agréables.

Enfin, il arrêta de bouger et resta immobile, face à elle, entièrement exposé à son regard et pas du tout gêné par sa nudité. Il avait jeté son drap de bain humide et était en train de rattacher habilement ses cheveux mouillés en une longue tresse noire. La couleur et la chaleur s'intensifièrent sur le visage et la poitrine d'Antonia, qui humidifia ses lèvres entrouvertes en s'efforçant de relever les yeux vers son visage.

Il avait les yeux rivés sur elle.

Antonia n'osait pas bouger.

Le cours du temps s'arrêta bel et bien tandis qu'ils restaient à deux côtés opposés de la pièce, sans qu'aucun d'eux bouge ou parle.

Elle fit appel à toute sa volonté pour ne pas détacher son regard du sien. Et si le désir avait enflammé ses joues et sa gorge, le fait d'avoir été surprise alors qu'elle s'était introduite dans ces pièces sans autorisation vissa ses pieds nus au sol et lui coupa l'usage de la parole. Cependant, en voyant l'intensité dans ses yeux noirs, elle comprit que tandis qu'elle l'avait observé d'un regard direct et charnel, il en avait fait autant avec elle ; un frisson de désir la parcourut à l'idée qu'il la déshabille du regard.

Il fallait qu'Antonia bouge. Ses jambes menaçaient de se dérober. Elle fit un pas vers l'avant.

Puis il prit la parole, d'une voix si altérée qu'elle se figea derechef.

— Sortez ! Bon sang ! Sortez ! lança le duc d'une voix rageuse, tout son corps se crispant.

Cependant, il resta immobile et ses yeux ne la quittèrent qu'un instant pour regarder furtivement vers la droite.

Si Antonia n'avait pas remarqué ce regard, elle aurait tourné les talons et pris la fuite. Un sanglot se coinça dans sa gorge, mais elle hésita quand, en plus de ce regard, elle comprit avec stupéfaction qu'il avait parlé anglais. Il ne lui avait jamais parlé dans sa langue maternelle auparavant. Elle regarda rapidement à sa gauche et vit, traversant précipitamment la pièce en maintenant difficilement les vêtements d'équitation et les dessous dont le duc s'était débarrassé contre sa poitrine tandis qu'il sortait à toute vitesse, le valet Ellicott.

Les facéties du domestique qui capitulait pitoyablement firent sourire Antonia et apportèrent un peu de légèreté à une situation qui avait atteint une intensité sur laquelle elle n'avait à présent plus aucun contrôle. Cependant, son sourire s'effaça quand elle regarda le duc se détourner et dissimuler sa nudité sous une robe de chambre en soie que le valet avait plus tôt disposée sur le dossier d'une chaise tapissée.

— Mademoiselle a-t-elle apprécié le spectacle ? demanda-t-il sans ménagement en plongeant profondément les mains dans les poches de sa robe de chambre.

— Oui, monseigneur, répondit-elle franchement.

— Ce corps vous plaît, alors ?

— Oui.

Il marcha vers elle d'un pas nonchalant.

— Vous n'éprouvez pas le dégoût des vierges qui voient le… hum… *l'équipement* d'un homme pour la première fois ?

Sans s'en rendre compte, Antonia se mit à reculer.

— Pas du tout, monseigneur. Devrais-je ? Il est vraiment… *fascinant.*

— Fascinant ? Un adjectif original. La plupart des femmes admirent son gabarit, mais de la part d'une vierge qui ne saurait distinguer l'équipement d'un homme de celui d'un autre, je vais considérer que « fascinant » est un compliment.

— I-il n'y a pas que *lui*, bégaya-t-elle, désorientée par sa voix plate et son regard inflexible et remarquant qu'ils se trouvaient à présent dans la chambre à coucher. Tout chez vous est f-fascinant à regarder. Vous avez un corps magnifique.

Il lui adressa un large sourire qui révéla ses dents droites et blanches.

Ne la pensait-il pas sincère ? Assurément, avec toutes ses années d'expérience, il ne devait pas être gêné qu'on l'encense aussi ouvertement ?

— En règle générale, les femmes aiment examiner un étalon avant de le monter afin de s'assurer qu'il vaut le coup. Pensez-vous que je vaille le coup, mademoiselle ?

Le coup ? De quoi parlait-il ? Et s'il n'était pas gêné, était-il en colère contre elle, ou était-ce une autre émotion qu'elle percevait dans sa voix ?

— Je ne voulais pas vous offenser.

— M'offenser… ?

Seigneur ! Il venait de faire tout son possible pour l'offenser, elle, pour qu'elle soit dégoûtée de lui et choisisse de fuir avant qu'il ne soit trop tard pour altérer l'inaltérable, et voilà que c'était elle qui lui présentait des excuses ! Que devait-il faire ? Il savait précisément ce qu'il voulait faire, mais ce dernier pas qui les séparait lui semblait aussi infranchissable qu'un ravin. S'il s'élançait pour le traverser, il ne pourrait pas revenir en arrière en plein saut, il faudrait rejoindre l'autre côté.

Il s'était convaincu qu'en l'aidant à fuir Versailles, il l'avait protégée de son cousin Salvan. Il s'était dit qu'elle ne l'intéressait pas physiquement, qu'elle n'était pas assez mûre à son goût. Elle avait soulagé son état habituel d'ennui et il s'était pris d'affection pour elle, mais c'était tout. Ou du moins, c'était ce dont il avait essayé de se convaincre. Mais ensuite, il avait surpris le vicomte en train de l'embrasser…

Une colère indescriptible était montée en lui et il avait été à un poil de puce de s'en prendre violemment au garçon. Mais il n'était pas seulement en colère parce qu'il avait pris des libertés. Trouver Antonia dans les bras d'un autre avait causé en lui un important électrochoc. Puis, la veille au soir, elle s'était offerte à lui et il s'était rendu compte qu'il avait énormément de désir pour elle, ce qui lui avait causé autant de surprise que de honte. Il désirait ardemment être en elle. Il voulait lui faire l'amour plus désespérément qu'il avait jamais voulu faire l'amour à n'importe quelle femme. Mais ce n'était pas la conquête qu'il voulait vraiment. Il voulait *faire l'amour* avec elle, pas seulement coucher avec elle. Plus que tout, il avait un désir fondamental, celui de l'initier au plaisir de l'amour physique, de voir sa joie et sa satisfaction quand il la mènerait à l'apogée.

Et il voulait être le premier et le seul à l'emmener au septième ciel.

Mais il n'avait jamais été qu'avec des femmes expérimentées, des femmes qui savaient ce qu'elles voulaient et comment l'obtenir. Il donnait du plaisir aux femmes dans le but d'atteindre une satisfaction mutuelle, et pas seulement dans une affirmation autosatisfaite de ses talents sexuels considérables, et c'était ce qui faisait de lui un amant très demandé dans les salons de Paris et de Londres. Mais guider une femme sans expérience dans le même labyrinthe sexuel était quelque chose d'entièrement nouveau et intimidant, et il n'était pas sûr de pouvoir être aussi performant et fanfaron que d'habitude.

— N'appréciez-vous pas qu'on vous admire ? s'enquit Antonia, curieuse et ne comprenant pas pourquoi il restait planté à quelques mètres seulement, ses pensées visiblement à des kilomètres de là.

Ne pas l'apprécier ? Se sécher alors qu'elle l'observait avait été la chose la plus excitante dont il avait jamais fait l'expérience sans toucher directement de chair féminine. Être admiré et désiré aussi ouvertement et honnêtement avait représenté un aphrodisiaque tellement nouveau et puissant qu'il avait voulu que cette expérience continue tant qu'il était humainement possible pour lui de garder le contrôle. Il lui avait fallu faire appel à tout son sang-froid pour se tenir devant elle sans avoir une véritable érection. Il s'était répété en boucle que cette jeune femme n'avait aucune expérience sexuelle, que s'il se laissait complètement aller, elle pourrait très bien s'enfuir en courant, choquée de cette découverte. L'embarras et la colère que l'intrusion inopportune d'Ellicott lui avait inspirés avaient représenté une vraie douche froide qui avait empêché que cela arrive juste à temps.

— Peut-être que c'est moi qui ne vous plais pas ? demanda-t-elle, anxieuse, en fronçant les sourcils d'embarras, car elle se tenait devant lui dans une fine chemise de nuit en coton informe qui gommait toutes ses courbes féminines. Je suis désolée, monseigneur… Je-je vais y aller…

— Antonia, espèce de diablesse !

Capitulation.

En deux enjambées, il fit disparaître la distance qui les séparait et l'attira vers lui, agrippant sa chemise de nuit à pleines mains tandis qu'il se penchait promptement pour l'embrasser sur la bouche. Ce fut un baiser délicat auquel elle s'abandonna volontiers, ses mains remontant autour du cou du duc et sa poitrine appuyée contre son torse ferme. Il s'agissait de son premier véritable baiser et la délicatesse laissa rapidement place à la passion. Il avait une façon merveilleuse d'écraser ses lèvres, se dit-elle malicieusement, sa bouche avidement accrochée à celle du duc.

Avant même de savoir ce qu'il se passait, elle se retrouva dans les airs et il la porta jusqu'au lit, où il s'allongea avec elle au milieu d'une montagne d'oreillers. Mais il s'écarta d'elle presque immédiatement. Elle ne voulait pas qu'il arrête de l'embrasser et de la toucher. Perdue, elle l'observa se dévêtir de sa robe de chambre, mais il resta dos à elle. Elle s'assit donc, passa sa chemise de nuit par-dessus sa tête et la jeta sur le côté, se disant que s'il comptait être nu devant elle, elle ne devait pas être gênée de se montrer devant lui.

— Je n'ai pas peur, murmura-t-elle à son oreille, les bras autour de son cou.

Ses mains hésitantes descendirent sur ses épaules, puis dans son dos, mais quand elle les passa autour de son torse, il arrêta ses doigts avant qu'ils ne puissent s'aventurer plus loin.

— Ne voulez-vous pas que je vous touche ? demanda-t-elle d'une voix surprise.

Il leva l'une des mains d'Antonia vers ses lèvres et embrassa douce-ment son poignet.

— Mignonne, je veux que vous me touchiez plus que tout au monde, c'est juste que… je ne veux pas vous faire de mal. Je veux vrai-ment que vous preniez du *plaisir* en faisant l'amour… Est-ce que vous comprenez ?

— Mais… je prendrai du plaisir en faisant l'amour… avec vous.

— Seulement, c'est votre première fois et je veux qu'elle soit agréable, mais je n'ai jamais… je n'ai jamais couché avec une vierge…

Seigneur, pourquoi était-ce lui qui était soudain si gauche ?

Antonia sourit et vint s'asseoir près de lui avec entrain, seulement couverte par sa longue crinière couleur miel qui descendait jusqu'à sa taille.

— Dans ce cas, ce sera une première fois pour nous deux, le rassura-t-elle avec un sourire avant de se pencher vers l'avant pour embrasser sa mâchoire à la barbe naissante.

Surpris par son assurance naïve, il mit du temps à réagir. Lui qui était toujours resté complètement maître de lui-même avec une femme dans une chambre à coucher, il laissait une jeune fille ignare lui assurer que tout se passerait bien pendant la nuit ! Elle l'avait perturbé et ensorcelé tout à la fois et pendant le plus court des instants, il se demanda si au moins il serait capable d'être performant.

Quand il se tourna pour l'embrasser, se délectant de l'odeur de sa peau, les doigts entortillés dans ses cheveux, il se dit qu'il voulait, par-dessus tout, rendre cette nuit particulière aussi agréable que possible pour elle. Pour ce faire, il devait être infiniment doux et tendre, y aller doucement et... Il retint sa respiration.

— J'ai envie de vous toucher à cet endroit depuis que vous êtes sorti de votre bain, avoua-t-elle d'un air coupable, la main posée entre ses cuisses.

— Vous êtes bien effrontée... murmura-t-il, ses caresses provoquant une montée de sang et de chaleur dans son entrejambe qui se raidit insoutenablement tandis qu'il observait Antonia ouvrir grand les yeux avant de les relever vers lui et de le regarder de sous ses cils avec un petit sourire diabolique. *Terriblement* effrontée.

— Oui, j'imagine que vous devez avoir raison, avoua-t-elle. Même si hier encore, je n'y aurais pas cru.

Elle retomba sur les oreillers en plumes avec un gloussement.

— Maintenant, voulez-vous bien me montrer ce que vous faites de lui quand il prend la taille d'une bête ?

Ils s'endormirent, Antonia blottie dans les bras du duc, tous deux confortablement installés au milieu des oreillers sous l'épaisse couverture de son imposant lit à baldaquin. Ils firent l'amour deux autres fois avant le lever du soleil. Ces fois-ci ne furent pas aussi chargées en émotions que la première, mais elles furent tout aussi intenses, et peut-être même plus intenses encore maintenant que le duc avait initié Antonia au plaisir charnel. Il était encore plus révérencieux envers ses envies, sans rien attendre en retour. Quant à elle, maintenant qu'elle savait ce que c'était de faire l'amour et de prendre du plaisir, elle se prêtait à son apprentissage avec enthousiasme. Enfin, leur désir satisfait, un profond sommeil les gagna tous les deux et ils restèrent endormis toute la matinée.

Le duc se réveilla en début d'après-midi.

Il était seul.

Pendant un instant, il crut qu'Antonia était retournée dans ses propres appartements. Il fronça les sourcils, car cette idée ne lui plaisait pas du tout. Puis il entendit quelque chose d'inhabituel, quelque chose qui était tellement étranger à ses appartements qu'il se demanda si ce bruit agréable ne venait pas de dehors, dans la cour. Du moins, jusqu'à ce qu'il entende de l'eau qu'on éclaboussait. De l'eau et un chant, une magnifique voix féminine de contralto qui chantait de façon mélodieuse.

C'était Antonia, et elle chantait en italien.

Il sortit de sous la couverture, récupéra sa robe de chambre au milieu des divers oreillers et des vêtements dont ils s'étaient débarrassés et s'avança dans sa garde-robe, où il trouva Antonia, plongée dans sa baignoire carrelée, enfoncée jusqu'aux épaules dans des bulles parfumées. Elle avait remonté ses beaux et longs cheveux sur le dessus de sa tête, mais elle ne s'en était pas très bien sorti, car l'ensemble était plutôt bancal et une longue boucle s'en était échappée, retombant dans son dos nu et flottant à la surface de l'eau. Il appuya une épaule contre une grande commode en acajou et l'observa avec un sourire indulgent.

Elle le vit presque immédiatement et, avec un immense sourire, s'avança vers lui dans l'eau, les bulles s'écartant sur son passage, révélant sa poitrine luisante qu'il était libre d'admirer. Elle croisa les bras sur le bord carrelé de la plus haute marche menant dans la baignoire et leva les yeux vers lui.

— J'espère que cela ne vous dérange pas que je prenne un bain, monseigneur, dit-elle avec un sourire timide. Cela me paraissait absolument nécessaire après… après ce que nous… car…

Elle corrigea immédiatement sa bévue en faisant prendre une autre direction à sa phrase :

— Car cette baignoire est vraiment très intéressante. On dirait presque un petit bassin. Il a fallu une éternité à Ellicott et au valet de pied pour la remplir. Je suis surprise que leurs allées et venues ne vous aient pas réveillé. Mais peut-être que vous dormez toujours d'un sommeil de plomb après une nuit de… J'étais très curieuse d'en apprendre plus sur le mécanisme qui permet de la vider, continua-t-elle en bredouillant pour dissimuler sa gêne, ce qui ne fit qu'élargir le sourire du duc. Ellicott m'a expliqué que l'eau savonneuse s'évacuait par une série de tuyaux qui mènent aux canalisations sous les cuisines.

Je me disais que c'est vraiment dommage qu'il n'existe pas de mécanisme similaire pour faire monter de l'eau propre.

— Votre soif d'apprendre est insatiable, mignonne, lança-t-il malicieusement, ne relevant pas ses deux bévues embarrassantes.

Il récupéra son lorgnon au milieu du désordre sur sa coiffeuse et s'assit sur le tabouret face à elle, ses longues jambes croisées au niveau des chevilles, ses talons posés sur la première marche de la baignoire.

— Mon valet n'était sans aucun doute que trop heureux de vous parler de ces mécanismes pendant que je dormais d'un sommeil de plomb.

— J'ai toujours trouvé Ellicott très attentionné. Et à aucun moment il ne m'a mise mal à l'aise ou demandé pourquoi j'étais dans vos appartements.

— S'il souhaite conserver son poste, ce n'est pas le genre de choses qu'il ferait, murmura le duc, son lorgnon retombant au bout de son ruban en soie entre deux longs doigts. Est-ce que… tout va bien, mignonne ? lui demanda-t-il en la regardant intensément. Ne ressentez-vous aucun… hum… inconfort ?

Antonia fronça les sourcils et secoua la tête. Une autre de ses boucles s'échappa de sa coiffure, retombant sur son épaule savonneuse.

— Non, monseigneur. Devrais-je ressentir de l'inconfort ? Pour quelle raison ?

Il ne savait pas comment répondre à sa question directe autrement qu'en étant direct à son tour, et c'était par ailleurs quelque chose qu'il lui avait confié la veille au soir.

— J'ai entendu dire que parfois, après avoir fait l'amour, les femmes qui n'avaient encore jamais été avec un homme pouvaient subir un certain inconfort, dit-il lentement et en s'empourprant. Mais puisque je n'ai pas de… hum… d'expérience précédente en la matière, je ne peux pas vous donner de réponse plus renseignée. (Il lui adressa un sourire bienveillant.) Je me préoccupe seulement de votre bien-être et de votre bonheur, mignonne.

Ceci lui plaisait énormément et pour cacher le fait qu'elle rougissait, elle se releva, prit le petit seau d'eau fraîche placé là dans ce but précis et rinça les bulles de savon qui restaient sur elle avant de sortir du bain en descendant les trois marches carrelées. Elle se couvrit avec le drap de bain qu'Ellicott avait discrètement posé sur la chaise tapissée la plus proche en se tournant vers le duc, qui n'avait pas un seul instant détaché son regard d'elle, et dit d'un ton décontracté :

— J'espère que cela ne vous dérange pas, mais j'ai envoyé Ellicott chercher quelques jupons et autres essentiels.

— Je suis soulagé d'apprendre que mon valet de longue date a eu de quoi s'occuper pendant que je dormais, répondit-il en admirant ses jambes nues et galbées à travers son lorgnon.

— Oui. J'ai dit à Ellicott qu'il ne devait surtout pas dire à Gabrielle où je me trouve, même si je pense qu'elle le sait peut-être déjà.

— Vous me stupéfiez.

— Mais, elle doit bien le savoir, monseigneur, car…

— Je vous crois, mignonne, dit-il en tirant sur son drap de bain pour qu'il tombe et qu'elle se retrouve nue devant lui.

Malgré sa minuscule stature, ses courbes féminines étaient la perfection incarnée et avaient le pouvoir de couper sa respiration. Pour la première fois de sa vie, il se demanda ce qu'il avait bien pu faire de bien dans le monde pour mériter de coucher avec une femme aussi belle – cette charmante et délicate créature qui possédait un cœur pur et une âme immaculée. Il se sentait curieusement très chanceux et exalté.

Il ne voulait pas que cette journée prenne fin.

Il l'attira dans son étreinte et la tint dans ses bras, sur ses genoux.

— Faut-il que vous vous habilliez ?

Antonia passa ses bras autour de son cou, mais elle ne put se résoudre à croiser son regard, car elle se sentait soudain timide.

— Si nous voulons manger le déjeuner qu'Ellicott nous a préparé, alors oui, je crois qu'il le faut.

Il passa doucement son pouce sur le bout de son sein, qu'il caressait d'une main.

— Mais vous êtes encore plus belle sans vos vêtements que je n'aurais pu l'imaginer, mignonne, murmura-t-il en se blottissant dans son cou nu. D'ailleurs, ce connaisseur de chair féminine raffinée estime que c'est vous, la plus belle de toutes…

À peine avait-il prononcé ce compliment qu'il le regretta. Il n'avait pas besoin qu'elle tourne la tête sur son épaule pour se rendre compte qu'elle n'avait pas interprété son aveu franc comme il l'avait voulu, mais comme un commentaire désinvolte d'un amant à une belle femme. Ainsi, pour la deuxième fois en moins de vingt-quatre heures, cet amant accompli se sentit incroyablement gauche en sa compagnie.

Il retira la main de son sein et lui pinça le menton.

— Vous avez entièrement raison, s'excusa-t-il en faisant glisser une douce mèche blonde sur sa joue empourprée. Ellicott serait très vexé si nous n'accordions pas à sa cuisine le respect qu'elle mérite. Et il ne pourrait pas nous servir sa caille dans sa sauce au vin rouge sans faire tomber le tout si nous nous installions à table dans notre état actuel. Je vais donc prendre un bain, me raser et enfiler une redingote adaptée à mon auguste statut. Mon valet très comme il faut verra tout ceci d'un bon œil, ne pensez-vous pas ?

Elle sourit, se sentant de nouveau à l'aise.

— Il sera très content de vous, monseigneur. Et après déjeuner, j'aimerais que vous m'emmeniez en exploration !

Il arbora un large sourire, une réponse particulièrement obscène faisant irruption dans son esprit. Mais il la garda pour lui.

— En exploration ? Qu'est-ce que mademoiselle aurait envie d'explorer ?

— Hier soir, en traversant vos appartements, j'ai remarqué une bibliothèque remplie d'ouvrages intéressants, de toutes les formes et de toutes les tailles.

— Vous seule remarqueriez ceci.

— Voudriez-vous bien me montrer certains de ces livres ?

Il s'agissait d'une simple demande, qu'il honorerait, mais il ferait d'abord une sélection perspicace. Après tout, malgré ses dehors expérimentés, Antonia restait typiquement naïve, quelque chose qu'il ne changerait chez elle pour rien au monde. La bibliothèque qu'elle décrivait renfermait sa collection la plus précieuse d'écrits érotiques inestimables et d'in-folio d'artistes qui contenaient des croquis à l'encre, des dessins au fusain et des aquarelles, le tout ayant été collecté dans tous les coins connus de la Terre. Un in-folio en particulier, qui venait d'Asie Mineure, d'Inde plus précisément, si ses souvenirs étaient bons, lui vint instantanément à l'esprit. De belles illustrations. Très instructif. Cette exploration pourrait vraiment être très intéressante…

. . .

Adoptant ainsi, dans les limites des appartements du duc, un rythme improvisé de vie domestique, Antonia et lui passaient plusieurs heures de la journée dans le salon et dans le bureau et le reste de leur temps dans le grand lit à baldaquin.

Ellicott fut le seul membre du personnel du duc à rester en contact avec son maître pendant ces quelques jours, et seulement quand il était absolument nécessaire que le valet fasse irruption dans ces instants partagés par le couple. Un matin, il entra dans la salle à manger privée pour débarrasser les restes d'un petit déjeuner tardif et se rendit compte trop tard que les amants ne s'étaient pas retirés dans le bureau pour boire le café comme à leur habitude. À la grande stupéfaction du valet, Antonia défilait sur la table, faisant des allers-retours sur la surface en acajou poli dans ses jupons et ses bas, le duc lui servant d'unique spectateur captivé, en manches de chemise et haut-de-chausses noir, ses longues jambes négligemment étendues sur la chaise tapissée la plus proche. La petite demoiselle semblait jouer une scène d'une pièce de théâtre. Et si tout cela n'avait pas suffi à sidérer le petit valet élégant qui s'était figé d'incrédulité, son maître était en train de rire – tellement fort qu'il en avait les larmes aux yeux – face à la représentation exceptionnelle de la jeune fille. Pour son dernier rôle, elle avait choisi de jouer la reine de France, Marie Leszczynska, l'épouse polonaise, quelconque et très pieuse de Louis.

Le duc n'avait plus rien à voir avec l'aristocrate flegmatique et froid qu'il était habituellement, au point qu'Ellicott n'en croyait pas ses yeux et était persuadé que la boisson y était pour quelque chose. Les événements des quelques derniers jours auraient déjà suffi à mettre à l'épreuve la cécité sélective du plus ouvert d'esprit des valets, mais la bonne humeur incontrôlée de son maître fut la goutte d'eau qui fit déborder le vase ; la panique le poussa à fuir la pièce et il manqua de peu de trébucher sur les tapis et les meubles dorés. Il n'osa pas revenir avant qu'on ne l'appelle.

Tard dans la soirée du sixième jour, alors qu'Antonia dormait profondément sur le canapé, la tête posée sur un coussin sur les genoux du duc, ce dernier reposa le journal anglais vieux d'une semaine qu'il était en train de lire attentivement et parcourut la pièce du regard. Il y avait quelque chose d'inhabituel dans cette pièce, et d'ailleurs dans toutes les pièces de ses appartements. Il avait jusque-là été incapable de mettre le doigt dessus. Maintenant qu'il avait l'opportunité de chercher ce qui sortait de l'ordinaire, la réponse se présenta à lui. Qu'était-il arrivé à toutes ses horloges ? Il n'en voyait pas une seule. Il était prêt à parier que quand il aurait la possibilité de vérifier dans les autres pièces, il y découvrirait la même absence. Tout ceci était déroutant.

Quand Ellicott apparut dans l'embrasure de la porte avec le café et le brandy que son maître buvait habituellement en fin de soirée, le duc demanda à voix basse si le valet pouvait élucider ce mystère. Ellicott déposa le brandy et un verre à portée de la main libre de son maître et lui révéla, bien à contrecœur, que mademoiselle avait ordonné qu'on démonte toutes les horloges de l'hôtel afin de les nettoyer et de les remettre en état.

Le duc resta sans voix. Puis il gloussa pour lui-même.

« … si je pouvais modifier le cours du temps – suspendre le cours du temps juste pour nous deux –, je le ferais… »

Il était très admiratif de l'ingéniosité d'Antonia.

Il demanda alors non seulement l'heure qu'il était, mais également quel jour de la semaine et s'il devait être mis au courant de certaines nouvelles du monde extérieur.

Ellicott n'entendit pas son maître. Il s'affairait avec le nécessaire pour le café, posant le plateau en argent sur la table basse près du canapé, prenant garde de ne pas trébucher sur les mules en soie qu'Antonia avait enlevées et faisant tout son possible pour ignorer l'existence de la jeune fille. Il échoua lamentablement et se surprit à l'admirer ouvertement en souriant bêtement d'un air sentimental. Il se disait qu'elle avait vraiment l'air charmante et innocente dans son sommeil, avec ses cheveux blonds emmêlés et ses jupons en soie brodés déployés autour d'elle, une main tenant toujours un livre ouvert contre sa poitrine. Il osa sourire ouvertement.

Le duc observa son valet et, inexplicablement, sa colère eut raison de lui.

— Vous avez intérêt, mon ami, à rester sourd, muet et aveugle jusqu'à nouvel ordre, siffla-t-il.

Il fut satisfait quand Ellicott recula d'un pas mal assuré, comme s'il venait de recevoir un coup, et baissa immédiatement les yeux vers le tapis. Puis le duc lui redemanda l'heure qu'il était, de quel jour, et si une nouvelle urgente nécessitait son attention.

Ellicott lui tendit un billet qu'il avait placé sur le plateau avec le café. Il venait du comte de Salvan, était arrivé deux jours plus tôt et devait être donné au duc sans tarder. Ellicott n'avait pas eu le cœur de s'exécuter, méprisant l'aristocrate français presque autant que Lord Vallentine. Puis il annonça au duc que Sa Seigneurie était revenue de Saint-Germain la veille. Madame avait décidé d'y rester pour le reste de la semaine afin de tenir compagnie à l'une de ses vieilles tantes, qui avait fait une chute de son carrosse et s'était cassé un orteil.

Le visage impassible, Ellicott dit à son maître que Lord Vallentine lui avait demandé où se trouvait mademoiselle Moran, car il avait reçu la consigne de la conduire auprès de madame à Saint-Germain. Il avait dit à Sa Seigneurie que la petite demoiselle était clouée au lit à cause d'une maladie dont il ignorait la nature, mais qu'il était sûr qu'elle serait entièrement remise d'ici un jour ou deux. Puis le valet s'inclina bien bas et lança un coup d'œil à son maître avant de partir rapidement, constatant sans surprise aucune que le duc semblait avoir pris dix ans en autant de minutes.

Pour la première fois en six jours, au petit matin et alors qu'Antonia était profondément endormie et blottie dans son lit, le duc quitta ses appartements privés avec ses chiens pour aller se promener seul dans sa châtaigneraie, à la lueur de la lune, le billet du comte glissé dans une poche de sa redingote.

DIX

LORD VALLENTINE se rendit chez Rossard le lendemain soir de son retour à Paris et flâna dans les diverses salles de jeux en espérant que le duc apparaîtrait à tout moment de sa démarche nonchalante, mais ce ne fut jamais le cas. Les gentilshommes avec qui il se retrouva à discuter n'avaient pas eu la chance de croiser le duc dans l'un de ses lieux de prédilection en ville. On disait que son cousin Salvan l'avait vu à la partie de chasse du roi à Fontainebleau en compagnie de sa dernière maîtresse, la comtesse Duras-Valfons, mais c'était arrivé une semaine plus tôt déjà.

Alors qu'il partait, Lord Vallentine tomba par hasard sur le marquis de Chesnay dans le vestibule et lui répéta la rumeur, qui poussa le gros aristocrate à éclater d'un rire malicieux. Bien sûr qu'il avait vu monsieur le duc de Roxton à Fontainebleau ! Il avait profité d'une journée de débauche enivrée avec quatre ou cinq acolytes, et le duc en faisait partie. Où était passé monsieur Vallentine ? Ses fiançailles le ramollissaient-elles ? Sacrée orgie. Quel dommage que Vallentine n'ait pas folâtré avec eux. Mais Chesnay comprenait. Marguerite avait encore raison. La belle Estée tolérait de tels excès chez un frère, mais pas chez son futur mari. Il souhaita bonne chance à un Vallentine très gêné et, en aparté, lui dit que l'Orientale avait été remplacée par une fille de joie rousse. Roxton, roucoula-t-il, était insatiable. Chesnay s'éloigna en chancelant dans la lumière du petit matin, fredonnant la mélodie d'une chanson paillarde.

À peine dix minutes plus tard, le comte de Salvan, les yeux très pétillants et avec beaucoup de bonhomie, entra dans le vestibule d'une pirouette. Si Chesnay avait mis Vallentine mal à l'aise, il sentit la bile lui monter dans la gorge en voyant le visage peint et hilare du comte, qui jouait le rôle du grand courtisan qu'il pensait être. Ce n'étaient pas seulement Chesnay et Salvan qui lui donnaient la nausée, mais toute l'atmosphère entêtante de Rossard. Et ce n'étaient pas ses fiançailles qui l'avaient rendu aigri face à de tels divertissements, mais le fait de savoir que le duc était toujours aussi indiscret et qu'il se moquait que ses appétits continuent d'amuser la noblesse.

Ce que le comte de Salvan annonça à Sa Seigneurie était désespérément prévisible, à tel point que Vallentine ne marmonna pas plus de deux mots civilisés au petit aristocrate avant de sortir précipitamment dans la rue, car il avait besoin d'air frais et de se vider la tête. Il était plus déterminé que jamais à découvrir où se cachait le duc, ne pouvant pas croire d'emblée ce que le comte lui avait dit. Il avait besoin que le duc lui-même lui annonce cette nouvelle déprimante.

Alors qu'il rentrait en chaise à porteurs, Vallentine se répéta encore et encore que le petit spectacle prétentieux d'autosatisfaction du comte n'était rien de plus qu'un spectacle. Il était inconcevable que Salvan obtienne gain de cause. Ainsi, quand il s'avança sous le portique de l'hôtel, il avait eu le temps de se convaincre que l'annonce du comte d'autres fiançailles dans la famille – des fiançailles très chères à son cœur et que Vallentine devait garder pour lui jusqu'à ce qu'il puisse, lui, Salvan, annoncer sa bonne fortune à la petite demoiselle – n'était que pures sornettes.

Un portier somnolent le débarrassa de son pardessus et de son épée et Vallentine monta jusqu'au deuxième palier, chandelle à la main. Il s'apprêtait à aller se coucher quand un valet de pied sortit de la bibliothèque, son regard inexpressif passant de Vallentine à la porte avant de revenir sur Sa Seigneurie. Son air interdit suffit pour que Vallentine pose la chandelle de côté et entre silencieusement dans la pièce.

Il sortit sa montre à gousset et vit qu'il était six heures. Il y avait toujours un bon feu qui brûlait dans la cheminée et les bougies d'un candélabre étaient allumées, projetant de la lumière sur le manteau de cheminée et sur deux fauteuils près du feu. Le reste de la longue pièce demeurait dans l'obscurité. Un plateau en argent était posé à côté du fauteuil préféré du duc et contenait une carafe de brandy en cristal et trois bouteilles de bordeaux vides. Il ne fut donc pas surpris de découvrir une paire de jambes bottées étendues sur le tapis de foyer et une main blanche entourée de ruches faisant lentement tourner du brandy dans un verre. En revanche, Vallentine fut surpris par l'air sombre et intense sur le visage maigre et par les yeux noirs vitreux qui regardaient la lumière vacillante de la cheminée sans ciller.

Vallentine se dit qu'il valait mieux héler son ami comme s'ils s'étaient vus la veille.

— Hé, Roxton ! J'ai eu un coup de chance chez Rossard ce soir. Dommage que vous n'ayez pas été là. J'ai subtilisé dix mille livres à un blanc-bec de Londres. Cet idiot n'avait rien à faire là. Mais j'imagine qu'il doit être plein aux as. Son paternel possède Northumberland. On le connaît, son père. Enfin bref, je lui dis bonne chance ! Dame, qui voudrait posséder un coin aussi venteux de not' vieille Angleterre ? Puis-je me joindre à vous pour boire une goutte ?

Il se servit du brandy, appuya ses épaules contre le manteau de cheminée et lança un regard inquiet au duc en buvant. Il se demandait si son ami était tombé malade. Il était blanc comme un linge, et pourtant il avait descendu trois de ses meilleures bouteilles. Il décida de jouer franc-jeu.

— Salvan était chez Rossard. Et il est bigrement content de lui. Il se pavanait comme un coq primé à Dartmouth. Où étiez-vous passé ces deux derniers jours, Roxton ? demanda-t-il soudain. J'ai usé mes semelles à parcourir tout Paris à pied comme un fichu touriste au teint frais. Mince alors ! Et en rentrant, je découvre que vous avez disparu et qu'Antonia est frappée par la grippe. Enfin, on m'a dit que la pauvre petite avait la grippe, mais je ne serais pas du tout surpris qu'elle se soit alitée pour éviter Salvan et son fils morose. Vous êtes pas estomaqué que ces deux-là lui tournent autour comme des charognards, vous ?

— Vous avez endossé le rôle de gardien de frère, Vallentine ? s'enquit le duc. Je fais ce que j'entends, quand et où je l'entends. Je n'ai pas de comptes à rendre, que ce soit à vous, à ma sœur ou à mademoiselle Moran. Si vous voulez tout savoir, j'ai été assez… hum… *préoccupé*.

— Je le vois bien. Vous avez un sacré coup dans le nez !

— Non. Trois coups, répondit placidement le duc en levant son verre. Voulez-vous savoir ce qui m'a préoccupé, ou plutôt *qui* m'a préoccupé ?

— Si c'est d'une femme qu'il est question, alors je ne suis pas intéressé, marmonna Sa Seigneurie, en colère.

— Ah, Vallentine, fut un temps, c'est tout ce qui vous…

— Écoutez, Roxton, c'est pas le moment d'être désinvolte !

— Mon cher, je suis on ne peut plus sérieux. Et j'ai bu une quantité considérable de bordeaux pour témoigner de tout le sérieux que j'accorde à des réjouissances imminentes.

— Des réjouissances ? Quelles réjouissances ?

Le duc poussa un soupir de lassitude.

— Je subis l'inquisition dans ma propre maison, murmura-t-il. La raison de ces réjouissances, mon très cher Vallentine ? Des fiançailles. Pas les vôtres, celles d'un autre.

Vallentine leva un poignet entouré de ruches au ciel, agacé, et tourna la tête vers le feu de cheminée.

— Eh bien, tout ça, je m'en moque. Je veux que vous me disiez pourquoi Salvan a de quoi se réjouir.

— Ne vous l'a-t-il pas dit ?

— Il m'a dit un tas d'âneries auxquelles je n'ai pas envie de croire. Je vous demande donc confirmation, dit Vallentine à voix basse.

Le duc attendit un long moment avant de lui répondre :

— Antonia est officiellement fiancée au vicomte d'Ambert, déclara le duc. Un contrat de mariage a été rédigé par les avocats de Salvan et signé de la main de Strathsay, avec deux pairs éminents du royaume de France comme témoins. Même Louis a jugé bon de donner sa royale bénédiction à cette union. Le contrat est donc légal, définitif et irrévocable. Sommes-nous mercredi ou jeudi ?

— Dame ! fulmina Lord Vallentine. Ce… ce n'est pas possible ! Il faut que vous alliez voir le vieil homme pour le faire changer d'avis. Faites ce que vous avez à faire, quoi que ce soit. Menacez-le si vous voulez. Je viendrai vous prêter main-forte. Il entendra raison, et si ce n'est pas le cas, nous trouverons de quoi le persuader…

— Vallentine, le comte de Strathsay est mort il y a quatre jours.

Vallentine le regarda bouche bée. Il dut lutter contre lui-même pour ne pas s'emparer de l'objet le plus proche, que ce soit un candélabre ou une bouteille, pour l'envoyer sur le mur en face de lui et ainsi évacuer la colère et la frustration qu'il réprimait.

— Comment ? cria-t-il. Qu'est-ce que… ? Qu'est-ce que… ?

— Oh, cessez donc cette crise de nerfs digne d'une femme, se plaignit le duc.

— Elle comptait sur vous pour arranger les choses, dit Vallentine à voix basse. Elle avait placé tous ses espoirs dans son modèle parfait de duc anglais, et à quoi bon, hein ?

— Pour l'amour du Ciel, Vallentine, murmura le duc, vous pensez que je l'ignore ? Vous pensez que je n'ai pas exploré toutes les possibilités ? Vous pensez que j'ai envie de la voir devenir vicomtesse d'Ambert ? Il n'en demeure pas moins que c'est un contrat valable. C'est ce que veulent ses deux grands-parents. Elle est promise à d'Ambert, et Salvan a déjà commencé à le crier sur tous les toits. Que voulez-vous que je fasse ?

— Je ne sais pas si vous en avez conscience, commença Vallentine, mal à l'aise, mais puisque vous êtes un homme du monde, j'imagine que je ne vous l'apprendrai pas… Mais au cas où vous ne vous en seriez pas rendu compte…

— J'ai peut-être un coup dans le nez, mais je ne suis pas idiot ! Qu'est-ce que vous racontez ?

— Antonia est amoureuse de vous.

Le duc le dévisagea, le visage pâle, le corps crispé.

— Vous êtes un imbécile romantique !

— Un imbécile romantique, moi ? Pourquoi ? Parce que j'ose vous dire la vérité ? Bien, dans ce cas, je le suis !

Roxton se tourna derechef vers les flammes.

— Alors ? Qu'en dites-vous ? demanda son ami.

— Elle est trop jeune pour savoir ce qu'elle veut, dit Roxton d'un ton plat. À ses yeux, je suis un héros qui a eu l'audace de l'arracher des griffes de mon cher cousin Salvan. Elle pense que je l'ai secourue. Elle ne sait pas qui je suis vraiment.

— Si c'est ce que vous pensez, vous vous trompez. Elle est jeune, je vous l'accorde, mais elle sait exactement comment vous êtes. Et elle s'en fiche complètement.

Le duc rit doucement.

— C'est tellement pathétique que c'en est touchant, ricana-t-il.

— Maudit soit Salvan ! s'emporta Sa Seigneurie en tapant du poing sur le manteau de cheminée. Maudit soit-il ! Vous ne pouvez pas permettre ce mariage forcé. Plutôt mourir que de laisser la petite être sacrifiée à quelqu'un comme ce clown peinturluré et infecté de maladies, sans parler de cet être morose qui lui sert de fils. Le père n'a pas de cran et le fils n'a rien de naturel. Cette famille n'a que du sang pollué.

— Vous vous égarez, dit Roxton avec dédain. Le sang des Salvan coule aussi dans mes veines.

— Je le sais ! Mais vous et Estée, vous êtes les meilleurs d'entre eux, dit Sa Seigneurie. Alors, que faire ?

— On a connu pires unions.

Lord Vallentine était ahuri.

— Seigneur ! marmonna-t-il d'une voix cassée. Comment pouvez-vous dire une chose pareille ? Elle dépérira.

— Mes mœurs sont bien pires que celles de Salvan, mon cher, et Antonia le sait, dit le duc avec un sourire en coin. Londres lui offrira largement de quoi se distraire, et la distance lui offrira clarté et perspective. Rapidement, elle sera bien contente de m'oublier.

— Londres ? s'écria Vallentine avec soulagement. Dame ! Je savais que vous ne la laisseriez pas tomber. Vous avez un plan.

— Un… hum… *plan*, oui, en quelque sorte. La mort de Strathsay n'arrange pas Salvan, dit machinalement le duc. Une période appropriée de deuil doit être observée en l'honneur du défunt général jacobite avant qu'un mariage ne puisse être organisé. Même mon cher cousin n'irait pas à l'encontre des conventions pour satisfaire ses… hum… *désirs*. Il doit donc attendre six mois.

— Merveilleux ! Comment avez-vous fait pour qu'il accepte que la petite soit envoyée à Londres ?

— Ah, Vallentine, j'aimerais pouvoir vous dire que ce fut facile, dit Roxton en se levant pour se dégourdir les jambes. Il a posé ses conditions. Ceci mis à part, Salvan a oublié l'existence d'un oncle, un certain Theophilus Fitzstuart, dont je vous ai parlé il y a quelque temps. Augusta ne veut peut-être pas de sa petite-fille, mais le courtois Theo, oui. Il a revendiqué sa responsabilité sur elle et contesté la validité du contrat de mariage.

— Vous l'en avez convaincu, hein ?

Le duc esquissa un sourire désobligeant.

— Je lui ai écrit il y a quelque temps, mais Theophilus n'avait pas besoin d'être persuadé. Contrairement à sa mère, il sait reconnaître ce qui est bien ou mal moralement. En tant qu'oncle d'Antonia et prochain comte de Strathsay, il a une obligation envers elle.

— Peut-il contester un contrat signé par son père ? Sur quoi se baserait-il ?

— S'il peut prouver que c'était lui, et pas son père, qui était le tuteur légal d'Antonia quand le contrat a été rédigé, alors oui.

— Cela rendrait le contrat invalide, dit Lord Vallentine, une étincelle dans le regard. Je ne comprends pas pourquoi vous pensez que le garçon est le tuteur de la gamine, et pas son père, tout ceci me dépasse un peu à cette heure bien matinale, mais je m'accroche à tout ce que vous pouvez mettre en travers du chemin de Salvan. Je savais que vous ne la décevriez pas ! C'est ce que j'ai dit à Estée dans le carrosse. Et vous êtes sacrément lucide, par ailleurs, pour quelqu'un qui a l'air de ne pas avoir dormi pendant des jours et qui a un coup dans le nez !

— Ah, quelle baisse de prestige, soupira le duc en prenant du tabac à priser d'une main stable. Mais comprenez qu'il s'agit d'une situation délicate, Vallentine. J'apprécierais que vous ne répétiez rien de ce que je vous ai dit à Antonia. Elle va chez sa grand-mère, comme promis, et c'est suffisant.

— L'y emmènerez-vous ?

— Moi ? Non. Je reste à Paris, lui dit Roxton. Je vais la confier à Ellicott. Je ne sais pas comment je vais pouvoir m'en sortir sans lui pendant quelques jours. J'imagine que c'est le prix à payer quand on joue les héros.

Vallentine ignora son attitude désinvolte.

— Pourquoi ne l'emmenez-vous pas ?

— C'est la… hum… *condition*, mon cher, répondit-il à voix basse. Mon cher cousin ne laissera pas Antonia quitter Paris s'il n'a pas ma parole que je ne m'inclinerai plus devant elle tant qu'elle ne sera pas devenue vicomtesse d'Ambert. Je reste donc en France. Oh, épargnez-moi donc votre air peiné ! Je ne mérite pas votre compassion.

Lord Vallentine secoua la tête.

— Vous n'aviez pas à accepter ces conditions, si ? Aucun de vous deux ne mérite une telle punition.

— Et pourtant, comme cette punition est appropriée, se moqua le duc en poussant une bûche égarée du bout de sa botte. Si la contestation de Theophilus Fitzstuart n'aboutit pas, alors il vaut mieux pour Antonia que je reste… hum… en exil.

— Vous pensez pouvoir rester tranquillement en retrait pendant qu'elle devient vicomtesse d'Ambert ? Vous pensez que votre vie reprendra son cours comme s'il ne s'était rien passé… ? demanda Vallentine avant de s'interrompre, car il sentait qu'ils n'étaient plus seuls.

Il sourit en voyant, dans la lumière bleu-gris du matin qui passait par la fenêtre dans son dos, Gray passer son museau par la porte de la bibliothèque, suivi de près par Tan. En voyant leur maître, ils s'approchèrent en trottant et réclamèrent une caresse au duc. Roxton se baissa sur un genou pour s'exécuter, grattant l'un sous le menton, puis l'autre.

— Je pense pas qu'ils manquent d'attention, dit Vallentine en tirant affectueusement sur l'oreille de Gray. Antonia les gâte. J'ai appris de source sûre qu'elle et votre valet pointilleux avaient été aperçus en train de jouer à la balle dans la cour. Il s'est pris d'affection pour la petite.

— Ellicott ? s'enquit Roxton, très amusé par l'air sombre sur le visage de Vallentine. Devrais-je le réprimander ?

— Non. Je vous préviens, c'est tout.

Roxton lui lança un grand sourire.

— Qu'y a-t-il de si amusant ? demanda Sa Seigneurie, la mine toujours sombre.

— En plus de l'image que j'ai à l'esprit de mon valet en train de jouer à… hum… à la *balle*, c'est la tête que vous faites qui m'amuse, très cher Vallentine. Ne vous est-il jamais venu à l'esprit qu'Ellicott a des propensions différentes des nôtres ?

— Bonjour, gamine ! l'interrompit Lord Vallentine. Il est bien tôt pour que vous vous baladiez. Les domestiques ne sont même pas encore levés.

ANTONIA HÉSITA SUR LE SEUIL, ses chaussons aux pieds. Elle avait négligemment boutonné une robe de chambre en soie fleurie par-dessus sa fine chemise de nuit et ses cheveux formaient une masse de boucles emmêlées. Elle adressa un sourire timide à Sa Seigneurie et entra précautionneusement dans la pièce.

Le duc releva les yeux de ses whippets et le regretta. Il donna une chiquenaude à l'oreille de Gray pour le repousser, se leva et tourna le dos à Antonia.

— Je ne me rappelle pas vous avoir fait appeler, dit-il froidement et en anglais, ce qui surprit Vallentine, car il n'avait jamais envisagé qu'Antonia puisse comprendre ou parler cette langue-ci.

Quand Antonia ne lui prêta aucunement attention et s'avança droit vers le duc, murmurant quelque chose dans son dos, Lord Vallentine se recula poliment, venant se placer au milieu de la longue pièce, dans la semi-obscurité. Il sortit sa tabatière pour s'occuper.

— Vous n'étiez pas là à mon réveil… À vrai dire, je me rends compte que je n'arrive plus à dormir sans vous, confia naïvement Antonia, dans un français chuchoté, avant de regarder par-dessus son épaule et de constater, soulagée, que Vallentine avait eu la politesse de s'éloigner hors de portée de voix. Ellicott m'a dit que vous aviez promené Gray et Tan dans la châtaigneraie tard hier soir, et que vous ne lui aviez pas dit quand vous reviendriez…

— Je peux aller et venir comme je l'entends dans ma propre maison, non ?

— S-si, si, bien sûr, bégaya-t-elle, désorientée par sa froideur et par le fait qu'il continuait à lui parler dans sa langue maternelle. Je vous le dis seulement parce que je m'inquiétais pour vous et parce que j'ai supposé…

— Vous avez *supposé* ? l'interrompit-il en baissant les yeux vers elle avec dédain tout en sortant sa tabatière, dont il tapota le couvercle. Vous faites bien trop de suppositions.

— S-si je vous ai interrompus, vous et Vallentine, je vais retourner dans vos appartements et attendre…

— Retournez dans les vôtres.

— Les miens… répéta-t-elle, étonnée. Pourquoi ?

— Vous partez chez votre grand-mère, à Londres…

— *À Londres ?*

— … le temps que toutes les dispositions soient prises pour votre mariage au vicomte d'Ambert.

Antonia battit des paupières d'incompréhension.

— *Mon mariage ?*

Le duc voulut prendre une pincée de tabac, mais sa main tremblait tellement qu'il abandonna et referma le couvercle. Il plongea sa main dans une poche de sa redingote, serrant fort le poing autour de la petite boîte dorée.

— Votre bonne va faire préparer vos bagages, puis vous et vos affaires partirez de chez moi à midi.

— Midi ? murmura-t-elle, abasourdie.

Puis la réalité la frappa.

Midi.

Le temps avait repris son cours.

Elle lança un regard furtif au manteau de la cheminée et se sentit soudain bien malheureuse.

Elle y vit une pendulette d'officier dans son boîtier en filigrane doré, qui étincelait tant elle avait été polie et qui était parfaitement à l'heure. Elle avait l'impression que le temps avait avancé à toute vitesse et sans elle, et que le rêve dans lequel elle avait vécu – le rêve dont elle ne voulait pas se réveiller – s'était transformé, sans qu'elle s'en rende compte et sans son accord, en cauchemar. Des larmes brûlantes lui montèrent aux yeux.

— Je vous en prie. Non. C'est trop tôt, supplia-t-elle dans un murmure en s'agrippant à la large manchette en velours du duc, sa chaude poitrine appuyée contre son bras, et en regardant son profil avec colère et incrédulité. Je ne veux pas aller à Londres. Je ne veux pas vous quitter. Je refuse !

Roxton s'obligea à la repousser.

— Cessez immédiatement cette scène puérile. C'est inconvenant et vulgaire.

— Mais nous n'avons pas eu assez de temps p-pour *nous*, gémit-elle, ses doigts agrippant les ruches en dentelle qui entouraient le poignet du duc.

Il s'en prit à elle, une étincelle sévère dans ses yeux noirs, en détachant les doigts d'Antonia de sa dentelle bruxelloise :

— Je me suis bien assez prêté à votre jeu, et c'est maintenant la fin de cet interlude.

— Prêté à m-mon *jeu* ?

— Cela ne veut pas dire que votre compagnie n'a pas été amusante.

— A-*amusante* ? répéta-t-elle d'une petite voix. J-je pensais… qu'avec moi…

— … ce serait différent ? dit-il d'une voix traînante, avec une condescendance amusée, terminant la phrase pour elle. Ma chère petite, c'est ce qu'elles pensent toutes, et elles finissent toutes par se rendre compte qu'elles se sont complètement trompées.

Il lui donna une chiquenaude sous le menton et lui dit en la prenant de haut :

— Avec le temps et comme celles qui sont passées avant vous, vous finirez par considérer mon éducation experte comme un tremplin vous menant plus loin. Votre futur mari devrait certainement me remercier.

À présent, les larmes roulaient sur les joues rouges d'Antonia, qui avait la nausée. Elle voulait partir en courant de la pièce, être à des milliers de kilomètres de ces mots pleins de haine et de cruauté, mais ses jambes et ses pieds refusaient de se mettre en mouvement.

— Ces propos sont en dessous de tout, même pour quelqu'un comme vous, monsieur le duc, dit-elle à voix basse.

Le duc s'inclina d'un geste formel et, n'osant pas croiser son regard rempli de larmes, il la dépassa d'un coup d'épaule et s'avança vers son bonheur-du-jour laqué. Il s'empara d'une pile de lettres qui n'étaient pas encore ouvertes et dit à Sa Seigneurie, comme si Antonia n'était plus dans la pièce :

— Vallentine, ayez l'obligeance de prévenir Estée que je serai absent jusqu'à jeudi en huit. Madame Duras-Valfons attend que je la rejoigne à Fontainebleau…

Trop bouleversée pour parler, vidée de tout espoir de bonheur futur et sachant que tout ceci n'était pas qu'un cauchemar dont elle se réveillerait bientôt, Antonia fuit la pièce quand le duc mentionna sa maîtresse, la main fermement appuyée sur sa bouche pour retenir ses sanglots déchirants.

— Nom d'une pipe, Roxton ! C'était une bien sale affaire, lui lança Lord Vallentine en sortant de l'ombre quand la porte claqua derrière Antonia.

Il avait vu le désespoir absolu sur son visage pâle et strié de larmes, ce qui avait suffi à le rendre tout rouge.

— Bigre, était-ce nécessaire de la traiter aussi brutalement ? demanda-t-il.

— Pour l'amour du Ciel, Vallentine, dit le duc d'une voix rauque, la gorge sèche et le tremblement de sa main droite menaçant d'envahir tout son corps. Pas maintenant. *Jamais.*

— Très bien, je ne dirai rien, dit Vallentine avec un long soupir. Mais j'espère, pour votre bien et le sien – que Dieu bénisse cette petite –, que les quelques mois à venir porteront leurs fruits, avant que de vrais dégâts ne soient causés.

— Mon cher, c'est trop tard, déclara le duc. Le mal est fait.

PARTIE II

L'ANGLETERRE DE GEORGE II

ONZE

L A GRAND-MÈRE d'Antonia, Augusta Mary Fitzstuart, comtesse de Strathsay, avait fêté son cinquante-et-unième anniversaire un mois plus tôt. D'ordinaire, ce n'était pas quelque chose qui l'aurait dérangée. Elle était encore considérée comme une belle femme, n'avait pas un seul cheveu gris dans ses boucles flamboyantes et n'avait vraiment pas de quoi avoir honte de sa silhouette voluptueuse. Elle faisait plus jeune que son âge, se couchait tard et ne se lassait jamais de prendre un nouvel amant pendant les longues périodes où elle ne voyait pas son véritable amour. Le fait qu'elle était la grand-mère d'une belle jeune femme n'avait jamais traversé son esprit, jusqu'à ce que la jeune femme en question lui tombe dessus.

Elle menait une vie que beaucoup jugeaient excentrique pour une femme de son âge. Les plus prudes allaient même jusqu'à la condamner, considérant qu'elle n'était qu'une femme de petite vertu qui forniquait avec son beau-frère veuf, Lord Ely. C'était l'homme qu'elle aurait dû épouser trente ans plus tôt, mais qu'elle ne pouvait maintenant plus épouser selon la loi. Ils étaient amants depuis plus de vingt ans. Il serait à Londres ce soir-là, dans cette pièce même, et même si elle était impatiente de le revoir après une absence de quatre mois, elle appréhendait sa venue. Selon elle, c'était la faute de sa petite-fille. C'était aussi à cause d'elle qu'Augusta trouvait maintenant quelque chose à redire à son visage. Elle aurait aimé ne jamais poser les yeux sur elle.

Sa relation incestueuse – aux yeux de l'Église et de l'État – avec le comte d'Ely ne l'avait jamais empêchée de dormir. Depuis qu'Antonia était sous son toit, elle avait subi tellement de nuits blanches qu'elle avait arrêté de les compter. Non pas que la petite cause le moindre ennui. Elle restait pas mal dans son coin et passait beaucoup de temps en compagnie de son oncle Theo, le fils unique de Lady Strathsay. Elle n'avait donc pas à se plaindre sur ce point. Elle n'était pas vaniteuse, ni trop modeste, n'avait rien de malveillant ou de puéril. Elle avait la langue bien pendue et elle était trop éduquée pour son propre bien, mais c'était la faute du père de la petite. C'était justement le fait qu'elle ne représentait pas le moindre désagrément qui inquiétait constamment Augusta. Sans parler de la ressemblance entre elle-même et la petite.

Elle aurait dû être flattée de découvrir que sa seule petite-fille avait hérité de ses yeux émeraude inhabituels, de sa célèbre poitrine et de son teint crème. Leur ressemblance frappante était indéniable. Lady Strathsay aurait aimé le nier, ne pas y prêter attention. Et comme si cela ne suffisait pas à la faire courir vers ses pots de peinture et ses poudres, des gentlemen patientaient dans le vestibule de sa résidence d'Hanover Square, mais ce n'était pas elle qu'ils étaient venus voir. Ils venaient tous rendre visite à sa petite-fille. Augusta en avait la migraine. Tout ceci lui rappelait sa propre jeunesse. Néanmoins, elle s'était réjouie de l'attention des prétendants, s'en réjouissait toujours, tandis qu'Antonia restait indifférente à tous ces gentilshommes. Lady Strathsay se disait, le cœur serré, que sa petite-fille s'en moquerait sûrement si aucun gentleman ne venait jamais lui rendre visite.

Elle était sur le point de s'interroger sur les raisons qui expliquaient cet étrange comportement quand un grattement à la porte de son boudoir interrompit ses réflexions. Elle se redressa sur un coude et indiqua à son page noir d'ouvrir la porte. Un valet de pied lui donna la carte de Mr. Percival Harcourt et elle le chassa, lui ordonnant de faire immédiatement monter son visiteur.

— Ma très chère lady, comme toujours, je suis à vos pieds, s'exclama Mr. Harcourt en entrant dans la pièce pour faire une magnifique révérence devant la comtesse avant de ranger un mouchoir parfumé dans sa poche et d'embrasser la main qu'elle lui tendait. Vous ne manquez jamais de m'éblouir !

— Et vous ne manquez jamais de me flatter, mon cher garçon, dit-elle. Cela me plaît. Les jeunes hommes d'aujourd'hui ne sont pas aussi prévenants qu'ils le devraient. C'est bien dommage. Une tendance moderne que je déplore. Mais vous, mon cher Percy, vous êtes de ma génération au moins dans votre façon de penser, si ce n'est de vous habiller. Que portez-vous autour du cou ? Espérons que cette chose soit morte.

Mr. Harcourt gloussa et leva le large manchon en zibeline qui pendait à son cou par un ruban et reposait contre une écharpe à franges nouée autour de sa taille.

— Ce n'est qu'un manchon, milady. Il fait un temps épouvantable. Absolument épouvantable ! J'ai été obligé de dormir avec des gants en coton toute la semaine par crainte d'avoir les mains irritées. Il y a un horrible vent du nord-est et on prévoit de la neige. Theo m'a dit dans une lettre que j'ai reçue de lui hier que c'est ce qu'ils prévoient à la campagne. Et je ferais plus confiance à un fermier qu'à un gars de la ville, sans hésiter !

— De la neige ? J'espère qu'il sera rentré de Treat avant que cela n'arrive, dit Lady Strathsay en désignant une chaise aux pieds fuselés sur laquelle Mr. Harcourt pouvait se jucher. Il y est depuis deux semaines, voire plus. Dieu sait ce qu'il manigance pour Roxton. Un projet de bâtiment, l'assèchement d'un lac, ou une absurdité de ce genre. Je ne sais pas pourquoi il se donne cette peine alors que nous n'avons aucune indication que le duc va revenir à Londres dans un futur proche !

— C'est bien vrai, milady. Nous nous attendions tous au retour de Sa Grâce pour Noël. C'est la période à laquelle il ouvre habituellement sa maison de St. James's Square. Mais le heurtoir n'a toujours pas été remis sur la porte. Même Theo n'a pas de nouvelles. Enfin, pas *officieusement*.

Lady Strathsay remarqua la note de réprimande dans la voix du jeune homme et fronça les sourcils.

— Inutile de me rappeler que mon fils est servilement dévoué à ce roué. C'est tellement dégradant pour un homme qui est sur le point d'hériter d'un comté. Mais il refuse d'abandonner son poste de major-dome du duc tant que sa prétention au titre de Strathsay n'a pas été vérifiée par le roi et le Parlement.

— Je pensais… enfin… il y a bien un testament, n'est-ce pas, milady ? demanda Mr. Harcourt, quelque peu surpris.

Lady Strathsay esquissa un petit sourire.

— Voyons, Mr. Harcourt. Bien sûr que Strathsay a laissé un testament. Quel papiste ne le ferait pas ? Et il n'a pas oublié de tout confesser à son petit prêtre méprisable avant de quitter ce monde. J'imagine qu'il devait faire pardonner ses péchés, sans quoi on lui aurait refusé les derniers sacrements et rites, ou quoi que ce soit d'autre que les prêtres accomplissent lorsqu'un malade rend son dernier souffle. Ils leur jettent peut-être des seaux d'eau bénite. Cela n'aurait pas fait de mal à Strathsay – les seaux d'eau, j'entends. Il n'a jamais été du genre à se laver ou à se parfumer. Dieu sait que je m'en souviens encore !

» Voilà notre thé. Sam, servez Mr. Harcourt. C'est du thé de Wuyi, vous savez, et c'est un petit homme du Strand qui me prépare ce mélange. (Elle ajusta son châle qui avait glissé de ses épaules blanches, son débit de parole ralentissant à peine.) Où en étais-je… ? Ah, Strath-say ! Il a au moins eu la décence de tout régler juste avant sa mort. Sans sa conscience papiste, je soutiens toujours qu'il aurait été enterré sans jamais reconnaître que Theo est son fils. C'est sa conscience et sa vanité qui ont joué. Les hommes sont des créatures tellement vaniteuses. Laisser derrière eux un fils héritier qui peut perpétuer leur nom est tout ce qui importe à leurs yeux. Mais comme Strathsay a soutenu que Theo était un bâtard pendant quelque vingt-sept ans, est-ce étonnant que la revendication du pauvre garçon soit remise en question ?

» James n'a jamais eu aucun autre enfant après la naissance de Theo – pas même des bâtards. La vérole a dû mettre un terme à tout cela. Non pas que ses aptitudes sous les draps aient été en rien impactées. Oh que non, Mr. Harcourt. Sur la fin, il s'agissait de la seule chose que j'admirais chez lui. Enfin, c'est le seul bon souvenir que je garde de lui… Allons bon, vous avez renversé du thé sur votre beau haut-de-chausses jaune poussin ! Le thé est-il trop fort, mon garçon ? Sam, allez chercher un chiffon pour Mr. Harcourt.

Le page sortit promptement de la pièce et Mr. Harcourt se réjouit de cette diversion. Il manipula maladroitement sa tasse de thé et essuya le genou de son haut-de-chausses en satin avec un joli mouchoir. Les divagations de la comtesse n'auraient pas dû le surprendre. Ses aventures étaient légion, sa réputation établie et son franc-parler légendaire. Par-dessus tout, il ne connaissait pas de créature plus vaniteuse, et la jalousie qu'elle ressentait envers sa petite-fille était tellement flagrante que c'en était pathétique. C'était la petite-fille qu'il était venu voir, pas la grand-mère, mais il savait qu'il n'aurait pas été très diplomatique de rendre visite à la plus jeune sans d'abord passer voir la plus âgée.

— Un mélange préparé sur le Strand, vous dites ? Comme c'est intéressant, et comme ce thé est bon, milady, dit-il en regardant la tache foncée qui s'élargissait sur son haut-de-chausses, les sourcils froncés. Et je ne m'inquiéterais pas à propos de la revendication de Theo. Sa Majesté y apposera sa signature sans hésiter. Surtout si Roxton et les Lords sont derrière lui. C'est l'héritier de Strathsay, après tout. C'est incontestable !

— Vous devez avoir raison, dit madame la comtesse avec un soupir. Vous pouvez imaginer la pression qui a été mise sur mes épaules. Entre cette période de deuil incommode et Antonia qui séjourne chez moi… continua-t-elle en prenant son miroir à main pour observer son reflet. Tout cela va vraiment me faire vieillir, je le sais !

Mr. Harcourt ne saisit pas l'allusion tant il était désireux de défendre Miss Antonia Moran. Il n'accorda donc pas à Lady Strathsay le réconfort qu'elle désirait tant de la part des gentlemen qui lui rendaient visite, ne lui assura pas qu'elle était toujours aussi belle que les fleurs qui s'épanouissaient à peine. Elle fut agacée, mais il ne s'en rendit pas compte, répondant avec un petit rire qui lui était propre quand il était confronté à une situation embarrassante :

— Miss Moran doit vous apporter du réconfort en cette période difficile, milady. Vous devez vous réjouir d'avoir une petite fille qui ne cause pas le moindre ennui, qui vous accorde toute son attention et sur qui vous pouvez veiller.

Lady Strathsay se débarrassa du miroir et regarda le jeune homme et son manchon grotesque avec désapprobation.

— Du réconfort ? *Antonia ?* Mr. Harcourt, à l'évidence vous n'avez aucune idée des difficultés que cette fille m'apporte. Être responsable d'une jeune femme de dix-huit ans que tous les gentlemen de Londres poursuivent de leurs assiduités comme des chiens de chasse courent après un renard n'a rien de réconfortant ! Elle a peut-être hérité de ma grande beauté, mais elle n'est pas du tout comme moi. Elle se ratatine véritablement si un homme ose ne serait-ce que lorgner sa poitrine de loin. En quoi est-ce une bonne chose ? Je suis persuadée que sous cette belle carapace se cache une fille bien laide ! Ah ! Je ne peux rien faire d'elle… Ma parole, Mr. Harcourt, vous n'aimez vraiment pas mon thé. Votre visage a pris la même teinte écarlate que votre redingote. Sam, allez chercher un verre de vin de Bourgogne à Mr. Harcourt.

Le garçon noir quitta la pièce en même temps qu'arrivait la bonne amie de Lady Strathsay, Lady Paget, entrant presque en collision avec le petit homme. Elle l'évita en emportant ses jupons à cerceaux avec elle et rit quand il s'inclina rapidement d'un geste maladroit avant de disparaître. Elle posa ses grands yeux marron sur l'étrange tenue de Mr. Harcourt et sur la tache sur son haut-de-chausses, la plus petite étincelle illuminant son regard quand elle le reconnut. Elle lui tendit la main et s'assit sur la chaise face à la méridienne sans y avoir été invitée. Mr. Harcourt s'empressa d'embrasser le bout de ses doigts et de reprendre sa place. Lady Paget se demanda pourquoi ce bellâtre était confortablement installé avec son amie, puis elle se demanda s'il se rasait les sourcils pour obtenir une courbe aussi parfaite.

— Ma chère Gussie, dit-elle d'une voix suave, je m'attendais à vous trouver avec un homme, mais pas un homme aussi jeune que celui-ci ! Avez-vous mis Richard à la porte, chérie ?

— Ma chère Kate ! Êtes-vous mal en point ? répondit Lady Strathsay avec un rire jaune. Dick était ici pas plus tard que ce matin. Je vous l'enverrai peut-être. Après tout, John revient d'Ely pour toute une semaine, je ne sais donc vraiment pas quoi faire de ce pauvre Dick. Pourriez-vous le divertir pour moi ?

— Jamais ! Par ailleurs, et je vous l'ai déjà dit, il a de quoi s'occuper avec cette jeune mégère, Anne Yarmouth, qui n'est que l'épouse d'un simple juge, d'après ce qu'on m'a dit. Il est tombé si bas, c'est terrible. J'ai de la compassion pour vous, ma chère, vraiment. Comment allez-vous, Mr. Harcourt ? Prêt à aller voir Mr. Garrick au théâtre ? Votre carrosse rose est absolument divin.

Mr. Harcourt ouvrait et refermait la bouche depuis un moment, prêt à nier n'importe quelle insinuation que Lady Paget pourrait lui lancer à propos de sa visite à Lady Strathsay. Mais quand elle mentionna son carrosse rose, il fut satisfait et lui répondit avec un sourire radieux :

— Le pensez-vous vraiment, milady ? Miss Moran sera-t-elle impressionnée ?

— Toute la ville parle de votre carrosse, Mr. Harcourt. Allez donc jeter un coup d'œil par la fenêtre, Gussie. Il attire une vraie petite foule sur la place. Ce rôle de chaperon que vous m'avez attribué est tout nouveau pour moi, continua Lady Paget en agitant un éventail en ivoire décoré de treillis. Je ne sais vraiment pas quoi faire de ma protégée, Gussie. Où est-elle ?

— On lui fait enfiler une robe, bien que je doute qu'il s'agisse de celle que j'ai choisie. Elle va porter l'une des créations de Maurice, comme toujours, dit Lady Strathsay en lançant un coup d'œil à Mr. Harcourt, qui s'était avancé vers la fenêtre en chancelant. Percy, comptez-vous aller au théâtre royal avec votre tache de thé ?

— Milady ? Ma tache de thé ! s'exclama-t-il. Non. Il faut que je fasse venir un nouveau haut-de-chausses !

Dans la précipitation, il trébucha en s'avançant vers la porte, marmonnant pour lui-même :

— J'espère que Patrick pourra m'en trouver un autre jaune poussin…

Les deux ladies rirent dans son dos. Lady Paget commenta :

— Ce garçon est absurde ! Je ne sais pas comment il s'est fait cette tache, mais elle ne fait que renforcer l'effet de sa tenue. Si seulement vous ne l'aviez pas poussé à aller se changer.

— Je crois bien qu'il a malencontreusement renversé sa tasse quand j'ai mentionné par hasard la merveilleuse poitrine d'Antonia. À moins que ce ne soit arrivé quand j'ai évoqué les aptitudes de Strathsay sous les draps ? Peu importe ! Les jeunes hommes d'aujourd'hui font preuve de tant de sensibleries, Kate. Cela doit affecter leur façon de faire l'amour, vous ne croyez pas ?

— C'est possible. Vous devez le savoir mieux que moi. Les jeunes hommes m'ennuyaient déjà quand j'avais leur âge. Je ne risque pas d'avoir une meilleure opinion d'eux maintenant. Quel âge a Dick ?

— Il est trop jeune. Ils le sont toujours.

— Vous devriez avoir honte, Gussie ! Et avec votre petite-fille sous le même toit, par-dessus le marché !

Lady Paget observa son amie froncer les sourcils et prendre un air désagréable. Elle reprit d'une voix quelque peu surprise :

— Est-ce que cela vous dérange encore ? Pas après toutes ces années passées à vivre comme vous l'entendez, si ?

— Juste un peu. Un signe de l'âge, ma chère. La visite de John me dérange. Les autres, ils n'ont aucune importance, vous le savez. Et je suis discrète, comme toujours. Je suis d'une discrétion morbide, avec Antonia à l'étage du dessous. Avec John, c'est différent. Il ne tolérera pas de parcourir les couloirs en douce, de murmurer, ou quoi que ce soit d'autre. Après tout, il n'a jamais eu à faire tout cela en vingt ans, alors pourquoi commencerait-il maintenant ? Tout cela pour ne pas heurter les sensibilités d'Antonia !

— Vous sous-estimez votre petite-fille, ma chère. Le peu que je sais d'elle me laisse à penser qu'elle est au fait de bien plus de choses que vous voulez bien le reconnaître, dit Lady Paget. Bon sang, elle a vécu avec Strathsay, puis elle a dû se débrouiller toute seule à Versailles. Et si jamais ce n'était pas une bonne initiation aux vices sous toutes leurs formes, elle a passé plusieurs semaines dans la résidence parisienne de Roxton pour parfaire son éducation.

Lady Strathsay se redressa et indiqua au page de déposer le lourd plateau en argent près de Lady Paget et de lui servir un verre de vin. Elle lança un regard espiègle à son amie.

— Seriez-vous jalouse, Kate ?

— D'une ingénue ? répondit Lady Paget en ricanant. Ai-je de quoi être jalouse ?

— Elle lui écrit chaque semaine…

— C'est toujours le cas ? Quel dévouement extrême, répondit Lady Paget d'un ton glacial. Si cette correspondance passe toujours par votre examen, alors je ne vois aucune raison de m'en soucier. Je suis seulement ébahie que la petite n'ait pas encore de soupçons quant à la raison pour laquelle il n'a pas eu la décence de répondre.

— Elle m'a posé la question une fois, mais j'ai pris le sujet à la légère en soulignant les habitudes charnelles de Roxton. Elle ne m'a jamais reposé la question.

Lady Strathsay se fit belle dans son miroir à main.

— Ce que je fais n'est pas chose aisée, Kate. Mon inquiétude pour cette fille doit prouver que je vieillis. Ma préoccupation est telle que je la fais partir pour la semaine. Elle va rendre visite aux Harcourt pendant que John est en ville.

— Une idée de la fade Charlotte ?

— Oui.

— Elle fera une excellente belle-fille, ma chère. Votre fils a beaucoup de chance, et vous aussi.

Lady Strathsay gloussa.

— Oui. J'ai eu de la chance qu'il choisisse la fade Charlotte. L'avoir comme fille me plaira. Enfin, quand le garçon demandera enfin sa main.

— Il retarde encore sa demande ?

— Theophilus est ennuyant à mourir. Il est l'antithèse de sa divine mère. Il ne lui fera sa demande que quand il aura hérité du titre, et après en avoir parlé à Roxton. Il semble penser qu'il est plus correct de demander la permission au chef de famille dépravé. N'est-il pas d'un ennui grotesque ?

Les deux ladies partirent en fou rire.

— Ma pauvre Augusta ! dit Lady Paget en reprenant sa respiration et en essuyant ses yeux larmoyants. Un fils d'un ennui à mourir et une petite-fille qui a tout d'une nymphe ! Vous ne méritez pas une telle malchance. Je me demande comment réagira John quand il posera les yeux sur la belle Antonia.

Cette remarque se voulait désinvolte, mais elle eut l'effet escompté ; le sourire de Lady Strathsay s'évanouit et elle fit la grimace.

— Vous n'aurez pas de réponse à cette question, très chère Kate. Et moi non plus.

— Oh, oui, j'avais oublié. Il n'aura pas l'opportunité de poser les yeux sur elle. Vous dites qu'elle part à Twickenham ?

— Ne pensez pas que c'est dans votre intérêt que je vérifie la correspondance d'Antonia, riposta Lady Strathsay, mesquine. Je pensais que votre aventure avec Roxton était terminée bien avant qu'il n'aille à Paris l'été dernier.

— En effet, dit Lady Paget. Mais quelle femme apprécierait de se voir remplacée par un objet de convoitise plus jeune et bien plus joli ?

Je tiens à ma fierté, Augusta. Et vous aussi. Tout ce que je souhaite… c'est qu'il ne fasse pas de mal à la petite. Mais il lui fera du mal, si ce n'est pas déjà fait. Il a sans doute été flatté par son adoration. Mais elle ne lui fera pas tourner la tête. Elle nourrit sa vanité, voilà qui est certain. C'est ce que veulent toujours les hommes dans son genre. Mais son cœur restera tout à lui.

— Chère Kate. Ma pauvre, *chère* Kate, lui dit son amie en lui tendant la main. Je vous avais prévenue de ne pas succomber aux charmes du duc. Il vous a brisé le cœur, n'est-ce pas ?

— Il l'a ébréché, Gussie. Il l'a seulement ébréché. Mais je suis contente de ne pas avoir tenu compte de votre mise en garde. Mon seul regret, c'est qu'il n'ait jamais eu d'attirance pour vous. Cela aurait été bien plus amusant de comparer nos expériences. (Elle sourit en haussant les sourcils.) En l'occurrence, vous devez me croire sur parole quand je vous dis qu'il est un amant aussi doué qu'on le raconte dans le boudoir de nombreuses ladies.

Le blanc de plomb et le fard à joues que Lady Strathsay portait dissimulèrent une couleur naturelle très foncée qui envahit ses joues. Elle ravala une réplique cinglante uniquement parce que sa petite-fille entra soudain dans la

— THEO EST RENTRÉ ! annonça Antonia en anglais, avec son fort accent. J'ai entendu son carrosse arriver dans la cour de l'écurie. C'est Charlotte qui est allée voir à la fenêtre, car Gabrielle était en train de me coiffer. Elle a dit que ce devait être Theo, car il y avait plusieurs grosses valises sur le toit. Mais elle ne m'a pas laissé regarder. Je suis tellement heureuse qu'il soit rentré à temps pour aller au théâtre ce soir. Même si Charlotte a dit…

— Je suis très heureuse d'apprendre qu'il est rentré, et ce avant qu'il ne neige, dit sa grand-mère en lançant un coup d'œil à Lady Paget. Néanmoins, ces bonnes nouvelles ne vous donnent pas le droit de faire irruption dans mes appartements sans avoir été annoncée. Je vous ai mise en garde à ce sujet une centaine de fois, Antonia !

— Il… il n'y avait aucun valet de pied devant la porte, grand-mère, j'ai donc pensé… bafouilla Antonia.

— Et vous ne portez pas la robe que j'avais choisie pour vous.

— Mais c'est celle que j'ai envie de porter, dit Antonia avec obstination.

— Et elle est vraiment très jolie, par ailleurs, dit Lady Paget en embrassant Antonia sur les deux joues.

Lady Paget avait perdu son enthousiasme à l'instant où Antonia était entrée dans la pièce. Sa toilette soignée et sa robe onéreuse faisaient pâle figure face aux atours de la jeune femme. Elle ne pouvait s'empêcher d'étudier la petite du regard. Elle regretta d'avoir proposé de la chaperonner rien qu'en voyant sa robe en velours vert émeraude, avec ses jupons en tissu argenté, son corsage serré sur sa taille de guêpe et son décolleté carré plongeant qui mettait en valeur sa magnifique poitrine crème. Les cheveux couleur miel de la petite – joliment coiffés en un amas de boucles et parés de quelques rubans en soie et pinces endiamantées – n'étaient que la cerise sur un joli gâteau. Mais ce fut sur le cou d'Antonia que son regard se posa. Une simple et magnifique rangée d'émeraudes et de diamants encerclait son cou blanc et élancé.

Lady Paget sortit de sa transe quand son amie lança une remarque malveillante à la petite par pure jalousie :

— Oui, j'imagine que cette création est plutôt jolie, fit remarquer Lady Strathsay. Ce Maurice a du talent. Mais il aurait pu faire preuve de plus de tact dans la forme et la coupe du corsage. Il met parfaitement votre poitrine en valeur, c'est certain, mais il n'a pas recouvert votre épaule grotesquement défigurée…

— Gussie ! Voyons ! s'exclama Lady Paget avec un petit rire embarrassé en souriant à Antonia, qui s'était crispée et dont les yeux verts brillaient de colère. Chérie, allez voir par la fenêtre. Le carrosse d'Harcourt est sur la place.

— Vraiment ? dit Antonia en grimpant sur le coussiège sans faire attention à ses jupons. Mon Dieu, il est rose ! C'est invraisemblable, n'est-ce pas, milady ? Oh, et les chevaux, ils portent des aigrettes roses. C'est un carrosse digne d'un conte de fées ! (Elle se tourna vers l'intérieur de la pièce et vit la tête poudrée de Charlotte apparaître par la porte.) Je suis impatiente de voir la tête que va faire Theo. Il ne sera pas du tout content d'aller au théâtre dans un carrosse peint en rose.

Quand Charlotte chuchota quelque chose à l'oreille de la comtesse, poussant cette dernière à se relever en lançant un rapide coup d'œil à Lady Paget, Antonia fronça les sourcils.

— Que ne voulez-vous pas que j'entende ? demanda-t-elle.

— Antonia, allez voir Gabrielle pour qu'elle arrange vos boucles. Et récupérez votre réticule, ordonna sa grand-mère. Mr. Harcourt vous attend en bas…

— Mais Theo…

— Il s'habille et se joindra bientôt à vous, dit Lady Strathsay en la menant vers la porte. Maintenant, faites ce qu'on vous dit de faire.

— Je ne voudrais surtout pas que nous soyons en retard pour la pièce de Mr. Garrick, dit Miss Harcourt avec un sourire encourageant.

Antonia observa les trois ladies avec une moue méfiante.

— J'y vais. Mais seulement parce que votre frère a la gentillesse de nous conduire au théâtre dans son carrosse rose.

— Pourquoi vous êtes-vous débarrassée de la petite ? demanda Lady Paget après qu'Antonia eut quitté la pièce.

Lady Strathsay et Charlotte Harcourt échangèrent un regard.

— Mr. Fitzstuart ne voyageait pas tout seul, milady, expliqua Charlotte d'un ton guindé. Je me suis dit qu'il était plus prudent de prévenir Lady Strathsay avant de le dire à Antonia. Au moins, ce n'est pas quelque chose qui va nous préoccuper dans l'immédiat, car ce passager n'a fait que déposer Mr. Fitzstuart avant de repartir.

Lady Strathsay soupira quand Lady Paget l'observa avec un regard vide.

— Ne soyez pas nigaude, Kate ! Faut-il que nous vous épelions son nom ? À moins que je n'aie mal interprété votre air ahuri ? Peut-être la joie vous a-t-elle tout simplement fait perdre l'usage de la parole ? C'est Roxton !

— Roxton ? s'exclama Lady Paget.

— Oui ! Et cela m'arrangerait, ma chère Kate, que vous ne mentionniez pas le retour de votre taureau de concours à Antonia, déclara Lady Strathsay. Je ne comprends pas qu'il soit rentré en Angleterre, alors qu'il a dû donner sa parole au comte… Enfin, cela n'a aucune importance pour vous… (Elle poussa un soupir irrité et lança son miroir à main sur la méridienne.) Que c'est agaçant ! Il doit bien s'agir de la pire nouvelle que j'ai apprise depuis qu'on m'a imposé de porter le deuil !

À l'instant où le carrosse rose de Mr. Harcourt tourna sur Drury Lane et s'arrêta devant le théâtre royal, il devint le centre de l'attention dans une file de beaux équipages élégants et dans la petite foule d'amateurs de théâtre qui s'attardait sur le trottoir. D'un côté de la double porte patientait un groupe de domestiques en livrée. L'étrange véhicule de Mr. Harcourt représenta un tel divertissement que ce groupe resta silencieux un instant. Puis le chahut reprit ; les domestiques partirent en courant aux quatre coins du bâtiment pour annoncer la nouvelle, et les passagers du carrosse rose reçurent un accueil bruyant.

Un domestique resta à son poste. Contrairement à ses collègues, qui étaient tous impatients d'indiquer la couleur du carrosse de Mr. Harcourt à leur maître – réglant une multitude de paris absurdes –, il ne s'intéressait pas à la voiture, mais à ses passagers. Quand ils furent entrés dans le foyer, le domestique disparut. Sa tenue distinctive rouge et argentée attira le regard d'Antonia. En voyant le visage de cet homme, elle ne parvint pas à le replacer, ni à se souvenir du titre de la personne qu'il servait, elle oublia donc son impression de l'avoir déjà vu et accorda toute son attention à Mr. Harcourt.

Il y avait tellement de bruit et de rires autour d'eux qu'Antonia entendit à peine ce qu'il disait à propos des gens qui croisaient leur chemin dans le foyer où il faisait chaud et où il n'y avait pas assez d'air. Elle déplia son éventail et veilla à ne pas finir écrasée, elle ou ses jupons, dans cet océan de parfums et de plumes. Mr. Harcourt la tint près de lui et grâce à la haute stature de Mr. Fitzstuart, qui leur ouvrait la voie en tendant sa canne, ils purent traverser le foyer et atteindre l'escalier sans trop de difficultés.

Les marches ne se négocièrent pas aussi aisément. Lady Paget s'éloigna de son groupe et se perdit dans la foule. Le duc de Cumberland se jeta sur Mr. Harcourt et Antonia et enroula ses gros doigts autour de la main de la jeune femme, manifestant de la réticence à la relâcher, même après des présentations polies. Mr. Fitzstuart et Miss Harcourt, qui se trouvaient une marche plus bas, furent horrifiés quand ils observèrent, les yeux écarquillés, Antonia donner un petit coup d'éventail sur les doigts de Son Altesse avant de poursuivre son chemin. Le prince la regarda s'éloigner avec stupéfaction. Avant que

Mr. Fitzstuart ne puisse se confondre en excuses pour le comportement scandaleux de sa nièce, le gros prince s'esclaffa bruyamment et s'inclina en direction de la silhouette d'Antonia qui s'éloignait.

— Habilement réalisé, Miss Moran, la complimenta Mr. Harcourt en reniflant et en lui tirant une chaise. Cumberland a besoin d'être remis à sa place.

— Seule Antonia peut mener à bien une telle performance, chuchota Miss Harcourt à Theophilus Fitzstuart. Je ne pourrais pas être aussi courageuse. Pensez-vous que je sois lâche, Mr. Fitzstuart ?

Mr. Fitzstuart l'observa tendrement de ses yeux vert pâle.

— Je pense bien d'autres choses à votre propos, ma chère Miss Harcourt. Vous amusez-vous, canaille ? demanda-t-il à Antonia en s'asseyant sur une chaise à côté d'elle.

— Beaucoup, répondit-elle avec enthousiasme. Heureusement que vous êtes rentré aujourd'hui, sinon je serais loin de m'amuser autant. Dites donc ! Theo, Lady Paget discute avec ce gros monsieur, Cumberland ! Qui est la troisième personne dans sa loge ? Je n'arrive à voir que ses chaussures. Il ne doit pas être aussi gros s'il reste dans l'ombre, si ?

— Je vous en prie, chérie, ne dites pas de Son Altesse qu'elle est grosse, dit Miss Harcourt en riant.

Mr. Fitzstuart essaya de détourner l'attention d'Antonia de Lady Paget en désignant l'orchestre et les spectateurs installés dans la fosse. Il réussissait admirablement, jusqu'à ce que Mr. Harcourt pousse une exclamation :

— Seigneur ! Cumberland agite son mouchoir dans notre direction ! maugréa-t-il. Miss Moran, je vous en prie, éloignez-vous de la rambarde, sinon tous les autres jeunes chiens nous salueront à leur tour ! Quelle insolence ! Que… faites… vous ? demanda-t-il d'une voix perçante.

— La politesse veut que je le salue en retour. Je ne peux pas ignorer ce gros monsieur, sinon il nous embêtera en agitant son mouchoir dans notre direction toute la soirée !

— Venez donc vous asseoir, l'amadoua son oncle en lui tendant la main.

— J'espérais que vous l'ignoreriez, dit Mr. Harcourt avec une moue.

— Chut, Percy. Vous vous tournez en ridicule, dit sa sœur Charlotte en osant lui sourire, ce qui ne fit que le déprimer. Vous pourriez peut-être envoyer votre homme nous chercher des rafraîchissements ?

— Il pourrait peut-être rapporter un verre à verser sur le pauvre Percy pour lui refroidir le sang ? proposa jovialement Mr. Fitzstuart.

— J'aimerais que Cumberland s'en aille ! grommela Mr. Harcourt en croisant les bras. S'il continue à nous fixer du regard…

— Du calme, mon très cher frère, le prévint Charlotte.

— Harcourt, c'est ridicule de votre part, le réprimanda Antonia en lui tendant son mouchoir d'un geste délibéré, aux yeux de tous. Tenez. Ainsi, il arrêtera de fixer votre redingote écarlate et l'animal mort que vous portez autour du cou…

— Me fixer, moi ? Mais il… C'est vous qu'il… enfin, je… merci… bégaya Mr. Harcourt, se déridant immédiatement. Vous n'aimez pas ma redingote, Miss Moran ? demanda-t-il, soucieux.

— C'est une très belle redingote. Mais je trouve que votre haut-de-chausses jaune ne vous va pas très bien.

— Ah non ? grommela-t-il, déçu. Et mon manchon ?

Antonia ne lui répondit pas. Elle fut distraite par l'orchestre qui commençait à jouer et par les acclamations dans la fosse.

— J'espère que cet acteur, Garrick, est talentueux.

— C'est l'un des meilleurs acteurs que ce pays nous ait donné, ma chère, lui assura Miss Harcourt en s'appuyant contre le dossier de son siège pour profiter de la performance.

Alors que le premier acte était bien avancé et qu'Antonia s'amusait avec tout l'enthousiasme de quelqu'un qui découvrait les talents d'acteur de Mr. Garrick, elle se tourna vers son oncle pour lui faire une remarque à propos de l'actrice principale et le surprit en train de la regarder avec un curieux sourire aux lèvres. Elle fronça les sourcils, mais il ne sembla pas remarquer qu'elle le regardait, elle ne dit donc rien jusqu'à ce que le rideau se baisse et que le public se mette en mouvement pour se dégourdir les jambes, partager un rafraîchissement et engager une conversation avec des connaissances.

— Je ne sais pas du tout quel est votre problème ce soir, Theo, dit-elle enfin, mais si vous continuez à me regarder comme un mouton ahuri, je vais vraiment me mettre en colère !

— Un m-mouton, chérie ?

— Oui, vous ressemblez à un mouton. Je n'aime pas du tout la tête que vous faites, je vous demanderai donc d'arrêter.

— Si je vous fais penser à un mouton, je comprends que vous n'appréciiez pas ! dit doucement Mr. Fitzstuart en riant.

— Pourquoi me dévisagez-vous ainsi ? demanda-t-elle en le regardant intensément.

— Oh, parce que vous êtes très belle, dit-il.

Antonia referma son éventail d'un geste sec.

— Ce n'est pas une réponse qui me convient !

— Je me demande où Lady Paget s'est enfuie, se demanda-t-il d'un ton désinvolte en examinant la rangée de loges à sa droite avant de reporter son attention sur sa nièce, qui le regardait toujours en fronçant les sourcils. Si je vous réponds, vous risquez de penser que je suis ennuyeux à mourir.

La fossette d'Antonia se creusa.

— Il vaut mieux être ennuyeux qu'être un mouton ou un demeuré. C'est ainsi que grand-mère qualifie Harcourt. Cela veut-il dire qu'il est stupide ?

— Mère a un bon sens de la formule.

— Il s'est passé quelque chose pendant que vous étiez à Treat, dit Antonia. Moi, je le vois bien. Vous avez un secret ! Connaissez-vous le secret de Theo, Charlotte ?

— Un secret ? lança Mr. Harcourt, tout intérêt pour Mr. Garrick ayant disparu.

Charlotte secoua sa tête poudrée avec un sourire.

— Votre oncle et moi n'avons pas eu l'opportunité de discuter depuis son retour, ma chérie. S'il a bel et bien un secret, il ne me l'a pas confié.

— Il a un sourire bêta sur le visage, par ailleurs ! ajouta Mr. Harcourt. J'imagine que c'est l'air de la campagne, dit-il avec un frisson. Les cochons, les vaches, les moutons… Argh ! Lady Paget ! Vous revoilà enfin ! J'étais extrêmement vexé, je pensais que vous n'appréciiez pas notre compagnie.

— Ai-je bien entendu mon nom au milieu d'un troupeau d'animaux de la ferme ? s'enquit Lady Paget. Que se passe-t-il ? Je ne serais pas du tout étonnée d'apprendre que cette loge reçoit autant d'attention que Mr. Garrick lui-même. Le pauvre ! Oh, non ! Ce misérable agite encore son mouchoir vers vous, Antonia. Je l'ai pourtant prévenu.

— Cumberland ! hurla Mr. Harcourt en bondissant vers la rambarde.

Antonia ne s'intéressait ni aux facéties du duc de Cumberland, ni au spectacle que donnait Mr. Harcourt en grommelant en direction du gros prince. Elle se tourna vers Lady Paget, qui se tenait derrière sa chaise.

— Theo a un secret. Charlotte ne sait pas de quoi il s'agit. Milady, ne trouvez-vous pas que Theo agit exactement comme un mouton ahuri depuis qu'il est rentré de Treat ?

Lady Paget gloussa derrière son éventail.

— Une description très pertinente, ma chère petite. (Ses yeux marron s'écarquillèrent devant Mr. Fitzstuart.) J'ai moi-même été ahurie. À l'instant, pour tout vous dire.

— Vraiment ? répondit Mr. Fitzstuart, surpris. Je ne pensais pas…

— Dans le foyer, mon cher garçon, avoua Lady Paget. Tout à fait par accident. Mais ce fut un sacré choc pour moi.

Antonia les regarda tous les deux.

— Je ne comprends pas du tout ce que vous racontez ! Vous parlez par énigmes, c'est très injuste pour Charlotte et moi.

— C'est bien vrai, Antonia ! dit Charlotte en riant discrètement de Mr. Fitzstuart. Cela dit, je suis au fait du secret. Je ne l'ai pas découvert dans le foyer, mais dans la cour d'Hanover Square.

Cette déclaration mit Antonia en colère ; trouvant la conversation déconcertante, elle se joignit à Mr. Harcourt, qui observait le public, et lui demanda ce qu'il pensait de l'interprétation de Mr. Garrick. Lady Paget observa Antonia d'un air songeur, puis elle tendit un bout de papier plié à Mr. Fitzstuart.

— Je ne sais pas du tout quoi faire de ceci, je vous le donne donc, lui dit-elle. Prenez la décision pour moi. Vos mœurs sont bien meilleures que les miennes. Si la décision revenait à votre mère, elle se dispenserait de ces formalités et me traiterait de mère poule.

L'expression perplexe de Mr. Fitzstuart laissa place à l'allégresse quand il lut la lettre. Il la donna à Charlotte pour qu'elle la lise.

Mr. Harcourt regarda par-dessus l'épaule de sa sœur, lui chatouillant l'oreille avec son lorgnon quand il tendit le cou pour déchiffrer l'écriture illisible. Mais il n'avait eu le temps de comprendre que quelques mots quand sa sœur replia le papier et le rendit à Mr. Fitzstuart, qui rejoignit sa nièce devant la rambarde et lui donna le billet.

— J'attends vos instructions, mademoiselle, lui dit-il avec une arrogance feinte.

Antonia lut la courte lettre et la rendit calmement à son oncle, une fossette sur chaque joue.

— Je trouve que ce monsieur Garrick est un très bon acteur, il peut donc m'emprunter mon éventail.

Elle déroula la chaîne en argent autour de son poignet et plaça l'éventail sur un coussin qu'un domestique qui avait suivi Lady Paget avait apporté dans la loge.

— Vous devez prévenir monsieur qu'il doit faire bien attention à mon éventail, car c'est un cadeau de Vallentine, un très bon ami à moi, dit-elle au domestique. Je ne le lui pardonnerais jamais s'il l'abîmait.

Le domestique s'inclina en partant et Antonia se tourna derechef vers la rambarde, où Mr. Harcourt broyait du noir. Il levait son menton pointu, croisait les bras et faisait balancer son lorgnon au bout de son ruban, entre deux doigts.

— Voulez-vous la lire ? demanda Antonia en agitant la lettre. Elle est de la part de monsieur Garrick.

Le jeune homme lui arracha le bout de papier des mains, ce qui provoqua moult éclats de rire chez ses amis, mais il les ignora en parcourant rapidement le billet du regard. Il était le seul à ne rien y voir de drôle.

— Sale effronté ! Lui et Cumberland, même combat ! « Vos yeux sont-ils de la même couleur éclatante que vos émeraudes ? » Non mais ! Il est grotesque et-et… cavalier ! Je ne comprends pas que vous ayez laissé Miss Moran lui donner son éventail, Theo.

— Voyons, Percy, c'est amusant, voilà tout, dit Mr. Fitzstuart.

Il était impossible d'apaiser Mr. Harcourt.

— Les libertés que ces acteurs prennent !

— Regardez mes yeux, Harcourt, lui ordonna Antonia en se mettant sur la pointe des pieds devant lui. Ils sont de la même couleur que mes émeraudes. Grand-mère, Theo et moi, nous avons tous les mêmes yeux. Et monsieur le duc, il a choisi ces pierres précieuses pour moi exprès.

— Monsieur le duc a très bon goût, dit une douce voix masculine dans le fond de la loge.

Les têtes poudrées se tournèrent pour voir qui s'était joint à eux. Mais Antonia ne se retourna pas. Elle savait de qui il s'agissait, et la joie et l'incrédulité qu'elle ressentit en entendant cette voix qu'elle aimait tant pour la première fois depuis deux mois la clouèrent à la rambarde.

Sa Grâce le très noble duc de Roxton, vêtu de son habituelle tenue noire, un solitaire glissé dans les plis de dentelle autour de son cou et ses mèches de jais dégagées de son visage, levait son lorgnon pour examiner le petit groupe de Mr. Harcourt. Lady Paget se dit qu'il n'avait jamais porté de si belle tenue et qu'il n'avait jamais eu l'air plus sûr de lui. Il n'essaya pas de se joindre au groupe, restant plutôt sous la lumière d'un chandelier en attendant une réaction.

Mr. Harcourt fut le premier à s'avancer.

— C'est Roxton ! Votre Grâce, quelle surprise ! Nous vous pensions installé définitivement à Paris. N'est-ce pas, Theo ? Bien, bien, bien ! Bon retour parmi nous, monsieur le duc.

— Je dois reconnaître une légère supercherie, avoua Mr. Fitzstuart.

— Oh que oui, le réprimanda malicieusement Lady Paget. C'est pour voir le duc que vous étiez à Treat, je le jurerais.

— Vraiment ? s'enquit Mr. Harcourt. Mon amitié a-t-elle si peu d'importance à vos yeux, Theo, que vous devez me cacher… ?

— Chut, Percy, dit Charlotte en observant le duc, qui n'avait d'yeux que pour Antonia, avant de toucher le bras de Mr. Fitzstuart, qui suivit son regard. Maintenant, nous connaissons le secret de votre oncle, Antonia, dit-elle au dos rigide de la jeune femme. Mais pourquoi a-t-il voulu garder cette nouvelle pour lui-même… ?

Mais Antonia n'entendait pas le cours de la conversation. Elle était tellement heureuse et surexcitée qu'elle oublia instantanément comment parler anglais. Avant que le duc n'ait le temps de prononcer une seule syllabe, elle se retrouva devant lui, s'appuyant contre lui en écrasant sa robe en velours, ses yeux pleins d'espoir relevés vers son visage, une main agrippant l'un des boutons en argent de son gilet.

— C'est bien vous ! murmura-t-elle, les larmes aux yeux. Je pensais que je ne vous reverrais jamais. Quand êtes-vous arrivé à Londres ? Je me suis sentie tellement seule sans vous. Il s'est passé *tellement* de temps et j'ai tant de choses à vous dire ! Je commençais à croire que vous pensiez réellement tout ce que vous m'avez dit à Paris. Après tout, vous n'avez jamais répondu à mes lettres et… Oh ! Mon-monseigneur, à présent je suis tellement, *tellement* heureuse !

Le duc ne s'était tellement pas préparé à un accueil aussi enthousiaste qu'il resta sans voix face à cette réaction qu'il avait tant espérée. Une centaine de mots se précipitèrent dans sa gorge, mais il n'en prononça aucun. Il déglutit difficilement, mais il ne pouvait toujours pas se résoudre à parler. Instinctivement, il passa les bras autour de la mince taille d'Antonia et l'attira vers lui, mais il s'écarta d'elle instantanément et fit un pas en arrière. Il se rappela qu'ils n'étaient pas seuls, qu'ils étaient dans un lieu public et que les quatre spectateurs intéressés de cette loge – si ce n'était pas en réalité le monde entier installé dans ce théâtre – examinaient ses moindres gestes.

— Antonia, murmura-t-il d'une voix rauque, ses yeux noirs la fixant sans ciller. Je vous en supplie, pour l'amour du Ciel, ne me faites pas cela.

Elle ne comprenait pas. Elle vit seulement une émotion incompréhensible et réprimée sur son visage blême, ce qui la fit hésiter.

— Mais je pensais… N'êtes-vous pas heureux de me voir ? Ne vous ai-je pas manqué ? Vous… N'êtes-vous pas venu pour moi ?

Le duc continua à la dévorer du regard et commença à parler, mais une fois encore, il ne put trouver les bons mots pour s'expliquer. Enfin, un minuscule mouvement par-dessus l'épaule d'Antonia lui fit prendre une décision. Il l'attrapa par les poignets, l'éloigna brutalement de lui et s'avança dans la loge. Ils n'avaient partagé qu'un instant, peut-être même moins d'une minute, mais cela avait suffi à plonger leur public abasourdi dans un silence gêné.

Ce fut Mr. Fitzstuart qui s'empressa de réparer le manquement à l'étiquette ; il s'avança en entraînant Charlotte avec lui et la présenta au duc. Elle était assez décomplexée pour se lancer dans un monologue sur un sujet sans importance et qui n'attendait aucune réponse. Mr. Harcourt, en revanche, était complètement dépassé, car il n'arrivait à comprendre ni le comportement d'Antonia, ni celui du duc. Se sentant néanmoins curieusement embarrassé par ce comportement, il se tourna pour observer le mouvement du public qui reprenait sa place pour le deuxième acte.

Seule Lady Paget sembla assez affectée par la scène chargée en émotions à laquelle ils venaient d'assister pour ne pas l'ignorer. Elle ne put s'empêcher de voir le duc d'un nouvel œil, découvrant un aspect de lui dont elle ne le pensait pas du tout capable. Elle n'était ni en colère ni jalouse, et elle ne ressentait pas la moindre animosité envers Antonia, qui avait gagné ce qu'elle n'avait pas réussi à obtenir pendant l'année durant laquelle elle et le duc avaient été amants. Étonnamment, elle se sentit plus proche que jamais de la jeune femme. Ce fut donc elle qui passa un bras réconfortant autour des épaules nues et tremblotantes d'Antonia.

— Voulez-vous vous asseoir, ma chérie ? lui murmura-t-elle d'une voix apaisante. Vous voulez peut-être un verre de vin ?

Antonia ne put que secouer ses boucles. Elle était dévastée au point de sentir des élancements douloureux dans sa tête et d'avoir seulement envie d'être seule. Elle ne s'était jamais sentie aussi sotte, n'avait jamais été plus persuadée que le duc ne lui accordait pas plus d'importance qu'aux autres maîtresses qu'il avait laissé tomber. Sans qu'elle s'en rende compte, des larmes commencèrent à rouler sur ses joues.

Son oncle s'approcha quand Lady Paget l'appela, laissant Miss Harcourt discuter vaillamment de la pièce de la soirée avec le duc.

— Je ramène Antonia, lui indiqua Lady Paget. Voulez-vous bien nous faire appeler un carrosse ?

— Eh bien ! Je vais vous accompagner ! dit Mr. Harcourt. Vous pouvez rester ici avec Charlotte, Theo. Je n'apprécie pas vraiment Garrick, moi. N'oubliez pas de récupérer l'éventail de Miss Moran. Je n'aime pas les acteurs et je ne leur fais pas non plus confiance. Il serait du genre à le mettre en gage dès qu'il quittera les lieux. Désolé de vous fuir ainsi, Votre Grâce, mais je suis sûr que vous savez ce qu'il en est. N'est-ce pas, Theo ?

— Taisez-vous donc, Percy, dit Mr. Fitzstuart en poussant son ami vers la porte avant de récupérer la cape d'Antonia des mains d'un valet de pied et de la mettre sur ses épaules.

Roxton fit un pas en avant, tellement mal à l'aise que pour la première fois de sa vie, il ne savait pas quoi faire. Lady Paget détourna son attention :

— Je pensais que neuf semaines vous suffiraient amplement pour construire une phrase convenable que la petite comprendrait, dit-elle d'un ton compatissant en lui serrant le bras quand il ne put se résoudre à croiser son regard. Le brandy est très efficace pour calmer les nerfs. Je compte en donner une dose mesurée à Antonia, ce qui fera des merveilles sur elle, tout comme la visite que vous lui rendrez demain. Bonne nuit, Votre Grâce.

DOUZE

L E MATIN SUIVANT l'excursion au théâtre royal était froid. Un brouillard bas menaçait de perdurer. Gabrielle réveilla sa maîtresse une heure plus tôt que d'habitude. Elle déposa le plateau du petit déjeuner sur la table près de la fenêtre, comme tous les jours, puis elle ouvrit les lourds rideaux afin de laisser entrer la lumière pâle d'une journée hivernale. Une femme de chambre discrète s'agenouilla devant la cheminée pour faire repartir le feu, puis elle alluma les chandelles dans la garde-robe et dans le petit salon. Les bruits d'une ville qui se réveillait attirèrent Gabrielle à la fenêtre recouverte de givre.

Elle sentit que Paris lui manquait en entendant les éclats de voix distinctifs des nombreux vendeurs, le grondement des roues des carrosses sur les pavés et les cris des gardiens de troupeaux qui conduisaient leurs animaux au marché. Mais il y avait aussi de l'agitation plus près d'elle, dans la cour sur laquelle donnait la fenêtre du salon. Les garçons d'écurie accomplissaient leurs tâches en sifflant, cherchant d'éventuels dégâts sur un carrosse éclaboussé de boue et sali par le voyage, qui était arrivé d'Ely la veille au soir.

Gabrielle hésitait à réveiller sa maîtresse. Elle savait qu'elle n'avait pas bien dormi du tout. Cela dit, depuis qu'elles avaient quitté Paris, il ne s'était pas passé une seule nuit sans que sa maîtresse reste éveillée pendant quelques heures obscures, blottie sur le coussiège, serrant ses genoux de ses bras et observant les étoiles d'un air sinistre. L'énergie, la gaieté et l'optimisme contagieux de la jeunesse s'étaient volatilisés. On aurait dit qu'un lourd fardeau était tombé sur les épaules de la jeune fille, un poids si lourd qu'il menaçait d'écraser toute la vie en elle.

Gabrielle avait une idée assez claire de la nature de ce fardeau et de la personne qui l'avait infligé. Cela l'attristait outre mesure. Et même si elle était une jeune fille sage et honnête, qu'elle craignait Dieu et qu'elle avait toujours considéré qu'une femme qui péchait méritait une humiliation très publique pour la récompenser de ses péchés, elle priait chaque jour pour que cela n'arrive pas à Antonia. Elle espérait de tout son cœur qu'il y avait une autre raison qui expliquait pourquoi la jeune fille n'avait plus d'appétit, était plus pâle que d'habitude et n'avait pas eu ses menstrues depuis qu'elle avait quitté Paris. Gabrielle priait pour que ce soit une raison différente de celle qu'elle redoutait le plus.

Ce matin-là, sa maîtresse dormait profondément après une nuit particulièrement agitée, et s'ils ne partaient pas pour Twickenham, Gabrielle ne l'aurait certainement pas réveillée, même si le roi de France avait été à la porte.

Elle laissa Antonia picorer son petit déjeuner toute seule et alla s'occuper de son bain.

Elle l'habilla en silence. Antonia ne montra aucun intérêt ni pour le choix d'une tenue de voyage appropriée, ni pour le coiffage de ses boucles fraîchement lavées. Gabrielle fit de son mieux, choisissant une simple robe à la française en velours et des jupons d'une teinte lavande assortie. Elle aurait aimé appliquer un peu de fard à joues sur les hautes pommettes de la jeune fille ou de la peinture rouge sur ses lèvres pulpeuses, car son petit visage en cœur était trop pâle et mélancolique dans le miroir. Au lieu de cela, elle attacha minutieusement ses longs cheveux blonds et humides en tresses très fines, en enroula quelques-unes autour de la tête de la jeune fille en serrant bien, puis elle rassembla le reste de ses cheveux sur sa nuque dans un filet argenté décoré de pierres semi-précieuses, attachant le tout avec plusieurs longues épingles à tête perlée. Le résultat était à couper le souffle, mais quand Antonia regarda dans le miroir à main que Gabrielle leva devant elle, elle ne vit même pas son reflet et la complimenta machinalement pour son travail.

Un valet de pied vint chercher ses bagages et Gabrielle abandonna

Antonia devant sa coiffeuse, plaçant devant elle les tranches de pain auxquelles elle n'avait pas touché sur le plateau du petit déjeuner. À son retour, le pain était intact et Antonia écrivait une lettre sur son secrétaire en noyer.

— Êtes-vous déjà allée à Venise, Gabrielle ?

— Je vous demande pardon, madame ?

— Je pars vivre à Venise, annonça Antonia en reposant sa plume sur son encrier. Voulez-vous venir avec moi ?

— Mais, madame, je… je n'étais jamais sortie de Paris jusqu'à ce que nous venions ici, à Londres. Je… je ne parle pas leur langue et…

— Vous ne parlez pas non plus anglais, et pourtant nous sommes en Angleterre, répliqua Antonia en scellant sa lettre d'un cachet. Nous ne pouvons pas retourner à Paris, car je me retrouverais dans un mariage forcé et malheureux dont je ne veux surtout pas. Et je pourrais croiser monsieur le d… le voir *lui* quelque part, n'importe où, ce que je ne pourrais pas supporter… Père avait des amis à Venise et Maria y habite à présent. Elle ne sera pas du tout dérangée par le b… Je ne peux certainement pas rester ici, car mon pauvre oncle Theo, il ne se remettrait jamais du choc de ma disgrâce. Je le comprendrai si vous ne voulez pas m'accompagner. Vous seriez alors libre de retourner auprès de votre mère et de vos sœurs.

Gabrielle battit des paupières en entendant ce discours, mais elle se dit qu'il valait mieux ne pas contredire sa jeune maîtresse, vu l'état d'esprit déséquilibré dans lequel elle se trouvait actuellement.

— Non, madame. Vous ne pouvez pas y aller seule. Qui prendrait soin de vous et du petit… ? Bien sûr que je viendrai avec vous. Mademoiselle Harcourt et monsieur sont dans le vestibule, lui dit-elle en lui tendant un manchon en zibeline et une paire de gants en cuir de chevreau.

On gratta très légèrement à la porte et Charlotte Harcourt entra sans avoir été annoncée.

— Bien, vous avez un manchon, dit-elle gaiement. Il y a des chauffe-pieds dans le carrosse de Percy, mais vous aurez besoin de gants et d'un manchon. Il fait froid, mais je pense que le soleil pourrait se montrer bientôt. Si seulement le brouillard pouvait se dissiper. Alors, les conditions seraient parfaites pour notre voyage. J'ai insisté pour que Percy laisse son carrosse rose à Londres, nous allons donc voyager dans l'anonymat relatif d'une voiture bleuet. Dieu soit loué, j'ai hérité du bon sens dans la famille ! (Elle lança un coup d'œil à la lettre cachetée sur la table.) Oh, vous ai-je interrompue ? Voulez-vous que je m'en aille ?

— Non. J'ai terminé, et Gabrielle confiera ma lettre au majordome pour qu'elle soit postée.

— Très bien. J'espère qu'elle vous a prévu une tenue d'équitation, dit Charlotte avec une bonne humeur feinte en voyant les ombres sous les yeux de la jeune fille et la pâleur de ses joues. Je suis impatiente de vous montrer notre maison et le terrain. C'est la plus grande fierté de Percy. Il est encore en train de faire rénover une aile, mais l'ensemble sera de style plutôt gothique quand ce sera terminé. J'espère que vous pourrez faire abstraction des charpentiers, maçons et autres ouvriers. Ils rendront notre séjour plus amusant ! Allez, venez, ne faisons pas attendre Percy, sinon…

Antonia s'arrêta soudain sur le deuxième palier et toucha le bras de Charlotte.

— Je suis désolée d'avoir été une telle… une telle imbécile au théâtre.

— N'y pensez plus. Nous n'y accordons aucune importance.

— Mais j'ai agi comme une imbécile.

— Balivernes ! Il s'est montré très impoli en agissant…

— Non, dit Antonia fermement en baissant les yeux vers son manchon. Il ne tolère pas les mauvaises manières. C'est moi qui me suis montrée impolie en me comportant comme une enfant dans un endroit aussi public. Mon comportement irréfléchi a dû le mettre très mal à l'aise.

— Chut, très chère, dit Charlotte avec un sourire. Ne vous préoccupez pas de cela. Peu importe vos manières, les siennes n'étaient pas mieux. Mais nous ne vous avons pas du tout trouvée impolie. Il était tout naturel que vous… Enfin, ce n'est pas une façon convenable d'entamer notre excursion de la semaine ! Nous faisons attendre Percy dans le vestibule, le pauvre.

Elle prit le bras d'Antonia et continua à descendre l'escalier. Mais en arrivant au palier du premier étage, Antonia s'arrêta de nouveau et refusa d'avancer. Charlotte avait également entendu les voix plus bas, dans le vestibule ; elle regarda par-dessus la balustrade. Elle ne voyait que le majordome et un valet de pied.

— Ce n'est que Hawthorne, assura-t-elle à Antonia. C'est sûrement Percy qui parle à votre oncle. Il tenait vraiment à vous dire au revoir.

— Non. C'est monsieur le duc, déclara Antonia.

Charlotte était sceptique, mais elle joua le jeu.

— Vous croyez ? Devrions-nous sortir dans la cour en nous faufilant par l'escalier des domestiques ?

Antonia secoua la tête.

— Je suis peut-être sotte, mais je ne suis pas lâche, dit-elle en suivant Charlotte le long de la dernière volée de marches qui les mena dans le grand vestibule.

Il s'agissait bien du duc. Il portait une redingote d'équitation en velours noir décorée de lacets argentés et un haut-de-chausses chamois resserré au niveau des cuisses et également prévu pour ce sport. Il avait posé une botte de jockey poussiéreuse sur la première marche et un coude sur la rampe. De la main gantée de ce même bras, il tenait une cravache.

Charlotte fit une révérence en leur disant bonjour, mais on lui prêta à peine attention ; le regard du duc restait rivé sur Antonia depuis qu'elle avait commencé à descendre l'escalier principal. Charlotte ne savait pas si elle devait rester à côté d'Antonia ou reculer. Indécise, elle hésita en levant les yeux vers le visage d'une grande beauté et toujours aussi insondable de l'aristocrate. Charlotte avait beau ne pas voir d'un très bon œil ce noble arrogant et ses infâmes habitudes prédatrices, elle ne voyait aucun mal à ce qu'il parle à Antonia dans un endroit aussi public qu'un vestibule, elle se retira donc à une distance discrète, près d'un ensemble de canapés à côté de l'escalier.

Antonia voulut la suivre, mais le duc lui barra le chemin. Elle attrapa la rampe de sa main gantée, la serrant fermement, et elle sentit son pouls s'accélérer, tout en étant curieusement engourdie. Elle avait préparé ce qu'elle lui dirait si l'occasion se présentait et elle était déterminée à lui dire ce qu'elle avait à lui dire sans montrer aucune émotion. Charlotte lui servait de témoin silencieuse, ce qui l'aidait, mais rien ne put empêcher la couleur d'envahir ses joues.

— Il faut que je vous parle, dit le duc à voix basse. Seul à seul.

— Bonjour, Votre Grâce, répondit calmement Antonia dans son anglais au curieux accent, même s'il avait choisi de lui parler en français, les yeux posés sur l'épingle endiamantée dans les plis de sa cravate en dentelle. Excusez-moi, j'allais partir avec Charlotte. Si vous voulez bien…

Il fit un pas vers elle et agrippa son coude.

— Écoutez-moi, Antonia. C'est important, je vous dois une explication…

Elle libéra son bras et enfonça ses mains gantées dans son manchon.

— Ce n'est pas nécessaire, vous n'avez pas à m'expliquer quoi que ce soit d'autre, Votre Grâce. Vous vous êtes bien fait comprendre ce matin-là à Paris et j'aurais dû mieux écouter vos propos sur le moment…

— Je n'ai rien fait de la sorte, la contredit-il, ne pouvant résister à l'envie de lui caresser la joue du dos de la main. Je vous ai traitée de façon abominable.

— Je vous en prie, Votre Grâce, les Harcourt attendent de m'emmener à Twickenham, bégaya-t-elle en sentant son visage s'enflammer sous ses doigts.

— Votre prononciation de l'anglais s'est rapidement améliorée depuis que vous m'avez quitté, la complimenta-t-il, souriant quand elle s'empourpra. Mais je préfère largement que nous parlions français. Ne pouvez-vous pas m'accorder cinq minutes de votre temps, mignonne ? Les chevaux peuvent attendre…

Antonia hésita, leva les yeux et surprit son sourire indulgent, qui n'eut pas seulement pour effet de lui embrouiller les idées, mais aussi de lui faire oublier son anglais et les phrases bien préparées qu'elle s'était répétées toutes les nuits dans l'intimité de son lit à baldaquin. Les voix qu'elle entendait sous le portique et le fait que le majordome s'était approché de Charlotte et qu'ils rôdaient tous les deux dans les parages lui inspirèrent un sentiment d'urgence. Il s'agissait peut-être de sa seule chance de lui dire ce qu'elle pensait ; sa détermination à ne montrer aucune émotion s'évanouit. Elle reprit dans un français précipité :

— Vous n'avez surtout pas à vous sentir coupable, lui assura-t-elle à voix basse. Vous n'avez rien fait de mal. Rien de moins ou de plus que ce que je vous ai demandé.

— Coupable ? Mais, je veux vous expliquer m…

— C'est réellement inutile. Je comprends. Vraiment. Quand vous m'avez conduite à Paris dans votre carrosse, j'aurais dû savoir qu'il ne s'agissait que d'un petit acte de bonté envers une cousine éloignée, et non…

— Un acte de bonté ? Mes agissements n'avaient rien à voir avec une quelconque bonté. J'ai agi ainsi parce que déjà à l'époque, je…

— Je vous en prie, monseigneur ! Vous devez me laisser finir, dit-elle avec un dédain impérieux mais furtif qui le poussa à réprimer un sourire. Si vous ne me laissez pas finir, je vais m'emmêler les pinceaux, ce qui ne conviendrait vraiment pas, car j'ai énormément de choses à vous dire.

— Très bien. Poursuivez, dit-il patiemment en appuyant un coude sur la rampe.

— Je me rends compte à présent qu'à Paris, vous m'avez traitée avec beaucoup de bonté, et c'est ainsi que j'aurais dû voir les choses. À la place, faisant preuve de beaucoup de naïveté et de sottise, j'ai eu foi en mes sentiments et j'ai osé songer que vous ressentiez la même chose que moi. (Elle croisa brièvement son regard avec courage.) Ce n'est pas le cas et c'est difficilement votre faute, je vous pardonne donc.

Il déglutit.

— Je ne mérite vraiment pas…

— S'il vous plaît ! S'il vous plaît, ne m'interrompez pas. Il est très difficile pour moi de dire ces choses, continua Antonia dans un murmure avant de se racler la gorge, de s'approcher un peu plus pour que lui seul puisse l'entendre, et de reprendre : Je veux que vous sachiez que quoi qu'il arrive, vous n'avez pas à vous sentir astreint à la moindre obligation envers moi après que nous… que nous… après ce qu'il s'est *passé* entre nous. Tout ceci appartient au passé et les conséquences ne concernent que moi. Si vous aviez eu la courtoisie de répondre ne serait-ce qu'à une des nombreuses lettres que je vous ai écrites, alors moi, je ne serais pas là en train de m'expliquer auprès de vous, car je saurais que vous comprenez… Mais au théâtre, vous avez été parfaitement clair. À présent, j'ai donc l'impression que nous nous comprenons. Je ne vous importunerai plus. Maintenant, je vous en prie, laissez-moi passer.

Il ne se décala pas et elle ne fit aucun effort immédiat pour partir. Malgré l'agitation tout autour d'eux, c'était comme s'ils étaient seuls dans le grand vestibule. Le duc leva lentement le menton d'Antonia pour regarder dans ses yeux verts.

— Je n'ai jamais cherché à vous mentir sur ma vie, Antonia, même sur ses aspects les plus sordides, dit-il doucement. Et pourtant, tout en sachant comment j'étais, vous m'avez pris pour un homme meilleur que ce que je suis réellement. Je ne vous mérite pas, surtout pas après vous avoir traitée de façon aussi impardonnable. Mais depuis que nous avons partagé un lit, je me rends compte que je ne peux pas... que j'ai besoin... que je suis... Ce que j'essaye de vous dire, c'est que...

— Vous voilà ! s'exclama Theo Fitzstuart en entrant par la porte d'entrée et en s'avançant droit vers le duc. Percy est d'une humeur effroyable à cause des chevaux. Ils ne vont pas tenir beaucoup plus longtemps. Charlotte ? Antonia ? Êtes-vous prêtes ? Ah, Votre Grâce ! Ai-je interrompu... ?

Le duc avait tourné le dos à Theo pour dissimuler son visage brûlant, et Antonia sut que leur moment avait pris fin. Son oncle la regardait l'air d'attendre quelque chose et Charlotte vint la rejoindre, elle souleva donc rapidement ses jupons, fit une révérence devant le duc et prit la fuite à travers le vestibule pour rejoindre le carrosse qui les attendait.

Theo Fitzstuart observa Antonia fuir à l'extérieur, Charlotte sur ses jupons, puis il se tourna vers le duc, qui s'appuyait contre la balustrade et regardait la cravache dans ses mains gantées en fronçant les sourcils.

— J'arrive au mauvais moment. J'aurais dû écouter la mise en garde de Charlotte.

— Oui, dit le duc sèchement, sans le regarder, avant de monter les marches deux par deux.

— Je suis désolé, Votre Grâce, mais si j'avais su... essaya d'expliquer Theo Fitzstuart en s'élançant à la poursuite du duc.

— Où se trouve votre mère ?

— Ma mère ?

Roxton descendit un couloir et s'invita dans le salon de Lady Strathsay, éloignant un valet de pied agité d'un geste de la main et faisant crier et éclater en sanglots coupables la femme de chambre de madame la comtesse, qui avait une oreille appuyée contre la porte de la chambre à coucher.

— Sortez votre maîtresse du lit, ordonna-t-il en ouvrant d'un grand geste le rideau damassé pour regarder la place en contrebas. Et dites à Hawthorne de faire monter dans cette pièce le petit déjeuner que j'ai demandé. Fitzstuart, vous joignez-vous à nous ?

— Pour le petit déjeuner, Votre Grâce ?

— Oh, cessez donc d'être aussi obtus ! Alors, mademoiselle, dois-je enfoncer la porte à votre place ?

— Ce que vous avez à dire à ma mère peut sûrement attendre, non ? suggéra Theo Fitzstuart, aussi horrifié que la bonne qu'il veuille déranger sa mère à une telle heure.

— Non. J'ai attendu assez longtemps, dit amèrement Roxton. Mais je vous en prie, ne restez pas si l'idée d'arracher votre mère des bras de son amant vous dérange. De quel Dick s'agit-il aujourd'hui ? À moins qu'elle n'ait oublié d'envoyer sa liste de la semaine à la cour ?

— Vos propos sont tout à fait déplacés !

— Et pourtant, ils sont véridiques. Je ne présenterai aucune excuse.

— Je ne vous en demande pas. Je connais suffisamment les habitudes de ma mère, dit sèchement Mr. Fitzstuart. Mais que vous condamniez un tel comportement alors que le vôtre nourrit les commérages qui accompagnent le thé depuis presque deux décennies…

— Contrairement à Augusta, j'ai la décence d'avoir mes… hum… *liaisons* sous le toit de quelqu'un d'autre, répondit le duc avec mépris. Votre mère a l'impolitesse de faire étalage de sa dépravation à l'étage situé juste au-dessus de celui de sa propre petite-fille !

Mr. Fitzstuart ne trouva rien à répondre à cela. Il s'assit sur l'accoudoir d'un fauteuil chinois sculpté et balança sa jambe dans un silence maussade. Le duc prit du tabac à priser et continua à regarder par la fenêtre jusqu'à ce que la bonne ressorte de la chambre. Elle tremblait et une marque rouge était apparue sur sa joue gauche. Theo fit la grimace en voyant l'ouvrage de sa mère. Le duc se contenta de lever son lorgnon.

— Que c'est médiéval, commenta-t-il d'une voix traînante en chassant la bonne recroquevillée d'un geste de la main. Allez vous occuper de votre visage.

La bonne fit une révérence et disparut.

— Ah, voilà le petit déjeuner, dit le duc quand le majordome et un valet de pied qui écarquillait les yeux déposèrent une cafetière et un lourd plateau sur un bureau placé d'un côté de la pièce. Hawthorne, servez Mr. Fitzstuart. J'en ai seulement pour un moment, Theophilus.

— Que comptez-vous faire ? s'enquit Mr. Fitzstuart avec inquiétude. Mon Dieu ! V-vous n'allez pas sérieusement entrer là-dedans ?

— Mon cher garçon, c'est dans une chambre à coucher que je brille le plus. Tous les commérages qui accompagnent le thé vous le diront.

Le DUC ET Mr. Fitzstuart buvaient une deuxième tasse de café et avaient demandé une deuxième assiette de petits pains quand Lady Strathsay émergea de l'obscurité de sa chambre, évoquant une lionne sortant de sa tanière. Ses cheveux roux retombaient en boucles emmêlées dans son dos, ses lèvres étaient peintes d'un rouge vif et elle était fraîchement parfumée. Une robe de chambre fluide en soie chinoise à fleurs était posée de façon négligée sur ses épaules. Elle ne couvrait absolument pas sa fine chemise de nuit en soie qui ne laissait aucun doute sur le fait qu'elle possédait toujours une cuisse bien galbée et la silhouette d'une femme ayant la moitié de son âge.

— Comme c'est charmant, vous avez revêtu votre visage, dit le duc en étirant ses longues jambes et en lançant un coup d'œil à Theo, qui s'était relevé précipitamment à l'instant où la comtesse était entrée dans la pièce en tourbillonnant. Soyez un fils dévoué et servez votre chère mère.

— Je n'en veux pas ! lança-t-elle d'une voix rageuse en plissant les yeux face à la lumière de fin de matinée qui inondait le salon. Comment osez-vous… ?

— Épargnez-moi votre indignation, dit froidement le duc. J'ai déjà tout entendu et votre fils ne mérite vraiment pas d'avoir un aperçu de votre langue acerbe. Je vous suggère de prendre une tasse de café. Je compte bien vous solliciter pendant un bon moment.

Instinctivement, elle regarda la porte de la chambre derrière elle.

— J'ai pris la… hum… *liberté* de commander un petit déjeuner pour John, dit Roxton en esquissant un sourire en coin quand elle lui lança un regard noir. Hawthorne va s'occuper de tout, même de son journal matinal et de sa chope de bière… Est-ce que cela correspond bien à ses habitudes ?

— Quand je pense que vous avez eu l-l'*audace*…

— Je vous en prie, inutile de me remercier. C'est la moindre des choses, dit le duc en agitant sa main blanche avec arrogance. Une chope de bière n'est qu'une petite compensation après vous avoir relevée de force de vos genoux. Cela dit, j'ai l'impression que John a trouvé que la situation n'était pas totalement dénuée d'humour. Il a ri quand je lui ai proposé d'attendre qu'il… Enfin, je ne vais pas vous embarrasser plus longtemps, surtout pas devant votre fils.

Lady Strathsay regarda son fils comme si elle le voyait pour la première fois.

— Que faites-vous ici ?

Mr. Fitzstuart pinça les lèvres.

— Si vous préférez que je parte…

— Restez, lui ordonna le duc. Asseyez-vous, Augusta, dit-il en lui indiquant un fauteuil.

Elle cessa abruptement de faire les cent pas sur le tapis d'Aubusson et fit face à son cousin, ses yeux n'étant plus que des fentes d'un vert éclatant. Le duc prit du tabac, visiblement inconscient du fait qu'Augusta le bravait, ayant tout l'air de quelqu'un s'attendant à ce qu'elle l'écoute sans contestation. Theo se dit qu'il était possible qu'elle lui désobéisse. Roxton se décida enfin à relever ses yeux à moitié fermés, mettant un terme à sa mutinerie ; elle s'installa dans le fauteuil indiqué.

Il n'y avait rien de modeste dans ce geste, qui embarrassa son fils. Il se détourna pour manipuler inutilement la cafetière et les tasses. Elle s'affala dans la bergère, sa chemise de nuit et sa robe de chambre glissant sur l'une de ses épaules, révélant en grande partie un sein rond qu'elle n'essaya pas de cacher. Elle passa même une jambe sur l'accoudoir rembourré du fauteuil, se prélassant à son aise, un petit pied nu aux ongles vernis dirigé vers la fenêtre.

— Quand Kate m'a dit que vous aviez changé, elle a omis de préciser quels changements avaient opéré, dit-elle d'une voix chargée d'ironie. À vrai dire, elle était très réticente à me donner des détails sur la soirée d'hier. J'étais étonnée de la voir rentrer aussi tôt de Drury Lane, accompagnée d'Antonia qui plus est. Mais quand elle a mentionné votre réapparition soudaine, je n'ai pas été étonnée qu'elle ait pris la fuite. Pauvre Kate… et pauvre petite Antonia ! L'une d'elles s'en remettra, elle est assez jeune. Mais Kate ? (Lady Strathsay haussa les épaules avec un petit rire.) Autrefois, j'enviais votre jeunesse éternelle, Roxton. Mais ce n'est plus le cas. Je crois voir un peu de gris sur vos tempes noir de jais. Et des rides, oui, des rides plus profondes, plus prononcées autour de ce rictus. Votre conscience vous pèse peut-être ?

Theo lui tendit une tasse en porcelaine en fronçant les sourcils.

— Votre café, madame.

Lady Strathsay leva les yeux vers lui.

— Cher Theo, c'est à *moi* que vous en voulez ? Que voulez-vous que je dise, alors que c'est moi qui ai été tirée du lit ?

— Un peu de respect pour…

— Sa Grâce ? se moqua-t-elle. Le duc me connaît trop bien pour cela. Nous n'avons jamais fait de manières.

— Ce n'est pas une visite de courtoisie, mère.

— Comment ? Oh ! Vous voulez que je m'incline devant le chef de famille ? Bonté divine ! Ouvrez les yeux, mon fils. Roxton est peut-être un duc, mais il ne mérite certainement pas mon respect, et vous le comprendrez quand je vous aurai dit la dernière…

— Assez, dit le duc dans un murmure en se dirigeant vers la fenêtre.

— Ce rictus vous va mieux que ce que vous pensez, se moqua Lady Strathsay. Mais n'oubliez pas ces rides autour de votre bouche ! Prenez garde…

— Vous êtes une imbécile, Augusta, lui dit le duc d'une voix traînante. Dommage que vous n'ayez pas cultivé votre esprit autant que votre vanité, ce qui vous aurait peut-être évité la solitude dans votre vieillesse. Quand votre beauté se fanera et que vous deviendrez insipide, qu'aurez-vous à offrir à un homme ? Il n'est jamais trop tard pour cultiver un peu d'humilité, ma cousine.

— Et c'est l'humilité incarnée qui le dit ! répliqua Lady Strathsay.

Roxton lui adressa l'un de ses rares sourires.

— L'arrogance est une *qualité* chez les hommes, ma chère. Chez une femme, c'est un *défaut*. Mais je ne suis pas venu ici pour perdre mon temps en taquineries. Theophilus : allez fouiller les tiroirs du bonheur-du-jour de votre mère.

— Pourquoi donc, Votre Grâce ? s'enquit Theo Fitzstuart, son regard passant du duc à sa mère, qui était soudain bien pâle. Mère, vous voudriez peut-être… ?

— C'est bien là que vous rangez votre correspondance ? l'interrompit le duc en regardant intensément la comtesse.

— De quel droit ordonnez-vous à mon fils de fouiller dans mes papiers personnels ?

Le duc tendit sa main ouverte.

— La clé, Augusta.

— Il n'est jamais fermé à clé.

— La clé du seul tiroir que vous verrouillez.

— Votre Grâce, je ne comprends pas en quoi tout cela est nécessaire.

— Je veux récupérer ce qui m'appartient. Et vous détenez toujours ce qui m'appartient, n'est-ce pas, Augusta ?

La comtesse s'agita, mal à l'aise, et refusa de le regarder ou de regarder son fils.

— Je ne vois pas du tout ce que je pourrais bien avoir qui pourrait vous intéresser…

— Des lettres.

— Des lettres ? Je brûle toutes mes correspondances. Il ne faut pas laisser traîner les petites histoires de cœur des gens. Vous devriez le savoir mieux que moi.

— Vous en avez laissé passer une entre les mailles de votre filet. Je veux les autres.

— Y-y en a-t-il d'autres ?

— Votre visage vous trahit. Ces lettres m'étaient destinées. Elles m'appartiennent. Et je veux les récupérer. *Maintenant.*

— Je… j'ai détruit les autres ! dit-elle impétueusement. Je ne voyais pas l'intérêt de les garder. À quoi bon ? Ce n'étaient que des pages de bavardages sans importance venant d'une enfant. Incompréhensibles, la plupart du temps, et n'annonçant rien de nouveau… enfin, ces lettres n'ont plus rien de nouveau *maintenant*, dit-elle pour l'agacer. Espériez-vous découvrir des pages et des pages de déclarations d'amour éternel pour votre personne ? Vous êtes loin du compte ! Cela dit, l'une d'entre elles, deux peut-être, étaient écrites en italien. Je n'ai pas pu déchiffrer celles-là. Il lui est peut-être plus aisé d'exprimer ses émotions troublées de façon quelque peu ordonnée en passant par cette langue plutôt qu'en français ? Après tout, le français est sa langue maternelle, et quand elle…

— M-mon… Dieu, mère ! V-vous avez volé les lettres qu'Antonia déposait sur la table du vestibule ? demanda Theo avec colère. Et vous les avez *lues* ?

— Non. Hawthorne les a volées. Je n'ai fait que les garder en lieu sûr.

— J-je ne sais pas quoi dire, Votre Grâce, s'excusa Theo Fitzstuart, rouge d'embarras. Je n'aurais jamais imaginé… Enfin, si j'avais su… Toutes ces semaines… Toutes ces lettres… Elle pensait que vous préfériez l'ignorer.

Lady Strathsay partit d'un rire nerveux.

— Ne soyez pas si choqué, Theo ! Vous deviez bien l'avoir deviné ? Et je ne l'ai pas fait par méchanceté, arrêtez donc de me regarder comme si j'étais une sorcière bonne pour le bûcher. Quoi que vous pensiez, je l'ai fait dans l'intérêt de ma petite-fille. C'est tellement malsain qu'une jeune fille de l'âge tendre d'Antonia corresponde avec un homme de la réputation de Roxton, dit-elle avec dégoût. Qu'est-ce que la société aurait pensé d'elle si ses lettres s'étaient égarées ? Quel malheur si son nom devait être lié à lui de quelque manière que ce soit.

Elle observa son fils s'avancer vers le bonheur-du-jour en noyer laqué, abaisser brutalement l'avant du bureau et fouiller dans les petits tiroirs.

— Comment osez-vous toucher à ma correspondance personnelle !

— Il est un peu tard pour s'indigner, mère, déclara Theo.

Il trouva ce qu'il cherchait et inséra la petite clé en argent dans la serrure qui verrouillait la rangée de tiroirs la plus haute.

— Asseyez-vous ! ordonna le duc quand la comtesse se releva à moitié de son fauteuil.

— Je compte bien appeler John !

— Je vous en prie. Si vous pensez qu'il peut vous aider, répondit le duc. J'en doute vraiment. Il a probablement eu la sagesse d'aller au White's Club.

La comtesse chercha difficilement une réplique convenable, puis elle pinça fermement les lèvres, écarquillant les yeux face au changement qui envahit les traits du duc quand Theo déposa un paquet de lettres ouvertes rassemblées par un ruban à côté de lui sur la méridienne. Elle se dit qu'il semblait presque capable de ressentir des émotions. Des pointes de couleur parsemaient ses joues fraîchement rasées et un petit sourire secret planait sur sa fine bouche. Elle esquissa un sourire en coin et passa à l'attaque :

— Une telle dévotion est vraiment très rare chez quelqu'un d'aussi jeune, dit-elle d'un ton doucereux. J'avais supposé que si elle ne recevait pas de réponse, elle se lasserait et arrêterait de vous écrire après deux semaines. Mais non, elle a persisté. Cette chère petite. Elle est d'une beauté délicieuse, d'un naturel doux, et elle reste assez jeune pour être modelée comme on l'entend. Elle est un peu têtue, mais certains hommes trouvent cela attirant. Sa toquade puérile pour vous passera, bien sûr. Je ne pense pas que le vicomte d'Ambert ait de quoi s'inquiéter, et vous ?

Roxton, qui feuilletait les lettres, releva la tête.

Lady Strathsay arbora un sourire douceâtre.

— J'ai de la compassion pour vous, vraiment. J'ai toujours su que quand vous laisseriez enfin vos émotions prendre le dessus, votre chute serait terrible. (Elle poussa un soupir tragique.) Il est possible que vous ayez convoité ma petite-fille dès la première fois où vous avez posé les yeux sur elle. Pas étonnant que Kate ait été dévastée. Mais elle est brave. (Elle lança un coup d'œil à son fils, qui traînait les pieds devant la cheminée, l'air très mal à l'aise.) Theo ? Dites-moi, comptez-vous ne rien faire et laisser ce noble satyre plonger son bâton entre les douces cuisses virginales de votre nièce ? Serait-ce juste pour le jeune vicomte s'il découvrait lors de sa nuit de noces que son épouse a un voile déchiré ?

En deux grandes enjambées, Roxton se retrouva devant son

fauteuil, une fureur muette le faisant pâlir, un bras levé devant lui. La comtesse se recroquevilla et cacha son visage d'une main, s'attendant à ce qu'il la frappe et espérant que son fils interviendrait. Theo Fitzstuart ne bougea pas. Il ne savait pas quoi faire. Il n'eut pas à prendre de décision. Le duc se détourna, dégoûté de lui-même, et se plaça devant la fenêtre, tournant le dos à la mère et au fils. Il s'accorda un instant, puis il prit la parole sans se retourner, les yeux rivés sur une chaise à porteurs qui venait de tourner sur la place et se retrouvait face à un carrosse tiré par six chevaux :

— Il est temps de mettre un terme à cette mascarade, madame, dit le duc d'une voix mesurée. Vous savez aussi bien que moi que le contrat de mariage signé par Strathsay et le comte de Salvan n'est pas valide. Et vous l'avez toujours su.

Quand il ne reçut aucune réponse, il regarda derrière lui, juste à temps pour voir la comtesse hausser une épaule en regardant son fils, comme si elle ne comprenait pas.

— Inutile de faire semblant, même devant votre fils. Il connaît la vérité, à présent.

— C'est la raison pour laquelle je suis allé à Treat, expliqua Theo. Pour discuter de la validité de la revendication du comte de Salvan sur Antonia avec Sa Grâce.

— Roxton vous a-t-il dit qu'en mettant les pieds en Angleterre, il avait manqué à sa promesse à son cousin ? répliqua Lady Strathsay avec dédain. Que pensez-vous d'un homme qui donne sa parole, mais ne la tient pas ?

— Mère, inutile de calomnier le duc. Il a donné sa parole en toute bonne foi, mais on lui a soutiré par un moyen frauduleux. Salvan l'a dupé…

— Pures absurdités ! Roxton a promis de ne pas s'approcher d'Antonia tant qu'elle n'aurait pas épousé le vicomte d'Ambert. En quoi a-t-il été dupé ? Cette requête n'avait rien d'abusif quand on sait qu'il a complètement tourné la tête de la petite. Bon Dieu, elle excuse même son comportement de débauché – et elle le tolèrerait si elle finissait mariée à lui. Dieu soit loué, elle ne risque pas d'être compromise par un homme comme lui. Et le bon sens de votre père soit loué, elle va en épouser un autre.

— C'est un peu tard pour jouer les épouses dévouées, ma chère, ricana le duc. Il doit bien s'agir de la seule chose sur laquelle vous ayez jamais été d'accord, vous et lui. Mais je pardonne le rôle de Strathsay dans tout cela, car il pensait réellement faire ce qu'il y avait de mieux pour sa petite-fille. Quant à vous, vous avez encouragé cette union uniquement pour qu'Antonia ne revienne pas en Angleterre, vous évitant ainsi la corvée de prendre soin d'elle.

» Vous ne vous êtes jamais souciée du bien-être de sa mère, ni du futur de la petite quand ses deux parents sont morts. Et quand vous avez découvert qu'elle était infiniment plus belle que vous ne l'avez jamais été, autant physiquement que dans son comportement, vous n'avez certainement pas voulu d'elle sous votre toit. Comme c'est pratique, elle a été éloignée à Twickenham avant que John ne puisse poser les yeux sur sa beauté exquise et juvénile.

— Vous me faites passer pour une créature sans cœur, dit Lady Strathsay, la lèvre tremblotante. Mais c'est faux ! Moi aussi, je ne veux que le meilleur pour elle…

— … à condition que cela n'interfère pas avec ce qu'il y a de mieux pour vous !

— Je pense qu'il est préférable qu'elle soit mariée à un garçon sans passé plutôt que d'être entichée d'un roué qui a déjà un pied dans la tombe et de finir dans son lit !

Le duc arbora un sourire dénué de joie.

— Infiniment préférable. S'il s'agissait de ce qu'elle veut. Mais ce n'est pas le cas. Et si le vicomte d'Ambert était stable d'esprit, ce qui n'est pas le cas non plus. Et s'il n'était pas dépendant des opiacés, ce qui est le cas.

— C-comment ? bégaya la comtesse. Je ne vous crois pas ! Theo, vous ne pouvez pas croire à ces balivernes. Comme c'est pratique pour vous, Roxton, que le garçon soit fou ! Cela vous permet d'intervenir et de prendre sa place sans contestation. Allons, Theo, vous ne pouvez pas sérieusement croire à ces âneries calomnieuses.

— J'y crois, maintenant. Au début, je trouvais tout cela saugrenu, mais quand Roxton m'a expliqué la situation… Certains détails…

— Je suis sûre que vous avez su vous montrer convaincant, lança-t-elle au duc. Maintenant, vous allez me dire que Strathsay et le comte de Salvan étaient parfaitement au courant de tout cela quand ils ont lié Antonia à d'Ambert par un contrat !

— Non, dit le duc en prenant du tabac à priser, secouant les ruches en dentelle de son poignet en s'asseyant, jambes croisées, sur le coussiège. Strathsay n'en avait pas la moindre idée. Quant à mon cher cousin, il n'est pas aussi innocent. Le pauvre Salvan a un petit pois à la place du cerveau, même s'il se pense maître de la manipulation. Il est au courant de l'addiction de son fils aux opiacés. Il a essayé de le contrôler de temps en temps en… hum… *régulant* la consommation de son fils, mais sans succès. Puis il lui a agité une lettre de cachet sous le nez, ce qui n'a pas fonctionné non plus. Cette stratégie aurait pu réussir, si les opiacés n'étaient pas le seul… hum… *mal* du garçon.

— Une bien belle histoire, dit Lady Strathsay avec dédain.

Le duc lui adressa un sourire méprisant.

— Aussi belle que celle qui arrive. Il y a neuf mois environ, Strathsay vous a écrit…

— Je n'ai aucun souvenir de…

— Alors laissez-moi vous rafraîchir la mémoire ! gronda le duc. Dans ses vieux jours, ce qui préoccupait principalement Strathsay était la prise en charge de sa petite-fille quand il quitterait ce monde. Il voulait qu'elle ait une vie bien rangée, qu'elle soit mariée, oui, mais dans un mariage avantageux. Le comte de Salvan s'est adressé à lui. Mon cousin sait que son fils a tendance à partir dans des crises de rage incontrôlable, tout comme le reste de la cour. Aucune mère ne veut voir sa fille mariée à quelqu'un comme lui. Si les Salvan avaient possédé une fortune en plus de leur titre, une fille de la noblesse aurait peut-être été sacrifiée. Peu importe. Strathsay n'avait aucune idée du tempérament du vicomte. Il a donné son accord pour qu'un contrat de mariage soit rédigé, mais à une condition seulement. Il voulait que Salvan attende un an. Il voulait envoyer Antonia auprès de vous, car il était mourant et…

— Strathsay m'aurait écrit ? Et qu'ai-je répondu ? demanda insolemment Lady Strathsay.

— Rien.

— Vous voyez ! dit-elle en regardant son fils. Pourquoi votre père prendrait-il la peine de me demander conseil ? Nous n'avons pas correspondu pendant les trente dernières années, voire plus ! Je ne saurais reconnaître son écriture si je l'avais sous le nez. Et même si c'était le cas, cela ne prouverait rien. L'idée qu'il ait pu m'écrire est ridicule !

Theo se tourna vers le duc, mais ce dernier regardait la comtesse avec un affreux sourire.

— Trente ans ? demanda-t-il d'une voix traînante. Admettons. Mais vous vous retrouviez rapidement dans son lit dès que vous vous rendiez à Paris. Vous n'avez jamais su résister à une bonne partie de jambes en l'air. Le produit de tels ébats se tient devant vous. Ne rougissez pas, mon garçon, vous connaissez trop bien votre mère.

— Comment… comment osez-vous ? murmura la comtesse.

— Faites vos calculs et taisez-vous, Augusta, dit Roxton. Je reprends ma… hum… *belle histoire*. Non. Vous n'avez pas écrit à Strathsay, mais à Salvan. Vous avez donné au comte votre soutien sans réserve pour le mariage. Salvan est ravi. Il va marier son fils à une jeune fille dont le seul parent qui se soucie d'elle est en train de rendre l'âme. Elle n'a pas de mère, pas de père, aucune fratrie – personne ne se soucie d'elle. Avec un peu de chance, le mariage apaisera les accès de fureur du vicomte pendant un moment. Si Salvan a beaucoup de chance, peu de temps après le mariage, un héritier naitra pour perpétuer son nom, et ce avant que le mal de son fils ne devienne trop embarrassant, avant qu'il ne soit obligé de l'enfermer pour toujours. Et la jeune femme ?

» Qu'advient-il de la jeune épouse ? Salvan se retrouve avec une belle-fille qui n'est pas seulement belle et douce, mais jeune. Mon cher cousin a un penchant pour les jeunes filles – plus elles sont jeunes, mieux c'est. Il a des goûts très perses, c'en est répugnant. Oh, serait-ce de la surprise que je vois dans vos yeux, Augusta ? C'est sordide, non ? Mais il y a plus sordide encore ; cela fait presque un an qu'il poursuit votre petite-fille de ses assiduités. Il la veut pour lui tout seul. La marier à son fils l'arrange sur toute la ligne.

— V-vous ne m'aviez pas dit tout cela, dit Theo Fitzstuart avec un petit rire nerveux et hésitant. C'est absurde de penser qu'il voudrait… qu'il pourrait… qu'il…

— Oui, dit le duc.

— Tout cela vous arrange bien trop, déclara la comtesse. Pourquoi Salvan se donnerait-il autant de mal pour son fils, alors qu'il pourrait très bien se remarier et s'épargner la corvée de lui arranger une alliance convenable ? Pourquoi ne pas faire enfermer le garçon pour l'oublier entièrement ? Il peut avoir un autre fils.

— Il pourrait, admit Roxton. Cependant, engendrer d'autres progénitures ne l'aiderait en rien. Étienne reste son aîné, et donc son héritier. N'est-ce pas plus efficace que le garçon engendre un héritier, plutôt que d'attendre que le titre revienne à un demi-frère ? Le faire enfermer est la solution la moins intéressante pour Salvan.

Lady Strathsay tendit la main vers sa petite cloche en argent.

— Une belle argumentation. Ensuite, vous allez nous dire que Salvan comptait se passer entièrement de l'intervention de son fils et prévoyait de mettre Antonia enceinte lui-même.

— Mère, enfin !

— Ne soyez pas prude, Theo. Cette déduction doit être évidente, même pour vous ! Hawthorne, dit-elle quand le majordome s'avança discrètement dans la pièce, il nous faut d'autres rafraîchissements. Est-ce que Lord Ely… ?

— Parti au White's Club, milady, répondit le majordome. On m'a dit qu'il rentrerait à temps pour dîner.

Lady Strathsay agita la main pour le chasser et réclama son éventail, que son fils alla immédiatement chercher sur son bonheur-du-jour.

— Si Salvan était si malin, il n'aurait pas pu négliger l'existence de mon fils.

— Il n'a pas négligé l'existence de Theophilus, il a simplement considéré qu'elle n'avait aucune importance.

— Eh bien ! souffla Theo Fitzstuart en croisant les bras. Je crois que j'apprécie de moins en moins votre cousin, Votre Grâce.

— Réjouissez-vous, vous n'aurez jamais à le rencontrer, dit le duc avec compassion. Mais votre mère a mis le doigt sur la seule faille dans le délicieux plan de Salvan. Il n'en a pas douté une seule seconde quand Strathsay vous a condamné au rôle de… hum… *bâtard* engendré après l'une des nombreuses aventures de votre mère. Pardonnez-moi, mon garçon, je n'ai pas l'intention de vous offenser. Salvan ne vous a jamais vu, votre ressemblance avec votre cher paternel lui a donc échappé. Par ailleurs, Strathsay a continué à vous renier jusqu'à son dernier souffle, par dépit. C'est ainsi qu'il s'est vengé de sa chère femme, qui a… hum… *déguerpi* quand il avait le plus besoin d'elle.

— Pures inepties ! l'interrompit la comtesse, s'empourprant néanmoins malgré elle. C'est lui qui a choisi de soutenir la revendication des Stuart, pas moi. C'est bien fait pour lui, il n'avait qu'à pas mener un corps expéditionnaire contre la couronne. Imbécile ! Qui pouvait s'attendre à ce que je le suive en exil après une telle trahison… ?

— C'est ce à quoi tout le monde s'attendait, mais vous n'en avez rien fait. Quel *dévouement*.

— Vous êtes très mal placé pour me juger, Roxton ! Et pour mépriser mes mœurs, alors que les vôtres sont les plus atroces, les plus odieuses, les plus affreusement insatiables…

Le duc s'inclina devant elle, une étincelle dans le regard.

— Ma chère Augusta, si j'avais su à l'époque que refuser de partager votre lit vous ferait encore mal après toutes ces années, j'aurais cédé à vos avances. Mais même en tant que jeune novice – j'avais seulement quinze ans –, j'avais assez de discernement pour résister à toutes les ruses de votre répertoire sexuel que vous avez utilisées pour me séduire. Mais je n'en dirai pas plus. Theophilus semble particulièrement offensé par votre… hum… *comportement*. Vous pourrez me gifler plus tard, Augusta, si cela peut satisfaire une envie irrépressible. Ah, voilà votre thé.

Hawthorne posa le plateau en argent sur une console. Quand le duc fut installé dans un fauteuil près du feu, une tasse de café à la main, il reprit :

— Ce n'est pas le testament de Strathsay qui nous préoccupe. Theo est désigné comme fils héritier dans ce document, qui a été rédigé de nombreuses années avant la mort du comte. Vous ne le saviez pas, mon garçon ? Eh bien si. Mais Salvan ne l'a jamais su, peut-être ne le sait-il toujours pas. Voyez-vous, en tant que… hum… *bâtard*, vous n'avez jamais représenté une menace dans les projets de Salvan.

— La légitimité de Theo ne change rien au fait que Salvan et Strathsay ont signé un contrat de mariage, riposta la comtesse. Strathsay a signé le document avant de mourir. Que Theo soit son fils légitime ou non, qu'est-ce qu'il pourrait bien faire pour y changer quoi que ce soit ?

— C'est le testament de Frederick Moran qui a la plus grande importance.

Lady Strathsay fronça les sourcils.

— Maintenant, je suis doublement perplexe. Ce charlatan excentrique est mort il y a plus d'un an. Je ne vois pas du tout ce qu'il a à voir là-dedans !

— Ma chère, vous rougissez. Est-ce votre conscience qui vous pèse ? railla le duc en lançant un coup d'œil à Theo, qui fusillait sa mère du regard. Saviez-vous que ma sœur a récemment épousé Lucian Vallentine et qu'ils ont passé leur lune de miel à Venise et en Toscane ?

— Bien sûr, dit Lady Strathsay, de plus en plus mal à l'aise sous le regard vigilant de son fils. Je ne comprendrai jamais pourquoi ils ont décidé de traverser l'Italie.

— C'est moi qui les ai envoyés là-bas, dit Roxton. Vallentine était heureux de me rendre ce service. Je l'ai envoyé chez un avocat en particulier – celui de Moran. Il se trouve justement que ce *signore* avait une copie du testament de Sir Frederick. Un vrai coup de chance, non, quand on sait que l'original a malheureusement été égaré à sa mort ? Mais Sir Frederick vous avait écrit pour vous faire part de ses intentions, Augusta.

— Si c'est le cas, je ne me souviens pas des détails. Ce devait être il y a très longtemps.

— Il y a cinq ans, pour être précis. Il a pensé qu'il serait prudent de vous informer, en tant que grand-mère d'Antonia, de ses projets pour sa fille s'il venait à mourir subitement. J'ai la lettre en ma possession – une copie qui avait également été confiée à son avocat. Elle confirme ce que j'ai envisagé il y a des mois de cela. Mais je n'ai pas pu prendre de mesures.

Roxton finit sa tasse de café et continua :

— Vous savez aussi bien que moi que Strathsay n'a jamais été désigné tuteur d'Antonia dans le testament de Sir Frederick. Le nom de Strathsay y est bel et bien écrit, mais c'est celui de Theophilus James Fitzstuart, deuxième comte de Strathsay. Moran a supposé que le vieux comte mourrait bien avant lui et que Theophilus hériterait du titre.

— Il voulait que je sois le tuteur d'Antonia, mère, pas Strathsay, déclara Theo. Moran vous l'a dit dans sa lettre. Il vous a aussi dit qu'il faisait du duc son exécuteur testamentaire.

Lady Strathsay haussa une épaule en bâillant.

— Quand bien même, je ne garde aucun souvenir de cette lettre.

— Vous êtes bien le tuteur d'Antonia, mon garçon, soyez-en certain.

— Et alors ? rétorqua la comtesse. Cela ne change rien au fait qu'un contrat de mariage oblige Antonia à épouser le vicomte d'Ambert.

— Cela change tout, mère, répliqua son fils. Strathsay n'avait aucun droit de signer un contrat de mariage pour Antonia. Il n'a jamais été son tuteur, le contrat n'est donc pas valide. Elle n'est pas tenue d'épouser le vicomte.

— C'est ce que vous pensez, mon fils ? s'enquit sa mère avec désin-volture. Tant que notre monarque n'a pas signé le document confir-mant votre prétention au titre, vous n'êtes pas encore le deuxième comte de Strathsay, si ?

Theo Fitzstuart se raidit, mais le duc rit doucement.

— Un éclair d'intelligence, ma chère Augusta. Inutile de vous figer ainsi, mon garçon. Votre revendication sera signée, et ce dès cette semaine, d'après ce qu'on m'a dit. Vous serez comte de Strathsay autant légalement que de naissance avant la fin de la semaine. Et à ce titre, vous deviendrez le tuteur légal d'Antonia. Ce sera donc à vous de décider de son sort.

— Dites-moi, Theo, commença la comtesse d'un ton glacial, quel sera son sort ? Y aura-t-il un échange de prétendants ? Qui lui convient le mieux, à votre avis… ?

— Je vous en prie, mère, je n'ai pas réfléchi… enfin… ce rôle est tout nouveau et…

— … un jeune Français de noble naissance – nous avons seule-ment la parole de Roxton qui affirme qu'il n'est pas stable d'esprit –, ou peut-être préféreriez-vous la voir mariée à ce taureau vieillissant ?

— … ce que je veux, c'est ce qu'il y a de mieux pour Antonia, conclut Theo Fitzstuart d'un ton ferme. Les envies et les besoins d'An-tonia sont ce qui importe le plus. Je lui demanderai donc…

— Oh, voyons ! Vous comptez demander ce qu'elle veut à une jeune fille de dix-huit ans ? demanda la comtesse avec un rire acerbe. En voilà une idée complètement folle !

— Dix… *dix-huit* ans ?

C'était Roxton qui avait pris la parole, dans un murmure.

La comtesse se tourna vers le duc en haussant ses sourcils parfaitement arqués.

— Oui, *dix-huit*, articula-t-elle d'une voix ronronnante en observant la gorge de l'aristocrate se serrer alors qu'il plaquait une main sur sa bouche. Elle a eu l'audace d'ajouter deux ans à sa courte vie, pensant bêtement qu'on la prendrait plus au sérieux à vingt ans qu'à dix-huit ans. Une femme qui se *vieillit*, du jamais vu !

Elle haussa son épaule nue en lançant un regard sournois et satisfait au duc qui, pour masquer son inconfort, se chargea de défaire le nœud qui retenait le paquet de lettres.

— Qu'elle ait dix-huit ou vingt ans, deux années n'ont sûrement aucune importance pour un homme qui fonce droit sur sa quarantaine, n'est-ce pas, monsieur le duc ? Mais... cela doit rendre la perspective de goûter à ses délices encore plus attrayante...

— *Mère.*

— Vraiment, Theo, dit-elle en se relevant pour enfiler ses mules avec un soupir agacé face à l'embarras de son fils, qui avait pris une teinte rouge brique. Je ne comprends pas que vous condamniez le comportement et les intentions de l'un sans condamner autant l'autre. Il me semble que les intentions de Roxton envers Antonia ne sont pas moins sordides que celles du comte de Salvan. Alors, Theo ?

— Bravo, Augusta. Bra-vo ! lui lança le duc avec mépris. Votre haine et votre jalousie de votre unique petite-fille ne connaissent aucune limite.

La comtesse balança sa longue chevelure rousse par-dessus son épaule en s'avançant vers la porte de sa chambre d'une démarche théâtrale.

— Prenez vos lettres et partez. Je ne vois pas pourquoi vous voudriez les lire maintenant... Enfin, quoi qu'il en soit, peu m'importe. Contentez-vous de nous laisser tranquilles, John et moi, pour le reste de la semaine – c'est valable pour vous deux. Oh, il y a un petit détail que j'ai oublié de mentionner, dit-elle dans l'embrasure de la porte avec un sourire douceâtre. Puisque vous êtes maintenant le tuteur d'Antonia, Theo, c'est votre problème. J'imagine que le duc vous offrira ses conseils, puisqu'il semble avoir un profond intérêt pour notre petite Antonia. Je me demande comment vous vous débrouillerez pour démêler cette affaire si vous décidez de contester la requête du vicomte. Au moins, vous pourrez lui dire en face…

— Je vous demande pardon, mère ?

— N'en ai-je pas parlé plus tôt ? Comme je suis sotte ! Hier après-midi, quand Charlotte m'a annoncé la nouvelle tout à fait surprenante que Roxton était de retour, j'étais tellement surprise et choquée que j'ai immédiatement écrit au comte de Salvan pour le prévenir…

— C'est bien votre genre ! siffla Roxton en se levant.

— Votre épée vous démange, mon cousin ? se moqua-t-elle, bien que le venin dans la voix du duc la fasse trembler intérieurement. Au moins, j'ai la décence de vous prévenir.

— Comment avez-vous pu faire une chose pareille ? demanda Theo, exaspéré. Dans quel but ? Même si Salvan, son fils, ou les deux, se dépêchaient de venir de Versailles, cela n'y changerait rien.

— Nous verrons bien, n'est-ce pas ? Après tout, je ne suis pas convaincue que le garçon soit aussi terrible que ce qu'affirme Roxton. Il a écrit de nombreuses lettres charmantes à Antonia. Et elle n'a jamais dit un mot de travers à son propos.

— Antonia est ainsi, c'est tout. Elle ne voit que le positif chez tout le monde, dit Theo avec un soupir las, une main posée sur son front. Seigneur, que dois-je faire à présent ?

Il se tourna vers le duc, qui était allé se placer devant la fenêtre et regardait circuler les chaises à porteurs, les carrosses et les chariots remplis pour le marché.

— Votre Grâce, reprit-il, je suis désolé… Je…

Roxton s'inclina poliment devant Lady Strathsay, ce qui la mit mal à l'aise pendant un instant.

— Je vous souhaite une bonne journée à tous les deux, dit-il. Profitez de votre agréable semaine, Augusta. La suivante ne le sera pas autant.

TREIZE

En arrivant à la maison de campagne de Mr. Harcourt à Twickenham, Theo Fitzstuart tomba sur la bonne de sa nièce qui attendait le carrosse avec les bagages de cette dernière dans le vestibule lambrissé. On lui indiqua que Miss Moran se trouvait dans la bibliothèque avec Mr. et Miss Harcourt. Le majordome le conduisit dans une longue pièce encombrée aux murs recouverts de livres. Mr. Harcourt était perché tout en haut d'un escabeau et fouillait une étagère. Antonia se tenait à proximité, la tête penchée sur les pages d'un épais volume qu'elle avait posé sur une marche de l'escabeau. Miss Harcourt était assise près du feu qui prenait en intensité et avait oublié sa couture sur ses genoux, car elle écoutait son frère et Antonia se disputer sur quelque sujet érudit qui la laissait perplexe.

Theo demanda à ne pas être annoncé ; il put ainsi surprendre Miss Harcourt sans que sa présence soit immédiatement remarquée par les autres.

— Non, ne les dérangez pas, murmura-t-il en s'asseyant près d'elle sur le canapé. J'aimerais discuter un peu avec vous. (Il lui prit la main.) Avez-vous trouvé votre séjour à Twickenham pénible, sachant que je n'étais pas là pour vous soutenir, Miss Harcourt ?

Elle sourit.

— Je ne sais vraiment pas comment vous répondre sans vous

contrarier, Mr. Fitzstuart. Si je vous disais que je n'ai pas eu un moment à moi cette dernière semaine, que j'ai été sans cesse divertie, mais que j'aurais préféré passer ce temps dans le calme et avec vous auprès de moi, seriez-vous satisfait ?

— J'espère que ma nièce ne vous a pas causé de difficultés.

— Oh, non ! Elle est charmante ! N'allez pas imaginer qu'elle m'a causé le moindre problème ou souci, lui assura Charlotte. Les deux premiers jours, elle n'était pas vraiment elle-même, mais Percy a réussi à éveiller son intérêt pour la bibliothèque et à la sortir de sa tendance à ruminer sur... certains détails. Parfois, dans les moments calmes, je vois bien qu'elle n'est pas loin de retomber dans ses pensées, mais Percy est vraiment un compagnon jovial. Il s'est pris d'affection pour Antonia.

Theo fronça les sourcils.

— Ne vous inquiétez pas, l'affection de Percy n'est rien de plus qu'une admiration enfantine, dit Charlotte en rangeant sa couture dans son panier. Il met tous ses grands amours sur un piédestal. Je ne pense pas que l'un d'eux soit déjà sorti des nuages. À présent, c'est là qu'il a également placé Antonia. Mais elle est différente des autres. Elle lui dit ce qu'elle pense, et avec trop peu de délicatesse pour les nerfs sensibles du pauvre Percy.

— Je crains que ma nièce soit du genre à partager le fond de sa pensée, s'excusa Theo. Son père l'a encouragée en ce sens. J'espère que vous ne l'avez pas trouvée choquante ?

— Non. Pas du tout. Au début, cela dit, lors de notre première rencontre, j'ai eu tendance à croire qu'elle avait le même tempérament que votre mère. Vous devez bien admettre que la ressemblance physique est frappante. Mais pour ce qui est de son comportement et de sa nature, elle est aussi différente de Lady Strathsay que n'importe quelle étrangère. Je suis désolée si ces propos vous offensent.

— Du tout. Nous avons toujours parlé franchement de ma mère, dit-il avec un sourire. Comme il se doit.

Il lança un coup d'œil à Antonia, qui avait posé une mule en satin sur la première marche de l'escabeau pour placer un livre dans la main tendue de Mr. Harcourt.

— Est-elle en forme ? demanda-t-il.

— Elle conserve sa bonne santé habituelle, Mr. Fitzstuart. En revanche, elle manque d'appétit. Je ne pense pas l'avoir vue manger plus d'une bouchée ou deux à chaque repas. Cela m'inquiète, et sa grande pâleur aussi. Et quand il fait très froid, elle a un peu mal à l'articulation de son épaule blessée. Mais elle n'est pas du genre à se plaindre, dit Miss Harcourt sur le ton de la conversation.

Theo posa son regard pénétrant sur elle et vit ses yeux bruns perdre leur éclat jovial.

— Mr. Fitzstuart, cette petite souffre. Elle et moi, nous ne nous connaissons pas assez bien pour qu'elle me confie ses pensées les plus intimes. Mais une ou deux fois, nous avons eu l'occasion de parler de sa vie à Versailles et de son séjour à Paris. Il semblerait qu'elle ait de quoi être très reconnaissante envers le duc de Roxton, qui l'a protégée. Ce comte français a l'air véritablement odieux.

— Qu'y a-t-il d'autre, Miss Harcourt ? s'enquit Theo. Je vous en prie, j'aimerais que vous soyez aussi franche à propos du bien-être de ma nièce qu'à propos de ma mère.

— Elle ne me l'a pas dit elle-même et je ne veux pas vous inquiéter, expliqua-t-elle en le regardant de sous ses cils, mais Antonia est très amoureuse du duc. Au début, j'étais sceptique. Je pensais qu'il ne s'agissait que d'une toquade enfantine. Mais une toquade ne peut pas tout expliquer. Elle sait quel genre d'homme il est et pourtant… Suis-je assez claire ?

— Très claire. Et… ?

Charlotte baissa les yeux sur ses mains, qu'elle avait posées sur ses genoux, le temps de rassembler ses idées.

— J'ai honte de répéter ce qu'Antonia m'a dit à titre confidentiel, mais je vais le faire, car je m'inquiète pour elle et je sais qu'en tant qu'oncle, vous avez ses intérêts à cœur. Votre nièce a prévu de partir à Venise d'ici la fin du mois. Elle préfère fuir sur le continent plutôt que d'être obligée d'épouser le vicomte d'Ambert. Elle a écrit à la maîtresse de votre père, Maria Casparti, pour lui demander l'asile ! Le fait qu'Antonia préfère vivre avec la catin de votre père plutôt que de rester avec sa grand-mère est très révélateur de l'indifférence de la comtesse, mais aussi du fait que Maria Casparti, malgré son immoralité, doit avoir bon cœur.

» J'ai même proposé à Antonia de rester ici, à Twickenham, avec Percy et moi, mais elle maintient qu'elle préférerait vivre dans un anonymat relatif à Venise plutôt que de jeter le déshonneur sur sa famille et ses amis… et sur le duc.

Charlotte leva les yeux vers les lèvres pincées de Theo Fitzstuart.

— Je me demande bien en quoi une jeune fille innocente pourrait déshonorer un aristocrate comme le duc, qui a bien triste réputation. Qu'en pensez-vous, Mr. Fitzstuart ? Mais j'ai le cœur brisé qu'elle se sente obligée de s'ostraciser à cause de lui.

— Merci, ma chère, déclara Theo, heureux de savoir qu'il aurait enfin l'opportunité de parler en privé avec sa nièce pendant le voyage jusqu'à Treat et changeant abruptement de sujet en lui tendant un papier qu'il venait de sortir de sa redingote. Une invitation à Treat pour vous et Percy. C'est pour demain. Vous êtes prévenus au dernier moment, mais j'espère que vous pourrez quand même assister aux festivités du duc ce weekend, ne serait-ce que pour voir ma mère subir mille souffrances. (Il sourit.) Vous imaginez, Charlotte ? La comtesse va passer quatre jours à la campagne, sous le toit du duc, loin de Londres et de ses soupirants, entourée d'animaux de la ferme et de verdure ! Elle va dépérir, je le sais !

— Je suis sûre qu'elle ne saurait imaginer pire sort. C'est étonnant qu'elle ait accepté l'invitation.

— Elle n'a pas réellement été invitée, elle a plutôt reçu l'ordre d'y aller. Elle n'ose pas s'attirer un peu plus la colère de Roxton. Elle a déjà abusé de sa générosité jusqu'au point de rupture. C'est lui qui s'occupe de ses finances, qui lui loue sa résidence d'Hanover Square pour une bouchée de pain et qui assure l'entretien de son beau carrosse et de ses six chevaux. Solliciter Lord Ely ne servirait à rien, il ne la soutiendra pas tant qu'elle restera à Londres. Il voudrait qu'elle vive avec lui à Ely. Alors, la bourse d'Ely serait aussi à elle. Mais elle refuse d'abandonner Londres !

— Pauvre Lady Strathsay, dit Charlotte sans compassion. Il faut que Percy et moi y allions, ne serait-ce que pour voir comment elle supportera la vie à la campagne. Mr. Fitzstuart…

— Theo. Je vous demande de m'appeler par mon prénom. Surtout maintenant que nous sommes fiancés. Sinon, si vous souhaitez respecter les convenances jusqu'à ce que notre annonce soit publiée dans la Gazette, vous pouvez vous adresser à moi selon les usages liés à mon titre…

— Theo ! s'exclama Charlotte, tellement fort qu'Antonia et Mr. Harcourt se tournèrent vers elle en même temps.

Lord Strathsay se releva d'un bond et l'attira dans ses bras.

— Chère Charlotte, vous avez devant vous le deuxième comte de Strathsay !

Antonia les rejoignit en courant et tira sur la large manchette de la redingote de voyage que portait son oncle, le forçant à relâcher Miss Harcourt et à la regarder.

— Cela ne me dérange pas du tout que vous embrassiez Charlotte, mais je refuse de continuer à perdre du temps avec Harcourt. Vous ne vous êtes pas annoncé !

— Ah ! Eh bien ! dit Mr. Harcourt, l'air vexé, sans prendre la peine de saluer Lord Strathsay et sans remarquer à quel point le visage de sa sœur était rouge. Si vous ne vouliez pas que je vous aide à trouver ce satané livre, vous n'auriez pas dû me le demander en premier lieu !

Antonia leva son petit nez vers lui.

— Mais puisque c'est *votre* temps que je faisais perdre, Harcourt, comment pouvez-vous être offensé ?

— *Mon* temps ? répéta Mr. Harcourt, les oreilles toutes rouges. Oh ! Ah ! Mes excuses. Vous ne pourriez *jamais* me faire perdre mon temps, Miss Moran…

— Il y a autre chose : vous parlez très mal français, le réprimanda Antonia, adressant néanmoins un sourire qui creusa sa fossette à son oncle. Et cela nous a fait perdre du temps à tous les deux.

— Ce n'est pas très gentil, Antonia, la sermonna son oncle avec un sérieux feint.

Quand Antonia hésita à lui présenter des excuses, Mr. Harcourt fit la moue, ce qui la fit rire, et elle l'embrassa impulsivement sur la joue.

— N'ayez pas l'air si vexé, Harcourt. Je vous taquinais seulement. Votre français n'est pas aussi terrible que votre italien, et vous parlez mieux italien que…

Elle marqua un temps de réflexion.

— Mieux que qui, Miss Moran ? s'enquit Mr. Harcourt, souriant jusqu'aux oreilles et s'empourprant après avoir reçu un tel baiser.

— Mieux que… monsieur Vallentine !

— Mon cousin ? demanda Mr. Harcourt en battant des paupières. Je ne suis pas surpris. Il ne parle déjà pas bien anglais !

— Mon Dieu. Vous êtes tous membres de la même famille, vous les Anglais, dit Antonia en secouant ses boucles. Mais j'aurais dû deviner que vous et Vallentine étiez cousins. Vous avez les mêmes méninges.

— Antonia ! dit brusquement Lord Strathsay, ne pouvant cependant s'empêcher de sourire.

Miss Harcourt se dit qu'il était temps d'intervenir ; elle prit la main d'Antonia dans la sienne.

— Aimeriez-vous que je devienne votre tante, Antonia ?

— Parbleu, vous plus que n'importe qui ! Je suis contente que Theo vous ait enfin fait sa demande. Il n'allait pas tarder à m'agacer.

Lord Strathsay tira sur l'une des boucles d'Antonia.

— Cette nouvelle vous fait plaisir, alors ?

— Comment ? Charlotte ? Vous êtes… vous êtes… *fiancée* ? bégaya Mr. Harcourt.

— Elle me fait très plaisir, car je n'ai aucune tante, annonça Antonia à son oncle, sans prêter attention à l'intervention incrédule de Harcourt. Et bientôt, vous et Charlotte aurez des bébés, et cela me fera encore plus plaisir, car je veux avoir de nombreux cousins.

Quelque trois heures plus tard, alors que le dîner approchait, l'élégant carrosse qui transportait le tout nouveau comte de Strathsay et sa nièce franchit l'imposant portail en fer noir décoré de feuilles d'or qui proclamait l'entrée de Treat, le domaine du duc de Roxton dans le Hampshire. La demeure se dressait en haut d'une colline verdoyante, au bout d'une allée sinueuse bordée d'arbres qui faisait presque deux kilomètres. Le bâtiment principal datait de la Restauration. Mais après des décennies de rénovations, il ressemblait à peine à ce qu'il était au départ. D'autres bâtiments s'étendaient vers l'est et l'ouest en partant de cette structure centrale qui donnait sur un lac artificiel regorgeant de truites, canards et cygnes et parsemé de petites îles auxquelles on pouvait accéder en barque ou par un pont. Vers l'est, plusieurs hectares de jardins d'agrément s'accrochaient à la pente douce et descendaient jusqu'au lac. Vers l'ouest se trouvait un petit jardin élisabéthain clos par des murs croulants recouverts de lierre, et derrière celui-ci s'étendaient une forêt, des champs et des hameaux, le tout appartenant à Sa Grâce le duc de Roxton.

Quand ils remontèrent l'avenue bordée d'arbres qui longeait le lac, Antonia appuya son nez contre la vitre et aperçut des temples sur les îles et des cygnes qui glissaient sous un pont en pierre, mais aussi une forêt et des pâturages ondoyants en jachère au-delà desquels des moutons paissaient tranquillement. Mais rien n'aurait pu la préparer à son premier aperçu de la maison.

Quand le carrosse s'arrêta dans l'allée de gravier, elle eut du mal à attendre qu'un valet de pied en livrée ouvre la porte et déplie les marches. Des palefreniers s'approchèrent des chevaux en courant sur le gravier, on jeta les bagages du toit pour que les laquais les récupèrent et le cocher sauta de son siège, retira ses gants et accepta la chope qu'on lui proposait en guise de rafraîchissement. Un laquais ouvrit la porte en s'inclinant. Mais avant qu'Antonia ne puisse descendre, Lord Strathsay tendit la main pour qu'elle reste à sa place. Elle se tourna vers lui d'un air interrogateur et attendit une explication.

— Vous me dites que vous êtes déterminée à vous installer à Venise, dit son oncle en prenant ses mains gantées dans les siennes. Et je ne vous arrêterai pas si... si après ce weekend, tel est toujours votre souhait. Mais je vous demande de bien réfléchir à ma proposition... de venir habiter avec Charlotte et moi.

Antonia secoua la tête, une étrange boule dans la gorge.

— Merci, Theo. C'est très généreux de votre part, à vous et Charlotte. Mais je... je ne peux pas rester en Angleterre.

Il serra sa main.

— Nous nous connaissons depuis très peu de temps et je ne veux pas vous perdre aussi tôt. Mais je ne veux pas que vous soyez malheureuse ici, et c'est le cas. Pourquoi ?

— J-je vous en prie, ne me demandez pas de m'expliquer... Un jour, la raison sera tout à fait évidente et je... je ne pourrais supporter que vous me preniez pour une meilleure personne que ce que je suis réellement. En vérité, je ressemble plus à grand-mère que vous ne pourriez jamais l'imaginer ! Alors je vous en prie, allons à l'intérieur maintenant, car ce voyage m'a rendue très malade.

Après cette déclaration stupéfiante, Antonia se dépêcha de rassembler les couches de ses jupons piqués et de descendre du carrosse avec l'aide d'un valet de pied attentif. Elle s'avança vers l'ensemble de bâtiments monolithiques qui s'étendaient à sa droite et à sa gauche sans lever les yeux, jusqu'à ce que son oncle lui demande d'attendre. Alors seulement, elle releva ses yeux verts des graviers de l'allée, les écarquillant face à l'énormité de ce qui se trouvait devant elle.

— Oh ! Vallentine avait raison. Cet endroit est aussi colossal que le château de Versailles !

— Je n'irais pas jusque-là, dit Lord Strathsay en riant. Mais cet endroit est colossal, en effet. De plus en plus, avec les dernières améliorations du duc. Il a passé commande pour que l'entièreté de ses appartements privés soient rénovés et réaménagés et, dans cette grande vision qu'il a, il veut une pièce entière dédiée au bain, rien de moins, avec une baignoire carrelée et de l'eau chaude courante, le tout dans un style romain, s'il vous plaît !

Theo secoua la tête en conduisant Antonia dans un vestibule en marbre de style italien qui faisait la taille de la grande salle de n'importe quel foyer respectable.

— Vous imaginez ? ajouta-t-il. Ah, Duvalier, vous pouvez prendre le manteau et le manchon de mademoiselle Moran.

Antonia pouvait très bien imaginer à quoi ressemblait une baignoire carrelée de style romain. Ses yeux verts se remplirent de larmes. Elle balaya rapidement le plafond du regard, avec son ciel bleu peint de nuages, de chérubins dorés et de dieux qui la regardaient tous des cieux. Sans qu'elle puisse l'expliquer, elle se sentit très heureuse, plus heureuse qu'elle ne l'avait été depuis des semaines. Peut-être le destin ne l'avait-elle pas abandonnée, finalement ?

En entendant le nom du majordome, Antonia sortit immédiatement le nez des nuages et pendant un horrible instant, Lord Strathsay crut qu'elle allait embrasser le vieil homme.

— Duvalier ! Oh, Duvalier, quel plaisir de voir un visage familier, dit-elle avec joie en tendant la main vers lui.

Les traits du majordome se détendirent et il adressa un large sourire à Antonia en récupérant son manteau et son manchon et en les tenant contre lui comme s'ils lui appartenaient.

— C'est un réel plaisir de recevoir mademoiselle Moran à Treat.

Lord Strathsay, stupéfait, observa le majordome et sa nièce discuter à voix basse comme deux amis. Il avait du mal à croire que cette créature heureuse et souriante était la même jeune femme qui avait été si mélancolique pendant le trajet à travers la campagne, donnant l'impression de porter le poids du monde sur ses épaules. Il n'osa pas les interrompre et les suivit quand ils montèrent l'escalier incurvé.

— Avez-vous beaucoup de chemin à parcourir jusqu'à la porte d'entrée ? demanda Antonia en suivant le majordome d'un pas sautillant, tournant la tête d'un côté puis de l'autre afin d'avoir un aperçu des peintures, des meubles et de l'abondance d'or et de marbre dans les vastes pièces auxquelles menait le couloir. Comment va Baptiste ?

— Qui est Baptiste ? s'enquit Lord Strathsay, qui fut néanmoins inconsciemment ignoré.

— Ah ! Mademoiselle se souvient de Baptiste ! dit Duvalier, souriant jusqu'aux oreilles. Il ne pourra plus jamais conduire, à cause de son coude. C'est triste pour lui, mais il n'est pas malheureux. Monsieur le duc lui a confié la tâche de veiller sur tous ses carrosses et équipages à Paris. C'est un poste important, une vie respectable. Son épouse, elle est très fière de lui. C'est ma cousine issue de germain. Et donc, Baptiste, c'est la famille.

— Vraiment ? s'enquit Antonia avec intérêt. Je suis contente pour lui et pour votre cousine issue de germain.

— Duvalier, dit Lord Strathsay, satisfait de voir le dos du majordome se raidir. Où nous emmenez-vous ?

— Pardonnez-moi, milord, dit le majordome d'une voix monotone sans un autre regard à Antonia, qui s'était éloignée pour inspecter la vue par les longues fenêtres. Monsieur le duc m'a ordonné de vous emmener immédiatement à vos appartements, puisque le dîner va bientôt être annoncé.

Theo lui indiqua d'avancer d'un geste de la main et prit celle d'Antonia pour éviter qu'elle ne s'éloigne de nouveau. Il la laissa à la porte de ses appartements, lui faisant promettre de ne pas errer dans les couloirs, mais de l'attendre quand elle aurait enfilé une robe adaptée, afin qu'il puisse l'escorter jusqu'au dîner. Il finit de se changer et de se préparer avant elle, mais il ne l'attendit pas très longtemps. Elle sortit de sa garde-robe dans un nuage de jupons vénitiens rouges. Le ras-de-cou émeraude encerclait sa gorge et ses cheveux étaient coiffés vers l'arrière et retombaient en cascade sur ses épaules nues. Elle récupéra un large éventail en ivoire ajouré et son réticule et rejoignit le salon avec son oncle.

Une vingtaine d'invités étaient rassemblés dans le petit salon oriental attenant au grand salon. Tous ceux qui étaient invités pour le weekend n'étaient pas arrivés à temps pour le dîner. Les convives étaient pour la plupart étrangers à Antonia, qui resta auprès de son oncle quand il traversa la pièce à la recherche de sa mère. Il la trouva rapidement. Elle discutait avec Lady Paget et semblait tout à fait mécontente du cadre dans lequel elle se trouvait.

— Ils sont arrivés à temps pour le dîner ! annonça Lady Paget en embrassant les deux joues d'Antonia. Comment s'est passé votre séjour chez les Harcourt, ma chérie ?

— Vous ne semblez pas vous en tirer trop mal après avoir passé une semaine avec Percy Harcourt, lança malicieusement Lady Strathsay avant de tendre la main vers son fils. Avez-vous emmené Charlotte avec vous ?

— Elle arrivera demain avec Percy.

Antonia fit une jolie révérence devant sa grand-mère, puis elle l'embrassa docilement sur le front, mais elle ne reçut qu'un accueil sommaire et ne comprit pas pourquoi.

— Voudriez-vous un rafraîchissement ? demanda Lady Paget à Antonia. Venez, allons nous asseoir, vous pourrez tout me dire sur la maison singulière de Percy.

— Passez-vous un agréable séjour, mère ?

— Ne soyez pas crétin, Theophilus, grommela sa mère. Qu'y a-t-il à faire à la campagne à part se salir les pieds dans la boue ? La petite semble particulièrement radieuse. Que lui avez-vous dit ? À moins qu'elle n'ait été remise d'aplomb grâce au dévouement répugnant que Harcourt lui a témoigné pendant toute une semaine ? Ce ne serait pas parce que vous avez mentionné la visite du vicomte, par hasard ? Vous lui avez bien dit, j'espère ?

— Je ne vois pas Roxton…

— Il est toujours en retard. Vous ne lui en avez pas parlé, alors, lui dit Lady Strathsay d'un air narquois en regardant par-dessus son éventail. Ce n'était pas très judicieux.

— Le bon moment ne s'est pas présenté. Je ne vois pas vraiment quelle différence cela peut faire.

— Nous verrons bien qui a raison, déclara-t-elle avant de tourner un autre visage vers sa petite-fille. Antonia, ma chérie, regardez qui vient de passer la porte.

Elle se leva afin de mieux voir le visage de sa petite-fille et quand la jeune femme sursauta d'un air horrifié, elle se retourna vers son fils en arborant un sourire satisfait.

— Vous voyez, dit-elle d'un ton triomphant. Ne vous avais-je pas conseillé de le lui dire avant son arrivée ?

Antonia avait interrompu sa conversation avec Lady Paget pour rejoindre sa grand-mère. Elle n'avait pas entendu ce qu'elle avait dit, mais elle avait suivi son regard de l'autre côté de la pièce. Lord Strathsay regardait dans la même direction, mais tandis que la comtesse souriait en s'éventant, lui fronçait les sourcils derrière son lorgnon. Le silence général était tel qu'Antonia s'attendait à voir le duc. Mais ce n'était pas le duc. C'était le vicomte d'Ambert qui s'avançait lentement dans la pièce.

Après un instant d'hésitation terrifiée, Antonia fit une révérence et tendit la main au vicomte. Il s'inclina d'un geste cérémonieux, son visage pâle étant dénué de toute chaleur. Elle remarqua qu'il s'était mis à porter une mouche au coin de son œil et du fard sur ses joues rasées de près. Sa perruque était recouverte d'une épaisse couche de poudre et sa redingote, agrémentée d'épaisses basques dorées, volait même la vedette aux lourds jupons dorés de sa grand-mère.

Tandis qu'elle fixait le haut de sa tête poudrée, elle eut l'impression que le sang qui coulait dans ses veines se glaçait, car elle eut soudain très froid. Elle se demanda si le comte de Salvan avait bel et bien gagné, en fin de compte, si ces festivités qui s'étalaient sur tout un weekend ne servaient pas en réalité à célébrer ses fiançailles avec le vicomte. Sa grand-mère avait certainement l'air satisfaite face au jeune Français et aucune surprise n'apparaissait sur les traits de son oncle, ce qui semblait confirmer ses craintes : ces retrouvailles avaient été prévues depuis le début. Elle avait la nausée, mais elle s'efforça de sourire au vicomte, qui la regardait avec insistance.

Lady Strathsay lui donna un petit coup des branches argentées de son éventail fermé.

— N'avez-vous rien à dire à monsieur le vicomte, ma chère ?

Antonia ne put que bégayer une brève formule de bienvenue. Le vicomte se détourna pour répondre à une question que Lord Strathsay lui avait posée, mais après cinq minutes de conversation polie avec l'oncle et la grand-mère d'Antonia, il la prit par le coude sans ménagement et la conduisit jusqu'au canapé inoccupé le plus proche.

— Après dix semaines en Angleterre, vous êtes incapable d'articuler un mot pour m'accueillir chaleureusement ? chuchota-t-il. Avez-vous perdu l'usage de la parole ?

— J'étais tellement surprise de vous voir, Étienne. Pensiez-vous que je ne le serais pas ? répliqua-t-elle dans un murmure empreint de colère en ouvrant son éventail d'un geste sec.

Le vicomte regarda autour de lui avec répugnance et prit du tabac.

— Comment pouvez-vous supporter ce pays de barbares, hein ? La langue anglaise m'irrite les oreilles. Et les entendre parler français ? Parbleu, quelle torture. Et ils cuisinent ce plat, comment l'appellent-ils, du *pudding* ? Oui, du pudding. Mon Dieu, une abomination !

Antonia se demanda s'il plaisantait, mais il avait l'air tellement sérieux qu'elle sentit un rire lui monter dans la gorge. Malgré ses efforts pour bien se tenir, elle commença à glousser.

Lady Strathsay adressa un sourire suffisant à son fils et haussa ses sourcils parfaitement arqués.

— Vous attendiez-vous à autre chose ?

— Il y a un instant seulement, vous présagiez le pire, mère, lui rappela Theo, les yeux posés sur le jeune couple. Nous devons tous les deux être reconnaissants que ces retrouvailles se passent mieux que prévu.

— Mieux pour qui ?

Lord Strathsay aperçut une étincelle familière dans les yeux de sa mère et fronça les sourcils.

— Ne vous en mêlez pas, mère. Roxton sait ce qu'il…

— Kate ! s'exclama la comtesse, ignorant son fils. Que pensez-vous de notre jeune Français ?

Lady Paget se dépêtra d'une discussion avec un gentleman-farmer du coin à propos de la culture des fruits exotiques et suivit le regard de son amie vers l'endroit où Antonia et Étienne discutaient ensemble.

— Il a l'air plutôt avenant. Trop sérieux pour son âge. Pourquoi donc, ma chère ? Vous n'envisagez quand même pas… ?

— Certainement pas ! rétorqua la comtesse en lançant un regard noir à son fils, qui osait arborer un immense sourire. Mais pour ma petite-fille, certainement.

— Je ne vois aucune raison de s'opposer à une telle union, dit Lady Paget. Mais je ne connais pas le garçon. Puisque votre fils prévoit de toute façon de laisser Antonia prendre cette décision, tous vos efforts pour encourager cette union seraient vains, ma chère. Et si nous allions dîner ? Je vois que le duc est arrivé.

Lord Strathsay tendit son bras à Lady Paget et ils rejoignirent le reste des convives qui passaient par la lourde double porte en acajou. Duvalier se tenait derrière la chaise de son maître au bout de la table et des valets de pied s'étaient placés derrière chacune des vingt chaises, leur livrée rouge et argentée s'accordant parfaitement à la riche tapisserie de Bruxelles qui ornait les quatre murs. Trois lourds lustres en cristal projetaient une lumière scintillante depuis le plafond lambrissé et de la galerie qui, plus haut, parcourait la pièce sur tout son long, s'élevait la mélodie d'un quatuor à cordes.

Le vicomte s'assit à côté d'Antonia en secouant la tête.

— Il vit plus confortablement que Louis, murmura-t-il en considérant le flamboiement de la cire, le scintillement du cristal et la montagne de nourriture parfaitement disposée dans des plats en porcelaine hors de prix le long de la table. Heureusement que mon père n'est pas là. Face à toute cette splendeur, il aurait été frappé d'apoplexie !

Antonia laissa un valet de pied attentif remplir son verre avec du vin de Bourgogne.

— Dans ce cas, assurez-vous de lui faire un compte rendu de tout ce que vous aurez vu ici, dit-elle, souriant quand Étienne, stupéfait par cette suggestion, éclata de rire.

À l'autre bout de la table, Lady Paget gardait un œil sur le couple autant qu'elle le pouvait à travers la disposition élaborée de nourriture et le mouvement des têtes poudrées et des valets de pied. Elle ne voyait pas Lady Strathsay, qui était installée tout au bout de la table et jouait les hôtesses auprès d'un général âgé et d'une vieille fille moralisatrice. Lady Paget se trouvait plus chanceuse, assise comme elle l'était entre le duc et Lord Strathsay.

Elle attendait l'opportunité de pouvoir parler avec le duc, qui écoutait poliment les bavardages sans intérêt d'une certaine Susanna Woodruff, une jolie blonde aux grands yeux bleus, fille de Sir Jasper – un éleveur de chevaux arabes. Susanna connaissait tous les derniers commérages. Ce fait, se dit Lady Paget avec un sourire ironique, en plus de sa beauté blonde, lui avait valu cette position très privilégiée à la droite de son hôte.

Sa chance se présenta quand l'attention de Miss Woodruff fut détournée par le jeune homme à côté d'elle, qui interrompit le flot de scandales qu'elle exposait pour faire lui-même une remarque impertinente.

— Je me demande si Susanna se doute qu'elle parle à l'homme qu'elle vient tout juste de calomnier en évoquant l'amant frivole de Beth Ruthmore, fit remarquer Lady Paget en repoussant le reste de sa soupe de petits pois.

Le duc ne répondit pas et ne regarda pas non plus dans sa direction, elle tapota donc son poignet entouré de ruches en dentelle de son éventail et ajouta :

— Roxton ! Vous venez d'engloutir une deuxième tartelette aux asperges, et pourtant je sais bien que vous avez les asperges en horreur !

Le duc fixa son assiette du regard et la repoussa avec un frisson.

— Pardonnez-moi, Kate. Je suis un hôte bien négligent.

— Et bien distrait – que ce soit avec moi ou avec vos autres convives, lança-t-elle d'un ton malicieux, ne réussissant cependant pas à le faire sourire. Augusta me disait que votre sœur est en route pour Londres. L'attendez-vous d'un jour à l'autre ?

— Elle ne saurait arriver assez tôt. C'est moi l'infortuné qui ai fait le Grand Tour en compagnie de Lucian Vallentine. Ainsi, je ne pense pas qu'ils seront là au moment voulu. C'est regrettable, et Estée ne s'en réjouira pas. Mais je ne compte pas rester les bras croisés en attendant que Vallentine daigne arriver. (Il leva son lorgnon devant une corbeille de fruits qu'un valet de pied lui présentait et prit une pomme.) Je crains que ce ne soit pas la seule chose qu'Augusta vous ait dite…

— Oh, non, lui assura-t-elle. Mais je ne trahis pas les secrets, dit-elle en acceptant un quartier de pomme que le duc lui tendait sur son couteau d'office au manche en nacre, lui souriant quand il fronça les sourcils. J'ai toujours été discrète, mon cher. Vous, en revanche, vous êtes montré remarquablement impudent. Même si cela ne vous a jamais dérangé par le passé.

Le regard du duc parcourut la moitié de la table et se figea tandis qu'il mangeait sa pomme en silence. Elle poussa un soupir impatient.

— Il n'y a réellement plus aucun espoir pour vous. Bon sang ! À une époque, moi-même et plusieurs autres aurions été très offensées par ce manque de loyauté flagrant en public.

— Il m'est excessivement difficile de mettre des mots sur tout cela, Kate… C'est comme si elle m'avait fait découvrir l'existence des couleurs, s'émerveilla le duc en détachant son regard d'Antonia pour se tourner vers Lady Paget avec un sourire, comme pour se moquer de lui-même. Le monde a cessé d'être gris.

Lady Paget sourit et serra affectueusement la manche du duc.

— Vous devez savoir que cela signifie qu'il n'y a aucun espoir de guérison. Vous devez l'épouser sans attendre.

— Ce n'est pas si… hum… *simple*.

— Vous hésitez à cause de ce beau garçon français qui se croit fiancé à elle ?

Le duc se remit à couper la deuxième moitié de sa pomme, mais ses traits qui s'étaient durcis servirent de bon indicateur de ses sentiments à Lady Paget. Elle haussa les épaules.

— Il y a une solution, dit-elle à voix basse, car Miss Woodruff avait terminé sa discussion avec le jeune homme et voulait accaparer derechef l'attention du duc. Mariez-vous en secret.

— Comme l'ont fait sa mère et sa grand-mère avant elle ? Comme l'a fait ma mère ?

— Je vois que vous avez déjà envisagé cette éventualité.

— C'est une très bonne solution – pour moi. Et pour les Salvan ? Mon cher cousin serait déchargé de toute culpabilité et recevrait beaucoup de compassion au lendemain de notre fuite. Contester la légalité de sa revendication sur Antonia une fois qu'elle sera devenue duchesse de Roxton serait une vengeance mesquine.

— Vous souciez-vous réellement d'un potentiel scandale ? La voir devenir votre duchesse ne serait-il pas un châtiment suffisant pour les Salvan ?

Le duc finit son verre de vin d'une traite et fit un signe à Duvalier.

— Vous oubliez le vicomte. Il est innocent.

— Mais, Augusta a dit… commença-t-elle, sa surprise visible sur son visage.

— Elle vous a tout dit, hein ? demanda-t-il avec un sourire en coin. Il se croit fiancé. Son… hum… son *état* rend la situation d'autant plus délicate. Dites-moi, Kate, dit-il en se levant pour s'incliner devant les ladies qui sortaient, pensez-vous que la duchesse de Roxton serait bien reçue dans la bonne société après la révélation de notre mariage secret au grand jour ?

Lady Paget suivit d'un œil la procession de ladies qui partaient prendre le café. Elle remarqua également que Susanna Woodruff l'attendait au niveau de la porte.

— Je comprends votre dilemme, dit-elle avec un soupir. Vous connaissez aussi bien que moi la réponse à cette question. Je n'ai jamais compris pourquoi, en tant que femmes, une fois protégées par la respectabilité du mariage, nous pouvons accorder nos faveurs à qui bon nous semble. Mais nous enfuir pour nous marier ? Jamais ! Je doute qu'elle puisse un jour se débarrasser de cette marque d'infamie.

Le duc esquissa un petit sourire.

— Ma mère a cruellement souffert de cet ostracisme social, je ne permettrai pas que mon épouse souffre de la sorte.

Lady Paget serra la main du duc.

— Tout à fait, Votre Grâce. Néanmoins, je suis persuadée qu'Antonia se moque pas mal des préceptes de la société. À cause de son père, elle a toujours été rejetée socialement. Une seule chose lui importe – être avec vous.

Sur ce, Lady Paget se dépêcha de suivre les ladies dans la galerie, où des tables de jeu avaient été installées et où le thé et le café les attendaient. Trois valets de pied à leur service se tenaient à côté d'un buffet laqué chargé de plats et d'assiettes de friandises. Une énorme cafetière en argent était posée sur son support en noyer et une théière similaire fut placée près de Lady Strathsay afin qu'elle puisse faire le service. Les ladies se regroupèrent sur les canapés en satin rayé et sur les fauteuils aux pieds fuselés disposés devant l'une des deux grandes cheminées.

Le long du mur extérieur se trouvait une rangée de portes-fenêtres sur lesquelles on avait tiré de lourds rideaux en brocart dans des tons bleus et dorés. Derrière les fenêtres s'étendait une terrasse en marbre noir et blanc, délimitée sur trois côtés par une balustrade à colonnes et donnant sur un escalier qui menait aux jardins d'agrément.

Antonia se tenait près de l'une de ces portes-fenêtres et observait un valet de pied allumer des chandelles fixées horizontalement aux colonnes. Elle n'était pas de bonne humeur. Le dîner avait été pénible, entre Étienne à sa gauche, avec ses questions incessantes sur tout ce qu'elle avait fait à Londres et ses remarques constamment désobligeantes à propos de tout ce qui était anglais, et à sa droite, Sir Jasper Woodruff, un gentleman affable qui pensait faire preuve d'une grande politesse en discutant en français avec Antonia. Mais la prononciation française du charmant gentleman était atroce. Antonia, par politesse, ne lui avait pas demandé de parler anglais, elle avait donc poursuivi cette conversation avec beaucoup de difficulté.

Une heure plus tard, il avait de nouveau attiré l'attention d'Antonia. Cette fois-ci, ayant bu une quantité considérable de bon bordeaux français, il lui avait confié en anglais que la jolie blonde à la droite de Roxton était sa fille. Il nourrissait de grands espoirs que son bon ami le duc lui demanderait la main de Susanna. Il avait interprété de travers l'air incrédule d'Antonia, pensant qu'elle était simplement stupéfaite que le duc, qui était un célibataire à la triste réputation depuis si longtemps, puisse seulement envisager le mariage. Il lui avait ensuite confié que Susanna avait reçu une éducation faisant d'elle une femme raisonnable, qu'elle n'exigerait donc aucunement que le duc modifie son mode de vie. Elle fermerait les yeux sur ses écarts de conduite en échange du titre de duchesse.

Comme pour illustrer ce point, Sir Jasper avait souligné que même si elle était assise en face de Kate Paget, sa fille se comportait de façon exemplaire. Quelle autre femme saurait rester impassible face à une ancienne maîtresse de son promis alors que cette dernière était en pleine discussion avec lui ?

Antonia s'était demandé si elle avait bien entendu Sir Jasper, si peut-être quelque chose lui avait échappé lors de la traduction de ses propos. Mais elle y avait réfléchi pendant tout le reste de ce long repas qu'elle n'avait que picoré et elle en avait conclu que Sir Jasper n'était pas en train de répandre une simple rumeur. Elle ne fut pas vraiment surprise. Elle avait considéré madame de La Tournelle et madame Duras-Valfons comme de simples distractions, tout comme les visites supposées du duc dans cette maison close malfamée qui satisfaisait les demandes de la noblesse française, la maison Clermont. Mais comme elle connaissait Lady Paget et appréciait sa compagnie, faire abstraction de cette liaison était bien plus douloureux.

Ces réflexions lui trottaient dans la tête alors qu'elle frissonnait dans la brise entrant par la fenêtre ouverte, sans pour autant remarquer qu'elle avait froid, ni que sa grand-mère lui ordonnait impérieusement de rejoindre immédiatement le reste du groupe près de la cheminée. Les ladies continuèrent à boire leur thé, à grignoter des friandises et à se raconter les derniers commérages. Mais elles remarquaient bien l'étrange jeune fille aux yeux verts obliques qui parlait anglais avec un fort accent et qui, selon la rumeur, était promise au beau et jeune vicomte.

Miss Woodruff fut la première à poser la question à laquelle elles pensaient toutes, mais qu'aucune n'osait poser :

— Milady, dit-elle à la comtesse, ses yeux bleus posés sur le dos d'Antonia, je n'ai pas pu m'empêcher de remarquer ce divin collier d'émeraudes autour du cou de Miss Moran. Je vous en prie, racontez-nous son histoire. S'agit-il d'un cadeau de fiançailles, d'un bijou de famille, ou… ?

— Je suis sûre qu'il en deviendra un, l'interrompit Lady Paget avant que son amie n'ait l'occasion de répondre. Il est divin, non ? Un cadeau du duc pour son anniversaire, d'après ce qu'on m'a dit. Est-ce que quelqu'un veut un autre macaron ? Ils sont délicieux.

On fit passer l'assiette et Lady Paget s'éloigna vers les portes-fenêtres. Elle passa un bras autour de la fine taille d'Antonia. Quand la jeune fille leva les yeux vers elle, s'empourpra et se recula, elle fut quelque peu vexée mais ne laissa pas cela la tracasser.

— Fermez la porte-fenêtre, ma chère, vous allez attraper froid, dit Lady Paget avec un sourire. Votre grand-mère réclame votre présence autour de son thé. Mais si vous préférez, nous pouvons aller nous promener dans la galerie.

— Je suis désolée… je ne voulais pas…

— Il y a un grand portrait au-dessus de la cheminée la plus éloignée que j'aimerais vous montrer, et plusieurs autres en chemin que vous pourriez trouver très intéressants. À moins que vous ne préfériez d'abord boire une tasse de café ?

— Sans façon.

— Bien. Suivez-moi, alors, dit Lady Paget en prenant le bras d'Antonia. Il doit s'agir de la plus longue pièce de la maison. À moins que la bibliothèque ne soit aussi longue ? Je ne m'en souviens pas précisément. Je ne suis pas venue ici depuis un moment. Roxton a beaucoup modifié cette aile, je suis donc un peu perdue. C'est immense, non ? Cette belle demeure élisabéthaine a été réduite en cendres par Cromwell – ce barbare ! Il ne reste que les ruines de la chapelle et une partie du mur qui délimitait le cimetière. La structure actuelle, ou plutôt ce qu'il en reste après les modifications du quatrième duc de Roxton, date de l'époque du roi Charles. Il s'agissait de la plus grande résidence du royaume jusqu'à la construction de Blenheim. N'avez-vous pas trouvé ce bâtiment hideux quand vous l'avez vu pour la première fois ? demanda-t-elle en lançant un coup d'œil à Antonia.

— Oh, non, milady. Je l'ai trouvé colossal.

— D'une laideur colossale ? s'enquit Lady Paget, une étincelle dans ses yeux bruns.

Antonia ne put s'empêcher de sourire.

— Voilà, dit Lady Paget en levant la tête vers un tableau dans un cadre décoré de feuilles d'or accroché au-dessus de la cheminée en marbre italien.

Devant un arrière-plan foncé avec des volumes atténués et du lambris en acajou se tenaient quatre personnes vêtues de splendides couleurs vives. Une lady, assise, portait une robe en velours bleue de la même teinte que ses yeux et ses cheveux foncés étaient coiffés vers l'arrière, de longues boucles retombant néanmoins sur ses épaules nues. Sur ses genoux se trouvait un bébé qui devait avoir deux ou trois ans, qui avait le même regard et des cheveux courts et bouclés. La lady était très belle et le bébé était à son image.

Debout derrière elle, une main posée sur le dossier de sa chaise et l'autre sur la garde parée de bijoux de son épée, se trouvait son époux. Il portait une redingote à la pointe de la mode pour l'époque. Les basques étaient longues, larges et raidies par des baleines et un enduit, et les larges manchettes étaient relevées et retenues par d'énormes boutons ronds en or ciselé. Sa cravate, en fine dentelle, était très sophistiquée. Sa perruque était longue et poudrée. Il avait des joues minces, des yeux noirs et un nez proéminent. Il donnait une impression d'aplomb serein et arborait un sourire plus insolent qu'amical.

La quatrième personne était un jeune garçon aux longues jambes qui portait un haut-de-chausses en satin gris perle et une redingote assortie aux basques raides. Il était étendu sur le sol, assis sur un coussin en velours, un bras posé sur les genoux de sa mère, l'autre passé autour du cou d'un whippet blanc au poil soyeux qui avait une patte sur la page d'un livre ouvert. Le garçon avait le sourire insolent de son père et les prémices d'un nez proéminent, ainsi que les mains délicates et fines de sa mère. Ses épaisses boucles noires retombaient librement sur ses épaules.

Lady Paget ne doutait pas un instant du fait qu'Antonia avait instantanément deviné l'identité des membres de ce portrait de famille officiel ; les yeux de la jeune femme étaient rivés sur le tableau dans un silence studieux. Lady Paget reporta son attention sur le portrait et débuta son monologue :

— Madeleine-Julie de Salvan était considérée comme le comble de la beauté à la cour de Louis xiv, et on lui prédisait un bel avenir, dit Lady Paget. Son frère, qui était le comte de Salvan à l'époque, lui avait arrangé un splendide mariage avec le fils du prince de Parvelle. C'était ce que voulaient les deux familles et cette union avait même la bénédiction du roi. Tout était prêt pour un magnifique mariage à la cour. Personne n'aurait pu prédire que Madeleine-Julie avait d'autres projets. Un jour, sa bonne a découvert que sa maîtresse avait disparu. Non seulement elle avait disparu, mais elle est restée introuvable pendant dix jours.

— Où était-elle allée ? s'enquit Antonia, détachant enfin son regard du portrait pour soulager sa nuque.

— Elle s'était enfuie avec le marquis d'Alston, répondit joyeusement Lady Paget. C'était un Anglais, un protestant, et il avait trente-cinq ans. Elle avait à peine dix-huit ans et c'était une papiste. Elle a été excommuniée pour avoir épousé un hérétique et renoncé à sa foi. Sa famille est tombée en disgrâce et a été rejetée par la cour. Les Salvan ont perdu leur position. Il leur a fallu une décennie pour regagner les faveurs du roi. Le comte a refusé d'adresser la parole à sa sœur pendant de nombreuses années. Lord Alston avait été son ami le plus proche.

» Le mariage n'a pas non plus été accepté par sa famille à lui. La marquise a été rejetée par la famille anglaise de son mari. Elle n'a jamais mis les pieds en Angleterre et ses enfants étaient considérés comme des bâtards par les Français…

— Mon Dieu. Tout ceci est vraiment horrible, murmura Antonia.

— Pas du tout, riposta Lady Paget en attirant Antonia dans une étreinte rassurante. N'allez surtout pas penser que la vie de Madeleine-Julie avec Alston a été triste. Ils s'aimaient énormément. Ils n'avaient besoin ni de la vie à la cour, ni des caprices de la société. Ils étaient très satisfaits et heureux et tant qu'ils étaient là l'un pour l'autre, tout allait bien pour eux. Le marquis était dévoué à sa femme et à ses enfants. Quelques années seulement après leur mariage, lors de la naissance de leur premier enfant, d'ailleurs, le comte de Salvan a autorisé sa famille à aller la voir. Je pense que Roxton devait avoir sept ou huit ans quand le comte a enfin pardonné à sa sœur.

» Elle n'a jamais été autorisée à revenir à la cour, et alors ? Après tout, les membres de la société venaient lui rendre visite et dîner chez elle, à Paris. La société est très volage. Ce qui est vu comme un scandale un jour, ce qui est soi-disant impardonnable, est ensuite ignoré et enterré, et c'est comme s'il ne s'était rien passé d'inhabituel. La vie reprend son cours. Est-ce que vous comprenez, Antonia ?

— Je me moque de ce que la société pense, d-de comment elle agit envers moi. Par ailleurs, je ne suis pas assez importante pour qu'elle se préoccupe de moi en premier lieu, dit Antonia à voix basse. Je n'ai jamais fait partie de cette société. Que ce soit ici, en France ou en Italie, où mon père m'a emmenée après la mort de ma mère. (Elle baissa la tête et joua avec une mèche de ses cheveux qui s'était échappée de sa pince.) Mais je veux être heureuse, comme Madeleine-Julie était heureuse. Et je… je ne pourrais pas le supporter si… si après tout ce qu'il s'est passé… enfin… et si le marquis d'Alston n'avait pas été aussi dévoué à sa femme et à sa famille ? Et s'il avait réintégré cette société sans elle, et s'il lui avait été infidèle après tout ce qu'elle avait sacrifié, et si… ?

— Ah, cela fait beaucoup de « si » ! rit Lady Paget. Oubliez-les tous ! Vous n'avez aucune raison de vous tracasser, je vous le promets. Ma chère petite, ne le voyez-vous pas ? Roxton vous aime à la folie !

Antonia se raidit, s'empourpra et regarda courageusement Lady Paget droit dans les yeux.

— Nous parlions de madame la marquise, milady, dit-elle d'une voix monotone. C'est tout. Je suis peut-être jeune, et je sais que je suis parfois naïve, à vrai dire je suis même vraiment sotte en ce qui concerne le monde, mais je ne suis pas aveugle et je ne suis pas totalement idiote. Je vois bien ce que j'ai sous les yeux. Sir Jasper m'a confié qu'il espérait que monsieur le duc demanderait sa fille en mariage. Il était très fier de son comportement à table, car elle prétendait ne pas voir la maîtresse anglaise de monsieur le duc qui était assise en face d'elle. Sa présence ne la dérangeait pas du tout. Eh bien moi, cela me dérangerait *beaucoup* ! C'est un défaut que j'ai, je le sais, mais je ne peux rien y faire. Alors je vous en prie, ce n'est surtout pas à vous de me parler des *sentiments* de monsieur le duc. Je vais y retourner, maintenant. J'ai froid et je veux boire mon café. Merci de m'avoir montré ce portrait intéressant.

— Oh, Seigneur, soupira Lady Paget en observant Antonia s'éloigner d'un pas vif. Maudit soit Jasper !

QUATORZE

L ES INVITÉS DE Roxton jouaient aux cartes et discutaient depuis
un bon moment quand le duc, dernier gentleman à rejoindre les
ladies, fit enfin son entrée dans la galerie. Il leva son lorgnon afin d'observer le tumulte et constata avec satisfaction que la soirée se déroulait
comme il l'avait prévu. Il ne fit aucun effort pour se joindre aux festivités. D'ailleurs, il refusa une proposition de jouer au whist et ignora une
invitation à s'asseoir près de Miss Woodruff, qui agitait son éventail en
dentelle avec force, un geste que deux gentlemen empressés et pleins
d'espoir prirent pour eux, venant précipitamment se jeter à ses pieds.
Le duc préféra aller se réchauffer les mains devant la deuxième
cheminée.

Antonia ne le remarqua pas, car il se tenait dans son dos, près de la
méridienne où elle était installée avec le vicomte. Elle penchait la tête
sur une tasse de thé vide, comme si elle lisait l'avenir dans les feuilles
restées au fond. Il ne s'agissait pas de sa tasse, mais de celle du
vicomte. Elle préférait le café, mais il avait insisté pour qu'elle goûte
une gorgée de thé. Elle avait d'abord refusé, mais il avait tant insisté
qu'elle avait fini par saisir la tasse afin qu'il arrête de la harceler et de
faire des histoires. Mais une dispute houleuse s'ensuivit, pour la simple
raison qu'il avait osé donner son avis sur sa robe. Il ne l'aimait pas,
avait-il dit. Elle ressemblait à une catin. Après leur mariage, il l'oblige-

rait à agir de façon qu'il jugeait convenable pour l'épouse d'un vicomte. Elle rit, mais quand elle comprit qu'il était sérieux, elle se fâcha, incrédule.

— C'était une erreur de vous laisser quitter la France, chuchota-t-il, empli d'une colère réprimée. Non seulement vous vous habillez comme une catin, mais en plus vous vous comportez comme une gourgandine bon marché !

— J'ai assez entendu les avis de monsieur le vicomte pour ce soir, déclara-t-elle en se levant.

Mais il s'empara de son poignet et tira brusquement dessus pour qu'elle se rassoie près de lui.

— Étienne ! Lâchez-moi !

— Taisez-vous ! exigea-t-il. Vous osez me parler, à *moi*, le vicomte d'Ambert, comme si je n'étais qu'un… qu'un…

— Oh, Étienne, revenez à la raison. Quand vous parlez et agissez ainsi, on croirait voir Salvan, dit-elle avec force. Nous étions de si bons amis avant qu'il ne vous mette cette drôle d'idée de mariage dans la tête.

— Une drôle d'idée ? répéta-t-il, cherchant avec difficulté une tabatière dans l'une de ses poches.

— Oui. J'oublierai de quoi vous m'avez qualifiée si vous me présentez des excuses.

— Vous présenter des excuses ? Moi ? dit-il d'un ton hautain. Mademoiselle s'oublie ! C'est *vous* qui devriez me présenter des excuses à propos de *votre* comportement !

— J'espère que vous passez une bonne soirée ? s'enquit le duc de sa douce voix caractéristique.

Il avait tout entendu de leur échange et estimait qu'il s'agissait du bon moment pour intervenir. Il tendit sa tabatière au jeune homme et ne fut pas surpris quand il la refusa.

— Pardonnez-moi, mon garçon, dit le duc. J'avais oublié que le vicomte préfère son propre… hum… *mélange*, n'est-ce pas ?

Le vicomte s'était levé.

— Tout à fait, monsieur le duc, répondit-il sèchement. Mademoiselle et moi étions en pleine conversation privée…

— Comme c'est charmant, l'interrompit le duc sans l'ombre d'un sourire. Je le regrette, mais je dois mettre un terme à votre conversation privée. Accordez-moi cinq minutes seul à seul avec mademoiselle Moran.

— Mais, je…

— Je n'ai pas besoin que vous répondiez à ma place, Étienne, murmura Antonia avec véhémence en se décalant pour laisser un valet de pied placer un plateau de backgammon sur la méridienne.

— Vous pouvez surveiller notre partie si vous le souhaitez, dit le duc.

Il s'assit en relevant ses basques et commença à placer ses pions sur le plateau. Sans en détacher son regard, il agita une main recouverte de dentelle en direction du vicomte et ajouta :

— De là-bas, plus loin. Je préfère jouer au backgammon sans qu'un public regarde par-dessus mon épaule. Mademoiselle, quand vous voulez…

— Très bien, monsieur le duc, dit le vicomte en s'inclinant. Nous reprendrons notre discussion demain. Peut-être que mademoiselle aura eu assez de temps pour réfléchir à l'absurdité de ses propos.

— Je n'ai rien d'autre à dire, monsieur le vicomte, dit Antonia sans lever les yeux.

Elle positionna rapidement ses pions, d'un geste mal assuré néanmoins, et garda les yeux rivés sur le plateau, mal à l'aise et nerveuse. Elle se sentit rougir quand le duc posa un bras sur le dossier de la méridienne et tira légèrement sur l'une de ses boucles d'un geste cavalier. Elle lança son dé et attendit qu'il réagisse.

— La chance est de votre côté, petite, dit-il. Même un as ne battrait pas vos trois points.

Par la suite, la partie se déroula en silence. Seul le bruit des joueurs de cartes aux tables de jeu troublait occasionnellement leur concentration. Plusieurs invités s'étaient dispersés le long de la galerie et quelques-uns étaient assis devant la cheminée la plus éloignée. À un moment, Sir Jasper s'approcha du duc, plein de bonhomie et de bordeaux, mais l'aristocrate ne lui prêta pas attention.

Plus tard, Miss Woodruff interrompit leur partie avec une remarque bien sotte, mais elle fut également ignorée. Elle ne comprit pas immédiatement et resta plantée là à débiter des fadaises, jusqu'à ce qu'elle remarque que le duc n'avait d'yeux que pour son adversaire de jeu, ce qui la fit immédiatement taire. Elle s'éloigna d'une démarche théâtrale pour aller se consoler avec un gentleman aux yeux de chien battu qu'elle avait constamment évité pendant toute la soirée.

Lady Strathsay voulut elle aussi déranger le couple, avec la ferme intention d'envoyer Antonia dans ses appartements, mais son fils l'empêcha d'exprimer son opinion sur l'heure tardive ; il l'emmena prestement écouter un récital de poésie à l'autre bout de la galerie.

Le vicomte feignit un intérêt pour une partie de bassette, mais il observa Antonia tout du long. Quand il eut fini de jouer et voulut traverser la pièce, il fut intercepté par Lady Paget. Il fut tellement diverti d'entendre quelqu'un parler sa langue de façon civilisée qu'il se laissa conduire au récital de poésie.

Antonia ne vit et n'entendit rien de ces manœuvres. Elle avait l'impression d'être de retour dans les appartements privés de l'hôtel du duc, de retrouver la situation qu'elle avait connue avant de venir en Angleterre et qu'elle avait imaginé pouvoir revivre. Ils jouèrent en silence. Le duc n'engagea pas une seule fois la conversation, mais sa seule présence rendait toute conversation inutile. Au terme de leur quatrième partie, elle ramassa les dés et frappa dans ses mains.

— J'ai gagné ! Vous n'avez pas réussi à faire les combinaisons nécessaires pour faire sortir vos pions avant les miens, pas même en faisant des doubles !

— Puisque nous avons chacun gagné deux parties, nous devons en jouer une cinquième pour qu'un vainqueur soit désigné, dit-il en replaçant ses pions sur le tablier. Est-ce que cela vous convient, mignonne ?

— Avez-vous… ? Vous n'avez pas délibérément perdu cette dernière partie, monsieur le duc, si ?

Il s'amusa de son air offensé, mais répondit d'une voix neutre qui contrastait avec l'étincelle dans ses yeux noirs :

— En voilà une bien triste accusation, Antonia. Vous me surprenez. Assurément, vous devez mieux me connaître que cela ?

— J-je suis désolée. Je ne voulais pas… Je sais que vous ne feriez jamais rien de tel, dit-elle rapidement en lançant son dé. C'est juste que vous perdez très rarement.

— Rarement ne veut pas dire jamais. J'espère avoir assez l'étoffe d'un gentleman pour pouvoir admettre la défaite dans les rares cas où je perds. (Il leva son lorgnon pour réfléchir à son prochain coup.) Maintenant, vous devez jouer de votre mieux. Si j'ai la chance de remporter cette partie, je demanderai une récompense, ce qui serait mon droit en tant que vainqueur.

— Mais, nous n'avons pas décidé d'un enjeu avant de commencer à jouer ! répliqua-t-elle. C'est injuste.

Elle ne lança pas immédiatement ses dés, le poussant à relever les yeux.

— Injuste pour qui ? Si vous gagnez, c'est vous qui aurez l'avantage de réclamer une récompense. Je suis prêt à prendre le risque. Mais si vous jugez que les chances ne sont pas équitables…

— Non ! Non ! J'accepte ! lui assura-t-elle.

Sans se préoccuper de l'endroit où elle se trouvait, elle se débarrassa de ses chaussures en satin gaufré et glissa ses pieds vêtus de bas sous ses nombreuses couches de jupons afin d'être plus confortablement installée sur les coussins.

— Maintenant, s'il vous plaît, reprit-elle, concentrons-nous sur la partie, car j'ai très envie de gagner.

Dès le départ, le duc mena la partie. Malgré quelques mauvais coups, menant à la capture de ses pions à plusieurs reprises, il infligea exactement le même traitement à Antonia. Elle avait beau se donner du mal, elle ne parvenait pas à se mettre en position victorieuse. À la fin de la partie, Antonia perdit un gammon. Elle prit bien cette défaite, mais elle se plaignit qu'il avait rallongé la partie en la laissant sortir ses pions en passant par son jan intérieur, avant de les recapturer et de finir par les écarter.

— Rien ne changera jamais, dit-elle sans pour autant se plaindre. Nous pourrions jouer au backgammon toute notre vie et vous resteriez le meilleur joueur.

Le duc fixa les dés dans sa main.

— Croyez-moi, mignonne, il n'y a rien que je souhaiterais plus au monde.

Elle baissa la tête.

— Je vous en prie, monsieur le duc. Ne me dites pas ce genre de choses, car j-je… Oh ! Je ne sais pas comment vous expliquer ce que ces propos me font !

Elle se releva de la méridienne, remit ses chaussures et lissa ses jupons d'une main agitée.

— Grand-mère arrive et elle va me réprimander, car je suis restée assise avec vous trop longtemps.

Du coin de l'œil, le duc vit la comtesse s'avancer vers eux d'un pas ferme et décidé. Il esquissa un sourire en coin.

— Votre grand-mère estime que j'ai une influence corruptrice, mignonne.

— Une influence corruptrice ? répéta Antonia, surprise. Mais, c'est bien la dernière personne à pouvoir dire quoi que ce soit, monseigneur !

Au risque de s'attirer la désapprobation de sa grand-mère, elle s'assit sur le repose-pied, près du genou du duc. L'intensité de son regard noir et sa moue préoccupée firent apparaître une minuscule lueur d'espoir en elle, elle ajouta donc d'un ton malicieux :

— Si vous m'avez corrompue, j'en suis très heureuse. Nous avons passé six merveilleux jours ensemble, non ? Et j'ai découvert que j'aimais beaucoup faire l'amour avec vous. Mais quand je prendrai des amants à l'avenir, je ferai en sorte d'adopter un comportement qui se rapproche de celui des femmes avec qui vous couchez habituellement. La prochaine fois, je m'assurerai de ne pas laisser mes sentiments intervenir dans mes liaisons…

— Antonia ! Vous ne pouvez pas dire de telles choses ! Vous m'entendez ? Vous n'avez rien à voir avec ces femmes, murmura-t-il d'un ton menaçant en l'attrapant par le bras pour la secouer légèrement. Je ne veux pas du tout que vous leur ressembliez ! Je n'ai jamais voulu que vous soyez autre chose que vous-même. Quant à la prochaine fois, il n'y en aura pas !

Antonia baissa les yeux et sourit pour elle-même. Elle poussa un soupir plein de regrets.

— Je le sais, monseigneur, dit-elle avec tristesse. Vous avez été très clair à ce sujet quand nous étions à Paris…

— Avec d'autres hommes, petite malheureuse, siffla-t-il en l'attirant vers lui pour déposer un rapide baiser sur son front. Vous comprenez ?

— Les filles de votre âge devraient déjà être au lit ! aboya Lady Strathsay en surplombant le couple qui se sépara à contrecœur. Vous vous couvrez de ridicule, ma chère, dit-elle en lançant un regard noir à sa petite-fille.

Antonia se leva, mais elle ignora la comtesse et dit au duc, un sourire aux lèvres :

— Vous n'avez pas réclamé votre récompense, monseigneur.

Il sourit en la regardant dans les yeux.

— Demain, pendant que tout le monde jouera au cricket, venez dans la bibliothèque, et j'aurai alors ma récompense.

— Je ne l'autoriserai pas ! Ce serait tout à fait inconvenable…

Antonia parcourut lentement sa grand-mère du regard.

— Vous êtes la dernière personne à pouvoir faire la leçon à monsieur le duc sur la bienséance, milady, dit-elle d'un ton hautain.

— Comment osez-vous… ? commença la comtesse, sa rage étant telle qu'elle ne put terminer sa phrase.

— Au lit, petite, dit doucement le duc, avant que votre chère vieille grand-mère ne fasse circuler la rumeur que j'empêche les femmes de se mettre au lit plutôt que l'inverse.

La comtesse les regarda tous les deux bouche bée, son visage prenant une couleur proche de celle de ses cheveux relevés. Elle se tourna enfin vers le duc quand Antonia fit une révérence et s'éloigna à contrecœur.

— Vous encouragez son entêtement, Roxton ! Je ne le tolérerai pas !

Le duc ricana et s'appuya contre le dossier de la méridienne en nettoyant son lorgnon du coin de son mouchoir en lin.

— Dans ce cas, vous avez intérêt à vous accrocher, ma chère, car je pense avoir une sacrée duchesse en devenir…

La comtesse, assise de façon impérieuse sous un chapiteau pour assister au match de cricket, était encore déstabilisée par le comportement que sa petite-fille avait adopté la veille. Elle ne comprenait pas non plus pourquoi les hommes tenaient à jouer au cricket à cette époque de l'année, ce qui ne fit qu'assombrir son humeur déjà bien sombre. On avait installé les guichets au milieu d'un champ derrière les jardins d'agrément, une étendue de pelouse rase luxuriante délimitée par de vieux chênes et donnant sur de vastes terres agricoles. La proximité d'un troupeau de moutons et l'air frais et revigorant d'une journée ensoleillée n'améliorèrent pas l'humeur de la comtesse.

Le petit page noir l'éventait tandis qu'un valet de pied se tenait derrière sa chaise pour répondre à tous ses caprices, qu'elle veuille un verre de canari ou de vin de Bourgogne, ou une assiette de nourriture à grignoter remplie au buffet installé sur une table à tréteaux sous le chapiteau. Lady Paget, Miss Harcourt et Antonia étaient étendues sur des coussins disposés sur un drap en laine qu'on avait étendu sur l'herbe près de la chaise de la comtesse. Elles étaient occupées à discuter entre elles et le match prit une importance secondaire, surtout pour Antonia qui n'avait jamais entendu parler de ce sport et n'avait jamais vu personne y jouer, ne comprenant donc pas ce que ces hommes faisaient avec leurs battes et leurs balles, ni pourquoi ils couraient entre deux structures composées de bâtons.

Les gentlemen dont la présence n'était pas nécessaire sur le terrain et qui ne participaient pas au match étaient assis avec les ladies, confortablement installés sous le chapiteau où ils buvaient, discutaient et se servaient au buffet. Quant aux domestiques qui n'étaient pas indispensables à l'intérieur ou sous le chapiteau, ils avaient reçu l'autorisation de profiter d'un pique-nique entre eux sous les chênes, leurs épouses, époux et enfants formant un groupe bruyant de spectateurs qui encourageaient les joueurs.

Lady Strathsay avait essayé de retenir l'attention du vicomte, mais après une demi-heure de conversation guindée, il s'était éloigné vers les tables à la recherche d'un verre de vin. Il but sans discontinuer pendant une bonne partie de la matinée et rumina en silence, donnant des coups de pied dans des mottes de terre, impatient de retrouver un pays civilisé. On lui avait proposé de jouer dans l'équipe des gentlemen, ce qu'il avait catégoriquement refusé. Il lui semblait impensable de perdre sa dignité en jouant contre des larbins. Les Anglais étaient vraiment absurdes. Il était impatient de retourner à Paris le lendemain, et d'emmener Antonia avec lui.

Il l'observa rire et discuter avec les ladies et son sang se mit à bouillir à l'idée qu'elle ne puisse pas se comporter de la même manière avec lui. Il rejetait la faute sur son père et le duc. Ils paieraient, ils paieraient très cher pour l'avoir montée contre lui. Un cri près de son oreille le tira de ses pensées et sa tabatière se vida dans l'herbe. Il s'agissait de la voix de Miss Woodruff. La réponse brusque de Lady Strathsay à une question avait fait rire la blonde. Il remercia le Seigneur de ne pas savoir parler anglais, cette langue qui lui irritait tant les oreilles.

— Je trouve qu'Ellicott est un très bon batteur, dit Antonia à Charlotte. Il court vite entre ces bâtons.

— Ce sont des guichets, ma chère, lui dit gentiment Lady Paget.

— Bravo au valet ! déclara Miss Woodruff avec un rire aigu. À présent, nous savons pourquoi Roxton tient à lui. Il court vite entre les « bâtons ».

Antonia se hérissa.

— Pas du tout, Miss Woodruff. Ellicott parle parfaitement français, tire très bien au pistolet et est expert pour habiller monsieur le duc de Roxton. Il sait aussi cuisiner la caille dans une excellente sauce au vin rouge. Il est donc indispensable, non ? Pourquoi vous moquez-vous de moi, Charlotte ? C'est vrai, je vous l'assure !

— Ma chérie, vous avez une façon vraiment charmante de mettre les choses en perspective, dit Lady Paget en gloussant et en regardant Miss Harcourt par-dessus les cheveux blonds d'Antonia.

— Si Ellicott sait cuisiner la caille, je ne suis pas surprise que Sa Grâce le chérisse, dit Miss Harcourt.

— Sa recette de caille est vraiment délicieuse, leur assura Antonia, sa fossette se creusant. Un jour, Ellicott nous a préparé cette recette, car Frédéric, c'est le chef de monsieur le duc, était au mariage de son frère à Dijon…

— J'aurais plutôt pensé que le valet conserve son poste parce qu'il en sait trop sur les nombreuses incartades du duc pour être renvoyé, dit Miss Woodruff en lançant un regard innocent à Antonia.

Miss Harcourt se dit qu'il était temps d'intervenir.

— J'ai été agréablement surprise que Lord Strathsay soit le capitaine de l'équipe des domestiques. Mais Sa Grâce ne devrait-elle pas, pour ainsi dire, mener ses hommes au combat ?

— Comment ? Roxton, jouer au cricket ? dit Lady Paget en pouffant de rire. Il trouve ce jeu sacrément stupide et estime que c'est une façon tout à fait ridicule de faire perdre du temps à un homme, pour le citer.

— Non, ce n'est pas vrai, Miss Woodruff, déclara Antonia, ignorant la tournure qu'avait prise la conversation. Pourquoi Ellicott ne pourrait-il pas être renvoyé uniquement parce qu'il sait avec qui monsieur le duc a couché ?

— Antonia ! s'exclama Miss Harcourt.

— Eh bien ! Il n'y a pas de mal à dire la vérité ! répondit Antonia. Monseigneur ne s'est jamais caché de ses liaisons. Comment pourraient-elles engendrer le moindre scandale ?

— Touché, ma chérie, dit Lady Paget en regardant la comtesse par-dessus son épaule. C'est plutôt bien résumé, ne trouvez-vous pas, Gussie ?

— Les catins de Roxton ne m'intéressent absolument pas, répondit Lady Strathsay en haussant les épaules. Je trouve que Theo se débrouille merveilleusement bien en tant que capitaine. Il se débrouille toujours bien. C'est une bonne chose que vous soyez arrivée tôt ce matin, Charlotte, sinon il aurait été très déçu.

— Il s'en sort superbement bien, milady, approuva Miss Woodruff. C'est tellement plus agréable de regarder un gentleman plus jeune et plus athlétique courir entre les « bâtons ». J'imagine que monsieur le duc ne joue pas parce qu'il est trop vieux pour ces activités de jeunes hommes. Cela tombe sous le sens. Mon père et lui ont atteint un âge auquel les hommes sont susceptibles de souffrir de la goutte…

— *Peuh !* Ce sont de pures balivernes ! dit Antonia avec véhémence.

— Voulez-vous aller vous promener dans les jardins, Antonia ? suggéra Lady Paget. Theo va être à la batte pendant un moment, je suis sûre que nous avons le temps…

— Des balivernes ? Ma parole, Miss Moran. Si j'avais su que vous prendriez cette vérité autant à cœur, j'aurais gardé mon avis pour moi, dit Miss Woodruff d'une voix de velours. Loin de moi l'intention de vous ouvrir les yeux. Mais j'ai tendance à penser qu'un noble qui avait déjà acquis son titre lors du couronnement de George II et de sa reine Caroline doit assurément être considéré comme vieux aujourd'hui. Eh oui, mon père était à côté de Sa Grâce dans l'abbaye.

— Ne soyez pas aussi écervelée, Susanna ! lui lança Lady Paget en se levant d'un bond pour suivre Antonia, qui s'était grossièrement éloignée vers les tables au beau milieu du monologue malveillant de Susanna Woodruff.

— Je ne sais pas pourquoi vous prenez la peine de la suivre, conclut Lady Strathsay d'un ton cinglant. Il n'y a rien dans ce qu'a dit Miss Woodruff qui aurait pu offenser la petite ! (Elle repoussa le page en agitant la main et envoya le valet de pied remplir son verre.) Une satanée tête de mule, comme son grand-père – cet affreux monsieur !

À TOUT AUTRE MOMENT, Antonia se serait émerveillée devant la promenade de style grec dans les jardins d'agrément. De nombreux arbres et arbustes ne bourgeonnaient pas encore, mais la disposition ouvragée des chemins de gravier, les fabriques, les grottes et le placement des diverses statues donnaient déjà une impression féérique. Un ruisseau sinueux se frayait un chemin à travers cette promenade, cascadant jusqu'à un jardin oriental agrémenté d'une pagode, d'un pont de style chinois et de lanternes suspendues dans les branches de plusieurs saules. Des pierres de gué disposées avec soin en travers du ruisseau permettaient d'accéder aisément au jardin oriental. Antonia parvint à franchir le cours d'eau sans mouiller le bas de ses jupons et sans l'aide du vicomte.

Le vicomte d'Ambert s'était dépêché de la dépasser et avait traversé le ruisseau en sautant sur une pierre de gué sur deux. Ayant atteint l'autre côté, il ne lui avait pas tendu la main. Il avait attendu qu'elle soit presque au milieu du cours d'eau, puis lui avait bloqué le passage, sautant d'un côté puis de l'autre jusqu'à ce qu'il soit sûr qu'elle allait trébucher ; alors seulement, il avait reculé pour l'aider à rejoindre la rive. Quand il lui avait proposé son aide, elle l'avait repoussé et avait continué à avancer sur le chemin comme s'il n'était qu'une apparition.

Elle n'avait pas réclamé sa compagnie. Elle avait refusé que Lady Paget l'accompagne. Quand Étienne avait proposé de prendre sa place, Antonia s'était réjouie que Lady Paget le retienne, lui permettant ainsi de s'éclipser. Mais dix minutes à peine après le début de sa promenade sereine, il l'avait rattrapée. Elle avait essayé de faire la conversation au sujet des jardins, mais il voulait seulement reprendre leur dispute de la veille. Quand elle avait refusé d'être entraînée sur cette voie, il n'était pas seulement devenu insistant, mais franchement pénible. Un instant il dansait près d'elle et celui d'après, il partait devant puis surgissait de derrière une statue ou un arbuste.

Quand elle s'arrêta pour admirer une grotte particulièrement belle qui abritait une fontaine, il sauta sur le banc en marbre et l'observa.

— J'aimerais que vous cessiez d'essayer de me faire peur, dit-elle sans le regarder. Je suis trop agacée pour être effrayée. Si vous êtes déterminé à me tenir compagnie, descendez de là et regardez cette fontaine. Elle doit représenter un empereur chinois, vous ne pensez pas ? Regardez comme l'eau cascade et forme des petits bassins à ses pieds. Je me demande où mène le ruisseau. Au lac, peut-être. J'aimerais bien voir le lac. Il y a des cygnes, des canards et...

— Je n'ai pas besoin de comprendre l'anglais pour savoir que vous vous êtes montrée impolie envers mademoiselle Woodruff, l'interrompit Étienne. Vous êtes partie alors qu'elle vous parlait. Ce n'est pas quelque chose qui serait toléré en France. J'espérais que vos manières s'amélioreraient, mais elles sont toujours aussi déplorables. Mon père pense peut-être que de telles facéties sont rafraîchissantes, mais ce n'est pas mon cas.

Antonia ne prit pas la peine de répondre. Elle s'éloigna et, à un croisement de trois chemins, partit vers la gauche. Devant elle, plus haut sur la colline, se trouvait une petite clairière avec une rotonde au sommet d'un mont herbeux. La rotonde lui offrirait une vue sur l'ensemble des jardins et, avec un peu de chance, elle pourrait voir de quel côté se trouvait la maison. Elle se félicitait à peine d'avoir semé le vicomte qu'il apparut au milieu du chemin en pente.

— Espériez-vous m'échapper, petite Antonia ? dit-il en s'inclinant d'un geste moqueur. Un espoir bien sot ! Un espoir singulièrement stupide ! Malgré tout ce que vous avez appris dans les livres, vous restez une femme qui manque d'éducation. Heureusement que vous avez votre beauté, sans quoi aucun homme ne s'intéresserait à vous. Je préfère les boucles blondes de mademoiselle Woodruff à...

Antonia le contourna.

— Tant mieux pour vous. Vous iriez très bien ensemble, elle et vous.

— Elle me rappelle une petite Parisienne que j'ai appris à bien connaître. Très bien, même. Mais vous ne la connaissez sûrement pas. Elle n'assiste pas au lever et ne fréquente jamais les salons.

— Est-elle votre maîtresse ? s'enquit Antonia. J'espère que vous êtes gentil avec elle et qu'elle est gentille avec vous.

Ce n'était pas ce que le vicomte voulait entendre. Et il n'aimait pas la façon dont Antonia lui souriait. Ce sourire l'énervait et l'embarrassait. Il fouilla dans une poche à la recherche de sa tabatière, puis il se souvint qu'elle était vide, que son contenu s'était renversé dans l'herbe sous le chapiteau.

— Non, je ne suis pas gentil avec elle ! cria-t-il. Je me moque complètement d'elle ! Cette vaurienne ne mérite même pas que je m'intéresse à elle !

— Quelle horrible façon de parler !

— Pourquoi ? Vous estimez que je devrais agir comme un galant homme avec quelqu'un qui n'est pas digne de boire dans ma tasse ? Ces créatures, elles ne valent rien, dit-il avec mépris.

— Et pourtant, monsieur le vicomte accepte leurs faveurs… ?

— C'est différent ! Je leur fais honneur. Quand nous serons mariés, vous oublierez l'existence de ces femmes.

Le dos d'Antonia se raidit et elle s'arrêta pour se tourner vers le vicomte avec colère.

— Étienne, je ne vous épouserai jamais. Je ne vous aime pas et vous ne m'aimez pas non plus. Je ne sais pas pourquoi vous insistez avec ces absurdités, mais il faut que vous arrêtiez. Si je devais un jour retourner à Paris, ce ne serait pas en tant qu'épouse de monsieur.

Un pied posé sur la première des six marches de la rotonde, il se positionna de sorte à bloquer le passage à Antonia.

— Vous pensez avoir votre mot à dire ? Ce n'est pas à vous de me dire quoi faire ou de prendre des décisions. Nous avons scellé votre sort, mon père et moi. C'est ce que nous voulons, ce que Strathsay veut, ce que mon père veut. C'est ce que moi, je veux !

— Voulez-vous que votre père couche avec moi ?

— Taisez-vous ! Ce n'est pas important. Ce qui importe, ce sont mes intérêts. À votre avis, pourquoi suis-je venu dans ce pays de barbares, hein ? Pour profiter de la compagnie de mon cousin Roxton ? Pas vraiment, non. Vous allez revenir en France avec moi et nous allons nous marier…

— Mon Dieu, je n'en peux plus de cette discussion qui tourne en rond, marmonna Antonia en essayant de monter les marches. S'il vous plaît, laissez-moi passer. J'aimerais voir la vue.

— Comment osez-vous m'interrompre ! Comment osez-vous me traiter comme si j'étais un-un *petit garçon* !

— Monsieur le vicomte s'oublie, déclara Antonia d'une voix pleine de colère retenue quand il l'attrapa par le bras. Même si nous étions promis l'un à l'autre, cela ne vous donnerait pas le droit de me toucher sans ma permission. Ni de me crier au visage. Si vous êtes incapable de vous comporter de façon civilisée, je vous demanderai de partir.

Étienne la regarda, bouche bée. Sa stupéfaction était telle qu'il la relâcha. Mais il se reprit rapidement et monta les marches à toute vitesse, les poings serrés de colère. Antonia lui tournait le dos. Elle était appuyée sur la balustrade et admirait la vue sur les jardins d'agrément et, plus loin, le chapiteau aux couleurs vives et le champ sur lequel les joueurs de cricket étaient éparpillés. Entre les arbres en contrebas, elle apercevait plusieurs personnes qui se promenaient dans les jardins, mais ils étaient tellement loin qu'elle ne parvenait pas à les identifier. Elle fit un commentaire au vicomte à propos de la vue, mais il ne l'entendit pas. Avant de savoir ce qu'il faisait, il l'avait plaquée contre la balustrade et s'était emparé de ses bras pour les retenir dans son dos. Plus elle se débattait, plus il resserrait et tordait ses poignets.

— Étienne, vous me faites mal…

— Taisez-vous. Je me moque que vous ayez mal. Vous allez m'écouter, maintenant ! Je vous offre mon nom et vous osez m'insulter comme si moi, un Salvan, je ne valais rien ? Vous, la fille d'un médecin grotesque qui est tombé en disgrâce, un-un païen par-dessus le marché ? Vous, la petite-fille d'une catin peinturlurée ? Non, ne vous débattez pas ! Je suis bien plus fort que vous et je ne voudrais pas vous faire mal.

— Arrêtez ! Lâchez-moi !

— C'est à se demander pourquoi je m'obstine avec vous…

— C'est à se le demander, oui ! rétorqua-t-elle avec courage, même si à présent, elle avait réellement peur de lui.

— Ce que je veux, c'est un peu d'humilité de votre part. Je ne veux pas d'une épouse qui s'est rempli la tête d'idées trouvées dans les livres. Ce n'est pas convenable pour une vicomtesse d'agir comme une bourgeoise. Si vous vous tenez bien, que vous êtes obéissante et que vous vous efforcez de me plaire, je ne me plaindrai pas et je n'aurai pas besoin de vous frapper…

— Je ne vous épouserai ja…

La phrase d'Antonia resta en suspens, car le vicomte l'avait attrapée par la gorge, serrant jusqu'à ce qu'elle ait du mal à inspirer.

— Ne me… ne me contredisez plus jamais, siffla-t-il à quelques centimètres de son visage. Assez de fadaises sont sorties de la jolie bouche de mademoiselle. Vous et moi retournons à Paris ce soir. Je ne resterai pas une journée de plus sous le toit de mon cousin Roxton, à être humilié et traité comme si je n'étais qu'un écolier. Je vous vois bien exhiber cette babiole digne d'une catin qu'il vous a offerte ! Pensiez-vous que je n'étais pas au courant ? Que vous êtes sotte, Antonia ! C'est un cadeau minable. J'ai vu des diamants autour des poignets de ses catins à côté desquels vos petites pierres feraient pâle figure.

Tandis qu'il parlait, il relâcha sa gorge. Elle prit une grande inspiration en frémissant.

— C'est sa faute si on vous a tiré dessus, ricana-t-il, ses longs doigts agrippant le satin moulant l'épaule d'Antonia. Quel dommage que vous ayez bêtement joué aux héroïnes et que vous vous soyez mise en travers du chemin.

— C'est vous qui nous avez tiré dessus ? C'est vous qui attendiez dans la forêt ? C-comment avez-vous pu faire quelque chose d'aussi monstrueux ? demanda-t-elle, l'horreur qu'elle ressentit en apprenant la vérité sur cette soirée-là dépassant largement ses craintes vis-à-vis de ses intentions. Pourquoi… ?

— Ce n'est pas ce que j'ai dit ! lui cracha-t-il au visage. Ai-je dit cela ? Hein ? Hein ? Mon père, il… il n'a pas pu s'en empêcher ! Il a cru aux fanfaronnades de Roxton. Moi, je n'y ai jamais cru. C'est lui qui vous a tiré dessus, stupide, stupide Antonia ! Je vous ai dit de ne pas vous débattre ! C'est lui qui vous a blessée avec cette balle… qui vous a *estropiée*… Laissez-moi voir si la cicatrice est aussi hideuse que dans mes souvenirs…

— Pour l'amour du Ciel, Étienne, supplia-t-elle.

D'un geste, il découvrit son épaule et son bras, révélant la cicatrice fripée sur sa clavicule. Elle le dévisagea, emplie d'une colère sans nom, et prit une teinte écarlate à son contact. C'est alors qu'elle entendit des voix s'élever dans les jardins, des voix qui l'appelaient et qui lui donnèrent le courage de trouver les mots qui, elle le savait, le déstabiliseraient et, avec un peu de chance, lui permettraient de fuir.

— Étienne, écoutez-moi, exigea-t-elle en essayant de se couvrir avec les chutes de son corsage déchiré. Le soir du bal masqué, votre père a bien fait de croire aux fanfaronnades de monsieur le duc, car dans le carrosse, je l'ai laissé…

— *Menteuse !* hurla-t-il, le visage à présent aussi rouge que celui d'Antonia.

N'ayant pas son précieux mélange de tabac pour se calmer les nerfs, il s'était mis à trembler de façon incontrôlable. Antonia n'eut pas besoin d'autre chose ; elle plongea sous son bras et parvint à lui échapper. Remontant ses jupons d'une main tandis que de l'autre, elle essayait désespérément de couvrir sa nudité, elle descendit en courant la pelouse en pente vers le jardin oriental. Elle entendait mieux les voix de l'autre côté du ruisseau. Elle entendit celle de son oncle et celle de Lady Paget et sut qu'ils ne devaient pas être très loin, possiblement juste au prochain détour de la promenade. Elle perdit ses deux chaussures en même temps. Le gravier blessait la tendre plante de ses pieds, mais elle n'osait pas ralentir.

— Garce ! Menteuse ! Revenez ! Je veux la vérité ! cria le vicomte. Vous ne pouvez pas m'échapper !

Une main l'attrapa entre les massifs, mais elle glissa sur une flaque boueuse et il ne réussit pas à l'attraper. Elle se releva et reprit sa course, mais elle se retrouva coincée, dans une partie particulièrement étroite du chemin, dans les branches épineuses d'un rosier sauvage. Elle entendit les bottes de jockey du vicomte écraser le gravier quelque part à sa droite tandis qu'elle tirait frénétiquement sur l'endroit où elle était accrochée, déchirant ses jupons. Elle avait la gorge sèche, mais elle appela à l'aide malgré tout et continua à avancer en trébuchant. Il ne devait être qu'à quelques mètres, il l'attraperait dans un instant. Elle s'attendait à sentir ses mains agripper ses jupons d'une seconde à l'autre.

Elle l'aperçut en regardant derrière elle, le visage tordu par la rage. Il se jeta sur elle, attrapa ses jupons bouffants et la tira vers lui. Elle tomba à genoux tant il tira fort et fut inexorablement entraînée vers l'arrière. Elle ne put opposer qu'une résistance pathétique. Elle s'efforça de se relever, se remit difficilement debout et hurla. Aucun son ne sortit de sa gorge et elle s'écroula. À l'instant où elle cessa de se battre, ses jambes et ses bras devenant flasques d'épuisement, elle fut soulevée de manière inattendue par deux bras puissants.

Elle retomba contre le large torse, haletant de soulagement. Les bras de son protecteur étaient réconfortants et elle enfouit son visage dans le doux velours de son gilet, sentant les battements sourds de son cœur, presque aussi frénétiques que les siens. Pendant plusieurs secondes, elle ne put ni lever la tête, ni parler, ni retrouver l'usage de ses jambes. Son soulagement était si grand qu'elle fondit en larmes. On lui donna un mouchoir et elle s'essuya les yeux, mais elle était réticente à quitter la protection des bras puissants qui la tenaient dans une étreinte si réconfortante. Elle se sentait sotte, embarrassée et ne savait pas trop quelle était la marche à suivre. Puis, soudain, elle entendit des voix s'élever, des jupons bruisser et le cuir de plusieurs chaussures racler le gravier. D'un coup, le jardin sembla bondé.

— Oh, Theo, je suis tellement heureuse que vous m'ayez trouvée, parvint-elle à chuchoter, jetant enfin un coup d'œil entre ses boucles décoiffées. Oh, c'est vous, dit-elle en écarquillant les yeux.

— Chut, mignonne. Vous n'avez plus aucune raison de vous inquiéter, répondit le duc en dégageant délicatement les cheveux d'Antonia de son visage penché vers l'arrière. Avez-vous eu peur que je ne vous trouve pas ?

— J'aurais dû savoir que vous me trouveriez, dit-elle avec un sourire en se blottissant confortablement dans son étreinte, les bras du duc se resserrant autour d'elle.

Lady Paget et Lord Strathsay découvrirent cette scène en arrivant par l'autre côté, car ils s'étaient d'abord rendus à la rotonde. Miss Harcourt, qui avait suivi le même chemin que celui emprunté par le duc, s'approcha en claudiquant après avoir traversé le ruisseau et s'effondra sur un banc en marbre. Ils avaient tous été coupés dans leur élan en voyant Antonia saine et sauve dans les bras du duc. Ils poussèrent un soupir de soulagement collectif. Mais Lord Strathsay avait vu l'altercation dans la rotonde et il s'avança, à la recherche du vicomte. Il ne vit pas immédiatement le jeune homme accroupi, la tête penchée, haletant, près de la petite fontaine décorée d'une statue d'un empereur chinois.

Avisant les jupons déchirés d'Antonia et ses boucles ébouriffées, il ne put contrôler sa rage.

— Où est-il ? cria-t-il au duc. Où est ce misérable corniaud ? Dites-le-moi, Roxton ! J'exige de pouvoir le punir, de faire couler son sang !

— Êtes-vous obligé de crier ? répondit calmement le duc.

— Est-elle… ? commença Lady Paget, mais le duc la réduit instantanément au silence d'un regard sévère.

— Puis-je me rendre utile, Votre Grâce ? demanda Miss Harcourt.

— Non, je vous remercie, Miss Harcourt. Hormis en retournant au match de cricket avec Theophilus…

— Au diable le match de cricket ! hurla Lord Strathsay. Personne n'aurait dû la laisser partir seule avec ce monstre !

— Je crains que ce ne soit ma faute, dit Lady Paget d'un air coupable. J'aurais dû insister pour aller avec elle.

— Ne culpabilisez pas, milady, dit Miss Harcourt. Vous ne pouviez pas savoir ce qu'il se passerait…

— Vous voilà, espèce de moins que rien, espèce de misérable ! gronda Lord Strathsay en faisant un pas vers le vicomte, qui tirait sur les pointes de son gilet froissé.

Le vicomte se recroquevilla avec un sourire nerveux.

— Monsieur ! Ce n'était qu'un jeu ! Je vous l'assure ! Un jeu d-de… de cache-cache, hein ?

— Soyez maudit ! Ce n'était pas du tout un jeu !

— Theo, je vous en prie, l'implora Miss Harcourt.

Lord Strathsay agrippa le jeune homme par la dentelle de son jabot et le relâcha en le poussant avec mépris, le faisant tomber en arrière dans les massifs.

— Comment avez-vous osé lever la main sur ma nièce, espèce de parasite perfide !

— Strathsay, dit le duc d'une voix calme mais autoritaire. Laissez-moi m'en occuper.

— Je compte bien obtenir réparation de cette pourriture qui ne vaut rien ! déclara Lord Strathsay en relevant le vicomte de force. Vous tremblez et vous êtes tout transpirant, monsieur le vicomte. Vous voir me donne la nausée !

— Roxton a raison, Strathsay, intervint Lady Paget. N'est-ce pas, Charlotte ?

— Oui ! Oh, tout à fait ! approuva Miss Harcourt, au bord de la crise de nerfs, son regard passant de son promis au duc, apercevant l'état des pieds d'Antonia. Oh, les pieds de la pauvre petite !

Lord Strathsay fit volte-face sans relâcher le vicomte et fixa le duc, qui avait le visage aussi blanc que la dentelle autour de son cou.

— Je vous demande d'emmener ma nièce à l'intérieur et de nous envoyer un domestique avec nos épées. Je compte bien régler cela ici et maintenant. Charlotte. Milady. Laissez-nous.

— Non ! Non ! s'exclama Charlotte. Je vous en prie, Theo, il doit y avoir une autre solution…

— Lâchez-moi, monsieur ! exigea le vicomte d'Ambert, qui avait assez retrouvé ses esprits pour prendre un air hautain, se recroquevillant néanmoins quand le duc lui lança un coup d'œil. Comme je l'expliquais, Antonia et moi…

— Je vous interdis de prononcer son prénom ! aboya Lord Strathsay en serrant un peu plus le jabot du vicomte.

— Si c'est ce que monsieur souhaite. Mais je lui ferai remarquer que mademoiselle Moran et moi sommes en des termes intimes depuis très longtemps.

— Menteur ! Ma nièce ne vous a jamais laissé croire qu'elle vous voyait autrement que comme un ami, et rien de plus. Et en tant qu'ami, vous n'avez aucun droit de lui imposer vos faveurs. Regardez-la ! Regardez ce que votre comportement répugnant a fait ! Vous… vous…

— Strathsay. *Assez*, l'interrompit le duc à voix basse, ce qui suffit à convaincre Lord Strathsay de relâcher le Français.

Le vicomte desserra sa cravate et s'essuya les mains sur son haut-de-chausses, comme s'il avait touché quelque chose de répugnant.

— Monsieur, je vous demanderai d'être bien vigilant avant de m'accuser de quoi que ce soit. Je vous rappelle que mademoiselle et moi sommes fiancés. Vous n'êtes donc absolument pas concernés par ce que je… ce que nous… souhaitons faire dans l'intimité de ce jardin.

— Au diable ces fiançailles !

— C'est que, je n'ai pas vraiment eu besoin de forcer la main de mademoiselle.

Lord Strathsay s'étouffa de rage.

— Espèce de… de…

— Theo ! Non ! cria Charlotte avant de défaillir promptement quand son promis donna une violente gifle au vicomte du revers de la main.

Lady Paget vint précipitamment l'aider, posant la tête de la jeune femme sur ses genoux et envoyant de l'air vers son visage à l'aide de son éventail peint à la gouache.

— Je vais vous donner une bonne leçon. Soyez *maudit*, d'Ambert ! hurla Lord Strathsay, accompagnant sa gifle d'un coup au menton du Français, le faisant de nouveau tomber à la renverse dans les buissons. Levez-vous ! Levez-vous et battez-vous !

— Tout ceci a assez duré, dit le duc en soupirant d'impatience.

Il sentit Antonia s'agiter dans ses bras et baissa la tête.

— Monseigneur. Je vous en prie, ne les laissez pas s'affronter à l'épée, dit-elle. Étienne était le meilleur de sa classe et il dit que c'est vous qui lui avez appris à…

— Oui, mignonne, je ne le sais que trop bien, dit-il doucement en l'attirant vers lui.

Aux deux hommes qui se dévisageaient, l'un surplombant l'autre, ce dernier reculant encore un peu dans les buissons en tenant sa mâchoire douloureuse, il s'adressa d'une voix exprimant ennui et mépris :

— Si je voulais voir deux coqs se battre, j'irais parier au gallodrome de Dartmouth. Theophilus, votre manque de… hum… *manières* me déçoit. Vous savez ce que je pense des gentilshommes qui tombent tellement bas qu'ils en viennent aux poings devant une lady. Occupez-vous de votre promise. Elle s'est évanouie et représente un fardeau pour Lady Paget.

— Votre Grâce ! Je me révolte ! J'exige…

— Vous n'êtes pas en position d'exiger quoi que ce soit, bouillonna le duc. Je suis encore le maître dans ma propre maison, non ? (Il soutint le regard de Lord Strathsay sans ciller.) Je me réjouis de votre silence. Monsieur le vicomte, continua-t-il d'un ton glacial en regardant le Français avec tant de haine que le jeune homme se releva précipitamment, vous me ferez l'honneur de votre compagnie dans l'ambiance plus digne de mon bureau. Immédiatement.

— Monsieur le duc ! Je demande le droit de voir…

— Mon très cher ami, vous n'avez plus aucun droit.

QUINZE

L E DUC REVINT dans la bibliothèque une heure après avoir déposé Antonia sur un canapé près du feu. Il avait donné les instructions suivantes : elle devait profiter d'un bain de pieds apaisant et sa bonne devait rester là pour veiller sur elle ; si elle voulait quoi que ce soit, elle pouvait appeler Ellicott avec la petite cloche en argent ; si elle s'ennuyait, elle trouverait assez de livres sur les étagères pour l'occuper jusqu'à son retour. Mais il ne fut pas surpris de découvrir que le canapé était inoccupé, que la couverture était en boule par terre et que plusieurs livres ouverts étaient éparpillés autour du bain de pieds. Il parcourut du regard les murs recouverts de livres avant de lever les yeux vers la passerelle à la balustrade sculptée de style chinois qui s'étirait le long de trois murs et donnait accès aux étagères les plus hautes, mais Antonia restait introuvable. Il vérifia sur la terrasse, même s'il était assez certain qu'elle n'aurait pas quitté la chaleur de la maison sans être convenablement chaussée, et il s'apprêtait à appeler son majordome quand il remarqua que l'une des bibliothèques était positionnée à un angle étrange.

En réalité, il ne s'agissait pas du tout d'une bibliothèque, mais d'une porte soigneusement dissimulée qui cachait un escalier privé. On pouvait ainsi accéder à la bibliothèque en passant par les appartements privés du duc à l'étage du dessus. Personne n'empruntait cet escalier à l'exception du duc et, à de rares occasions, de son valet. Il se demanda si la porte était restée ouverte parce qu'Ellicott s'était montré négligent ou si Antonia l'avait trouvée toute seule. Il penchait plutôt pour la deuxième explication.

— Petite curieuse, dit-il en souriant pour lui-même quand il referma la porte secrète derrière lui.

L'escalier menait au cabinet du duc, une pièce remplie de ses effets les plus personnels. Un bureau aux pieds dorés très fins qui donnaient au meuble une impression d'équilibre précaire se trouvait près d'une longue fenêtre, sa surface recouverte de parchemins roulés, de sceaux dorés, de livres et de demandes de parrainage. Dans la pièce se trouvait également une vitrine en hêtre laquée pleine à craquer de bouteilles contenant des mélanges de tabac à priser, de tabatières insolites et d'une collection de petits objets rapportés de ses voyages. Sur une longue table en acajou poussée contre un mur se trouvaient des bustes d'empereurs romains et des vases grecs.

Des tableaux représentant des paysages ainsi que des portraits d'amis, de vieux membres de la famille et d'animaux favoris – tant de sujets qui convenaient à un œil critique – étaient accrochés aux murs lambrissés. Seul un ensemble de gravures – huit au total, une édition limitée de l'artiste Boucher – pouvait être considéré comme peu convenable pour les yeux d'une jeune lady, d'une tante célibataire ou d'un pasteur moralisateur. Ces œuvres avaient un thème en commun – un satyre au visage familier s'adonnant à divers actes sexuels avec des nymphes dans un décor boisé. Les nymphes, qui avaient des visages et des silhouettes reconnaissables, étaient toutes connues pour leur beauté à couper le souffle, leurs nobles origines et leur triste réputation.

Lors de leur première publication, les gravures avaient provoqué un tollé dans la bonne société, avaient été vendues plus vite qu'elles ne pouvaient être tirées, et avaient mis le duc de Richelieu dans une telle colère qu'il avait quitté la cour pendant un mois tant il était jaloux et vexé que ce soit le visage de Roxton et non le sien qui donne vie au satyre. Cet ensemble particulier avait été présenté au duc par l'artiste en personne et avait une place de choix au-dessus de sa vitrine à tabac.

Le regard du duc tomba par hasard sur cette série et l'ironie du sort lui fit lever les yeux au ciel. Il jura en passant dans sa garde-robe et entra dans la grande chambre à coucher sur laquelle donnait cette pièce. Un bon feu brûlait dans la cheminée. Les lourds rideaux en velours avaient été tirés pour empêcher la lumière de la fin d'après-midi d'entrer et seules les bougies absolument nécessaires pour éclairer assez la pièce étaient allumées dans leurs chandeliers. Le lit à baldaquin était intact.

Antonia dormait pelotonnée sur le canapé près de la cheminée, avec Gray et Tan blottis près de ses pieds nus. Elle portait l'une des robes de chambre en soie jaune du duc et avait laissé ses jupons déchirés en un tas sur le sol à côté d'une bassine d'eau parfumée et d'un plateau contenant les restes d'un thé.

Sans la réveiller, il retourna dans sa garde-robe et s'assit lourdement devant le miroir de sa coiffeuse.

Maudits soient tous les Salvan ! soupira-t-il, s'adressant à son reflet, les coudes posés sur la table et les doigts dans ses épais cheveux, au niveau de ses tempes. *Je suis trop vieux pour elle*, dit-il au reflet, qui osa néanmoins lui répondre avec un sourire. *Ne sois pas sot. Épouse-la, au diable l'opinion de la société sur cette union. Et Étienne, alors ?* Le reflet fronça les sourcils. *Oui, je le transpercerais s'il osait la toucher une nouvelle fois.* Sur ce, le reflet se permit de hausser les sourcils. *Tu irais jusqu'à assassiner la chair de ta chair pour elle ?* Le reflet continua à le fixer, comme pour le pousser à avouer à voix haute ce qu'il n'avait jamais avoué à personne. Cette confession lui fut épargnée quand il vit quelque chose d'inhabituel dans le reflet du miroir. Le duc fit volte-face afin de mieux voir la banquette.

Un ensemble de vêtements féminins avaient été soigneusement disposés dessus : une robe à la française en damas gaufré de la couleur de l'or ancien ; un corsage, une pièce d'estomac et plusieurs jupons d'une couleur similaire, mais dans un tissu plus léger, de la soie possiblement ; une paire de bas blancs brodés soigneusement pliés en deux et sur lesquels étaient posées des jarretières en satin ; plusieurs rubans de la même couleur et dans le même tissu que les jupons inférieurs ; et une petite boîte en velours contenant un assortiment d'épingles à têtes perlées et de pinces ainsi qu'une paire de boucles à chaussures endiamantées qu'il connaissait bien. Des paniers à baleines étaient posés sur un tapis d'Orient près de la banquette. Il ne manquait plus qu'une paire de chaussures.

Cette panoplie semblait tellement incongrue dans ses appartements qu'il en resta incrédule. Comme pour s'assurer qu'elles existaient réelle-ment, il souleva l'une des jarretières. Il inspecta les autres vêtements comme s'ils étaient tous nouveaux pour lui ; il avait certainement déjà vu un éventail de sous-vêtements féminins de son temps, mais jamais disposés de façon aussi soignée. Ces habits le firent sourire, car ils lui rappelaient ces six merveilleux jours passés avec Antonia dans son hôtel parisien. Il y avait quelque chose de réconfortant à les voir ainsi dispo-sés, comme si le temps s'était de nouveau arrêté, comme s'il ne s'était pas passé une seule heure depuis qu'il avait été forcé de l'envoyer en Angleterre. À présent, ils pouvaient continuer comme avant, comme si les dix semaines pendant lesquelles ils avaient été séparés n'avaient tout simplement jamais existé, comme s'il s'agissait seulement de la septième journée qu'ils passaient ensemble.

Il inspectait la structure des paniers en faisant passer un bas entre ses doigts d'un geste absent quand la porte lambrissée des domestiques s'ouvrit silencieusement à sa gauche. Son valet entra, une paire de mules damassées à la main. Ni le maître ni le domestique ne se prêtèrent attention et Ellicott vaqua à ses occupations comme il l'avait fait à Paris : comme si la pièce était vide. Il déposa les mules près de la banquette et ramassa le bas que le duc avait jeté sans ménagement sur le sol, le pliant avec soin avant de le remettre avec son double. Puis il se mit à ranger le désordre sur la coiffeuse : une brosse, un peigne en écailles de tortue, un étui, des rubans et des boîtes à mouches. Il tour-nait le dos au duc qui, pour dissimuler son embarras, sortit sa tabatière de la poche avant de son gilet.

— J'ai pris la liberté d'aller chercher une tenue de rechange pour mademoiselle, dit le valet sur le ton de la conversation. J'ai également pris la liberté de mettre mademoiselle autant à l'aise que possible en l'installant sur le canapé dans la chambre de monseigneur. Mademoi-selle a trouvé vos appartements en passant par l'escalier.

— Il semblerait que vous ayez pris pas mal de… hum… *libertés*, répondit le duc en anglais.

— En effet, Votre Grâce, répondit Ellicott, stoïque, en parcourant du regard la tenue d'équitation et les bottes de jockey poussiéreuses de son maître. J'ai sorti une tenue propre pour Sa Grâce, qui je l'espère sera à son aise dans mes quartiers. J'ai préparé la baignoire sabot de Sa Grâce pour mademoiselle, puisque les ouvriers n'ont pas encore terminé la mosaïque dans la salle de bain. (Il se plaça sur le seuil de la pièce.) Si Sa Grâce voulait bien me suivre... ?

— Vous avez pensé à tout, hein ? murmura le duc en s'avançant dans la chambre du valet.

Ellicott s'occupa patiemment de son maître, se tracassa devant un pli sur la manche d'une chemise en lin blanche, et toute conversation fut prudemment évitée, à l'exception de quelques platitudes. Quand le duc eut retrouvé une apparence plutôt décente dans un haut-de-chausses en velours noir, une chemise blanche et un gilet en soie, ils retournèrent dans sa garde-robe afin que le valet puisse tresser les longs cheveux de son maître devant le miroir de la coiffeuse. Il attacha la tresse avec un nœud en satin. Il ne lui restait plus qu'à faire enfiler une redingote en velours décorée de lacets argentés à son maître, mais le duc préférait la mettre plus tard, il demanda plutôt au valet de fixer les boucles de chaussures en diamants sur les languettes en cuir de ses chaussures noires. Ellicott ayant accompli toutes ses tâches pour l'après-midi, il se releva et s'inclina légèrement.

— Si Sa Grâce me le permet, je vais aller voir si mademoiselle a terminé sa toilette.

Roxton, qui limait les ongles d'une de ses longues mains blanches, releva la tête.

— Oh, Ellicott, que vous êtes ingénieux. Comptez-vous proposer vos services d'habilleur à mademoiselle ?

— Non, Votre Grâce. Enfin...

— Vos valeurs morales seront sans doute soulagées d'apprendre que je compte me refuser le plaisir de regarder mademoiselle prendre son bain et s'habiller jusqu'à l'échange de nos vœux.

Le valet battit des paupières, persuadé qu'il avait mal entendu.

— Votre Grâce...

Le duc jeta la lime sur la coiffeuse encombrée et se leva pour étirer ses jambes musclées.

— Je dois m'assagir en vieillissant, murmura-t-il avant de pousser un soupir de résignation. Je vais m'exiler dans mon cabinet et m'occuper en répondant à mes lettres pendant que mademoiselle prend son bain et s'habille. Est-ce que cela vous convient ?

Le valet osa sourire.

— Oui, Votre Grâce. Merci, Votre Grâce.

Le duc l'observa se diriger vers la porte des domestiques, puis il le rappela.

— Un instant, s'il vous plaît.

— Votre Grâce ? s'enquit Ellicott, surpris.

— Rappelez-moi, je vous prie, depuis combien de temps vous travaillez pour moi.

— Depuis quinze ans, Votre Grâce.

— Bonté divine ! Depuis si longtemps ?

— Oui, Votre Grâce. Mon père était le majordome du quatrième duc et je… j'étais second valet de pied jusqu'à ce que Sa Grâce me demande d'être son valet.

— Vraiment ? répondit le duc d'un air pensif. Je me demande ce qui m'y a poussé, dit-il pour lui-même.

Mais le valet l'entendit et lui répondit.

— Sa Grâce a dit que j'étais le seul membre du personnel de son grand-père qui parlait une langue civilisée. Ma mère était une huguenote française. Sa Grâce ne doit pas se souvenir d'elle. C'était l'intendante.

— Ah oui ? dit le duc en faisant tourner sa bague sertie d'une émeraude pour qu'elle reflète la lumière d'un candélabre posé sur le petit bureau. Dites-moi : au cours de vos années à mon service, mes… hum… *exploits* vous ont-ils jamais poussé à reconsidérer votre poste ?

La bonne mine d'Ellicott s'assombrit.

— Je ne comprends pas, Votre Grâce.

— Il va y avoir un changement dans les… hum… *dispositions* actuelles, dit son maître d'une voix mal assurée. Je me suis dit qu'il valait mieux que je vous mette au courant.

— Sa Grâce n'a pas besoin de s'expliquer, dit le valet avec une raideur empreinte de politesse. Je vais me retirer le plus…

— Non, non, espèce de nigaud ! dit Roxton avec un soupir embarrassé. Je vous en prie, partez si c'est ce que vous souhaitez, mais je préférerais que vous restiez.

— Merci, Votre Grâce. Je suis satisfait que mes services soient appréciés. Je m'efforce toujours de faire de mon mieux et je continuerai de faire de mon mieux à l'avenir, afin que Sa Grâce ne soit jamais obligée de…

— Cessez donc de jacasser. J'essaye de vous dire quelque chose de la plus haute importance et vous déblatérez des sottises telle une pois-sonnière ! le réprimanda le duc, fronçant les sourcils en apercevant le sourire en coin qui passa sur le visage du valet. Méfiez-vous, mon ami. Je vous ai beaucoup diverti par le passé, je n'en doute pas, mais mademoiselle Moran… elle n'est pas… elle n'est pas comme les autres.

— En effet, Votre Grâce.

— Croyez-le ou non – et je ne sais pas pourquoi je ressens le besoin de vous dire ceci –, je l'aime. Nous allons nous marier cet après-midi.

— Je le sais, Votre Grâce.

— Vraiment ? dit le duc d'un ton le rapprochant de celui qu'il était avant. Dans ce cas, vous feriez mieux d'aller vous occuper du bain de mademoiselle.

— Puis-je être le premier à vous souhaiter beaucoup de bonheur, Votre Grâce ?

— Oui. Maintenant, filez ! Oh, et, Martin… merci.

Le duc écrivait une troisième lettre et Ellicott venait de revenir avec des rafraîchissements quand Antonia entra timidement dans le cabinet, sur la pointe des pieds. Elle avait terminé sa toilette, ayant simplement omis d'enfiler ses mules en satin et de relever ses cheveux, qui avaient été démêlés et retombaient jusqu'à sa taille. Le valet se retira rapidement, disparaissant dans la garde-robe pour y remettre de l'ordre. Quand il passa devant elle, Antonia lui sourit et le remercia, ce qui le déconcerta tellement qu'il faillit trébucher sur ses propres pieds.

Elle ne dérangea pas le duc, mais il releva plusieurs fois les yeux de sa lettre pour voir ce qu'elle faisait. Elle se contentait de parcourir la pièce, prenant soin de ne rien déplacer, s'intéressant néanmoins à tout ce qu'elle trouvait. Elle montra un intérêt particulier pour le contenu de la vitrine à tabac, s'agenouillant afin de mieux voir les tabatières sur l'étagère du dessous. Elles étaient toutes faites avec des métaux précieux ou des pierres semi-précieuses, ainsi que des matériaux exotiques tels que du lapis-lazuli, des écailles de tortue, des perles et de l'ivoire ; l'une d'elles avait été fabriquée avec de la lave trouvée à Herculanum. Sur la troisième étagère étaient exposés plusieurs éventails chinois en feuilles de papier peintes à la gouache. Beaucoup d'entre eux avaient une structure en émail et en argent ou en or, ou étaient incrustés de nacre. L'un d'eux avait des branches noires laquées et filigranées.

— Ces éventails sont-ils très vieux, monseigneur ? demanda-t-elle, surprise de découvrir qu'il se tenait près d'elle. Oh, vous ai-je dérangé ?

Il ouvrit la vitrine avec une clé qu'il avait sortie de la poche avant de son haut-de-chausses.

— Je crois que ces éventails, pour la plupart, datent du début du xvie siècle. Ils viennent des Pays-Bas et de Chine. J'en ai d'autres, dans les vitrines de la bibliothèque, qui sont encore plus vieux.

Il prit l'éventail laqué qu'il ouvrit d'un petit geste expert du poignet avant de l'agiter telle une femme.

— J'imagine que vous savez prendre soin d'un éventail, dit-il en le donnant à Antonia.

Elle se releva précipitamment.

— Il est bien trop vieux et bien trop joli pour être utilisé, riposta-t-elle, mais il était retourné à son bureau et versait du café dans deux tasses. Je vais bien en prendre soin, lui assura-t-elle.

— Vous y ferez plus attention qu'à celui que le pauvre Vallentine vous a offert pour votre anniversaire, dit-il en sortant l'éventail d'Antonia d'un tiroir.

— Parbleu ! L'éventail de Vallentine. Vous l'aviez depuis tout ce temps ? s'exclama-t-elle en frappant dans ses mains. Pauvre Harcourt, il a passé une journée entière à arpenter les loges du théâtre royal dans l'espoir de le retrouver. Et il a confronté monsieur Garrick à ce sujet, mais il lui a assuré qu'il l'avait rendu. Mais Harcourt, il ne l'a pas cru une seule seconde, je le sais.

— Que cela vous serve de leçon, mignonne. Il n'est pas dans les habitudes des jeunes femmes d'offrir leur éventail à un membre de la communauté des acteurs. De tels agissements ne font que provoquer des conjectures inutiles. Il n'est pas non plus dans leurs habitudes de se promener pieds nus, ajouta-t-il en baissant son lorgnon vers ses pieds seulement vêtus de bas. Vous allez attraper froid, chérie.

— Mais, je porte des bas, monseigneur, lui assura-t-elle en relevant ses jupons.

— C'est ce que je vois, dit-il. J'espère que vous n'allez pas prendre l'habitude de montrer vos jolies chevilles au monde entier.

Antonia fronça timidement les sourcils.

— Je ne les ai jamais montrées à personne. Sauf à vous, monseigneur. Vous ai-je offensé ?

— Pas le moins du monde, répondit-il avec un sourire en l'invitant à s'asseoir près de lui sur le coussiège. Votre bain vous a-t-il fait du bien ?

— Beaucoup de bien, dit-elle. J'ai encore un peu mal aux pieds. Mais le bain de pieds qu'Ellicott m'avait préparé était très apaisant. Il est très attentionné, monseigneur. Et comme à Paris, il n'a pas posé une seule question impertinente et-et pas une seule fois il ne m'a regardée d'un œil désapprobateur parce que je me trouve dans vos appartements. Je l'aime bien.

— Ellicott deviendrait rouge de bonheur s'il vous entendait, dit-il. Mais je suis désolé que vous n'ayez pas bénéficié de l'aide de votre bonne pour vous préparer. Et quand je vois comment cette pièce d'estomac a été fixée, je me dis que ses services sont absolument nécessaires. Tenez-vous là et laissez-moi y jeter un œil.

Antonia reposa son éventail et sa tasse et vint docilement se placer devant lui. Le menton appuyé sur sa propre épaule, elle essayait d'inspecter le placement de la pièce d'estomac.

— Je réussissais très bien à m'habiller toute seule quand je vivais avec grand-père. Il n'a jamais trouvé le temps de recruter une bonne. Parfois, la femme de chambre de Maria m'aidait. Mais depuis que vous m'avez donné Gabrielle, je crois que je suis devenue très paresseuse. Le souci, c'est que je n'arrive à rien quand je me regarde dans le miroir. J'ai alors l'impression d'avoir deux mains gauches et bien souvent, si je suis en train d'attacher une broche, je me pique la peau plutôt que de la coincer dans les plis du tissu.

Quand il eut attaché les crochets de la pièce d'estomac dans les œillets correspondants de chaque côté de son corsage, elle lui tendit une broche en diamants et en perles.

— Merci. Et maintenant, pourriez-vous fixer cette broche juste ici, sur mon épaule ? Elle aide à cacher ma cicatrice, voyez-vous.

— Je vais essayer, dit-il doucement.

Il attendit qu'elle dégage ses cheveux de son épaule, puis il voulut glisser la pointe de la broche dans le damas près de son sein, mais il hésita en sentant la chaleur de sa peau et la broche tomba par terre avec fracas.

— Antonia, je… je suis désolé. Je…

— Ce n'est pas grave, répondit-elle gaiement en se baissant pour ramasser la broche. Puisque nous ne sommes que tous les deux, je n'ai pas à m'inquiéter à ce sujet. Voulez-vous une autre tasse de café ? Je me rends compte que je ne supporte pas le thé. J'y ai goûté, mais cette boisson ne me réussit pas. (Elle prit la tasse du duc, la remplit et revint vers le coussiège.) Certains sont persuadés que la consommation de thé mène à des comportements immoraux, ils ne cèdent donc pas à cette habitude. C'est idiot, non ? En quoi le thé diffère-t-il du café ? L'un vient de Chine, l'autre de Perse. J'aurais jugé les Perses bien plus immoraux que les Chinois. Il suffit de lire Hérodote pour le savoir.

— Antonia, écoutez. Ce que je vous ai dit le jour où je vous ai forcée à me quitter… je n'en pensais pas un mot, avoua-t-il, les yeux rivés sur le café dans la tasse qu'il tenait. Je me suis conduit de façon effroyable. Je n'en suis pas fier. Mais au vu des circonstances… je me suis senti obligé de vous faire quitter la France… Il ne s'est pas passé un jour depuis sans que je regrette de vous avoir éloignée de moi…

— Mais, vous vouliez me protéger de monsieur le comte.

— Vous protéger ? Comme c'est réussi !

— Je suis soulagée que vous n'ayez pas provoqué Étienne en duel et que vous n'ayez pas laissé Theo le faire. Étienne ne va pas très bien dans sa tête, n'est-ce pas, monseigneur ? Et puis, il est dépendant des opiacés.

Le duc haussa les sourcils.

— Vous êtes au courant ?

— Bien sûr. Je l'ai su dès le début, ou presque. Père en prenait une petite dose tous les soirs. Parfois, quand il était trop malade pour prendre sa dose lui-même, c'est moi qui lui administrais. Étienne, lui, en prend bien trop. Mais je ne pense pas que ce soit uniquement les opiacés qui provoquent ses crises de rage.

— En effet, chérie. Il a hérité de la maladie de sa mère.

— Madame de Salvan était considérée comme une grande beauté à son époque, n'est-ce pas, monsieur le duc ? demanda-t-elle d'une petite voix en regardant intensément son profil. Votre sœur m'a confié que pendant un moment, vous espériez l'épouser.

— Vous a-t-elle vraiment dit cela ? Estée a toujours été la plus délicate de la famille. Non, je n'ai jamais proposé à Claudine-Alexandre de prendre mon nom, seulement de partager mon lit. Je suis sûr que cela ne vous choquera pas.

— Non. Je préfère largement qu'on me dise la vérité.

— Même si la vérité peut vous blesser ?

— Oui, monsieur le duc.

Il l'embrassa sur la main et se leva.

— Estée vous a-t-elle dit autre chose sur Claudine-Alexandre ?

— R-rien. Étienne m'en a un peu parlé. Je sais qu'elle s'est empoisonnée quand il était encore petit et qu'il rejette la faute sur vous, car vous étiez amants.

— Il n'a pas compris ce qu'il s'était passé. Il me croit responsable, car ma liaison avec sa mère était connue de tous. Mais cette liaison a eu lieu avant qu'il ne naisse.

— Mais, les lettres que vous lui écriviez…

— Forgées de toutes pièces par ma chère tante Victoire et mon cousin Salvan, dit-il sèchement. Il était tellement plus convenable, tellement moins compliqué d'associer le suicide de Claudine-Alexandre à un cœur brisé qu'à un esprit brisé. Et c'était tellement pratique de rejeter la faute sur moi. Claudine-Alexandre ne s'est jamais cachée de son… hum… *engouement* pour moi. Même après avoir mis un terme à notre liaison, elle continuait à m'écrire. Je lui renvoyais ses lettres sans les avoir lues. Il valait mieux que je ne prenne pas ma plume. Je ne suis pas sot. Qu'y a-t-il, mignonne ?

Antonia secoua la tête. Elle pensait aux lettres qu'elle lui avait elle-même écrites. Elle s'en voulait d'avoir été aussi sotte, elle aussi. Il sembla lire dans ses pensées.

— Votre grand-mère, dans toute sa sagesse malavisée, m'a caché l'existence de vos lettres, dit-il en esquissant un sourire en coin quand elle releva rapidement les yeux. Je les ai récupérées et je les ai toutes lues. Ne la condamnez pas trop sévèrement. Elle estimait qu'il n'était pas très… hum… *sain* que vous correspondiez avec quelqu'un qui jouit de ma réputation.

— Quelle imbécile ! dit Antonia d'un ton furibond, avant de sortir sa grand-mère de son esprit. Quand j'étais à Versailles et que je ne vous connaissais que de nom et de réputation, Maria Casparti m'a prévenue…

— La maîtresse de votre père se préoccupait de votre bien-être, mignonne.

Antonia ne releva pas son sarcasme.

— Non, ce n'est pas qu'elle s'inquiétait pour moi, monseigneur. Elle n'a jamais pensé que vous étiez comme monsieur le comte de Salvan. Ce qui l'inquiétait, c'était que tout le monde découvre qu'Étienne était en réalité votre fils, qu'il y ait un énorme scandale et que vous soyez de nouveau banni de la cour, comme à la mort de la comtesse de Salvan. Dans ce cas, vous n'auriez pas pu m'aider du tout. Monseigneur… Étienne ne ressemble pas du tout à Salvan. Au début, je n'ai pas cru Maria, jusqu'au jour où je vous ai vu donner une leçon d'escrime à Étienne dans la cour des Princes. À ce moment-là, j'ai réellement commencé à me demander si vous étiez son père. Je suis certaine qu'Étienne se le demande aussi. Il a les yeux bleus de votre sœur et il y a quelque chose chez lui qui me fait penser à vous… Puis, quand Lady Paget m'a montré le portrait de famille dans la galerie et que j'ai vu votre père, j'ai su avec certitude qu'Étienne était votre fils.

Le duc attendit un long moment avant de lui répondre.

— Vous oubliez que ma mère était une Salvan, que le sang des Salvan coule donc dans nos veines à tous les deux. C'est une explication suffisante.

— Mais ce n'est pas le fils de Salvan. Il a du sang Hesham, insista-t-elle. Claudine-Alexandre vous a écrit pour vous dire la vérité juste avant de mourir, n'est-ce pas ? C'est la raison pour laquelle Salvan et sa mère vous détestent autant. C'est la raison pour laquelle ils n'étaient que trop heureux de vous tenir pour responsable de sa mort.

— Oui. La réputation des femmes de la cour – et Claudine-Alexandre ne faisait pas exception – est tellement sordide que leurs enfants ne peuvent être certains que de l'identité de leur mère, dit-il pour clore le sujet.

Elle n'insista pas plus. Elle l'observa manipuler des papiers sur son bureau et, après un instant de silence entre eux, dit :

— Puis-je vous poser une question, monsieur le duc ?

— Demandez-moi ce que vous voulez. Mais je ne puis garantir que la réponse vous plaira.

— Je n'ai jamais compris pourquoi Lady Paget… pourquoi Lady Paget et grand-mère étaient d'aussi bonnes amies, dit Antonia d'un ton aussi désinvolte que possible. J'aime grand-mère, car il est de mon devoir de l'aimer, mais je ne l'apprécie pas, monseigneur. Mais Lady Paget, je l'apprécie. Elle n'est ni égoïste ni vaniteuse, et elle ne cherche pas toujours à parvenir à ses fins. Elle est raisonnable, gentille et plutôt belle, sa beauté est majestueuse. Je l'aime beaucoup.

— Ce n'est pas une question, Antonia, dit-il en se tournant vers elle.

Elle soutint son regard.

— Est-ce que… ? Est-ce que vous l'appréciez ?

— Kate et moi sommes de très bons amis, répondit-il, ne pouvant s'empêcher de sourire pour lui-même quand elle fronça les sourcils et baissa les yeux vers la mèche de cheveux qu'elle avait entortillée autour de ses doigts.

— Elle me fait un peu penser à madame de La Tournelle. Vous étiez aussi de très bons amis, elle et vous.

— Approchez, ma belle, dit-il d'un ton enjôleur. Je ne sais pas ce qu'on vous a dit et qui vous l'a dit, mais je vais vous dire quelque chose en toute bonne foi : Kate et moi n'étions déjà plus amants lors de sa dernière visite à Paris. Quant à la divine La Tournelle, elle n'a représenté qu'un intérêt passager – quelqu'un qui pouvait briser la monotonie de la cour pendant un petit moment. Est-ce que cela apaise l'esprit de ma grande inquisitrice ?

— Qu'en est-il de la maison Clermont ? demanda-t-elle d'une voix neutre.

En un clin d'œil, son sourire s'effaça de son visage et il s'éloigna d'elle pour aller près d'une fenêtre. Elle devina immédiatement qu'elle l'avait poussé trop loin.

— Elles ne représentent rien, ces femmes de la maison Clermont, je le sais. Rien. Rien du tout, dit-elle précipitamment, serrant et desserrant les poings. Toute la noblesse française y va. Quel homme du monde ne s'y rend pas ? C'est ce qu'on attend d'eux. Leurs épouses autant que leurs maîtresses le tolèrent. Je devrais oublier l'existence de ces femmes et je sais que je ne devrais même pas les mentionner en premier lieu. Et j'ai vraiment essayé de ne pas prêter attention à vos visites dans cet endroit et à vos maîtresses. Je me suis dit que ces femmes ne représentaient rien à vos yeux, qu'elles ne servaient qu'à vous satisfaire de façon temporaire. Après tout, les épouses des aristocrates acceptent l'infidélité de leur mari, cela fait partie de leurs devoirs, mais… mais depuis que nous avons partagé un lit et que vous m'avez montré à quel point il est merveilleux de faire l'amour, je me rends compte que l'idée que vous puissiez donner du plaisir à d'autres femmes… qu'elles puissent vous donner du plaisir en retour… me rend très triste. Je ne pense pas être capable d'accepter un jour un tel arrangement. Il s'agit de mon plus grand défaut, je le sais, mais l'idée que vous puissiez préférer leur compagnie à la mienne, que vous puissiez avoir besoin de fréquenter un tel endroit, car vous vous ennuieriez de moi ou parce que je ne vous donnerais pas assez de plaisir…

— Je n'ai pas à justifier mon… hum… *passé*, que ce soit auprès de vous ou de qui que ce soit d'autre, l'interrompit-il d'une voix monotone. Et je n'ai pas d'excuses à présenter pour la façon dont j'ai mené ma vie. Je ne peux pas modifier le passé, Antonia, et même si je le pouvais, je n'en ai aucune envie. (Il baissa les yeux vers elle avec un petit sourire.) Je ne peux vous offrir que le futur, tel qu'il est, avec un aristocrate au passé irrécupérable. Mignonne, vous méritez tellement mieux que moi.

— Je ne veux pas mieux, dit-elle simplement. Je n'ai jamais voulu aucun autre homme à part vous. Je n'aime que vous. (Elle esquissa un sourire tremblotant.) Nous sommes destinés à être ensemble, monseigneur. Je l'ai su dès la première fois où je vous ai vu.

Ces paroles, prononcées simplement et à voix basse, firent s'effondrer les derniers vestiges de réserve du duc. En un instant, il la prit dans ses bras et se pencha pour l'embrasser, la même lueur qu'elle avait aperçue au théâtre royal illuminant ses yeux.

— Le destin, hein ? l'admonesta-t-il tendrement en regardant son visage souriant penché vers l'arrière dans son étreinte. Dans ce cas, je vais considérer que c'est à cause du destin que j'ai souffert de nombreuses nuits blanches depuis le jour où j'ai posé les yeux sur vous à Versailles. J'ai fait de mon mieux pour vous ignorer, vous oublier, pour vous sortir de mes pensées en essayant de trouver du réconfort dans les bras d'autres femmes. Mais vous… le simple fait de penser à vous a rendu ce… ce vieux roué… impuissant. Voyez-vous, il n'y a eu personne, personne d'autre, depuis ce jour où vous avez fui Versailles avec moi.

Il l'embrassa sur le front et la porta jusqu'au coussiège, où il la déposa, debout devant lui. Il s'inclina bien bas devant elle.

— Et depuis que nous avons partagé un lit, continua-t-il, je me suis rendu compte que je voulais devenir respectable. Ma chère, vous n'aurez jamais de quoi avoir le moindre doute. Je m'y engage sur mon honneur. Bien, voilà la confession que vous attendiez, mademoiselle.

Quand son discours fut accueilli par des larmes de bonheur, il sourit nerveusement et prit les mains d'Antonia dans les siennes.

— Fini de jouer avec le cours du temps, dit-il. Si vous avez réellement dix-huit et non vingt ans, ainsi soit-il, bien que je frissonne à l'idée d'avoir été dupé aussi cruellement…

Antonia baissa la tête afin de dissimuler ses joues rouges de culpabilité.

— Mais, monseigneur, vous n'auriez jamais fait l'amour avec moi si vous aviez su l'âge que j'ai réellement.

— Espèce de misérable manipulatrice ! dit-il en riant et en lui relevant le menton. Fini également ces propos absurdes sur votre envie de fuir à Venise, dit-il d'un air sombre en la regardant dans les yeux. Vous restez avec moi.

— D'accord, monseigneur. Rester avec vous me plairait énormément.

Ses fossettes se creusèrent et elle ajouta en imitant la voix et l'attitude acerbe de sa grand-mère :

— Comptez-vous annoncer à Lady Strathsay que sa petite-fille est tombée en disgrâce ou vais-je devoir m'en charger ?

En entendant cela, le duc éclata de rire et l'attira vers lui, enlaçant sa fine taille de ses bras.

— Vous ne savez vraiment pas à quel point je vous aime, hein ? *Je vous aime.* Je veux que vous soyez ma partenaire de vie, mignonne, pas ma maîtresse. Je vous demande de *m'épouser.*

Les yeux verts d'Antonia s'écarquillèrent et, au début, elle ne sut trouver les mots pour exprimer son bonheur.

— Bien, monsieur le duc. Il n'y a rien que j'aimerais plus au monde.

— Et il faut mettre un terme à cela, la réprimanda-t-il malicieusement en sortant une petite bague en or sertie d'émeraudes et de diamants d'une poche de sa redingote pour la glisser à l'annulaire gauche d'Antonia avant d'embrasser cette bague de fiançailles pour faire bonne mesure. Pour conclure notre accord… Ne m'appelez plus « monsieur le duc ». Un des privilèges d'une épouse est d'appeler son mari par son prénom – au lit et partout ailleurs.

— Bien, mons… *Renard*. Je vais tâcher de m'en souvenir, dit-elle avec un sourire timide, les bras passés autour de son cou. Mais, il me serait bien plus aisé de m'en rappeler si vous m'embrassiez une nouvelle fois…

SEIZE

UN CARROSSE TIRÉ par quatre chevaux prit un virage serré à toute vitesse sur un chemin de campagne désert et évita de justesse une collision avec un berger qui menait son troupeau. Le cocher de cet équipage élégant couvrit le berger d'injures, mais ce dernier semblait ne se préoccuper de rien. Il n'avait aucune intention de presser ses animaux vers l'herbe du bas-côté qui bordait l'imposant portail d'entrée du domaine de son maître. Ainsi, le cocher dut manœuvrer ses chevaux bais pour qu'ils contournent cet obstacle avec toute l'habileté de quelqu'un qui maniait les rênes depuis vingt ans. Le carrosse franchit ensuite le portail et remonta l'allée sinueuse. Le berger n'avait jamais entendu parler français, mais il était persuadé qu'il reconnaîtrait cette langue si jamais on l'utilisait de nouveau pour s'en prendre à lui.

À l'intérieur du véhicule qui avançait à toute allure, un gentleman et son épouse voyaient défiler l'allée bordée d'arbres et le paysage qui s'étendait derrière sans y attacher le moindre intérêt, car ils étaient au beau milieu d'une dispute houleuse et sans fin.

— Si Roxton n'est pas là, j'abandonne ! déclara le gentleman en essayant de prendre du tabac, la pincée retombant sur ses genoux. Mince alors !

— Où d'autre pourrait-il être, Lucian ? Je ne crois absolument pas tous ces laquais qui affirment qu'il n'est pas en résidence. La maison de St. James's Square est vide à l'exception de l'intendante. Et le message que nous avons envoyé ici ? Il est resté sans réponse. Il nous en veut, je vous le dis ! affirma Estée Vallentine en agrippant la lanière en cuir au-dessus de sa tête d'une main gantée. Ce cocher va trop vite. À quoi bon, nous avons des semaines de retard ! C'est vous qui avez insisté pour aller à Londres alors qu'il me paraissait préférable de venir ici directement !

— Écoutez, mon amour. N'oubliez pas que c'est *vous* qui étiez impatiente de voir Londres, pas moi ! J'admets avoir estimé qu'une semaine de plus ne changerait pas grand-chose pour Roxton. Il a bien attendu jusque-là. Je ne pouvais pas savoir que nous nous retrouverions coincés en Suisse à cause d'une fichue avalanche. Maudit soit cet endroit !

Estée fit la moue.

— Sur le moment, vous disiez qu'il s'agissait d'une escapade romantique que vous n'oublieriez jamais. Et maintenant, vous la maudissez. La lune de miel est bel et bien terminée !

— Voyons, Estée, ne pleurez pas ! supplia Vallentine en allant précipitamment s'asseoir près d'elle et en serrant sa main libre. Votre frère ne doit pas vous voir pleurer. Que penserait-il de moi, son beau-frère, hein ?

— Il vous prendrait pour ce que vous êtes réellement ! Une… *brute* méchante et sans cœur.

Lord Vallentine abandonna toute tentative d'endiguer la situation et se contenta de lui tendre son mouchoir. Il plongea les mains dans les poches de sa redingote et fronça les sourcils.

— Vous savez ce qui me déconcerte ? La comtesse. On s'attendrait à ce qu'elle sache où se trouve sa petite-fille. Mais non. Elle agit comme si elle n'était même pas la grand-mère de la petite ! À l'époque, j'avais dit à Roxton qu'envoyer la gamine chez cette femme ne mènerait à rien de bon. Avez-vous vu la quantité de blanc de plomb qu'elle porte ? C'est sûrement mauvais pour la santé, non ?

— C'est une femme de petite vertu.

— Écoutez, Estée, je ne vais pas vous contredire là-dessus, mais ne dites pas ce genre de choses devant la petite. C'est de sa grand-mère qu'il s'agit après tout.

— Elle était autant peinturlurée qu'une catin. Et quand je pense qu'elle nous a accueillis dans son boudoir seulement vêtue d'une fine chemise de nuit et avec sa robe de chambre grande ouverte ! Je ne savais pas où regarder !

— Répugnant, murmura Sa Seigneurie en feignant de fouiller dans l'une de ses poches pour dissimuler un sourire au souvenir de la silhouette séduisante de la comtesse. Je me demande où j'ai bien pu mettre ce satané étui…

Estée ne fut pas dupe.

— Je parie que vous seriez incapable de me dire de quelle couleur était sa robe de chambre ! Vous n'avez pas quitté sa large poitrine du regard pendant tout l'entretien !

— Sa robe de chambre ? Elle était jaune. Jaune pâle !

Estée pinça son menton carré un peu trop fort en riant.

— Elle était couleur cannelle, avec d'affreuses fleurs brodées sur les manches et sur l'ourlet – des lys, il me semble.

Lord Vallentine frappa le côté de son haut-de-chausses en soie du plat de la main.

— Si seulement nous étions venus ici directement !

— Il est trop tard pour avoir des regrets, à présent.

— Et s'ils ne sont pas là, hein ? Que ferions-nous alors ?

— Mon frère est là. Je le sais, lui assura Estée avec conviction avant de prendre la main d'un laquais qui avait ouvert la porte du carrosse et abaissé les marches. Faites confiance à mon instinct, Lucian.

— Comme toujours, dit Sa Seigneurie avec un sourire en la suivant dans l'allée de gravier. Que pensez-vous de votre siège ancestral ? Impressionnant, non ?

— Je trouve l'ampleur de cet endroit incompréhensible ! s'exclama Estée, bouche bée, en tendant le cou afin d'avoir une vue d'ensemble sur les bâtiments immenses avant de tournoyer sur elle-même pour parcourir du regard la pelouse d'un vert velouté qui descendait jusqu'au lac. Maintenant, je comprends un peu mieux d'où vient la grande arrogance de mon frère. Ici, il est son propre roi ! Pas étonnant qu'il n'ait jamais été ébloui par Versailles et Fontainebleau. Notre pauvre mère n'a jamais vu le domaine de père.

— Sans son armée de laquais, il y aurait de quoi se perdre ! Je me suis moi-même perdu, une fois. Les domestiques s'étaient rendus à une foire dans le coin. Il m'a fallu une heure pour retrouver Roxton.

Sa femme se mit à rire.

— Lucian, que vous êtes sot, il ne voulait pas que vous le trouviez !

— Je le sais bien, à présent, répondit Vallentine avec un large sourire. Que pensez-vous du paysage ? Pittoresque, non ? C'est Brown qui a tout conçu. Impossible de deviner que tout est artificiel. Un vrai tour de magie, dit-il en pointant du doigt le lac et les jardins d'agrément. Il fait un temps merveilleux ! Quel pays merveilleux ! Et il n'y a pas de meilleur endroit où passer du temps dans ce pays qu'ici, à Treat.

Un majordome adjoint avait informé Duvalier de l'arrivée du carrosse et le vieil homme avait levé les yeux au ciel en soupirant. Il arrangea son gilet et sa redingote et se lança sur le long chemin qui le mènerait à la porte d'entrée, suivi de près par le majordome adjoint. Tandis qu'ils marchaient, il fit répéter au domestique son discours bien préparé et lui conseilla de prendre une expression qui ne révèlerait rien à ces invités indésirables. Ils avaient quelquefois eu affaire à des intrus insistants ou détestables, qui étaient néanmoins satisfaits, la plupart du temps, après qu'on leur eut montré le salon Bleu attenant au vestibule, avec ses meubles sous draps et ses fenêtres aux volets fermés. Le majordome s'autorisa à sourire pour lui-même. L'aile ouest ne racontait pas du tout la même histoire.

Duvalier se plaça bien au fond du vestibule et le majordome adjoint indiqua aux valets de pied d'ouvrir les portes. Il s'avança dans la lumière et s'inclina légèrement, comme le voulait la coutume, devant les silhouettes qui remontaient l'allée. Il débita sans effort son discours bien préparé en se redressant pour regarder les visiteurs en face.

— Ne nous servez pas ces âneries, vous ! Voyons ! Où se trouve Duvalier ?

En un instant, le majordome écarta son subalterne, interrompant son flot de paroles.

— Monsieur Vallentine ! Madame ! balbutia-t-il en les faisant avancer dans le vestibule et en récupérant le manteau et l'épée de Sa Seigneurie, qu'il confia brusquement à un valet de pied. Nous vous attendons depuis deux semaines, monsieur. Je me permets de vous dire à quel point je suis soulagé de voir que vous et madame êtes bien arrivés en Angleterre.

— Merci, répondit Vallentine avec un grand sourire. Si tous les autres ont été chassés de façon aussi hautaine, je ne suis pas surpris que personne ne croie à l'absence de monsieur le duc. On se croirait dans un mausolée, ici ! Comment expliquez-vous les draps et l'absence de bougies ? Roxton ne cherche pas à faire des économies, si ? Les choses ont dû prendre une sale tournure. À moins qu'il ne soit en train de jouer à une sorte de jeu ? Où se trouve la vérité ? Je parie qu'elle se cache dans la deuxième supposition !

— Ne soyez pas si dur envers ce pauvre Duvalier ! le réprimanda Lady Estée en souriant au vieux domestique. Il est réconfortant de retrouver un visage familier, quelqu'un qui ne parle pas français de façon trop épouvantable. Ces Anglais sont exactement comme je les ai toujours imaginés : tellement apathiques !

— Voyons ! Ça suffit, Estée. Duvalier n'a que faire de votre opinion. Emmenez-nous voir le duc.

Le majordome se raidit et son attitude détachée refit surface.

— Je vais vous conduire à vos appartements, puis vous voudrez peut-être qu'on vous apporte de quoi vous rafraîchir ?

Lord Vallentine regardait le cadran nacré de sa montre.

— Roxton doit être en train de petit-déjeuner. L'heure est bien avancée. Nous allons nous changer rapidement et ensuite, nous pourrons rejoindre votre frère, Estée, dit-il en adressant un sourire à sa femme. Ce sera comme au bon vieux temps, à Paris ! Qu'en pensez-vous, Duvalier ?

Le majordome se garda de faire le moindre commentaire. Rien, pensa-t-il, ne pouvait être plus éloigné de la vérité. Il chargea un valet de pied d'emmener les Vallentine dans leurs appartements et les laissa, revenant une demi-heure plus tard pour accompagner ces nouveaux venus dans l'aile ouest.

— J'espère que Roxton sera content de nous voir, murmura Estée, que l'anticipation rendait nerveuse. Après tout, il vous a dit dans sa lettre que c'était urgent et que nous devions nous hâter, et nous arrivons avec deux semaines de retard.

— Je ne doute pas qu'il sera fou de rage, mon amour, répondit gaiement Vallentine en laissant son épouse passer devant lui dans le couloir. Notre retard est si grand qu'il n'a plus aucune importance. Il n'aime pas qu'on lui désobéisse, mais il voudra nous voir. J'ai ce maudit testament. Et je ne suis pas allé chercher un satané avocat italien jusqu'à Rome pour être recalé à la porte de Roxton ! Le voyage n'aurait alors servi à rien.

— À rien ? répéta Estée d'une voix stridente.

— Voyons, chérie, ne vous méprenez pas. Je veux dire, dans le sens où nous aurions aussi bien pu aller à Saint-Pétersbourg qu'à Rome pour notre lune de miel. Mais Rome nous a plu, n'est-ce pas ? Et Venise ! Voilà bien un endroit où j'aimerais retourner un jour.

Lady Estée gloussa derrière son éventail.

— Ne dites pas de sottises, Lucian. Venise vous a donné la dysenterie.

— Vraiment ? s'enquit Sa Seigneurie, imperturbable. Je dois confondre avec Florence. Ou Milan ? Dame, je suis incapable de différencier ces villes italiennes ! C'était la même chose quand je suis parti faire le Grand Tour avec votre frère. (Il inspecta les environs avec intérêt.) Je préfère ça ! De la lumière et plus de draps. L'endroit a été réaménagé, par ailleurs. Ça manque un peu de meubles, mais c'est quand même pas trop mal. C'est habitable, au moins.

Duvalier les arrêta soudain devant une porte gardée par un valet de pied vigilant. Il se tourna vers eux et leur demanda d'attendre en disant :

— Je vais voir si monsieur le duc est prêt à vous recevoir.

Il gratta à la porte et quand on le pria d'entrer, il indiqua d'un geste de la main au valet de pied qu'il pouvait tourner la poignée.

Le duc prenait son petit déjeuner tout seul. Duvalier ne pouvait approuver l'apparence dépenaillée de son maître. Ses longs cheveux noirs retombaient librement autour de son mince visage et une robe de chambre en soie rouge à fleurs avait été enfilée de façon négligée par-dessus une chemise blanche grande ouverte au niveau de sa gorge. Le majordome se demanda ce qu'Ellicott pensait, entre autres choses, de ce laisser-aller tout nouveau.

La dernière édition d'un journal londonien était ouverte sur la table, une tasse de café posée sur un coin de la page. Le duc releva lentement les yeux, identifia son majordome et reprit son examen de la page imprimée. Son expression était tout aussi indéchiffrable que d'habitude, mais sa tenue débraillée en disait long.

— À moins que ma mémoire ne me fasse défaut, je ne crois pas vous avoir appelé.

— Non, monseigneur.

— Madame la duchesse vous a-t-elle demandé ?

— Non, monseigneur.

Roxton accorda un deuxième regard à son majordome, une rare étincelle dans ses yeux noirs.

— Vous avez voulu, peut-être, vérifier que nous étions encore… hum… *en vie* ?

— Non, monsieur le duc, répondit le majordome, stoïque.

— J'ai vu le carrosse. Qui donc refuse de partir ?

— C'est la sœur de monsieur le duc…

— Vraiment ? Dites-moi, quand Lord et Lady Vallentine devaient-ils arriver ?

— Les Vallentine ont deux semaines de retard, monseigneur.

Le duc haussa les sourcils en entendant cela.

— Je ne m'en étais pas rendu compte… je veux dire, les jours…

— Oui, monsieur le duc, répondit le majordome d'un ton indulgent avec un sourire discret face à la gêne de son maître.

Roxton retourna à sa lecture.

— Faites-les entrer. Informez les cuisines et que des couverts soient mis.

Duvalier n'eut pas l'opportunité d'annoncer solennellement l'arrivée des invités. Lord Vallentine, suivi de près par sa femme, s'avança dans la pièce et contourna le majordome avec la main tendue. Il arborait le plus large des sourires.

— Roxton ! Nom d'une pipe ! Que c'est bon de retrouver votre air insolent !

Le duc se leva de sa chaise et resserra sa robe de chambre autour de ses épaules. Il rejoignit sa sœur au milieu du tapis et reçut son étreinte écrasante avec un sourire en déposant un baiser sur le dessus de ses boucles noires.

— Tout le plaisir est pour moi, dit-il en se libérant pour aller saluer son meilleur ami d'une poignée de main ferme. Vous avez tous les deux l'air en forme après ce long voyage. Ne pleurez pas, je vous en prie, Estée, dit-il doucement.

— Dame ! Vous avez l'air sacrément en forme, vous aussi ! s'exclama Sa Seigneurie en parcourant son ami d'un regard critique avant de pousser un long sifflement. Qu'est-ce que c'est que cette tenue ? Ne me dites pas que vous sortez tout juste du lit à cette heure-ci. Vous ? Je n'y crois pas ! (Il secoua la tête en riant.) Vous avez jamais été du genre à faire la grasse matinée. C'est l'air de la campagne, hein ? Et vos cheveux détachés, alors ? Vous essayez de donner des complexes à un homme plus jeune, hein ? Dame, votre chevelure rivalise avec celle d'Estée ! (Il baissa le regard vers sa femme et lui lança un clin d'œil.) Votre cher frère ici présent n'est pas lui-même. Je crois que vous et moi, nous nous sommes absentés trop longtemps.

Roxton passa une main dans ses cheveux et, pour dissimuler sa gêne, il s'approcha du buffet et jeta un coup d'œil aux divers plats protégés par des cloches.

— Avez-vous petit-déjeuné ? demanda-t-il. On m'a dit qu'il y avait plusieurs plats excellents. Rognons à la diable, terrine de chevreuil, et je crois… oui, de la truite. Nous en avons pêché une vingtaine dans le lac hier. Oh, et bien sûr il y a des petits pains et du café. Préféreriez-vous un chocolat, Estée ?

Lord Vallentine lança un regard méfiant à sa femme, mais elle regardait son frère avec enthousiasme. Il gratta sa perruque et s'adressa à son beau-frère avec son habituel franc-parler :

— Vous n'êtes pas malade, Roxton, si ? Lord Strathsay ne voulait pas nous dire où vous trouver. Enfin, je pense qu'il n'en avait pas la moindre idée. Mais une rumeur circulait, selon laquelle vous vous remettiez d'un accès de grippe – *la grippe !* Vous n'êtes jamais tombé malade de votre vie ! (Il leva son lorgnon.) Si vous me le permettez, je trouve que vous agissez de façon bien étrange. Nous ne sommes partis que quelques mois, pas pendant plusieurs années, et j'ai séjourné chez vous assez de fois pour savoir que vous ne mangez pas plus d'un petit pain pour le petit déjeuner. Personnellement, je ne considère pas ça suffisant pour un gentleman, mais vous n'êtes pas du genre à changer vos habitudes de toujours. Vous ne les changerez jamais ! Estée, ne trouvez-vous pas que votre frère est un peu rouge ? Ne me dites pas qu'un rabat-joie de médecin vous a recommandé…

— Taisez-vous donc, Lucian ! lâcha sa femme en posant une main sur la manche de son frère. Il… il s'est passé quelque chose. Qu'y a-t-il, Roxton ? demanda-t-elle doucement.

— Inutile de lui demander, c'est évident ! fulmina Sa Seigneurie. Comment ? Qu'est-ce… ? Qu'est-ce que… ? De qui s'agit-il ?

Le duc sourit et s'empourpra malgré lui.

— Ne le devinez-vous pas ?

— Hein ? Qui donc ? demanda Vallentine, l'air dérouté, en adressant un regard perplexe à sa femme.

— Lucian ! J'ai parfois du mal à croire que vous êtes aussi lent d'esprit que ce que vous prétendez ! Ne soyez pas nigaud. Vous savez très bien de qui il s'agit ! Mais si ! (Elle serra la main de son frère.) Vous ne nous avez pas attendus. Je suis vexée. Mais je comprends totalement. Je… *nous* sommes tellement heureux pour vous.

Le duc lui fit un baise-main.

— Merci, ma chère.

— Vous avez épousé la gamine sans nous ! déclara Sa Seigneurie avec stupéfaction. De tous les coups que vous pouviez faire ! Vous pouviez pas attendre un jour de plus ! Fallait que vous le fassiez, comme ça ! Bien ! Bien ! Ceci explique cela. Pas étonnant que vous ayez l'air…

— *Lucian*, dit Estée d'une voix basse empreinte de colère et d'embarras. S'il… vous… plaît.

— Hum, oui. J'en perds mes manières, marmonna honteusement Sa Seigneurie en donnant des petits coups dans le tapis du bout de sa chaussure. J'ai la langue bien trop pendue, Roxton. Je devrais plutôt vous souhaiter beaucoup de bonheur, dit-il en serrant une nouvelle fois la main du duc. Et nous sommes heureux pour vous ! Bigrement heureux ! Il était temps que vous vous rangiez et que vous commenciez à remplir une nursery. À votre âge…

— Lucian ! murmura sa femme d'un ton furibond en tirant sur sa manche. La dysenterie n'est pas le seul mal que vous avez attrapé à Venise.

— C'est vous qui avez choisi de l'épouser, dit Roxton à sa sœur en proposant du tabac à son ami. Méfiez-vous, mon cher. Mon mélange est peut-être un peu trop fort pour vos narines séniles.

Lord Vallentine haussa les épaules d'un air résigné et rendit sa tabatière dorée au duc.

— Ce n'est pas de la démence, dit-il, c'est le mariage qui m'a rendu ainsi.

— Quelle remarque cruelle ! s'exclama Estée avant de rire.

Vallentine s'inclina devant elle d'un geste grandiloquent.

— Je suis à votre service, madame ! Alors, dit-il au duc, quand pourrons-nous voir la friponne – madame la duchesse ?

Estée soupira.

— Je ne l'ai pas vue depuis si longtemps. Nous étions tous tellement tristes de la voir quitter Paris, n'est-ce pas ?

— Mon amour, vous avez pleuré comme une madeleine pendant des semaines, ajouta Sa Seigneurie. Elle m'a manqué aussi, surtout ses taquineries. De nombreuses choses se sont passées depuis qu'elle a quitté Paris. J'espère qu'elle n'a pas changé.

— Pas le moins du monde, mon cher, répondit le duc en se tournant vers la chambre à coucher quand il entendit la voix de son épouse.

— Renard ? appela Antonia. Je suis vraiment désolée de vous faire attendre. Le chaos est total dans la garde-robe. Tout est en désordre ! Je vous le dis, je serai soulagée quand les ouvriers auront terminé. Mais contrairement à la dernière fois, j'ai réussi à prendre mon bain sans faire goutter de l'eau entre la salle de bain et la garde-robe. Mais comme cette fois-là, vous étiez également trempé et que vous me poursuiviez, je me dis que ce n'était pas entièrement ma faute.

Elle gloussa en passant la porte, la tête penchée sur le côté, car elle était occupée à fermer les petits boutons en nacre au niveau de son coude. Elle portait une robe d'intérieur à la française en soie délicate brodée de fleurs et de vignes aux couleurs vives, ainsi que des mules assorties. Ses cheveux avaient été brossés, mais ils n'étaient pas relevés ; ils étaient simplement attachés par un ruban en soie peu serré dans le milieu de son dos.

— Je ne sais pas ce que nous allons faire aujourd'hui, dit-elle, j'ai donc dit à Gabrielle de ne rien préparer tant que nous n'avons pas pris de décision. J'aimerais rester habillée de façon aussi décontractée toute la journée ! J'ai pris l'habitude de me passer de ces horribles corsets et… (Elle releva la tête avec un sourire espiègle.) Mon Dieu, bégaya-t-elle en s'empourprant. Vallentine et-et… madame !

Roxton alla à la rencontre de sa femme et la fit s'avancer dans la pièce.

— Je ne vous reproche pas de les avoir pris pour des apparitions, mignonne, dit-il d'un ton pince-sans-rire. Nous les attendons depuis une éternité, n'est-ce pas ? Estée, milord, j'aimerais vous présenter à mon épouse – madame la duchesse de Roxton.

— Vous pensiez que nous n'arriverions jamais, petite ? demanda Estée, la première à s'avancer, prenant sa nouvelle sœur dans ses bras, ses yeux bleus emplis de larmes. Vous rendez mon frère très heureux, mon enfant. Je le vois dans ses yeux ! chuchota-t-elle à l'oreille d'Antonia avant de l'embrasser sur les deux joues et de lui dire à l'autre oreille : Quand vous nous avez quittés pour aller en Angleterre, je savais qu'il s'agissait de la seule issue possible. N-nous sommes tellement heureux pour vous deux !

— Merci, madame, murmura timidement Antonia. Je ne saurais vous expliquer ce que je ressens. Mais vous devez bien savoir à quel point être une dame mariée est-est *merveilleux*. C'est fantastique, non ?

— Vous pourrez échanger toutes les messes basses que vous voudrez avec la gamine plus tard ! dit Vallentine, impatient. Les femmes ! ajouta-t-il en adressant un grand sourire au duc avant de passer devant sa femme et de soulever Antonia dans une étreinte écrasante sans plus de cérémonie. C'est bon de vous revoir, friponne ! Vous nous avez manqué, vous et Roxton, pendant notre absence. Vous nous avez sacrément manqué, je peux vous le dire ! (Il la reposa et se tourna vers son ami, un bras toujours passé autour de la taille d'Antonia.) Si vous ne l'aviez pas épousée, je vous aurais fait interner ! Vous êtes le plus chanceux des hommes, Roxton, et je parie que vous vous en rendez à peine compte !

— Mon cher Vallentine, je vous assure que je m'en rends bien compte, dit Roxton d'une voix traînante.

Antonia s'était assez remise de ses émotions pour dire d'un ton hautain :

— Monseigneur, maintenant que je suis une duchesse, il n'est pas convenable que Vallentine me traite de gamine et de friponne et me soulève ainsi dans les airs.

— C'est plutôt contraire aux règles, admit Roxton en la reprenant dans ses bras. Son voyage a rendu milord impudent. Il a oublié ses manières de gentleman. Une duchesse exige qu'on la traite avec le plus grand respect.

— Comment ? Je ne voulais pas… Vous ne pensez tout de même pas… ? Enfin, c'est juste que…

— Oh, Vallentine ! rit Antonia en relevant les yeux vers le duc. Il n'a pas du tout changé ! Il ressemble toujours à un gros poisson Saint-pierre !

— Je ne vais pas relever ce commentaire, Votre Grâce, dit Sa Seigneurie en reniflant avant de s'approcher du buffet pour jeter un coup d'œil sous les cloches. Je suis affamé ! Mangeons !

— Oui, dit Antonia à côté de lui. Le mariage m'ouvre l'appétit, à moi aussi.

L'assiette de Vallentine tomba par terre avec fracas et il regarda Antonia, bouche bée.

—Ai-je dit quelque chose de terriblement déplacé, Renard ?

— Rien que votre beau-frère devrait juger inattendu venant de votre jolie bouche, mignonne.

—Bien, dit-elle en tendant une nouvelle assiette à Lord Vallentine, le sourire aux lèvres. Je crois que je suis une duchesse assez scandaleuse.

— Scandaleuse ! En voilà une description appropriée ! Ce n'est pas convenable. Vous ne pourrez pas vous comporter d-de façon aussi *scandaleuse* quand Roxton vous emmènera en société, la sermonna Sa Seigneurie. Vous pouviez être un petit rayon de malice quand vous étiez mademoiselle Moran, mais maintenant que Roxton a fait de vous sa duchesse, vous allez devoir vous comporter avec un minimum de…

— Pauvre Vallentine, soupira Antonia avant de remplir son assiette et de s'installer à table à la droite du duc. Je crains que le mariage l'ait rendu vieux jeu, Renard.

— Vieux jeu ? bredouilla Sa Seigneurie en enfourchant une chaise en face de la duchesse. Avez-vous entendu ce que la gamine… ce que la gamine… ? Vous avez entendu ça, Estée ?

— Oui, très cher, l'apaisa sa femme, bien que ses yeux soient empreints d'hilarité, avant d'accepter une tasse de café que lui tendait son frère et de lui dire : J'ai tant de questions à vous poser.

— Et moi donc ! déclara Sa Seigneurie en agitant une tranche de jambon vers les époux du bout de sa fourchette.

— D'abord, vous devez nous raconter vos voyages, demanda Antonia. Êtes-vous allés à Florence, à Venise, et aussi à Milan ? Comment s'est passée votre traversée des Alpes ? Oh, dites-nous tout !

Lady Estée regarda son mari, qui avala le reste de son jambon et accepta gracieusement d'être le narrateur. Il s'adossa à sa chaise, une tasse de café à la main.

— Nous avons fait tant de choses que je ne sais même pas par où commencer, madame la duchesse.

— Parbleu. Comme cette utilisation de mon titre semble formelle ! J'ai soudain l'impression d'être très importante.

— Vous l'êtes, gamine ! répondit Sa Seigneurie en hochant la tête. Tâchez de ne pas l'oublier.

— Voilà le vrai Vallentine, dit Antonia en gloussant et en plaçant sa main sur celle du duc, qui la porta à ses lèvres. Vallentine doit-il m'appeler madame la duchesse ?

— Si c'est ce que vous préférez, lui dit Roxton en embrassant ses doigts une seconde fois. Mais vous pouvez lui faire l'honneur de le laisser vous appeler par votre prénom, un privilège qui lui serait réservé en tant que beau-frère.

Lord Vallentine partit d'une toux forcée et réprobatrice et lança un coup d'œil à sa femme.

— Quand vous aurez terminé, je pourrai poursuivre mon récit !

Antonia lui lança un regard impérieux.

— Nous ne sommes plus à Paris, monsieur ! Puisque monseigneur et moi-même sommes maintenant mariés, vous ne pouvez certaine-ment pas être offensé.

— Vous l'avez bien mérité, mon amour ! applaudit Estée en igno-rant l'air renfrogné de son mari.

— Écoutez, Estée. À Paris, c'est vous, et pas moi, qui vous oppo-siez à l'union de ces deux-là !

— Et vous savez très bien pourquoi je n'approuvais pas à l'époque, Lucian. J'admets m'être trompée, mais…

— Oh, oh ! Ma femme admet avoir eu tort !

— Je vous en prie, Vallentine, voulez-vous bien continuer votre histoire ? l'amadoua Antonia.

— Mon histoire ? Oui ! Tout d'abord, je dois vous dire que nous avons voyagé, depuis Venise, avec une malle bigrement énorme contenant toutes vos possessions. Maudite chose ! dit Sa Seigneurie sans animosité. Nous l'avons récupérée dans le *palazzo* de Strathsay et Casparti nous a assuré que votre grand-père aurait voulu que vous récupériez ce qu'elle contient. Beaucoup de livres assurément ! Des éditions rares et autres choses de ce genre, et quelques bijoux également. Quoi qu'il en soit, ce truc pèse un âne mort !

— Maria ! l'interrompit Antonia avec enthousiasme en reposant ses couverts. Se porte-t-elle bien ? Elle ne s'est pas retirée dans un couvent, finalement ? Vous dites qu'elle habite au *palazzo* ?

— Dans le plus grand des fastes. Strathsay le lui a légué dans son testament, ainsi qu'une somme considérable pour son entretien. Un couvent ? ricana Vallentine. Oubliez cette idée ! Elle a quatre ou cinq soupirants attentionnés. Mais je parie qu'elle choisira le comte di Marchesin. Il est du genre pas facile à coincer, ce comte. Mais Casparti est bien décidée à devenir enfin respectable. Vous voyez ce que je veux dire, Roxton, dit-il en aparté avec un regard entendu au duc.

— Merci, Lucian, dit nerveusement sa femme.

Mais Antonia prit la parole et Estée se demanda pourquoi elle avait pris la peine d'essayer de protéger la jeune femme.

— J'espère que ce comte la traite bien, dit Antonia. Elle a beaucoup souffert quand grand-père est tombé malade. Je suis contente qu'elle ait finalement décidé de ne pas devenir nonne. Ce n'est pas dans sa nature d'être chaste. Ses talents auraient vraiment été gâchés dans un couvent. N'est-ce pas, monseigneur ?

— Je ne peux pas vous répondre en me basant sur… hum… mon *expérience personnelle*, mon amour. Mais oui, c'est la réputation qu'elle a.

— Elle vous a envoyé une lettre, continua Vallentine en repoussant son assiette et en se resservant en café. Elle m'a fait promettre que vous lui écririez et que vous lui diriez comment vous vous portez.

Antonia, de joie, frappa dans ses mains.

— Elle sera tellement surprise en apprenant ma nouvelle !

— Sans aucun doute, commenta le duc avec un sourire en coin. Si mes souvenirs sont bons, elle n'était pas particulièrement favorable à… hum… mon *implication* dans votre fuite de Versailles.

— Elle ne vous connaît pas comme je vous connais, répondit fermement Antonia. Je lui écrirai pour tout lui raconter.

La bouche de Roxton tressauta.

— Pas tout, j'espère.

— S'il… vous… plaît ! intervint Vallentine d'un ton pincé. Estée, il était temps que nous arrivions. Il faut bien que quelqu'un dans cette famille s'assure que certaines convenances ne soient pas oubliées.

— Que Dieu nous en garde, Vallentine, se moqua le duc.

Avant que Sa Seigneurie n'ait l'opportunité de répondre, Estée lui demanda de continuer son récit.

— Ah, oui. Casparti s'est avérée bien utile, elle nous a aidés à retrouver ce maudit avocat. Elle a fait appel à Di Marchesin, qui l'a trouvé *subito*.

Roxton reposa sa tasse de café sur sa soucoupe.

— Est-ce que j'avais vu juste ?

— Tout à fait, dit Vallentine avec fierté. Je pense que vous serez très satisfait du testament original de Moran.

— Et la tutelle ?

— C'est comme je vous le disais dans ma lettre. Moran a confié sa fille au deuxième comte de Strathsay. Qu'il nomme. Cet affreux nom, Theophilus. J'aime bien ce type, malgré tout. Du genre flegmatique, mais je l'apprécie. Il a les mêmes yeux que vous, gamine, dit-il à Antonia avec un grand sourire.

— Dans ce cas, le comte de Salvan n'est plus une menace…

— Il n'a aucun droit sur vous, mon amour, lui dit le duc d'un ton apaisant en lui caressant la joue. Rien ne pourra plus nous séparer, à présent. (Il se tourna vers sa sœur.) Vous êtes passés par Paris en venant à Londres. Qu'est-ce qui se dit ?

Lady Estée hésita et les Vallentine échangèrent un regard furtif qui n'échappa pas au duc.

— Vous connaissez Paris aussi bien que n'importe qui, Roxton, dit Sa Seigneurie d'un air désinvolte. Qu'est-ce qui ne se dit pas, hein ? Je n'y prête moi-même aucune attention. Je vous le dirai bien assez tôt, mais je veux d'abord savoir pourquoi vous ne pouviez pas attendre que nous arrivions pour épouser la friponne. Je pense que vous nous devez bien cette explication après notre pénible aller-retour jusqu'à Venise.

Roxton haussa un sourcil.

— Je pensais que c'était évident, Vallentine. Et mon majordome m'a dit que vous aviez deux semaines de retard.

— Deux semaines et quatre jours, le corrigea Antonia. Et cela fait un peu plus de douze semaines que j'ai quitté Paris et que je n'ai pas vu madame et Vallentine.

Le duc la regarda d'un air quelque peu surpris.

— Je ne savais pas que vous comptiez les jours, petite.

— Je n'ai pas… enfin… les femmes savent… savent simplement ces choses-là, répondit-elle de façon hésitante avant de retourner à la dégustation de son café.

— Si longtemps que ça, hein ? dit pensivement Vallentine. Enfin, n'essayez pas de nous faire croire que ce retard ne vous a pas arrangé ! Vous chassez les amis et la famille qui se présentent à votre porte, vous n'envoyez aucunes nouvelles à Londres. Je crois que vous nous devez à tous une explication à propos de ce que vous avez manigancé ici. Enfin, pas dans les détails. Ne faites pas semblant d'être choqué, Roxton ! Parlez-nous seulement de la cérémonie et cessez donc de me regarder avec votre sourire sinistre !

— Je vais vous raconter, se proposa Antonia. Monseigneur et moi avons été mariés dans le jardin élisabéthain. On y trouve des ruines qui étaient autrefois une chapelle, il y a, oh, des centaines et des centaines d'années. Le roi Henry l'a fait détruire quand il s'est séparé de l'Église de Rome à cause de son divorce avec cette Espagnole…

— N'est-elle pas merveilleuse ! déclara Sa Seigneurie avec un éclat de rire. Je lui demande des détails sur ses noces et elle se lance dans une leçon d'histoire ! Je m'attendais à un monologue sur la robe que vous portiez, gamine. C'est ce que feraient la plupart des femmes, mais une leçon…

Antonia agita une main vers lui d'un geste impatient.

— Eh bien ! Quelle importance a ma robe ? Renard, la tête de Vallentine est remplie de futilités, comme celle de grand-mère !

— Hein ? Ne commencez pas à m'associer à cette harpie aux cheveux blond vénitien !

— Voulez-vous bien laisser Antonia raconter son histoire ? lui dit Estée. Que portiez-vous, mon enfant ?

— Charlotte a essayé de me faire porter la robe gris perle que Maurice m'a confectionnée, mais j'ai choisi des jupons dorés et une robe à la française en damas brodé. Et monseigneur m'a offert un extraordinaire collier de perles qui a autrefois appartenu à sa mère.

— Je les connais – les perles d'Alston.

— Je savais bien que nous finirions par arriver à la robe, marmonna Vallentine.

— Le jardin élisabéthain, chérie ? l'encouragea le duc.

— Ah ! Oui ! Le pasteur de la paroisse, un homme petit et gros, nous a mariés. Je crois qu'il était très nerveux, car il transpirait énormément et il s'est incliné bien trop de fois devant monsieur le duc, ce qui n'a servi qu'à vous mettre en colère, n'est-ce pas, monseigneur ? demanda Antonia, les yeux brillants de malice. Mais je crois que monseigneur était en colère seulement parce qu'il était encore plus nerveux que monsieur le pasteur.

— Je peux le comprendre, dit Vallentine d'un ton compatissant. Un homme qui n'est pas nerveux le jour de son mariage n'est pas normal. C'est pas tous les jours qu'on se marie – et on n'en aurait pas envie. C'est une expérience bigrement éprouvante ! J'ai la chair de poule rien qu'en y repensant.

— À vous entendre, on croirait que c'est face à un bourreau que vous vous êtes retrouvé, et non un homme d'Église, le tança Estée. Continuez, Antonia. Nous ne vous interromprons plus.

— Je vous prierai de ne plus le faire, sinon le récit sera plus long que la cérémonie en elle-même, dit Antonia d'un ton faussement sarcastique. Elle a eu lieu un après-midi, tous les invités étaient repartis, épuisés après avoir tant joué au cricket. Mais grand-mère refusait de s'en aller. Elle ne voulait pas partir sans Charlotte et Theo, qui nous servaient de témoins. Mais monseigneur ne voulait pas qu'elle soit là. Elle a fini par partir, très en colère, en faisant toute une scène incroyablement dramatique. C'était *vraiment* incroyable. Je n'ai jamais vu monseigneur autant en colère contre quelqu'un.

— Antonia. Je crois que ma sœur et Vallentine ont bien compris dans quel… hum… *état* j'étais, l'interrompit Roxton en fronçant les sourcils d'un air gêné.

Lord Vallentine poussa un long sifflement.

— Vous étiez nerveux à ce point, Roxton ?

Antonia haussa les épaules.

— Il n'y a rien d'autre à dire. Charlotte et Theo sont rentrés à Londres après la cérémonie et monseigneur et moi nous sommes échappés dans l'aile ouest. C'était très malin de notre part ! Nous n'avons pas bougé depuis. C'est simple, non ?

— Simple et efficace, approuva Lord Vallentine. La moitié des Parisiens a parié que vous étiez dans le sud de la France, Roxton, et l'autre moitié vous pense parti en Italie.

— Personne ne pense que vous êtes encore en Angleterre, ajouta Estée d'un ton encourageant, l'expression de son frère ne lui révélant rien de ce qu'il pensait. Et quand nous sommes partis de Londres, nous n'avons dit à personne où nous allions, vous n'avez donc pas à vous inquiéter que nous ayons été suivis.

— Ai-je de quoi m'inquiéter, Estée ? s'enquit le duc.

— Ce n'est pas le moment d'en parler, dit brusquement Sa Seigneurie en reculant sa chaise. Nous aurons largement le temps de discuter de tout ça ! Que diriez-vous d'une balade à cheval sur le domaine, Roxton ? Une bonne dose d'air frais vous ferait du bien à tous les deux. Rester cloîtrés ici à dormir toute la journée, ce n'est bon pour aucun de vous – lune de miel ou non !

Il força Estée à se lever de sa chaise et la mena vers la porte avant que le couple ne puisse manifester la moindre opposition.

— On se rejoint aux écuries ! dit-il au duc.

— Lucian, vous ne pouvez pas attendre avant de leur en parler. Mon frère va vouloir entendre les dernières nouvelles de Paris, murmura son épouse quand il la fit sortir de la pièce d'une main ferme.

— Pas devant la petite, trancha Lord Vallentine, la bouche figée en une ligne sévère qu'Estée ne connaissait que trop bien et qui la dissuada d'insister. Ce n'est ni le moment ni l'endroit pour parler des Salvan. J'en discuterai avec Roxton en privé, après notre promenade. Je n'arrive pas à capter son attention quand Antonia est dans les parages. (Il baissa la tête vers elle avec un sourire.) De vrais tourtereaux, hein ?

Je n'aurais jamais cru voir votre frère aussi follement épris de quelqu'un. Il se comporte comme un petit jeune ! Exactement comme quand ils étaient ensemble à Paris. Il peut pas la quitter des yeux, nom d'une pipe ! Je le lui reproche pas. Elle a jamais été aussi divinement belle. (Il fronça les sourcils en pensant soudain à quelque chose.) Dame, ces Salvan, va falloir leur donner une bonne leçon une bonne fois pour toutes ! J'ai une idée…

— Non, Lucian. Ce n'est pas à vous de faire quoi que ce soit. Mon frère, il saura quoi faire. Il sait toujours quoi faire.

Vallentine hocha la tête, mais il s'arrêta à la porte de leurs appartements et se tourna vers sa femme en fronçant les sourcils.

— À votre avis, l'a-t-elle ramolli ? demanda-t-il en tapotant sa tempe d'un air entendu.

— *Ramolli ?* Le *duc* ? répondit Estée avec effroi. Antonia avait raison. Votre cerveau a pris un coup de vieux.

DIX-SEPT

O N AIDAIT LE DUC à enfiler ses bottes de jockey quand Antonia entra dans la garde-robe et s'assit sur la banquette. Elle n'avait pas troqué sa robe à la française pour une tenue d'équitation, mais pour une robe de jour en velours aux jupons à rayures vert pomme. Elle tenait une ombrelle et des gants, avec lesquels elle joua jusqu'à ce qu'Ellicott ait accompli toutes ses tâches et soit congédié d'un geste de la main. Roxton ne quitta pas immédiatement la coiffeuse ; il resta assis à regarder le reflet d'Antonia dans le miroir, une ride profonde entre ses sourcils noirs.

— Chérie, êtes-vous souffrante ?

Elle releva promptement les yeux.

— N-non. Pourquoi dites-vous cela ? Je pensais emmener Gray et Tan en promenade jusqu'au lac pour aller voir les cygnes, expliqua-t-elle. Je le leur ai promis hier, et je n'ai pas très envie de faire du cheval aujourd'hui. Mais Vallentine serait déçu si vous n'y alliez pas. Est-ce que cela vous embête que je ne vous accompagne pas ?

— Ce qui m'embête, c'est simplement que vous ne soyez pas avec moi, répondit-il avec un sourire en récupérant ses gants d'équitation en cuir noir et en lui tendant la main. Accompagnez-moi aux écuries. Si le temps se maintient, nous pourrions déjeuner dans les ruines du jardin élisabéthain, en face de Swan Island.

— Cela me plairait. Nous ne sommes pas allés sur l'île depuis que vous m'y avez emmenée à la rame le jour de notre mariage. Mais promettez-moi que vous ne les y emmènerez pas. L'île et le temple sont maintenant des endroits bien spéciaux pour nous.

— Si c'est ce que vous souhaitez. Mais empêcher Vallentine de s'y rendre, ce sera une autre histoire. Peut-être que si je lui expliquais pourquoi… (Il s'arrêta pour la laisser sortir devant lui dans une cour ensoleillée qui menait aux écuries.) À moins qu'il ne le devine ?

— Vous me taquinez ! dit-elle en remarquant l'hilarité dans son regard. Même Vallentine serait incapable de deviner à quel point nous avons été diaboliques dans le temple de cette île.

Il rit doucement et la rattrapa.

— J'ai toujours affirmé qu'il était omniscient, mignonne. Mais oui, cet endroit restera toujours notre endroit à nous. Maintenant, embrassez-moi et je vous laisserai partir en balade.

Lord et Lady Vallentine étaient déjà en selle et attendaient le bon vouloir du duc. Un palefrenier tenait les rênes de la jument de son maître. Quand Vallentine aperçut le couple, il envoya ce domestique à la rencontre du duc de l'autre côté de la cour pavée.

— Je vous l'avais bien dit, Estée, dit Vallentine avec un petit mouvement de la tête dans leur direction. Il s'est ramolli. Regardez-les, au grand jour.

Estée secoua la tête d'incrédulité et s'éloigna pour rejoindre son frère.

— Antonia ne vient-elle pas faire du cheval avec nous ? demanda-t-elle, les yeux posés sur la duchesse, qui s'était arrêtée pour donner des instructions à un laquais.

— Hum… non, répondit Roxton d'un air pensif. Elle préfère aller se balader au bord du lac.

— Cela ne lui ressemble pas. À Paris, je lui interdisais constamment de monter à cheval, car son épaule n'était pas encore guérie, et cela ne lui plaisait pas du tout. Est-elle… est-elle souffrante ?

— Elle m'assure que tout va bien, répondit le duc en regardant sa sœur dans les yeux.

— La petite a pas envie de faire du cheval, c'est comme ça, les interrompit Sa Seigneurie, surprenant la fin de leur conversation. Venez, Roxton ! Faisons la course, peu importe où nous allons ! Choisissez un endroit et allons-y ! Estée, n'essayez pas de nous rattraper. Contentez-vous de nous suivre et nous nous rejoindrons au bord du lac. Et faites attention à… Hé ! Dame ! Rox, espèce de crapule !

Le duc avait serré les mollets autour de sa jument et s'en était allé. Lord Vallentine se retrouva loin derrière, débitant un tel chapelet d'injures bon enfant que sa femme s'estima heureuse que sa compréhension de l'anglais n'ait pas progressé au point que cet emportement puisse la faire rougir jusqu'aux oreilles. Les palefreniers qui s'attardaient dans les parages arboraient de larges sourires appréciateurs, mais se dispersèrent rapidement quand Estée leur lança un regard noir qui en disait long. Elle fit tourner sa jument baie vers la plaine et partit au petit galop.

Elle les rattrapa au bord du lac et pendant les deux heures suivantes, ils se promenèrent tranquillement sur une partie du domaine. Quand les gentlemen orientèrent la discussion sur des techniques de culture et sur les activités agricoles des métayers du duc, Estée s'en désintéressa. Elle préféra rester en retrait, admirer la vue et essayer d'apercevoir la harde de cerfs qui vivait dans le parc de son frère. Bientôt, elle se retrouva toute seule au bord du lac, sous un vieux chêne, pendant que son mari faisait la course avec son frère jusqu'à la clôture la plus éloignée à l'horizon. Elle espérait retrouver Antonia à cet endroit, mais il n'y avait aucun signe d'elle, elle rentra donc.

Il lui tardait de discuter en privé avec la duchesse. Si Antonia n'était pas disposée aux confidences, Estée essayerait de prendre sa bonne à part pour vérifier si ses soupçons pouvaient être confirmés. Mais quand elle revint aux écuries et qu'elle demanda où elle pouvait trouver la duchesse, aucun domestique ne put lui répondre. Elle leva les bras au ciel, excédée qu'ils comprennent aussi mal sa langue, et quand elle trouva enfin un domestique qui parlait assez bien français pour répondre à ses questions, il la dirigea vers ses propres appartements, et non ceux occupés par sa maîtresse.

Estée laissa tomber et se confia aux soins de son habilleuse. Elle envoya un valet de pied trouver Duvalier. Elle avait troqué sa tenue d'équitation pour une robe de jour en soie à fleurs, ses cheveux étaient bien coiffés, on avait retouché son maquillage et déposé une nouvelle mouche au coin de sa bouche, mais le majordome ne s'était toujours pas montré. Elle fut donc obligée de quitter ses appartements et de partir elle-même à sa recherche, mais elle n'avait aucune idée de la disposition des nombreuses pièces, elle ne savait donc pas si tel ou tel couloir l'emmenait vers l'est ou vers l'ouest.

Elle prit quelques mauvais tournants et tomba sur quelques portes fermées à clé ainsi que sur des pièces où tout était sous draps et sur des couloirs sombres, puis elle entra par hasard dans un salon. On venait d'y allumer un feu, des rafraîchissements avaient été déposés sur le buffet poli et les lustres projetaient une lueur chaleureuse sur les carafes en cristal et sur les verres disposés sur un plateau en argent. Un valet de pied se tenait devant le buffet, où il rangeait l'argenterie. Il indiqua à Estée qu'il ne savait pas du tout où se trouvait le majordome et que non, le duc n'était pas passé par là. Il retourna ensuite discrètement à sa tâche.

Sur ce, Estée sortit de la pièce dans un mouvement d'humeur en articulant silencieusement un juron – quelque chose à propos de barbares –, prête à en découdre avec le prochain malheureux qui croiserait son chemin. Ce malheureux se trouva être Duvalier, dans l'antichambre attenante au salon. Il était en pleine conversation avec quelqu'un qui avait sa place dans un champ et qui n'aurait pas dû se tenir dans une pièce pleine de marbre italien de qualité, un homme vêtu d'un haut-de-chausses élimé en cuir délavé et de lourdes bottes qui n'avaient visiblement jamais été cirées.

Estée leva le nez et fit la grimace face à ce rustaud, qui se découvrit et s'écarta avec déférence quand elle s'approcha.

— Où puis-je trouver madame la duchesse ? demanda-t-elle sans préambule.

Quand le majordome hésita, elle referma son éventail et le pointa vers lui d'un geste menaçant en ajoutant :

— Vous pensez peut-être que sous prétexte que monsieur le duc vient de se marier, il ne remarque pas que dans son dos, ses domestiques jouent aux bons à rien paresseux ? Vous avez tort ! Et tant que je serai là, tout sera comme à Paris. Compris ? Bien. Alors. Dites-moi : où se trouve madame la duchesse ?

— Je n'ai pas vu madame la duchesse depuis un moment, madame, répondit sincèrement Duvalier, parfaitement conscient du regard insistant du berger, reconnaissant que ce paysan ne parle pas un mot de français.

— Est-elle revenue de sa promenade ?

— Je ne saurais le dire, madame, dit-il sans conviction.

— Dites à ce paysan qui empeste de partir ! ordonna-t-elle en se détournant jusqu'à ce que le majordome fasse sortir le berger. Que faisait-il ici ? Peu importe ! Je m'en moque complètement ! Vous n'avez donc aucune idée de l'endroit où pourrait se trouver votre maîtresse ?

Le majordome ne pouvait se résoudre à lever les yeux de ses mains et semblait avoir du mal à respirer ; la colère d'Estée laissa place à la peur.

— Que se passe-t-il ? demanda-t-elle. Est-elle tombée malade ? S'est-il passé quelque chose pendant sa promenade ? S'est-elle tordu la cheville… ? Quoi ?

— Je suis désolé, madame, mais je ne peux pas vous répondre. La dernière fois que j'ai vu madame la duchesse, c'était avant sa promenade, et elle discutait avec le valet Ellicott sur la terrasse.

— Mais, c'était il y a des heures de cela ! Elle n'a pas été vue depuis ?

— Non, madame.

— Avez-vous envoyé des laquais à sa recherche ?

— Oui, madame. C'est un mystère.

Le ton du majordome mit Estée très en colère.

— Un mystère, oui ! Avez-vous cherché dans les appartements privés de madame la duchesse ? Interrogé ses bonnes ? Fouillé le reste de cette monstrueuse demeure ? Hein ? Dites-moi ce que vous avez fait pour retrouver votre maîtresse ! Mon Dieu, maugréa-t-elle pour elle-même, arrêtant de faire les cent pas et agitant son éventail pour refroidir sa poitrine. J'espère que la petite n'est pas blessée… Où est mon frère ? Il faut que nous la retrouvions…

Duvalier vit là l'opportunité de s'échapper et s'inclina.

— Si vous voulez bien m'excuser, madame.

— Non ! Je ne veux pas vous excuser ! Restez où vous êtes. Vous savez quelque chose, dit Estée, perspicace. Je ne crois absolument pas que vous m'ayez dit la vérité !

Le majordome s'inclina respectueusement. Il ne battit pas en retraite, mais resta obstinément silencieux. Estée savait qu'elle ne pouvait pas le forcer à parler, qu'elle tape du pied de colère ou qu'elle lui crie dessus. Il était inutile de le retenir, elle le congédia donc d'un geste de la main, maudissant intérieurement son frère d'avoir un personnel aussi taciturne.

Que faire ?

Elle s'enfonça, toute tremblotante et au bord des larmes, dans le fauteuil le plus proche, poussé contre un mur. Elle ressentit de nouveau ce malaise qui la suivait depuis Paris, depuis sa dernière conversation avec son cousin le comte. Elle avait voulu parler de cet entretien à son frère dès leur arrivée, mais Vallentine lui avait conseillé d'attendre. À présent, elle n'était plus trop sûre d'avoir pris la bonne décision. Son frère aurait dû être immédiatement mis au courant des rumeurs et calomnies qui circulaient à Paris. Elle était maintenant prête à croire que ces rumeurs avaient une part de vérité.

Ce qu'elle pouvait faire de mieux à présent, c'était trouver la bonne d'Antonia, mais Estée ne savait absolument pas où la chercher. Finalement, elle n'eut pas besoin de se déplacer. Ce fut la jeune fille qui la trouva. Elle entra dans l'antichambre en courant, le visage strié de larmes et les yeux rouges, entortillant ses jupons dans ses mains. Quand elle vit Estée, elle tomba à ses pieds et ses larmes repartirent de plus belle.

— Où se trouve madame la duchesse ? demanda Estée en écartant la jeune fille d'elle et en la secouant.

— Il y a quatre hommes dans la bibliothèque armés d'épées et de pistolets, je ne les ai jamais vus ! lâcha Gabrielle. Et il y en a un autre avec eux, que j'ai déjà vu à l'hôtel, souvent. Mais je ne sais pas comment il s'appelle. Ils demandent à voir madame la duchesse ! Que veulent-ils lui faire ? Le valet a disparu, lui aussi…

— Lui, je m'en moque complètement ! l'interrompit brusquement Estée. D'où viennent ces hommes ? Vous pensez qu'ils sont français, alors ? Où est votre maîtresse ? Parlez, ma petite ! Dites-moi !

— J-je ne sais pas depuis quand ils sont là, madame. Ils sont français, oui. Celui que j'ai déjà vu a ordonné à Duvalier de ne rien dire aux autres membres du foyer, car il veut uniquement parler à monsieur le duc. Il-il a lancé des menaces en agitant son épée comme un aliéné !

— Mon Dieu. Et où se trouve votre maîtresse ?

— Je ne sais pas où elle est…

— Vous ne savez pas où elle est ? répéta Estée.

— Le valet de monsieur le duc, je crois qu'il est avec elle. Je les ai vus ensemble sur la terrasse avec les chiens de monseigneur. Oh, c'était il y a plusieurs heures, mais il a disparu lui aussi. C'est étrange, non ? Que peuvent bien vouloir ces hommes ?

— Comment pourrais-je le savoir, petite ? Ne me posez pas de questions stupides ! Que… que dois-je faire ? se demanda Estée distraitement, regardant le mur en face d'elle par-dessus la tête de la jeune fille. Il faut que je trouve mon frère et Lucian, et… (Elle se leva abruptement et força la bonne à se remettre debout, approchant son visage du sien.) J'ai une question à laquelle je veux une réponse. Et n'essayez pas d'être insolente, sinon vous sentirez ma main passer ! Votre maîtresse s'est-elle confiée à vous à propos de quelque chose en particulier depuis… depuis son mariage ?

Gabrielle baissa les yeux.

— Eh bien ? demanda Estée. Inutile de faire la timide avec moi. Répondez !

— Non, madame, elle ne me dirait jamais… enfin nous… nous n'avons jamais parlé de cela, dit la bonne à voix basse. Mais monsieur le duc l'a rendue très heureuse. Oh, tellement heureuse ! Et ce dès le début. Mais non, elle ne mentionnerait jamais… Je la vois rarement… Ils quittent rarement les bras l'un de l'autre…

— Ce n'est pas de cela que je parle, espèce d'idiote ! dit Estée avec un soupir embarrassé. La santé de la duchesse. Comment va sa *santé* ?

— Sa santé ? Je ne comprends pas, madame, bégaya Gabrielle, comprenant néanmoins immédiatement quand Estée Vallentine ouvrit grand les yeux. Oh ! Non, madame, la duchesse ne m'a rien dit… mais je le sais. J'ai cinq grandes sœurs et je sais reconnaître les signes. Elle… la duchesse… elle n'a eu personne pour lui parler de ce genre de choses. Mais je n'ai aucun doute quant à sa condition.

— Aucun doute ? murmura Estée, ses yeux bleus se plissant. Mais il est assurément trop tôt, non ?

— J-je ne saurais dire… J-je… je pense qu'il vaut mieux que vous en parliez avec madame la duchesse, madame, répondit Gabrielle avec une révérence, car elle attendait qu'on la congédie, sa rougeur révélatrice suffisant à indiquer qu'elle en savait plus que ce qu'elle voulait bien admettre.

La sœur du duc avait le regard si lointain que c'était comme si elle avait oublié l'existence de la bonne. Elle aurait pu la laisser se tenir là pendant un moment si des voix dans le salon ne l'avaient pas sortie de sa transe. Elle congédia enfin Gabrielle d'un geste de la main, puis elle rejoignit la pièce adjacente en courant et en appelant le nom de son frère. La porte claqua au nez de la bonne à l'instant où elle aperçut monsieur le duc de Roxton qui apportait une carafe et des verres jusqu'à la table.

LORS DE SON DERNIER SAUT, Vallentine tomba de sa selle, ce qui réjouit énormément son ami. Cette blessure à son ego le poussa à défier Sa Grâce à l'épée avant qu'ils ne rejoignent leurs épouses pour déjeuner. Cela ne dérangea absolument pas Roxton, qui accueillit au contraire l'opportunité de détendre son poignet, car il ne s'était nullement entraîné à l'escrime depuis qu'ils avaient quitté Londres.

— Je me suis un peu entraîné avec un certain *signor*… ? Quel était donc le nom de ce satané type ? Dame, impossible de différencier les Italiens entre eux ! avoua Sa Seigneurie. À mes yeux, ils se ressemblent tous !

Ils étaient assis sur un muret, où ils reprenaient leur souffle et attendaient que leurs membres fatigués reviennent à la vie.

— Cet homme est reconnu comme le meilleur épéiste de tout Rome, reprit Vallentine. Il a un beau jeu de jambes, mais je lui ai rapidement montré que son poignet n'était pas à la hauteur. J'ai effacé le sourire de son visage basané par la même occasion !

— Je compatis avec ce *signore* inconnu, dit Roxton en faisant signe d'approcher à un laquais qui tenait leurs redingotes et leurs cravates. J'ai été un bien mauvais adversaire, mon cher. Je suis désolé.

— Ce n'est rien. Vous êtes quand même toujours un adversaire digne de ce nom ! Dame, il faut bien que je vous surpasse dans un domaine !

— Croyez-moi, Vallentine, c'est le cas, dit le duc en confiant son épée au domestique. Depuis que vous avez quitté Paris, je n'ai pas affronté un seul adversaire qui en valait la peine. Édouard Flavacourt manque d'expérience et Du Barrie manque de talent. Je me rends compte que je dois être plus concentré, sinon vous menacez de prendre le dessus à chaque instant.

Lord Vallentine rit et secoua la tête en rabaissant ses manches.

— Je ne vous le reproche pas. Vous avez la tête ailleurs et c'est compréhensible, hein. Entre vous et moi, et avec tout le respect que je dois à ma charmante épouse, votre sœur, vous êtes un homme bigrement chanceux, mon ami ! Bigrement chanceux !

— De la chance, mon cher Vallentine ? répondit le duc d'une voix traînante, une étincelle dans le regard.

Il passa sa cravate autour de son cou mais ne la noua pas, laissant par ailleurs sa chemise en lin blanche grande ouverte au niveau de sa gorge. Quand le laquais lui tendit sa redingote, il la refusa d'un geste de la main. Il s'agissait d'une belle journée ensoleillée et il avait encore chaud après s'être dépensé. Il indiqua au domestique de les suivre à l'intérieur.

— Que teniez-vous tant à cacher à Antonia ? demanda-t-il.

— Je veux pas inquiéter la petite inutilement, dit Vallentine avec un froncement de sourcils soudain et prononcé. La nouvelle n'est pas agréable.

— C'est ce que j'avais supposé. Poursuivez.

— C'est mon cousin Harcourt qui m'a raconté cette histoire et il l'avait lui-même entendue d'un ami à lui qui séjournait à Paris chez les Chesnay, dit Sa Seigneurie. Bien sûr, nous en avions déjà entendu parler avant. Nulle autre que Thérèse Duras-Valfons est venue gratter à la porte d'Estée le soir même de notre retour à Paris ! Elle a tout murmuré à la petite oreille d'Estée. Je me suis immédiatement rendu chez Rossard pour entendre cette histoire de la bouche d'un gentleman. On peut pas faire confiance aux femmes pour s'en tenir aux faits. Surtout quand elles dégoulinent de méchanceté alimentée par leur jalousie.

— Continuez, dit Roxton en ignorant le regard en coin entendu que lui lançait son ami.

— Eh bien, quand je suis arrivé chez Rossard, je vous assure qu'ils s'attendaient à vous voir derrière moi. Un vacarme pas possible ! Et pensez-vous qu'ils m'aient cru, moi, votre beau-frère, quand je leur ai dit que je n'avais aucune idée de l'endroit où vous vous trouviez ? On aurait pu entendre un cafard détaler quand je leur ai dit ça !

Le duc se mit sur le côté pour laisser Sa Seigneurie passer la porte avant lui.

— Et les nouvelles ? l'encouragea-t-il.

— Oui, oui. J'y viens. Vous ne serez pas surpris d'apprendre que quand Salvan a annoncé l'annulation des noces de son fils, tout Paris était sous le choc. Ça a été le seul sujet de conversation pendant des jours. Pas seulement à Paris, mais aussi à Versailles. Le roi a fait convoquer Salvan pour qu'il s'explique. Il n'est pas retourné à la cour depuis. Il dit qu'il a pris un congé dans ses devoirs, mais on chuchote qu'il est tombé en disgrâce.

— Et quelle explication a été donnée pour l'annulation des noces ?

Lord Vallentine s'arrêta devant une longue fenêtre dans un couloir dont les murs étaient couverts de tableaux d'ancêtres de la famille Hesham.

— Ça va pas du tout vous plaire, mon ami. La rumeur qui circule à Paris dit que le vicomte est en pleine dépression nerveuse depuis que vous vous êtes emparé de la… vertu de sa future épouse. Il ne se montre plus depuis des semaines. On dit qu'il est à la campagne, mais Chesnay assure qu'il l'a vu à Paris il y a une semaine seulement. Et il y a autre chose…

— Oui ?

— Madame de Salvan est morte.

— Vraiment ?

— Je pensais que cela vous surprendrait. Elle est morte le jour même où son petit-fils devait se marier.

— Comme c'est triste.

— Triste pour qui ? demanda sèchement Vallentine. Salvan crie sur tous les toits que la vieille est morte d'un cœur brisé, ou quelque chose d'aussi absurde, pour la bonne raison que vous auriez déshonoré la famille en enlevant et en séduisant Antonia, ruinant ainsi le bonheur futur de son fils. Vous connaissez la façon de faire de Salvan. Je parie que ce maudit petit gnome doit être bien satisfait que sa mère ait choisi de mourir ce jour-là en particulier.

— Naturellement.

— Naturellement ? bredouilla Sa Seigneurie. Écoutez-moi, Roxton. Tout ceci n'est pas de bon augure pour vous et votre épouse. Surtout pour elle. Ce corniaud n'a dit à personne que vous aviez épousé la gamine. Et bien sûr, tout ceci n'a aucune importance vis-à-vis de votre réputation. À vrai dire, votre comportement n'a pas fait se hausser un seul sourcil. Quant à Antonia… tout Paris la voit d'un mauvais œil, car elle vous a autorisé à la séduire. On rejette toute la faute sur elle ! Même la mort de la vieille grand-mère Salvan. En vérité, la vieille chouette s'est étouffée sur une arête. Mais la vérité n'alimente pas la tragédie, hein ? Et sur un autre point…

— Ce n'est pas fini ? s'enquit Roxton, l'air de s'ennuyer.

— Eh non ! dit Lord Vallentine en s'appuyant contre le lambris. Les harpies de la cour ont lapé ce scandale comme de la crème fraîche. Duras-Valfons, La Tournelle et les autres. À votre avis, comment Antonia sera-t-elle accueillie par les dames dans leur genre, hein ? Et quand elles découvriront qu'elle est devenue madame la duchesse de Roxton, que se passera-t-il ? Dites-le-moi !

— Oh, épargnez-moi votre sermon, dit le duc avec amertume.

— Vous pourrez pas passer toute votre vie à Treat, cher frère, déclara Lord Vallentine en rattrapant le duc dans le salon.

Roxton demanda au laquais de déposer leurs redingotes et leurs épées sur un fauteuil et de les laisser. Il revint du buffet avec une carafe et deux verres.

— Je ne dépends pas des autres, Vallentine, ce sont les autres qui dépendent de moi.

Vallentine accepta un verre avec un grand sourire en secouant la tête.

— Vous et votre satanée arrogance.

Le duc leva son verre comme pour porter un toast.

— Ma qualité la plus attachante.

Ils rirent tous les deux et leur aisance habituelle revint en partie. Mais leurs sourires s'effacèrent quand Estée entra dans la pièce en courant et en pleurant avant de se jeter dans les bras de son frère. Roxton l'écarta de lui en fronçant les sourcils. Mais Lord Vallentine l'attira dans une étreinte réconfortante et l'apaisa patiemment jusqu'à ce que sa crise se calme.

— Qu'est-ce qui a bien pu vous mettre dans un état pareil, chérie ? demanda Sa Seigneurie d'une voix apaisante. Nous n'avions pas l'intention de vous abandonner ainsi, mais vous savez comment nous sommes, votre frère et moi, quand nous sommes ensemble. Vous êtes-vous perdue en chemin ?

— Pardonnez-moi. Je n'avais pas l'intention d'être… d'être aussi sotte, renifla Estée. Mais je crains pour l'enfant.

— Antonia ? demanda le duc d'un ton sec.

— Non ! Oui ! Je ne sais pas ce qu'il se passe ! répondit-elle, secouée par un sanglot sec et tendant une main pour agripper la manche de son frère. Il faut que vous fassiez bien attention à elle. Il ne faut pas la contrarier. Elle est fragile, et dans son état, le moindre…

— Quel état ? s'enquit Lord Vallentine en la relâchant, son regard passant du frère à la sœur.

Le duc saisit la manche de sa sœur.

— Vous a-t-elle dit quelque chose ?

Estée secoua ses boucles en réponse à la question de son frère.

— Nous n'avons pas eu l'occasion d'en discuter. Mais elle a dit quelque chose au petit déjeuner qui m'a révélé que c'était une possibilité, puis sa bonne m'a assuré que c'était bien le cas.

— Dame ! Que baragouinez-vous, Estée ? Quel état ? Qu'est-ce qui ne va pas chez la gamine ? Hein ?

Le frère et la sœur l'ignorèrent.

Estée embrassa la main du duc et sourit entre ses larmes face à son air totalement perdu.

— N'avez-vous jamais envisagé une telle éventualité ?

— Je n'ai jamais soupçonné… Elle n'a rien dit… elle… Ce n'est pas possible, si ? demanda-t-il, mais quand sa sœur sourit et se mit à pleurer de bonheur, il se détourna rapidement et reremplit son verre.

Lord Vallentine poussa un long soupir.

— Dites-moi, Estée, dit-il à l'oreille de sa femme, vous n'êtes pas sérieusement en train de nous annoncer que la petite… qu'Antonia est… enceinte ? *Déjà ?* Ça par exemple ! s'exclama-t-il en donnant une tape dans le dos du duc. On peut compter sur vous pour aller vite en besogne ! Vous êtes sacrément impudent ! dit-il en riant. Si ça, c'est pas une chance du diable !

— Lu-cian ! le réprimanda sa femme avec de gros yeux, les joues rouges d'embarras.

— Où est Antonia ? demanda le duc.

— Je ne sais pas, dit Estée d'une petite voix en évitant son regard. Vos laquais sont d'une bêtise insolente ! Et Duvalier, tout pareil. Il refuse de me le dire. Il ne veut parler qu'à vous.

— Elle nous fait jouer à un jeu, j'en suis certain ! dit Sa Seigneurie avec un grand sourire. Et je parie que Duvalier est dans le coup. Espèce de vieux renard rusé ! S'il avait trente ans de moins, je vous mettrais en garde contre lui. Lui et votre valet. Ils ont tous les deux un faible pour votre épouse, Roxton. Je mettrais ma main à couper que la gamine joue à cache-cache avec nous.

Le duc ne souriait pas.

— Que vous a dit Duvalier, Estée ?

— Rien ! Gabrielle, la bonne, est venue me raconter qu'il y avait des intrus dans la bibliothèque armés de pistolets et d'épées…

— Qu'est-ce que c'est que cette histoire ? explosa Sa Seigneurie.

— Ne me criez pas dessus, Lucian ! hurla sa femme en éclatant de nouveau en sanglots. Comment puis-je savoir ce qu'il se passe dans une maison où les laquais s-sont insolents et taciturnes, et ne parlent pas une langue civilisée ? Depuis que je suis descendue de mon cheval, tout est sens dessus dessous ! Je me suis perdue, personne ne veut me dire où est la duchesse, et oh, oh… (Elle s'affaissa dans les bras de son mari.) Lucian, Lucian, je m'inquiète terriblement pour la petite.

— Rassurez-vous, je suis sûr que tout ça n'est qu'un tas d'âneries.

— Avez-vous oublié ce qui se dit à Paris ? Nous n'aurions pas dû aller à Londres, nous aurions dû venir ici directement !

— Salvan racontait n'importe quoi, c'est tout ! riposta Vallentine. Ses propos étaient trop farfelus pour être pris au sérieux. Vous connaissez votre cousin mieux que moi, Estée, et même moi j'affirme qu'il est aussi fou que le reste de sa famille.

Il remplit le verre du duc, qui n'y toucha pas. Roxton s'était tourné vers le grand miroir au-dessus du buffet et nouait sa cravate, un tremblement dans sa main droite prolongeant cette tâche.

— Roxton, dit doucement Vallentine, bien conscient qu'il tremblait. J'aimerais que vous buviez ceci. Ça va vous aider, vous savez.

Le duc vida le verre et le reposa, puis il enfila une redingote d'équitation.

— Estée ? Que vous a dit la bonne d'Antonia ? demanda-t-il à voix basse.

— C'était un vrai charabia ! Elle-elle a dit qu'il y avait quatre hommes dans votre bibliothèque et un cinquième, leur chef, qu'ils étaient armés d'épées et de pistolets et qu'ils les brandissaient en menaçant Duvalier ! Et elle ne sait pas où se trouve Antonia, et le valet, d'une façon ou d'une autre, est également mêlé à toute cette affaire !

— Bonté divine ! Qui sont ces imbéciles ? *Hé !* s'exclama Vallentine. Où allez-vous avec cette épée ?

— Excusez-moi, mon cher. Il faut que j'aille saluer mes invités.

— Pas sans moi ! Attendez donc ! cria Sa Seigneurie, qui avait du mal à rajuster son épée autour de sa taille tout en suivant son ami, sa femme à ses trousses. Je viens avec vous.

— Je dois venir aussi ! exigea Estée.

— Non. J'y vais tout seul. Madame, vous attendrez à l'extérieur.

— Vous n'allez pas affronter une bande de satanés voyous sans moi !

Roxton traversa une antichambre, puis une autre, et disparut dans un long couloir. Lord et Lady Vallentine le suivirent.

— Vous auriez de la chance de tenir bon face à un pistolet, sans parler des épées ! cria Sa Seigneurie dans le dos du duc. Alors ne m'empêchez pas de venir ! Vous m'entendez ? Et puis, vous ne pouvez pas nier que deux contre cinq, c'est plus équitable, hein ?

— Lucian ! Lucian ! s'écria sa femme, incapable de tenir la cadence, maudissant ses hauts talons rouges. Faites attention ! Oh ! Ne voulez-vous pas ralentir ? Je vais perdre une chaussure !

— Attendez à l'extérieur comme vous l'a demandé Roxton, hurla Sa Seigneurie par-dessus son épaule. Vous n'avez aucune raison de vous inquiéter. Nous pouvons affronter n'importe quelle bande de voyous envoyés par Salvan ! Et je dis pas ça pour me vanter, nom d'une pipe ! dit-il avec un éclat de rire.

Estée trébucha et préféra abandonner. Elle s'affala sur une banquette au dossier rigide et tenta de reprendre son souffle.

— Mon Dieu, ne le tuez pas ! cria-t-elle d'une voix stridente tandis que son mari et son frère passaient en trombe une porte qui était jusque-là verrouillée de l'intérieur.

LE DUC AVAIT TRAVERSÉ la moitié de la bibliothèque quand il reprit ses esprits. Lord Vallentine s'arrêta net en jurant, trébuchant sur ses propres pieds et manquant de peu de s'écraser contre le large dos de son ami. Il posa vivement la main sur son épée et ne la bougea pas, les jointures de ses doigts devenant toutes blanches tant il serrait la garde. Mais le duc ne bougea pas, n'esquissa aucun geste vers son épée. Il resta parfaitement immobile, le visage dénué de toute émotion, une main plongée dans une poche de son haut-de-chausses.

Le comte de Salvan, chaussé de grosses bottes cavalières et vêtu d'une redingote d'équitation salie par le voyage, se tenait près d'un feu qui mourait dans l'âtre d'une grande cheminée en marbre, un talon posé sur la dalle foyère. À sa droite patientaient quatre mousquetaires habillés de façon similaire. Ils se prélassaient sur diverses assises et regardaient d'un air absent par les grandes fenêtres qui donnaient sur la pelouse veloutée. Ils ressemblaient bien à une bande de voyous, comme Lord Vallentine les avait qualifiés, et semblaient tout aussi dangereux que l'avait décrit la bonne. Ils portaient tous une épée et deux d'entre eux étaient armés d'un pistolet. Mais ce n'était pas pour cette raison que le duc s'était arrêté net. Dans sa main gantée, le comte de Salvan tenait l'ombrelle d'Antonia.

Salvan désigna le mousquetaire le plus proche du bout de l'ombrelle et lui adressa une phrase acerbe que le duc ne comprit pas. L'homme répondit avec un juron et ses collègues se moquèrent de lui. Le comte ne riait pas. Il fronça les sourcils, les insulta et tapa du pied devant la cheminée. Il s'apprêtait à aboyer autre chose quand il sentit une présence et fit volte-face, son regard se posant sur le visage de son cousin. Sa moue s'évapora, remplacée par un sourire qui s'élargit sur son visage peint.

— Mon cousin ! Nous voilà enfin réunis ! déclara-t-il en ouvrant les bras avant de s'incliner d'un grand geste. Cela fait une éternité que nous ne nous sommes pas vus – la dernière fois, c'était à la maison Clermont, non ? Oui ! J'en suis sûr ! Vous étiez avec cette jolie fleur orientale, et moi ? Le pauvre Salvan avait dû se contenter de l'une des catins les moins accomplies…

— Où est ma femme ? demanda le duc à voix basse.

Le comte partit d'un petit rire plein d'amertume.

— Ah, oui, votre *femme*, dit-il d'une voix suave en manipulant délicatement l'ombrelle avant de la lâcher comme s'il s'agissait de quelque chose de dégoûtant. Votre charmante et très jeune femme.

Ce geste fit craquer Lord Vallentine. Aveuglé par la rage, il sortit son épée de son fourreau en un clin d'œil et en appuya la pointe contre la gorge du comte, venant légèrement chatouiller sa peau abîmée.

— Où est madame la duchesse, espèce d'ignoble parasite ?

Lord Vallentine avait à peine dégainé son épée que quatre lames furent instantanément sorties de leur fourreau dans un raclement de métal poli et pointées dans sa direction. L'épée de Vallentine ne flancha nullement. Au lieu de cela, il la fit pivoter, mais son geste fut tellement rapide et habile qu'il resta indétectable. La pointe aiguisée de l'arme piqua la peau molle sous le menton du comte. Le petit homme esquissa un sourire paniqué. Les mousquetaires restèrent bien en place. L'un d'eux osa lancer un coup d'œil au duc, qui ne semblait pas perturbé à l'idée que l'un des gentlemen puisse mourir et qui se réchauffait les mains près du feu.

— Ah, monsieur Vallentine, Salvan est très vexé d'être accueilli de cette façon, murmura le comte d'une voix étranglée, les yeux posés sur l'arme meurtrière, frissonnant quand le métal froid frôla sa peau lorsqu'il osa bouger la tête. Roxton, votre beau-frère n'est pas lui-même. Il faut que vous le calmiez, sinon je crains que mes hommes…

— Espèce de sale lâche, Salvan ! Je n'ai peur ni de vous, ni de ces voyous dans mon dos. Donnez-leur l'ordre d'attaquer ! Mais je vous assure que je ne tomberai pas avant d'avoir bien enfoncé cette lame dans votre cerveau ! Vous avez suivi mon carrosse jusqu'ici, hein ? Eh bien, répondez !

— Vallentine, si vous voulez bien… commença le duc avant d'être interrompu.

— J'étais déjà bien tenté de vous transpercer de ma lame quand nous étions à Paris ! C'est ce que j'aurais dû faire ! Où est la duchesse ?

— Éloignez votre épée, monsieur, dit le comte de sa voix la plus hautaine, la sueur qui luisait sur sa lèvre supérieure révélant cependant que son calme n'était qu'un masque mensonger. Je suis simplement venu chercher ce qui m'appartient…

Vallentine ricana et fit vriller la peau du comte du bout de sa lame.

— Ce qui vous appartient ? Dame, voilà qui est gonflé ! C'est la duchesse de Roxton, un point c'est tout ! Vous n'avez aucun droit sur elle !

— Rangez votre épée, Vallentine, dit le duc en anglais, les yeux toujours rivés sur l'âtre. Les quatre… hum… *gentilshommes* dans votre dos ne sont pas les serfs de Salvan, espèce d'imbécile. Ils portent l'insigne du roi de France.

Lord Vallentine haussa les sourcils et fit la grimace.

— Des mousquetaires ?

— Exactement.

Sa Seigneurie poussa un petit sifflement.

— Et d'ailleurs, l'un d'eux est votre ancien partenaire d'escrime, le neveu du premier mari de votre femme, lui dit Roxton. Je suis certain que c'est uniquement l'estime qu'ils témoignent à vos compétences qui les a jusque-là empêchés d'engager un combat… hum… *sanglant* avec vous. Néanmoins, ils vous tueront si mon très cher cousin leur en donne l'ordre.

— J'ai vraiment envie de le tuer, Roxton, dit Vallentine d'une voix rageuse et étouffée avant de rengainer sa lame d'un grand geste, bien à contrecœur. J'ai très envie de répandre son sang partout sur ce sol !

— Mon envie d'en faire autant n'est pas moins forte, répondit calmement le duc en reportant son attention sur le manteau de la cheminée. Mais nous devons penser à Antonia.

Vallentine pencha la tête.

— Oui, c'est pour elle que je…

Libéré de la menace d'une mort imminente, le comte voulut reprendre le contrôle de la situation. Il retrouva un peu de sa mondanité superficielle. Il ordonna à ses hommes de ranger leurs épées et adressa un large sourire à son cousin. Mais les mousquetaires avaient remarqué la sueur sur la lèvre supérieure et le front du petit aristocrate et avaient compris qu'il avait peur. Ils s'exécutèrent, même s'ils ne ressentaient que du mépris pour ce fils de France. Les quatre hommes s'inclinèrent devant le duc et Lord Vallentine d'un geste raide, et celui que le duc connaissait le salua. Cette interaction fit l'effet d'une gifle au comte, ses joues grêlées rougissant sous son blanc de plomb.

Roxton observait son cousin avec une expression que Vallentine trouva impossible à déchiffrer. Il se demanda ce qui allait se passer. Avec son ami, il était impossible de le prévoir. Cependant, l'instant d'après, il battit des paupières d'incrédulité. Après une grande enjambée, le duc avait attrapé la gorge du comte et l'avait poussé contre le mur. Le petit homme partit d'un rire nerveux avant de s'étouffer. Son regard se tourna instantanément vers les mousquetaires. Ils étaient au garde-à-vous, une main posée sur la garde de leur épée.

— Vous êtes vraiment un imbécile incompétent ! gronda le duc en lâchant Salvan d'un geste brusque. Mes instructions étaient pourtant claires. Vous deviez rejoindre le garçon à Calais et le faire rentrer à Paris sous surveillance. Que faites-vous ici ?

— M-mon c-cousin ! Ce n'était pas aussi simple que ce que vous avez suggéré, expliqua le comte en prenant de grandes inspirations pour faire rentrer de l'air dans ses poumons qui en avaient été privés. Ma mère ne voulait pas entendre parler de son incarcération ! (Il rajusta sa cravate avec des mains tremblantes.) Parbleu. Pensez à la honte… aux commérages… au s-scandale ! J-j'ai fait ce que vous m'aviez demandé de faire. Je suis allé à Calais et j'ai attendu. Mais elle… ma mère… elle ne voulait rien savoir, elle l'a rejoint en premier…

— Épargnez-moi ces détails insignifiants. J'espère pour vous que vous avez réussi à tout arranger.

Le comte eut l'air dérouté.

— Mais… il n'était pas à Calais ! Il a disparu ! À peine avait-il posé un pied sur le sol français qu'il a immédiatement embarqué sur un paquebot qui l'a ramené en Angleterre. Nous l'avons suivi et à Douvres, on nous a dit qu'il avait demandé comment se rendre ici, sur votre domaine. (Il lança un coup d'œil à Lord Vallentine et grimaça.) Allez savoir pourquoi il voulait revenir ici…

Le duc s'essuya la bouche d'une main tremblante.

— Vous pensez qu'il est ici, *chez moi* ?

— Hein ? Comment ? demanda Lord Vallentine. Salvan ne sait-il pas où se trouve Antonia ? Ce n'est pas lui qui la détient ?

Personne ne lui prêta attention.

— Est-il toujours dans ma maison ? demanda le duc aux mousquetaires.

— C'est ce que nous pensons, monsieur le duc, répondit leur chef. Nous pensions l'avoir acculé ici, dans cette pièce, mais il s'agissait malheureusement d'une fausse piste. Mais nous avons trouvé…

— Oui ?

Le mousquetaire s'accroupit près d'une bibliothèque.

— Ici, il y a une grande quantité de sang sur le tapis.

Vallentine se pencha et appuya un doigt sur le tapis d'Aubusson souillé. La tache foncée était grande, humide et collante.

— Oh, Seigneur, Roxton, bredouilla Sa Seigneurie avec un frisson. La blessure doit être sacrément grave.

— Non ! Je ne pense pas, bégaya le comte. Impossible ! C'est une coupure ! Rien qu'une petite coupure. J'en suis certain !

Roxton s'approcha d'un panneau du mur et appuya dessus ; la bibliothèque à côté de laquelle Vallentine et le mousquetaire étaient accroupis s'ouvrit vers l'intérieur, révélant un renfoncement sombre. Il y avait quelques gouttes de sang ici aussi. Sa Seigneurie se rua dans l'obscurité tandis que les mousquetaires restaient en retrait, attendant les instructions du duc. Il envoya immédiatement trois d'entre eux dans ses appartements privés de l'étage du dessus par l'escalier principal. Leur chef devait suivre le duc et Lord Vallentine dans l'escalier secret. Ne voulant pas être laissé sur le carreau, le comte suivit son cousin au pas de course et força le passage pour aller attraper sa manche.

— Qu'allez-vous lui faire ? demanda-t-il au duc dans un murmure.

Le duc se libéra de sa poigne et monta les marches.

— À votre avis ? S'il a osé poser un seul doigt sur elle… (Il regarda le visage peint et penché vers l'arrière du petit homme par-dessus son épaule.) Salvan, elle est enceinte.

— Eh bien, siffla le comte, les yeux écarquillés d'incrédulité. Enceinte ? En êtes-vous certain ? Mon Dieu, s'il le découvre…

Le duc se détourna et indiqua aux autres de le suivre discrètement. Le comte ne fut que trop heureux de laisser Vallentine et le mousquetaire le dépasser dans l'escalier. Il avait montré à son cousin un visage plein d'inquiétude et de compassion, mais dans l'obscurité de l'escalier, il s'autorisa un grand sourire nonchalant – il ricana presque.

Un silence étrange planait dans les premières pièces de l'étage supérieur. Rien n'avait été renversé dans l'affrontement, tout était intact. Le comte, comme quand il avait vu Treat pour la première fois, leva le nez, envieux face à tant de confort et d'opulence, mais il ne put s'empêcher de s'intéresser à ce qui l'entourait. Il prit garde de rester bien en retrait. Lord Vallentine et le mousquetaire ne voyaient rien à l'exception de l'urgence de la situation ; ayant constaté que le cabinet était vide, ils étaient impatients d'avancer dans la garde-robe. Le duc les arrêta.

— Laissez-moi y aller en premier, chuchota Vallentine. C'est bien calme, non ?

— Essayez-vous de m'épargner, mon cher ? s'enquit le duc avec un sourire en coin. Non. J'y vais. Restez ici avec les autres. Si le garçon voit débarquer tout un régiment, il pourrait paniquer et…

— Écoutez, Roxton, le sermonna Vallentine. Il y a l'équivalent d'un pichet entier de sang sur le tapis en bas ! Ce garçon ne va pas bien mentalement. Il est dangereux. Compris ? Vous ne pouvez pas espérer faire appel à la raison avec quelqu'un comme lui. Qui sait ce qu'il fera en vous voyant ? Je prie seulement pour qu'il ne connaisse pas toute l'histoire… pour qu'elle ne lui ait pas dit…

Il s'interrompit en voyant une expression de profonde douleur traverser le visage pâle du duc, puis il agrippa le bras de son ami et reprit :

— Je suis une brute insensible, hein ? Allez-y. Je vais attendre ici. Mais donnez-moi ce pistolet. (Il le prit et l'arma.) Si quelqu'un doit tirer, ce sera moi !

Le comte, qui avait récupéré un éventail sur le secrétaire, s'assit et croisa ses jambes vêtues de bas avec tout le calme de quelqu'un qui patienterait pour un rendez-vous. Il agita l'éventail telle une femme et soupira. Lord Vallentine lui lança un regard furieux, dérouté par l'ennui visible sur le visage du Français qui, à peine cinq minutes plus tôt, n'avait été qu'une masse tremblotante de nerfs et de sueur.

— Vous semblez bien calme pour un homme dont le fils dément est devenu incontrôlable et a peut-être gravement blessé quelqu'un, hein, Salvan ?

Le comte haussa les sourcils.

— Mais, monsieur Vallentine, je vous assure que je suis anéanti.

Le mousquetaire grogna.

— Si Roxton lui met la main dessus, il le tuera. Vous le savez, hein ?

Le comte continua à s'éventer. Le mousquetaire leva les yeux au ciel. Il se dit que cet aristocrate était aussi fou que son fils et se demanda ce que lui et ses camarades avaient bien pu faire de mal pour se retrouver embarqués dans cette mission secrète tout aussi folle, dans un pays qui était en guerre avec la France et où tous les hommes, à l'exception du flegmatique duc de Roxton, parlaient une langue discordante et n'avaient aucunes manières.

— Votre charmante femme réside-t-elle également dans ce gros machin que vous qualifiez de maison, s'enquit le comte en parcourant la pièce d'un regard intéressé.

La mine de Lord Vallentine s'assombrit.

— Où voulez-vous en venir ?

Salvan haussa une épaulette.

— Ne me regardez pas avec autant de jalousie exacerbée. J'aimerais seulement avoir son avis. C'est ma cousine, enfin.

— Son avis ?

— Tout à fait, répondit le comte en se débarrassant de l'éventail. Je suis sur le point de me remarier et j'aimerais avoir l'avis d'Estée à propos de…

— Vous êtes bon pour l'asile ! siffla Vallentine. Votre fils est un fou en cavale, dame ! La duchesse se terre à cause de lui et quelqu'un s'est vidé de son sang sur le tapis, et vous… vous me parlez de votre maudite envie de vous remarier ? À quoi vous jouez, Salvan ?

— Jouer, monsieur ? s'enquit le comte en lui tendant sa tabatière. Je ne suis pas sûr de comprendre ce que vous voulez dire.

Vallentine agita le pistolet d'un geste menaçant.

— Reculez, espèce de parasite, ou je mettrai fin à toute la lignée des Salvan ici et maintenant !

DIX-HUIT

L E DUC DÉCOUVRIT que la garde-robe était tout aussi vide que le cabinet, mais il n'invita pas les autres à entrer. Il s'apprêtait à avancer seul dans la chambre à coucher quand il se retrouva face à son valet. Ellicott sortit de la chambre en tenant son bras, au-dessus du coude. Du sang coulait entre ses doigts et était étalé sur l'avant de sa chemise. Quand il vit son maître dans l'encadrement de la porte, une main posée sur la garde de son épée, il perdit toute combativité, ses épaules s'affaissèrent et il baissa la tête. Quand il osa relever les yeux vers le visage blême de son maître, ce fut pour chasser ses larmes en battant des paupières.

Ce geste suffit à pousser le duc au bord de la folie.

Il était à peine capable de parler.

— La duchesse ? demanda-t-il d'une voix rauque.

Le valet hésita et le regretta, car le visage du duc prit une teinte cadavérique.

— Non ! Non ! Elle… la duchesse est indemne, lui assura-t-il précipitamment. Quand vous la rejoindrez, vous verrez du sang sur ses jupons, mais ce n'est pas le sien, c'est le sang de Gray. Il… le vicomte… il a égorgé Gray…

Le duc ferma les yeux.

— … sous les yeux de la duchesse. Dans la bibliothèque. Le geste d'un fou. Elle s'est évanouie. Quand j'ai voulu m'approcher d'elle, le vicomte s'est avancé vers moi avec le couteau, mais je suis parvenu à le repousser. Ce n'est rien de grave, Votre Grâce, dit-il quand le duc regarda ses bras ensanglantés, avant qu'il ne puisse lui poser la question. Je… j'ai fait l'erreur d'essayer d'interférer dans ses plans. Et vu la frénésie dans laquelle il se trouve, il… il a la force de dix hommes.

Le duc lança un coup d'œil à la porte de la chambre.

— Est-il avec elle en ce moment même, là-dedans ?

Le valet hocha la tête.

— Oui. Il pense que je suis parti chercher un valet de pied pour aider à descendre les bagages. Il emmène la duchesse avec lui à Paris. Nous nous sommes dit qu'il valait mieux ne pas le contrarier. La duchesse fait de son mieux pour jouer le jeu. Elle a même fait ses bagages. Et maintenant…

— Et maintenant ?

— Elle est assise sur le coussiège avec Tan sur les genoux. (Ellicott regarda les gouttes de sang sur le parquet lustré.) Il a menacé d'égorger également Tan si elle ne fait pas ce qu'il lui dit de faire. Votre Grâce…

Le ton de la voix de son valet poussa le duc à le regarder.

— Il faut que vous alliez soigner votre bras, Martin. Je vais m'occuper de lui maintenant.

— Oui, Votre Grâce, mais je…

Le duc patienta. Son valet déglutit.

— Je pense qu'il vaut mieux que vous sachiez que le vicomte n'a aucune idée de la situation actuelle… Il ne sait pas que vous êtes mariés et que Sa Grâce est enc… (Il déglutit de nouveau.) Je suis au courant pour l'enfant uniquement parce que quand elle a repris ses esprits après s'être évanouie, elle a eu peur que le sang sur ses jupons signifie qu'elle avait fait une fausse-couche. Mais je vous assure que tout va bien. Que son enfant va bien. Votre Grâce, le vicomte a perdu la tête.

— J'en suis bien conscient, Martin, dit le duc à voix basse.

Ellicott regarda son maître droit dans les yeux.

— Il a tellement perdu la tête qu'il n'hésitera pas à la tuer si vous intervenez.

Antonia était blottie sur le coussiège, le whippet blanc et fauve pelotonné sur ses genoux. Curieusement, devoir le protéger l'aidait à avoir moins peur. Il fallait qu'elle reste calme, pour Tan. Il fallait qu'elle continue à être plaisante et agréable jusqu'à l'arrivée du duc, peu importe le temps que cela prendrait. Elle priait pour qu'Ellicott l'ait déjà trouvé, car le vicomte était de plus en plus agité.

Mais cette créature n'était pas le vicomte qu'elle avait connu. Il ne pouvait pas être qualifié autrement dans son état actuel, entre la barbe qui dissimulait son visage et ses cheveux naturels qui avaient repoussé et qui formaient un amas emmêlé. Vêtu du haut-de-chausses en cuir et de la chemise en laine d'un berger, il pouvait facilement être pris pour le plus négligé des paysans. Mais un paysan qui inhalait de telles quantités d'opium que ses narines s'étaient infectées et coulaient librement et que ses mains tremblaient tellement violemment qu'il était incapable de s'emparer du moindre objet sans le faire tomber, sauf quand il était en pleine crise de rage – il semblait alors avoir la force de tout un régiment.

Antonia était en train de l'observer entre ses cheveux emmêlés qui cachaient son visage et de prier pour qu'il ait oublié sa présence. Il faisait les cent pas entre le lit et le coussiège, débattant avec lui-même et gesticulant dans le vide. Ses gestes effrayèrent le whippet, qui voulut se redresser sur les genoux d'Antonia. Elle convainquit rapidement Tan de se rallonger et lui caressa le museau. Mais le vicomte avait entendu ses mots apaisants et se retourna violemment contre elle.

— Vous vous moquez de moi ! cracha-t-il en collant son visage à celui d'Antonia.

Son odeur était telle qu'elle dut réprimer un haut-le-cœur.

Il agrippa les cheveux de la jeune femme et les dégagea brusquement de son visage.

— Je devrais tout couper ! Vous ne pourriez alors plus vous moquer de moi ! Devrais-je les couper ? Devrais-je *tout* couper ?

Il sortit un couteau ensanglanté de l'intérieur de sa botte et, de son autre main, entortilla une partie de ses longs cheveux autour de son poignet. Puis il hésita. Antonia n'osait ni bouger, ni parler. Elle garda les yeux baissés et pria pour qu'il soit distrait par une autre idée folle.

— Si je les coupais, je pourrais m'en faire une corde, dit-il pour lui-même en hochant la tête d'un air satisfait. Une corde avec laquelle je pourrais vous pendre si vous osiez me désobéir.

Mais à peine cette idée avait-elle pris racine qu'il rangea le couteau, tout aussi soudainement, et s'assit à côté d'elle, la faisant pivoter pour qu'elle se retrouve dos à lui. Il commença à lui tresser les cheveux.

— De si belles boucles. Je pense que je ne vais pas les couper, finalement. (Il caressa son cou.) Vous rappelez-vous quand vous me laissiez les tresser pour vous dans les appartements de Casparti ?

Antonia essaya de ne pas frissonner de dégoût à son contact.

— Ou-oui, Étienne, je m'en souviens. Nous passions vraiment de bons moments à cette époque, n'est-ce pas ?

Il continua à tresser et détresser ses cheveux, ses doigts tremblants passant dans ses boucles.

— Oui. De très bons moments, murmura-t-il.

Puis, tout aussi rapidement, ses doigts furent pris de violentes convulsions et s'enchevêtrèrent dans ses cheveux comme s'ils étaient pris dans une toile. Elle cria de douleur quand il essaya de se libérer, ce qui ne servit qu'à le faire crier à son tour :

— Arrêtez ! Arrêtez ! Je ne vous fais pas mal ! Vous ne savez pas ce que vous avez fait ! Vous n'en savez rien ! Venez !

Il la releva brusquement du coussiège, envoyant Tan par terre avec un jappement, et la traîna jusqu'au lit.

— J'ai assez attendu. J'ai été bien assez patient.

— Non, Étienne ! Non ! *Je vous en prie.*

Quand elle essaya de se libérer, il la gifla. Une marque rouge apparut instantanément sur sa joue.

— Savez-vous quel enfer je vis depuis que vous avez quitté Paris ? Hein ? Le savez-vous ? demanda-t-il en la traînant plus loin dans la pièce. Pauvre grand-mère Salvan est morte d'un cœur brisé à cause de vous, espèce de petite garce égoïste ! Et j'ai difficilement échappé aux brutes de Salvan pour revenir vous chercher ! (Il lui donna un coup de genou au milieu du dos, la poussant contre le lit, ses sanglots tombant dans l'oreille d'un sourd.) Savez-vous depuis combien de temps je rôde dans cet endroit en attendant que vous vous retrouviez seule ? Deux semaines ! Cela fait deux semaines que je mange les restes des cuisines et les os laissés pour ses chiens. (Il la hissa sans effort sur le lit et grimpa à côté d'elle.) Monsieur le duc va avoir une sacrée surprise…

— Étienne, non !

Il la gifla de nouveau, avec tellement de force cette fois-ci que le coup lui fendit le coin de la bouche.

— Ne m'interrompez pas ! Savez-vous qui je suis ?

Il lui ricana au visage, mais en voyant le sang au coin de sa bouche, il tendit un doigt et l'essuya d'un geste plein de tendresse. Antonia eut un mouvement de recul qu'elle regretta, car il partit dans un nouvel accès de rage. Il se mit à arracher les draps et à déchirer le rembourrage des oreillers. Sa crise se termina aussi rapidement qu'elle avait débuté et il retomba au milieu des plumes et des bouts de tissu pour reprendre son souffle. Quand Antonia osa s'écarter, il l'attrapa par le poignet et le serra au point de lui faire mal, l'attirant près de lui.

— Savez-vous qui je suis ? répéta-t-il dans un murmure.

Antonia secoua la tête.

— Regardez-moi ! vociféra-t-il. Qui voyez-vous ?

Elle le regarda et ne ressentit que de la peur et de la haine.

— Qui êtes-vous, Étienne ? demanda-t-elle poliment.

Il leva les mains dans les airs et sourit, comme pour célébrer une victoire.

— Je suis le fils bâtard du duc de Roxton.

Antonia couvrit son visage de ses mains et se mit à pleurer. Ce n'était pas la réaction qu'il avait espérée ; il se redressa, dérouté et quelque peu sidéré.

— Vous ne me croyez pas ?

— Si, je vous crois, Étienne.

— Ma mère est devenue la catin de monsieur le duc juste après avoir épousé Salvan. Grand-mère Salvan m'a dit que ma mère a tout de suite su que l'enfant qu'elle portait n'était pas celui de son mari, mais celui de monsieur le duc de Roxton. Elle me l'a dit juste avant de mourir. Elle m'a dit que ma mère avait confié la vérité à monsieur le duc dans une lettre avant de mettre fin à ses jours, dit-il d'un ton neutre, presque lucide. Salvan pense que c'est la folie de ma mère qui l'a poussée à affirmer que monsieur le duc était mon père. Mais monsieur le duc, il sait que ma mère disait la vérité. Ma mère lui a dit qu'elle était enceinte dès qu'elle l'a su, et c'est à ce moment-là qu'il s'est débarrassé d'elle comme d'une chose usée, cassée ! Monsieur le duc se moque de Salvan et de moi, son fils…

— Non ! Il…

— Ne m'interrompez pas ! Ne m'interrompez *jamais*, dit le vicomte en serrant les dents. Sinon, je n'aurai d'autre choix que de vous punir. (Il sourit en lui tapotant la main, puis il leva les yeux vers le baldaquin en soie plissée.) N'est-ce pas dans ce lit qu'il a également fait de vous sa catin ?

Antonia se mordit la lèvre. Comme elle avait envie d'appeler à l'aide. Mais elle préféra garder le silence. Le vicomte se redressa et la secoua.

— Alors ? Est-ce bien cela ? C'est bien arrivé dans ce lit, oui ou non ?

— Non ! Non ! Ce n'est pas arrivé dans ce lit ! Je vous en prie, Étienne, vous me faites mal.

— Menteuse ! *Catin !* lui cracha-t-il au visage. Vous êtes sa catin, non ? Tout comme ma mère était sa catin. Eh bien, nous allons voir ce qu'il vous a appris, gronda-t-il en commençant à remonter ses jupons au-dessus de ses genoux vêtus de bas. Je veux que vous…

— Non ! Je vous en supplie ! Pitié ! Étienne, pour l'amour du Ciel, ayez pitié de mon enfant !

Le vicomte la dévisagea, perplexe, et lâcha ses jupons.

— Comment ? *Votre enfant ?* Qu'est-ce que vous racontez, hein ?

Il semblait incapable de comprendre cette information. C'était comme si elle lui avait parlé dans une langue étrangère. Elle profita de cet instant pour descendre précipitamment du lit.

Elle courut vers la porte qui menait dans la salle à manger privée.

Le vicomte était subjugué. Il fixa le couvre-lit aux fils dorés quand Antonia l'emporta avec elle et le fit glisser du lit, puis afficha une moue de dégoût.

— C'est lui le père ? Encore un bâtard pour monsieur le duc ? Je ne pense pas, non !

Il releva les yeux, vit ce qu'elle comptait faire et laissa échapper un puissant cri guttural quand il bondit du lit avec toute l'énergie d'un animal poursuivant sa proie.

Antonia vit le couteau passer devant ses yeux quand ses jambes se dérobèrent sous elle. Elle s'affaissa le long du mur, persuadée qu'il allait l'égorger.

· · ·

QUELQUE CHOSE LUI chatouilla le visage et lui fit ouvrir les yeux. Elle sourit et prononça le nom du duc. Mais ce n'était pas le duc qui était penché au-dessus d'elle. C'était le vicomte, et en sentant son haleine nauséabonde, elle comprit que le cauchemar n'était pas terminé. Elle voulait crier, mais même pour cela, elle était trop épuisée. Elle était allongée par terre, là où elle s'était effondrée, tandis que son geôlier était agenouillé au-dessus d'elle, dessinant des motifs sur son corsage de la pointe de son couteau – ce n'était qu'une question de temps avant qu'il ne déchire le tissu.

— Je me demande ce qu'il y a là-dedans, murmura le vicomte en lissant de sa main libre les épais jupons à rayures d'Antonia, qui partaient dans tous les sens. Espérez-vous donner naissance à un fils, petite Antonia ? (Puis il éclata d'un rire jubilatoire et secoua la tête.) Maintenant, nous ne pourrons jamais le savoir, n'est-ce pas ? (Il cessa de tracer des motifs imaginaires sur le velours et y appuya la pointe de son couteau.) Vous savez que vous ne pouvez pas avoir cet enfant. Vous le savez, hein ? demanda-t-il sérieusement, les yeux baissés vers son visage avec un sourire presque serein. Ce ne serait pas clément de ma part de le laisser vivre. Aucun autre bâtard ne doit subir l'enfer que j'ai vécu.

— Étienne, écoutez-moi, le supplia-t-elle tout en déplaçant furtivement ses mains le long de son corps, espérant le distraire pour pouvoir faire tomber le couteau de sa main tremblante. J'aime ce bébé autant que votre mère vous aimait.

— Mère ? Oui, mère m'aimait, dit-il comme s'il venait de s'en rendre compte.

— Oui, elle vous aimait, elle prenait soin de vous et…

— Pourquoi parlez-vous d'elle ? grogna-t-il. Je n'ai pas envie de parler d'elle.

— Elle ne voudrait pas que vous fassiez quelque chose d'aussi horrible.

— Horrible ? Ce n'est pas horrible d'abréger les souffrances d'un bâtard ! répliqua-t-il. Elle le comprendrait. Il faudrait bien qu'elle le comprenne ! maugréa-t-il pour lui-même. Il ne peut pas vivre.

Soudain, il s'emporta et attrapa le poignet d'Antonia alors qu'elle avait tout juste réussi à effleurer le manche ornementé du poignard du bout des doigts. Il serra et vrilla sa chair, la brûlant. Antonia poussa un cri de douleur et il écrasa sa main sur le parquet.

— Espèce de petite garce manipulatrice ! Je comptais vous épargner ! Je comptais le faire rapidement. Mais maintenant, je vais prendre mon temps pour m'en débarrasser ! Oh ! Oh ! Vous pleurez ! Vos larmes ne peuvent plus vous aider à présent !

Instinctivement, Antonia essaya de rouler sur le côté pour protéger son ventre, mais il repoussa son épaule et écrasa son bras de son genou. Ses larmes s'amplifièrent en sanglots déchirants quand il commença à tirer sur ses nombreuses couches de jupons, riant aux éclats face à elle comme une grotesque gargouille.

— Pitié, Étienne ! cria-t-elle. Pensez à ce que vous êtes en train de faire ! *Pitié !*

Puis, entre ses larmes, elle le vit, debout devant eux, légèrement sur la gauche. Il était concentré sur le vicomte, son corps entièrement tendu. Quand elle ferma les yeux, infiniment soulagée qu'il soit enfin là, il leva son bras droit et asséna son coup.

LE COUP QUE le vicomte reçut sur le côté de la tête fut tellement violent que tout son corps tomba à la renverse. Instantanément, il fut complètement immobile, le couteau retombant dans un bruit métallique à côté de son corps paralysé.

Le duc s'était faufilé dans la pièce sans son épée, espérant faire appel à la raison du vicomte. Il avait eu l'intention de le raisonner jusqu'à ce qu'il puisse mettre Antonia en sécurité. À présent, tout cela n'avait plus aucune importance. Il l'avait frappé avec une force alimentée par une telle rage qu'il ne savait pas s'il l'avait tué ou non, et à présent il s'en moquait.

Certain que le vicomte resterait inconscient pendant de nombreuses heures, il tourna enfin son attention vers Antonia. En entrant dans la chambre, il s'était efforcé de l'ignorer jusqu'à ce qu'elle soit hors de danger. Il avait sorti de son esprit le fait qu'un fou se tenait au-dessus d'elle avec un couteau prêt à être utilisé, dans ce qui ressemblait à une cérémonie de mort rituelle. Il savait que s'il n'avait pas immédiatement réagi, le vicomte aurait plongé ce couteau en elle ; et il pouvait deviner pourquoi. À présent, il était inutile d'y penser.

Il aperçut le sang sur ses jupons aux rayures vert pomme, les déchirures dans le tissu délicat après qu'elle se fut débattue, et quand elle leva la tête vers lui, il vit le sang à la commissure de ses lèvres et les prémices d'un méchant bleu sur sa joue. Malgré tout, il ferma les yeux et remercia le Seigneur qu'elle soit bien en vie. Pendant plusieurs minutes qui semblèrent durer une éternité, il put seulement la regarder comme si elle n'était qu'une apparition. Mais quand elle sourit et que Tan lui donna un coup de museau sur la main pour le saluer, il la rejoignit en un instant.

Il la prit dans ses bras et la serra tellement fort contre lui qu'elle sentit les frissons de soulagement qui parcouraient tout son corps. C'était comme si on avait enfin coupé une corde enroulée autour de son cou et serrée au point de l'étouffer, comme s'il pouvait enfin respirer de nouveau. Son soulagement s'accompagna d'une fureur indicible face à ce qu'on avait fait à sa femme et d'une colère due à la frustration d'avoir été incapable d'arrêter une telle attaque. Sentant sa détresse, Antonia s'empressa de le rassurer, de lui affirmer qu'elle n'avait que des blessures légères. Elle avait été terrifiée et, oui, très secouée, mais elle s'en était sortie avant qu'il ne lui arrive quelque chose de vraiment grave.

— Ce n'est qu'une coupure, dit-elle avec un sourire larmoyant quand il caressa sa joue du revers de la main. Et je suis certaine d'avoir quelques bleus dans le dos, mais sinon, je vais bien. Mon… mon état n'est pas aussi terrible qu'il en a l'air, vraiment. Il m'a frappée quand je me suis opposée à lui. Je n'aurais pas dû. (Elle leva les yeux et vit ceux du duc observer le sang qui recouvrait ses jupons.) Ce n'est pas le mien. Non. C'est… c'est le sang de Gray. Il l'a tu…

— Je sais, mignonne. Dans la bibliothèque.

Elle hocha la tête.

— Ellicott et moi… Étienne, il a égorgé Gray devant nous et il l'a laissé se vider de son sang. (Elle déglutit et ravala ses larmes.) Ellicott l'a couvert et l'a emmené à l'extérieur. Je pense qu'il a dû abréger ses souffrances, monseigneur. C'était pour le mieux, car il se vidait de son sang, le pauvre petit.

— Ellicott a dû faire ce qu'il fallait, lui assura-t-il.

— Oui. C'était ce qu'il y avait de mieux à faire.

Il la prit tendrement sur ses genoux et elle blottit sa tête dans le creux de son cou.

— Voulez-vous bien me dire ce qu'il s'est passé d'autre, chérie ?

— Étienne… mais ce n'est pas Étienne… il est réellement devenu fou, Renard.

— Oui, mignonne. Je crois bien qu'il a perdu la tête.

— Je ne l'ai pas reconnu sans sa perruque, avec sa longue barbe et ses haillons crasseux. Au début, j'ai cru qu'il s'agissait d'un des bergers, perdu dans la maison. Tout à coup, je l'ai vu remonter un couloir en courant, puis il… il m'a trouvée dans la bibliothèque. (Elle frissonna en y repensant et s'agita légèrement dans ses bras.) Ellicott a essayé d-de me protéger et de faire en sorte que je ne voie pas Gray se faire tuer de cette horrible façon. Il a jeté son manteau sur lui, mais j'ai quand même vu tout le sang et je me suis évanouie… Je n'avais pas l'intention de m'évanouir, mais en voyant tout ce sang et en comprenant qu'Étienne était devenu fou, je me suis sentie très mal. Je n'ai vraiment pas pu m'en empêcher.

— Chut. Personne ne pourrait vous le reprocher, dit-il en lui caressant les cheveux. Mon valet s'est montré très vaillant, alors ?

— Oui, Renard, avoua-t-elle timidement. À mon réveil, j'ai vu tout ce sang sur ma robe, mais Ellicott m'a assuré que ce n'était pas le mien. Et bien sûr que ce n'était pas mon sang, maintenant que j'y pense, il s'agissait du sang de Gray, mais sur le moment je n'en savais rien. (Elle poussa un soupir las.) Je suis lâche.

Le duc lui adressa un petit sourire et embrassa délicatement le dessus de sa tête.

— Lâche, mais très courageuse.

Antonia, pelotonnée dans la chaleur de sa redingote en velours noire, releva la tête vers lui.

— Monseigneur, je suis désolée, mais je crois que je vais être malade.

— Allez-y. Mais Ellicott sera furieux. C'est ma nouvelle redingote d'équitation.

Elle gloussa et se sentit un peu mieux.

Mais son sourire disparut quand la porte de la chambre s'ouvrit brusquement et qu'un mousquetaire entra précipitamment en brandissant son épée. Le valet le suivait, mais à une allure plus pondérée, le menton levé face à l'impétuosité du Français. Son bras était enveloppé dans un bandage tout récent et il portait une chemise propre, mais dans sa précipitation et sa préoccupation, il avait oublié d'essuyer le sang séché sur son visage et ses mains. Quand il aperçut son maître, assis par terre à côté du lit avec la duchesse saine et sauve lovée dans ses bras, sa bouche tremblota – le seul signe d'émotion qu'il s'autorisa.

Le mousquetaire afficha un air confus. Il vit le corps du vicomte d'Ambert, parfaitement immobile à côté du lit, mais il ne voyait pas de sang et il ne semblait avoir aucune blessure. Assis par terre, à moins d'un mètre du corps, se trouvait le duc de Roxton, avec une très jolie jeune femme sur les genoux. Il les fixa ouvertement. Antonia se blottit un peu plus contre le duc, qui sentit sa gêne. Il donna un ordre sévère au soldat bouche bée, qui rangea son épée dans son fourreau et se recula à une distance discrète, détournant les yeux.

— Je suis désolé de cette intrusion, Votre Grâce, dit calmement le valet, retrouvant son détachement habituel maintenant que la duchesse était hors de danger. Ce… ce *Français* n'a pas voulu me croire quand je lui ai dit qu'il n'y avait qu'un seul fou en liberté et que vous étiez à présent en train de vous en occuper.

— Vraiment ? s'enquit le duc en anglais, suivant l'exemple de son valet. Je ne vous avais rien dit à propos de la… hum… *situation* actuelle, mais je vous suis immensément redevable, Martin.

— Je vous en prie, Votre Grâce, dit précipitamment Ellicott en s'empourprant. Je n'ai fait que mon devoir envers vous et la duchesse, et votre… (Il s'interrompit et lui fit une étrange petite révérence.) Si Sa Grâce m'y autorise, je vais aller chercher de quoi couvrir la duchesse.

Antonia se tourna pour le regarder entre ses cheveux emmêlés.

— Merci, Martin, dit-elle avec un doux sourire. Je vous trouve très courageux.

Le valet s'inclina devant elle avec une grande courtoisie et se dépêcha de retourner dans la garde-robe. Quand il revint avec une robe de chambre en soie, rien n'avait bougé dans la pièce. Le corps du vicomte était toujours parfaitement immobile là où il était tombé. Il posa la question à laquelle le mousquetaire était impatient d'avoir une réponse :

— Votre Grâce, puis-je savoir ce que vous lui avez fait ?

Le duc lui répondit : il avait assommé le vicomte. Il lui avait possiblement ouvert le crâne. Il l'avait peut-être même rendu sourd d'une oreille. Mais il ne l'avait certainement pas tué. Non, un sort pire que la mort attendait le vicomte et le comte de Salvan. Le valet pouvait en être certain.

Satisfait, Martin Ellicott prit congé, informant la duchesse qu'il allait chercher Gabrielle pour qu'elle lui prépare un bain et une tenue de rechange. Sur ce, il quitta la pièce, la tête un peu plus haute que quand il était entré.

L'instant d'après, Lord Vallentine entra dans la pièce en trombe, suivi par deux mousquetaires, brandissant tous les trois des épées, espérant avoir à en découdre. Ils s'étaient impatientés. Ils avaient entendu des voix et, s'attendant au pire, ils avaient décidé de prendre les appartements d'assaut. Le comte de Salvan ne fit aucun effort, entrant dans la chambre à une allure tranquille quand il considéra qu'il pouvait y aller sans courir aucun risque.

Au même moment, Estée entra dans la chambre en passant par la salle à manger privée, accompagnée du quatrième mousquetaire. Elle aperçut son mari et les autres mousquetaires qui brandissaient leurs épées étincelantes avant qu'ils ne la voient. Quand elle poussa un cri d'effroi, ils sursautèrent, firent volte-face et faillirent croiser le fer les uns avec les autres.

En les voyant se précipiter vers l'avant, Lady Vallentine défaillit et fut rattrapée par un mousquetaire. Quand ses compagnons retrouvèrent le sens de l'orientation, ils rirent de sa galanterie. Lord Vallentine, qui trouvait qu'il n'y avait rien de drôle, libéra rapidement le soldat de son fardeau. Estée assura qu'elle ne s'était pas évanouie et demanda qu'on la repose. Elle avait vu son frère et Antonia assis par terre et tout ce qui lui importait, c'était de s'assurer que la jeune fille n'était pas blessée.

Leurs facéties permirent au duc et à la duchesse de profiter d'un instant de légèreté. Mais quand le comte de Salvan apparut, leurs sourires s'évanouirent. Antonia détourna la tête et le duc se releva pour se placer devant elle de façon protectrice, ses traits comme taillés dans la pierre. Il resta tout aussi glacial quand sa sœur poussa un cri de stupéfaction face à l'ouvrage du vicomte. En voyant le sang qui avait éclaboussé les jupons d'Antonia, elle s'imagina le pire.

— Mon Dieu ! Ma chère petite ! Personne ne s'est donc occupé de vos blessures ? s'exclama Estée. Avez-vous mal ? Et le… le sang… ?

— Je vous en prie, madame, ce n'est rien… rien…, murmura Antonia alors que le duc l'aidait à se relever.

Elle recula derrière son mari, parfaitement consciente des regards fixes des soldats et du comte de Salvan.

— Comment pouvez-vous dire que ce n'est rien ? Regardez ce que ce *monstre* lui a fait, Lucian ! Où est-il ? Qu'avez-vous fait de lui ?

— Calmez-vous, ordonna le duc. Le vicomte est à vos pieds, mais il ne pourra pas vous faire de mal.

Lord Vallentine intervint :

— Ce n'est pas le moment, Estée, dit-il d'un ton ferme en se baissant pour ramasser le couteau ensanglanté qui était toujours posé près du corps inerte du vicomte d'Ambert. Vous voyez bien qu'elle n'a rien…

— Qu'elle n'a rien ? Dans son état, vous considérez qu'elle *n'a rien* ? dit Estée d'une voix stridente. J'espère que ce monstre est mort ! *Mort*, je vous dis !

— *Mort ?* Mon *fils* est *mort* ? s'exclama le comte d'un ton mélodramatique, son regard passant de l'un à l'autre tandis qu'il faisait un grand geste théâtral du bras. *Non !* Mon fils ne peut pas être mort, c'est impossible !

Estée le regarda de ses yeux bleus furieux et emplis de haine.

— Vous n'êtes pas mieux que lui ! Qu'est-ce que cela peut bien vous faire qu'il soit mort ou non ? Vous n'accordez aucune espèce d'importance à votre dégénéré de fils. En vérité, c'est vous qui l'avez poussé à la folie en élaborant des combines stupides et en nourrissant son addiction ! Oh, oh ! Oui, tout le monde sait que vous lui donnez des opiacées pour garder le contrôle sur lui. J'avais tant de peine pour ce pauvre garçon. Vous… vous avez fait de lui un monstre. Un *monstre*.

Lord Vallentine prit sa femme en pleurs dans ses bras et la réconforta du mieux qu'il pouvait dans cette pièce pleine de personnes qui les observaient dans un silence gêné.

Le sourire du comte ne flancha pas. Il fit un signe au mousquetaire qui se tenait le plus près de la porte qui menait dans la salle à manger.

— Allez chercher du vin pour votre tante Estée, Paul.

Estée se dégagea de l'étreinte de son mari.

— Paul ? Paul de Montbrail ?

Le mousquetaire s'inclina avec un sourire nerveux et disparut pour aller chercher le majordome. Duvalier arriva rapidement. Il était resté dans la pièce adjacente et vint poser un plateau contenant des verres et des bouteilles de bourgogne et de bordeaux sur la table de la salle à manger privée. Les mousquetaires furent chargés de surveiller le vicomte, seul leur chef suivant les autres dans cette pièce. Estée s'occupa d'Antonia, tamponnant sa joue meurtrie avec de l'eau parfumée à la lavande pendant que les gentilshommes buvaient du vin. Le duc refusa d'en prendre. Il appuya ses épaules contre le manteau de la cheminée et observa son épouse, les sourcils froncés par l'inquiétude.

Lord Vallentine avait une centaine de questions qui restaient sans réponses, mais il s'abstint d'ouvrir la bouche. Il but de petites gorgées de son vin dans un silence énervé, surveillant le comte d'un œil ardent. En découvrant qu'Antonia était relativement saine et sauve, son désir de faire passer la lame de son épée dans l'estomac du petit Français s'était affaibli, mais sa soif de vengeance était loin d'être satisfaite. Il ne savait même pas si le vicomte était mort ou vivant.

Le comte de Salvan ressemblait moins à un parent en deuil qu'à un simple convive. Il buvait son vin dans un silence suffisant et se léchait les lèvres, intérieurement satisfait.

— Ah, Roxton, vous avez une très bonne cave. L'une des meilleures ! Mais, vous ne buvez pas ? Il le faut. J'insiste ! Cette journée a été éprouvante pour nous tous, mais il faut que nous allions de l'avant ! Je suis sincèrement désolé que nous n'ayons pas attrapé ce monstre avant qu'il ne s'en prenne à votre femme. (Il secoua tristement la tête.) Oui, mon fils, un monstre ! Mais c'est terminé ! Nous ne serons plus jamais importunés. J'en assume toute la responsabilité. Estée avait raison. Le pauvre Salvan a essayé de faire ce qu'il y avait de mieux, mais… Ah, qui peut prévoir l'avenir, hein ?

Lentement, le duc se tourna vers son cousin.

— Je suis content que ma cave vous plaise, dit-il doucement, ajoutant d'une voix qui poussa Lord Vallentine à se redresser et à se montrer plus attentif : Terminez la bouteille. J'insiste.

Le comte remplit son verre.

— Vous êtes trop généreux !

— C'est la dernière fois que vous buvez du vin chez moi.

— Mon cousin ! Pourquoi tant d'hostilité ? demanda le comte en riant. N'avons-nous pas tous deux assez souffert aujourd'hui ? Vraiment, je suis désolé pour l'attaque que madame la duchesse a subie. C'est vraiment fâcheux. Mais pensez à ce que je viens de perdre. Mon fils ! Mon héritier !

— Salvan, déclara le duc, le vicomte n'est pas mort. Il n'est même pas gravement blessé.

— *Comment ?* Il n'est pas mort ? explosa le comte en se relevant d'un bond. Mais je pensais… Il a attaqué votre femme… Ne l'avez-vous pas tué ? N'est-ce pas son cadavre qui gît dans la pièce d'à côté ? Il est mort, je vous l'assure ! J'ai vu son corps sans vie de mes propres yeux ! Estée a dit qu'il était mort !

— Asseyez-vous, Salvan, ordonna Lord Vallentine en poussant le comte sur une chaise.

— Son crâne est peut-être fracturé, mais il s'en sortira, dit le duc. D'ailleurs, continua-t-il avec un grand sourire déplaisant, il a encore de nombreuses années à vivre. Si on prend bien soin de lui et qu'on lui accorde assez d'attention, je pense même qu'il vivra assez longtemps pour hériter du titre.

— Mon Dieu ! s'exclama Salvan en épongeant son front luisant.

— L'idée a pas trop l'air de lui plaire, Roxton, dit Sa Seigneurie, qui se réjouissait de la gêne du comte. Pourquoi donc, à votre avis ?

— Je ne comprends vraiment pas pourquoi vous n'avez pas achevé ce monstre ! dit Estée avec un frisson.

— Il est trop fou pour être tué, madame, dit Antonia d'un ton quelque peu attristé.

— Mais il mérite de…

— Chut, Estée, ordonna son époux. Je veux entendre ce que votre frère a à dire.

Le duc tendit une petite clé au mousquetaire qui était encore dans les parages.

— S'il vous plaît. Dans le premier tiroir du bureau de la bibliothèque, vous trouverez un document bien spécifique. Vous ne pourrez pas vous tromper. Apportez-le-moi.

Après le départ de Paul de Montbrail, il continua :

— Je vais être bref, au cas où notre ami reviendrait trop rapidement. Ce soir-là, sur la route de Versailles, c'est *vous* qui avez tiré sur ma femme, Salvan.

— C-comment ? s'exclama Estée.

— C'était une erreur, continua le duc. Vous visiez l'homme à cheval qui essayait de faire sortir la duchesse de force de mon carrosse. Vous avez raté votre cible. Vous étiez tellement en colère après ma… hum… *déclaration*, que votre coup est parti de travers et la balle a touché ma femme.

— Une supposition bien fantaisiste ! Pourquoi aurais-je pris la peine de tirer sur un bandit de grand chemin qui attaquait votre carrosse ? C'est absurde ! J'étais au bal masqué, je vous l'assure. Vous n'avez aucune preuve, ajouta le comte en reniflant. Je suis insulté par cette accusation ridicule.

— Ce bandit de grand chemin était votre fils, dit le duc. Vous aviez largement le temps, vous deux, de mettre en place un barrage sur la route et de solliciter l'aide de quelques-unes de vos… hum… *brutes* de domestiques. Vous avez vu que mon carrosse attendait que les affaires de la duchesse aient été récupérées dans sa chambre. Vous aviez peut-être prévu cette éventualité, si elle réussissait enfin à obtenir mon aide pour rejoindre Paris. Elle avait dit à votre fils qu'elle m'avait sollicité, au cas où il refuserait de l'aider à échapper à vos égards indésirables. Mais peu importe, cela n'a aucune importance, dit-il en prenant une pincée de tabac et en regardant Lord Vallentine. Vous avez attendu, bien caché. Votre fils et ses complices se sont montrés plus courageux. Vous espériez tuer d'Ambert et me rendre ainsi responsable de sa mort. Dommage que votre petit plan bien élaboré n'ait pas fonctionné. Dommage pour nous deux.

Salvan renâcla et agita la main d'un geste dédaigneux.

— C'est grotesque.

— La tabatière ! s'exclama Vallentine. C'est ça notre preuve, hein, Roxton ? Dame, j'y avais pas pensé plus tôt.

Le duc haussa les sourcils.

— Mon cher, je vous applaudis. Oui, c'est bien la tabatière.

— Moi, je suis complètement perdue, dit Estée en secouant la tête.

— Votre frère et moi sommes allés chez Rossard le soir même, expliqua Vallentine. Tout Paris y était, on ne parlait que de l'attaque du carrosse de Roxton. Et Salvan, il y était aussi. Puis d'Ambert a débarqué comme une furie en mettant une sacrée pagaille, il criait sur son père, comme quoi c'était sa faute si Antonia avait été blessée et… bon, c'est assez compliqué. Enfin bref, Roxton ici présent a tendu une tabatière au garçon en lui disant qu'il l'avait fait tomber. Et d'Ambert l'a remercié et a empoché la tabatière en question ! Ne voyez-vous pas ?

— Et l'avait-il bien fait tomber ? demanda Estée.

— Bien sûr qu'il l'avait bien fait tomber ! fulmina Sa Seigneurie. Il…

— Si vous voulez bien, mon cher, intervint le duc. Il l'avait bien fait tomber. Mais pas chez Rossard – dans une flaque d'eau sur la route de Versailles. Je ne peux m'attribuer le mérite de cette découverte. J'étais plutôt occupé. J'ai envoyé plusieurs de mes hommes ratisser la scène du crime et les alentours sous la supervision de mon valet. Ce sont eux qui ont trouvé la tabatière du vicomte.

— Un type bien, cet Ellicott, dit Vallentine avec un hochement de tête résolu. Je l'ai toujours dit. Je l'aime bien.

— Oh, je l'aime beaucoup, moi aussi, dit doucement Antonia en lançant un regard espiègle au duc.

Lord Vallentine fronça les sourcils.

— À votre place, je le surveillerais quand même, Roxton, dit-il d'un air sombre en lançant un coup d'œil à la duchesse.

— Lucian ! Que sous-entendez-vous ? demanda sa femme.

— Ce n'est rien, madame, répondit joyeusement Antonia. Vallentine est seulement jaloux du valet de monsieur le duc. N'est-ce pas, monseigneur ?

Roxton lui sourit, mais Lord Vallentine, qui se creusait la tête pour trouver une réponse appropriée, était loin d'être satisfait. À cet instant, le comte se leva, mais Sa Seigneurie réagit à ce mouvement soudain en dégainant immédiatement son épée.

— Monsieur ! Rangez cette lame, exigea Salvan, préférant néanmoins se rasseoir quand Lord Vallentine appuya la pointe de son épée contre sa gorge. Je trouve que toute cette histoire de tabatière va vraiment trop loin, dit-il d'un ton hautain. Pourquoi aurais-je voulu tuer mon fils alors que je lui avais arrangé une union aussi avantageuse ? Pourquoi aurais-je fait autant d'efforts pour lui obtenir la main de mademoiselle pour ensuite chercher à le tuer et faire tomber tous mes plans à l'eau ? Estée, je fais appel à votre bon sens dans cette histoire !

Vous devez croire le pauvre Salvan.

— Vous n'avez jamais eu l'intention de marier votre fils à mademoiselle Moran, dit le duc. Dès le départ, vous aviez prévu de l'épouser vous-même. Vous avez proposé à Strathsay que votre fils l'épouse, car le comte avait rejeté votre propre requête, mais depuis le début, vous aviez prévu de tuer le garçon. Strathsay vous trouvait trop vieux pour sa petite-fille.

— Trop vieux pour elle ? ricana le comte, baissant sa garde pour la première fois depuis qu'il était arrivé chez son cousin. Tout comme vous, mon cousin, dit-il d'un ton méprisant. Strathsay doit se retourner dans sa tombe de savoir que c'est vous qui vous la tapez tous les soirs.

— Ça suffit, Salvan, gronda Lord Vallentine.

— Tout ceci me répugne au plus haut point, je vous le dis. Quand je pense que vous et elle, vous ne faites plus qu'un, que vous l'emplissez de votre semence…

— Ça suffit, j'ai dit ! Voulez-vous que je l'égorge pour vous, Roxton ?

— Non, répondit le duc à voix basse. Ce serait trop facile. J'ai une bien meilleure solution.

Lord Vallentine éloigna la pointe de son épée, mais sans faire attention, il fit une petite coupure sous le menton du comte. Il ne lui présenta aucunes excuses et essuya symboliquement sa lame avec son mouchoir. Il sourit quand Salvan tamponna la coupure à vif de son mouchoir plein de sueur et, pour faire bonne mesure, il braqua un pistolet sur lui.

Paul de Montbrail revint dans la pièce avec un parchemin cacheté. Il le tendit au duc en s'inclinant d'un geste révérencieux. Son respect pour ce duc anglais avait été multiplié par dix en autant de minutes. Le parchemin était fermé par le sceau royal de Louis, roi de France, et était en fait un décret royal.

— Montbrail ! Dites à cet imbécile de ranger son arme ! ordonna le comte.

Le mousquetaire regarda Salvan mais ne fit rien.

— Où est mon fils ? J'exige de le voir ! cria le comte. Roxton assure qu'il est vivant, mais je ne le crois pas ! Montbrail ! Je vous demande d'arrêter cet homme ! *Lui* ! Le duc de Roxton ! Il a tué un aristocrate français ! Mon fils ! Le roi ne vous a-t-il pas envoyé ici avec moi pour ramener mon fils en France, vivant et indemne ? À votre avis, que vous arrivera-t-il, à vous et aux autres, quand Sa Majesté apprendra toute la vérité sur votre trahison ? Et quand je lui dirai que vous avez désobéi à mes ordres, que se passera-t-il alors ?

Le mousquetaire continua à le fixer, immobile, le visage impassible, et la nervosité du comte s'entendit dans sa voix, qui devint presque hystérique. Il se mit à transpirer quand il continua :

— Mon fils a perdu la tête à cause de cette… de cette catin ici présente ! S'il est devenu fou, c'est uniquement parce qu'elle l'a poussé à la folie ! Il l'aimait. Et ce roué rongé par la vérole l'a souillée ! Je vous dis la vérité !

— J'attends vos ordres, monsieur le duc, dit calmement le mousquetaire.

— Le vicomte d'Ambert sera pris en charge dans le salon Bleu, dit le duc au mousquetaire. À son réveil, vous pourrez le ramener en France en toute hâte. Je compte sur vous pour vous assurer qu'il y retourne bien. Il est impératif qu'il soit incarcéré à la Bastille, vivant.

— Je comprends parfaitement, monsieur le duc, dit Montbrail. Et monsieur le comte ?

— *Trahison !* C'est une *trahison* ! cria le comte. C'est vous qui serez enfermé, Montbrail ! Exécuté, si cela ne tenait qu'à moi !

Le mousquetaire fut secoué par cette menace, mais il garda un air résolu.

— Et monsieur le comte de Salvan ? répéta-t-il d'une voix stable. Qu'est-ce que monsieur le duc veut que je fasse de lui ?

Roxton fit tourner le décret plusieurs fois entre ses mains, comme s'il réfléchissait à ce qu'il allait répondre. Quand il releva les yeux, ce fut sur Antonia qu'ils se posèrent – il examina l'état de sa robe, la coupure au coin de sa jolie bouche et le vert intense de ses yeux.

— Rien, murmura-t-il.

Le mousquetaire battit des paupières.

— Je vous demande pardon, monseigneur ?

Le duc se tourna vers le mousquetaire.

— Je vous demande de ne rien faire de lui. Je demande seulement qu'il soit escorté hors de mon domaine et de mon pays immédiatement. Une fois en France, libérez-le.

— Ah, ah ! Je savais que vous retrouveriez la raison ! dit le comte avec un grand sourire. Rangez ce pistolet, Vallentine. Je suis affamé ! Et si nous allions manger ?

— Roxton, dit Vallentine en anglais. Je ne comprends pas. Vous ne pouvez pas en rester là. Non ! Vous l'avez sous la main ! Vous l'avez sous la main et vous allez le laisser partir ? C'est hors de question ! À l'instant où il quittera vos terres, j'irai à sa rencontre et je le tuerai. J'en fais la promesse.

— Faites preuve d'un peu d'intelligence, Vallentine. La mort serait trop clémente pour lui. *Réfléchissez*, dit Roxton en soupirant face au visage inexpressif de son ami, avant de s'adresser au comte dans sa propre langue : Vous pouvez manger ce que vous voulez, Salvan. Mais pas à ma table. Et vous ne boirez pas une goutte de plus. Posez ce verre.

— Je ne comprends pas, dit le comte, confus. Nous sommes cousins ! Tout est oublié. Mon fils va être emprisonné. Il ne vous importunera plus. On se chargera de lui. Vous avez ma parole !

— Votre parole ? répéta le duc d'une voix traînante. Quand vous aurez quitté l'Angleterre, je ne veux plus jamais vous revoir. Quand je voudrai me rendre à Versailles ou à Paris, que ce soit chez Rossard, à la Comédie-Française ou aux Tuileries pour me promener avec ma femme, vous, mon ami, disparaîtrez purement et simplement. Si jamais vous vous approchez de la duchesse pour quelque raison que ce soit, je vous tuerai. Si jamais vous lui causez le moindre désarroi, que ce soit par la simple mention de votre nom en lien avec ma famille ou parce qu'une rumeur quelconque lancée par vos soins aurait atteint les oreilles de ma femme, je vous tuerai. (Il leva le décret.) Si votre fils avait le malheur de mourir avant d'atteindre la Bastille, vous passeriez le restant de vos jours au château Bicêtre.

Sur ce, il s'inclina devant son cousin d'un geste d'une extrême politesse et lui tourna le dos à jamais.

Le comte fut tellement stupéfait et terrorisé que tout son corps se mit à trembler. Quand le duc leva la lettre de cachet, son visage perdit toute couleur naturelle. Le silence qui suivit la révérence du duc fut brisé uniquement quand Lord Vallentine se mit à rire à gorge déployée. Il riait encore quand le mousquetaire escorta Salvan hors de la pièce et que la porte se referma sur eux.

. . .

— Je maintiens que vous auriez dû l'achever ici et maintenant ! se plaignit Lady Estée avec une moue. Les achever tous les deux !

— Oh, non, mon amour, dit Sa Seigneurie, essuyant les larmes dans ses yeux avec la dentelle de sa manche. C'est bien mieux ainsi. Bien, *bien* mieux. Ne le voyez-vous pas ? Son dégénéré de fils héritier va être enfermé à la Bastille et il va devenir la risée de la cour. Même s'il se remarie et a dix autres fils, d'Ambert restera son héritier, un point c'est tout ! Et il va pas crier au monde entier que le garçon est fou. Non, pas Salvan ! Sa fierté est trop grande. Et si tout cela ne suffit pas à lui donner des cheveux gris, il vivra dans l'éventualité que Roxton le prenne par surprise et mette sa menace à exécution. Ce sera l'enfer sur terre pour un homme comme Salvan. Je ne serais pas du tout surpris s'il se retirait dans son domaine et en finissait avec la vie en se tirant une balle dans la tête. C'est ce qu'il a de mieux à faire. Sa vie est terminée. Dame, vous êtes vraiment un petit malin, Roxton !

Le duc s'inclina.

— Je considère que c'est un compliment, mon cher, dit-il en s'asseyant près d'Antonia sur la banquette. Que se passe-t-il, mignonne ? Espériez-vous que je le… hum… *l'achèverais* ?

Elle secoua la tête, mais continua à froncer les sourcils.

— Non. Il n'en vaut pas la peine. Je pense qu'il va s'en charger lui-même. C'est la seule solution honorable qui lui reste. Monseigneur, dit-elle précipitamment en attrapant soudain ses doigts, j'ai quelque chose de très important à vous dire.

Le duc essaya de ne pas sourire.

— Oui, en effet, dit-il doucement en portant la main d'Antonia à ses lèvres.

— Mais je n'ai pas besoin de vous le dire, car vous êtes déjà au courant, n'est-ce pas ? demanda-t-elle, hésitante, en levant furtivement les yeux vers lui.

— Ah oui ? Vous me pensez capable de lire dans les pensées, mignonne ?

— Non. Je pense que quelqu'un vous a déjà révélé ma grande surprise, dit-elle avec une moue. Je ne sais pas qui, car… car… Oh ! Ma surprise est complètement gâchée, *tout le monde* est au courant !

— Pourquoi donc, à votre avis ? demanda gravement le duc, ayant néanmoins bien du mal à garder son sérieux.

— Comment pourrais-je le savoir ? grommela-t-elle en tirant sur la dentelle qui entourait le poignet du duc. Je le sais depuis quelque temps, à présent, mais je ne pensais pas que cela arriverait aussi rapidement, j'attendais donc d'en être absolument certaine. (Elle leva les yeux et découvrit qu'il lui souriait.) Vous vous moquez de moi car vous vous demandez comment quelqu'un qui lit autant peut être aussi ignare à propos de ces choses bien banales. Mais comment aurais-je pu reconnaître les signes alors qu'il s'agit de ma première… que je n'ai jamais été… ? Je veux dire, comment aurais-je pu savoir ce qui m'arrivait avec certitude ? Il semblerait que je sois la dernière à avoir été au courant !

— Au courant de quoi ? l'interrompit Lord Vallentine, qui reçut un tel regard noir de la part de son épouse qu'il arbora un sourire penaud. Ah, ah. Veuillez m'excuser ! Cela ne me regarde pas…

Le duc et la duchesse ne leur prêtèrent pas attention.

— Pourquoi ne me l'avez-vous pas dit plus tôt ? demanda gentiment le duc. Fallait-il que mon valet l'apprenne avant moi ?

Elle s'empourpra.

— Oh ! Ce… c'était inévitable. J'ai eu très peur, voyez-vous, quand j'ai aperçu tout ce sang… Mais tout cela n'a plus aucune importance, à présent.

— Est-ce la raison pour laquelle vous aviez bêtement décidé de vous enfuir à Venise ? demanda-t-il doucement.

Elle fronça les sourcils et dut détourner le regard.

— Je ne voulais pas être un fardeau.

— Un *fardeau* ? Ma pauvre chérie, vous vous êtes fourvoyée.

Il l'embrassa sur le front, puis il lui murmura à l'oreille :

— Êtes-vous tombée enceinte à Paris, mignonne ?

Elle hocha la tête et croisa enfin son regard.

— C'est bien la seule chose dont je suis absolument certaine. Vous en réjouissez-vous ? demanda-t-elle avec un sourire timide.

— Plus que je ne saurais l'exprimer, murmura-t-il, ajoutant afin que les autres puissent l'entendre : Et je ne suis pas le seul.

— Content que tout soit réglé ! dit Lord Vallentine avec un soupir impatient. Maintenant, nous pouvons peut-être parler du bébé, hein ? Tenez, dit-il en leur tendant à chacun un verre de vin. C'est pas du champagne et nous demanderons à Duvalier de nous en apporter une bouteille *subito*, mais je suis assoiffé. Et je veux porter un toast ici et maintenant ! Levons nos verres à...

— Mais, Vallentine, l'interrompit Antonia, je ne trouve pas cela commode du tout que Renard me fasse subir cela si tôt.

Lord Vallentine battit des paupières et se demanda s'il avait bien entendu.

— A-avez-vous entendu ce que... ce que la gamine vient de dire, Estée ? lâcha-t-il. Il n'y a pas de quoi rire ! Et vous non plus, Roxton ! Elle ne peut pas dire des... des choses pareilles... Nom d'une pipe ! Suis-je le seul à penser un minimum à la bienséance ? C'est bigrement... c'est bigrement...

— Scandaleux ? suggéra la duchesse de Roxton en levant son verre pour porter un toast et en lançant un coup d'œil au duc, une étincelle espiègle dans ses yeux verts. Je suis une duchesse plutôt scandaleuse, n'est-ce pas ?

FIN – POUR L'INSTANT...

Découvrez la suite des événements après la fin heureuse dans le quatrième livre de la saga : *Sa Duchesse*.

Explorez les personnes réelles, les lieux et les objets mentionnés dans l'histoire sur le tableau Pinterest de Lucinda Brant dédié à la saga de la fondation des Roxton.